Le Lys Pourpre

1 – Le contrebandier

SKLAERENN
BARON

Le Lys Pourpre

1 – Le contrebandier

J'ai lu

Remerciements

À ma mère, qui m'a transmis son goût pour l'Histoire… et m'a aussi inculqué celui de la romance (quoique bien involontairement, puisque je furetais en cachette dans les stocks de livres de la bibliothèque où elle travaillait).

En souvenir de ma grand-mère, qui m'a toujours incitée à suivre mes intuitions et m'a encouragée dans ma passion de l'écriture.

Merci :

À mes enfants, qui me poussent à me dépasser chaque jour et à mon mari, qui me soutient de façon inconditionnelle et sans qui rien de tout cela n'aurait été possible. Je vous aime.

À mes amies, peu nombreuses, mais ô combien précieuses. Sans vous, la vie aurait beaucoup moins d'éclat. Merci d'être là pour moi. Je ne vous nomme pas ici, c'est entre nous, mais nous en reparlerons dès que nous nous reverrons !

À mon éditrice, Florence, qui est une personne merveilleuse, tant sur le plan humain que professionnel. Merci de m'avoir remise sur le bon chemin quand il le fallait, mais aussi de m'avoir soutenue, encouragée et rassurée quand j'en avais besoin. Merci d'avoir cru en moi et merci pour tout l'incroyable travail accompli sur cet ouvrage. Merci également à Pauline et à toute l'équipe des Éditions J'ai lu qui se sont penchés sur cet ouvrage, pour en assurer le suivi et la réussite.

À Cécilia qui a réalisé la superbe illustration de couverture. Merci d'avoir si bien compris l'esprit de mon histoire et d'avoir su la transcrire en une si belle image.

À mes lectrices (et mon lecteur !) de la première heure, Marie, Elisabeth, Cécilia, Michèle, Hélène… et David. Vous savez tout ce que je vous dois.

À tous ceux qui, de près ou de loin, ont contribué à la réussite de ce roman. Vous êtes trop nombreux pour que je vous cite tous, mais je ne vous oublie pas.

Et bien sûr, un grand merci à toi, lecteur ou lectrice qui tiens ce livre entre tes mains. Sans toi, aucun livre n'existerait et celui-ci, comme les autres, ne prendra vie qu'avec toi. Bonne lecture !

Avertissement

Ceci est une fiction. Certains faits évoqués sont historiquement exacts, certains personnages ont réellement existé et certains lieux nommés peuvent être retrouvés sans difficulté sur une carte de France. Mais d'autres ont été inventés, pour les besoins du récit et sont totalement imaginaires.

Prologue

Dans son cachot, la jeune femme cherchait maintenant comment se tirer de ce mauvais pas. Les tortures qu'elle avait subies n'avaient pas réussi à entamer sa résolution, mais elle savait que cela n'était qu'une question de temps. Elle était consciente de ses limites ; elle ne tiendrait plus très longtemps, et soit elle dirait tout, soit elle mourrait.

De toute façon, si elle ne vidait pas les lieux rapidement, elle périrait, qu'elle eût parlé ou non. Elle périrait dans d'atroces souffrances, de surcroît, car ses geôliers lui mèneraient la vie dure jusqu'au bout, jusqu'à ce qu'elle cédât d'une façon ou d'une autre, physique ou psychologique.

Les deux hypothèses étaient également inenvisageables. À la limite, trépasser entre les mains de ses bourreaux serait la solution la moins... grave. Mais cela restait absolument hors de question. Elle tenait bien trop à la vie pour se laisser aller de la sorte.

Sans compter qu'elle *devait* vivre. Il n'y avait pas que son existence en jeu, d'autres vies dépendaient d'elle. Son bébé et l'homme qu'elle aimait avaient tous deux besoin d'elle. Il fallait donc qu'elle survécût. Qu'elle s'échappât. Et qu'elle rejoignît son amant.

Oui, faisons les choses dans l'ordre...

Elle se redressa, grimaçant sous la douleur qui lui traversait le corps de part en part à chaque mouvement qu'elle faisait.

Survivre. Tenir.

Au moment où elle essayait de se lever, ses jambes fléchirent et elle s'écroula par terre.

Pas la force... songea-t-elle avec désespoir, avant de sombrer dans une bienheureuse inconscience.

Lorsqu'elle se réveilla, elle n'avait plus aucune idée du temps qui s'était écoulé depuis son arrivée dans cette cellule. À en juger par sa faim, cela faisait bien une journée. Peut-être deux. Elle avait aussi terriblement soif. Levant les yeux, elle aperçut une cruche, qu'on avait déposée près de la porte pendant qu'elle était évanouie.

Maladroitement, presque craintivement tant elle craignait de nouveaux assauts de souffrance dans son corps endolori, elle se redressa et rampa lentement vers le pot en terre cuite. À son grand soulagement, elle constata qu'il était plein d'eau et elle se mit à boire, d'abord doucement, puis à grandes lampées.

Après cela, elle resta étendue un moment sur le sol, jusqu'à ce qu'elle se sentît un peu mieux. Au bout de quelques minutes de patience, elle put s'asseoir sans que la tête lui tournât. Elle s'aperçut qu'elle avait mal partout, surtout dans le dos, bien évidemment. Mais c'était plus supportable qu'avant.

Serrant les dents, s'appuyant contre le mur de sa geôle, elle se releva peu à peu. Cette fois, ses jambes tinrent le coup. Elle commença donc à explorer les lieux, à la recherche d'une issue quelconque. Tandis que ses mains palpaient désespérément les murs de sa prison, ses pensées dérivèrent malgré elle vers son bien-aimé.

Elle ne savait même pas où il se trouvait. Elle ne pouvait souffrir l'idée qu'il fût emprisonné quelque part, loin d'elle, blessé, mourant peut-être, sans personne pour l'assister. Elle ignorait dans quel état il se trouvait aujourd'hui, il pouvait même être déjà mort…

Non ! Non, se raisonna-t-elle, essayant d'apaiser le flot de panique qui l'envahissait en y songeant. *S'il était vraiment mort, la nouvelle aurait couru sans retard. Il est donc encore vivant.*

Il le fallait. Elle ne pouvait imaginer son existence sans lui.

Après quelques instants de vaine prospection, elle comprit que les murs étaient trop bien scellés pour qu'elle pût en détacher des pierres, creuser un trou et s'évader. La fenêtre, étroite et protégée par de solides barreaux, n'offrait aucune possibilité non plus. Il ne restait que la porte.

Je dois sortir d'ici, et vite ! se dit-elle en frissonnant. *Et pour cela, je ne peux compter que sur mes propres ressources. Réfléchissons ! Que puis-je faire ?*

La porte était épaisse, montée sur des gonds énormes qu'elle était incapable de desceller et fermée par une barre de fer, d'après ce qu'elle avait vaguement entrevu en entrant dans la pièce. De telle sorte que si elle devait déguerpir par cette issue, elle allait devoir attendre qu'on vînt la chercher. Et échapper au garde qui l'emmènerait.

Par bonheur, il n'y avait pas de sentinelle devant son cachot ; elle ne devrait donc pas avoir à affronter plus d'une personne à la fois. Elle réalisa soudain que sa seule chance résidait justement dans le fait que cette prison de province était peu gardée. Elle devrait cependant se battre avant de pouvoir s'enfuir.

Il me faut une arme !

Elle n'en avait pas. On lui avait tout enlevé lorsqu'on l'avait arrêtée.

Première partie

1

L'embuscade

Au couvent des Sœurs de Sainte-Cécile, dans la bonne ville de Grenoble, un joyeux pépiement de voix juvéniles remplaçait le recueillement habituel. Les pensionnaires du couvent, jeunes nobles envoyées là pour achever leur éducation, allaient passer quelques jours en famille avant de revenir entre les murs austères de l'internat pour le Carême. Et chacune se promettait de faire ample provision de gaieté avant d'aborder cette traditionnelle, mais bien peu appréciée, période de pénitence.

Toutefois, certaines quittaient définitivement le couvent, telle cette jeune fille rieuse qui ne cessait de bavarder en préparant ses bagages. En ce début de printemps 1789, Alix de la Chaussée d'Arville, quinze ans passés, était grande et fine ; son visage au teint clair dans lequel deux yeux verts à l'expression malicieuse retenaient toute l'attention, était rehaussé d'une cascade de boucles dorées, selon la mode d'alors. Sa voix et ses manières trahissaient une santé et une joie de vivre éclatantes, mais aussi une activité débordante où transparaissait par instants un caractère volontiers autoritaire et parfois même moqueur.

Tout entière à son bonheur d'échapper enfin à l'ambiance sévère du pensionnat et de retrouver le grand air de ses montagnes, elle aborda Béatrice, une de ses compagnes, et esquissa avec elle un pas de danse en fredonnant un air grivois :

— Jeanneton prend sa faucille, la rirette, la rirette ! Jeanneton prend sa faucille, pour aller couper les joncs ! Pour aller couper les joncs[1] !

— Alix, voyons ! glousse sa comparse.

Béatrice était pourtant habituée aux frasques de son amie. Celle-ci, très éprise de liberté, était restée rebelle sous ses apparences policées, et les règles strictes des religieuses n'avaient pas réussi à la dompter.

— Allons, Béatrice, chante avec moi ! Nous quittons enfin cette prison, cela ne mérite-t-il pas une petite chanson ? D'autant que nous allons faire notre entrée dans le monde à l'automne, pour nos seize ans ! Toi à Paris, et moi à Grenoble, d'abord, puis je ne sais où. À nous six mois d'essayage de robes et d'apprentissage de ces secrets terriblement féminins, comme la pose des mouches et toutes ces choses frivoles que n'oseraient jamais nous enseigner les nonnes[2] !

— En ce qui me concerne, je ne dis pas, mais toi, tu détestes ça.

— Je suis prête à faire quantité d'efforts inimaginables pour retrouver la Chaussée d'Arville et courir à nouveau dans les bois !

Béatrice leva les yeux au ciel.

— Oui, et te bagarrer comme le garçon manqué que tu es !

1. Chanson paillarde de source anonyme. Texte intégral en fin de volume.

2. À l'origine, les mouches étaient de faux grains de beauté, réalisés en taffetas, mousseline ou velours noir, que l'on collait sur le visage. Crées avant tout pour cacher les marques de la petite vérole, elles furent aussi utilisées pour faire ressortir la blancheur et l'éclat du teint et devinrent indispensables à la parure des dames. Néanmoins, elles étaient si souvent utilisées dans un but galant que les femmes qui se voulaient sages n'en mettaient pas. Nul doute, donc, que des religieuses n'eussent jamais appris cela à leurs pensionnaires.

Alix fit une petite moue comique. C'était là une chose qu'elle ne pouvait nier. Elle était née à la place de l'héritier mâle espéré par son père et était restée fille unique à cause de la fragilité de sa mère. Son père, le marquis de la Chaussée d'Arville, issu d'une vieille lignée de la noblesse d'épée[1], l'avait alors élevée comme un fils, répartissant son temps entre l'équitation et les passes d'armes en sa compagnie, les parties de chasse et l'initiation à la nature avec son intendant, Bradroc, ainsi que les leçons d'histoire, de latin, de mathématiques et de sciences de M. Jolivet, le précepteur qu'il avait engagé.

Plutôt intrépide, Alix s'était épanouie grâce à cette éducation hors normes. Désormais, il en fallait beaucoup pour l'affoler et elle se plaignait rarement de ce qui pouvait lui arriver. Ce n'était pas une de ces jolies courtisanes de la Cour, prêtes à s'effondrer, victimes des « vapeurs ». Jamais les sels n'avaient été utilisés sur elle, ce qui lui conférait un sentiment secret de fierté. Elle ne faisait pas de malaise pour un rien, elle ! Elle ne craignait pas les longues randonnées à cheval ni les parties de chasse en pleine montagne, bien au contraire.

La marquise réprouvait un peu cette manière de faire, mais voyant le bonheur de son mari et de sa fille – et incapable de s'y opposer –, elle n'avait rien dit. Cependant, au douzième anniversaire d'Alix, sa mère avait exigé qu'on lui procurât enfin l'éducation convenable qu'une personne de son rang devait recevoir. Le marquis s'était incliné,

---

1. Sous l'Ancien Régime, on distinguait la noblesse d'épée, souvent assimilée à la noblesse d'extraction (c'est-à-dire acquise par la naissance et remontant à une période où la famille avait dû faire preuve de courage en occupant des fonctions militaires, généralement si ancienne qu'on n'en connaissait plus l'origine exacte), considérée comme la plus élevée, et la noblesse de robe (acquise par anoblissement et liée aux fonctions ou aux charges exercées après avoir été achetées au roi, le plus souvent dans la magistrature), très instruite et cultivée. Cependant, la noblesse présentait beaucoup de disparités et elle n'était pas toujours prospère, contrairement aux idées reçues, spécialement en province où la noblesse campagnarde avait parfois de très faibles revenus.

reconnaissant qu'Alix devenait trop grande pour se comporter comme un garçon.

Originaire de Savoie, duché appartenant au royaume de Piémont-Sardaigne et non au royaume de France, l'enfant avait néanmoins été envoyée à Grenoble, où elle avait passé presque trois ans au couvent des Sœurs de la Rédemption. Il faut dire que la Savoie vivait en complète osmose avec la France sur le plan culturel et il était donc naturel pour la noblesse de cette région de se tourner vers le grand pays voisin pour assurer l'éducation de ses fils et filles.

Lorsque Alix rentrait chez elle pour les congés, les leçons maternelles prenaient le relais, toujours complétées par celles de M. Jolivet. Littérature, danse, broderie, musique et autres savoirs féminins n'eurent bientôt plus de secrets pour elle. Tout cela sans compter les enseignements de sa nourrice, Faustine, qui l'avait initiée aux secrets des femmes soignantes, étant elle-même guérisseuse.

— Exactement ! répliqua Alix d'un ton énergique. Peut-être même irai-je me promener nue sous la lune pour fêter cela !

Et tandis que son amie ouvrait de grands yeux offusqués, la jeune fille éclata de rire avant de reprendre avec entrain :

— En chemin, elle rencontre, la rirette, la rirette ! En chemin, elle rencontre quatre jeunes et beaux garçons ! Quatre jeunes et beaux garçons !

Catastrophe ! Ce fut le moment que choisit une religieuse pour pénétrer dans le dortoir. La chanson lui parvint aux oreilles et la laissa scandalisée :

— Mademoiselle de la Chaussée d'Arville ! Mademoiselle de Bray ! Comment pouvez-vous vous comporter de la sorte ? Voulez-vous donc être convoquées dans le bureau de la Mère supérieure pour votre dernier jour ? Pensez-vous que ce soit là une attitude digne de jeunes filles de votre rang ?

Les deux demoiselles rougirent, étouffèrent un petit rire amusé et reprirent leur travail. La religieuse, qui était encore jeune, ne put s'empêcher de sourire à son tour et, faisant preuve d'indulgence, leur tourna le dos pour poursuivre son inspection des chambrées.

— Que vas-tu faire, maintenant ? demanda Alix à son amie.

— Je vais retrouver mes parents à Paris. Dieu sait si j'aurais préféré rester dans la région, par exemple ! Et aller rendre visite à mon oncle et ma tante.

— Oui, pouffa Alix. Surtout à ton grand cousin ! Comment s'appelle-t-il, déjà ?

— Je ne te l'ai jamais dit et je ne te le dirai pas. Tu serais capable de ne pas te contrôler et de parler des sentiments que j'éprouve pour lui dans une conversation par simple étourderie. Ou même devant lui, si par hasard tu venais à le rencontrer, ce qui serait pire encore.

— Béatrice ! protesta son amie en riant. Est-ce vraiment mon genre ?

— Tout à fait ton genre !

Alix fit la moue, puis dut reconnaître qu'elle n'était guère douée pour garder un secret. Non que ça l'intéressât de cancaner, mais elle avait tendance à être trop spontanée et trop franche. Elle disait ce qu'elle pensait, si bien qu'elle commettait parfois des maladresses irréparables.

— Tu sais, je ne fréquente guère les jeunes gens de la région, allégua-t-elle néanmoins. Je ne risque pas de le croiser.

— Oui, d'habitude, tu es bien plus occupée à battre la campagne avec ton vieux Bradroc ou ton amie Marianne. Mais cela va changer. Bientôt, tu seras présentée à tous les partis à marier, tout comme moi, d'ailleurs.

— Ne faudrait-il pas que je sache alors qui est ton cousin, afin d'être bien froide avec lui s'il devait succomber à mon charme et le rediriger vers toi ? insista Alix, taquine.

— Certainement pas ! Je ne veux pas qu'il puisse se douter de quoi que ce soit !

— Ma foi, si tu es aussi troublée devant lui que tu l'es lorsque tu parles de lui, il doit certainement déjà savoir à quoi s'en tenir.

Agacée, Béatrice jeta son oreiller sur la malicieuse Alix qui l'esquiva en riant.

⁂

Peu de temps après, un carrosse, tiré par deux chevaux et guidé d'une main sûre, s'arrêtait devant la grille du couvent. Alix fit le tour de ses compagnes pour un au revoir rapide. En dehors de Béatrice, qu'elle espérait retrouver bientôt puisqu'elle l'avait invitée à passer quelques semaines chez elle, durant l'été, elle n'était guère attristée de quitter les autres. Pour finir, l'espiègle jouvencelle salua sa maîtresse de pensionnat de sa plus belle révérence ; celle-ci ne la libéra pas avant les derniers conseils d'usage :

— Vous m'avez donné du mal, Alix de la Chaussée d'Arville, mais vous êtes de noble sang et d'excellente constitution. Je ne doute pas que vous serez une femme accomplie.

Enfin, Alix se précipita vers la voiture, saluant le conducteur d'un geste de la main. C'était Paul, un des palefreniers du château familial qui avait eu cet honneur. À l'intérieur, dès que ses yeux furent accoutumés à la pénombre, Alix reconnut Faustine qui l'attendait. Près d'elle se tenait Marianne, sa petite dernière. D'un an et demi la cadette d'Alix, aussi blonde que son amie était brune, la jeune fille avait passé toute son enfance en sa compagnie et l'avait suivie partout pendant des années. L'aristocrate les embrassa avec affection.

— M. Jolivet n'est pas du voyage ? s'enquit-elle, à propos de son précepteur.

— Non, répondit Faustine avec un petit sourire. Le pauvre a fait une malencontreuse chute et s'est foulé la cheville. Votre père a préféré le voir demeurer au château et c'est donc moi qui suis venue vous chercher.

Alix ne put s'empêcher de rire. Il était de notoriété publique que le sieur Jolivet détestait les voyages, surtout dans ces carrosses inconfortables. Au contraire, la nourrice de la descendante d'Arville avait certainement vu là une opportunité de retrouver plus tôt sa protégée et ne s'en plaignait pas.

Deux autres serviteurs à cheval, Bradroc, qu'Alix affectionnait particulièrement, et Benoît, le majordome, escortaient le véhicule ; les routes de France n'étaient pas très sûres, infestées de brigands d'autant plus audacieux que les temps étaient difficiles. À vrai dire, celles de Savoie ne valaient guère mieux. Mais plus les voyageurs étaient nombreux, moins ils risquaient de se faire attaquer. S'ils portaient des épées, leur situation était encore moins hasardeuse, et voilà pourquoi les trois hommes du convoi avaient revêtu des tenues de gentilshommes et exhibaient leur rapière au côté, même si tous n'étaient pas capables de la manier, loin de là.

En réalité, seul Bradroc en connaissait le maniement. En effet, le marquis de la Chaussée d'Arville, homme simple et gai, lui avait très tôt donné quelques leçons d'escrime, pour occuper les solitaires soirées d'hiver au château. Bradroc s'était montré bon élève et des duels courtois avaient souvent eu lieu dans la grande salle. Le marquis avait d'ailleurs coutume de plaisanter à ce sujet, en disant :

— Ce Bradroc est une plus fine lame que son maître. Ceci va à l'encontre des lois de la bienséance, mais qu'y faire ? Je ne puis me résoudre à le jeter dans un cul-de-basse-fosse pour venger mon honneur !

Plus tard, Bradroc avait essayé de transmettre cette science aux autres valets, sans grands résultats, sauf auprès d'un certain Olivier, lequel avait été nommé garde-chasse sur la propriété de la Chaussée. Alix, elle, était une redoutable épéiste, et dans sa prime jeunesse, elle avait même participé avec succès à quelques-uns des duels organisés par son père. Cependant, bien qu'elle se fût habillée comme un garçon pendant des années, il n'aurait plus été convenable qu'elle se déguisât en homme et portât une arme aujourd'hui. À son grand regret.

On partit aussitôt et Alix, dans sa hâte de revoir ses parents et la demeure familiale, demanda au cocher de diligenter les chevaux. Il était tôt et elle pouvait encore espérer coucher le soir même au château. Bientôt, le carrosse avait quitté la ville et roulait en pleine campagne, cahotant et brinquebalant. Alix, à l'intérieur du véhicule, pressait Faustine et Marianne de questions. Elle voulait tout savoir de ce qui s'était passé en son absence, tant en Savoie qu'ailleurs.

Elle apprit qu'au royaume de Piémont-Sardaigne, les mauvaises récoltes des années 1780 avaient appauvri les campagnes sans qu'elles aient encore pu s'en relever, et l'on voyait à Chambéry, par exemple, une prolifération de loges maçonniques qui réclamaient des changements à cor et à cri. Néanmoins, à Arville et aux alentours, le marquis veillait au bien-être de ses paysans et ne les pressurait pas d'impôts, ce qui n'était pas le cas partout. Il était également tolérant, ce qui lui valait en retour le respect et la bienveillance de ses administrés. S'il avait un garde-chasse, il laissait souvent faire les braconniers, lesquels ne débusquaient généralement le gibier que pour se nourrir. Et même si la chasse était en théorie un privilège de la noblesse, le marquis fermait les yeux.

La situation n'était guère différente en France, voire pire : le peuple avait faim et il était bien plus violent que dans le Piémont, comme poussé à bout. Ainsi, à Grenoble, presque un an auparavant déjà, la foule en colère avait brisé les vitres de la maison municipale, puis, très vite, avait enfoncé la porte et s'était précipitée comme une vague puissante à l'intérieur, sous les applaudissements de tous les spectateurs. Aussitôt, volets, chaises, tables, sofas, livres et papiers avaient plu par toutes les fenêtres du palais. Y avait succédé une averse de tuiles, que les insurgés avaient jetées sur les soldats. L'affaire avait fait grand bruit, on devinait que quelque chose couvait. Et à dire vrai, le règne du roi Louis le Seizième ne prenait pas une tournure des plus paisibles.

La grande peur d'Alix, cependant, ne résidait pas dans la situation économique et politique de sa région ou du pays voisin, mais bien plutôt dans celle de Marianne : elle savait que son amie d'enfance, à presque quatorze ans, était désormais en âge de travailler, et elle avait craint, en partant après Noël au pensionnat, de ne point la retrouver à son retour. Elle apprit alors avec soulagement que Marianne avait été embauchée au château comme chambrière.

— Quelle bonne idée ! s'exclama Alix. Il est vrai qu'Antoinette avait du mal à s'en sortir seule ! Le château est tellement grand et il y a tant à faire ! J'espère quand même que nous pourrons encore nous promener, toi et moi, comme par le passé ! Nous sommes sœurs de lait, il serait injuste de nous séparer !

— C'est bien ce qu'a pensé Madame la marquise, répliqua Faustine avec un sourire. Et elle se doutait que la nouvelle vous ferait plaisir, Mademoiselle la comtesse.

Faustine avait toujours considéré que la fille du marquis portait réellement le titre de comtesse. En réalité, n'étant pas de sexe masculin, Alix n'y avait pas droit, mais par courtoisie, tout le monde la désignait ainsi.

— Faustine, lorsque nous sommes entre nous, ne pourrais-tu me tutoyer comme tu le faisais autrefois ? Tu es toujours ma nourrice, tu sais.

Faustine était bien plus que cela, à vrai dire. Deux jours avant la naissance d'Alix, cette brave femme avait perdu un bébé, un garçon qui, s'il avait vécu, n'aurait eu qu'un mois de plus qu'Alix. Lorsque celle-ci vint au monde, sa mère, de faible constitution, ne pouvait la nourrir et on la confia donc à celle qui deviendrait sa nourrice. Encore endeuillée, Faustine s'était attachée au nouveau-né de toutes ses forces, comme une seconde mère. Non seulement elle l'avait nourrie, mais elle l'avait aussi souvent gardée lorsque la marquise était malade ; elle l'avait élevée en grande partie et lui avait appris nombre de choses précieuses à savoir. Sans compter qu'elle lui avait donné la fessée plus souvent qu'à son tour, laquelle était généralement méritée, devait reconnaître Alix avec honnêteté.

La brave femme rougit et hocha la tête.

⁂

Les chevaux trottaient sur la route pierreuse avec allégresse. L'équipage avait parcouru plus de sept lieues[1] et avait dépassé Crolles, au nord-est de Grenoble. La propriété de la Chaussée d'Arville se situait en effet dans les montagnes, à environ cinq lieues[2] de Chambéry. Les voyageuses, jusqu'ici toutes au plaisir de leurs retrouvailles et de la conversation, commençaient à montrer des signes de fatigue lorsque l'écho d'un galop retint leur attention. L'équipage traversait une forêt et il restait encore quelque distance pour atteindre le village de La Terrasse où ils espéraient faire halte et se restaurer avant de reprendre leur chemin.

Alix se pencha à la fenêtre et vit approcher un cavalier, galopant vers eux à toute allure. Il était jeune et avait fière allure, pour le peu qu'elle pût en juger. Brun, très grand,

1. La lieue de Paris (dite « nouvelle »), qui prédomina entre 1674 et 1793 valait deux mille toises, c'est-à-dire 3,898 km. Sept lieues représentent un peu plus de vingt-sept kilomètres.
2. Une vingtaine de kilomètres.

les épaules carrées, habillé en gentilhomme. À cette distance, elle ne pouvait rien distinguer de plus, sauf qu'il se tenait fort bien en selle, faisant corps avec sa monture, accompagnant du bassin les mouvements de son cheval, un magnifique étalon de couleur gris foncé, ce qui dénotait un cavalier émérite. En connaisseuse chevronnée, elle ne pouvait qu'apprécier son maintien.

— Oh, le bel homme ! s'exclama-t-elle spontanément, tandis que Marianne approuvait d'un hochement de tête admiratif et que Faustine, tenue par son rôle de chaperon, se scandalisait d'une attitude aussi déplacée.

Alors que leurs routes allaient se croiser, un cri strident s'éleva et soudain, une demi-douzaine de malandrins surgit des buissons, à quelques toises[1] de la voiture, obstruant le passage dans les deux sens. Retraite coupée, le véhicule dut stopper immédiatement. Tout de suite, l'aspect des assaillants interpella Alix : ils étaient vêtus proprement et avaient l'épée à la main, preuve qu'ils savaient manier la lame. Fallait-il en déduire qu'ils n'étaient pas des bandits de grands chemins, mais plutôt des tueurs missionnés ?

Quoi qu'il en fût, ils se précipitèrent aussitôt sur le cavalier, dédaignant le coche, ses occupantes et son escorte. Sans doute en voulaient-ils plus à la vie du jeune homme qu'à sa bourse, car ils ne prononcèrent pas un mot et l'attaquèrent sans préambule. Mais il dégagea sa rapière en un clin d'œil et riposta aussitôt, apparemment à peine surpris par cette attaque inattendue. Cherchant à éviter l'encerclement, il se rapprocha du carrosse que des duellistes acharnés entourèrent bientôt.

Devant le danger, Bradroc mit à son tour la main à l'épée pour défendre les passagères et prêter assistance au jeune cavalier. Benoît, en revanche, s'écarta immédiatement, tandis que Paul restait sur son siège, tétanisé par la

1. Unité de mesure. Aujourd'hui, on dirait « à quelques mètres ».

terreur. Faustine et Marianne ouvraient de grands yeux affolés sur le combat qui se déroulait devant elles. Alix, quant à elle, trépignait sur place, suivant tous les mouvements des adversaires.

— Bradroc, prends garde ! s'écria-t-elle soudain.

Elle ne pouvait s'empêcher de frissonner d'angoisse autant que d'excitation. Les leçons d'escrime de son enfance et les souvenirs des bagarres avec les gamins du village remontaient à la surface, diffusant l'adrénaline dans ses veines. Une part d'elle était presque aussi terrifiée que sa nourrice, mais l'autre regrettait d'être une fille obligée de porter une robe et de ne pouvoir participer au combat.

Encourageant ses compagnons de la voix, elle dégaina la petite dague italienne que lui avait offerte son père à son septième anniversaire, prête à défendre la portière du carrosse et ses occupantes s'il le fallait. La bataille prenait une tournure diabolique : les spadassins s'acharnaient, juraient, sautaient, se fendaient. Les épées se croisaient, cliquetaient avec une rapidité infernale et leur pointe effleurait parfois le véhicule. Brusquement, Faustine et sa fille poussèrent un cri strident, tandis qu'Alix se rattrapait de justesse au montant de la portière : un des chevaux de l'attelage avait été blessé dans l'escarmouche et s'était écroulé, entraînant avec lui le carrosse qui basculait. Par chance, il vint s'appuyer contre un tronc d'arbre, ce qui l'empêcha de verser complètement dans le fossé.

Fort heureusement, les attaquants étaient de médiocres bretteurs et le jeune cavalier parvenait à esquiver les coups sans trop de peine. Mais l'un des brigands blessa son cheval, lequel s'écroula soudain sous lui. L'inconnu sauta à terre avec agilité et, protégé d'un côté par l'attelage du carrosse, de l'autre par sa monture, il poursuivit l'assaut. L'animal, affolé, lançait de terribles ruades et lui faisait de son corps un rempart que les bandits hésitaient à franchir.

Néanmoins, le jeune homme se fatiguait, sa résistance fléchissait. Alix devait faire quelque chose. Lorsque les assaillants en auraient fini avec leur victime, nul doute qu'ils se tourneraient vers eux pour supprimer les témoins de leur crime. Hélas, leur véhicule était immobilisé. Ils étaient coincés, sans espoir de se dégager rapidement.

Alix se tourna vers Paul, toujours tétanisé sur son siège, lui désignant de la main l'animal blessé qui gisait sur le chemin. Dans un regain de courage, il se redressa pour détacher la bête et l'éloigner, mais s'écarta aussitôt des bretteurs, épouvanté. Benoît, lui, du haut de sa monture, faisait de son mieux pour écarter les coupe-jarrets du carrosse.

Alix l'interpella :

— Benoît, donne-moi vite tes pistolets et va les aider ! cria-t-elle en désignant Bradroc et l'inconnu.

— C'est que je ne suis pas habile avec une épée ! protesta-t-il.

— Mais tu as ton bâton ! Fais vite !

Benoît hésita une seconde avant de se rendre aux arguments de la jeune fille à qui il tendit ses armes. Puis, sortant son immense gourdin noueux de sa ceinture, il s'élança sur sa monture, prit les bandits à revers et en assomma deux proprement en un mouvement circulaire, débarrassant Bradroc de ses agresseurs. On aurait dit un paysan fauchant les blés en été.

Se penchant par la portière, Alix fit feu, touchant un des assaillants qui recula aussitôt sous le couvert des bois. Un autre tomba à terre sans qu'elle sût s'il était mort ou juste blessé – elle espérait de tout cœur que cette deuxième hypothèse était la bonne. Bradroc, libre de ses mouvements, se fendit en avant et désarma un troisième brigand qui prit la fuite à son tour.

Cependant, le dernier assassin n'entendait pas se rendre si aisément. Contournant le cheval estropié du jeune cavalier, il parvint à frapper sa cible avant que Bradroc se jetât sur lui. Il l'évita et se saisit d'une trompe. Tout en se défendant, il en joua alors autant qu'il put, jusqu'à ce que l'intendant le transperçât d'une passe d'arme habile. Marianne poussa un cri et Alix retint un sursaut. C'était la première fois qu'elle voyait quelqu'un se faire tuer au cours d'un duel et elle en était secouée.

Elle n'eut cependant pas le temps de s'appesantir sur son ressenti, car c'est à cet instant que le jeune homme s'effondra, à la limite de l'inconscience, les yeux clos. Le combat était terminé. Bradroc descendit de cheval et releva aussitôt l'inconnu, le soutenant contre lui. Tandis que les blessures des autres hommes n'avaient guère touché Alix, elle fut effrayée de l'état du jeune cavalier quand elle constata sa pâleur. Elle ne voulait pas qu'il mourût, comme celui qu'elle venait de voir trépasser.

— Vous autres, êtes-vous saufs ? s'enquit-elle néanmoins, en s'adressant à l'ensemble des serviteurs.

— Oui, mademoiselle, la rassura-t-on aussitôt. Tout va bien.

— Parfait. Dans ce cas... Faustine, viens vite m'aider à l'examiner ! s'écria-t-elle alors en sautant d'un bond hors du carrosse.

Avec l'aide de sa nourrice, elle ausculta rapidement l'étranger. Sa cuisse présentait une plaie assez profonde, mais aucune artère ne paraissait touchée, car il n'y avait pas de grosse hémorragie. Une chance. En revanche, l'épaule saignait abondamment.

Alix n'eut pas le temps de s'apitoyer. On avait entendu le coup de trompe du spadassin et d'autres tueurs s'approchaient déjà à travers bois, faisant craquer les branches mortes et s'encourageant de la voix. Un galop de chevaux s'élevait aussi dans le lointain, sur la route. Tout en pressant un grand mouchoir sur l'épaule du gentilhomme pour contenir l'afflux de sang, Alix prit conscience de leur situation.

— Tonnerre ! s'écria Bradroc. Les renforts de ces pendards arrivent ! Avec l'attelage à refaire... Nous sommes pris comme des rats dans une souricière !

Visiblement, il lui en coûtait de l'admettre, mais, au-delà de son orgueil blessé, Alix entendit nettement l'angoisse dans sa voix. De la part de cet homme solide qu'elle connaissait depuis sa naissance, il n'y avait rien de plus effrayant.

— Ah non ! Pas vous, Bradroc ! s'exclama-t-elle en tentant de maîtriser le tremblement de sa voix et les battements affolés de son cœur. Si vous baissez les bras, c'est là que nous sommes perdus !

Pourtant, elle savait qu'il avait raison. Que pouvaient-ils faire ? Ils n'avaient plus que trois chevaux : pour sept personnes, c'était trop peu. Pour toute défense, ils ne disposaient que de trois épées (mais deux personnes seulement en état de les manier, si elle s'incluait dans le nombre), sans compter le bâton de Benoît et les deux pistolets qu'elle était déjà en train de recharger. En résumé, ils étaient bel et bien à la merci des malandrins qui se rapprochaient dangereusement.

Au moment où Marianne s'évanouissait de frayeur dans l'attelage, une silhouette courtaude apparut soudain près d'un buisson. C'était Paul.

— Holà, vous autres ! lança-t-il. J'ai trouvé les chevaux de ces canailles, j'en amène deux. Il y en a d'autres encore, mais plus loin, et nous n'aurons pas le temps de les rejoindre.

— Qu'importe ! rétorqua Bradroc dont le regard s'était éclairé. Bien joué, Paul !

Deux chevaux, c'était le salut ! Soulagée, Alix sentit qu'elle respirait un peu mieux et, tandis que Bradroc s'occupait déjà de hisser le blessé sur son propre cheval, elle pressa son amie :

— Marianne, reprends-toi et viens vite par ici ! Je vais t'aider à monter sur un cheval avec ta mère. Je prendrai le second, avec mon sac de voyage. Bradroc, ça va aller ?

— Oui, je vais prendre Monsieur en croupe. Dans son état, il ne parviendra pas à tenir seul en selle. Benoît, guette et dis-nous si les autres arrivent.

— Oh oui, ils arrivent ! répondit le majordome en tournant bride pour les rejoindre.

— Paul, demanda Alix, détache le dernier cheval du carrosse et prends-le pour toi. Fais vite !

— Si ce n'est pas malheureux d'abandonner ces bêtes blessées et la voiture ! grommela le palefrenier.

— Père enverra des gens reprendre tout cela... si ça n'a pas disparu d'ici là !

Alix était déjà en selle, les sacs de toutes ces dames fixés derrière elle, et se penchant à l'oreille du blessé, installé derrière Bradroc, elle le supplia :

— Redressez-vous, Monsieur. Pour l'amour du Ciel, redressez-vous et maintenez-vous en selle coûte que coûte. Il faut fuir !

Le jeune homme fit un effort surhumain pour s'accrocher à la taille de Bradroc et ne pas tomber à bas de la monture. Son regard clair croisa celui de la jeune fille et il esquissa un faible sourire, tandis qu'elle frissonnait. Il avait des yeux d'un incroyable bleu myosotis. Le bleu du ciel.

Mais déjà, un bandit surgissait des fourrés. Il tira un coup de feu maladroit qui manqua les voyageurs, et fit partir les chevaux au grand galop. Juste à temps.

⁂

Les fuyards n'étaient pas complètement sortis d'affaire pour autant. Derrière eux, le galop des poursuivants devenait plus distinct. Ils se rapprochaient, lentement mais sûrement. Au premier carrefour, s'étant aperçu du danger, Bradroc ordonna :

— Il faut nous séparer, ça les fera peut-être hésiter ! Benoît, prends à gauche avec Marianne et Faustine. Je continue tout droit avec Mademoiselle la comtesse et Paul. Le premier qui trouve des secours en envoie aux autres. Allez !

Intérieurement, Alix approuva. Néanmoins, son principal souci était l'état du blessé : ses vêtements étaient imbibés de sang et sur son visage, blanc comme cire et crispé par la souffrance, perlaient des gouttes de sueur. Les yeux mi-clos, il poussait de temps à autre un bref gémissement et semblait ne se maintenir en croupe derrière Bradroc que par un prodigieux effort de volonté.

Malheureusement, il finit par perdre connaissance, glissa et serait tombé à terre sans la poigne vigoureuse de Paul, qui, l'ayant rattrapé par la cape, l'avait plaqué contre le dos de Bradroc et l'y maintenait de son mieux.

D'instinct, ils avaient tous fait ralentir leur monture. Alix en profita pour tirer du sac de sa nourrice un flacon de sels. Au risque de tomber de cheval à son tour, elle se pencha vers le jeune homme et lui fourra la fiole sous le nez.

— Monsieur, lui dit-elle d'une voix impérieuse, reprenez vos esprits ! Il le faut. Nous ne sommes plus très loin d'un village. Essayez de tenir jusque-là.

En effet, Alix espérait bien rejoindre La Terrasse au plus vite. Le blessé ouvrit les yeux et murmura :

— Je tiendrai, bel ange... Tant que je pourrai... Si je ne peux plus, vous me laisserez là et fuirez seuls... C'est ma faute si vous êtes en danger...

Alix contempla brièvement ce visage magnifique contracté par la douleur, dans lequel les yeux bleus se voilaient de souffrance. Elle savait trop bien ce qui arriverait s'ils obéissaient à de pareils ordres et, pour elle comme pour les deux hommes qui l'accompagnaient, il était impensable d'abandonner le jeune inconnu. Hélas, les spadassins se rapprochaient dangereusement. Elle ignorait s'ils les suivaient tous ou s'ils s'étaient eux aussi séparés en deux groupes. Quoi qu'il en fût, si Alix et ses compagnons n'accéléraient pas de nouveau l'allure, ils étaient perdus.

— Ces racailles nous talonnent ! s'affola-t-elle. Nous devons piquer des deux immédiatement et Paul ne pourra plus vous tenir. Redressez-vous et accrochez-vous !

Le jeune homme eut un geste d'impuissance. Au même instant, un hurlement de victoire jaillit des poitrines des poursuivants qui croyaient tenir enfin leurs proies. La colère envahit Alix :

— Monsieur, surmontez votre douleur, je vous en prie ! gronda-t-elle, en digne fille du marquis de la Chaussée d'Arville. Nous devons fuir plus rapidement. C'est une question de vie ou de mort !

Elle ajouta, pressante, un ton plus bas :

— Montrez-moi que vous êtes un homme, que diable !

À l'éclat fulgurant que prirent les yeux du blessé, elle comprit que s'il n'avait pas été si mal en point, il l'aurait souffletée. Elle prit conscience de s'être laissé emporter par sa nature indomptable, une fois de plus, sous le coup de la panique. Si cela pouvait le faire réagir, c'était toujours ça de gagné. Et tant pis si elle devait s'en mordre les doigts plus tard.

En effet, le jeune homme tenta de se redresser, mais sans grand succès. Alix eut un regard de connivence avec Paul qui saisit alors le jeune homme par le pourpoint pour le remettre droit en selle derrière Bradroc, avant de donner une claque vigoureuse à la monture qui partit au triple galop, à l'unisson avec les deux autres chevaux.

Anxieusement, Alix observa le blessé, mais, fort heureusement, il résista ; penché en avant, appuyé sur Bradroc, les mains crispées sur la taille du cavalier, le visage presque défiguré par l'effort, il tenait bon. Alix regrettait presque les dures paroles que son angoisse et son caractère vif avaient laissées échapper. Elle s'en consola en pensant qu'elles avaient été un stimulant efficace.

L'écume aux lèvres, les chevaux galopaient furieusement, dévalaient les côtes, sautaient par-dessus les obstacles et les inégalités de la route, puis galopaient de nouveau, sans jamais ralentir. À chaque secousse, l'inconnu menaçait de tomber, vacillant mais se redressant aussitôt. Alix et Paul le surveillaient avec attention, tandis que la fuite infernale se poursuivait.

Les cavaliers et leurs montures, en parfait accord, paraissaient presque voler au-dessus du sol. Alix sentit ses cheveux se défaire et les rejeta en arrière d'une main nerveuse. Le martèlement des sabots était si violent et son cœur battait si fort, faisant bourdonner ses oreilles, qu'elle ne parvenait plus à entendre leurs poursuivants. Elle ne savait même plus s'ils étaient toujours là.

Peu à peu, la forêt s'éclaircit, des champs apparurent et bientôt, le clocher d'une église pointa au-dessus d'un bosquet. Paul, le premier, se retourna, et ne voyant rien venir, ralentit légèrement pour mieux tendre l'oreille et scruter le chemin derrière eux qui disparaissait dans l'ombre des arbres. Finalement, il lança avec allégresse :

— On dirait que ces messieurs ont abandonné la poursuite ! Nous approchons d'un village et ils préfèrent sans doute ne pas s'y faire remarquer. Je crois que nous pouvons prendre une allure plus tranquille.

Puis, tirant sur les rênes de son cheval, il joignit le geste à la parole avant de s'éponger le front de sa manche, avec un soupir de soulagement.

— Nous l'avons échappé belle. Par mes aïeux, quelle course !

Alix acquiesça vaguement, puis elle se pencha avec un sourire vers le jeune homme :

— Monsieur, nous sommes sauvés, entendez-vous ? Nous arrivons au village. Nous allons nous arrêter à l'hôtellerie où l'on vous soignera.

L'inconnu hocha la tête et, soudain, perdit connaissance, comme s'il avait épuisé ses dernières forces dans la cavalcade, ce qui était probablement le cas, en vérité. Une nouvelle fois, Paul le rattrapa à temps. Bradroc trouva le moyen d'attacher le jeune homme contre lui et ce fut au pas qu'ils terminèrent leur chevauchée, afin de ménager l'éclopé dont la tête ballottait dans le dos de l'intendant.

Leur entrée dans la bourgade provoqua un attroupement et des cris d'effroi dès qu'on s'aperçut de l'état du blessé. Bradroc dénoua les liens qui le retenaient au jeune homme, sauta à terre devant l'auberge, héla le maître de maison et tous deux firent descendre l'inconnu de cheval. Ils le couchèrent tandis qu'on appelait en hâte un homme de science. Paul, pendant ce temps, allait demander de l'aide pour retrouver Faustine, Marianne et Benoît, quand on les vit arriver, au petit galop. Eux aussi avaient échappé à leurs poursuivants.

Ce fut seulement à cet instant qu'Alix prit conscience d'une chose qui lui procura un vif réconfort : ils n'étaient pas arrivés dans un quelconque village, ils étaient bel et bien à La Terrasse, à moins de trois lieues[1] d'Arville, ainsi qu'elle l'avait espéré au cours de leur fuite éperdue. Et les tours qui pointaient là-bas, devant le glacier, étaient effectivement celles du château de la Chaussée, le château de sa famille.

Depuis plus de huit siècles, les siens vivaient là, au milieu des prairies alpines, au seuil de la grande forêt de conifères que coiffaient les neiges éternelles. Huit cents ans, ce n'est pas négligeable dans l'histoire d'une dynastie ! Huit cents ans à dominer la vallée, à la protéger contre l'envahisseur, à veiller à la frontière du fier royaume de France et de celui du Piémont. Combien pouvaient se targuer d'un aussi long et aussi prestigieux passé ?

Louis le Valeureux, intrépide compagnon de Charlemagne, avait été le premier à s'installer à cet endroit, au

1. Entre onze et douze kilomètres.

retour d'une expédition en Italie, et y avait édifié son fort de bois, dont il ne restait plus que des ruines sur le mamelon rocheux qui surplombait l'actuelle demeure de ses descendants. Probablement une question de logique stratégique, car ainsi, il contrôlait l'accès au col permettant de franchir la montagne et toute la vallée en dessous.

Par la suite, la famille Chaussée d'Arville avait survécu aux siècles, au froid, aux guerres et aux famines, dans un site pourtant aride et isolé du reste du monde dès les premières chutes de neige hivernales. Plusieurs incendies dramatiques décidèrent les descendants de Louis le Valeureux à abandonner la citadelle primitive pour un solide château fort de pierres. Puis on délaissa les inconfortables tours médiévales pour le château actuel, qui avait près de deux cents ans.

C'était là que les parents d'Alix l'attendaient, sans se douter une seule seconde de la périlleuse aventure qui avait valu à leur fille un voyage aussi mouvementé.

2

Mauvaise nouvelle

Quelques mois plus tard…

— Mère ! Père !

Une voix vibrante d'émotion venait de jeter cet appel. Alix, dans une longue robe flottante de couleur verte dont elle retroussait un peu les jupes afin d'aller plus vite, remontait en courant à perdre haleine la grande allée bordée de sapins qui menait au château familial. La grille, à l'entrée du parc, était ouverte et l'on apercevait quelques cavaliers qui piétinaient, sans oser pénétrer dans la magnifique propriété.

Ce soir de juillet, c'était la première fois depuis bien longtemps qu'arrivaient au château de la Chaussée d'Arville des visiteurs aussi nobles. En d'autres temps, ils auraient sans doute été conquis par l'endroit et par cette demeure superbe. Mais aujourd'hui, ils étaient trop bouleversés pour songer à s'extasier sur la beauté des lieux.

Pourtant, la vallée était encore lumineuse et agréable, en dépit du fait que la soirée s'avançait déjà. Les alpages venaient d'être fauchés, et si les couleurs vives et gaies qui piquetaient jusqu'ici les prairies avaient disparu, un merveilleux parfum d'herbes et de fleurs embaumait l'atmosphère tiédissante. On entendait les appels stridents des aigles dans le soir, les bêlements des moutons qu'on conduisait à l'abri pour la nuit, le bruit du torrent qui cavalait entre ses rives moussues, depuis la source cachée tout près du col, perdue au milieu des fleurs sauvages, et qui alimentait le château et son grand bassin.

La demeure, d'un style néo-Renaissance très rare dans cette province, était placée au point de convergence de larges perspectives, tracées à travers un parc boisé, et ouvrait ses grandes fenêtres sur la cour agrémentée de rosiers. Sa façade, richement ornementée et sculptée de blasons, contrastait avec le majestueux et austère décor de montagnes et de glaciers que l'on pouvait contempler alentour, et pourtant, il s'y mariait admirablement.

Le corps de logis principal, à trois niveaux sans compter les combles, tout en briques enduites, avec des parements en pierres blanches et de hautes fenêtres à pinacle dentelé, était épaulé de deux tourelles de même facture, en légère saillie et couronnées de clochetons aux toits pointus. Celle de droite, dominant une large terrasse avec vue sur la vallée et le village d'Arville, voyait ses murs recouverts de lierre, de vigne vierge et de glycine, tandis que celle de gauche semblait s'appuyer sur la chapelle familiale, légèrement plus basse que l'ensemble du bâtiment et surmontée d'un étonnant campanile. Le toit du château, en tuiles plates, dévoilait ses motifs géométriques colorés qui venaient égayer la rigueur un peu hautaine des formes classiques du bâtiment central, lequel s'ornait également d'une fine balustrade en saillie au premier étage. Des pelouses régulières, encadrant le rectangle pavé de la cour d'honneur, dirigeaient le visiteur vers des jardins et des vergers, et au-delà, vers des bois. Dans l'alignement du château, sur la droite, les ruines imposantes et majestueuses de l'ancien donjon médiéval carré s'élevaient dans le ciel pur.

— Père ! Mère !

Le ton de la jeune fille trahissait tout à la fois inquiétude et excitation. Faisant tout voler sur son passage, elle déboula dans la cour d'honneur du château et vit alors sa mère, qui l'attendait, debout en haut des marches du grand escalier qui menait à la porte d'entrée.

— Voyons, Alix ! À quoi sert de courir ainsi ! la gronda-t-elle avec un regard amusé. Tu n'as plus cinq ans ! Crois-tu que ce soient là des manières pour une jeune fille de ton rang ? Tu es tout échevelée…

Alix ralentit sa course, mais ne put s'empêcher de courir encore. L'effort avait rosi ses joues et quelques mèches bouclées s'échappaient de son chapeau de paille, décoré de rubans et de fleurs. Du doigt, elle replaça ses cheveux dans un geste machinal et regarda autour d'elle.

Tout paraissait paisible ; cependant, quelque chose de grave venait de se produire, quelque chose de tellement important qu'Alix ne sentait même pas la fraîcheur annonçant le crépuscule tomber sur elle. Son excitation était trop grande. Sa mère, ravissante dans une robe ivoire brodée de fleurs, serrait contre elle son châle de dentelle.

— Tu as l'air bouleversé ! remarqua-t-elle tendrement. Que se passe-t-il encore ?

— Oh, Mère, si vous saviez ! s'écria Alix, oubliant totalement en cet instant la fragilité de ce petit bout de femme. C'est la révolution, au royaume de France !

Une bombe éclatant sous le nez de la marquise n'aurait pu produire pire effet de stupeur et de terreur mêlées. Sous le choc de cette annonce abrupte, elle pâlit, poussa un léger cri, vacilla et se serait effondrée sur les marches du perron si sa fille ne s'était précipitée à son secours.

— Père ! Benoît ! appela Alix d'une voix aiguë. Bradroc ! Faustine ! Quelqu'un ! Aidez-moi !

Par chance, deux domestiques l'entendirent. Elle vit arriver Benoît de sa démarche un peu guindée, tandis que Faustine se précipitait en s'essuyant les mains sur son tablier. Sous le coup de l'émotion, en apercevant la marquise, elle se mit à le tortiller dans tous les sens.

— Mon Dieu ! s'écria-t-elle avec affolement. Qu'a donc… ?

Alix soutenait sa mère qui glissait peu à peu et, très énervée, lui coupa la parole :

— Aidez-moi vite, tous les deux ! Il faut la porter dans sa chambre et desserrer son corset !

La jeune fille était elle-même bien pâle. Tandis qu'elle resserrait plus fermement sa prise sur les épaules de sa mère, Benoît saisit la marquise par les jambes et ils rentrèrent dans le château.

— Où est Père ? demanda Alix.

Elle marchait avec difficulté, essayant de ne pas heurter sa mère dans ses mouvements.

— À la chasse ! répondit Benoît en respirant bruyamment. Avec Bradroc...

Faustine les suivait, les mains chargées de chiffons humides et de fioles de toutes sortes. Elle soupira avec angoisse :

— Ah ! Monsieur le marquis n'est pas là !... Mais que s'est-il passé ?

Faustine était une femme solide et organisée, mais dès qu'il lui semblait qu'un malheur s'abattait sur ses maîtres, la pauvre se sentait momentanément perdue.

On arrivait maintenant dans la chambre et Alix, aidée de Benoît, déposa délicatement sa mère sur le lit conjugal, pestant intérieurement contre les cerceaux de la robe qui la gênaient. Tout en s'activant pour soigner la malade, elle expliqua :

— Je lui ai annoncé une très mauvaise nouvelle ! Pauvre maman ! Cela lui a fait un choc !

Benoît s'éclipsa discrètement, par respect pour l'intimité de sa maîtresse qu'on allait dévêtir pour la faire respirer. Mais Faustine demeura là, tenant les sels qu'elle tendit à Alix. Elle demanda d'une voix anxieuse :

— Une si mauvaise nouvelle ? Que se passe-t-il donc ?

— Tu te souviens de ce dont nous avions parlé, Faustine ?

La jeune fille échangea avec la domestique un regard entendu. La Savoie suivait depuis longtemps de très près l'évolution de la situation politique en France, par le biais de compatriotes établis à Paris ou à Lyon.

— Non… murmura Faustine. Ce n'est pas possible.

— Hélas ! soupira Alix. Tu ne te trompes jamais dans tes prévisions, tu le sais bien.

Au même instant, la marquise revint à elle et Alix exhala un soupir de soulagement.

— La révolution ! murmura sa mère qui reprenait peu à peu ses sens.

La famille Chaussée d'Arville était très attachée au royaume de France, certains de leurs ancêtres ayant servi le roi français en diverses occasions. Une place leur était toujours réservée à la Cour et ils avaient de la famille à Paris, ainsi que plusieurs biens immobiliers en France. Une révolution qui éclatait là-bas les touchait donc personnellement.

Faustine avait entendu, tout comme Alix. À ce mot, elle poussa un cri de souris effarouchée et laissa tomber ses chiffons. Blême, elle les reprit en s'excusant et essuya le front de la marquise, les mains tremblantes. Puis, dès qu'Alix lui eut fait signe, elle sortit presque en courant de la pièce, sans doute pour prévenir tout le monde. La marquise émergeait des brumes. Elle se redressa.

— Ton père ! s'écria-t-elle. Nous sommes peut-être en danger ! Il faut… Oh… gémit-elle alors en portant la main à sa tête.

— Chut, taisez-vous, Mère, répondit doucement la jeune fille. Restez couchée, vous êtes trop faible.

Sa mère s'enfonça de nouveau dans le lit moelleux.

— La révolution ! C'est terrible… Il va peut-être falloir partir, chérie !

— Mais non, riposta Alix avec énergie. C'est en France que cela se passe et non en Savoie, grâce au Ciel.

— Mais le royaume de France a grande influence sur le sort de notre région. Il la convoite depuis longtemps.

— Tout n'est pas joué, Mère, et nos avis ne se fondent que sur des rumeurs grossies et déformées depuis Paris… Allons, n'ayez crainte, je vous en prie !

— Qui t'a dit cela, à propos ? demanda la marquise, espérant soudain que ce n'était effectivement qu'un racontar stupide, basé sur un événement moins grave…

Chacun se raccroche à ce qu'il peut quand le désespoir le tenaille. Alix commença à s'expliquer brièvement :

— Je pourchassais des papillons dans le parc lorsque nos voisins, les Saint-Clair… Oh !

La jeune fille venait de s'interrompre, rougissante.

— Mon Dieu ! Je les ai laissés à la grille ! Suis-je sotte ! s'écria-t-elle, effarée par ses agissements contraires à tous les usages.

La marquise ouvrit de grands yeux.

— Ils sont là ? Qu'attends-tu donc, ma fille ? s'exclama-t-elle d'un ton plus sévère. Envoie vite Benoît les chercher, je te rejoins !

Alix protesta, mais obéit.

⁂

— Le vicomte de Saint-Clair, notre fils aîné, a disparu ! Nous ne savons pas où il est. Peut-être même est-il…

L'homme qui venait de prononcer ces paroles ne pouvait se résoudre à dire le mot terrible : « mort ». Il se tenait très droit et s'était levé machinalement pour aller s'appuyer sur la cheminée. Il avait les cheveux gris, le regard vif et grave. C'était le comte de Saint-Clair, le premier voisin des Chaussée d'Arville, dont les terres jouxtaient celles du marquis. Pour autant, Alix ne l'avait jamais vu, pas plus que sa famille.

Il était maintenant dans le petit salon du château, avec sa femme, très digne mais avec les yeux rougis de larmes. Armand, leur fils cadet – porteur du titre de baron – était également présent. C'était un grand jeune homme blond, un peu frêle, longiligne, et visiblement timide, qui devait avoir dix-sept ou dix-huit ans. Il avait l'air triste également, et ressemblait de façon frappante à sa mère. Pour l'heure, il ne cessait de regarder Alix à la dérobée, comme subjugué par sa beauté. Le benjamin, répondant au nom d'Ankus, un fougueux garçon brun de treize ans, énergique, ouvert et sympathique, avait disparu avec Faustine dans la cuisine : malgré ses vives protestations, ses parents avaient jugé que la conversation n'était pas de son âge. La nounou essayait de le consoler avec des pots de confiture, mais il ne tenait pas en place, bouillant de se battre et furieux d'être exclu des problèmes des adultes.

Alix, elle, était restée avec ses parents pour recevoir les Saint-Clair et assister à la conversation. Une heure plus tôt, le marquis rentrait juste de la chasse, monté sur son grand cheval noir et accompagné de Bradroc, quand la jeune fille avait introduit les malheureux invités dans le petit salon. Le marquis et le comte se connaissaient assez bien, quoique leurs relations se fussent résumées le plus souvent à des rencontres protocolaires à la Cour du roi de Sardaigne, ou à celle du roi de France. Le marquis avait accueilli la terrible nouvelle sans sourciller : la révolution…

— Que s'est-il passé exactement ? avait-il demandé avec calme et gravité.

Ses yeux sombres, sa barbe et ses cheveux anthracite le rendaient impressionnant, mais la douceur de son regard tempérait cette apparence. Les Saint-Clair s'étaient expliqués : ils venaient de recevoir des journaux de la capitale française, seul lien qui leur restait avec la Cour du roi Louis XVI, des imprimés que, comme chaque fois, ils lisaient, relisaient, faisaient lire et recopiaient pour les envoyer à des amis ou des parents.

En ce 17 juillet 1789, voici que leur était parvenue une information incroyable : la Bastille, la prison royale, forteresse symbole de l'absolutisme depuis Louis le Quatorzième, avait été prise le 14 du mois courant. Cela faisait un moment que le peuple de Paris était mécontent, et ce jour-là, la populace s'était d'abord jetée sur l'Hôtel des Invalides et avait volé trente mille fusils. De là, les gens s'étaient dirigés vers la Bastille. Peu gardée, quasiment vide de prisonniers, elle n'était plus qu'une pâle image de sa puissance passée. Elle avait été investie vers une heure de l'après-midi. Launay, son gouverneur, avait alors fait tirer sur la foule, et l'on avait dénombré une centaine de morts, dont quelques bourgeois. Mais devant les canons braqués sur le château, il avait fait reddition, après deux ou trois heures de pourparlers.

Cependant, comme il avait fait la sottise de descendre dans les cours antérieures et de négliger les ponts-levis, la Bastille avait été prise d'assaut. L'infortuné gouverneur avait ensuite été bien puni de son imprudence. Le peuple, ivre de colère après ces heures de négociations et à cause des morts tombés, l'avait traîné jusqu'à la place de Grève, accablé de coups et d'outrages, pour finir par lui trancher la tête. Cette tête avait été promenée dans les rues au bout d'une pique et portée au Palais Royal. Six défenseurs avaient également été tués.

— Quoi ? ! C'est à cela que se réduit la prise de la Bastille ! s'était exclamé le marquis d'un air irrité. Et c'est pour cela que la populace parisienne fait la fête ! Franchement, ces gens ne célèbrent pas grand-chose : quelques atrocités et peu de risques de leur part, une lourde imprévoyance et une grande sottise de la part de M. de Launay. Si le roi de France était ferme et intelligent, il laisserait cette euphorie primaire s'apaiser et prendrait les mesures qui s'imposent pour faire respecter son pouvoir !

Tentant de maîtriser sa colère naissante, il avait marqué une pause avant de reprendre :

— C'est bien ennuyeux, malgré tout. Qui sait si l'événement, peu important en soi, n'aura pas un retentissement considérable et fâcheux dans tout le royaume et au-delà ?

— Oui, renchérit la marquise, un peu rassurée par la confiance de son époux. Mais pour le moment, je ne vois pas là une révolution, juste une révolte…

Secouant la tête, le comte avait soupiré :

— Hélas, non ! Une révolte peut-être, mais prémices de la révolution, je puis vous l'assurer. Car il y a déjà eu un retentissement.

Alix regarda la poudre qui retombait sur les épaules du comte. Il était perruqué, chose que le marquis ne faisait plus depuis fort longtemps. La jeune fille n'était pas habituée à une telle débauche de cosmétiques et elle était un peu écœurée par cette apparence, ainsi que par les effluves doucereux de la poudre parfumée du comte.

— L'Assemblée a été sauvée, poursuivait celui-ci sans se rendre compte de l'effet qu'il produisait, et le roi arbore la cocarde tricolore. Il cède devant le peuple, et pour tout. Le pouvoir français n'est pas assez fort ! Les notables forment de nouvelles municipalités et mettent en place des milices bourgeoises pour maintenir l'ordre. La plupart des intendants quittent leur poste. On dit que certains ont été pris et décapités…

Frissonnant malgré elle à ces terribles nouvelles, Alix avait songé à son amie Béatrice. Elle ne l'avait pas revue depuis environ quatre mois, depuis qu'elles avaient toutes les deux quitté le couvent Sainte-Cécile. Était-elle toujours à Paris, à la Cour, avec ses parents ? En tout cas, Alix n'avait toujours aucune réponse concernant son invitation à faire venir la jeune de Bray chez elle durant le mois d'août. Et avec tous ces événements, il y avait de fortes chances pour que le périple soit remis à des temps moins périlleux.

Je me demande comment elle vit tout cela, s'était interrogée la jeune fille. *J'espère qu'elle ne risque rien…*

— Ce ne sont que des « on-dit », avait remarqué le marquis, toujours prompt à temporiser les élans du comte.

— Et dans la région ? avait questionné la marquise. Quel est l'état actuel des choses ?

— Impossible de le savoir avec précision. En Savoie, tout est tranquille, et nous ne risquons pas d'être touchés par ces événements. Du moins, pas tout de suite…

Et pas tant que la Savoie sera rattachée au royaume de Sardaigne et non au royaume de France… avait pensé Alix.

À l'air qu'arborait son père, elle avait vu qu'il y songeait aussi. Plus proche de la France que du Piémont, il avait toujours été partisan d'un tel rattachement, l'histoire de sa famille l'orientant en ce sens. Mais ces événements changeaient peut-être la donne à ses yeux. Ses deux principaux soucis étaient son devoir, servir son roi – et sa loyauté allait au roi de France et non à Victor-Amédée III – et sa famille, qu'il faisait tout pour protéger.

— Le peuple français réclamerait à grands cris la tête de la reine et du comte d'Artois… Vous vous rendez compte ! s'était exclamé le comte de Saint-Clair qui ne tenait plus en place. Et cela ne date pas d'hier. Souvenez-vous de Grenoble, l'an passé ! Nous sommes passés à un cheveu du drame, déjà.

— Oui, avait répliqué le marquis, et la noblesse de la région était même prête à une nouvelle Fronde, ce que je n'ai jamais approuvé ! Bien sûr, je suis extérieur à tout cela, mais je n'ai pu m'empêcher de prendre parti, surtout quand on s'est tourné vers moi pour me proposer une alliance. Les nobles ont leur part de responsabilités dans ce soulèvement, parce qu'ils ont fait passer leurs prérogatives avant le bien de leurs gens. Le peuple avait faim, et c'est toujours le cas aujourd'hui, que ce soit en France ou en Savoie. Les récoltes n'ont guère été bonnes et les hivers sont rudes. Mendiants et errants sont jetés sur les routes par la disette, le chômage, les pillages de marchés et de convois. Quant aux bourgeois, ils souhaitent depuis longtemps une démocratie à l'américaine. Nous le savons, que nous soyons français ou savoyards, mais nous fermons les yeux sur leurs aspirations, au lieu de chercher à réformer en douceur la monarchie. Il faut pourtant admettre que le pouvoir absolu instauré par Louis le Quatorzième n'a plus lieu d'être ! Et pourtant, Dieu sait combien je suis attaché au roi de France !

— Je le suis aussi, avait assené le comte. Et je ne puis approuver ce qui se passe, ni dans l'intérêt du roi, ni dans le nôtre ! Savez-vous ce qui se dit ? Pour les paysans, les mendiants qui errent sur les routes seraient en réalité des brigands, que nous, les horribles aristocrates, soutenons et payons pour brûler les blés et les fermes, dévaster les campagnes et semer la terreur... C'est ce qu'ils racontent ! Quelle folie ! Et voilà que tout le monde se met à croire à pareil mensonge !

Le comte était furieux et amer. Ses yeux lançaient des éclairs, mais il semblait désabusé et abattu en même temps. « Tout est laid » paraissait dire son visage. Le marquis avait voulu l'interrompre pour tenter de le rassurer, mais il n'avait pu dire un seul mot.

— Cette croyance en un complot aristocrate suscite des réactions de panique collective, avait poursuivi le comte, une panique qui se propage rapidement. Chacun a peur et on s'avertit mutuellement. Les paysans s'arment, montent la garde contre d'éventuels assaillants. Certains se retournent même contre nous et brûlent les châteaux, pendent des nôtres ! Ils veulent détruire les droits féodaux, nous réduire à néant !

Le comte disait « nous », comme si tous ces malheurs lui étaient arrivés personnellement. Or, même s'il avait des intérêts en France, comme en témoignait sa longue présence à la Cour de Louis XVI, la Savoie n'était pas complètement concernée par tous ces chamboulements. De plus, depuis 1770, il existait déjà dans cette province un processus d'abolition des droits féodaux, impliquant le rachat de ces droits par les communautés paysannes et le marquis ne voyait donc pas ce qu'il y avait de si extraordinaire dans le fait que leurs voisins voulussent en faire autant. Cette démarche n'empêchait cependant pas la montée d'un certain mécontentement au sein du royaume de Victor-Amédée III. Les nobles tenaient ainsi rancune aux bourgeois d'avoir empiété sur leurs privilèges et pour la plupart, ils exigeaient toujours plus de leurs fermiers. À ce titre, le marquis de la Chaussée d'Arville constituait une exception et Alix, qui surveillait toujours les affaires familiales avec attention, en était parfaitement consciente. Et elle était aussi particulièrement fière de son père.

Néanmoins, au-delà de l'emportement passionnel de son interlocuteur, le marquis reconnaissait le réel danger que celui-ci décrivait, d'autant plus qu'il savait que certains politiques militaient déjà pour un rattachement de la Savoie à la France. Dès lors, tout ce qui se déroulait là-bas les concernait de près. Il n'avait pu s'empêcher de sourire.

— Certes, avait-il concédé, la situation est inquiétante. Mais ici, il ne se passe rien. Nous sommes en Savoie, comme vous le faisiez remarquer, et même si nous portons beaucoup d'intérêt à nos voisins français et que ce qui se passe chez eux peut avoir des répercussions partout en Europe, cette… « révolution » ne nous concerne pas, pour le moment. Par ailleurs, j'ai beaucoup d'alliés dans la région et je réponds des gens de mes terres comme de moi-même. Ce ne sont pas eux qui nous causeront du tort. Nous ne craignons rien, ni les uns ni les autres, tant que nous restons ici.

— Hélas ! avait alors soupiré le comte. Si seulement c'était tout ! Notre fils aîné a disparu. Nous ne savons pas où il est…

On en était donc là, et Alix, très attentive, ne perdait pas une miette de ce qui se disait.

Décidément, songea le marquis, *nous n'en sortirons jamais…*

Avant de répondre au comte, il jeta un coup d'œil à sa femme. Elle était pâle et semblait inquiète. À son regard, elle se dressa et prit le bras de la comtesse qui était bien près de pleurer. Le marquis voulut éviter à sa fille l'affligeant spectacle d'une crise de désespoir.

— Alix, lui dit-il d'un ton brusque, va donc voir si Ankus ne manque de rien.

— Mais, Père…

— Allons, dépêche-toi ! De toute façon, ces discussions sont beaucoup trop sérieuses pour toi. Tu devrais être sortie depuis longtemps.

— Père ! s'exclama la jeune fille, outrée.

Mais elle se tut, car le marquis lui lança un regard sévère : il était inutile de discuter ses ordres. Elle se leva donc et quitta la pièce, contenant sa rage.

Exaspérée, l'héritière de la Chaussée ne rejoignit pas la cuisine, se doutant bien qu'Ankus n'avait pas besoin d'elle, cerné par les domestiques pleins de bonne volonté envers ce noble rejeton. Tout en se dirigeant vers la grande salle, elle rumina. Quelle réaction rétrograde de la part de ses parents ! La considérait-on comme trop bête ou trop jeune ? C'était ridicule ! Elle aurait tellement aimé continuer à suivre la conversation. Tous ces bouleversements méritaient son attention… Elle, la dernière de la famille Chaussée d'Arville, la dernière de sa lignée, avait le droit de savoir ce qui menaçait son futur, pour pouvoir y faire face ; c'était nécessaire si elle devait prendre, un jour, la succession de son père. Elle savait pourtant que ce n'était pas ce qu'on attendait d'elle, mais simplement d'accepter – au mieux, de choisir elle-même – un bon époux qui dirigerait le patrimoine familial à sa place. Foin de tout cela ! Alix avait les compétences pour diriger le domaine et ce qu'elle ne savait pas encore, elle pouvait l'apprendre. Elle se voyait fort bien encourager ses parents et les Saint-Clair à reprendre les armes, comme au Moyen Âge, pour défendre leurs terres, leurs gens, et leur honneur ! Non contre le peuple, bien entendu, mais avec lui et pour lui ! C'était là leur rôle, depuis des siècles !

Mais ce temps-là était révolu : aujourd'hui, on ne se battait plus de cette façon, on ne jouait plus du fleuret que lors de duels interdits. Le pouvoir avait le monopole de la violence. La noblesse s'en tenait à la dentelle, aux sonnets, aux musiques et aux parfums... Des activités plus calmes qu'Alix détestait. N'était-ce pas à cela qu'elle était forcée de consacrer ses jours depuis son retour du pensionnat ? Les chiffons, les danses et les bonnes manières. Pourtant, elle connaissait tous les pas et les chorégraphies nécessaires par cœur, et depuis longtemps. Cela n'avait que le mérite d'amuser Marianne, à qui Alix apprenait aussi à bien se tenir dans le monde, se disant que cela pourrait éventuellement lui être utile, à l'avenir. Certaines nourrices avaient bien été anoblies à la Cour du roi de France, par le passé. Une caméristе jeune et jolie pouvait sans doute, elle aussi, espérer rencontrer un bon parti. Cependant, Alix détestait définitivement ces nouveaux passe-temps... à l'exception de la musique.

Arrivée au centre de la pièce, elle s'installa donc au pianoforte, et bientôt, elle déplaçait ses doigts sur les touches avec une énergie que sa colère alimentait. Elle adorait jouer de cet instrument, inventé au début du siècle, et qui permettait au musicien de nuancer son interprétation, de jouer aussi bien doucement que violemment. Lorsqu'elle était revenue du couvent et avait découvert le piano au château, elle avait bondi de joie.

— C'est M. Jolivet qui nous en a conseillé l'achat, avait expliqué son père. Puisque te voilà de retour, tu vas recommencer à prendre des leçons avec ton précepteur. On n'est jamais trop instruit. Et tu en profiteras pour apprendre à jouer du pianoforte. Mozart a composé pour cet instrument des fugues, sonates et concertos de toute beauté. Je serais heureux de pouvoir les entendre, un jour, si tu fais preuve d'assez de talent.

Alix, qui n'aimait gère les sonorités du clavecin dont, pourtant, elle jouait depuis longtemps, s'était mise au piano avec enthousiasme et avait rapidement démontré qu'elle pouvait en tirer de belles mélodies, pour la plus grande satisfaction du marquis. Imaginant le prix qu'avait coûté cette acquisition, elle comprenait sans peine qu'il aurait été déçu si elle avait, au contraire, dédaigné son cadeau ou ne s'en était pas montrée digne.

Pour l'heure, la colère d'Alix s'exprimait parfaitement dans les grandes envolées de la *Toccata et Fugue en ré mineur* du grand compositeur Jean-Sébastien Bach. Depuis quatre mois qu'elle était revenue dans la demeure familiale, rien d'aussi important n'était arrivé. Et voilà qu'on la chassait comme une gamine importune. Puisqu'on la préparait à son entrée dans le monde et qu'on voulait bientôt la marier, n'était-elle pas suffisamment adulte et responsable pour prendre part à une telle conversation ?

Le dernier événement aussi marquant avait été la folle course-poursuite sur la route de Grenoble quand elle était rentrée du couvent. Faustine en parlait toujours en frissonnant tandis qu'Alix, elle, n'y pensait qu'avec regrets. Regrets de n'avoir pas pu en découdre elle-même, d'abord, et surtout, regrets de n'avoir pas pu demeurer auprès du jeune blessé qu'on avait laissé à l'auberge, aux bons soins du médecin. Malgré ses protestations, elle avait dû rentrer directement au château, sous la pression conjuguée de Bradroc et de Faustine. Et, comble de malchance, le lendemain, lorsqu'elle était retournée prendre de ses nouvelles, il avait disparu sans laisser de traces, abandonnant seulement derrière lui un écu d'or sur la table de sa chambre, pour payer les frais occasionnés par son sauvetage. Elle n'avait donc pas pu en apprendre davantage sur cet inconnu, alors même qu'il l'intriguait plus que tout...

Depuis ce jour, le beau visage de cet homme, illuminé par de grands yeux bleus et entouré de mèches brunes, continuait de la hanter dans ses rêves. D'autant plus que, Bradroc ayant ramené son cheval en même temps que le carrosse familial, elle songeait à ce gentilhomme qui avait si mystérieusement disparu chaque fois qu'elle voyait l'animal. Un animal magnifique d'ailleurs, qui se remettait fort bien de sa blessure dans les écuries du château ! Du fait de sa robe grise et de son caractère ombrageux, Alix l'avait nommé Orage, car il lui rappelait les nuages menaçants avant la tempête.

La jeune fille poussa un énorme soupir en repensant à tout cela et cessa de jouer. Comprenant que la musique ne lui serait d'aucune aide, elle sortit se promener dans la cour d'honneur, profitant des derniers rougeoiements du soleil. Elle n'aurait pas dû évoquer l'inconnu du printemps dernier, cela ravivait toujours en elle un feu qu'elle avait du mal à dominer. Si Alix ne lui pardonnait guère de s'être enfui sans un mot de remerciement, elle s'en voulait encore plus de penser toujours à lui. Cela dépassait son entendement et l'irritait passablement. Alors qu'elle aspirait à endosser de nouvelles responsabilités, elle aurait dû être capable de plus de maîtrise sur elle-même.

De nouveau, ses pensées se tournèrent vers la discussion qui avait cours dans le petit salon. Comment les événements risquaient-ils de tourner dans les semaines à venir ? Elle avait terriblement envie d'en savoir plus. Sa jeunesse et son caractère fougueux s'accommodaient mal du rythme de vie trop calme qu'on lui imposait désormais. Tout ça en prévision de son entrée dans le monde, à l'automne, à l'occasion de son seizième anniversaire… Quelle pitié ! Est-ce que cela allait seulement avoir lieu ? Si la conjoncture ne s'améliorait pas, on pouvait raisonnablement penser que ce genre de festivités et les divers bals habituels seraient annulés. Ce n'était d'ailleurs pas pour lui déplaire ! Mais aurait-elle une seule occasion de faire valoir ses arguments ?

⁂

Alix s'était calmée et commençait à s'ennuyer quand quelqu'un sortit du château. Elle reconnut l'un des fils du comte, le plus âgé des deux. Jusqu'à présent, elle n'avait pas tellement fait attention à lui. Il s'approcha d'elle et s'inclina, comme tout gentilhomme qui se respecte.

— Mademoiselle la comtesse… la salua-t-il d'un ton qu'elle trouva pince-sans-rire. C'est ainsi que l'on vous appelle, je crois. Je suis venu vous tenir compagnie, si vous le permettez, car vous me paraissiez bien esseulée. De plus, la conversation entre nos parents risque fort de s'éterniser…

Il était bien maladroit, le jeune homme ! Et il s'en rendit compte, car il rougit instantanément. Sans lui donner de réponse immédiate, Alix le considéra avec attention. Ce garçon n'était pas vilain, et apparemment sympathique, mais elle le trouvait beaucoup trop timide et pâlichon. Un peu efféminé peut-être… Néanmoins, il ne lui déplut pas, et elle sourit lorsqu'il tenta un trait d'esprit :

— Une fleur telle que vous ne peut être laissée à dépérir sans que l'on intervienne…

— Eh oui, fit-elle sans façon, ne relevant pas le compliment, on m'a renvoyée telle une enfant trop curieuse. Je le regrette, ces conversations me passionnent !

Il cilla légèrement et ouvrit les yeux en grand.

— À votre âge, jolie demoiselle ? Voilà qui est surprenant !

— Pourquoi ? Je vais bientôt avoir seize ans, et comme l'a dit le poète, la valeur n'attend pas le nombre des années.

— Quel feu en vous ! Je vous admire…

— J'aime comprendre les événements, et normalement, mon père me laisse prendre part aux discussions politiques. S'il ne le fait pas ce soir, c'est par égard pour votre famille… et les convenances. Mais j'ai reçu une solide éducation, ajouta-t-elle sans forfanterie. Ah, et puis cela change de la routine : ici, dans nos hautes montagnes, il ne se passe jamais rien…

— Vraiment ? s'étonna poliment son interlocuteur. Pour ma part, voyez-vous, je me contente de ce rien, comme vous dites. À l'inverse, l'actualité me fait plutôt peur… et dans le fond, ces conversations m'ennuient assez, je l'avoue.

Alix pinça les lèvres. Ce jeune homme était-il idiot ? Comment pouvait-il ne pas s'intéresser au sort du royaume, lui, un noble, la fine fleur de la nation ? Elle préféra ne pas insister.

— Quel est votre nom ? demanda-t-elle avec politesse. Je l'ai mal entendu.

À la vérité, elle n'y avait prêté quasiment aucune attention.

— Baron Armand de Saint-Clair, mademoiselle la comtesse. Mais appelez-moi Armand simplement... ajouta-t-il en se penchant vers elle, les joues de plus en plus écrevisse. Nous ne sommes pas si vieux pour devoir nous conformer à tous les usages...

Elle lui tendit une main amicale :

— D'accord. Appelez-moi Alix, dans ce cas !

Il parut ravi, mais en même temps, son visage exprimait clairement que c'était beaucoup trop d'honneur. Elle se dégagea et commença à marcher vers le parc. Il la suivit, réglant son pas sur le sien. C'était une mauvaise idée, songea alors la jeune fille avec lucidité. Si ses parents apprenaient qu'elle avait eu un entretien avec Armand de Saint-Clair sans la présence du moindre chaperon, ils seraient sans doute fâchés. D'un autre côté, elle brûlait de curiosité et tenait là l'occasion de l'assouvir un peu.

— Dites-moi, Armand, j'espère ne pas être indiscrète, mais...

La jeune fille était bien consciente de s'éloigner des convenances et de l'attitude qu'une dame devait adopter ; pourtant, elle osa souffler avec un sourire un peu confus :

— Votre père allait en parler... puis-je vous demander ce qui est arrivé à votre frère ?

Armand parut se rembrunir :

— Mon frère, mon frère ! grommela-t-il. Mon frère est une tête brûlée !

Il secoua la tête et reprit :

— Ce fol a disparu à Paris.

— Il était à Paris ? ne put se retenir Alix, enthousiasmée. Il était à la Cour du roi ?

— Oui... Nous y étions tous. Toutefois, ces derniers temps, mon père se lassait des intrigues et sentait le vent tourner. Alors nous sommes rentrés en Savoie en janvier, mais mon frère est resté seul là-bas pour représenter la famille.

Alix n'était guère étonnée par cette confidence. Son propre père avait tendance à se tenir loin de la Cour, celle de France comme celle de Sardaigne, se contentant du titre dont il avait hérité et des charges qui lui incombaient. La santé fragile de la marquise, qui avait besoin de l'air pur des montagnes, avait été pour eux le prétexte idéal pour revenir dans les Alpes et se tenir à l'écart des manœuvres politiques et courtisanes.

— Louis est d'un tempérament fougueux, continua Armand. Je suis certain qu'il n'a pas pu tenir en place, devant les mouvements de foule. Il a sûrement voulu agir pour le roi. Il sentait les gens bouillir, depuis des mois, et une révolte lui apparaissait imminente et inévitable, il nous l'avait confié par courrier. Il pensait pouvoir faire quelque chose, à tout le moins aider ceux qui auraient des problèmes... Un grand cœur...

Alix frissonna à cette description en l'entendant décrire son frère. Ce Louis était, de toute évidence, un homme comme elle aurait rêvé d'en rencontrer. Un de ces êtres chevaleresques que n'effrayaient pas les embûches, un individu de la trempe de cet inconnu qui l'avait tant marquée en mars dernier !

Armand cessa de parler pendant quelques instants, puis reprit, après une hésitation :

— Nous avons encore de la famille là-bas. Et nous y avions aussi un hôtel particulier.

— Tiens ! Nous aussi... Mais nous l'avons cédé à une cousine qui y vit. Je me demande ce qu'elle devient.

— J'espère, dit Armand avec véhémence, qu'il ne lui est pas arrivé ce qui nous est arrivé à nous ! L'hôtel a été envahi, on ne sait sous quel prétexte fallacieux, et saccagé, pillé de fond en comble. Louis a disparu ensuite. Personne ne sait où il est, ni ce qu'il fait, ni comment il va. Peut-être même est-il mort... Mes parents sont rongés d'inquiétude.

— Je comprends... Ce doit être terrible.

Ils étaient arrivés à la lisière du bois qui bordait le parc. La jeune fille s'assit sur un rocher et, levant les yeux, sembla se plonger dans la contemplation du paysage. Elle respirait avec délice la forte odeur de résine qui émanait des sapins environnants, attentive à la bienfaisante fraîcheur qui montait du torrent, écoutant le vent qui bruissait dans les branches.

Le crépuscule s'était maintenant avancé. Le dernier quartier de la lune se détachait, très blanc sur un ciel qui s'obscurcissait, limpide et profond. Les pentes escarpées, grignotées par les forêts de résineux, et les sommets de la chaîne savoyarde se profilaient sur le firmament où commençaient à scintiller d'innombrables étoiles, d'autant plus visibles que la lune était peu présente. Ici et là, un pan de neige des glaciers retenait néanmoins un reflet argenté, soulignant à merveille la silhouette des massifs abrupts.

Sans même se tourner vers son compagnon silencieux à ses côtés, Alix demanda :

— Pourquoi soupirez-vous ainsi ?

— Je pense aux événements actuels... À mon frère. Mes parents ont envoyé des gens à sa recherche depuis qu'ils ont appris sa disparition. J'espère qu'ils reviendront vite, avec de bonnes nouvelles. Tout le monde est très inquiet.

Le jeune homme s'était appuyé contre un arbre ; sa longue silhouette, « mincissime » songeait Alix avec humour, se détachait sur le ciel. Il la regardait fixement, et elle devinait plus qu'elle ne voyait ce regard peser sur elle. Tout à coup, il s'approcha.

— Je suis inquiet et pourtant, en cet instant, je ne peux détourner mon esprit de vous. Vous êtes d'une si grande beauté que les étoiles pâlissent de jalousie devant votre grâce...

— Je les trouve bien vives, pourtant, ironisa Alix.

— J'espère qu'à vous le Ciel permettra qu'il n'arrive rien ! Vos yeux ne sont pas faits pour pleurer…

La jeune fille rit gentiment.

— C'est très inconvenant de parler ainsi, Armand !

Mais le garçon semblait sérieux, ne prêtant guère d'attention à ses remarques. Elle détourna le regard, un peu gênée, cherchant à s'écarter de lui.

— Peut-être devrions-nous rentrer maintenant ? suggéra-t-elle en se levant. Vos parents vont bientôt retourner chez eux… J'entends Bradroc qui sort vos chevaux de l'écurie.

Armand avança encore vers elle et lui saisit le bras.

— Je pourrais passer l'éternité avec vous ici, Alix, déclara-t-il avec un brin d'emphase.

Elle ne le comprenait plus. Si elle n'avait pas été de taille à se défendre, elle aurait sans doute pris peur en sentant la main du jeune homme trembler sur son bras. Les yeux clairs de son compagnon fixaient son doux visage et elle perçut la flamme étrange qui animait ses iris. Elle tenta d'échapper à sa poigne solide.

— Je ne vous trouve plus amusant du tout, Armand, dit-elle d'un ton ferme. Je veux rentrer, lâchez-moi…

Il n'obéit pas tout de suite, comme captivé par son regard. Ses doigts effleurèrent la bouche de la jeune fille qui recula instinctivement.

Comment peut-il se permettre un geste aussi audacieux ? songea-t-elle avec irritation. *Aussi… intime ?*

Armand semblait profondément troublé et la nervosité d'Alix s'amplifia. Elle aurait voulu lui dire de se ressaisir, mais elle n'en fit rien, espérant encore qu'il se reprendrait de lui-même.

— Bienheureux l'homme qui vous épousera, Alix, souffla Armand d'un timbre devenu rauque. Il fera bien des jaloux…

— Vous ne pouvez dire pareilles sornettes ! se rebiffa-t-elle. Vous ne me connaissiez pas il y a deux heures !

— J'en sais suffisamment pour vous adorer à tout jamais.

— Sottise !

Armand parut vexé, mais le ton glacial d'Alix le ramena à lui.

— Pardonnez-moi. Ce doit être l'ivresse de cette merveilleuse soirée…

— Probablement, lui accorda-t-elle, tout en grinçant des dents et en le traitant intérieurement d'une multitude de noms d'oiseaux.

— Rentrons.

Il lui donna le bras, et elle l'accepta après une hésitation. Au point où elle en était, ce n'était pas cela qui allait compromettre sa réputation. Avec de la chance, ses parents et ceux d'Armand seraient trop troublés par leur discussion pour se préoccuper du fait que leurs enfants s'étaient retrouvés seuls dans les jardins, à la tombée du jour…

Ils rejoignirent rapidement le château et, en approchant, s'aperçurent que leurs parents finissaient de se saluer, sur le perron. Le jeune Ankus, comme un chevalier d'autrefois, s'inclina devant la marquise, puis devant Alix à qui il adressa un chaleureux sourire. Toujours aussi vif, il lui déclara sans ambages :

— Madame, je suis votre serviteur.

— Je vous reçois comme tel, fougueux Ankus, répondit Alix, amusée.

— Je vous remercie, noble dame. J'en suis très honoré.

Les Saint-Clair se mirent en selle, et Ankus se pencha vers Alix du haut de son cheval :

— Ah ! Si mon frère Louis était là, comme il vous aimerait… souffla-t-il en secret.

Alix sourit et le gourmanda avec gentillesse :

— Cela suffit, Ankus ! Votre jeune âge ne vous autorise pas à trop en dire…

Les deux familles se quittèrent bientôt, et Armand se comporta comme si rien ne s'était passé entre eux. Alix espérait ne jamais le revoir.

3

Devoir d'état

Dans la grande salle, Alix s'était remise au piano. Elle avait choisi des morceaux faciles qui lui permettaient de réfléchir tout en jouant, ce qui lui donnait une contenance et évitait qu'on la dérangeât pour une broutille, tel l'essayage d'une nouvelle robe. Il y avait dans la vie des choses nettement plus importantes que ça, surtout en cet été mouvementé !

Depuis le 26 août, les journaux s'étaient multipliés en France, après l'adoption de la Déclaration universelle des Droits de l'Homme proclamant la liberté de la presse. Le *Moniteur universel* et le *Journal de Paris* – ce dernier existant depuis une douzaine d'années – traduisaient assez bien, disait-on, la tendance constitutionnelle. Plus à gauche, on trouvait le *Patriote français* de Brissot, et les *Révolutions de France et de Brabant* de Camille Desmoulins. La tendance populaire était illustrée par l'*Ami du Peuple* de Marat, mais on en trouvait encore beaucoup d'autres… Le marquis de la Chaussée d'Arville achetait les plus importants, afin d'avoir plusieurs points de vue sur les événements et une vision plus objective. Recouper les renseignements factuels fournis lui permettait aussi de démêler le faux du vrai et de savoir à peu près à quoi s'en tenir.

Alix se sentait assez proche des constitutionnels, avec l'abbé Sieyès et La Fayette – lequel signait désormais Lafayette en réaction au système nobiliaire –, qui souhaitaient une monarchie tempérée et une Assemblée puissante qui représentât le peuple. Elle était persuadée, comme eux, que l'on pouvait élaborer une Constitution française sans pour autant détruire la royauté, mais en en limitant les pouvoirs... La monarchie absolue, en effet, présentait des exagérations difficilement défendables et elle comprenait les réticences anciennes de son père par rapport à la Cour, avant la Révolution. Après avoir parlé de simple révolte, c'était bel et bien le terme que l'on employait maintenant, comme si ses valeureux défenseurs avaient voulu en faire un modèle pour le monde entier.

En revanche, Alix n'aimait guère les *Actes des Apôtres*, que lisait assidûment le comte de Saint-Clair et où l'on retrouvait toutes les idées rétrogrades de la coterie des Aristocrates Noirs, comme on surnommait les contre-révolutionnaires les plus forcenés, ceux qui ne voulaient absolument pas que les choses changent et qui entendaient se cramponner à leurs privilèges sans voir que le monde devait évoluer... et que, de toute façon, il était déjà en train d'évoluer. Elle n'appréciait pas plus le *Journal politique et national* auquel collaborait le trop fameux Rivarol, un faux noble, pourtant plus royaliste que le roi. En pensant qu'il était Piémontais, lui aussi, Alix en avait presque honte. Ces gens donnaient une image de la noblesse tout à fait propre à la faire haïr, même si ce qu'ils disaient n'était pas toujours entièrement faux. Mais c'était beaucoup trop extrémiste. À les entendre parfois, on pouvait croire que leur but était de revenir au servage... On pouvait être fidèle à la royauté, mais accepter de modifier le système monarchique ! Et on pouvait être fier de sa famille et de la noblesse sans pour autant rabaisser les gens du peuple et leur nier toute liberté, voire toute intelligence comme le faisaient certains[1] !

Alix détestait pareillement les extrémistes de gauche, qu'elle considérait comme des fous sanguinaires prêts à tout pour parvenir à leurs fins et à l'établissement du régime absolu qu'ils avaient choisi comme étant le meilleur pour la France. On disait seulement la France maintenant. Ce n'était déjà plus, dans le langage courant, le royaume de France...

Le 4 août, les droits féodaux avaient été abolis : les droits personnels et les privilèges fiscaux avaient été supprimés, de même que les privilèges des provinces et des villes, les justices seigneuriales et la vénalité des charges. En échange, on avait proclamé l'admission de tous aux emplois publics et la possibilité de racheter des droits réels. Les fondements institutionnels de la société féodale venaient d'être mis à bas, mais pour les Piémontais, habitués depuis presque deux décennies à la disparition progressive des privilèges de la noblesse, cela n'avait rien d'étonnant.

Le marquis de la Chaussée d'Arville n'était d'ailleurs pas défavorable à ce mouvement, car il existait effectivement trop d'injustice et d'inégalité entre les individus. Néanmoins, il lui fallait convenir que cela gênait ses habitudes. Et si cela devait nuire à l'avenir de son domaine et de sa fille, il en aurait été marri. Or, il était persuadé que la Savoie serait rattachée à la France, à plus ou moins court terme. Dès lors, si le mouvement révolutionnaire français menaçait d'aller un peu trop loin et un peu trop vite à son

1. Entre autres choses, Rivarol et consorts ridiculisaient le « patrouillotisme » des Parisiens et les élans des femmes qui donnaient leurs bijoux pour la patrie, traitant les défenseurs de la liberté de démagogues et d'enragés. Ils reprenaient là un terme qui faisait fureur depuis septembre 1789, lorsqu'une estampe caricaturale anonyme s'en était prise à Lafayette et aux patrouilles qui circulaient au Palais Royal, pour illustrer « le patrouillotisme chassant le patriotisme du Palais Royal ».

goût, il devenait méfiant. Voir les nobles français devenir de simples citoyens, des « ci-devant » était une chose ; observer certains émigrer tandis que leurs biens étaient confisqués et vendus, en était une autre. Le marquis espérait éviter de subir le même sort et transmettre aux futures générations de sa famille ce qu'il avait hérité des précédentes. C'était plus qu'un simple capital, plus que le moyen d'assurer leur avenir, c'était aussi toute une identité qui remontait à près de mille ans. Il ne comptait pas laisser tout cela s'écrouler après tous les efforts de ses ancêtres.

De son côté, Alix avait été profondément et positivement affectée par la *Déclaration des Droits de l'Homme et du Citoyen*. Le fameux texte qui avait permis la naissance de tous ces journaux qu'ils lisaient aujourd'hui. Un beau texte, qui la touchait en son âme, un texte sans concession, qui consacrait l'égalité des droits civils, la liberté individuelle et le droit de propriété. Quels mots magnifiques que ceux qui commençaient la *Déclaration* : « Tous les hommes naissent libres et égaux en droit... » La *Déclaration* confirmait aussi le transfert à la nation de la souveraineté émanant jusque-là du roi, et la séparation des pouvoirs...

Tous ces thèmes avaient largement été étudiés par les philosophes modernes dont Alix avait lu les thèses. On en faisait grand cas depuis quelques années. Du temps où les Chaussée d'Arville fréquentaient encore les salons de la vallée – ce qui remontait à plusieurs années –, il n'était question que de la grande *Encyclopédie* de Diderot et D'Alembert, du *Traité sur la Tolérance* de M. de Voltaire – incapable de signer sous son vrai nom –, des *Lettres Persanes* de Montesquieu, du *Discours sur l'origine de l'Inégalité* de Jean-Jacques Rousseau. Les fondements de la société monarchique étaient sévèrement critiqués, et un mot magique faisait fureur : démocratie... Le marquis, qui avait la plupart des modernes en horreur, se gaussait de ces nobles qui faisaient taire leur conscience en défendant des philosophes qui seraient un jour à l'origine de leur chute. Pour lui, ces thèses étaient déjà annonciatrices de bouleversements qui dépasseraient ce que la noblesse désirait. L'Histoire semblait lui donner raison.

En revanche – et de façon évidente –, Alix n'était pas hostile à ce qu'il y avait de généreux dans ce vent d'égalité et de liberté qui avait entraîné la prise de la Bastille et la chute partielle de la royauté. Elle comprenait la nécessité d'une évolution de la société, mais, royaliste dans l'âme, espérait encore qu'on pourrait conserver la monarchie tout en l'aménageant au lieu de la renverser. Une descendante de la Chaussée d'Arville, héritière d'une famille loyale, même très ouverte aux idées nouvelles des philosophes, ne pouvait réagir autrement et accepter de trahir son souverain. À cause de cela, elle éprouverait sans doute un certain embarras à servir une République, fût-elle française, si on devait en arriver là. Mais ce n'était pas encore fait, grâce à Dieu !

Bien que cela lui fût favorable, il lui paraissait pourtant inique que, du simple fait de leur naissance et non de leurs qualités intrinsèques, certains vinssent au monde avec pour toute perspective une existence de servitude, voire d'indigence, tandis que d'autres vivaient dans l'opulence et occupaient les meilleurs postes de la société. C'était d'autant plus injuste que certains nobles ne faisaient guère honneur aux charges qui leur étaient dévolues et ne méritaient nullement les avantages de leur rang.

Alix tenait en haute estime les valeurs de la noblesse, mais contrairement à nombre de ses contemporains, elle n'oubliait pas que celle-ci était avant tout une question d'attitude et d'état d'esprit. Or un noble qui dénigrait les gens du peuple et les exploitait ne faisait pas la preuve de sa noblesse, bien au contraire ! Elle savait qu'au Moyen Âge, la noblesse était d'ailleurs un milieu beaucoup plus ouvert qu'aujourd'hui et il était alors assez aisé d'y entrer grâce au principe de l'agrégation, simplement en adoptant et partageant les valeurs, les normes sociales et le mode de vie admis comme étant ceux de la noblesse, et ce, sur trois générations environ. Qui vivait noblement devenait noble. Sa propre famille était une de ces lignées de noblesse d'extraction, considérée comme la plus prestigieuse, car il avait fallu en faire la preuve par son comportement. De la même façon, Alix pensait qu'une attitude indigne d'un noble aurait dû lui faire perdre son rang social. Ses lectures passées l'avaient amenée à réfléchir longuement à ces sujets, et les valeurs prônées par certains révolutionnaires comme Lafayette lui semblaient parfaitement justes, puisqu'il s'agissait de reconnaître l'égalité de chacun et de récompenser le mérite plutôt que le titre. Devant Dieu, les hommes étaient tous les mêmes et ils étaient jugés sur leurs qualités, alors pourquoi pas devant la loi ?

Cependant, en femme sensée, Alix devinait que ces inégalités existaient malheureusement dans toutes les sociétés de par le monde, quel que fût le régime, monarchique ou non. Elle avait étudié l'Histoire, elle savait ce qu'il en était. Seules les Amériques semblaient presque échapper à cette malédiction, comme si, là-bas, chacun avait réellement eu sa chance. C'était un pays tout neuf, construit sur un nouveau modèle, loin des monarchies européennes. Lafayette avait peut-être raison d'y chercher un modèle à appliquer à la monarchie française, même si cela ne se ferait pas sans un certain nombre de remaniements. Néanmoins, cette liberté et cette égalité ne s'appliquaient en théorie que si l'on était blanc de peau, même aux Amériques. Les Noirs n'avaient aucun droit, eux. À en juger par ce qu'en disait un cousin de la famille, installé là-bas depuis plusieurs années, c'était bien ainsi que ça se passait. Or, pour le moment, malgré la *Déclaration*, il n'était pas encore question, en France non plus, d'abolir l'esclavage et le commerce triangulaire, source de richesses dont certains refusaient de se passer.

Il n'y avait donc pas que la question de l'origine sociale, il y avait aussi celle de la race et du sexe. En effet, la place des femmes dans la société faisait encore débat, alors que pour Alix, il était évident qu'elles devaient êtres les égales des hommes. Elle était elle-même capable d'en remontrer à plus d'un, que ce fût sur le plan des connaissances intellectuelles ou du fleuret, mais ce n'était point officiellement reconnu. Et ses pareilles n'avaient souvent pas la même chance qu'elle.

Tout cela ne peut cependant être qu'une hypocrisie mensongère. Disons plutôt que c'est un début, mais que c'est encore bien incomplet...

Alix était consciente que sa vision des événements était liée à sa situation personnelle, à son éducation mais aussi à la pression sociale qui montait autour d'elle à l'approche de ses seize ans. Comment ne pas se révolter contre le fait que la situation fût différente selon qu'on était homme ou femme ? Jusqu'ici, seuls les premiers étaient libres et égaux entre eux. Ils étaient libres et pouvaient impunément asservir les secondes, quel que fût leur rang, sans qu'elles eussent voix au chapitre. Apparemment. Mais peut-être la Révolution française allait-elle permettre de changer cela, ainsi que pouvait le laisser croire la fameuse *Déclaration*, pleine de bonnes intentions. Il était trop tôt pour le dire, mais Alix l'espérait du fond du cœur.

C'était pour elle un problème crucial, surtout éprise de liberté comme elle l'était. Cependant, elle ne pourrait échapper longtemps au mariage que souhaitait son père, par exemple. Quoique sévère, ce dernier adorait son enfant, même dans ses excès et ses revendications, car elle avait tout ce qu'il fallait pour le rendre fier : il voyait en elle un accomplissement et faisait le maximum pour qu'elle se montrât digne de ses ancêtres. Elle serait néanmoins la dernière à porter le nom de la Chaussée d'Arville, sauf si elle consentait à épouser un homme qui, exceptionnellement, accepterait de renoncer à son nom pour sauver celui de sa lignée… C'était précisément ce sur quoi comptait le marquis, attendant avec impatience le moment où il ferait sauter son petit-fils sur ses genoux. Oui, un petit-fils, et non une petite-fille ; un petit-fils qui perpétuerait sa lignée.

Aux yeux d'Alix, tout allait toujours dans ce sens, en dépit de la bonne volonté des uns et des autres. Dans l'état actuel des choses, elle n'avait aucune existence sociale propre en tant que femme, dépendant pour le moment de son père, jusqu'au jour où elle dépendrait de son mari. Cette pensée lui était intolérable, d'autant plus que si son père était plutôt indulgent avec elle, lui laissant une grande marge de manœuvre, ce serait peut-être différent avec l'homme qu'elle devrait épouser. La jeune fille espérait qu'elle aurait tout de même son mot à dire sur le choix de son futur époux, décidée aussi à retarder le plus possible le moment du mariage et les obligations qu'un tel engagement signifiait. Plus elle réfléchissait à cette question et plus l'idée d'une union non désirée la rebutait. Elle avait cependant conscience que viendrait un temps où elle ne pourrait plus reculer. Il était tout de même triste de constater que les seules femmes à peu près libres à ce jour étaient les veuves.

Devrais-je donc épouser un vieillard cacochyme en espérant que le prochain hiver l'emporte vivement ? Vertudieu, je ne m'y résoudrais point ! Ou alors, un fougueux militaire, qui disparaîtra sur un champ de bataille. Seigneur, ce serait un beau gâchis, tant pour lui que pour moi… surtout s'il advenait qu'il soit avenant. Et puis, je ne me vois pas attendre chez moi toute la sainte journée qu'on m'annonce le décès ou le retour de mon mari.

Demeurait la solution de rester célibataire et de diriger elle-même le domaine, le jour où son père ne serait plus en état de le faire. Ce qui n'était pas pour demain, grâce au

Ciel ! La jeune fille, qui avait été initiée très tôt au travail – titanesque – que cela demandait, s'estimait parfaitement capable de reprendre l'élevage de chevaux de son père en temps voulu et de faire tourner la propriété sans l'aide d'un homme.

Si je faisais le choix de devenir « vieille fille », comme on dit, ce serait certainement assez mal vu par la bonne société. Et mes parents le vivraient sans doute plutôt mal aussi. Mais au moins, je serais libre. Le seul problème serait de trouver l'argent nécessaire à l'entretien de notre propriété. La fortune de notre famille n'est plus ce qu'elle était, hélas...

De toute façon, elle n'était même pas certaine que cela fût possible. Est-ce qu'un oncle ou un autre individu mâle de sa famille ne pouvait pas se targuer de devenir son tuteur légal à la mort de ses deux parents, l'emporter sur elle dans l'ordre de succession et se permettre alors d'emménager chez elle et de la soumettre à sa loi ? En un sens, que la famille de son père fût restreinte n'était pas un désavantage, pour une fois.

Les femmes auraient-elles toujours à se sacrifier ainsi ? Devraient-elles toujours demeurer cloîtrées, que ce soit dans un couvent ou chez elles, à s'occuper de ce qu'on leur ordonnait sans avoir la possibilité de diriger elles-mêmes leur existence, de décider de leur futur, de qui elles voulaient épouser (voire *si* elles voulaient se marier !) et même de se mêler de la vie publique ? C'était injuste ! Les femmes n'étaient pas d'éternels enfants sans cervelle ; pourtant, on tentait justement de les cantonner dans un rôle mineur. Elles avaient autant d'intelligence que les hommes et elles étaient parfaitement capables de se prendre en charge elles-mêmes et de participer aux destinées du pays, ainsi que Blanche de Castille et d'autres femmes l'avaient déjà montré par le passé. Alors pourquoi aujourd'hui les reléguer à des rôles de moindre envergure ?

Peut-être que les hommes ont peur de nous, en fin de compte ! songea-t-elle, un petit sourire ironique étirant ses lèvres. *Peur de ce que nous pourrions réaliser sans eux. Peur de s'apercevoir qu'ils ne nous sont pas autant indispensables qu'ils veulent le croire. Ils en seraient tout déstabilisés !*

⁂

Les mois avaient filé, la Grande Peur avait sévi dans les campagnes françaises et les victimes avaient été relativement nombreuses. Puis, tandis qu'une accalmie se dessinait dans la tempête qui agitait le pays, octobre était arrivé sans prévenir et maintenant, l'anniversaire d'Alix approchait à grands pas… ainsi que son entrée officielle dans le monde. Cela n'avait aucune importance, comparé aux incidents internationaux, mais à ses yeux, c'était primordial. Elle ne s'en réjouissait pourtant pas et ses pensées en étaient sensiblement assombries à cette heure, tandis qu'elle cheminait, revenant de Grenoble où elle était allée chercher un dérivatif à ses préoccupations.

Au fur et à mesure que s'envolait l'espoir d'échapper au bal et aux exigences de sa condition, elle perdait patience et ne tenait plus en place, isolée dans la propriété familiale. De plus, les événements politiques se précipitaient et désormais, elle ne supportait plus de ne rien savoir. Aussi avait-elle prétexté une partie de chasse pour partir discrètement avant l'aube, sans demander l'autorisation de personne, afin de ne pas être encombrée d'un chaperon dont elle ne voulait pas. Mais sa quête d'informations s'étant révélée peu fructueuse, et l'ennui la guettant, elle avait traîné et ne revenait qu'à la tombée du jour, espérant cependant arriver juste à l'heure pour le repas du soir.

Elle avait constaté que la crise jetait toujours sur les routes ses flots de malheureux et d'affamés, capables de n'importe quoi pour une miche de pain – ce qui se concevait certainement quand on n'avait rien dans le ventre.

C'était en prévision d'une éventuelle mauvaise rencontre qu'elle avait décidé de porter un costume d'homme, l'épée au côté et la dague glissée à la ceinture – costume qui l'avait sans doute mise à l'abri des agressions. La Grande Peur avait laissé des traces profondes et des craintes durablement enracinées. Néanmoins, à la Chaussée et aux alentours, tout restait paisible.

La monture d'Alix était une petite jument américaine qu'on venait de lui offrir, avec un peu d'avance, pour ses seize ans. Elle l'avait appelée Galipette et s'entendait déjà à merveille avec elle. La jeune fille se réjouissait de constater qu'elle pouvait demander beaucoup à cette bête, robuste et pourtant gracieuse, docile et résistante, et qui convenait très bien à ses besoins. Alix l'avait maintenant lancée au galop à l'orée de la forêt de sapins et de mélèzes qui bordait le parc du château de la Chaussée. La course n'était possible qu'à cet endroit, à l'abri des arbres, car les branches résineuses avaient en grande partie retenu la neige, qui, ailleurs, recouvrait déjà le sol sur presque trois pieds d'épaisseur[1]. Cela n'avait rien d'étonnant après les chutes quasiment ininterrompues de la semaine passée.

C'était en raison des conditions climatiques que le marquis avait offert son cadeau à sa fille quelques jours avant la date prévue. Il l'avait lui-même débourrée et savait qu'Alix aurait intérêt à se familiariser rapidement avec l'animal pour en faire une monture adroite et disciplinée, ce qu'elle aurait du mal à faire en pleine saison froide, où les sorties n'étaient pas toujours possibles.

Et dire que parfois, à cette période, il arrive qu'il fasse encore beau et suffisamment bon pour ne pas avoir à vêtir un manteau en journée !

Alix n'était-elle pas née un jour d'octobre 1773, une nuit plutôt, une nuit d'orage, après une journée exceptionnellement chaude pour la saison ?

1. Presque un mètre.

Si seulement je pouvais songer à autre chose qu'à ce maudit anniversaire ! Je suis allée à Grenoble pour me changer les idées et je reviens en ne pensant qu'à ça…

Elle ne pouvait malheureusement pas s'en empêcher : elle devinait qu'en dépit de l'actualité plutôt sombre, on était en train d'organiser son premier bal et cela l'angoissait. On chuchotait autour d'elle, on faisait des cachotteries, on préparait une surprise. Rien que d'y penser, la jeune fille sentait sa gorge se nouer. D'autant plus que leurs voisins, les Saint-Clair, seraient apparemment conviés à l'événement. Alix ne voulait surtout pas songer à la possible conduite d'Armand. Elle avait revu plusieurs fois le jeune homme, au cours de l'été et de l'automne, et il ne lui plaisait pas plus qu'au premier jour. Elle le trouvait toujours trop empressé auprès d'elle.

Tout en cheminant, elle força alors son esprit à revenir vers les religieuses du couvent Sainte-Cécile, en compagnie desquelles elle avait passé trois ans de son existence, et à qui elle venait de rendre visite. Leur situation précaire lui crevait le cœur, ce qui n'aidait guère à raviver son entrain habituel. En effet, le premier du mois, un décret avait suspendu les vœux monastiques des sœurs Bernardines, comme ceux des autres religieux, et il y avait fort à parier qu'ils seraient bientôt abolis. Cela ne remettait pas uniquement en question la situation des religieuses, mais également l'avenir de toute une frange de la noblesse.

Les couvents étaient des espaces sociaux importants pour les jeunes filles du même milieu qu'Alix puisqu'ils étaient leur principal lieu d'éducation. Mais parfois, ils devenaient aussi un lieu de vie, et pour une raison bien simple : comme celui des garçons de leur rang, le destin des jeunes filles nobles était tracé dès la naissance. Ainsi, l'aîné des garçons succédait au père à la tête du domaine familial qu'il recevait en héritage en même temps que le titre, le second embrassait la carrière militaire et le troisième entrait dans les ordres. Quant aux filles, l'aînée – ou la plus favorisée par la nature et sa famille – était dotée et mariée, tandis que les cadettes prenaient souvent le voile, à moins que leur famille n'ait les moyens d'assurer leur avenir en leur allouant à elles aussi une dot suffisamment conséquente. Ce n'était pas une question de vocation, mais d'impératif social. Si tout cela disparaissait, qu'allaient donc devenir ces jeunes filles ? Devraient-elles épouser le premier venu pour échapper à la misère ?

Alix n'était pas directement concernée par ces changements. Elle était la fille unique d'un marquis et savait qu'il était de son devoir de trouver un mari assez fortuné pour l'aider à entretenir la Chaussée, qu'il fût issu de la noblesse – ce que ses parents auraient sans doute préféré – ou de la bourgeoisie. Mais, même après y avoir réfléchi secrètement pendant les derniers mois, cette perspective ne l'enchantait toujours pas. Était-elle donc une marchandise qu'on pouvait échanger contre un paquet d'argent afin de sauver un domaine et un nom, fussent-ils glorieux ? Voilà pourquoi elle redoutait encore plus son entrée dans le monde et l'obligation qui lui serait faite, à plus ou moins brève échéance, d'accepter l'un des partis qui se présenteraient. Quoi qu'il en fût, elle ne finirait jamais ses jours cloîtrée, c'était certain. Mais son amie Béatrice, elle, était la benjamine de trois enfants. Prise comme les autres dans le vent de changement qui soufflait, qu'adviendrait-il d'elle ?

Béatrice était une jeune fille douce et délicate, qu'un rien paraissait toujours effrayer. Il était étonnant qu'Alix, qui était son total opposé, se soit liée d'amitié avec elle, et pourtant, cela s'était bel et bien produit. L'héritière des Chaussée d'Arville saurait parfaitement se débrouiller seule, un jour, s'il le fallait. Mais Béatrice… L'exquise Béatrice, jetée dans la tourmente, comment réagirait-elle ?

Alix se demanda soudain si son amie avait déjà effectué son entrée dans le monde. Elle n'avait plus de nouvelles, ce qui l'attristait un peu, mais sans doute Béatrice n'avait-elle plus beaucoup de temps libre depuis son retour.

Au point de ne plus prendre ne serait-ce que quelques minutes pour correspondre avec moi ? Enfin, je n'ai rien à dire, je ne lui ai pas écrit non plus depuis le mois de mai... Mais, elle n'a pas répondu à mes premières lettres, après tout !

Alix soupira et regarda autour d'elle. À l'approche du crépuscule, un silence impressionnant et oppressant accablait « sa » vallée. Tout paraissait mort dans le soir grisâtre, au point que la jeune fille et sa monture semblaient les seuls êtres vivants de ce lieu aux inhumaines proportions. La seule limite en était un ciel laiteux où disparaissaient les glaciers, là-bas, dans les hauteurs... Par endroits, la neige gardait la trace de sa chevauchée silencieuse comme d'une souillure. L'ensemble respirait la tristesse, presque la détresse, la lassitude et l'écrasement sous toute cette solitude... On ne voyait pas une marmotte, ni même un choucas et encore moins le moindre chamois troubler la pesante sérénité du site. Même le torrent, habituellement si vif, s'était rallié au calme environnant, l'eau s'étant gelée en surface. Figées par le froid glacial, les chutes de rocher en rocher offraient un spectacle magnifique de stalactites bleutées.

Frissonnante, Alix serra d'une main contre son corps, droit et svelte, l'ample cape dont elle était couverte, conservant les rênes de l'autre. Elle regrettait amèrement, mais trop tard, de n'avoir pas voulu prendre le lourd fusil de chasse de son père – dans son désir de voyager léger – ni même emmener Gaillard avec elle. Pourtant, son vieux saint-bernard, malgré son âge, aurait certainement levé quelque gibier caché dans la profondeur des sous-bois. Cela aurait donné du crédit à son excuse de partie de chasse. Elle avait bien tenté de trouver une proie sur le chemin du retour mais elle n'avait pas eu de chance.

Peut-être que sa distraction y était aussi pour quelque chose. Sur la route de Grenoble, elle était passée à l'endroit exact où, quelque sept mois plus tôt, l'étranger au regard clair était tombé dans une embuscade. Ses pensées avaient dérivé vers lui. Elle s'était demandé où il se trouvait aujourd'hui, s'il était à l'abri, au chaud, avec ces intempéries. S'il était auprès de sa femme et de ses enfants, ou si c'était un aventurier solitaire. Dans un cas comme dans l'autre, il y avait peu de chances qu'elle le revît jamais. Cela ne l'avait pas empêchée de verser dans une rêverie mélancolique.

— Un petit effort, Galipette, ma douce... encouragea-t-elle sa monture en lui caressant la crinière. Si tu ne nous ramènes pas au château avant la nuit, Bradroc dira que tu ne mérites pas ta pitance. Sans compter que Père sera mécontent et saura bien me punir de mon retard.

Il suffisait déjà qu'elle eût mis un costume de garçon et caché la véritable destination de sa randonnée – elle n'avait pas menti, elle avait juste omis de le dire.

Alix serra des genoux les flancs de sa jument et lui flatta de nouveau le col avec gentillesse pour l'inciter à forcer l'allure. Galipette, épuisée par les passages enneigés où elle s'enfonçait parfois jusqu'au poitrail, tenta un nouveau galop mais elle s'affaiblissait, le souffle rendu court par le froid et l'effort.

Le jour était déjà bien moribond lorsqu'elles parvinrent enfin au col. Dans le ciel, quelque part, invisible derrière les nuages lourds de neige, un aigle poussa un cri, probablement en train de chasser avant de retourner à son aire. Alix aperçut alors les lumières du château au pied de son rocher et eut un demi-sourire de contentement : finalement, elle rentrerait à l'heure pour le souper. Perspective d'autant plus alléchante que le déjeuner qu'elle avait pris avec les religieuses était loin et qu'elle mourait de faim...

Elles marquèrent un temps d'arrêt avant de reprendre la route. Alix se retourna et contempla « sa » vallée.

Beaucoup plus bas, les feux du village d'Arville scintillaient dans l'air très pur. Constatant que Galipette n'en pouvait plus, elle se fit moins pressante, rassurée par la proximité du château. Oubliant cette randonnée fatigante jusqu'à Grenoble, cette pseudo-chasse dont elle revenait bredouille – et pour cause ! – et ce stupide bal à venir, elle rêva alors à la belle flambée de cheminée qui l'attendait, à cette délicieuse odeur de résine et de fumée, à la danse des flammes, insaisissables et colorées. Quelle joie ce serait de tendre enfin ses mains à cette chaleur presque vivante, bien à l'abri dans la grande salle à manger ! Sa course l'avait vraiment mise en appétit, et elle n'avait pas l'intention de se laisser gâcher sa soirée. Même si son père commentait d'un ton âpre les dernières informations du *Journal de Paris*, et que sa mère renchérissait avec tristesse, elle ne s'empêcherait nullement de faire honneur au repas cuisiné par Charlotte. Les nouvelles de la capitale n'étaient jamais bonnes, pas plus que celles qu'Alix ramenait de Grenoble, mais pour un bref moment, elle se refusait à y attacher de l'importance.

Il s'était remis à neiger, comme si ce qui était déjà tombé ne suffisait pas. Galipette écrasait la neige fraîche du sentier en hésitant. Soudain, trois lièvres blancs surgirent de terre, presque sous les sabots de la jument. L'un d'eux heurta d'ailleurs une patte de l'animal et resta momentanément étourdi. Par pur réflexe, Alix tira sa dague de son fourreau et d'un jet soigneusement ajusté, la lança en direction du gibier. Elle eut la chance inouïe d'atteindre sa cible dans l'obscurité grandissante.

Magnifique ! songea-t-elle en mettant pied à terre pour ramasser l'animal dont le sang rougissait la neige. *Me voici au moins munie d'une justification pour ma sortie. J'ignore comment j'ai été capable de ça, voilà bien longtemps que je n'ai pas lancé un couteau... Je devrais m'entraîner plus souvent à ce petit jeu, cela peut s'avérer utile.*

Peu après, Alix arriva au château. Elle se dirigea vivement vers les écuries, déharnacha Galipette, la confia au palefrenier mais veilla à ce qu'elle ne manquât de rien avant de s'éloigner. Elle ne put s'empêcher de rendre une petite visite à Orage, qu'elle gratifia d'une caresse, songeant encore une fois à son mystérieux maître. Elle était contente de le voir, comme s'il était un lien entre elle et l'inconnu auquel ses pensées la ramenaient régulièrement ; ce qui était une absurdité, elle en convenait. Pourquoi se souciait-elle encore d'un homme qui n'avait pas même laissé un petit mot à son intention et celle de ses compagnons, qui lui avaient pourtant sauvé la vie ?

Finalement, secouant la tête, Alix se décida à rentrer et passa directement par les cuisines où elle confia le lièvre à Charlotte, la cuisinière. Puis elle rejoignit la salle à manger.

— Bonsoir, dit-elle en embrassant sa mère qui l'accueillait, à l'entrée de la pièce.

— Bonsoir, Alix. As-tu fait bonne chasse ? demanda la marquise en souriant.

La jeune fille haussa les épaules et se rapprocha du feu qui pétillait joyeusement. Ici, tout était clair, chaud et gai. La pièce était brillamment éclairée de dix candélabres portant chacun cinq chandelles. On était si loin du reste du monde ! Si loin de la guerre, des révoltes, de la violence...

— Moyennement. J'ai eu la chance d'attraper un lièvre, au retour, mais j'ai bien failli revenir bredouille. J'aurais dû emmener Gaillard, mais j'avais peur qu'une journée tout entière dans la neige ne lui fît mal. Il est si vieux, le pauvre amour... Pourtant, c'est bien le diable s'il ne lève pas un gibier digne de ce nom à chaque sortie !

— Alix, voyons... Ne parle pas ainsi ! Tu sais que je désapprouve ta façon de t'exprimer trop souvent comme un homme.

— Pardonnez-moi, Mère... Savez-vous qu'au col, le torrent est déjà gelé ? Comme chaque année, Faustine pourra dire que l'hiver s'annonce rude, ajouta la jeune fille en riant. Mais il est vrai que pour une fin d'octobre, la neige recouvre déjà les sapins presque jusqu'aux cimes vers Valfroid et Apremont, ce qui est assez exceptionnel. Je vois déjà Faustine hocher la tête en signe de désolation et nous dire : grands dieux, si ce n'est pas malheureux de voir ça !

Tout en discourant, Alix ôta sa cape et se retrouva dans une tenue de chasse un peu élimée qui moulait de près son corps sculptural. Elle se retint de s'étirer sans retenue. Cela non plus, ce n'était pas digne d'une dame...

— Tu es à nouveau habillée en garçon, constata la marquise avec une petite moue de désapprobation.

— C'est ce qu'il y a de plus pratique pour courir la forêt.

— Je le sais bien, mais ton père ne l'entendra pas de cette oreille.

— Oh, Mère, soupira Alix, quand je pense que c'est lui qui m'a rompue à tous ces exercices...

— Oui, mais il a réalisé que tu grandissais et que tu ne pouvais continuer de la sorte... De toute façon, nos amis Saint-Clair passent nous voir ce soir, et tu ne peux les recevoir ainsi. Va te changer.

— Voilà qui n'était pas prévu, grommela Alix en retenant une petite grimace de déception et d'agacement. Ils ont donc du nouveau ? Peut-être ont-ils retrouvé leur fils ?

— Je ne sais. Mais ils ne sont pas là pour ça. Nous les avons invités pour la soirée. Ce devait être une surprise pour toi.

— Pour moi ? répéta Alix, étonnée, en songeant que la meilleure des surprises aurait été qu'ils ne vinssent pas.

— Bien sûr, ma chérie ! reprit la marquise avec enthousiasme. Cela concerne ton anniversaire... mais chut ! Tu n'en sauras pas plus.

— Cela ressemble presque à un complot, ironisa Alix.

— Comment peux-tu dire de pareilles choses ? réprouva sa mère. Enfin, peu importe, ajouta-t-elle avec légèreté. Ils ne sauraient tarder maintenant. Et Charlotte nous a préparé une fondue.

— Une fondue ? Ah, il va falloir que je remercie notre chère cuisinière ! Inviter les Saint-Clair a peut-être du bon, finalement !

C'était bien là le seul avantage qu'Alix voyait à la situation. Elle réprimait à grand-peine sa déception. Elle qui avait tant espéré une soirée tranquille ! La marquise ne put s'empêcher de lever les yeux au ciel devant la réaction de sa fille, avant de lui glisser avec indulgence :

— Allons, dépêche-toi avant que ton père arrive !

Alix se pencha sur sa mère pour l'embrasser, puis partit rejoindre Faustine pour qu'elle l'aidât à se changer.

4

L'anniversaire d'Alix

La jeune fille revint quelques instants plus tard dans une jolie robe de soie bleue qui lui seyait admirablement et mettait en valeur ses épaules rondes et son teint de lait. Elle fut chaleureusement accueillie par un nouvel arrivé :

— Voilà la plus belle, la dame de mes pensées ! s'exclama une voix juvénile, pleine d'ardeur. Ah, gente dame, accepteriez-vous que je porte vos couleurs dans un tournoi ?

— Ankus ! s'exclama-t-elle, contente de le revoir. Tu es un garnement impossible ! Comment es-tu entré sans que je t'entende ?

— Noble dame, je répondrai à votre question quand vous aurez répondu à la mienne. Ma demande était sérieuse.

— Pardonnez-moi, noble Ankus. Je serais, bien sûr, très heureuse qu'un aussi valeureux chevalier que vous porte mes couleurs, car vous les défendriez avec panache. Mais cela est impossible.

— Pourquoi ?

— Parce qu'il n'y a plus de tournoi, et parce qu'en plus tu n'as pas l'âge pour être chevalier, ajouta Alix, espiègle. Page seulement… Et maintenant, dis-moi : où sont les autres ?

— Ils arrivent. J'ai piqué un galop dans la neige et je suis arrivé avant tout le monde. Votre soubrette, Marianne, m'a fait rentrer en cachette. Elle m'a appris que vous étiez allée chasser aujourd'hui ?

— Oui, mais je n'ai quasiment rien attrapé. Viens, nous allons faire la surprise à mes parents. Suis-moi discrètement.

Alix vint rejoindre son père près de l'âtre et le salua.

— Tu es ravissante, ma fille ! dit-il avec tendresse en la prenant dans ses bras pour l'embrasser. Ta mère m'a expliqué que tu es revenue pratiquement bredouille ?

— Hélas, oui, presque. J'ai cependant ramené un lièvre blanc, mais j'espérais un peu mieux.

Devant la mine dépitée de sa fille, le marquis fut saisi d'hilarité et lui prit le menton.

— Allons, demain, nous sortirons tous les deux, car j'ai grand besoin d'exercice. Et nous verrons ce que nous verrons !

— Merveilleux, Père ! s'enthousiasma Alix. À nous deux, nous ramènerons bien quelque chose de valable !

— Accepteriez-vous que je vous accompagne ? demanda poliment Ankus qui s'était faufilé derrière son amie.

Le marquis éclata d'un rire sonore, tandis qu'Ankus s'empressait de saluer les époux Chaussée d'Arville dans les règles.

— Espèce de galopin ! lui dit le marquis d'un ton amusé. Alors tu voudrais venir avec nous ?

— Oh oui, Monsieur ! répondit l'enfant avec élan. Mon père ne m'emmène jamais. Quant à Armand, il n'aime pas tellement courir dans la neige.

— Très bien, fit d'Arville, touché. Si tes parents sont d'accord, tu es admis à la chasse de demain.

— Merci, Monsieur !

Le visage d'Ankus rayonnait de bonheur et de fierté.

— Nous pourrions tenter d'attraper des marmottes, proposa-t-il. Elles sont faciles à capturer en cette saison, parce qu'elles dorment au fond de leur trou. Il suffit d'un peu de patience.

Alix fit la moue :

— Je ne suis guère friande de la viande de marmotte, objecta-t-elle. Or, je ne chasse que pour améliorer l'ordinaire, et non pas pour le simple... « plaisir » – façon de parler – de tuer. Mais peut-être veux-tu récupérer les fourrures ?

— Oui, répondit l'enfant avec un ton de confidence. Je voudrais faire faire une étole en fourrure pour maman.

— Voilà qui est une bien louable intention, Ankus ! approuva le marquis. Nous aviserons demain.

— Pour l'heure, allons attendre nos invités au petit salon, proposa son épouse. Nous leur servirons un verre d'alcool pour les réchauffer avant de passer à table.

Alix acquiesça sans mot dire. La chaleur et la fatigue l'engourdissaient peu à peu, ne lui laissant aucun autre désir que celui de se recroqueviller sur un divan pour s'y endormir.

Il faut que je voie le bon côté des choses, comme Faustine ne cesse de me le répéter. La venue des Saint-Clair va m'éviter de m'assoupir trop vite.

Quand les portes du salon s'ouvrirent, la jeune fille s'aperçut qu'en réalité, le comte et sa famille étaient déjà là :

— Joyeux anniversaire, Alix !

— Ankus ! Tu m'as menti ! Vous m'avez tous menti ! ajouta-t-elle en plaisantant.

Elle esquissa une belle révérence pour saluer les invités, mais fut vivement relevée, félicitée et embrassée de toutes parts. Soudain, elle se trouva face à Armand.

— Alix, de la part de ma famille, et de la mienne, voici un cadeau pour vous.

Gênée, elle le remercia et ouvrit le paquet. À l'intérieur, elle découvrit une robe d'une somptueuse beauté, entièrement faite d'une soie blanche aux reflets irisés, et recouverte de perles. Le décolleté en était profond, à la dernière mode. Une pure merveille… et un cadeau qui signifiait sans doute quelque chose, songea aussitôt Alix avec un brin d'agacement.

— Ce sera pour votre entrée dans le monde, minauda la comtesse, ce qui ne saurait tarder maintenant ! C'était ma robe de fiançailles, mais nous l'avons fait retoucher pour qu'elle soit plus actuelle.

— Oh, Madame la comtesse ! se récria Alix, tandis qu'une angoisse sourde venait lui tordre les entrailles. Je ne puis accepter pareil présent. C'est un souvenir de famille et…

— Ne vous en faites pas, mon enfant, je n'ai aucune fille à qui cette robe manquera.

— Et puis, nous faisons tous partie de la même grande famille, ajouta le comte avec un air entendu qui hérissa Alix.

— Je ne sais que dire… temporisa-t-elle encore, consciente qu'elle ne pouvait cependant refuser ce cadeau sans se montrer très impolie et froisser tout le monde. Quel magnifique travail, toutes ces perles cousues… Je ne suis pas digne d'un tel honneur.

— Allons donc, mon enfant, intervint son père que ses tergiversations agaçaient. Ne dis pas de sottises et passons dans la salle à manger !

La jeune fille n'avait pas le choix.

Espérons qu'on n'y voie pas là une forme d'engagement de ma part… se dit-elle.

Puis, sa nature gaie reprenant le dessus, Alix décida de ne pas s'inquiéter davantage pour l'instant. Contente malgré tout de recevoir cette jolie toilette, elle virevolta en tenant la robe contre elle.

— Vous allez être magnifique là-dedans, lui souffla Armand à l'oreille.

— Dois-je l'essayer maintenant ? répliqua-t-elle à la cantonade, feignant de n'avoir pas entendu.

— Cela n'est pas nécessaire, répondit la comtesse. Il faudra très certainement l'ajuster, de toute façon. Sans doute une ou deux pinces à la taille. Réservez-la pour votre premier bal. Et à ce propos… N'avons-nous pas quelque chose à annoncer à cette jeune fille ?

— Chaque chose en son temps ! coupa le marquis avec hâte. Trinquons, nous en reparlerons ensuite.

On servit du vin de Champagne et on porta un toast en l'honneur d'Alix qui n'éprouvait maintenant plus aucune envie de dormir.

— Alix, déclara alors le marquis à sa fille, tu es désormais en âge de te marier – et donc de faire ton entrée dans le monde et de te rendre à ton premier bal. C'est quelque chose que l'on se doit de célébrer dignement. Hélas, en l'état actuel des choses, je ne puis t'offrir la grande fête dont j'avais rêvé pour toi, confessa-t-il avec un effort.

— La soirée que nous passons me comble suffisamment, assura-t-elle. Surtout que vous m'avez offert Galipette. Et cette merveilleuse robe ! ajouta la jeune fille à l'intention des Saint-Clair, pour ne pas les vexer.

Dans le fond, elle n'était pas mécontente que le manque de moyens de sa famille les empêchât d'organiser un bal.

— Justement, à propos de cette robe… continua son père. Cette petite soirée n'est qu'un avant-goût d'autre chose, une occasion pour toi de la porter, peut-être. Mais je vais laisser la parole à nos amis, puisque ce sont eux qui en ont eu l'idée.

— Alix, enchaîna le comte, gonflé d'importance, votre entrée dans le monde aura bel et bien lieu cette année, et votre premier bal également. Le mois prochain, pour être exact.

— Mais comment ? s'étonna Alix en se tournant vers son père. Vous disiez à l'instant que…

— C'est nous qui organisons un bal, intervint la comtesse. Et vous êtes officiellement invitée !

— N'est-ce pas une excellente idée ? renchérit la marquise.

Les deux femmes, tournées vers Alix, attendaient sa réaction. Pour ne pas contrarier les invités de ses parents, la jeune fille aurait vraiment voulu éprouver autre chose que ce terrible manque de transport. Mais elle n'y parvenait pas.

— Moi ? demanda-t-elle en ouvrant de grands yeux, feignant la surprise pour dissimuler sa déconvenue.

Grand Dieu, non ! Pas ça ! Un bal chez les Saint-Clair ! Tout ce qu'elle avait appréhendé, et auquel elle avait cru pouvoir échapper pendant quelques instants, allait finalement se réaliser. Un bal avec Armand comme cavalier – car on saurait bien le lui imposer pour l'occasion –, voilà qui surpassait ses cauchemars ! C'était bien pire que se retrouver seule dans la forêt en pleine nuit !

— Oui, toi, répondit fermement le marquis de la Chaussée d'Arville. Je suis certain que tu es consciente de l'honneur qui t'est fait.

— Oh, bien sûr, oui ! bafouilla Alix en se tournant vers le comte et la comtesse. Je suis... Je ne trouve plus mes mots...

Sottises ! Les mots se bousculaient en elle, mais ce n'étaient pas les bons. Ainsi, elle avait vu juste, cette soirée était bel et bien une sorte de guet-apens. La robe, l'invitation, tout y était. Alix se voyait déjà poussée vers l'autel, et aux côtés de qui ? Armand, naturellement. Armand, qui, laissant faire ses parents, restait en retrait.

Le comte s'esclaffa.

— Allons bon, la voilà bouleversée !

— Madame la marquise est servie... intervint Benoît avec déférence.

Merci, mon Dieu ! songea Alix, en retenant un soupir de soulagement.

Cette annonce venait à point pour détourner enfin l'attention de sa personne et lui permit de se détendre. On passa dans la salle à manger. Les belles torchères d'argent, qui servaient aux fêtes autrefois, étaient fichées au mur ou dressées sur la nappe blanche damassée, dispensant la lumière aux convives. Benoît avait dû juger que la traditionnelle chandelle de suif, même installée dans les dix beaux chandeliers familiaux, ne convenait pas à l'occasion. L'éclairage était très réussi.

Tous commencèrent le repas, s'attaquant avec appétit à la copieuse et savoureuse fondue au fromage. Alix, dont c'était le plat préféré, piquait avec gourmandise ses croûtons dans le plat fumant, en équilibre au-dessus d'un réchaud à alcool.

La conversation roula bientôt sur les méfaits de la Révolution. Alix la suivit avec intérêt, d'autant plus que cela lui évitait de soutenir le regard d'Armand fixé sur elle. Comme elle s'y attendait le marquis venait de lire le *Journal de Paris* et racontait son contenu à ses invités. L'ensemble n'était en général guère réjouissant, et pas plus ce soir que d'habitude. Quelques mois seulement s'étaient écoulés depuis la prise de la Bastille, et pourtant, beaucoup de choses s'étaient passées. Un vent de panique avait soufflé sur le pays, mais la Chaussée et sa région représentaient un îlot de paradis au milieu de la tourmente. Même les Saint-Clair, appuyés par le marquis, n'avaient rien subi de la part des paysans en colère. Et pour le moment, personne n'avait cherché à s'emparer de leurs châteaux.

En attendant, le pays n'allait pas mieux, comme Alix s'en était aperçue en se rendant à Grenoble.

— L'Assemblée est toujours confrontée au déficit financier, poursuivit le marquis.

— Ce bougre de Talleyrand a proposé de mettre les biens du clergé à la disposition de la nation, répliqua son ami avec indignation. N'est-ce pas une honte ?

— Je ne saurais approuver une mesure qui entraînera obligatoirement des excès, concéda le père d'Alix en se grattant le menton. Mais d'un autre côté, il faut bien trouver des solutions. Sans compter qu'en bien des endroits, le clergé dispose de richesses disproportionnées tandis que le peuple agonise.

— Et de quoi vivront les prêtres et les religieuses ?

— J'ai entendu dire qu'on voulait les transformer en fonctionnaires de l'État, mais ils devront alors prêter serment à la nouvelle Constitution.

Le comte tapa sur la table.

— Voilà une chose que le Pape ne saurait approuver ! s'exclama-t-il avec virulence. Le clergé sera pris en otage.

— Vous avez probablement raison sur ce point, cher ami. Cela n'augure rien de bon, ajouta d'Arville en hochant la tête. C'est pourquoi nombre d'individus prennent la fuite et vont se réfugier à l'étranger, en Angleterre, en Italie, et même en Espagne.

— À ce propos, reprit Saint-Clair avec vivacité, nous vous conseillons de faire renforcer la garde autour du château. Des groupes de maraudeurs nous ont été signalés, et nous ne savons pas si ce sont vraiment des voleurs ou simplement des nôtres qui tentent d'émigrer vers l'Italie.

— Par ce froid ? Avec cette neige ? C'est une folie ! riposta le marquis. Si tel est le cas, ces gens ne trouveront pas leur chemin. Benoît, voulez-vous dire à Bradroc d'emmener nos hommes surveiller les environs ? S'il y a des voleurs, ils fuiront, et si ce sont des émigrés, nous leur viendrons en aide.

Personne n'osa commenter ses ordres, chacun étant conscient de la gravité de la situation. Alix acquiesça intérieurement à cette décision. Son père était sage et juste. Elle sentit qu'elle aurait fait la même chose.

— Mais pourquoi ne parlons-nous toujours que de problèmes ? demanda la marquise avec un sourire un peu contraint. Nous voilà en agréable compagnie, pour fêter un événement heureux, la tourmente est encore loin de nous, et vous, les hommes, vous ne songez qu'à la politique et à la guerre...

— Mon épouse a raison, acquiesça son mari. Parlons d'autre chose.

— Parlons du bon vieux temps, décida le comte. Au fait, mes amis, je brûle de vous poser une question depuis que je vous connais. Je ne me suis définitivement installé dans la région avec ma femme et mes fils que depuis cette année. Mais vous, comment se fait-il que vous vous soyez enterrés ici avant les émeutes, loin de la Cour ? Je ne vous y avais jamais vus...

— Enterrés ? répliqua le marquis d'un ton railleur. Je ne dirais pas cela. Mis à l'abri plutôt. La Cour, voyez-vous, est un monde trop superficiel pour moi, et elle forme des gens au cœur sec. Il faut sans cesse y soigner son apparence et dépenser des fortunes pour paraître plus prestigieux qu'on ne l'est, faire attention au moindre de ses mots et passer son temps en courbettes pour obtenir des faveurs, des grâces, des pensions royales... C'est ainsi depuis Louis le Quatorzième, et cela ne me convient pas. Je ne voulais pas de cela pour ma fille non plus. Mes ancêtres ne se sont jamais prosternés devant qui que ce soit et ce n'est pas aujourd'hui que je vais changer la tradition.

— Mais comment faites-vous pour faire vivre votre famille si vous ne sollicitez pas de pension royale ou autre ? Pour ma part, je reconnais qu'il m'a fallu sans cesse courir après les faveurs du roi.

— Un de mes ancêtres fut élevé au rang de marquis pour service rendu et une pension royale fut attribuée à ma famille à titre permanent, répondit d'Arville avec dignité. Moi-même, j'œuvre toujours pour le roi, et il sait qu'il a en moi un allié à la manière des vassaux d'autrefois...

— Mais un vassal assez indépendant, il me semble.

Le comte avait un ton presque moqueur qui agaçait Alix.

— Cela est vrai, reconnut son père, l'air satisfait. Cependant, le roi sait aussi tout ce qu'il doit à ma famille et nous accorde en échange cette indépendance. En ce qui concerne nos revenus, j'ai des terres en fermage, plusieurs rentes, et je m'occupe également d'une réserve de chevaux à demi sauvages.

— Vous... travaillez ? reformula intentionnellement le comte avec une nuance de réprobation et de dédain dans la voix, tout en tripotant du bout des doigts son éternelle perruque.

Rattrapant de justesse le bout de pain qu'elle avait failli faire tomber dans la fondue, Alix ne put s'empêcher de sourire, se doutant que Saint-Clair considérait le travail comme le plus sûr moyen de se rabaisser au niveau de la plèbe ; à la limite, à celui des bourgeois faiseurs d'affaires. À moins de faire du commerce maritime, de s'adonner à la verrerie, la forge, l'exploitation des mines ou, à la rigueur, d'une réserve naturelle, d'un parc, ou au jardin d'agrément. Toute autre activité faisait déroger ; le noble se livrant à des activités roturières perdait sa noblesse.

— Oh, mais oui, je travaille ! répliqua le marquis. Et j'en suis fier. C'est une très honorable occupation, que je fais avec beaucoup de plaisir. Mon cousin, installé aux Amériques, me fait envoyer par navire des chevaux sauvages que les colons dénigrent et abattent volontiers. J'ai organisé une réserve sur mes terres, à l'intérieur d'un immense terrain clôturé. J'y lâche les bêtes et ainsi, en semi-liberté, elles se reproduisent facilement. Puis, je les dresse. J'ai aussi une lignée de pur-sang arabes que je suis allé négocier chez les Ottomans. Quand mon cheptel est trop grand, je cède à bon prix certaines de mes bêtes à des amis et des clients. J'en ai dans toutes les cours d'Europe. C'est beaucoup plus qu'un travail, c'est un loisir et une passion. Je n'ai jamais aimé l'oisiveté, de toute façon.

— Il me semble cependant que vous avez dû vendre des terres, insinua le comte en palpant ses boutons de manchette.

— Oui, admit d'Arville avec un soupir de regret. Une fois, il y a de cela deux ans, j'ai effectivement vendu des terres à un bourgeois des environs[1]...

Alix en resta stupéfaite et considérablement attristée. Elle ignorait ce fait, mais elle se doutait maintenant que si son père avait dû prendre cette grave décision, c'était certainement pour payer le pensionnat à Grenoble. Peut-être que son retour anticipé n'était pas uniquement dû à sa future « entrée dans le monde ».

— Vous faites erreur, mon ami, indiqua Saint-Clair avec bonhomie, c'était mon régisseur et non un quelconque roturier. Ces terres, c'est moi qui les ai achetées par son intermédiaire.

Le marquis eut l'air surpris.

— J'avoue n'avoir pas fait attention au nom qui figurait sur l'acte de vente. D'ailleurs, c'est mon intendant, à qui j'avais remis mon sceau pour l'occasion, qui est allé régler les derniers papiers chez le notaire à ma place.

— Je comprends cela, railla le comte, une pointe de triomphalisme dans la voix. Ce ne devait pas être un moment bien plaisant. Désormais, vous avez au moins la satisfaction de savoir que ce territoire si noble n'est point tombé entre les mains d'un simple bouseux...

Le marquis saisit son verre de vin d'un geste un peu brusque, visiblement agacé.

— J'en suis ravi, grinça-t-il avec humeur, mais ne prenez pas tous les ruraux pour des bouseux. J'ai parmi eux des alliés sûrs. Ce sont des compagnons fidèles pour qui se donne la peine de les connaître. Je suis navré, mon ami,

---

1. En Savoie, il était possible pour un paysan – ou une communauté – d'acheter des terres s'il en avait les moyens depuis 1770.

mais je vous reproche d'avoir adopté ce parisianisme de Cour que je réprouve tant...

Il avala une bonne gorgée de vin et attendit la réponse du comte. Mais celui-ci s'était déjà rendu compte qu'il avait eu tort et fit profil bas.

— Peut-être est-ce un peu vrai, cher marquis, admit-il, presque doucereux, mais voyez, je sais reconnaître mes torts quand il le faut...

— Il n'importe, je suis bien aise que mes terres appartiennent désormais à une riche famille comme la vôtre qui peut encore se permettre le luxe d'acheter des acres supplémentaires et de les entretenir... Sans doute les courbettes ont-elles du bon, parfois.

Le comte esquissa un sourire forcé qui dut lui coûter.

— Je porte un toast à la santé d'Alix. Et à son avenir, qui sera heureux, je l'espère !

La jeune fille remercia et glissa un coup d'œil discret vers son voisin. Armand la couvait d'un regard béat. Elle dissimula sa nausée derrière sa serviette.

⁂

Quand les invités furent partis, le silence entoura la petite famille. La marquise brodait et son mari enlaçait ses épaules du bras en fumant une bonne pipe. De temps en temps, il l'embrassait sur les tempes et elle lui souriait avec tendresse. Le feu ronflait paisiblement, donnant envie à Alix de se pelotonner devant tel un chat. De voir ses parents si unis et s'aimer tellement l'un l'autre, malgré leurs caractères opposés, et ce depuis tant d'années, impressionnait la jeune fille. Cette merveilleuse entente ne se trouvait pas chez tout le monde. Chez les Saint-Clair par exemple, la comtesse était plutôt écrasée par son mari, et effacée.

Ce soir-là, le marquis se pencha soudain vers sa fille, après un regard entendu à sa femme :

— Alix, lui dit-il, je dois te parler. Je sais que tu n'es guère enthousiasmée par la perspective du bal des Saint-Clair... et je t'avoue qu'elle me blesse aussi quelque peu, ajouta-t-il en grommelant, sans doute vexé dans son honneur de père de ne pouvoir offrir lui-même une telle fête à sa fille. Mais il faut avouer que cette soirée tombe à pic et que c'est un grand honneur pour toi. Si les choses avaient été différentes, si j'avais plus de moyens... Hélas, tu connais l'état de notre fortune.

La jeune fille vint étreindre son père, touchée de sa sincérité.

— Je le sais, Père, et cela n'a aucune importance à mes yeux. Croyez bien que cela m'est parfaitement égal ! Vous et Mère m'avez toujours comblée de bienfaits, j'aurais mauvaise grâce à vous reprocher quoi que ce soit. Je ne tiens certes pas à ce que nous nous ruinions pour un simple anniversaire, d'autant plus qu'il y a bien d'autres priorités, il me semble.

Le marquis eut une brève hésitation.

— Après cette soirée, tout le monde saura que j'ai une fille à marier. Tu auras des dizaines de soupirants qui viendront demander ta main... et tu pourras les éconduire à loisir ! conclut-il avec une mine mi-amusée, mi-coléreuse, conscient du caractère de son héritière.

— Oh, ne parlez pas de ça ! lui répondit cette dernière. J'ai déjà des soupirants...

— J'ai cru le remarquer, effectivement. Qui sait si ton prochain anniversaire ne sera pas l'occasion d'annoncer une bonne nouvelle ?

Alix s'assombrit. On espérait donc qu'elle donnerait son consentement pour un prochain mariage.

— Oh, Père, pourrais-je au moins faire mon choix ?

— Mon enfant, intervint alors doucement la marquise, ton père et moi avons décidé d'un commun accord que nous ne ferions jamais rien contre ton gré et que tu aurais tout le temps nécessaire pour songer aux propositions qui te seront faites. Nous nous disions encore hier à quel point nous avons eu de la chance pour notre propre mariage, et combien il était important pour nous de ne pas priver notre fille de cette même chance.

— Vraiment, reprit Alix d'un ton dépité, ma priorité devrait-elle donc être de trouver un bon mari ? Je n'en ai aucune envie. Je préfère rester ici et m'occuper du domaine avec Père...

— Alix, tu feras ce que ta naissance t'ordonne de faire, trancha le marquis.

La jeune fille ne répondit rien et retint une grimace avec difficulté. Elle savait où était son devoir, et combien sa famille avait besoin d'une bonne alliance pour sauvegarder le domaine. Par chance, le nom d'Armand n'avait pas encore été prononcé, mais elle savait bien que tout le monde y pensait.

À la vérité, elle aurait presque préféré s'embarquer comme mousse sur un navire de guerre plutôt que de se marier et de subir la tyrannie d'un époux dont elle serait dépendante. Si ce n'était pas le cas de ses parents, le mariage se résumait souvent à l'esclavage de la promise et pour rien au monde Alix ne voulait se retrouver dans une telle situation. Elle attendait bien autre chose de son avenir.

— Nous rediscuterons de cela en temps voulu, intervint la marquise pour apaiser la tension qui s'installait insidieusement. La priorité, pour le moment, c'est ce bal, d'autant plus que ce ne sera pas n'importe lequel ! Nous ne t'avons pas encore tout dit... Vous devriez lui révéler ce qu'il en est exactement, mon cher, ajouta-t-elle avec délicatesse à l'intention de son époux. Je suis certaine que cela lui fera plaisir.

— Il s'agit d'un bal costumé, répondit son père.

— Quel en est le thème ? voulut savoir Alix, malgré elle.

La perspective d'un déguisement l'amusait encore et si elle pouvait au moins tirer une petite distraction de cette corvée, ce serait toujours ça de pris.

— Les contes de Perrault, il me semble.

— N'est-ce pas un peu vulgaire, tout de même ? soupira la marquise.

— Mère ! s'exclama Alix, à la fois amusée et agacée par cette attitude légèrement condescendante. Je trouve cela très original, au contraire. Qu'auriez-vous aimé qu'ils choisissent ? Le comte ne va sûrement pas refaire la *commedia dell'arte*, comme à Venise !

— Je pense que ce thème a été choisi pour plaire aux invités, reprit le marquis.

— À votre ton, je suppose que ce sont des personnes particulières, ironisa Alix.

— Le comte a invité toute la haute bourgeoisie des environs, jusqu'à Lyon. Et il y aura foule, tu peux m'en croire. Ces gens-là seront flattés de se voir ainsi « reconnus », eux qui ne pensent qu'à prendre le pouvoir. Mais je me demande s'ils sauraient endosser les responsabilités qui vont avec.

— Père, vous êtes injuste.

— En es-tu sûre, ma fille ?

Alix préféra baisser la tête et éviter la confrontation.

— Peu importe, éluda la marquise. Il s'agit là d'un acte politique qui n'est peut-être pas si futile, en fin de compte. Une telle habileté m'étonne de la part du comte.

— Vous trouvez ? s'étonna Alix. Mais quelle idée étrange ! Un tel bal, par les temps qui courent ! Alors que le pays a faim !

— Alix a raison, renchérit le marquis, au grand plaisir de sa fille. Au lieu de jeter l'argent par les fenêtres pour de telles festivités, on ferait mieux de le dépenser à faire et distribuer du pain, par exemple.

— Ce que vous faites dans votre région, mon cher ami, fit Mme de la Chaussée d'Arville en souriant. Et vous savez combien je vous approuve.

— Et moi aussi ! ajouta Alix.

— Néanmoins, reprit la marquise avec douceur, si nous en revenions au fait, cher ami ? Si nous parlons de ce bal, ce n'est pas simplement pour que vous puissiez dire à quel point vous en exécrez l'idée. Alix est officiellement invitée, c'est là le principal. Et nonobstant la situation actuelle, comme vous dites, il est réellement temps pour notre fille de faire ses premiers pas dans le monde. Nous ne voulons pas retarder ce moment, Alix, et l'occasion est trop belle pour la décliner.

— Oh, pitié, Mère…

— Mais oui ! intervint le marquis, coupant court aux supplications d'Alix. Et puisqu'on en parle, je tiens à en avoir le cœur net, poursuivit-il à brûle-pourpoint. Je n'ai pas l'impression que tu sois tellement attirée par tes soupirants actuels. Mais je puis me tromper. Aussi vais-je te poser la question en toute franchise : que penses-tu vraiment du fils aîné du comte ? termina-t-il sans autre forme de procès.

— Le vicomte Louis de Saint-Clair ? Je n'en sais rien, Père, répliqua Alix avec malice. Vous savez bien que je ne l'ai jamais vu. Mais on m'en a dit beaucoup de bien.

— On en disait beaucoup de bien, rectifia son père. Mais il a disparu.

— C'est ce que l'on suppose pour l'instant, mais on n'a aucune preuve de sa mort…

— Là n'est pas la question, je te parle de l'autre, Armand.

— Armand n'est pas l'aîné.

— En l'absence de son frère, il le devient… et hérite du titre. Alors, qu'en penses-tu ?

— Oh, celui-là… murmura la jeune fille, laissant tomber son jeu.

— Eh bien, quoi ? Ne serait-il pas un bon parti ? Il a deux ans de plus que toi, à peine. Un an et quelques mois. Vous avez énormément de points communs, et vous paraissez faits pour vous entendre. Voilà qui serait bien pour la famille. Une union avec les Saint-Clair ne se refuse pas.

— Si. Je ne l'aime pas.

— Tu ne l'aimes pas... soupira le marquis. Mais qu'est-ce qu'il te faut alors ?

— Quelqu'un de plus consistant. Jamais je ne pourrais épouser ce falot. Il est insignifiant, ennuyeux, fade... Vide !

Alix regarda son père, attendant sa réaction. Elle fut surprise de voir ses yeux briller d'amusement :

— Je ne peux te donner tort, ma fille, lui dit-il, tu l'as parfaitement cerné, ce pauvre Armand...

La conversation prit fin là-dessus, mais Alix savait pertinemment que la question reviendrait sur le tapis. En attendant, elle se hâta de prendre congé de ses parents et monta se coucher.

⁂

Ce soir-là, Alix fit défiler dans son esprit tous les événements du jour jusqu'à une heure tardive. Elle ne parvenait pas à trouver le sommeil malgré la fatigue physique accumulée, et elle demeura longtemps debout, appuyée contre sa fenêtre. Sur les carreaux scintillaient des cristaux de glace en forme d'étoiles, comme autant d'étincelles accrochant les rayons de lune. Dehors, il gelait à pierre fendre. Retenant un soupir, la jeune fille s'éloigna de la baie et alla souffler sur le feu qui se ranima sans difficulté.

Elle songea qu'elle avait peut-être tort de se conduire ainsi, faisant égoïstement passer un bonheur hypothétique avant le devenir de sa famille et du domaine. Une fois le marquis disparu, elle savait qu'elle devrait se battre comme une diablesse pour conserver l'intégrité du domaine. L'ampleur de la tâche ne lui faisait pourtant pas peur et elle préférait affronter tout cela seule, plutôt qu'en compagnie d'un mari riche mais insipide. Elle se sentait trop peu attirée par Armand pour lui sacrifier sa vie, même si en échange il sauvait les siens de la ruine. Oh, peut-être finirait-elle par l'apprécier un peu, « ce pauvre Armand », mais ce ne serait jamais que comme un camarade, pas plus. Elle était sûre que l'Amour, le vrai, était bien autre chose qu'une simple amitié. Et elle se désolait, car elle voyait bien qu'Armand, lui, était fol amoureux d'elle, et elle savait qu'un jour il connaîtrait le chagrin d'être éconduit.

Pourtant, souvent déjà, au cours des derniers mois, elle l'avait averti, lui disant qu'ils étaient de bons amis – faisant preuve d'une grande diplomatie en utilisant ce terme – et que c'était très bien ainsi : cela ne devait pas aller plus avant, car elle ne le désirait pas. Il ne lui avait fait aucune déclaration, mais il ne tarissait pas d'éloges à son sujet, à tout instant. Quand, gentiment, elle lui demandait de cesser, il avait l'air blessé. Puis il la couvait d'un regard tendre qui sous-entendait : « Vous changerez d'avis, Alix, vous verrez ! » Cela avait le don de l'agacer prodigieusement : l'effet était immédiat.

Quel genre d'homme serait celui qu'elle épouserait ? Question d'importance pour une jeune fille de seize ans ! Alix ne pensait pas que ce serait un individu fade, comme Armand. Ce serait au contraire un homme à la fois calme et passionné, quelqu'un de tendre et de solide, qui aurait du feu dans le cœur et dans les veines. La jeune fille ne savait pas grand-chose de l'amour, expérience qu'elle n'avait jamais connue. Mais Faustine – peut-être parce que c'était une femme d'âge mûr qui avait énormément vécu et vu plus encore – lui avait expliqué le lien qui doit normalement unir l'homme à la femme et les amener à concevoir ensemble un enfant. Avec des mots simples, elle lui avait expliqué la liaison physique qui s'établissait entre eux. Elle ne lui avait pas caché non plus que c'était souvent loin d'être idyllique, que parfois cela se passait mal entre les époux, qu'une femme tenue dans l'ignorance de la chose ne pouvait pas recevoir comme il le fallait un homme le plus souvent maladroit, voire brutal.

— Avais-tu raconté à maman tout ce que tu m'as dit à moi ?

— Pauvrette ! J'avais presque l'âge d'être sa mère ; elle s'est mariée si jeune... Elle ne savait rien que des histoires de fleurs et d'abeilles. Je ne sais pas quel est l'imbécile qui a pu lui raconter pareilles fadaises ! Enfin, il a bien fallu que quelqu'un la mette au courant.

Alix avait souri et, en y repensant, elle souriait encore. Faustine et son franc-parler... On ne pouvait le lui reprocher. Sans elle, la jeune fille aurait été bien niaise aussi... Lucidement, elle évalua ceux qui la côtoyaient : parmi tous les garçons qu'elle connaissait et l'entouraient régulièrement, y compris les roturiers, elle n'en voyait pas un seul capable de devenir plus tard son mari. Elle pensait que l'amour devait se « sentir » presque aussitôt, persuadée que lorsqu'on avait rencontré la bonne personne, on le savait automatiquement. Peut-être était-ce une utopie, mais... Pour sa part, elle ne croyait pas spécialement au prince charmant. Cependant, il lui arrivait de songer à son avenir, et dans ces moments-là, elle se laissait aller à quelques rêveries, malgré les avertissements de sa nourrice. C'était une façon pour elle de dépasser la tristesse de ces jours sombres.

Alix se demanda soudain si les hommes dehors, Bradroc et les autres, avaient trouvé quelque chose. Tout semblait paisible. Voleurs ou nobles migrant, les rôdeurs n'étaient visiblement pas passés par la Chaussée...

Comme l'aube approchait, le ciel encore lourd de neige s'éclaircit doucement. C'était un étrange ballet que celui des flocons immaculés tombant dans le parc du château dans l'aurore glacée. Derrière le bâtiment, les séracs aux incroyables reflets bleutés dominaient pour toujours la tranquillité des alpages, telles de fantastiques épées de Damoclès suspendues au-dessus des vallées paisibles. Gaillard aboya au chenil, peut-être pour saluer le jour nouveau qui se levait doucement. Mais sa maîtresse ne l'entendit pas : Alix s'était enfin endormie.

5
Le bal des ci-devant

En ce gris après-midi de novembre 1789, Alix tapotait sur le clavier du pianoforte, lorsque la porte du grand salon s'ouvrit. La marquise apparut, souriante.

— Seigneur, Alix, mais tu n'es point encore prête !

— Non, Mère. Mais je vous prie de bien vouloir me pardonner et de considérer que ma toilette n'attend plus que je l'enfile et que j'ai bien répété tous mes pas de danse.

À dire vrai, cela faisait des jours que la jeune fille se préparait en compagnie de Marianne et Faustine. Par chance, sa mère lui avait finalement permis d'opter pour le thème du petit Chaperon Rouge et elle avait ainsi échappé au costume de Cendrillon, et donc à la robe blanche cousue de perles qu'on lui avait offerte pour son anniversaire. Elle craignait qu'arborer cette tenue ne fît passer un message qu'elle tenait à ne surtout pas faire passer. Les Saint-Clair seraient peut-être un peu froissés de ne pas la lui voir porter, mais elle avait songé avec légèreté qu'elle trouverait sans peine une excuse. Par exemple, que le vêtement était trop léger pour la saison, ou quelque chose du même goût.

En revanche, en choisissant le personnage du petit Chaperon Rouge, Alix entendait bien faire comprendre à tous qu'elle n'était pas une petite fille sage et soumise. Non seulement, elle ne porterait pas la robe de fiançailles de la comtesse, mais de surcroît, elle avait choisi un thème de déguisement plutôt provocateur. La jeune fille, en effet, en tant que Chaperon Rouge, ne se voyait pas du tout comme la gamine qui, étant sortie des sentiers battus, était punie de sa désobéissance, mais comme celle qui, au contraire, ayant défié les conventions, parvenait à survivre au loup. Évidemment, selon Perrault, le petit Chaperon Rouge une fois dévoré, l'histoire était terminée. Mais Alix, elle, se voyait bien berner le loup à son tour et venger la Mère-Grand.

Elle avait cependant longuement hésité avec la Belle, du conte *la Belle et la Bête*. Elle n'avait jamais lu la première version, celle de 1740, mais celle de Jeanne-Marie Leprince de Beaumont, publiée en 1757 dans le recueil *Le magasin des enfants*. Elle aimait beaucoup l'histoire de cette jeune fille qui se préoccupait peu des apparences mais s'intéressait aux livres et aux choses de l'esprit. Elle aimait aussi son courage, le fait qu'elle se sacrifiât volontairement – et non parce qu'elle y avait été forcée – pour sauver son père, lequel avait eu le malheur de cueillir pour elle une rose dans le domaine d'un terrible monstre. Et plus que tout, Alix aimait le fait que la jeune femme parvînt à vaincre ses propres peurs face à l'inconnu, à toucher le cœur de la créature et à la transformer en être humain. Elle obtenait ainsi la rédemption de la bête, mais apprenait aussi qu'au-delà de la laideur physique pouvait se cacher un être sensible et généreux, découvrant ainsi le véritable amour.

Outre le fait que le conte de la Belle et la Bête ne figurait pas dans le recueil de Perrault, le Chaperon Rouge paraissait à Alix un choix nettement plus audacieux et impertinent. De surcroît, la robe rouge mettait en valeur son teint et ses cheveux d'une manière incroyable. Impossible de passer inaperçue avec une telle tenue. Et tant qu'à devoir s'ennuyer à la soirée, elle préférait que ce soit pour quelque chose. Elle n'était pas d'une nature orgueilleuse, mais elle n'était pas non plus du genre à se fondre dans le décor. Si elle devait y aller, il fallait qu'on la vît. Il y avait donc une double provocation dans son choix de costume, une envie de dire : « Regardez-moi ! Je refuse le chemin qu'on trace pour moi et je vais en sortir victorieuse, même si vous pensez tous le contraire ! »

Une fois choisi le thème du déguisement, elle avait couru les boutiques de Grenoble en compagnie de Faustine, qui faisait office de chaperon, et de Marianne, qui avait un goût très sûr pour toutes ces activités bien féminines : merceries, échoppes de marchandes de rubans, de couturières et de vendeurs de soieries furent écumées. Le marquis avait même fait conduire sa fille à Lyon, sous bonne garde, pour y trouver les plus belles étoffes. Une fois le tissu choisi, il avait encore fallu sélectionner les dentelles et diverses fanfreluches. La couturière avait directement monté la robe sur Alix, d'après un modèle à la dernière mode de Paris, ce qui lui avait valu une matinée d'ennui mortel et de nombreuses remontrances, car elle bougeait trop, plus attirée par les rayons de soleil qui l'invitaient à sortir que par son reflet dans le miroir, entouré de plis soyeux, satin et mousseline, dans lesquels elle semblait soudain devenir une autre personne. Éventail, étole, masque, petit sac de bal, bas de la bonne couleur, gants et escarpins assortis à la toilette, flacon d'huile parfumée, poudre à frimas, tout avait été mis au point avec le plus grand soin. Alix serait peu maquillée puisqu'elle porterait un masque, mais on lui avait cependant choisi un fard à lèvres d'une couleur rouge saisissante qui allait fort bien avec sa robe.

La séance d'essayage de mouches lui avait également valu un moment de complicité avec sa mère. Alix était réfractaire à l'art compliqué de l'application de cette parure, d'autant plus que son père lui-même ne tenait guère à ce qu'elle en mît, du fait de leur signification galante bien trop évidente. Néanmoins, il s'agissait de son entrée dans le monde et pour l'occasion, ajouter ce petit instrument de séduction paraissait, au contraire, tout à fait indiqué aux yeux de la marquise.

Alix s'était donc installée en sa compagnie devant sa table de toilette, et avait ouvert la jolie boîte d'ébène et d'or qui contenait quelques dizaines de petits morceaux de velours noir.

— Enfile donc ton masque, avait gentiment ordonné la marquise, que l'on voie où l'on peut placer ces taches avantageuses. Inutile d'en mettre à un endroit où l'on ne les verra point.

Alix avait obtempéré, avant de s'emparer de deux mouches. Elle savait que leur nombre et leur emplacement avaient une signification précise permettant aux soupirants d'une demoiselle d'en apprendre plus sur sa personnalité ou ses intentions, mais elle n'avait pas tout retenu de ces subtilités, loin s'en fallait.

Voyons... avait réfléchi Alix. *Une près de l'œil dit que je suis passionnée. Mais là, on ne la verrait pas. Il me semble qu'une sur le front dit que je suis majestueuse, mais c'est d'un ridicule consommé ! Sur les joues... Je ne me souviens plus. Est-ce à droite ou à gauche qu'elle signifie que je suis mariée depuis longtemps et qu'il ne faut point me courtiser ? De l'autre côté, elle affirme au contraire que je suis ouverte aux propositions, mais lequel est-ce ?*

La jeune fille avait glissé un regard en biais vers sa mère qui la regardait faire avec un petit sourire, puis dans le doute, en avait posé une sur chacune de ses joues.

La marquise avait pouffé derrière son éventail :

— Non, mon enfant, celles-ci annoncent que tu es fiancée.

Alix avait ri à son tour.

— Très bien, je recommence.

Bon, sur le nez, ce n'est pas la peine. Au-dessus de la lèvre, peut-être ? Du diable si je me rappelle ce que cela veut dire !

Le nouvel essai s'était conclu par un verdict sans appel : « Je suis coquette », disait la mouche.

— Oh non, Mère, pas ça ! Ce n'est pas moi.

— Je reconnais que c'est un art délicat. Une à droite sur ta lèvre inférieure dirait que tu es discrète, mais dans la tenue que tu as choisie, ce serait un non-sens. Laisse-moi faire.

D'un geste habile, la marquise en avait placé une à gauche, sous la lèvre de sa fille.

— N'est-ce pas joli, à cet emplacement ? Cela met bien en valeur la fraîcheur de ton teint.

— Parfait ! avait soupiré Alix avec soulagement. Et cela signifie que je consens à ce que l'on me dise des vers, c'est cela ?

La marquise avait fait « non » de la tête, avant d'ajouter :

— Tâche de te le rappeler avant le grand soir, et surtout, de retenir l'emplacement. Ce n'est rien de compromettant, je puis te l'assurer. Et c'est tout à fait de circonstance pour un bal costumé, je pense, où l'on aime les mystères et les secrets.

Et c'est ainsi qu'Alix allait se retrouver au fameux bal des Saint-Clair. Elle s'était prise au jeu, en fin de compte, et avait concédé, au dernier essayage, que sa tournure nouvelle ne laissait pas d'être agréable. Sans aller jusqu'à sentir l'impatience lui serrer le cœur, elle avait dû s'avouer que la soirée ne serait peut-être pas la calamité qu'elle s'était figurée pendant des semaines. Après tout, il était bon que tout ce qu'elle avait appris servît enfin à quelque chose. Et à vrai dire, elle aimait la musique et elle aimait danser. Que demander de plus ?

Il n'y avait qu'une seule chose qui venait gâter son plaisir. Le marquis ayant décliné l'invitation pour convenance personnelle, la marquise l'avait imité. Mais Alix ne se retrouvait pas sans chaperon pour autant : ce serait la comtesse qui se chargerait de ce rôle… avec d'autant plus d'allant qu'Alix devait faire son entrée dans la salle de bal au bras de son fils. Et là résidait précisément le manque d'entrain de la jeune fille, à quelques heures de la grande cérémonie.

Lorsqu'elle arriva sur place, dans le carrosse familial, elle sentit l'anxiété lui nouer la gorge. Pourtant, la réception s'annonçait somptueuse. De chaque côté, à l'entrée d'une allée bordée de chênes qui filait droit vers le château de Saint-Clair, entre des pelouses et des massifs savamment agencés, deux cuves de pierre contenaient chacune un feu brillamment entretenu, afin de signaler l'entrée de la propriété et le lieu de la fête. La voiture s'arrêta dans la cour, devant le château, et Alix en descendit, accueillie par un laquais en livrée qui l'aida à monter les marches et la fit entrer. Se retournant, elle constata que d'autres véhicules arrivaient, dans un grondement incessant, mêlé au claquement des sabots des chevaux et aux appels des valets.

Il va y avoir un monde fou !

Son opinion se confirma quand elle entra dans la demeure. Le hall, immense, était déjà plein d'invités qui se dirigeaient vers le vestiaire, où des soubrettes leur enlevaient leur manteau, ou bien en ressortaient, dévoilant des tenues toutes plus fantaisistes les unes que les autres.

C'est le moment idéal pour des transactions clandestines ! s'amusa intérieurement Alix, imaginant déjà une série d'intrigues toutes plus invraisemblables les unes que les autres, consciente que rien de tel ne pouvait arriver dans la réalité.

Les Saint-Clair, affables et souriants, avaient un mot gentil pour chacun et organisaient le cortège qui conduirait jusqu'à la salle de bal, de l'autre côté du hall. En voyant arriver Alix, leurs visages s'éclairèrent et Armand vint à sa rencontre pour la saluer. Mais une apparition en robe couleur de lune s'interposa, ce qui arracha un petit sourire à Alix, surtout quand elle constata l'embarras du jeune homme.

— Mon cher Armand ! entonna une voix aiguë, presque enfantine. Comment allez-vous ? Cette soirée est absolument merveilleuse !

La nouvelle arrivée était une superbe créature blonde, aux cheveux soigneusement relevés en un chignon de boucles. Sa tenue pâle évoquait à Alix une des robes de Peau d'Âne, ce qui était certainement l'effet voulu. Elle mettait en valeur le teint diaphane de la jeune femme, qui devait avoir un peu plus de vingt ans, estima Alix.

— Adélaïde de Fagerolles, répondit Armand en s'inclinant. Vous avez donc quitté Paris ?

— Comme vous le voyez. Plus rien ne m'y retenait.

Une ombre passa sur le visage du jeune homme, vite effacée.

— Permettez-moi de vous présenter mademoiselle Alix de la Chaussée d'Arville, enchaîna-t-il en souriant. Alix, voici Adélaïde de Fagerolles.

— Enchantée, salua Alix en faisant la révérence.

Elle ignorait totalement qui était Adélaïde, mais devait cependant faire preuve de politesse. À vrai dire, la jeune fille se sentait un peu perdue au milieu de cette foule bariolée. Même si, pour sa part, son petit loup de velours rouge ne cachait en rien son identité, il fallait admettre que les costumes et les masques n'aidaient pas à reconnaître les personnes que l'on avait en face de soi. Cependant, cela avait l'avantage du jeu, l'attrait de l'inconnu. Toutes ces couleurs, toutes ces excentricités étaient faites pour plaire à l'esprit inventif et fantaisiste d'Alix.

Une paire d'admirables yeux gris, d'une teinte fort rare et parfaitement assortie à la robe de leur propriétaire, se posa sur Alix, exprimant une curiosité étonnée. C'était à peu près tout ce qu'Alix pouvait deviner de son interlocutrice, en dehors de sa silhouette irréprochable et de ses lèvres minces.

— Quelle ravissante enfant ! répondit Adélaïde au salut de la jeune fille. Ankus a donc trouvé une charmante compagne de son âge. J'en suis fort aise.

Les joues d'Alix s'empourprèrent, tandis que ses yeux se mettaient à étinceler.

— Et vous lui servez de chaperon, je suppose ? répliqua-t-elle aussitôt, incapable de tenir sa langue.

À peine les mots avaient-ils franchi ses lèvres qu'elle le regrettait.

Corbleu ! Je m'étais bien promis d'être exemplaire !

Un éventail d'ivoire vint vite se placer devant le visage d'Adélaïde. Pas assez vite, cependant, pour camoufler le pincement vexé de sa bouche.

— Alix, je vous conduis à mes parents, intervint Armand avec maladresse, ils vous attendent.

Tandis qu'il l'entraînait à travers la foule, il ajouta :

— Vous êtes… étourdissante, ma chère. Tant par votre tenue que par votre langue acérée. J'ai eu du mal à ne pas rire.

— Oh, croyez bien que je le regrette ! souffla Alix sans paraître relever le compliment, bien qu'elle sût pertinemment qu'après deux heures à subir le supplice du peigne, des épingles et des papillotes, le résultat était troublant. Je ne voulais pas lui manquer de respect.

— Elle vous avait provoquée, ce n'était là qu'un juste châtiment.

— Qui est cette demoiselle ?

— Une ancienne conquête de mon frère aîné.

Le ton trop neutre d'Armand prouva à sa jeune amie que le sujet le touchait.

Allons bon ! Encore une histoire de rivalité ?

— C'est une riche héritière, une enfant gâtée et une femme obstinée, expliqua Armand. Elle est d'un caractère emporté et d'une jalousie féroce, ce qui explique en partie qu'à son âge, elle soit toujours célibataire. Elle le vit plutôt mal, même si elle rencontre énormément de succès, par ailleurs. Nul doute qu'elle se montre fort déplaisante avec vous toute la soirée.

— Pourquoi donc ? demanda Alix, étonnée.

— Faut-il vraiment vous l'expliquer ? Elle est habituée à être la plus belle, et ce soir, elle ne l'est pas. Je gage qu'elle se montrera odieuse avec vous à la moindre occasion.

Alix retint un haussement d'épaules et répondit avec indifférence :

— Peu m'importe ! Il n'est pas dans mes intentions de lui parler une nouvelle fois.

Cependant, tout en discutant, ils étaient arrivés devant les parents d'Armand. Un mouvement de tête approbateur de la comtesse fit comprendre à Alix qu'elle avait parfaitement réussi son salut, tandis que son époux paraissait satisfait. Ainsi donc, l'un comme l'autre ne se formalisait pas du fait qu'elle n'eût pas revêtu la robe de perles.

Le Ciel soit loué ! songea Alix.

— Nous allons passer dans la salle de bal, annonça alors la comtesse en aparté. Armand et vous clôturerez le cortège. Alix, ajouta-t-elle avec un sourire, je suis ravie que la fraîcheur de la saison ne vous ait pas autorisée à porter la tenue de votre anniversaire, car vous êtes resplendissante avec celle-ci.

Dans sa robe écarlate aux épaules nues, Alix bafouilla un remerciement, contente que le cérémonial écourtât la conversation. Le comte et la comtesse ouvrirent la marche, suivis des différents invités, dans un ordre spécifique qu'Alix imagina être lié à leur titre et à leurs liens plus ou moins intimes avec les Saint-Clair. Dans la salle de bal, un majordome en tenue d'apparat, qu'elle apercevait à peine d'où elle se trouvait, annonçait solennellement chaque couple. Tout à coup, un nom lui parvint, malgré le brouhaha ambiant.

— Les Valone sont là ? demanda-t-elle, surprise, à Armand.

— Oui, ils se sont déplacés depuis Grenoble.

— C'est exceptionnel ! Ce sont des amis de mes parents, je serais heureuse de les saluer.

— Ne vous tracassez pas, nous ferons le tour des invités.

Cédant aux usages, Alix prit le bras d'Armand et suivit le cortège jusqu'à la salle de bal, où le majordome les annonça également. La jeune fille eut le plaisir d'être accueillie par un chuchotement flatteur et d'entendre la foule échanger tout bas des propos où elle devina force compliments. Tout en suivant Armand et le comte, qui allaient la présenter à diverses personnalités, elle jeta un coup d'œil autour d'elle.

Un parquet en chêne « à la française », marqueté en croisillons, offrait une piste de danse d'une surface incroyable. C'était plus spacieux que la grande salle du château de la Chaussée ! Ce vaste salon était éclairé d'imposants lustres ruisselant de pendeloques de cristal qui reflétaient, en milliers de feux scintillants, les flammes d'un nombre incalculable de bougies. Les immenses baies ouvertes sur la grande terrasse, laquelle donnait ensuite sur le parc, laissaient entrer un air frais qui soulageait les invités, confinés dans l'atmosphère surchauffée de la pièce. Les cris des oiseaux de nuit, en revanche, furent vite couverts par la musique d'un orchestre, composé essentiellement d'un clavecin et d'une demi-douzaine de violons.

Celui-ci jouait maintenant une mélodie enlevée qu'Alix ne connaissait pas et les premiers danseurs s'élancèrent sur la piste, quatre par quatre. Les pieds de la jeune fille trépignaient sur place, mais la ronde des présentations n'était pas encore terminée. Tout en enchaînant les révérences, Alix perçut qu'on jouait une gigue endiablée. S'ensuivirent un quadrille et une volte. Puis Armand, qui n'avait visiblement pas autant envie qu'elle de danser – mais dans le fond, elle préférait – l'entraîna vers un couple qui se tenait un peu à l'écart, près d'un des buffets dressés aux extrémités de la salle de bal, couverts de friandises et de rafraîchissements. Ils étaient vêtus de costumes assortis, mais assez ternes, avec un grand masque qui leur recouvrait entièrement le visage. Alix ne les eût certainement pas reconnus si l'homme ne s'était exclamé en la voyant :

— Mais voici Alix de la Chaussée d'Arville, il me semble ! Quelle heureuse surprise ! Dieu du Ciel, ce que vous avez grandi !

La voix familière lui permit de situer le personnage qu'elle connaissait depuis l'enfance.

— Monsieur de Valone... fit-elle en s'inclinant.

— Ma chère enfant, vous êtes ravissante ! renchérit son épouse. Félicitations, vous voici à marier, m'a-t-on dit.

Après les salutations d'usage, Alix se vit offrir une coupe de vin de Champagne effervescent et la but en compagnie d'Armand et des amis de ses parents.

— Quelle joie que vous ayez pu faire le déplacement ! leur dit-elle. C'est une agréable surprise de vous retrouver ici.

— Grenoble n'est plus aussi sûre qu'avant, répondit le chef de famille, avec une fugitive expression d'embarras.

— Dites-nous plutôt comment vont le marquis et la marquise ? intervint son épouse. Cela fait une éternité que nous les avons vus.

— Aussi bien que possible.

— Comment se fait-il qu'ils ne soient pas ici ce soir ?

— Vous connaissez Père, fit Alix avec un brin de malice.

— Certes, opina M. de Valone. Il n'est guère friand de ces mondanités. Et je ne saurais l'en blâmer.

— Oh, cher ami ! protesta sa femme avec un sourire. Profitons de cette soirée, voulez-vous ? C'est peut-être la dernière... avant longtemps.

Il posa la main sur son bras, l'air brusquement assombri. Puis il s'efforça de sourire.

— Vous avez raison, ma mie, comme toujours.

⁂

Depuis plusieurs minutes, un inconnu observait la demoiselle en rouge, présentement occupée à déguster un verre de vin que lui avait offert son cavalier. Elle se tenait auprès des gens de la ville à qui il devait parler. Mais pour l'heure, l'étranger était subjugué par la jeune fille et il y avait de quoi : elle était réellement magnifique. Dans cette robe de bal qui soulignait ses formes délicates, elle était même renversante. Elle paraissait venir de cet univers où naissent les rêves, tant elle lui rappelait les personnages des gravures illustrant les livres d'anciennes légendes dont il était friand dans son enfance. Nul mieux qu'elle n'avait sa place dans ce bal costumé.

Depuis le premier instant où il l'avait aperçue, il se demandait où il l'avait déjà rencontrée. Cette question l'obsédait tout autant que l'allure de la jeune femme. Il était persuadé de l'avoir déjà vue, mais c'était très flou dans sa mémoire. Pourtant, elle n'avait rien qu'il eût pu oublier. Ses longs cheveux bruns aux reflets d'or étaient relevés en un chignon distingué, d'où s'échappaient seulement quelques boucles. Ajoutée à son front haut, ses pommettes saillantes et, par-dessus tout, ses incroyables yeux verts, cette coiffure faisait ressortir la grâce majestueuse de son visage, tempérée par l'air mutin qu'elle arborait et ces jolies mèches qui venaient grignoter ses joues. Sa denture parfaite, sa taille mince et sa poitrine haute battaient en brèche tout ce qu'il avait pu imaginer rencontrer un jour. Il y avait encore quelque chose de juvénile dans ce visage, qui, pourtant, affichait une grande confiance et une remarquable maîtrise de soi. Simple façade ou réalité ? Il aurait bien aimé le savoir… Il y avait tellement d'expressions dans ce minois et ce regard, tant de grâce et de douceur, de joyeuse malice et de mystère ! Et sa mouche coquine était terriblement tentatrice…

Alix, cependant, n'avait rien remarqué du manège de l'inconnu. Elle sentait seulement Armand à ses côtés et se demandait à quel moment elle devrait consentir à ce qu'il posât les mains sur elle pour danser. Elle n'en avait aucune envie et comptait bien sur plusieurs autres jeunes gens pour lui éviter de passer la soirée à faire tapisserie ou à demeurer tout le temps avec le fils Saint-Clair, ce qui, au demeurant, eût été fort choquant. Elle avait été présentée à un nombre incalculable de personnes et avait remarqué l'intérêt qu'elle suscitait, même si, pour le moment, aucun gentilhomme n'était venu lui demander la faveur d'une pavane ou d'un menuet.

Est-ce que je leur fais peur, qu'ils n'osent m'approcher ? Ou est-ce la présence d'Armand qui les écarte ? Ou bien Adélaïde les subjugue plus que ne le pensait Armand.

Elle avait bien noté les regards venimeux de la belle Fagerolles et le fait qu'elle était sans cesse entourée de quatre ou cinq jeunes nobles bien mis de leur personne.

Les premières notes d'une valse s'élevèrent, cette danse assez audacieuse qui avait acquis ses lettres de noblesse à la Cour de Vienne dans les années 1780 et qui se répandait maintenant dans toute l'Europe. Aussitôt, Armand la sollicita :

— Très chère Alix, m'accorderez-vous cette danse ?

La jeune fille n'eut pas le temps de répondre. Un homme se plaça entre eux et, en dépit de toutes les règles de politesse, se pencha vers elle :

— Mademoiselle ? Pourrais-je avoir l'insigne honneur de me voir accorder cette valse ?

Il avait une voix incroyable : une voix grave, chaude et modulée, presque... envoûtante. Une voix qui glissait sur elle comme une caresse.

Surprise, elle ne sut d'abord que répondre, mais quand il la déshabilla du regard avec insolence, la colère la gagna et elle comprit qu'elle devait refuser. Cependant, il avait déjà profité de son trouble pour lui prendre la main. Elle se rendit compte qu'il avait la peau douce et chaude, et aussitôt, elle sentit un frisson la parcourir. Réaction purement physique et totalement insensée !

— Avec plaisir... s'entendit-elle répondre, troublée par ce simple contact qui la rendait toute chose.

À sa grande honte, l'homme perçut ce petit frémissement animal et il le regarda, ravi, se propager sur la peau délicate de la jeune fille. Il devait lui-même s'avouer que l'effleurement de cette petite main dans la sienne le remuait étrangement. Il l'avait saisie de façon franche et ferme, comme pour une poignée de main entre égaux, et il vit que la jeune fille appréciait ce geste, malgré tout.

C'était un loup, comprit soudain Alix, à son costume gris et au grand masque qui dissimulait la totalité de son visage, en dehors de la bouche et du menton. Cela expliquait son invitation. Le plus curieux était qu'en dépit de son costume relativement austère, il était impossible de ne pas éprouver la séduction qui émanait de lui. Des mèches brunes encadraient son visage, et, sous son masque, se dévoilaient seulement de beaux yeux bleus, intenses et chaleureux. En une fraction de seconde, ce regard happa la jeune fille. Elle eut le sentiment qu'elle s'y noyait, tandis qu'un vide enflait brutalement au creux de son ventre.

J'ai déjà vu ce regard, songea-t-elle brièvement. *Peut-être le frère d'une des filles du pensionnat.*

Alors, toute volonté annihilée, elle se laissa entraîner. Sur la piste, l'homme l'attira contre lui, et elle se raidit imperceptiblement, cherchant à recouvrer son sang-froid.

— Allons, murmura l'inconnu, détendez-vous ! Je ne vais pas vous manger.

— Et comment le saurais-je ? ironisa-t-elle dans un sourire. Vous êtes le loup.

— C'est vrai, rétorqua-t-il avec amusement. J'ai hésité entre le costume du loup et celui du chat botté, mais j'ai finalement opté pour le loup, parce que je trouvais cela beaucoup plus amusant. Et je dois dire que j'ai énormément de chance de rencontrer un aussi joli Chaperon Rouge.

Alix, surprise d'un tel discours, se demanda ce qui se cachait derrière cette arrogance et cette impertinence. Y avait-il un être généreux derrière le monstre, comme dans les contes de fées ? Ou n'était-il qu'un séducteur superficiel et effronté ?

Elle n'eut pas le loisir de se poser plus longuement la question, car, la musique reprenant, l'homme fit tournoyer sa jeune partenaire et la robe d'Alix se souleva légèrement en cercle dans la lumière. Au moment où le loup l'enlaçait pour de bon, elle se rendit compte combien il était grand. Pourtant, il était tout en grâce, il n'avait pas cette attitude un peu gauche des hommes de cette taille, qui ne savent jamais où et comment mettre leur carcasse. Elle l'accompagna dans cette danse, les pieds ne touchant presque plus terre.

Elle cessa de se demander si c'était raisonnable et savoura pleinement le fait de sentir ce torse solide à moins d'un pouce[1] de sa poitrine, ses jambes presque contre les siennes, ses bras qui l'entouraient, le souffle de sa respiration dans ses cheveux... Profondément troublée par le contact de leurs deux corps, elle dut faire un violent effort pour paraître normale, distante, étrangère à ce qui se déroulait et qui provoquait en elle une tempête d'émotions. Jamais un homme ne lui avait fait un tel effet !

Elle était désormais envoûtée par les yeux, admirables et profonds, de l'inconnu masqué. Si fortement troublée par ce regard qu'elle n'entendait plus rien, qu'elle ne savait plus ce qui se passait en elle, et encore moins autour d'elle. Incapable de décrocher ses yeux de ceux de l'inconnu, elle se sentait poussée vers lui comme par un violent courant magnétique, sans pouvoir se défendre. C'était au-delà de tout raisonnement et de toute volonté, au-delà d'elle-même...

Le plus curieux était qu'il semblait, lui aussi, accaparé par le regard d'émeraude et d'or de la jeune fille. En réalité, il était fasciné par son sourire radieux qui illuminait l'ensemble de sa physionomie. Elle était si belle ! Et il se souvenait maintenant des circonstances de leur première

1. Unité de mesure.

rencontre. Il l'avait enfin reconnue ! Elle lui avait alors fait forte impression, mais elle n'était presque encore qu'une enfant, alors qu'aujourd'hui… Aujourd'hui, elle était devenue une femme absolument irrésistible !

Ravi de l'avoir retrouvée, il respirait son parfum, une fragrance légère et fleurie, contrairement à la mode d'alors, admirant discrètement sa poitrine ferme qui se soulevait au rythme de sa respiration, sa taille fine et sa silhouette délicate. Ses mouvements étaient si fluides et si souples qu'il en était émerveillé. Elle lui paraissait plus légère qu'une plume, tandis qu'il l'entraînait avec aisance dans de nouvelles circonvolutions. Comme Alix, il était indifférent à l'assemblée autour d'eux, enchaînant les danses les unes après les autres sans faire la moindre pause.

Pourtant, il percevait qu'elle conservait une certaine distance, en dépit de son abandon heureux le temps de la danse. Or, il voulait qu'elle se laissât aller. Ah ! Sentir son corps contre le sien dans d'autres étreintes que celles de la danse, connaître son odeur intime lorsqu'elle se déclarait vaincue, dormir près d'elle, flotter à jamais dans son parfum… Ses propres pensées le surprirent et le troublèrent.

Curieux d'en savoir plus sur celle qui le fascinait tant, avec ses yeux couleur de paradis, il lui demanda son nom, la valse ayant cette merveilleuse qualité de favoriser les échanges entre les cavaliers. Même s'il l'avait reconnue, il ignorait encore qui elle était et il se devait de combler cette lacune.

— Je suis le Chaperon Rouge, répondit-elle en plaisantant. Et vous ?

— Je suis le Grand Méchant Loup, évidemment, répliqua-t-il, piégé. Rien de plus, tout comme vous.

Elle se mit à rire, d'un rire frais et juvénile, et il en était tellement réconforté qu'il éprouva soudain l'envie d'entendre de nouveau ce son délicieux et réconfortant. Plus qu'un simple désir, un besoin.

— C'est curieux, je suis sûre de vous avoir déjà vu, dit-elle alors, en plissant les paupières. Ne voudriez-vous pas soulever votre masque ?

Il comprit qu'elle était sur le point de le reconnaître aussi.

— Certainement pas ici, dit-il avec un sourire charmeur. C'est une soirée costumée. Mais un jour, en tête-à-tête... Peut-être.

— Vous envisagez donc que nous nous revoyions ?

— Si Dieu le veut...

— Mais pour pouvoir vous revoir, je dois savoir qui vous êtes, reprit-elle tout en fouillant sa mémoire, persuadée d'avoir déjà croisé ce regard myosotis et cette bouche aristocratique.

— Vous avez raison, déclara-t-il, soudain. Et cependant, si je vous ai retrouvée une fois sans même savoir votre nom, nul doute que cela se reproduira, soyez-en certaine.

— Retrouvée ? Alors vous convenez que nous nous sommes déjà rencontrés !

— Effectivement ! fit-il, tout sourire. Votre mémoire ne vous joue pas de tour. Savez-vous réellement garder un secret, ainsi que vous l'affichez ?

De quoi parle-t-il ? se demanda Alix, interloquée.

Puis, soudain, cela lui revint : la mouche ! C'était la signification de la mouche !

— Aujourd'hui plus qu'hier, en tout cas, répondit-elle mystérieusement.

— Je vais donc vous en confier un. Ce qui me permettra d'ailleurs de m'acquitter de mes devoirs. Car je parle, je danse, et j'en oublie qu'en vous voyant, j'étais avant tout venu vous rendre hommage, jolie demoiselle, et surtout vous remercier enfin. Car oui, nous nous sommes déjà vus. Sur la route de Grenoble, dans le carrosse, lorsque ces malandrins m'ont attaqué. Vous m'avez soigné et sauvé de ces brigands...

Pendant un instant, Alix resta stupéfaite. C'était lui ! Celui qui hantait ses souvenirs !

— Oui, je suis celle qui vous a secouru, répliqua-t-elle enfin, de son ton le plus cassant. Et je me souviens parfaitement que vous vous êtes enfui juste après, sans même un mot de remerciement.

— Je ne savais pas à qui j'avais affaire, alors, répondit le malotru avec un petit sourire espiègle au coin des lèvres. Et j'étais toujours en danger. Je devais disparaître.

— Disparaître ? ! s'emporta-t-elle avec énergie. Vos activités sont si peu recommandables ?

— J'étais... en mission secrète.

— Bien entendu ! Et moi, je suis la Reine Mère d'Angleterre.

Son ironie, tout autant que sa voix musicale, plaisait au jeune homme. Il sourit de nouveau, montrant de belles dents blanches.

— Je vous assure...

Exaspérée, Alix lui coupa la parole :

— Dites plutôt que vous espériez ne jamais avoir à vous justifier de votre inqualifiable conduite !

— Seigneur ! fit-il en riant. Comme vous y allez ! Au contraire... Vos yeux m'avaient tant ravi le cœur qu'ils m'ont poursuivi pendant des semaines. J'espérais bien les retrouver un jour. Je suis bien aise que le hasard les ait remis sur mon chemin. Allons, reprit-il d'un ton plus doux, tandis qu'elle rougissait, incapable de se contrôler, oublions cela et faisons une trêve... Ne voulez-vous pas profiter un peu du temps présent ? Tout ceci sera terminé demain.

Incapable de résister aux inflexions de cette voix caressante, Alix s'abandonna avec un petit soupir, sans répondre. La musique était belle et le Loup dansait admirablement bien. Elle devait s'avouer qu'il lui faisait passer un agréable moment, malgré son attitude qui oscillait entre vénération admirative et effronterie ironique. Quelque chose d'indéfinissable passait entre eux.

Avec une grâce féline, ils tournoyaient sur le parquet, en parfait accord, leurs deux corps se frôlant sans cesse, se touchant, s'agrippant, s'élançant encore et toujours. Elle sentait la chaleur et la fermeté de l'homme contre elle, ses mouvements en harmonie avec les siens, ses mains qui l'entouraient, la saisissaient, la faisaient vibrer, bouger, voler, ses bras qui s'enroulaient autour d'elle et la faisaient tressaillir de joie.

À vrai dire, l'instant était magique, et le Loup masqué avait raison de vouloir le savourer. C'était presque irréel, une sensation fabuleuse, extraordinaire, comme s'ils n'étaient plus de cette Terre, mais transportés au-delà, dans un univers féerique et divin qui n'appartenait qu'à eux. Plus rien n'existait en dehors de ce cercle magique, de cette bulle irisée de bonheur, qui les tirait du réel vulgaire pour les emmener dans un monde plus grand et plus merveilleux. Emportée par la danse dans un divin délire, Alix songea qu'elle aurait aimé que cette valse durât éternellement ; comme elle aurait aimé que ce lien qui se tissait entre eux, de seconde en seconde, existât à jamais sans connaître nulle dégradation que le temps inflige généralement à toute chose de ce monde. Elle aurait voulu l'éternité pour ce soir.

J'ai trop bu de ce vin de Champagne, se dit alors la jeune fille, comme pour s'en convaincre. *Voilà pourquoi je ne suis pas dans mon état normal !*

Oui, elle était grisée, sous le charme de cet inconnu aux yeux bleus, et elle ne songeait plus qu'à danser en cadence, danser pour lui et avec lui, danser encore et toujours. Elle suivait machinalement ses pas, les battements tumultueux de son cœur couvrant la musique. Elle était transportée de joie entre ses bras, ne percevant plus tout ce qui n'était pas lui et n'ayant qu'une envie, celle de le sentir toujours contre elle. L'inconnu ne dit plus un mot, se contentant de la tenir contre lui. Pourtant, Alix crut deviner qu'il était aussi ému qu'elle.

Et puis, la danse prit fin, et comme retombant lourdement sur Terre, s'arrachant du rêve qu'elle venait de vivre, Alix revint alors vers Armand, à qui le Loup, tout sourire, la reconduisait. L'héritier des Saint-Clair fusilla du regard l'effronté qui avait osé accaparer ainsi sa cavalière. Mais le Loup n'en eut cure et s'inclina devant Alix pour la saluer, lui tenant toujours la main. Une fraction de seconde, la jeune fille crut qu'il ne la lâcherait plus. Une parcelle d'éternité. De son côté, elle ne voulait pas le lâcher non plus...

— Merci de m'avoir accordé ces quelques instants en votre compagnie, dit-il. Vous m'avez permis de transformer une soirée ennuyeuse et déprimante en un merveilleux moment.

— Partez-vous déjà ? demanda-t-elle, déçue. La soirée ne fait que commencer.

— Hélas, jolie demoiselle, on m'attend ailleurs et je ne puis me dérober plus longtemps aux devoirs des mondanités. Mais nous nous reverrons.

— Comment en êtes-vous si sûr ?

L'homme posa un doigt sur sa bouche et sourit.

— Chut ! murmura-t-il. Gardons un peu de mystère pour la suite.

Alix songea qu'il y avait déjà suffisamment de mystères comme ça, mais, subjuguée, elle se tut et le regarda partir, après qu'il lui eut baisé la main...

⁂

— Qui est donc ce rustre, Alix ? s'exclama Armand, faisant revenir la jeune fille à la réalité. Il me semble le connaître, mais je ne remets pas son nom. J'ai bien failli lui lancer mon gant à la figure lorsqu'il vous a enlevée à moi !

Alix sourit, s'efforçant de dissimuler son air sarcastique.

— Ma foi, je n'en sais absolument rien, répondit-elle, caressant ses doigts d'un geste machinal, comme si les lèvres du jeune homme les avaient brûlés, y laissant une trace indélébile.

— Comment, vous n'en savez rien ? fit l'héritier des Saint-Clair d'un ton indigné. Mais vous avez passé presque une demi-heure avec lui ! Vous a-t-il donc retenue contre votre gré ?

Alix, surprise, s'aperçut soudain qu'elle était en train de déclencher un scandale, bien malgré elle. Les convenances auraient voulu qu'elle ne dansât pas si longtemps avec un seul cavalier. On allait jaser… d'autant plus que la nouvelle de son entrée dans le monde avait couru et que toute l'attention était braquée sur elle. Surtout qu'il y avait peu d'autres jeunes filles dans le même cas et aucune du même rang qu'elle. Si ses parents l'apprenaient, ils en souffriraient.

— Non… répondit-elle, brusquement anxieuse. Il me subjuguait.

Ce n'était pas une excuse, c'était simplement la réalité : il l'avait envoûtée.

En voyant tous ces regards tournés vers elle, elle eût voulu fuir et chercha dans la salle une physionomie avenante, quelque chose à quoi se raccrocher. Au contraire, elle se heurta à deux yeux gris qui la dévisageaient avec haine.

— Malheureusement, il n'a point voulu révéler son identité, poursuivit Alix, s'efforçant d'ignorer l'attitude d'Adélaïde de Fagerolles et son hostilité presque insoutenable. N'a-t-il pas été présenté, comme tout le monde ?

— Sûrement, mais je ne m'en souviens pas. Je vais aller me renseigner… et vous laisser en bonne compagnie, ajouta Armand en voyant un admirateur se décider enfin et se diriger vers la jeune fille. Je dois m'assurer qu'il ne s'agit pas d'un escroc qui se serait introduit subrepticement. Vérifiez que vous n'avez perdu aucun bijou, ma mie. C'est ainsi qu'opère ce genre de racaille.

Mais, nul besoin de le vérifier, Alix avait encore tous ses bijoux. Pour elle, le Loup n'était pas un bandit ordinaire. Il était bien autre chose, même si elle ignorait encore quoi. Et tandis qu'Armand s'éloignait, elle accepta une danse avec un jeune homme de bonne famille, qui se présenta dûment, puis une autre avec un gentilhomme qui écrivait des vers de mirliton et une troisième avec un cavalier maladroit qui lui écrasa les pieds deux ou trois fois.

Finalement, lorsqu'on la reconduisit au bord de la piste, Armand était revenu.

— Alors, avez-vous appris qui était ce Loup ? lui demanda-t-elle.

— Non, désolé de vous décevoir ! répondit le jeune homme avec un amer sourire. Je suis de plus en plus convaincu qu'il s'agissait d'un voleur. Il semble avoir déserté la soirée.

Alix haussa les épaules, désappointée de ne pas en savoir plus. Avec un curieux chagrin, elle sentait qu'elle eût aimé retrouver cet inconnu, comme il le lui avait promis, mais il fallait être lucide : ce serait impossible !

— Peu importe ! reprit Armand. Il n'est plus là et nous pouvons enfin savourer notre soirée. M'accorderez-vous à mon tour le privilège de quelques danses ? J'ai dans l'idée que vous êtes en train de prendre d'assaut la bonne société de la région. Regardez Adélaïde, elle en est verte de rage.

Dans les yeux du jeune homme brillait son admiration pour Alix.

— Quelle sottise, Armand ! pouffa celle-ci.

Elle accepta néanmoins son invitation avec un regain de bonne humeur et lui accorda deux danses. Ils tournoyèrent sur la piste et Alix sentit les yeux venimeux d'Adélaïde posés sur elle.

Je croyais que c'était une ancienne conquête du frère d'Armand. Alors pourquoi semble-t-elle m'en vouloir à ce point à chaque fois que je suis avec lui ?

Son cavalier la fit pivoter et elle croisa alors le regard troublant du Loup. Ainsi, il n'était pas parti ! Pourtant, un instant auparavant, elle était bien certaine qu'il n'était pas là, tranquillement installé au bord de la piste en compagnie des Valone. Maintenant, il l'observait, semblant lire le tréfonds de son âme. Alix sentit son cœur manquer un battement. Était-il jaloux, lui aussi ? Il n'avait aucune raison. Armand la fit pivoter de nouveau et elle perdit le Loup de vue. Elle tourna discrètement la tête pour le chercher des yeux, mais il n'était plus là et les Valone non plus. Tout s'était passé très vite.

— Vous savez, risqua-t-elle finalement, alors qu'une figure la rapprochait d'Armand, vous n'êtes pas obligé de danser avec moi. Cela ne fait qu'aggraver le ressentiment de mademoiselle de Fagerolles à mon égard.

— Je ne danserais pas avec vous si je n'en avais pas envie, Alix, vous ne l'ignorez pas. Et peu m'importe l'opinion de cette chère Adélaïde. Malheureusement, je crains de ne pouvoir vous garder longtemps pour moi !

Cette intuition se vérifia rapidement, car d'autres invités exigèrent bien vite l'avantage qui d'un rigaudon, qui d'une gavotte. En dépit de ce qui s'était passé avec le Loup, Alix devenait le centre d'attraction et fut très courtisée, au point qu'Armand, en la retrouvant, lui déclara qu'elle était la reine du bal.

— N'exagérons rien, fit-elle avec un sourire.

— Je n'exagère nullement. Vous êtes sans conteste la plus belle femme de la soirée.

Alix reçut le compliment avec un petit hochement de tête, mais ses pensées étaient ailleurs. Où était donc passé le Loup ?

— Désolée de troubler un aussi délicieux tête-à-tête, intervint une voix ironique.

Adélaïde. Une Adélaïde visiblement furieuse de voir qu'Armand n'avait d'yeux que pour Alix...

Qu'y puis-je ? songea brièvement Alix. *Ce n'est pas faute d'avoir essayé de le décourager !*

— Charmante, vraiment, votre jeune amie... poursuivit l'héritière Fagerolles en toisant avec insolence celle qu'elle considérait comme sa rivale. Elle a réussi à ravir la moitié des cœurs masculins de cette soirée, au bas mot.

Alix aurait dû s'attendre à voir la demoiselle Fagerolles s'immiscer à un moment ou à un autre. Après tout, Armand l'avait prévenue de sa jalousie. Et pourtant, elle était surprise. Ce n'était pas que cela l'ennuyât qu'une tierce personne s'interposât entre Armand et elle, mais l'impertinence de la jeune femme la hérissait.

— Armand, reprit celle-ci de sa voix aiguë, en lui tournant le dos ostensiblement, vous ne m'avez pas invitée une seule fois, ce n'est pas courtois. Je vais finir par être très fâchée !

Elle lui tapota le bras de son éventail.

— Eh bien, c'est que...

Embarrassé, le jeune homme se tourna vers Alix.

— Je vous en prie, Armand. Occupez-vous de mademoiselle, j'ai cru comprendre que c'était une vieille amie de votre famille.

Si Adélaïde voulait danser et passer du temps avec Armand, ce n'était pas Alix qui allait l'en empêcher. En revanche, elle n'allait pas non plus lui laisser croire qu'elle remportait là une victoire. Alix n'avait rien dit qui pût passer directement pour une insulte, mais elle savait très bien que le terme de « vieille amie » déplairait souverainement à Adélaïde.

— Plus qu'une amie, ma petite, siffla cette dernière. Un peu de respect !

Au cours de la soirée, Alix avait entendu parler de la jeune femme et elle ne fut donc pas étonnée de cette allusion. Fille du riche vicomte de Fagerolles, Adélaïde était dotée de biens considérables et d'une ambition démesurée, égale à celle de son père qui voulait la lier avec une ancienne famille de noblesse d'épée au moins aussi prospère que la sienne. Malgré sa fortune et de nombreuses demandes en mariage, personne n'avait donc encore trouvé grâce à leurs yeux.

Adélaïde, cependant, avait fini par jeter son dévolu sur Louis de Saint-Clair, que l'on disait fort beau et dont la famille avait tout pour lui plaire. Ils se rencontraient régulièrement au cours des soirées de Paris. Et s'il n'y avait rien d'officiel entre les jeunes gens, on chuchotait tout de même qu'il y avait eu des rumeurs de fiançailles, avant la disparition de l'héritier Saint-Clair. Alix se demandait si elles étaient fondées ou si c'était Adélaïde elle-même qui les avait lancées.

Quoi qu'il en fût, il devenait évident que la jeune femme avait reporté son intérêt sur Armand : puisque l'aîné de la famille avait disparu, elle estimait apparemment que le cadet ferait presque aussi bien l'affaire.

— Mon respect ne va qu'à ceux qui le méritent et qui m'octroient le leur également, répliqua Alix d'un ton faussement calme.

Encore omettait-elle de dire qu'elle était d'une ascendance plus élevée qu'Adélaïde. Les cils de l'héritière Fagerolles battirent légèrement.

Touchée ! se réjouit mentalement Alix.

— Je vois que la noblesse campagnarde ne sait toujours pas où est sa place, répliqua Adélaïde sans se démonter. En dépit de ses titres, elle n'a pas les moyens d'asseoir ses prétentions ni d'assurer son avenir. Et pourtant, elle se montre toujours aussi arrogante.

Alix sentit la colère bouillir dans ses veines. Adélaïde ne savait même pas de quoi elle parlait, puisque la lignée des Chaussée d'Arville avait été longtemps présente à la Cour. Certes, Alix ne pouvait prétendre à une dot aussi importante que l'héritière Fagerolles, mais cela ne faisait pas d'elle quelqu'un de moindre importance pour autant !

Cependant, Alix n'eut pas le temps de lancer la moindre réplique bien sentie, car Adélaïde demanda aussitôt, les yeux fixés sur sa rivale :

— Voudriez-vous aller nous chercher quelques fruits, Armand ?

Son ton suave glaça la jeune fille. Saint-Clair hésita, puis comme Alix lui faisait signe de la main que tout allait bien, il s'inclina.

— Je ne prendrai pas de chemin détourné, déclara Adélaïde dès qu'il fut parti. Vous êtes éblouissante et Armand est fasciné, comme la majorité des hommes, ce soir. Je n'en suis pas étonnée, je connais leurs faiblesses.

Elle fit un pas vers Alix et ajouta d'un air songeur :

— Le destin est étrange. J'ai perdu Louis dans d'obscures circonstances, et maintenant, Armand m'ignore totalement pour se tourner vers vous. Pourtant, je le connaissais bien avant vous, et avant de vous rencontrer, il était profondément troublé en ma présence. S'il ne s'était agi de lui, je m'en serais plutôt amusée. Mais...

Le regard de la jeune femme se durcit et elle conclut, un ton plus bas :

— Armand est à moi. Vous êtes incapable de lui apporter ce que je peux lui offrir sans peine. Un avenir. Je suis riche, ma famille est influente. Vous, vous n'êtes rien.

— Je vous prie de retirer vos paroles, gronda Alix, les yeux flamboyant de colère.

— Jamais ! Vous ne seriez pas tant blessée si vous ne saviez que je dis vrai.

— Je vous ferai ravaler...

— À mes yeux, la fin justifie les moyens, la coupa Adélaïde. Si vous demeurez près de lui, il vous en cuira.

Sur ces mots cassants et définitifs, Adélaïde se détourna sans laisser le temps à Alix de répondre. Elle intercepta Armand qui revenait, lui fit poser les fruits qu'il amenait et l'entraîna sur la piste de danse où ils se mirent à danser.

Le rouge lui montant aux joues, Alix faillit courir après l'héritière Fagerolles, mais elle aperçut la comtesse qui l'observait de loin, paraissant avoir à cœur de tenir son rôle de chaperon. Elle lui adressa un petit signe de tête bienveillant, visiblement satisfaite du comportement de la jeune fille, en dépit de la façon dont elle s'était fait remarquer avec le Loup. Mais à ce qu'avait dit Armand, on la croyait simplement victime d'un vil séducteur prêt à tout. Et on devait aussi la penser encore assez innocente pour n'avoir pas pris la mesure de la gravité de la situation.

Alix esquissa un sourire forcé et se dissimula derrière son éventail, ravalant sa colère. Ce n'était pas d'être écartée d'Armand qui la faisait fulminer, c'était la façon dont Adélaïde avait insulté sa famille. Cependant, elle saurait se dominer, puisqu'il le fallait. De toute façon, elle devinait que répondre aux provocations d'Adélaïde ne ferait qu'envenimer la situation. Cette intrigante voulait l'héritier Saint-Clair ? Grand bien lui fasse ! Abandonnant toute envie de poursuivre la querelle d'une façon ou d'une autre, la jeune fille, excédée, se détourna fièrement et chercha un réconfort dans la pensée qu'elle pourrait peut-être, ainsi, partir à la recherche du Loup.

Malheureusement, elle ne pourrait s'éclipser discrètement de cette salle, du moins pas tout de suite. Aussi préféra-t-elle se diriger vers un des buffets pour y prendre un rafraîchissement bien mérité, après toutes ces évolutions sur la piste. Elle se trouva bientôt entourée de trois ou quatre gentilshommes qui lui proposèrent, l'un un verre de vin, l'autre une grappe de raisin... Alix fit ce qu'on attendait d'elle, parut hésiter, avec force sourires et battements d'éventail. Finalement, elle accepta un verre de vin d'Espagne, léger et fort agréable, qui lui permit de se désaltérer quelque peu.

Puis, estimant qu'elle avait passé suffisamment de temps à tenir le rôle auquel elle était tenue, elle prétexta un besoin de fraîcheur, prit congé de ses prétendants et se dirigea vers la terrasse sur laquelle s'ouvrait la salle de bal.

Elle resta là, à respirer l'air frais de la nuit, accoudée à la balustrade. La musique lui parvenait, couvrant les rumeurs des conversations.

— Je suis navré pour cet éclat, fit soudain la voix d'Armand.

Alix sursauta. Le jeune homme était arrivé près d'elle sans qu'elle s'en aperçût et l'avait surprise alors qu'elle était absorbée dans ses réflexions.

— Pas tant que moi ! répliqua-t-elle.

Elle laissa échapper un petit rire amer.

— Si on pouvait provoquer une femme en duel, je l'aurais fait avec un grand plaisir, poursuivit Armand.

— Et moi donc ! s'écria Alix avec fougue.

Le jeune homme s'approcha d'elle et elle recula légèrement, se retrouvant dans la flaque de lumière projetée par les lustres sur la terrasse. Elle ne tenait pas à ce qu'ils restassent dans l'ombre.

— Quelle énergie ! Vous ne cessez de me surprendre.

— Écoutez, fit Alix avec embarras. Je vois d'ici madame votre mère qui jette un œil circonspect vers nous. Je suis encore en colère, voilà pourquoi je parle avec tant de vigueur. Laissez-moi le temps de m'apaiser, je vous prie.

Visiblement contrarié, Armand s'inclina cependant et se dirigea vers sa mère. Alix en profita pour se retirer dans les jardins, échappant par la grâce de Dieu à la surveillance de la comtesse. Elle s'enroula dans son étole et marcha un moment, au hasard, cherchant l'apaisement.

6
L'affaire des émigrés

Au détour d'un bosquet, elle tomba sans le vouloir sur un spectacle plus qu'insolite : le Loup aux yeux bleus paraissait effectuer une tractation avec quelques personnes. Des caisses s'échangeaient, tandis qu'on murmurait et qu'on s'agitait de façon un peu précipitée.

Quand je m'imaginais que ces bals masqués étaient une occasion rêvée pour des transactions clandestines, je ne pensais pas avoir si bien deviné !

Cachée derrière la végétation, elle étudia la scène avec attention. Sa surprise alla grandissant quand, parmi les intervenants, elle crut reconnaître les Valone. Elle n'en était pas complètement sûre, parce qu'ils étaient engoncés dans de grands manteaux de voyage qui les couvraient de pied en cap et masquaient leur costume. Ils avaient ôté leurs masques, mais leurs visages disparaissaient sous des capuches.

On dirait presque des gens du peuple, dans cette tenue… Mais si ce sont les Valone, comment peuvent-ils se compromettre dans un quelconque trafic, au sein même de la propriété des Saint-Clair ? se demanda Alix.

Plus elle les observait et plus elle était persuadée qu'il s'agissait bien d'eux, même s'ils paraissaient très différents de ce qu'ils étaient encore deux heures auparavant.

Il y avait nécessairement une raison cruciale et impérieuse qui les poussait à agir ainsi. Ce fut cette idée qui la retint, au moment même où elle s'apprêtait à avertir les Saint-Clair de cet étrange manège. Le Loup les fit ensuite discrètement monter à cheval, en compagnie d'un individu de petite taille, vêtu en page... peut-être un enfant.

Les Valone ont un jeune fils. Serait-ce donc lui ? Mais pourquoi serait-il ici ? Et pourquoi repartent-ils à cheval ? Ne sont-ils pas venus de Grenoble en carrosse ?

Le Loup s'apprêtait maintenant à partir en leur compagnie, avec un vieil homme courbé en deux qui paraissait être son serviteur. Très intriguée, Alix ne put s'empêcher de sortir légèrement de l'ombre pour jeter un coup d'œil sur les caisses qu'on avait laissées dans une charrette, à l'arrière. Elles lui parurent contenir des sacs. Des sacs de sel ? Ça en avait tout l'air.

Comment ce Loup peut-il avoir le culot d'opérer son trafic ici à un moment pareil ? pensa Alix, outrée. *A-t-il donc des complices parmi les domestiques ? Espère-t-il que grâce à la foule, tout ceci passera inaperçu ?*

Tandis qu'elle se posait mille questions en observant les Valone et qu'elle se demandait ce qu'elle devait faire, elle ne se rendit pas compte que le Loup avait disparu de son champ de vision. Soudain, quelqu'un la saisit par le bras. Terrifiée, elle se retrouva nez à nez avec ce dernier. Il la rabroua vertement, le regard dur, la forçant à reculer à l'abri des buissons.

— Je suis au regret de devoir vous demander de vous mêler de vos affaires, noble dame, et de laisser les autres s'occuper des leurs.

Cette phrase eut le don de l'irriter et de chasser sa peur.

— Eh bien ! Vous n'êtes pas seulement un loup d'opérette, répliqua-t-elle avec un haussement d'épaules dédaigneux. Vous êtes un véritable pendard et un contrebandier, à ce que je vois !

Son interlocuteur la fixa quelques secondes sans rien dire... avant de rire aux éclats. Il exécuta une courbette ironique :

— Mais oui, je suis le nouveau Mandrin, pour vous servir !

Mandrin ! Le célèbre contrebandier hors-la-loi qui avait sévi en Savoie dans la première moitié du siècle. Alix ne l'avait jamais connu mais elle en avait entendu parler, car il était devenu une véritable légende après sa mort, figure du bandit justicier qui volait les riches en défiant la maréchaussée et luttait contre l'injustice des taxes de l'Ancien Régime. Alix elle-même avait chanté la fameuse Complainte de Mandrin[1], propagée par les colporteurs. Elle avait contemplé son portrait gravé ; c'était un beau jeune homme blond, dont l'aventure était tout à fait apte à faire rêver un garçon manqué, à la fois rebelle et romantique comme elle. Que son interlocuteur osât se comparer à ce héros régional la hérissa un peu plus encore.

— Quelle fanfaronnade ! répliqua-t-elle avec humeur. Hélas, cela est impossible, car vous manquez cruellement du savoir-vivre dont votre prédécesseur faisait preuve, dit-on.

— Vous, vous ne manquez pas d'esprit, en revanche. Vous me plaisez, mignonne.

C'était vrai. Il se sentait absolument subjugué par ce Chaperon hors normes. C'était presque une gamine, pourtant, se disait-il en contemplant le visage jeune et boudeur, les yeux étincelants de colère.

Allons, tu n'es pas raisonnable. Elle n'est pas pour toi. Regarde-toi, grand dadais !

Mais c'était plus fort que lui. Les traits de la jeune fille exprimaient dans leur ensemble une grande douceur que démentait pourtant, en cet instant précis, un mouvement volontaire de ses lèvres bien dessinées, témoignant de sa

1. Texte complet de la Complainte de Mandrin dans les notes, en fin de livre.

fermeté de caractère et de sa colère. Ses yeux aux paillettes vertes, d'ordinaire tendres et veloutés, avaient pris un regard froid et déterminé. Elle était furieuse.

— Monsieur, je vous interdis...

— Vraiment ? la coupa-t-il sans vergogne, tout en se rapprochant. Dans ce cas, il ne fallait pas vous accoutrer en Petit Chaperon Rouge. Vous ne savez pas que c'est une façon de provoquer le Grand Méchant Loup ? Lequel vous fait d'ailleurs grand-peur. Vous a-t-on déjà embrassée, damoiselle ? ajouta-t-il en effleurant discrètement des lèvres la joue satinée de son interlocutrice.

Alix sentit son ventre se nouer. Il était bien trop proche d'elle ! Une vague de chaleur la submergea, au moment où elle s'y attendait le moins. Elle n'avait pas besoin de ça !

— Ne me touchez pas ! explosa-t-elle, plus pour reprendre le contrôle d'elle-même qu'autre chose. Comment osez-vous ?

— Pour la bonne et simple raison que vous êtes le Chaperon Rouge et que je suis le Loup. Il se trouve qu'en qualité de Loup, je peux faire de vous ce que je veux. Vous emmener de force et même vous dévorer toute crue, si je le désire.

La pression de ses mains se fit un peu plus forte sur la taille de la jeune fille qui se rebiffa :

— Lâchez-moi ! Vous me dégoûtez !

Outrée, elle se débattit en martelant sa poitrine de ses poings, et finalement, il desserra son emprise si brusquement qu'elle chancela et faillit tomber. Elle se reprit aussitôt et, profitant de ce qu'elle pouvait prendre un peu d'élan, lui envoya proprement un coup de poing en pleine mâchoire. Il rit de nouveau, tout en se passant la main sur le bas du visage, d'un rire froid et cassant, si pénible à entendre qu'Alix se détourna.

— Vous avez une sacrée droite, damoiselle. Mais vous n'avez toujours pas répondu à ma question. Vous a-t-on déjà embrassée ?

— Je ne vous permets pas !

Le souffle court, elle était incapable d'en dire plus, alors qu'elle brûlait du désir de lui faire ravaler ses paroles. Mais son cœur cognait comme un diable dans sa poitrine et elle était en train de perdre tout contrôle d'elle-même. Il ne le fallait pas. Surtout pas ! Encore moins avec lui !

— Non, bien sûr, poursuivit-il avec ironie. La réponse est non. J'ai entendu tout à l'heure, vous faites votre entrée dans le monde et vous n'y connaissez rien. Entrée fort réussie, ma foi, avec cette merveilleuse tenue écarlate. Je gage que vous avez marqué tous les esprits, ce soir. Bientôt, un charmant jeune homme vous fera sa demande et subira votre caractère capricieux de petite fille indomptable.

— En aucune façon !

Mais où s'étaient envolées toutes les répliques mordantes qui d'ordinaire sortaient trop vite de la bouche d'Alix ? Elle avait l'esprit complètement vide ! C'était la faute de cet imbécile qui avait posé ses mains sur sa taille, ses lèvres sur sa joue... Oh, misère ! Il fallait qu'elle se reprît !

— Vous préférez devenir une vieille fille au cœur sec au lieu d'une mégère rugissante aigrie par le mariage ? Tant mieux pour vos prétendants, notez bien.

— Vous êtes le pire goujat que j'aie jamais rencontré ! D'une grossièreté écœurante. Les hommes sont des brutes, pour la plupart, assommants et tyranniques, et vous en êtes la preuve vivante !

Ce n'était pas exactement ce qu'elle voulait dire, mais ça ferait l'affaire.

Sauf que ça n'eut aucun effet sur le rustre. Au contraire, sans tenir compte de ses paroles, il la saisit brutalement par les épaules et reprit tout bas, d'un ton presque menaçant :

— Un souvenir m'est revenu à l'esprit. Vous vouliez que je vous montre que j'étais un homme, autrefois ? Je vais vous en donner la preuve !

Elle sentit son pouls s'accélérer et s'affola, la gorge soudain étranglée par l'émotion, un mélange de panique et… et d'autre chose, qu'elle n'aurait su définir, mais qui la laissait incapable de réagir, et même de crier pour appeler à l'aide. Il l'enlaça et la serra contre lui, tandis qu'elle se débattait en vain, éprouvant soudain un trouble grandissant en sentant une raideur se presser contre son ventre. Il écrasa ses lèvres sur les siennes, furieusement d'abord, puis avec plus de douceur. Les mains qui retenaient sa nuque descendirent alors vers ses épaules en caresses possessives.

Alix sentit le feu de la colère se transformer en un brasier de désir qu'elle était incapable de contrôler. Depuis le début, elle était attirée par cet homme, et il suffisait qu'il l'embrassât pour qu'elle perdît toute possession d'elle-même ; toute pensée rationnelle l'abandonna. Et elle, qui se voulait tellement indépendante, se laissait dominer sans regimber… ou presque. Ce qu'elle avait ressenti pendant la danse n'était rien comparé au tourbillon qui s'emparait maintenant de son corps, tandis qu'elle fondait entre ses bras.

Dans un sursaut de révolte, furieuse contre elle-même autant que contre lui, elle se dégagea vivement. La tête lui tournait. Elle retint un gémissement. Elle désirait les bras et les lèvres du Loup avec une telle violence qu'elle en était secouée, et en même temps, elle ressentait une féroce envie de gifler l'impudent. Ce fut ce dernier élan qui l'emporta, mais il attrapa son poignet avant qu'elle pût achever son geste. Il planta son regard bleu droit dans le sien, esquissa un sourire.

— Espèce de vaurien ! s'exclama-t-elle avec impétuosité.

Il éclata d'un rire tonitruant avant de lui murmurer à l'oreille :

— Ce sera notre petit secret. Gardez-le bien ! Et moi, je garderai aussi le vôtre.

— Je n'ai aucun secret, moi, Monsieur !

— Oh, si, un secret inavouable. Je sais, aux battements de votre cœur, que vous appréciez la compagnie des vauriens comme moi.

Il l'étreignit vivement une dernière fois, lui meurtrissant les lèvres d'un baiser dur et rapace, avant de sauter sur la selle de son cheval en la plantant là. Furibonde, Alix aurait voulu lui faire rentrer toutes ses paroles dans la gorge et le faire payer pour ce baiser volé. Quel malotru ! Mais, toujours riant, il lançait déjà sa monture au galop, à la suite des individus dans leurs grands manteaux et du vieillard qui avait pris les rênes de la charrette. Et dire que ce Loup était rentré dans la salle de bal en se faisant passer pour un gentilhomme !

Gentilhomme ! Tu parles ! Un véritable rustre, oui ! Un malhonnête ! Un... Un...

Les mots lui manquaient. Elle n'aurait jamais imaginé ainsi ses retrouvailles avec celui qui hantait ses pensées ! Quel mufle, en réalité ! Alix était sûre de le détester. Il avait beau avoir un physique très avantageux, il y avait des choses qu'elle n'était pas près d'accepter. Exaspérée, elle regagna la salle de bal en espérant qu'elle ne le reverrait plus.

D'un geste sec, elle arracha la mouche au coin de sa lèvre et retint une furieuse envie de crier sa colère à tous les vents. De façon incongrue, il lui vint soudain à l'esprit qu'elle n'avait même pas eu le temps de dire à ce vaurien que son cheval l'attendait toujours aux écuries de la Chaussée d'Arville.

Tant pis pour lui...

Quelques instants plus tard, prétextant une migraine, elle prenait congé des Saint-Clair et rejoignait son carrosse pour rentrer chez elle. Tant pis pour les convenances. Elle en avait assez soupé.

⁂

Alix n'eut pas le temps de ruminer les événements de ce premier bal, car dès le lendemain, un autre scandale, bien plus conséquent, défraya la chronique locale, éclipsant toute autre information.

Aux premières heures du jour, la police locale débarqua chez les Saint-Clair, les accusant d'avoir aidé une famille « de ci-devant français » (tel fut le terme employé) à s'enfuir. Que des nobles eussent voulu passer à l'étranger, profitant d'une soirée drainant un grand nombre de personnes pour se mêler à la foule avant de partir discrètement, n'eût guère été étonnant. Beaucoup d'entre eux avaient déjà émigré, mettant leur fortune à l'abri, et beaucoup d'autres essayaient encore de quitter la France. Grenoble pouvait effectivement représenter un bon point de départ, la ville étant située non loin de la frontière. Mais que les Saint-Clair eussent été mêlés à leurs agissements, voilà qui dépassait les bornes !

L'homme qui s'occupait de l'affaire en collaboration avec la police locale – laquelle se soumettait totalement à ses ordres bien qu'il ne fût pas sujet du royaume de Sardaigne – était un certain Jankélévitch. Venu exprès de Paris, il maintenait pourtant que le bal avait servi de couverture pour faire passer des nobles en Italie, profitant de l'animation pour échapper à leurs poursuivants. Ils avaient quitté leur demeure sous le prétexte de se rendre à la soirée mais n'étaient jamais revenus chez eux. Leur carrosse avait été retrouvé abandonné, non loin de la propriété des Saint-Clair.

— C'est comme votre fils, Louis, insistait lourdement Jankélévitch, d'un ton soupçonneux. Sa disparition est plus que suspecte à mes yeux.

Le policier était surnommé le Furet et ce n'était pas pour rien, car physiquement, il y ressemblait, avec son museau pointu et ses petits yeux noirs.

— Je ne vous permets pas ! s'emporta le comte, blessé et outré. Respectez au moins notre souffrance et notre angoisse de n'avoir aucune nouvelle !

Tout comme les autres invités du bal, Alix dut rencontrer Jankélévitch, afin de témoigner et de lui donner sa version des faits. Le policier se déplaça jusqu'au château de la Chaussée pour recueillir ses impressions. Tandis qu'elle l'attendait, elle éprouvait une sourde angoisse à l'idée d'être interrogée, se demandant si elle devait révéler ou non ce qu'elle avait vu.

Lorsqu'il parut devant elle, cependant, elle le trouva tellement antipathique qu'elle préféra ne rien dire, se sentant incapable de lui faire confiance. Comme, de surcroît, les évadés étaient des personnes qu'elle connaissait et que ses parents appréciaient, elle passa donc sous silence les scènes étranges auxquelles elle avait été involontairement mêlée. Au mouvement d'humeur de son interlocuteur, elle comprit rapidement qu'il n'y avait pas d'autres témoins valables dans cette affaire. Son témoignage n'apportant rien de plus, Jankélévitch ne pouvait donc rien prouver et allait devoir laisser, à regret, les Saint-Clair tranquilles.

Après ce délicat interrogatoire, Alix demeura rongée par la curiosité. Qui était réellement le Loup ? Pouvait-il être un ami ou un membre de la famille soupçonnée d'être passée en Italie ? L'hypothèse était séduisante. Pourtant, Alix aurait juré qu'il était plutôt en train de traiter des affaires, et elle avait bien vu le chargement de sel, dans les sacoches des chevaux. Un vulgaire contrebandier, voilà ce qu'il était ! Même pas digne du fameux Mandrin qui volait aux riches pour donner aux pauvres !

Sans aucun doute, ce scélérat possédait une certaine fortune et il avait appris à manier l'épée et à danser. Cela lui permettait de se faire passer pour un gentilhomme, ce qui lui servait de couverture pour ses activités illicites. Et c'était sûrement celles-ci qui lui avaient valu d'être attaqué sur la route de Grenoble. Si Alix avait su, à ce moment-là, que les apparences étaient à ce point trompeuses, elle ne lui fût certainement pas venue en aide.

Oui, sauf que je suis bien obligée d'admettre que ce n'est pas dans les habitudes de ma famille de laisser tuer quelqu'un sans intervenir.

Ah ! Le costume du Chat botté aurait parfaitement convenu à ce brigand qui usurpait une identité qui n'était pas la sienne ! Mieux encore que celui du loup !

⁂

L'hiver s'écoula et le printemps revint, ramenant la vie et les couleurs à la Chaussée et dans les montagnes. Les événements qui avaient eu lieu au bal de l'automne dernier paraissaient comme de lointains souvenirs, d'autant plus que les choses s'étaient calmées. Alix avait continué à fréquenter les réceptions de la région, organisées tant chez les nobles que chez les riches bourgeois et elle y avait beaucoup de succès. Ce n'était pas pour autant qu'elle avait accepté les faveurs d'un prétendant. Pas un seul ne correspondait à ce qu'elle attendait d'un homme et elle se répétait que ce n'était pas en courant les bals qu'elle trouverait la perle rare. L'homme qu'elle pourrait aimer ne passait certainement pas son temps maquillé et poudré à danser le quadrille ou la valse !

Louis de Saint-Clair n'avait toujours pas reparu ; cela faisait maintenant plus de dix mois que ses parents n'avaient aucune nouvelle. Personne ne savait ni où ni comment il avait pu disparaître après le saccage de l'hôtel parisien des Saint-Clair, et il paraissait de plus en plus probable qu'il n'avait pu s'échapper et avait succombé au cours de l'attaque. Plusieurs corps avaient été retrouvés, dont certains, porteurs de terribles blessures et défigurés, n'avaient pu être identifiés. La police avait supposé que Louis de Saint-Clair était sans doute parmi eux. C'était soit cela, soit Jankélévitch avait raison et le fils aîné de la famille avait pris la fuite à l'étranger…

Alix, bien que peu intéressée par ce qui concernait les Saint-Clair, entendait régulièrement parler de l'affaire et elle se sentait d'autant plus touchée qu'elle-même s'inquiétait pour son amie Béatrice dont elle n'avait toujours pas de nouvelles non plus. Un moment, elle avait songé que la famille de Bray faisait peut-être partie des émigrés. Mais elle avait appris qu'ils étaient toujours dans la capitale française, puisque le père de son amie avait été pris dans une rixe. Il en avait réchappé de justesse. Alors pourquoi Béatrice ne donnait-elle pas signe de vie ? Que lui était-il arrivé ?

La jeune fille n'eût pu se marier sans que le Tout-Paris fût au courant, et donc Alix aussi, même avec retard. Or il n'en avait nullement été question. L'héritière Chaussée d'Arville ne pouvait donc supposer que son amie était séquestrée en quelque endroit par un époux trop possessif. Avait-elle pris le voile ? Ce n'était pourtant point dans les intentions de ses parents, qui, selon ce que savait Alix presque un an et demi plus tôt, voulaient lui faire faire son entrée dans le monde…

Restait que le baron de Bray, le père de Béatrice, avait toujours eu des idées proches des Aristos Noirs, selon ce qu'Alix en avait compris. Peut-être lui et les siens étaient-ils étroitement surveillés par les révolutionnaires, ce qui eût expliqué la discrétion de Béatrice. Dans ce cas, Alix n'avait plus qu'à prier pour le salut de son amie, en espérant que sa demeure n'avait pas fait l'objet du même saccage que l'hôtel parisien des Saint-Clair… et que la jeune fille n'avait pas subi le même sort dramatique que celui de leur fils disparu.

⁂

À la fin de l'été, la mort dans l'âme, le comte et son épouse se résignèrent à faire célébrer un Office des morts pour leur aîné, plus d'un an après sa disparition. Aucun élément nouveau n'avait été apporté à l'enquête de police, qui s'en tenait toujours aux mêmes sinistres conclusions.

Alix assista à la messe, par obéissance à ses parents plus que par amitié pour les Saint-Clair. À dire vrai, elle avait même supplié son père de lui épargner cette épreuve, détestant ce genre de cérémonie, mais il était resté inflexible : le comte était un allié, il fallait le soutenir, ainsi que sa famille. Du reste, la bonne éducation exigeait qu'elle vînt avec eux.

Alix savait tout cela. C'était exact. Elle n'ignorait pas non plus qu'Armand serait là. Armand le Fade, Armand l'Ennuyeux, Armand le Casse-pieds... Pourrait-elle lui résister longtemps ? Oh, bien sûr, elle en était capable, au point que le prompt mariage qu'il espérait, elle le savait, pouvait très bien n'avoir jamais lieu. Hélas, il n'était point le seul à faire pression sur elle : les riches parents du jeune homme, qui convoitaient toujours le magnifique domaine du marquis, désiraient aussi une alliance rapide. Quant aux parents d'Alix, ils lui répétaient qu'il ne fallait pas qu'elle demeurât « vieille fille » dans l'intérêt de leur famille. Au bout d'un moment, il devenait difficile pour Alix de leur expliquer pourquoi cette union lui paraissait, à elle, totalement impossible...

La comtesse était fortement touchée de la disparition de Louis, on disait qu'elle en devenait neurasthénique. Alix avait deviné à quel point le spectacle serait pitoyable pendant la cérémonie. Pourtant, la comtesse sut rester digne. Mais ses traits tirés, son teint pâle et ses yeux rouges parlaient d'eux-mêmes. Alix en avait le cœur serré. Il n'y avait qu'Ankus, malheureusement, pour soutenir que son frère était vivant, qu'il était trop malin pour se faire tuer aussi bêtement, que sa disparition signifiait seulement qu'il s'était mis à l'abri, et que cet office était chose affreuse et stupide. Armand, lui, semblait avoir fait le deuil de son aîné.

Comme Alix s'y attendait, il s'était assis à côté d'elle, et il lui avait pris le bras. Elle l'avait retiré rapidement, consciente des usages : accepter son bras, c'était lui signaler qu'elle l'acceptait lui aussi, alors qu'elle ne l'aimait pas. Elle ne tenait absolument pas à ce que les personnes présentes interprétassent ce geste et se missent à jaser...

Elle eut également la désagréable surprise de retrouver Adélaïde à l'office. Elle ne tenait pas à ce que l'autre se vexât d'une trop grande proximité apparente entre elle et Armand et provoquât un scandale en public, comme elle avait bien failli le faire au bal. La jeune d'Arville se tint donc éloignée le plus possible du jeune homme et de toute la famille Saint-Clair, autant que la politesse le lui permettait.

Durant la messe, triste et interminable, elle ne put que songer à ce frère aîné. Depuis sa première conversation avec Armand, elle n'avait jamais osé lui en reparler. Le jeune homme lui-même n'avait plus abordé le sujet, et peu à peu, il reprenait le rôle de fils premier-né, commençant à discuter avec son père, presque sur un pied d'égalité, à donner son avis... Ses parents le sollicitaient aussi plus souvent. Mais elle n'avait pas changé d'opinion à son sujet.

Lorsque l'office prit fin, tout le monde se rendit au cimetière pour enterrer un cercueil vide. Alix ne savait pas si c'était pire que de savoir qu'il y avait un vrai mort dedans. Ce fut ensuite le défilé devant les Saint-Clair, pour que chacun pût leur présenter ses condoléances. Cela lui parut interminable.

À l'écart de la foule, mais à portée de regard de sa mère, Alix discutait paisiblement avec Armand à l'ombre d'un chêne vénérable, lorsque, soudain, Adélaïde de Fagerolles apparut aux côtés du jeune homme, un petit sourire coquin aux lèvres.

— Ah, voici donc où vous vous cachiez, cher ami, dit-elle, ignorant superbement l'héritière d'Arville. Je vous cherche depuis une demi-heure.

Si cela ne l'avait pas autant agacée, Alix aurait pouffé de rire. C'était comique de voir comment la jeune femme s'accrochait au fils Saint-Clair, tandis que lui attachait chacun de ses pas à ceux d'Alix.

— Il est tout à vous, intervint-elle sans pouvoir s'en empêcher. Je vais rejoindre mes parents.

Adélaïde la dévisagea froidement, les yeux indéchiffrables.

— Ah, vous étiez là aussi ?

— Vous ne l'aviez donc pas vue ? fit Armand avec humeur. Mademoiselle de la Chaussée d'Arville n'a rien d'un fantôme, cependant.

Un lent sourire étira la bouche mince de la jeune femme.

— Non, certes. Elle est plutôt bien incarnée.

Il y eut un silence un peu lourd pendant lequel Alix chercha désespérément à ne pas perdre le contrôle d'elle-même. Elle ne devait pas provoquer un esclandre, surtout pas aujourd'hui, le jour de l'enterrement du fils aîné des Saint-Clair. Ses parents ne le supporteraient pas, non plus que ceux d'Armand.

— Adélaïde, je suis navré, trancha soudain Armand. Je vais raccompagner Alix à ses parents. Nous nous verrons plus tard.

Adélaïde en resta abasourdie.

— Merci… souffla Alix, tandis qu'elle s'éloignait de quelques pas avec le jeune homme. Vous avez mis fin à cette délicate situation avec maestria.

— Je vous en prie, tout le plaisir était pour moi.

Ils rejoignirent les Chaussée d'Arville, toujours en grande discussion avec les Saint-Clair. Alix espérait cependant qu'après cette dernière cérémonie au cimetière, ses parents et elle allaient rapidement retourner à la Chaussée. Mais son espoir fut vite balayé quand elle comprit qu'au contraire, un certain nombre de personnes, dont elle, était attendu au château des Saint-Clair où une sorte de collation les attendait.

Quelle étrange idée ! se dit la jeune fille.

Pourtant, elle devait reconnaître qu'il était plus agréable d'agir ainsi plutôt que de rester à discuter longuement à l'entrée du cimetière dans le vent tourbillonnant qui s'était levé, peut-être annonciateur d'orage. Par chance, Adélaïde n'avait pas l'air d'être conviée à cette petite réunion, ce qui éviterait une nouvelle confrontation pénible. Mais la rivale d'Alix prendrait certainement mal d'être tenue à l'écart de cette réception familiale. Cette idée fit sourire Alix. Ce n'était pas charitable, mais qui lui en voudrait ?

⁂

Au château, la conversation se porta assez naturellement et rapidement sur la Révolution française. Celle-ci semblait se durcir et les réceptions se faisaient plus rares, y compris en Savoie. Toutefois, la France avait fêté pour la première fois en juillet la Fête de la Fédération, le premier anniversaire de la prise de la Bastille… tout un symbole ! On aurait pu croire alors que les Français étaient unanimes. Lafayette avait prêté solennellement le serment « qui unit tous les Français entre eux et les Français à leur roi pour défendre la liberté, la Constitution et la loi ». Louis XVI avait prêté serment de fidélité à la Nation et à la Loi.

Armand ne cachait pas ses inquiétudes vis-à-vis de la Révolution. À son avis, toutes ces festivités étaient artificielles et ne faisaient que masquer temporairement les profondes divisions entre les différents partis. Pour une fois, Alix était d'accord avec lui. Elle comprenait moins ses inquiétudes vis-à-vis de l'attitude de sa famille, qu'il désapprouvait et qu'il accusait à mots couverts de leur porter préjudice. Il disait estimer qu'il fallait évoluer avec son temps. Qu'une monarchie constitutionnelle n'était pas forcément la solution. Que, peut-être, il fallait suivre le mouvement des révolutionnaires les plus « progressistes » qui demandaient l'établissement d'une République. Il n'était d'ailleurs pas le seul à penser ainsi parmi les nobles de la région.

Mais lorsqu'il osa affirmer cela tout haut, la réponse du comte fut cinglante :

— Auriez-vous peur, mon fils, par hasard, que nos opinions ne nous attirent la vindicte de la populace ? Ce n'est pas votre frère aîné qui aurait eu peur, Armand !

Celui-ci répliqua violemment :

— J'aimerais que vous cessiez de toujours persifler sur mon courage et mon honneur. Vous savez très bien que je n'ai absolument pas peur, cher Père ! Je pensais seulement au danger que nous faisions peut-être courir inutilement à ceux qui nous sont proches !

Le comte eut un haussement d'épaules. Armand serra un peu les lèvres, mais s'inclina, du moins en apparence, ne pouvant s'opposer directement à son père. Peu après, il rejoignit Alix qui s'était isolée dans un coin du salon des Saint-Clair. Il était encore très agacé et la jeune fille compatissait à sa situation. L'attitude du comte l'agaçait, elle aussi.

— Je suis désolé de vous infliger... tout ceci, fit-il en désignant d'un geste vague sa famille. J'imagine que vous seriez mieux ailleurs, en cet instant.

— Vous n'y êtes pour rien, répliqua-t-elle. C'est moi qui suis désolée. Pour vous, votre famille, votre frère.

— Mon frère ! Il a toujours eu le don de s'engager dans des aventures dont il ne savait pas s'il sortirait vivant sans se soucier de l'impact que cela aurait sur son entourage. Je vous l'ai dit, c'est une tête brûlée !

Un frémissement de colère le parcourut, et tandis qu'ils restaient isolés du reste des invités, il ajouta, presque malgré lui :

— Quand je pense que mes parents le portent aux nues, alors qu'il n'est même pas vraiment mon frère ! Enfin, si on veut...

Alix ne cacha pas sa surprise.

— Mais... Je ne comprends pas. Que voulez-vous dire ?

Armand eut un amer sourire.

— Mes parents le considèrent comme leur fils et comme leur héritier. Ils l'aiment et ils en sont fiers, ils l'admirent...

En fait, je peux vous le dire, à vous : il est le fils de mon père seulement. Il a eu cet enfant d'une soubrette italienne, venue de l'autre côté de la frontière. C'était bien avant de rencontrer ma mère, au cours d'un long périple. S'était-il vraiment épris de cette femme qui n'était pas de son rang, ou n'était-ce qu'une aventure quelconque, je ne sais. En tout cas, il quitta la jeune femme avant de connaître sa situation. Mais, comme les jours de la délivrance approchaient, elle lui fit envoyer un message pour l'avertir. Bien que marié depuis quelques mois à ma mère, dont il était fou, il se mit aussitôt en chemin pour la retrouver, profitant de ce qu'il était venu en Savoie avec sa jeune épouse pour lui faire découvrir ses terres. Malheureusement, lorsqu'il arriva, la jolie soubrette était morte en couches.

Mon père recueillit le nouveau-né et l'éleva en le reconnaissant comme son héritier. Il raconta je ne sais quelle histoire absurde pour le légitimer et le faire accepter à ma mère, avant de le faire passer pour leur fils à tous les deux dès leur retour à la Cour. Mes parents ont tenu à mettre… mon frère… au courant, quand il a été assez grand et j'ai surpris cette conversation.

Il eut un soupir de regret.

— Peut-être aurait-il mieux valu…

— … qu'ils ne le disent pas, acheva Alix. Je comprends. Depuis que vous savez cela, vous leur en voulez, ainsi qu'à votre frère…

— Un bâtard…

— Et vous vous sentez…

— Spolié ! coupa Armand. Privé de tous les honneurs du fils aîné, de l'héritier. C'est injuste ! Mais je n'ose pas lui dire que je suis au courant : après tout, il n'y est pour rien… De plus, continua-t-il avec amertume, c'est un garçon d'une grande intelligence, d'une mémoire infaillible. Il est beau, sûr de lui, entreprenant. Il est entré dans l'armée, dans la marine plus précisément, pour canaliser son trop-plein d'énergie. C'est un actif, ça oui, on peut le dire ! Il s'est montré brillant. Il a dirigé sa propre flotte, il a suivi La Fayette pendant un temps. Et c'est bien évidemment un cavalier accompli, un athlète mais aussi un poète imaginatif. Il est habile et parle mieux latin qu'un clerc. Il fait la fierté de mes parents... Voyez, il ressemble à Ankus, sauf qu'il est moins remuant, plus sage, plus expérimenté... Même physiquement, mes deux frères se ressemblent, tous les deux bruns, alors que je suis blond... Et sans cesse, j'entends dire : « Ton frère n'est pas comme toi... Lui, au moins, il a fait ceci ou cela... Ce n'est pas ton frère qui aurait agi ainsi... Lui, il aurait réussi... » Je me sens écrasé par sa personnalité. Pourtant, ajouta le jeune homme en soupirant, je sais qu'il m'estime et qu'il serait furieux qu'on me dise de telles choses. Lui seul me connaît réellement. Il m'aime beaucoup, et moi aussi. Finalement, il reste mon frère...

Alix hocha la tête.

— Je comprends très bien, murmura-t-elle.

— Je ne sais pas pourquoi je vous confie ceci, jeune Alix. Saurez-vous garder mon secret ?

— Je sais être aussi muette qu'une tombe.

— Je vous fais confiance.

La jeune fille saisissait mieux l'amertume du fils Saint-Clair, surtout du fait de l'attitude de son père. Elle avait d'ailleurs de plus en plus de mal à supporter ce dernier. Il faisait partie de ces nobles qui envisageaient le recours à l'armée pour remettre de l'ordre dans le pays. Alix, qui avait mûri depuis le début de la Révolution, n'était pas d'accord du tout avec le principe, d'autant plus que le comte entendait agir pour défendre les intérêts de sa classe et non ceux du peuple en général.

Et pourtant... songeait-elle parfois, en écoutant secrètement les conversations, *si c'était là le seul moyen de se débarrasser de ceux que l'on sent déjà prêts à toutes les extrémités ?*

Robespierre, en particulier… Même s'il prônait la fraternité, la liberté et l'égalité, certains le soupçonnaient de ne rêver que de pouvoir dictatorial et d'être un vrai totalitaire dans l'âme. L'Incorruptible, comme on l'appelait. D'après ce qu'elle lisait dans les journaux, Alix avait parfois l'impression qu'il était prêt à écraser ses compagnons, Danton et les autres, pour devenir le seul dirigeant. Une sorte de roi à la place du roi, lorsqu'il aurait réussi à totalement évincer ce dernier…

Le problème principal de ce projet de « remise en ordre » était que les soldats et les officiers s'opposaient les uns aux autres, et il paraissait difficile de ramener la cohésion. La bourgeoisie, que le comte considérait comme l'incarnation de la pensée étroite et médiocre, uniquement mercantile, s'effrayait des troubles alors qu'elle était aussi à l'origine de la Révolution…

Aucune grandeur d'âme chez ces gens-là, pensait Alix, non sans une certaine morgue.

Ce Jankélévitch, en particulier, ne lui paraissait guère recommandable.

Au problème de la guerre civile s'ajoutait la crise économique et la France se débattait dans un marasme où elle ne pouvait que s'enfoncer. Cela ne faisait qu'accentuer les désordres sociaux. Par ailleurs, restait la question des citoyens passifs, ceux qui ne pouvaient pas voter à cause du suffrage censitaire – une belle trouvaille pour écarter du vote le bon peuple que l'on était censé défendre au travers de la Révolution… Pour prendre part à la vie politique et voter, il fallait d'abord payer ! Voilà qui limitait tout de suite la portée d'un vote « populaire ». Même si Alix estimait que le suffrage universel était une utopie, simplement parce que des gens non instruits ne pouvaient pas voter, en connaissance de cause, sur des projets qu'ils ne comprenaient pas et dont ils ne saisissaient pas les enjeux, elle pensait que ce système de cens était une belle hypocrisie, d'une injustice monstrueuse, qui excluait totalement du mouvement tous les gens de bon sens qui n'avaient pas les moyens financiers de se faire entendre. Quant au roi, s'il s'était rallié en apparence aux révolutionnaires, il n'en envisageait pas moins une intervention des souverains étrangers avec qui il correspondait. Du moins, c'était ce que l'on chuchotait parmi l'aristocratie. Enfin, ce qu'il en restait...

Et puis, il y avait les prêtres réfractaires, poursuivis depuis le 12 juillet, jour où l'on avait déclaré la Constitution civile du clergé, rapidement condamnée par le Pape, ainsi que l'avait pressenti le comte. S'attaquer à des serviteurs de Dieu, y compris aux humbles prêtres des campagnes qui ne faisaient de tort à personne ou aux religieuses qui s'occupaient des malades et des pauvres, était inacceptable pour Alix. Si un État laïc était nécessaire pour éviter à l'Église de s'engluer dans les marasmes du pouvoir, il était ridicule de vouloir constituer le clergé en institution civile et odieux de poursuivre et éliminer les prêtres réfractaires, qui obéissaient au Pape, chef spirituel de l'Église. Comme d'habitude dans des périodes de trouble, les révolutionnaires fraîchement parvenus au pouvoir voulaient contrôler encore plus de monde que leurs prédécesseurs. Leur ambition et leur folie de domination n'avaient pas de limite. Rien ne devait leur échapper. Que l'Église dépendît du Pape et non d'eux irritait leur amour-propre...

Parfois la jeune fille s'étonnait de sa propre prise de position, car, si elle était catholique, elle n'était pas pour autant une grande fervente de la religion chrétienne. Elle savait, par exemple, qu'elle pouvait être accusée de sorcellerie simplement parce qu'elle savait guérir par les plantes, et cela refroidissait sa ferveur, alors qu'elle était d'une nature ardente. Mais surtout, au fond d'elle-même, elle croyait en quelque chose de plus vaste que le Dieu chrétien. Elle ne croyait pas plus aux dieux et déesses antiques, ni aux divinités que Faustine, elle, reconnaissait comme réelles. Alix se voyait comme un simple membre de l'humanité et elle voulait croire en cette humanité, ainsi qu'en une entité supérieure qui gouvernait nombre de choses dans la vie et dans l'univers. Elle croyait aussi dans la vie après la mort, que l'âme survivait au corps. Elle croyait en l'existence d'un Dieu ou d'une Déesse, quel que fût le nom que lui donnaient les hommes. À ses yeux, aucune religion du monde ne détenait de vérité absolue, car elle était persuadée que cette vérité, la réalité de l'invisible, était plus complexe que ne le pensaient les hommes. En fait, elle les dépassait, et de loin, et aucune de ces religions n'avait réussi à en faire le tour. Faustine, chez qui la réflexion n'était cependant pas poussée à ce point, mêlait déjà allègrement le pouvoir de la Croix à celui des esprits, et les prières à tous les Saints du Paradis aux incantations magiques.

Pourtant, la jeune fille regrettait que les philosophes fissent de la religion un de leurs boucs émissaires. Peu importait ce que fût cette religion, c'était comme lorsque la religion catholique avait voulu détruire les croyances païennes. Pourquoi vouloir nier l'existence des dieux – ou de Dieu – simplement parce qu'on ne pouvait la prouver ? Et sans Dieu – puisque les autres dieux n'avaient plus le droit à la parole depuis longtemps –, comment le peuple pourrait-il conserver quelque espoir dans ce monde désespérant ? C'était Pascal qui avait raison, tout cela était un pari sur la vie. Mais les révolutionnaires le niaient...

Enfin, il restait le problème des « suspects ». Cela aussi était une magnifique trouvaille des révolutionnaires pour éliminer les gêneurs. N'importe qui pouvait être déclaré suspect – mais suspecté de quoi, cela restait parfois un mystère... –, surtout les nobles et les religieux. Après un jugement sommaire, ils étaient le plus souvent exécutés sans que l'on sût la teneur exacte de ce qui leur était reproché... Peut-être simplement d'être trop influents en opposition à certains révolutionnaires. Le marquis de la Chaussée d'Arville disait que cela ne ferait qu'empirer et s'aggraver dans les années à venir, à cause de Robespierre, qu'il détestait. Selon lui, l'Incorruptible serait corrompu... par le pouvoir. Il lui faudrait tôt ou tard tout contrôler et éliminer ceux capables de lui porter ombrage.

C'est pourquoi, si les choses tournaient mal, le marquis avait préparé une cache, un peu plus haut en montagne, reliée aux ruines de l'ancien château fort de ses ancêtres. Il envisageait, sans être cependant un lâche, de s'y retrancher avec sa famille s'il venait à sentir leur sécurité menacée, si les jours de la Révolution devenaient plus mauvais... L'endroit était idéal, inconnu de tous, et situé dans le secteur le plus désert de la région. Pour le moment, toutefois, la Savoie demeurait à l'écart de ces bouleversements et, en dépit d'une agitation croissante, personne n'avait cherché à s'emparer du château de la Chaussée, même au moment de la Grande Peur qui avait sévi en France. Le marquis était habile et fin politique : il savait déjà que ses partisans étaient plus nombreux et plus puissants que ses adversaires. Mais savait-on jamais réellement ce qui pouvait advenir ? Pour sa part, Alix n'avait aucune espèce d'hésitation : dans tous les cas, son devoir était de servir le roi, en cachette s'il le fallait. Elle était née dans une famille noble, cela faisait partie de ce qu'on attendait d'elle. Et cela lui paraissait nettement plus facile à faire que de se trouver un mari !

Malheureusement, même si elle se permettait de donner son avis sans ambages sur tous ces sujets, d'affirmer au nez et à la barbe du comte de Saint-Clair qu'il y avait déjà eu assez de sang versé et qu'il valait mieux songer à construire un avenir nouveau que de vouloir relever les ruines du passé dans la violence, personne n'en tenait compte. Cela l'agaçait au plus haut point. Elle ne rencontrait pas même l'appui de ses parents, en société, alors qu'à la maison, ils faisaient cas de son opinion.

⁂

On en était toujours là en novembre 1790. Contrairement au reste de sa famille, Ankus parlait de son frère à Alix, à tort et à travers, dès que ses parents avaient le dos tourné. Son discours recoupait celui d'Armand, sauf qu'il ne disait jamais que c'était un fils illégitime. Aussi, il arrivait fréquemment que la jeune fille songeât à cet inconnu. Elle se demandait comment était réellement ce fils, né d'une blonde soubrette italienne, probablement savoyarde. Il avait l'air passionné, d'après les histoires d'Ankus. C'était peut-être quelqu'un de rude, avec un tempérament fougueux, cette lave qui coulait dans ses veines... S'il ressemblait à Ankus, comme l'avait dit Armand, il devait aussi avoir noble allure, être fier...

Alix regrettait qu'il eût disparu : elle aurait voulu connaître cet homme qui lui paraissait correspondre à ce qu'elle recherchait... Elle imaginait un jeune homme admirable, fascinant, et les différentes descriptions qu'on lui en avait faites, y compris celle d'Armand, la confortaient dans cette idée. Elle était persuadée, sans se l'avouer, qu'un tel homme lui aurait plu.

L'hiver passa, l'année 1791 montra le bout de son nez et le redoux arriva avec le printemps, de façon aussi immuable que d'habitude, comme si aucun événement politique ou social n'était en train de bouleverser la France et l'Europe. Armand semblait plus gai. Un regain de vie animait sa mère, et lui-même s'en sentait mieux. Il devenait plus tendre, plus attentionné, plus fougueux... et plus « ennuyeux » ! Alix ne savait plus à quel saint se vouer. Elle le trouvait collant comme la glu dont on se servait pour attraper les oiseaux, mais en l'occurrence, l'oiseau, c'était elle...

⁂

Au premier aboi, Alix se précipita à la fenêtre. Gaillard, son brave vieux saint-bernard, se démenait comme un beau diable dans le chenil en aboyant après quelque chose...

ou quelqu'un. Un animal ou un homme ? Alix plissa les yeux pour mieux observer l'obscurité mourante. Il devait être cinq heures du matin. La lune était encore bien visible, mais déjà les étoiles pâlissaient : l'aube était proche.

Est-ce que cela recommence comme cet hiver ? songea la jeune fille. *Y a-t-il encore des convois d'émigrés qui passent par ici ? Est-ce ce que Gaillard a vu ?*

Alix se pencha par la fenêtre de sa chambre pour essayer de voir ce qui pouvait bien rendre fou son vieux compagnon. Elle aperçut une silhouette élancée qui s'éloignait le long du chemin, derrière la ligne de sapins. Une silhouette d'homme. Qui était-ce ?

En quelques secondes, les hypothèses les plus absurdes et les plus farfelues défilèrent dans son esprit. D'abord, elle pensa à un rôdeur, un voleur, un malandrin. En soi, cela n'aurait rien eu de surprenant par les temps qui couraient, mais cet homme n'en avait pas l'allure : il ne se cachait pas, il ne fuyait pas. De la même façon, elle doutait que ce fût un braconnier, d'autant moins qu'il y avait meilleur endroit pour braconner qu'au bord du chemin…

Un noble fuyard, peut-être ? On était maintenant en avril et plus nombreux encore que l'année précédente étaient ceux, venus de France, qui se sauvaient en cachette, par peur de la Révolution française ou parce qu'ils en étaient déjà victimes. Recherchés, traqués, suspectés de trahison, certains atterrissaient ici pour franchir la frontière vers l'Italie. À Chambéry, la population assistait régulièrement à l'arrivée ou au transit de ces émigrés en fuite. Ils payaient des passeurs une fortune pour les emmener dans le pays voisin, la Savoie ne leur paraissant pas un refuge tellement sûr, depuis qu'à Paris, un certain Doppet, né à Chambéry et député de l'Isère, militait pour le rattachement de la Savoie à la France et qu'il trouvait des oreilles pour l'écouter avec attention.

Parfois, ces expéditions tournaient au drame. Alix se souvenait ainsi de ce jeune couple d'aristocrates, jeunes mariés, qui avaient suivi l'un de ces « passeurs », quelques jours plus tôt. Hélas, le misérable les avait fait tomber dans un traquenard : le couple avait été attaqué et dépouillé. Le jeune homme avait été tué, l'épée à la main, succombant probablement sous le nombre. Quant à sa femme, elle avait purement et simplement disparu… Quand le corps du jeune noble fut découvert, un témoin se rappela l'avoir vu passer et parvint à décrire le sinistre personnage qui l'avait entraîné à sa perte. Mais le malfaiteur courait toujours.

Alix se souvenait d'une conversation avec Marianne au sujet d'un certain Lys Pourpre ; nul ne savait s'il était réel ou relevait simplement de la légende. En tout cas, derrière ce nom se cachait un individu dont on ignorait l'identité, mais aussi une organisation entière dont il était la tête. Ses ressources semblaient illimitées. Sa principale activité était d'aider nombre de nobles à s'enfuir et à passer la frontière. Était-il pour quelque chose dans la mort de ce jeune couple ? Impossible d'en être certain. Marianne soutenait qu'il était insensé de vouloir faire un lien entre les deux affaires. La camériste se passionnait pour le Lys Pourpre dont elle suivait les aventures dans les journaux comme on suit un roman-feuilleton.

— Sais-tu d'où il tient ce surnom ? lui avait demandé Alix, intriguée.

— C'est parce qu'il signe tous ses messages d'un lys à l'encre rouge. Certains racontent aussi que lorsqu'il travaille, il porte une chemise blanche avec un lys brodé dessus.

— Ce serait complètement idiot ! Rien de tel pour se faire repérer et faire de soi une cible parfaite. J'imagine que c'est pure invention.

— Oui, sauf si plusieurs personnes en portent, pour faire diversion. Mais je ne sais pas quelle est la vérité, je te rapporte la légende.

Alix avait hoché la tête, peu convaincue.

— Peut-être… En tout cas, il n'a guère été original dans le choix de son symbole.

— Il a l'avantage d'être clair, au moins, avait rétorqué Marianne avec un petit rire. Tu sais, il court sur lui une rumeur selon laquelle il serait de noble lignage.

— Oh, et je parie que son blason comporte un lys ? Cela expliquerait pourquoi il s'attache à sauver des gens de la noblesse. Il est probable qu'un homme du peuple aurait pour nous moins d'égards.

— Détrompe-toi : il ne sauve pas que les personnes de naissance noble. Tous ceux qui ont besoin d'aide le trouvent sur leur chemin, quels qu'ils soient. Et sans avoir à le payer d'une façon ou d'une autre.

— Je me demande de quoi il vit, s'était interrogée Alix. Et comment il entretient ses troupes.

Revenant au présent, Alix songea que voir un noble en fuite en cet homme qui s'éloignait maintenant du château dans l'obscurité agonisante était une hypothèse séduisante. Mais, là encore, la jeune fille se fit la remarque qu'il était bien curieux qu'en un tel cas, l'homme ne se pressât pas plus. Par ailleurs, il empruntait le sentier muletier, au lieu de passer, plus discrètement, par les bois. Pour les mêmes raisons, il ne pouvait être un assassin…

Était-ce plutôt un paysan ou un berger qui allait travailler ? Il n'avait pas d'outil, pour autant que la jeune fille pût en juger, et il était seul, sans chien, sans mouton… De toute façon, Gaillard n'aurait pas aboyé de la sorte, car il connaissait tous les paysans du village.

Alors ? Un étranger ? On ne vient pas en promenade dans un pays au bord de la guerre civile. Un révolutionnaire envoyé de France pour une mission quelconque ? Il se serait arrêté et aurait exigé l'hébergement ! Un fantôme, peut-être ? Et Alix sourit…

— Paix, Gaillard ! Tais-toi donc, vieux coquin !

Une voix masculine, chargée de fureur, venait de lâcher ces mots dans la nuit finissante. C'était le marquis, très énervé d'avoir été ainsi réveillé. Comme le chien hurlait maintenant à la mort, il jeta ses pantoufles dans sa direction. Il dut atteindre sa cible, car on entendit un petit jappement pitoyable, puis ce fut le silence.

En entendant la voix de son père, Alix était rentrée dans sa chambre. Affronter la colère paternelle, à pareille heure, était beaucoup trop risqué. Elle avait beau avoir passé dix-sept ans, elle savait qu'il y avait des moments où il valait mieux faire profil bas. Elle ignorait si le martinet pouvait encore se réveiller et elle préférait continuer à l'ignorer...

Tandis que son chien gémissait, Alix eut le cœur serré. Gaillard était né le jour de ses trois ans et il l'avait toujours accompagnée, depuis lors. Elle avait horreur qu'on lui fît du mal.

Prudemment, elle rouvrit la fenêtre. L'aube était fraîche, et elle frissonna sous sa chemise de nuit. La silhouette s'était éloignée, mais on la distinguait encore. Alix ne put contrôler son désir d'en savoir plus. Par ailleurs, une escapade lui faisait envie, une escapade comme celles de son enfance... La dernière fois qu'elle s'en était offert une remontait à plusieurs mois déjà.

Elle s'habilla vite, négligeant ses belles robes pour endosser une tenue de gentilhomme, et elle mit son épée au côté. Sans autre forme de procès, elle s'empressa de descendre dans la cour, en passant par la fenêtre et en glissant le long de la vigne vierge et du lierre dont la façade du château était recouverte. En silence, elle alla donner une petite caresse à Gaillard. Le vieux saint-bernard gémit et lui lécha les mains. Puis Alix fila aux écuries.

7

Le retour du contrebandier

La jeune fille avait à présent deux chevaux pour elle seule. Galipette, ainsi qu'un pur-sang arabe qu'elle avait attrapé dans la montagne : Flamme, une superbe jument baie. Elle l'avait dressée elle-même, et son objectif était maintenant d'attraper un pur-sang mâle afin de le dompter aussi et de les accoupler. Si elle y parvenait, le poulain lui appartiendrait également, avait promis le marquis, qui, peu à peu, lui apprenait tout ce qui lui restait à savoir pour gérer leur domaine. Il avait bien noté son manque d'enthousiasme envers ses prétendants, mais s'il n'avait pas encore renoncé à la marier – et avec Armand de Saint-Clair de préférence – du moins envisageait-il maintenant une alternative et la possibilité qu'elle pût diriger les affaires courantes de la Chaussée après sa disparition. Aussi pouvait-elle désormais se pencher sur les livres de comptes, se livrer avec lui à de savants calculs et donner son avis sur ses prévisions.

La jeune fille se montrait fière d'une telle confiance, consciente qu'il y avait peu de femmes de son époque et de sa classe que l'on estimait capables de succéder à un homme à la tête d'un domaine familial ancestral. Or, c'était précisément ce que le marquis lui prouvait, même s'il considérait toujours qu'elle eût dû se marier le plus rapidement possible. Mais Alix était moins que jamais décidée à obéir à cette injonction. Après l'éducation que son père lui avait donnée, il ne pouvait décemment pas s'attendre à ce qu'elle acceptât sans regimber le sort qui lui était théoriquement réservé.

Ce matin-là, Alix voulait justement prendre Flamme avec elle. Alors qu'elle ouvrait la porte des écuries, une petite brise venue de l'extérieur vint lui caresser le visage et entra avec elle dans le bâtiment, faisant virevolter des brins de paille. Cela la fit sourire.

Même si je ne trouve pas ce qui a perturbé le repos de Gaillard, ce sera une merveilleuse balade !

Rien que cela en valait la peine. Tandis que le vantail se refermait derrière elle, Orage, l'étalon qu'ils avaient recueilli, se mit à hennir, brusquement agité.

— Chut, murmura Alix. Par pitié, calme-toi... Tu vas exciter tous les autres chevaux et donner l'alarme.

Mais, contrairement à d'habitude, elle avait beau tenter de le calmer, c'était sans effet.

— Que t'arrive-t-il ? Tu n'es pourtant pas du genre nerveux.

Avait-il perçu quelque chose, lui aussi, comme Gaillard ? Mais dans ce cas, pourquoi lui et non les autres chevaux ?

Finalement, elle parvint à l'apaiser et, le laissant dans son box, elle entreprit de seller Flamme, plus résolue que jamais à assouvir sa curiosité. La jument piaffait, tandis que la jeune fille poursuivait rapidement ses préparatifs, et Galipette se tenait à l'écart, un peu inquiète des sautes d'humeur du pur-sang.

Lorsque la jeune fille eut terminé d'harnacher sa monture, elle lui enveloppa les sabots de chiffons pour que son père n'entendît pas claquer les fers sur les pavés. Après quoi, elle sortit, referma doucement la porte des écuries et se mit en selle.

Une fois suffisamment éloignée du château, elle ôta les chiffons des sabots de Flamme et la lança au galop pour retrouver la silhouette qu'elle avait entraperçue... Elle la rattrapa assez vite, et flattant l'encolure de sa monture, elle s'avança au petit trot vers l'homme. Car c'était bien un homme...

Sans se retourner, il avançait d'un pas assez lent, celui du montagnard habitué à économiser son souffle et son énergie pour pouvoir arriver à bon port, enveloppé dans sa cape. Ses cheveux longs bruns volaient dans le vent en dessous d'un large chapeau. Il avait une belle silhouette en V, grande et bien proportionnée.

Quand la jeune fille parvint à ses côtés, l'homme leva les yeux vers elle, stoppant net sa marche. Elle eut un choc en le voyant, car il était toujours aussi étonnamment beau.

Le Loup ! C'est pour cela qu'Orage était tellement agité ! Il avait reconnu son maître !

Alix frémit de colère : par deux fois, ce malotru avait fait preuve de la plus grande indélicatesse à son égard ! Elle allait le chasser des terres familiales, et sans attendre !

Cependant, elle ne put dire un mot. Étrangement, à côté de lui, Alix se sentait presque vulnérable, bien qu'assise sur sa grande jument et en position de force. Comme lors de leur toute première rencontre, elle était frappée de sa beauté, et plus encore que la première fois, car cette fois, elle avait tout le loisir de le contempler ; il ne portait pas de masque et ils n'étaient pas lancés dans une cavalcade forcenée. Elle ne put s'empêcher de détailler son visage énergique aux traits réguliers ; il avait les pommettes un peu saillantes, le nez fier, le menton volontaire et carré, et surtout, ces admirables yeux bleus, froids comme les crevasses des glaciers, que venaient seulement adoucir des cils longs comme ceux d'une femme...

Soudain, elle fronça les sourcils, assaillie par une étrange sensation de « déjà-vu » qui n'avait rien à voir avec leurs précédentes entrevues. Intriguée, elle l'observa encore plus attentivement : nul doute, son visage lui rappelait vaguement quelqu'un d'autre, mais qui ? Impossible de mettre un nom sur cette impression. Il devait avoir dans les vingt-cinq ans, elle le voyait bien maintenant. Une mèche brune lui barrait le front, et de la main, il la repoussa en arrière. Il avait le teint doré, comme s'il avait déjà un peu cuit au soleil, mais sous ce hâle, Alix devinait une étrange pâleur.

Elle se demanda s'il était vraiment ce noble qu'elle avait cru voir, la première fois, ou juste un valet sachant manier l'épée. Même si ses mains étaient soignées, et qu'il portait à l'annulaire une chevalière en argent dont elle ne put apercevoir le motif, sa tenue était celle d'un homme du peuple. Et il allait à pied. Cela correspondait d'ailleurs mieux au comportement de mufle et d'homme malhonnête dont il avait fait preuve lors du bal, même s'il avait aussi prouvé qu'il connaissait toutes les subtilités des diverses danses de la bonne société. Quoi qu'il en fût, elle subissait son magnétisme. En fait, cet homme l'impressionnait si fortement qu'elle se sentait incapable de la moindre action cohérente. Palsambleu, elle détestait cela !

Lui se contentait de l'observer sans rien dire ni rien laisser paraître. L'avait-il reconnue, cette fois encore, en dépit de sa tenue incongrue ? Comme il la dévisageait aimablement et qu'un léger sourire se dessinait sur ses lèvres fermes, Alix en conclut que oui. Et aussitôt, elle perçut avec agacement l'air ironique de l'homme. Eh bien, quoi, qu'avait-il ? Était-il en train de comptabiliser tous ses défauts, depuis cette petite cicatrice sous la lèvre inférieure, suite à une malencontreuse chute du haut d'un arbre, jusqu'à ses cheveux emmêlés, flottant sur ses épaules, sous un grand chapeau ? Trouvait-il son costume bien étrange pour une jeune fille ? Peut-être était-il en train de se moquer d'elle, le rufian ! Il n'avait pas à la juger. Et elle, elle n'avait pas à se préoccuper ainsi de son avis. Ce n'était qu'un odieux personnage et elle n'avait aucun compte à lui rendre !

Leur observation réciproque ne dura que quelques secondes. Le cœur battant, Alix se demandait ce qu'elle allait faire, tourner bride ou bien chasser l'individu des terres familiales, ainsi qu'elle en avait eu l'intention au départ. Néanmoins, ne devait-elle pas lui rendre son cheval qui attendait dans les écuries qu'il vînt en reprendre possession ?

Elle n'eut pas à décider, car ce fut précisément le moment que l'individu choisit pour avancer d'un pas vers elle, tituber et tomber, inanimé.

— Ah non ! s'exclama Alix, malgré elle. Je ne vais pas encore devoir lui porter secours !

Cependant, elle descendit de cheval. Aucun homme ne mourrait sur les terres de la Chaussée d'Arville sans qu'elle réagît ! Elle se pencha sur l'inconnu et constata avec soulagement qu'il respirait encore. Elle aperçut alors une fine entaille, à la base des cheveux. Il avait été blessé, même s'il s'était visiblement soigné et lavé. Il restait un peu de sang séché.

Se relevant, elle fouilla dans la sacoche attachée à la selle, espérant y trouver une petite flasque de cet alcool fort qu'elle emmenait toujours, en cas de blessure. Par bonheur, la flasque s'y trouvait bel et bien. Elle l'ouvrit et revint vers le gisant, glissa sa main sous sa tête pour la lever doucement, la poser sur sa cuisse et la renverser en arrière pour dégager la gorge. Quand elle sentit les cheveux soyeux, bouclés, contre la peau de son bras, son cœur battit soudain follement. Agacée de ne pouvoir se contrôler, elle inséra le goulot entre les lèvres de l'inconnu. L'alcool coula dans sa gorge et le fit tousser immédiatement. Il entrouvrit les yeux un bref instant, avant de les refermer, tandis qu'elle lâchait un soupir de soulagement.

— Ne bougez pas, commanda-t-elle. Attendez un peu que l'alcool fasse son effet et vous revigore.

— J'espère que ce ne sera pas trop rapide. Je me sens tellement bien... répondit alors le goujat d'une voix faiblarde.

Elle l'entendit néanmoins et commença à rougir avant de lancer d'un ton vibrant de colère :

— Je vous croyais presque mort !

— Oh, je le suis certainement... Je dois l'être, puisque je me retrouve calé contre un ange. Ou bien suis-je devenu fou ?

Ces propos, tout autant que la voix qui les avait prononcés, suffirent pour déclencher en Alix une tempête qu'elle avait le plus grand mal à maîtriser. Ce butor avait toujours la même belle voix envoûtante, force était de l'admettre. Une voix qu'Alix reconnaissait trop bien et qui provoquait toujours en elle la même stupide réaction dont elle se serait bien passée. Voilà qui était particulièrement sot, concernant un inconnu qu'elle n'avait croisé que deux fois et avec lequel elle s'était heurtée, de surcroît ! Elle s'en voulait de ne pas savoir tempérer les battements de son cœur, mais elle sentait bien les fines veines de ses tempes et de ses poignets battre comme des cordes de harpe au rythme de son pouls sans pouvoir rien contrôler.

Sa colère lui fut d'une grande aide. Alix contenait en effet à grand-peine l'envie qui lui venait de se relever brutalement en laissant ce maudit homme retomber au sol et se débrouiller tout seul.

Comment ose-t-il ?

— Fou, ça, vous l'êtes sans aucun doute ! grommela-t-elle. Et je suis encore plus folle de vous avoir porté secours, surtout après la façon dont vous m'avez remerciée la dernière fois que je l'ai fait !

Il ouvrit les yeux et la regarda :

— Dieu du Ciel, vous m'avez donc reconnu, même si je n'ai plus la même allure qu'alors. À propos, n'utilisiez-vous pas plutôt des sels, en ce temps-là, comme toute demoiselle bien née ?

Il semblait déjà avoir repris quelques forces, aussi Alix n'hésita-t-elle pas à le rembarrer :

— Si fait ! répliqua-t-elle d'un ton qu'elle espéra suffisamment railleur pour cacher ses sentiments véritables et le trouble qui s'emparait d'elle un peu plus à chaque minute. Je n'avais alors que cela sous la main. Mais j'ose penser que le changement de médication n'est pas pour vous déplaire !

— Cela réchauffe beaucoup mieux...

— Bien. Prenez-en encore un peu, vous paraissez frigorifié.

Il obtempéra, et au bout de la troisième gorgée, il trouva finalement assez de force pour se redresser et s'asseoir au bord du chemin. Alix s'en sentit doublement soulagée. Premièrement, il n'allait pas mourir et deuxièmement, il ne la touchait plus.

— Je constate, en tout cas, que votre malaise n'a point altéré votre excellente mémoire, monsieur le Loup.

— Jamais en ce qui concerne les jolies femmes.

— Cessez vos compliments à deux sous, je n'en ai que faire. Vous savez que je ne vous porte pas dans mon cœur.

Il eut un sourire ironique et exaspérant.

— Je pensais, au contraire, que vous seriez ravie de retrouver la compagnie d'un vaurien tel que moi. Je suis déçu.

Alix haussa les épaules.

— Vous avez une imagination débordante qui vous jouera des tours ! Dites-moi plutôt où vous allez, demanda-t-elle alors, sans autre forme de politesse, afin d'empêcher l'homme de s'engager dans une conversation qui aurait pu l'embarrasser. Je dois savoir si vous comptez traverser tout le domaine de la Chaussée.

— Par-là... dit-il avec un geste évasif en désignant le chemin. Et vous ?

— Je vous suivais, dit-elle avec aplomb.

Il leva un sourcil étonné et la fixa droit dans les yeux d'un air ardent. Alix ne se doutait pas que ses yeux splendides, avec leurs paillettes vertes et dorées, et sa chevelure châtain tombant en longues boucles lustrées, où le soleil levant allumait des reflets roux et or, lui donnaient un charme irrésistible. Elle était mince et le corps bien pris dans son habit d'homme laissait deviner les formes douces des seins et des hanches. Elle avait un beau sourire lumineux qui éclairait ses yeux et leur donnait une teinte verte encore plus vive. Sa peau laiteuse était légèrement rosie par sa course, lui donnant un air resplendissant que ne venait gâter aucun de ces maquillages dont les femmes usaient à l'excès.

Leurs regards plongèrent l'un dans l'autre, et la jeune fille découvrit pleinement le bleu de ses yeux. Pour le coup, elle faillit se laisser décontenancer. Mais elle reprit aussitôt le contrôle.

— Eh bien, oui, dit-elle sans aucun embarras, vous êtes passé devant le château tout à l'heure, et Gaillard a aboyé. J'étais curieuse de savoir qui troublait ainsi son repos, et celui de mon père ! Les étrangers sont rares par ici, ajouta-t-elle en le scrutant. Mais vous, vous semblez venir régulièrement dans la région.

— Qui est votre père ? demanda l'inconnu. Nous n'avons jamais été présentés dans les règles.

— En effet, répliqua-t-elle. Justement, qui êtes-vous ?

— Vous l'avez dit : un étranger…

— Admettons. Voilà pourtant trois fois que je vous retrouve sur mon chemin. C'est beaucoup, pour… « un étranger ».

— Trois fois, déjà ? répéta-t-il, faussement surpris. Il y a de ces coïncidences…

— Bien, grommela Alix en se relevant, comprenant qu'elle n'en tirerait rien de plus. Vous êtes donc un étranger souvent de passage et un rustre. Peut-être même un pique-assiette et un usurpateur. Je me demande encore comment quelqu'un de votre condition a pu s'inviter à ce bal, chez les Saint-Clair !

— Eh bien, fit le jeune homme, puisque vous savez parfaitement qui je suis, pourquoi donc me le demander ?

Sidérée, Alix ne sut que dire pendant quelques secondes.

— Mon père est le marquis de la Chaussée d'Arville, répondit-elle finalement. Si vous l'aviez su au bal, ce soir-là, vous ne m'auriez peut-être pas traitée de façon aussi cavalière.

— Vous êtes l'héritière d'Arville ?

Il avait l'air surpris. Alix ne put s'empêcher de rire.

— Évidemment, puisque je suis la fille de mon père ! Quelle lapalissade ! On voit bien que vous n'êtes pas dans votre état normal. D'ordinaire, vous êtes nettement plus vif d'esprit. Et si vous ne voulez toujours pas avouer qui vous êtes, peut-être me direz-vous tout de même d'où vous venez ? reprit-elle.

— De loin, répondit-il en souriant, les yeux pleins d'une joyeuse malice.

— En somme, vous êtes le voyageur de nulle part...

— Vous avez deviné !

Alix sourit à son tour, mais elle n'était pas dupe. Cet homme l'horripilait, et pourtant, elle éprouvait toujours pour lui une certaine attirance. Le souvenir du baiser qu'il lui avait volé lui brûlait encore les lèvres, quand elle y songeait. Et le pire de tout, c'était qu'en cet instant, à croiser son regard bleu et tandis qu'il prenait son air le plus innocent, elle avait même tendance à se sentir étrangement en confiance avec lui. Ridicule !

— N'êtes-vous pas fatigué de marcher ainsi tout le temps ? hasarda-t-elle en observant l'inconnu.

Sa mise poussiéreuse, sa barbe de quelques jours, ses yeux cernés, son teint pâle sous son hâle prouvaient que son périple durait depuis un certain temps. En réalité, il avait l'air mort de faim, réalisa-t-elle soudain.

— Je suis en pleine forme, répondit-il.

— Je n'en suis pas convaincue. De quand date votre dernier repas ?

Il se dressa fièrement :

— N'êtes-vous pas fatiguée de poser tout le temps des questions ?

Cette fois, elle rougit imperceptiblement, et il rit.

— Je plaisantais, dit-il. Mais on dirait que vous tenez à ce que je sois malade.

— Pas du tout ! s'écria-t-elle. Je… je voulais juste dire que jamais mon père le marquis ne permettrait qu'un homme s'écroule d'inanition au milieu de ses terres. Si vous avez besoin de quoi que ce soit, le château vous est ouvert. Par ailleurs, ajouta-t-elle précipitamment, pressée d'en finir et de ne plus subir l'ironie de cet homme, nous avons là-bas quelque chose qui vous appartient. Du moins, je le suppose. Si vous voulez le récupérer, vous n'avez qu'à passer.

Agacée autant par lui que par elle-même, elle remonta en selle avec vivacité et s'apprêtait à relancer Flamme au galop quand le jeune homme la retint par la bride :

— De quoi parlez-vous ?

Elle tourna vers lui ses yeux superbes.

— De votre monture, bien sûr ! Ce cheval gris.

— Drago ? Il est vivant ?

— Je l'avais baptisé Orage, à cause de sa robe. Mais si vous dites qu'il s'appelle Drago…

— Oui, il se nomme ainsi à cause de ses yeux qui semblent jeter des flammes lorsqu'il est en colère.

Alix sourit :

— C'est très poétique.

— Alors, il est vivant ?

— Oui, et en pleine forme. Il n'a gardé aucune séquelle de sa blessure.

L'homme paraissait soudain ému.

— Pourquoi faites-vous cela ? demanda-t-il finalement, d'un air presque étonné. Vous ne me connaissez pas. Et je vous ai plutôt maltraitée, jusqu'ici.

— Au moins, vous le reconnaissez, fit-elle avec aigreur.

— Que vont dire vos parents ? reprit-il, sans paraître noter sa remarque.

Alix venait tout juste de songer à la réaction de son père... Il serait sûrement furieux en constatant qu'elle était sortie. Il avait horreur qu'elle partît sans prévenir, et qui plus est, habillée en garçon et en passant par la fenêtre ! Il lui en voudrait certainement de son imprudence. Mais elle savait aussi qu'il ne fermerait pas sa porte à un voyageur solitaire.

— L'hospitalité n'est pas un vain mot, chez nous, Monsieur, coupa-t-elle d'un ton définitif. Et quand bien même vous seriez un révolutionnaire, que, transi comme vous l'êtes, on vous ouvrirait la porte !

Les yeux du jeune homme lancèrent des éclairs.

— Qui vous dit que je n'en suis pas un ? jeta-t-il par provocation.

— Votre chevalière. Il y a un blason dessus. Curieux pour un contrebandier tel que vous.

L'homme sourit :

— Bravo. Vous êtes observatrice. Mais je pourrais avoir dérobé cette bague à un noble que j'aurais tué... Méfiez-vous des apparences...

Alix frissonna rétrospectivement en songeant au jeune couple récemment assassiné. Comme s'il avait lu dans ses pensées, il ajouta :

— Je pourrais être l'un des assassins qui ont œuvré dans cette région, ainsi que je l'ai entendu dire...

Il était donc au courant, nota la jeune fille. C'était plutôt bizarre pour un étranger... Que venait-il faire par ici ?

— C'est vrai, approuva-t-elle avec sérieux. Je suis bien naïve, au fond. J'ai toujours tendance à ne pas voir le mal. Mais vous... J'ignore qui vous êtes et de quoi vous êtes capable. Que penser d'un homme qui est parti avec la famille Valone, laquelle n'a jamais reparu, et qui transportait une quantité impressionnante de sel dans ses sacoches ?

— Je vous défends de vous défier de moi de cette façon.

— Et comment pourrais-je vous faire confiance ? Nos deux précédentes rencontres n'ont pas été très concluantes. Ou plutôt, si. Bien trop.

— Faites-moi confiance, reprit-il avec chaleur. Il n'est rien que je puisse refuser à ces deux yeux-là.

Elle fit la moue, s'efforçant de rester insensible au compliment.

— Paroles en l'air ! Dites-moi plutôt qui vous êtes, en ce cas.

— Hélas ! soupira-t-il de façon presque comique. Pourquoi me demandez-vous la seule chose que je ne peux pas vous dire ?

— Voilà exactement pourquoi je ne puis vous faire confiance.

Il ne répondit rien, tandis qu'elle le scrutait des pieds à la tête.

— Vous n'avez pas la tête d'un assassin, reprit-elle enfin. Votre regard est bon, je ne vous imagine pas tuant des innocents pour les dépouiller.

— Ah, ce doit être l'intuition féminine…

Alix se sentit brusquement vexée par cette remarque ironique pourtant formulée avec gentillesse.

— Prenez-le comme vous le voudrez, dit-elle avec hauteur. Mais je suis sûre de ce que je dis. L'avez-vous volée, cette chevalière ?

— Non.

— Très bien. Alors acceptez-vous mon offre ? Hâtez-vous de vous décider, ajouta-t-elle. Le jour pointe maintenant, le déjeuner va être servi au château.

— J'accepte, répondit-il sobrement.

— Bien. Une condition : avouez-moi depuis combien de temps vous n'avez pas mangé.

L'inconnu fut surpris d'une telle insistance de la part de la jeune fille. Elle était perspicace, observatrice et têtue.

Son attitude frisait la provocation et l'arrogance. Pourtant, il sentait qu'elle ne voulait pas le provoquer. Il ne laissa rien paraître de ses sentiments et fit la grimace :

— À dire vrai, depuis deux jours, je me promène avec le ventre creux. J'ai bien posé des collets hier, mais pas un lapin n'a voulu s'y prendre.

— Je le savais ! s'écria Alix victorieusement. Venez donc, on vous soignera au château ! Et vous pourrez récupérer ce qui vous appartient.

— Vous êtes très généreuse, Mademoiselle. Merci beaucoup...

⁂

Il monta en croupe, sur l'invitation de son interlocutrice, et tandis qu'ils repartaient, elle lui dit :

— Si vous fuyez, ainsi qu'on pourrait le croire en vous voyant aujourd'hui, vous ne devriez pas garder cette bague. C'est beaucoup trop dangereux. Des gens en sont morts par ici.

— Je le sais, et je vous remercie d'une telle sollicitude. Mais je fais comme je l'entends, répondit la voix masculine derrière elle.

Il n'avait pas répondu méchamment. Pourtant, Alix se sentit un peu honteuse d'avoir fait cette réflexion. Plus que tout, la voix chaude du jeune homme, presque contre son oreille, la troublait. Elle se sentit frissonner.

— Excusez-moi, dit-elle rapidement. Je ne voulais pas vous vexer.

Il l'avait prise par la taille et elle sentait une chaleur inhabituelle se répandre et envahir tout son corps. Ils étaient pratiquement appuyés l'un contre l'autre et l'intimité de leurs corps pendant la course de Flamme avait quelque chose qui émouvait ses sens. Curieuse réaction !

Après un silence, elle lui redemanda son nom. Cette fois, il répondit :

— Sylvain... Sylvain Roche, acheva-t-il après une très légère hésitation.

Beaucoup n'auraient sans doute pas remarqué ce bref flottement, mais Alix l'avait senti dans sa manière de respirer. Il était si proche d'elle que, de son souffle, il faisait légèrement s'envoler les boucles de ses cheveux. Malgré son trouble, elle se prit à rire :

— Va pour Sylvain Roche ! Mais je ne crois pas que vous disiez la vérité. Allons, tant pis...

— Et vous, comment vous appelez-vous ? demanda-t-il sans paraître noter la remarque. Je ne connais pas votre prénom.

— Alix. Alix de la Chaussée d'Arville, comme vous le savez. Nous n'avons pas peur, nous, de montrer notre noblesse, même par les temps qui courent...

Pourquoi était-elle agressive, malgré son ton léger ? Elle qui venait juste de lui faire remarquer que s'il était un fugitif, il devait cacher sa chevalière... Et au fond, elle ignorait s'il était véritablement noble. Peut-être avait-il reçu la chevalière en cadeau, pour service rendu. Ou bien il était en mission pour une famille qui lui aurait confié son sceau. Dès lors, elle comprenait parfaitement sa situation – du moins le croyait-elle – et pourquoi il donnait un faux nom. Alors quelle raison avait-elle de se comporter ainsi ? Serait-elle un jour une personne sensée ?

Alix pestait contre elle-même de s'être laissée aller à cette remarque stupide. Elle eût voulu pousser le jeune homme dans ses derniers retranchements pour qu'il dévoilât, malgré lui, qui il était et ce qu'il faisait ici. S'il n'était pas noble, il n'avait aucune raison de le dissimuler, et s'il l'était vraiment, il pouvait bien lui avouer comment il s'appelait puisqu'elle était de même condition. Qu'il le cachât à quelqu'un d'autre, un potentiel révolutionnaire, soit, mais pas à elle… Néanmoins, en le sentant frémir dans son dos, elle s'en voulut de son attitude.

— Oh, je suis désolée, dit-elle sincèrement contrite. Je… je ne voulais pas être désagréable.

— Ce n'est pas grave, dit-il sourdement.

Il y eut un autre silence, puis la jeune fille demanda :

— Quel âge avez-vous ?

— Vingt-six ans. Et vous ?

— Dix-sept.

— Oh ! Je vous croyais plus jeune, mais vous êtes bel et bien en âge de vous marier, ainsi qu'on me l'a soufflé le soir du bal…

— Je ne le suis pas encore, grâce à Dieu !

Ce cri du cœur fit sourire Sylvain. Bien sûr, il ignorait tout de l'affaire avec Armand, mais il soupçonna la vérité, sans savoir qui était l'« heureux élu ». Les manœuvres de ce genre étaient choses courantes.

— Cela fait-il longtemps que vous vivez dans ces lieux idylliques ? Ces paysages sont magnifiques…

Alix se mit à rire.

— Très longtemps, monsieur Roche, du moins à mon échelle : depuis dix-sept ans. J'y suis née. Nos ancêtres se sont installés en Savoie au XIe siècle, avec Louis le Valeureux, compagnon de Charlemagne. Nous sommes d'une vieille famille !

— N'êtes-vous donc jamais allée à Paris, à la Cour ? Je croyais que c'était ainsi que vivaient les nobles.

— Non, il y a des exceptions. Mon père n'a jamais désiré s'installer définitivement dans la capitale et suivre les contraintes de la Cour. Nous y avons pourtant un hôtel particulier et mes parents y ont séjourné avant ma naissance. Mais ils sont ensuite revenus ici et je ne peux que leur donner raison : la vie est autrement plus agréable dans notre région. Je vous ferai visiter le château si vous le désirez : il s'y est déroulé tant d'événements.

— C'est très gentil à vous. Vous avez donc de belles histoires à raconter sur votre famille ?

— De très belles, oui, et je vous les conterai, si cela ne vous ennuie pas bien sûr…

— Mais non, répondit en riant le jeune homme. C'est moi qui vous le demande !

— Alors elles attendront que nous visitions les lieux. Tenez, nous arrivons, voici le château.

⁂

Le jour était maintenant levé. Le ciel était encore saumon au-dessus des montagnes et un reflet rougeâtre caressait le glacier d'en face. Déjà le soleil brillait. Le château apparut rosi, tel un petit bijou, niché dans la nature comme dans un merveilleux écrin. Une voix inquiète coupa court à tout émerveillement, et Sylvain vit s'avancer une forte femme, assez petite.

— Enfin, vous voilà, Mademoiselle la comtesse ! Votre père est entré dans une colère folle en voyant que vous n'apparaissiez pas et que le déjeuner allait être retardé. Madame la marquise a bien du mal à le calmer. Il a compris que vous aviez encore fait une escapade ! Quelle mouche vous a piquée ?

— Ma nourrice, Faustine, annonça Alix à l'intention de son visiteur. Je l'adore, et c'est réciproque.

— C'est bien vrai, Mademoiselle, mais avec tout le respect que je vous dois, vous avez eu tort de vous sauver ainsi.

La brave femme se tut en voyant le jeune homme descendre de cheval. La présence de cet étranger la troublait.

— Ne pose pas de questions, dit la jeune fille en souriant. Voici Sylvain Roche. Il voyage, mais présentement, il a besoin de manger et de dormir. Et accessoirement, de récupérer son cheval, tu sais, Orage. Conduis-le à Benoît pour qu'il l'amène à mon père. J'arrive !… Je dois me changer avant d'aller affronter le marquis, ajouta-t-elle avec malice. S'il m'aperçoit dans cette tenue, il va s'étrangler !

Elle rit tout en mettant pied à terre à son tour. Sylvain, surpris, vit alors apparaître un grand diable d'homme qu'il reconnut aussitôt : c'était l'homme qui avait combattu à ses côtés, sur la route de Grenoble.

— Si Mademoiselle la comtesse veut bien me laisser Flamme, proposa l'arrivant, elle ira plus vite !

— Oh ! Bradroc ! s'écria la jeune fille. Tu es merveilleux ! Je cours, je vole ! Et je te laisse avec Monsieur Roche, qui a sûrement quelque chose à te dire avant de suivre Faustine.

Elle sauta au cou du nouveau venu, lui fit un gros bisou, puis en quatre bonds, elle grimpa les marches du perron. L'étranger, resté seul avec la nourrice et l'intendant, se sentait un peu embarrassé. Néanmoins, il salua Bradroc fort dignement et, en quelques mots, lui expliqua qui il était afin de le remercier pour son intervention passée et s'excuser d'avoir dû fausser compagnie à l'aubergiste. Bradroc ne fit aucun commentaire, salua un peu raidement, puis se rendit aux écuries avec la jument de sa maîtresse. Quand il ressortit, le visiteur avait disparu à la suite de Faustine.

Alix réapparut quelques instants plus tard à la table du repas. Sylvain était assis à la place d'honneur, suivant la coutume du lieu qui voulait que l'hôte[1] soit roi. Intérieurement, il admira la jeune fille sans réserve. Elle avait fait diligence, mais elle était transformée... Fini le garçon manqué ! Sous ses yeux se tenait une gracieuse personne en robe blanche, la taille bien prise dans une large ceinture de soie rose. Ses cheveux tombaient en une cascade harmonieuse sur ses épaules. L'ensemble était gracile et diaphane, et le jeune homme en eut un choc. Elle paraissait dégager une lumière nouvelle, qu'il n'avait pas perçue, le soir du bal.

1. Hôte s'entend ici au sens d'invité.

Le marquis leva des yeux fulgurants sur sa fille. Peu lui importait qu'elle fût belle, à lui.

— Ah ! Vous voilà enfin ! remarqua-t-il avec humeur. Il est bien temps : nous vous attendions pour déjeuner !

Le vouvoiement démontrait la colère du chef de famille. Sans la présence de Sylvain, Alix aurait immédiatement reçu une solide correction et aurait été renvoyée sans manger dans sa chambre jusqu'à midi. Mais devant son hôte, le marquis ne voulut point gâcher le repas et il s'abstint d'agir.

La jeune fille voulut lui dire bonjour, mais il recula à son approche, montrant ainsi son courroux et sa désapprobation. Il ne voulait pas qu'elle l'embrassât. Elle dut s'incliner et le saluer d'une petite révérence :

— Bonjour, Père, murmura-t-elle les yeux embués. Veuillez m'excuser, je vous en prie.

Devant sa mine penaude, le marquis faillit céder. La marquise embrassa tendrement sa fille, avec un doux sourire qui lui réchauffa le cœur. C'était une femme aussi blonde que son mari était brun, remarqua Sylvain, aussi douce et aimable qu'il paraissait impulsif et emporté. Elle avait de beaux yeux bleu-violet qui contrastaient avec les yeux noirs et furieux du marquis.

— As-tu faim, ma chérie ? demanda-t-elle avec gentillesse.

— Oui, Mère, un peu… admit Alix avec un demi-sourire.

Elle s'assit et se mit à manger en silence. Sylvain l'observait derrière la rangée de ses longs cils, le cœur empli d'un sentiment étrange. Comme elle était belle ! Et que cette transformation l'étonnait… Il ne subsistait plus rien de la sauvageonne, ni même de la jeune fille rebelle qu'il avait remarquée chez les Saint-Clair. Elle se soumettait avec patience à toutes les règles du savoir-vivre et de la politesse, découpant sa tartine avec couteau et fourchette dans une soucoupe, puis la mangeant par petites bouchées. C'était charmant.

Le marquis se désintéressait d'elle et s'adressa fort civilement à son hôte :

— Eh bien, monsieur Roche, ne craignez-vous donc point les loups pour marcher ainsi de nuit dans nos contrées plutôt sauvages ?

Intérieurement, Alix grommela. Elle ne comprenait pas cette manie qu'avaient les gens de hurler après le loup, y compris ses parents. Cet animal sauvage ne causait pourtant pas plus de dommages qu'un autre. Si on ne l'embêtait pas, qu'on lui laissait un territoire suffisant pour chasser et se nourrir, et qu'on gardait bien ses troupeaux, pas de loup à craindre. Mais partager leur territoire avec une bête semblait impossible à obtenir de la plupart des gens. Pourtant, les animaux étaient là avant les êtres humains...

— Oh, vous savez, répondit alors Sylvain, à la grande satisfaction de la jeune fille, ils s'aventurent rarement sur les routes... Et ils sont souvent moins dangereux que les hommes.

La conversation s'engagea, mais si l'invité restait poli, intéressant et intéressé par ce qu'on lui disait, son passé restait un abîme inconnu, ses activités un mystère. On se garda de l'interroger. Pour le marquis, qui n'avait pas remarqué l'étrange bague au doigt du visiteur et qui n'était toujours pas au courant de ce qu'Alix avait surpris au bal des Saint-Clair, il était clair que cet homme était un vagabond, de ceux qui mendient sur les routes.

Après le déjeuner, le marquis se leva, imité par les autres, et proposa :

— Monsieur Roche, nous pouvons mettre la chambre d'hôte à votre disposition. Voulez-vous y reprendre des forces quelques heures ? Dans la matinée, je reviendrai de mon élevage de chevaux avec des poulains à dresser. Si le spectacle vous intéresse...

— Ce doit être passionnant, remarqua aimablement Sylvain. Je vous remercie, mais...

— La chose est donc entendue, coupa le marquis. Ce midi, vous mangerez avec nous ! Et vous serez alors libre de repartir... Voulez-vous la chambre ?

L'inconnu paraissait effectivement bien fatigué, et il ne se fit pas prier :

— C'est très généreux à vous, monsieur le marquis. J'accepte bien volontiers...

Ce qui étonnait le marquis et sa famille était cette attitude fière. L'homme ne faisait pas de courbettes, il ne remerciait pas mille fois comme les gens du peuple. Non, il était seulement poli, presque comme avec un égal. Étrange... De plus, sa conversation, son vocabulaire n'étaient pas ceux d'un pauvre et d'un illettré. De même pour ses manières à table. Peut-être n'avait-il pas toujours été un mendiant, se dit M. de la Chaussée d'Arville ; il avait peut-être travaillé pour une noble famille, par le passé.

— Antoinette se chargera des draps, déclara le marquis, et Alix va vous conduire. Mais, ajouta-t-il, vous, ma fille, ne m'oubliez pas. J'ai deux mots à vous dire ensuite !

La jeune fille ne parut pas relever la remarque et sortit en souriant avec Sylvain. En bavardant, elle conduisit le jeune homme jusqu'à la chambre d'hôte.

— Vous savez, cette chambre a vu d'illustres visiteurs ! Notre famille a toujours été au service du roi de France et la plupart de nos ancêtres ont fait de longs séjours à la Cour, où notre nom était connu... Et des souverains sont également venus ici. Je vous conduis précisément à la chambre où dormit une nuit Louis le Quatorzième, dont une dénommée Lisette tomba follement amoureuse, sans s'attacher à la bienséance.

— Y aurait-il là des choses à raconter ?

— Un jour, peut-être... En attendant, reposez-vous bien, monsieur Roche !

— Merci, petite Alix, répondit-il en la dominant de toute sa stature.

Elle ne remarqua pas la familiarité de la réponse, n'en conservant que la gentillesse. Petite Alix ? Oui, à côté de lui qui mesurait visiblement une bonne toise[1], elle était minuscule avec ses cinq pieds[2]. « Petite Alix » sentit son cœur battre lorsqu'il se pencha vers elle pour lui souffler à demi-mot :

— Votre père va-t-il vous corriger à cause de moi ? J'en serais bien fâché. Je peux aller lui parler si vous le désirez.

— Oh non, monsieur Roche, répondit-elle avec un sourire ému. Papa n'est pas si méchant !... Et puis, ce n'est pas à cause de vous.

Elle recula.

— À tout à l'heure...

Et légère, l'esprit ailleurs, elle s'en fut retrouver son père. L'étranger garda son regard posé sur elle, tout le temps qu'elle traversa le corridor...

---

1. Une toise valait six pieds, et un pied valait douze pouces, lequel, dans l'ancien système français (basé sur les mesures officielles du pied du roi entre 1668 et 1840) équivaut à 2,71 centimètres. On peut donc estimer la taille de Sylvain à un mètre quatre-vingt-quinze.

2. Un peu plus d'un mètre soixante.

8

Inconvenances

Le marquis de la Chaussée d'Arville attendait sa fille dans la grande salle, qui faisait également office de salle d'audience.

— Vous voilà enfin ! jeta-t-il quand elle arriva.

— Oui, Père. Je suis venue comme vous me l'avez demandé.

— Je suis extrêmement fâché contre vous. Pouvez-vous m'expliquer ce qui vous a pris pour sortir ainsi, par la fenêtre, pour suivre ce va-nu-pieds ?

Il lui avait été facile de deviner la scène, en apercevant la fenêtre ouverte et en vérifiant auprès de ses domestiques que le verrou de la porte d'entrée était bien fermé lorsqu'ils s'étaient levés.

Alix ne répondit pas. Elle savait que rien ne justifiait sa conduite : elle avait été poussée par la curiosité et son besoin d'aventure.

Son père la tançait maintenant vertement de s'être sauvée de la sorte à l'aube :

— Vous êtes sortie, Mademoiselle, non pas pour aider cet étranger qui ne demandait aucun secours, mais pour aller vous amuser. Avouez-le donc, sauvageonne que vous êtes !

— Oui, Père, dit-elle, piteuse, mais la tête droite.

— Avez-vous donc perdu l'esprit ? Ne vous rappelez-vous pas ce qui est arrivé dernièrement ? Ne savez-vous pas qu'il est dangereux, par les temps qui courent, d'approcher des inconnus ? Voulez-vous donc vous faire assassiner et plonger votre mère dans le désespoir ?

— Non, Père.

— C'est très mal et bien irréfléchi de votre part d'avoir agi ainsi. Je vous croyais plus intelligente. Ce ne sont pas des manières dignes d'une jeune fille bien élevée, de votre âge et de votre classe. Votre conduite est inqualifiable. Approchez donc ! Vous avez bien mérité du martinet !

Le marquis lui donna donc cinq coups de trique sur les mollets qui laissèrent des traces rouges sur sa peau délicate. Puis, il la renvoya dans sa chambre, avec défense d'en sortir avant midi.

— Me donnez-vous votre parole de ne pas sortir de la chambre ?

— Père, vous me connaissez, répondit-elle avec franchise. Je tiens parole, je n'en ai qu'une. Mais je ne puis vous promettre ceci. Je suis trop éprise de liberté, et ce jour a l'air trop merveilleux pour que je n'aie pas envie de sortir. J'aurais bien trop peur de faillir à un tel engagement.

— Très bien. Je devrais savoir que vous gardez toujours votre parole à ce sujet. J'apprécie votre honnêteté, ma fille, mais je me vois dans l'obligation de vous enfermer à clé.

⁂

Assise sur son lit, la jeune fille s'ennuyait ferme. Cela faisait trois heures qu'elle était consignée et qu'elle demeurait tranquille. Elle avait eu tout le temps de songer au jeune étranger qui dormait dans une pièce non loin d'elle.

Le sentiment de « déjà-vu » qui l'avait assaillie ne l'avait pas quittée et demeurait très vif, attisant sa curiosité. Ressemblait-il confusément à une personne de sa connaissance ? Cependant, elle eut beau chercher qui lui évoquait ce « M. Roche » et fouiller dans ses souvenirs, elle ne trouva pas de réponse à cette question.

À neuf heures passées, l'inaction lui pesa. Elle se jugeait déjà bien punie. Le soleil était beaucoup trop beau sur les Alpes. C'était trop tentant... et vraiment trop bête de demeurer là plus longtemps. La petite sauvageonne, comme l'avait appelée son père, aurait bien aimé se promener, galoper dans les bois, sentir le vent sur son visage...

Elle pensa au lac, un peu plus haut dans la montagne, si beau, entouré de fleurs... L'eau était encore glaciale, mais elle adorait se baigner : elle aurait presque fait ça par tous les temps. Elle pensa encore au sentier doré par le soleil, couvert d'aiguilles glissantes, qui serpentait à travers la forêt de conifères. Elle songea à l'odeur de résine, au parfum des fleurs, au bourdonnement des abeilles...

Et soudain, elle n'y tint plus. Il fallait qu'elle sorte ! Elle se décida enfin et fit un bond jusqu'au tapis. Elle ne pouvait pas sortir par la porte, c'était trop risqué. Ce n'était pas qu'elle fût fermée à clé qui posait problème, mais il devait sûrement y avoir Antoinette dans le coin, chargée de surveiller si la rebelle ne cherchait pas à s'évader. Il fallait donc passer par la fenêtre une nouvelle fois.

Malheureusement, elle s'aperçut qu'on avait adroitement scié la branche maîtresse du lierre. Si elle descendait par-là, tout se briserait. Elle sourit à cette ruse primitive. Ah ! on voulait l'empêcher de sortir... Eh bien, on verrait. Il lui restait encore une solution : se glisser sur la corniche qui courait le long de la façade, jusqu'à atteindre une fenêtre ouverte ; elle rentrerait alors dans la pièce, puis elle sortirait en catimini, au nez et à la barbe de tout le monde.

Aussitôt pensé, aussitôt fait ! Personne en vue ? Non... Alix enjamba la fenêtre et se glissa, dans sa belle robe blanche, sur la corniche. Sa chambre était à une extrémité du château, elle n'avait donc pas le choix des directions :

pour trouver une fenêtre ouverte sans trop de danger, il lui fallait éviter d'avoir à passer l'angle du mur et longer la façade.

Heureusement, la jeune fille ne souffrait pas de vertige. Des mains et des pieds, elle s'agrippa à chaque aspérité du mur, s'accrochant à chaque angle de pierre, glissant peu à peu le long de l'étroite corniche. Elle semblait faire corps avec le mur. La progression était lente, mais par chance, le vent était tombé depuis une heure et ne rendait pas cette tentative plus difficile et plus périlleuse qu'elle ne l'était déjà.

Alix savait que son père était parti avec Bradroc examiner son élevage de chevaux. Les deux palefreniers, Jean et Paul, et Olivier le garde-chasse, devaient les accompagner : il valait mieux être nombreux pour attraper une de ces bêtes sauvages dans la montagne... La marquise devait broder, lire, ou bien continuer sa tapisserie au petit salon, à moins qu'elle ne lût le courrier. Elle avait en effet ce privilège. Faustine devait être avec elle, à se lamenter sur la conduite de sa jeune protégée, et le précepteur Jolivet devait lui répondre de laisser la jeunesse s'exprimer, ce qui faisait sourire la marquise. Tous deux étaient des intimes, et ils tenaient souvent compagnie à la marquise qui appréciait la générosité et le bon sens de l'une, la culture et l'ouverture d'esprit de l'autre. Marianne et Antoinette s'agitaient dans les chambres, redressant les lits et faisant le ménage, tout en gardant, bien entendu, un œil ouvert sur la porte de la chambre d'Alix. Charlotte devait cuisiner devant ses fourneaux, secondée par son mari, Benoît, qui lui tenait compagnie quand il n'avait rien à faire. Joseph, le jardinier, était parti à la serre... Tout le monde était donc occupé quelque part, et la jeune fille n'avait aucune crainte d'être vue. Et même si Faustine quittait la marquise pour circuler partout et vérifier le travail de chacun, l'apercevait, elle ne saurait la trahir. Sa nourrice la servait et la protégeait depuis sa naissance.

Alix approchait de la première fenêtre : c'était celle de son boudoir. Elle était fermée...

Suis-je sotte ! fulmina intérieurement la jeune fille. *Que n'ai-je donc aéré ! Voilà qui m'aurait évité de continuer cette escalade...*

La fenêtre suivante était celle d'une chambre vide, préparée jadis pour un petit frère jamais venu, et qui servit ensuite à recevoir les cousins. Fermée aussi... La prochaine était celle du boudoir de sa mère, vide à cette heure. Elle était aussi hermétiquement fermée que les deux autres. Avec un effort, la jeune fille atteignit la chambre de ses parents. Heureusement, Antoinette n'y était plus, mais la fenêtre était également fermée.

Il n'y avait plus d'ouvertures sur cette façade : il fallait tourner à l'angle du château ou faire demi-tour et s'avouer vaincue. La première solution était une entreprise bien délicate, pourtant Alix préférait encore cela à la renonciation.

Alors qu'elle tâtait du pied pour deviner son chemin, Faustine surgit dans la cour. Elle entendit quelque chose remuer dans la vigne vierge et leva les yeux. De saisissement, elle lâcha le paquet de journaux qu'elle était allée chercher pour la marquise et retint un cri en voyant la dangereuse position de sa maîtresse.

Oh, la sacripante ! s'exclama intérieurement la nourrice qui, à la fois furibonde et angoissée, n'était pas à l'invention d'un mot près. *Désobéissante ! Est-il possible d'être si indomptable et si déraisonnable ? Une fois ne lui a pas suffi, voilà qu'elle recommence ! Elle est pire encore que les chevaux de son père !... Cette fois, c'en est trop ! Je vais avertir le marquis et sa femme !... Non, il ne faut pas, cela envenimerait la situation. Cette gamine serait capable ensuite de s'enfuir pour de bon ! Mais elle va m'entendre ! Dieu du ciel ! Comment va-t-elle se sortir de là ?*

La jeune fille, en effet, semblait éprouver quelques difficultés. Elle s'accrochait du bout des doigts aux angles de pierre et testait le terrain de l'autre côté du mur avant de s'avancer. Elle avança un bras, puis une jambe... Dieu ! Que c'était incommode ! Brusquement, elle étouffa un cri de joie : le lierre poussait de nouveau par ici.

Avec un soupir de soulagement, elle s'empara d'une grosse branche, et se balançant un peu, passa de l'autre côté du mur. Le lierre ne descendait pas assez bas pour rejoindre la terre ferme, mais le plus dur était fait. Alix décida de continuer sa progression : ce serait bien le diable si elle ne trouvait pas, cette fois, une fenêtre ouverte...

À ce moment, elle aperçut Faustine. À l'expression du visage de sa bonne, elle devina qu'elle aurait droit à un bon savon. Malgré elle, elle sourit : ce serait mérité, et Faustine, elle, ne l'enfermerait pas dans sa chambre... Sa nourrice lui fit de gros yeux éloquents, puis se pencha pour récupérer les papiers qu'elle avait lâchés et qui s'éparpillaient dans la cour.

Alix progressa encore quelques secondes. La première fenêtre à laquelle elle parvint était entrouverte... Avec un soupir de soulagement, elle l'ouvrit entièrement et se glissa sans bruit dans la pièce. Les jambes un peu tremblantes, elle s'assit sur un coffre.

Alors, levant les yeux, elle regarda autour d'elle. Aussitôt, elle reconnut la pièce où elle se trouvait : La chambre d'hôte ! Misère ! Et là... dans le lit... cette forme allongée... l'étranger... Oh ! Pourvu que Monsieur Roche dormît profondément et ne la vît pas ! Quelle situation gênante ! Quelle honte pour elle !

⁂

Glissant sur le plancher, elle atteignit la porte, et elle allait l'ouvrir quand retentirent des bruits de pas. Rageant intérieurement, elle s'appuya instinctivement contre le panneau de chêne et pria le Ciel que ce ne fût pas quelqu'un venant pour Sylvain Roche.

Le Ciel écouta sa prière. La jeune fille entendit Antoinette s'éloigner légèrement en chantonnant. Cette fois, Alix s'enhardit et écarta la porte dans le plus grand silence...

C'est à ce moment que le visiteur entrouvrit les yeux... et aperçut la silhouette féminine. Il se dressa aussitôt :

— Tiens ! C'est vous, Mademoiselle la comtesse ?

Alix sursauta violemment, se retourna d'un bloc, rougit, referma la porte vivement et s'appuya contre, les deux mains plaquées sur son cœur.

— Chut ! murmura-t-elle impérieusement. Je vous en prie, taisez-vous ! Vous voulez ma mort ?

Il se mit à rire, assis sur son lit.

— Pas du tout, voyons ! Qu'y a-t-il ? Des bandits ont pénétré le château et vous cherchez à les fuir ?

Elle hésita, consciente qu'il se moquait gentiment d'elle et de ses allures de conspiratrice, avant de répondre :

— J'ai été punie et enfermée dans ma chambre. Mais je me suis enfuie en passant par la fenêtre et en avançant le long de la corniche. Il se trouve que la première fenêtre ouverte que j'ai rencontrée était la vôtre. Je n'ai pas fait attention, je suis désolée, ajouta-t-elle. Si je m'étais rappelé que c'était votre chambre, je ne serais pas rentrée. Mais je m'en suis aperçue trop tard...

Le jeune homme l'interrompit :

— Vous êtes passée par la corniche ? Voulez-vous me montrer ça ?...

Il sortit du lit et Alix rougit légèrement en le découvrant à peine habillé : les pans de sa chemise ouverte flottaient sur son pantalon, dévoilant son torse musclé, et il était pieds nus. Jamais elle n'avait été dans une telle situation avec un homme ! Et dans une chambre, qui plus est ! Heureusement, sans doute perclus de fatigue, il n'avait pas pris le temps de se dévêtir complètement, ce qui sauvait l'honneur. Maintenant, après trois heures de sommeil, il semblait frais et dispos.

Les jeunes gens se penchèrent par la fenêtre et Alix montra à l'étranger la mince corniche, lui expliquant le chemin qu'elle avait emprunté. Sylvain la prit familièrement par l'épaule, un peu comme une enfant, et elle ne sut si elle devait s'offusquer de cette promiscuité ou se vexer en constatant qu'il la prenait encore pour une gamine :

— Vous avez été d'une imprudence folle, Mademoiselle ! dit-il en riant. Il n'y a pas à redire, ajouta-t-il en baissant les yeux vers elle, vous avez du cran !

Pour Alix, c'était un compliment. De plus, le regard du jeune homme était tellement doux en disant cela qu'elle en oublia ses griefs. Néanmoins, un peu gênée par leur situation, elle rougit et baissa les yeux :

— Je sais que j'ai mal agi, murmura-t-elle. J'ai désobéi à mon père. Mais enfin, reprit-elle en levant les yeux sur le paysage, voyez comme la montagne est belle aujourd'hui ! Qui pourrait rester enfermé alors que la nature exulte ? Les pics m'attiraient, et je n'ai pas pu m'empêcher de faire une tentative de fuite. Allez-vous me dénoncer ?

Elle leva vers lui de grands yeux innocents. Des yeux tendres, intelligents et malicieux en même temps, ah, les canailles ! Les longs cils recourbés faisaient une ombre légère sur sa joue et il éprouva la tentation de toucher cette peau tendre et de voir la jeune fille s'abandonner sous la paume de sa main. Il sourit, contenant ses désirs :

— Non, bien sûr que non... J'ai moi-même commis des tours pendables étant plus jeune, rien que pour un peu de liberté, tout comme vous... Et mon père m'a souvent grondé, plus qu'à mon tour...

Sans comprendre pourquoi elle était si troublée, elle qui en remontrait si souvent aux garçons, à commencer par le pauvre M. Sommeil, ainsi qu'elle surnommait Armand en secret, Alix rougit à nouveau mais osa demander :

— Allez-vous me laisser repartir, maintenant ?

Elle croisa son regard et ne put ajouter un mot. Sans répondre, il l'observait avec une étrange lueur dans les yeux... Amusement ? Curiosité ? Fascination ? Elle n'aurait su le dire. Mais cette attention posée sur elle la troubla plus encore que tout le reste et elle baissa ses prunelles vertes, sentant qu'elle se laissait de nouveau prendre au charme de cet homme. C'était absolument incroyable ! Malgré elle, elle regarda sa bouche sensuelle et son souffle se raccourcit. Avec douceur, il repoussa du doigt une mèche qui retombait sur le front de la jeune fille et lui releva le menton pour mieux la dévisager.

— Alix, murmura-t-il. C'est un prénom qui vous va si bien... Vous en avez le petit côté sauvage et magique...

Elle crut un instant qu'il allait l'embrasser et comprit qu'elle ne lui résisterait pas plus que les fois précédentes. Il n'en fit rien. Ce fut pire : lentement, comme amoureusement, il suivit de l'index les détails de ses traits, en une caresse légère : l'ovale de son visage, la ligne longue qui, depuis les yeux, modelait la pommette, descendait le long de la joue en s'éloignant du nez, s'infléchissait à la pointe des lèvres, dont il effleura le dessin, pour ensuite accuser le menton. Puis ses doigts descendirent sur la gorge, juste à l'endroit où l'on prend le pouls, et il sentit battre le sang dans les veines de la jeune fille. Il feignit de se tromper sur la cause de ce rythme désordonné :

— Eh bien, dit-il, vous avez eu peur tout de même ! Votre cœur palpite encore de cette entreprise !

Elle ne pouvait se détourner. Pour éviter ses yeux, elle regarda sa bouche et rougit brusquement au souvenir du baiser qu'il lui avait volé. Fort heureusement, il relâcha son étreinte et fit asseoir Alix dans un fauteuil. Il y eut un silence. Rapidement, parce que Sylvain s'était éloigné d'elle, Alix se reprit et s'en voulut de tant de faiblesse. Que faisait-elle ici ? Elle devait partir au plus vite... d'autant plus qu'il s'était assis en arabe sur le lit et la contemplait.

— Vous êtes ravissante ainsi, remarqua-t-il, et tellement mieux avec cette jolie robe que dans vos nippes de garçon...

De quoi se mêle-t-il ? songea la jeune fille, vaguement mécontente.

Dans sa position, il n'avait pas à critiquer sa tenue. Pour qui se prenait-il ? Ou bien… Ou bien était-il vraiment noble, lui aussi ? Malgré la contrebande. Malgré les vêtements d'homme du peuple qu'il portait aujourd'hui. Malgré ses désastreuses manières absolument indignes d'un gentilhomme. Cela expliquait néanmoins tout le reste. La maîtrise de l'épée, la danse… L'idée la poursuivait. Comment savoir ?

Alix planta son regard droit dans celui de l'inconnu et ses lèvres s'entrouvrirent sur une esquisse de sourire, tandis qu'elle recouvrait l'usage de la parole.

— Certes, dit-elle seulement. Je dois en convenir. Mais une robe est bien moins commode à porter.

— Commode pour quoi ? interrogea son compagnon.

— Escalader les murs, par exemple !

Il rit, délicieusement étonné par cette jeune fille frémissante, charmante, surprenante, dans laquelle couvait un feu qui ne demandait qu'à éclater. Il la considéra avec attention, appréciant sa spontanéité, tandis que ses yeux étincelaient de joie.

— Parlez-moi de vous, demanda-t-il. J'aime à vous entendre parler.

Elle leva un sourcil, surprise, le regardant de côté. Il était diablement séduisant. Et elle devait faire un effort sur elle-même pour ne pas s'absorber dans la contemplation de ses cheveux bruns, de ses yeux bleus… et surtout, de son corps doré, de sa peau lisse sur laquelle elle avait envie de glisser ses doigts. Oh, par le Ciel, pourquoi pensait-elle à cela ? Et lui, ne pouvait-il donc se rhabiller convenablement ? C'était indécent d'être si bien mis de sa personne !

— Vous parler de moi ? se rebiffa-t-elle, autant pour lui résister que pour contrôler l'énergie qui bouillonnait en elle. Mais, mon Dieu, qu'aurais-je à dire ? Tout ce qu'il y aurait éventuellement à apprendre de moi, vous le sauriez en me regardant vivre, mais certainement pas en m'écoutant parler...

— Je n'ai hélas pas le temps de vous regarder vivre. Mais je voudrais tout de même en savoir plus sur vous.

Qu'entendait-il donc par là ? Pourquoi voulait-il en savoir plus sur elle ?... Le cœur battant, Alix préféra éviter de lui poser la question et d'approfondir son raisonnement.

— Ainsi, vous espérez en apprendre plus sur moi en voyant comment je me vois moi-même, riposta-t-elle. Vous êtes fin psychologue.

Sylvain reconnut la justesse de la remarque. Elle ne se laissait pas faire facilement.

— C'est cela, en quelque sorte. Parlez-moi de votre vie, ici, dans vos montagnes. De votre éducation, de votre enfance en ces lieux enchanteurs...

La jeune fille fit la moue.

— Oui, je vois... En réalité, je crois que ce sont mes deux facettes qui vous intriguent, remarqua-t-elle. Vous cherchez à comprendre le garçon manqué et la jeune fille bien élevée, alors que tout cela vous semble incompatible.

Une fois de plus, elle étonna son interlocuteur par sa perspicacité. Il dut retenir une exclamation.

— Vous avez absolument raison, se contenta-t-il de dire. Vous êtes très avisée. Si j'osais, je vous demanderais de vous enfuir avec moi.

— Avez-vous de quoi assurer la vie d'une femme telle que moi ?

— Vous auriez tort de penser le contraire. J'ai trois vaisseaux...

— ... dessus la mer jolie[1] ?

— Exactement ! répondit-il en souriant.

— Qu'êtes-vous donc ?

---

1. Référence à la chanson populaire des *Trois jeunes tambours*. Texte complet dans les notes, en fin de livre.

— Qu'en diriez-vous ?

— Un contrebandier !

— Un contrebandier aurait des navires ?

— Un pirate, alors ? Un pirate et un contrebandier ! ajouta-t-elle avec malice.

— Je vous en prie, pas de vilains mots. Non pirate, mais corsaire. J'ai une lettre du gouvernement français m'autorisant à attaquer et piller des navires anglais et italiens... C'est tout à fait légal, vous savez. Nombre de pays accordent ce genre de documents lorsqu'ils sont en guerre contre d'autres et je peux revendre mes marchandises dans plusieurs ports, au grand jour.

N'importe qui ne pouvait pas obtenir ce genre de lettres, ni se targuer de posséder plusieurs navires, nota intérieurement Alix. Encore fallait-il qu'il racontât la vérité.

— Un corsaire ? répéta-t-elle avec une légère dérision, sans rien laisser paraître de ses réflexions. J'appelle cela de la piraterie déguisée. Mais qu'est-ce qu'un... « corsaire » vient faire dans les Alpes ? Vous êtes bien loin de la mer.

— Je constate que vous êtes sans indulgence et que vous ne vous lassez décidément pas de poser des questions. Je ne m'attaque pas à n'importe quel navire, contrairement aux pirates. Quant aux raisons de ma présence dans la région, eh bien, ce sont mes affaires, jolie damoiselle, et elles ne vous concernent en rien.

— Très bien. Mais je peux avertir les gabelous de votre présence ici, si je le désire. Je pense que votre histoire pourrait les intéresser...

— Vous osez menacer votre invité ? Qu'en penserait votre père ?

Alix fit la moue.

— Je doute que mon père ait envie de protéger un forban de votre espèce.

— Tudieu ! Comme vous y allez ! fit l'étranger en riant, pas le moins du monde vexé. Puisque vous voulez tout savoir, je dois rejoindre un de mes bateaux qui a eu une avarie et a dû se réfugier en Italie, ce qui n'est pas le lieu le plus sûr pour lui. À votre tour de répondre à ma question. Pouvez-vous m'expliquer ces deux facettes de vous-même ?

— Oh ! Je le pourrais, répondit-elle, très à l'aise. Mais vraiment, cela n'en vaut pas la peine.

— Je n'en crois rien. Je crois déceler en vous deux influences antagonistes, celle de votre mère et aussi celle de votre père. C'est surprenant : en général, les hommes se préoccupent assez peu de l'éducation de leur fille.

— En général, oui. Mais mon père n'est pas un homme comme les autres.

Les yeux d'Alix brillaient. On la sentait fière du marquis, fière d'être sa fille.

— Puisque vous semblez y tenir vraiment, et puisque vous me demandez de vous mettre les points sur les i, je vais vous répondre. J'ai effectivement reçu une double éducation, en plus de l'enseignement précieux de M. Jolivet, mon précepteur : celle de mon père, aidé en cela par Bradroc, et celle de ma mère, assistée de ma nourrice, Faustine.

Elle s'était levée maintenant, et avait rejoint la fenêtre. Elle regardait les monts enneigés, suivie des yeux par Sylvain.

— Avec mon père et Bradroc, j'ai remplacé le fils tant espéré que mes parents n'ont jamais eu. En leur compagnie, j'ai passé des heures de liberté et de joie à courir à travers la montagne et à découvrir toutes les choses de la nature, la vie des bêtes, le rythme des saisons. J'ai appris à repérer les traces du passage des animaux, à chasser, à pêcher, à poser des pièges, à dépecer un animal. J'ai également appris à manier l'épée, à tirer au pistolet comme au fusil, et je pense pouvoir me débrouiller au cours d'un duel, éventualité qui n'arrivera jamais, cependant. J'ai découvert les techniques d'escalade, ce qui m'a permis de grimper en haut du clocher et m'a valu un bon sermon, ajouta-t-elle avec un petit rire. Mon père m'a fait monter les chevaux sauvages et plonger dans les lacs glacés. Il voulait que je sache me débrouiller et que je n'aie peur de rien. Du moins m'a-t-il appris à toujours essayer de dominer ma peur.

Alix se retourna et sourit à Sylvain.

— Voilà pour ma première facette. Êtes-vous satisfait ?

— Toujours, du moment que j'en apprends davantage à votre sujet. Si vous aviez été un garçon, vous auriez certainement pu tenir votre place dans la chevalerie d'antan. C'est le cœur qui compte, n'est-ce pas ?

Alix rougit, embarrassée.

— C'est gentil, merci. Mais je ne sais pas si je mérite ce compliment...

— Et avec votre mère, comment cela se passait-il ? poursuivit le jeune homme.

— Oh, maman ne voyait pas toujours d'un très bon œil toutes les expéditions que nous faisions, et à un certain moment, mon père se faisait autant gronder que moi. Mais cela n'allait jamais très loin : elle nous voyait tous tellement heureux, je crois, qu'elle n'avait pas le cœur de nous interdire ces activités. Toutefois, avec Faustine, ma nourrice, elle tenait à faire de moi une jeune fille accomplie. Je ne sais si elle y est complètement parvenue, mais en tout cas, elle m'apprit à diriger une maison, à savoir tout y organiser, depuis les affaires courantes jusqu'à la soirée de gala. Je vous passe l'initiation aux secrets de la parure, de la broderie, de la tapisserie et diverses autres activités féminines. Elle m'inculqua les bonnes manières et m'enseigna la révérence, à saluer chacun selon son rang, à bavarder dans les règles de la politesse. Car je suis naturellement bavarde, trop sans doute ! Vous en avez la preuve en ce moment même.

Tout en parlant, elle circulait dans la pièce, déplaçant un bibelot, caressant une tapisserie, marchant avec légèreté.

— J'ai cru comprendre que M. Jolivet, votre précepteur, a aussi tenu à faire de vous une personne ouverte et cultivée ?

— Oh, fit-elle avec un sourire gêné, tenez-vous vraiment à poursuivre cette conversation ? C'est… assez inconfortable pour moi.

— C'est certainement très difficile pour votre modestie, mais j'aimerais que vous paracheviez ce portrait hautement flatteur de vous-même.

— Très bien ! capitula Alix en levant les bras au ciel. Puisqu'il faut tout vous dire, M. Jolivet m'instruisit fort consciencieusement. Lire, écrire et compter ne suffisait pas ; aussi, il m'enseigna l'art, la musique, le chant, la danse et la poésie, me faisant aimer les classiques et les modernes également. Il m'initia à la géographie et à diverses sciences telles que la géologie, la biologie, la chimie, la physique, Je subis encore de nombreuses heures de philosophie et d'Histoire dont on me forma à vénérer les héros, à les admirer au point tel que je voulais les imiter. Avec le curé de la paroisse, il me plongea dans l'Histoire Sainte, mais aussi dans le grec et le latin, et m'invita à abhorrer les lâches et les parjures, haïr les traîtres et les menteurs. Sans oublier qu'il m'apprit diverses langues étrangères.

— Quelle mémoire ! fit Sylvain, un peu ironique. Et quelle belle énumération !

— N'est-ce pas ? répondit Alix sur le même ton. Mais c'est vous qui l'avez voulu…

Il hocha la tête et poursuivit d'un ton badin :

— J'ai, hélas, de brumeux souvenirs de notre toute première rencontre. Je me rappelle cependant qu'avec votre nourrice, vous m'avez donné les premiers soins lorsque j'étais blessé. Vous semblez posséder nombre de qualités que les jeunes filles de votre âge n'ont pas.

Alix stoppa net son va-et-vient dans la pièce et lança d'un ton provocateur :

— Vous voulez donc subir votre punition jusqu'au bout ?

— Avec volupté.

Son air canaille, en prononçant ces deux mots, fit frissonner la jeune fille qui se demanda ce qu'il entendait réellement par là.

— Faustine m'a en effet appris les vertus des plantes, poursuivit-elle avec hésitation.

— Afin de savoir les reconnaître et les utiliser, je suppose ?

— Depuis les racines jusqu'aux fleurs, approuva Alix, pour soulager les douleurs, contrecarrer le poison, etc. Elle m'a enseigné à reconnaître les maladies, à soigner les blessures, à réduire les fractures et j'en passe.

— Voilà pourquoi vous vous êtes montrée si efficace, ce jour-là, et j'en rends grâce au Ciel. C'est à vous que je dois d'avoir pu repartir aussi vite.

Alix voulut profiter du fait qu'il évoquait cela pour l'interroger de nouveau, mais il reprit immédiatement :

— Je parie que vous pourriez en remontrer à nombre d'apothicaires et même à certains médecins ! Je suis impressionné, se moqua-t-il gentiment. Peu de jeunes filles peuvent se vanter aujourd'hui d'avoir reçu pareille éducation, et à vrai dire, j'ignorais qu'on puisse en savoir autant à votre âge.

— Ma foi, les journées sont fort longues par ici, il faut bien les occuper. Nul d'Arville ne reste oisif, surtout que nous sommes comme les paysans : nous nous levons à l'aube. Mais vous avez raison sur un point : ce serait peut-être beaucoup à apprendre si j'avais approfondi chaque domaine ; je n'ai malheureusement fait que les effleurer, pour la plupart. Cela m'a aussi été permis parce que nos sciences sont encore relativement jeunes, mais j'imagine qu'un jour, il deviendra impossible d'en savoir un peu sur tout, parce que les découvertes et avancées dans les différents domaines scientifiques seront telles qu'une vie ne suffira pas à comprendre et apprendre les mécanismes d'une seule science, tellement celle-ci sera devenue précise et compliquée. Cela dit, je ne regrette aujourd'hui qu'une chose, ne pas avoir été initiée à l'astronomie, je suis certaine que c'est un domaine palpitant. Et maintenant, ajouta Alix avec un sourire malicieux, je crois avoir assez parlé de moi et avoir bien mérité ma liberté. Allez-vous me laisser repartir ?

— Je n'en suis pas sûr. Votre père pourrait vous surprendre...

— Sûrement pas ! Je sais où aller !

— Et puis, je n'ai pas fini de parler avec vous. Je vous en prie, insista Sylvain. Quelles langues avez-vous apprises, au fait ? reprit-il avec intérêt.

Était-ce un intérêt feint ou réel ? Voulait-il vraiment connaître ce détail insignifiant ou simplement la retenir près de lui ?

— L'anglais, l'espagnol, l'italien et le russe... répondit Alix avec un petit soupir de résignation. Tout ce qu'il faut pour discuter avec la noblesse des Cours étrangères[1].

— Eh bien ! s'exclama le jeune homme. C'est absolument merveilleux. En bref, vous êtes une jeune fille accomplie !

Alix qui s'était assise se leva d'un bond.

— Pas du tout, déclara-t-elle le plus sérieusement du monde. Si tel était le cas, je ne serais sûrement pas là, dans cette chambre, à faire l'étalage de mes connaissances et à risquer de me compromettre si cela se savait. Je ne serais pas venue chez vous et je ne me serais pas enfuie de ma chambre. D'ailleurs, je n'aurais même pas eu à le faire, car si j'étais aussi raisonnable et accomplie que vous le

1. En réalité, le français était la langue diplomatique officielle des différentes cours européennes depuis le début du XVIIe siècle, lorsqu'on abandonna le latin dans les relations entre souverains. Les traités étaient rédigés en français et on ne parlait qu'en cette langue dans toutes les cours d'Europe, aucun membre de la classe dirigeante ne voulant passer comme ignorant de la langue de Corneille et de Voltaire. Néanmoins, il était également d'usage de s'entretenir dans la langue de celui ou celle à qui l'on rendait visite, par courtoisie, et les langues étrangères faisaient donc partie de l'éducation de toute une frange de la noblesse.

dites, je n'aurais pas été punie comme je l'ai été : je ne serais pas sortie de mon lit douillet à l'aube pour courir l'aventure, je ne vous aurais jamais rencontré, ni suivi, ni interrogé. Vous seriez seul sur le chemin, évanoui, peut-être agonisant, et moi, je serais libre ! Voilà la vérité...

Sylvain sourit et s'approcha de la jeune fille.

— Vous dites vrai. Dans ce cas, je dois avouer que je suis bien content que vous ne soyez pas si accomplie. Je ne regrette pas que vous m'ayez trouvé et de n'avoir pas continué mon chemin seul, sans cette halte providentielle...

Sa voix était chaude et caressante et Alix frissonna malgré elle. Elle préféra éviter de s'attarder sur cette agréable sensation et se mit à rire, pour dédramatiser.

— Grand bien vous fasse ! Mes mauvaises habitudes auront tout de même permis qu'un homme temporairement dans le besoin trouve ici le gîte et le couvert. En général, ce n'est pas le cas. Plus petite, je courais les bois avec les garçons du village, et je n'en ramenais que plaies et bosses, et aussi une provision de rires. À quatorze ans, l'âge où les jeunes filles sérieuses ne songent déjà qu'à se trouver un mari, je suis montée en haut du clocher, avec la corde de la cloche, tout simplement parce que j'y avais été mise au défi et que j'avais relevé le gant. Pauvre bedeau ! Il était furieux... Et le nombre de plaisanteries que j'ai pu faire ! Pauvres parents ! Pauvre maman, surtout, si douce ! Elle a cru mourir de peur en me voyant le visage en sang plus d'une fois et me disait que si je restais défigurée, jamais un gentilhomme ne voudrait m'épouser. C'est vrai que je me battais comme une chiffonnière, mais toujours pour raison valable.

— Et qu'est-ce qui était une raison valable ? demanda Sylvain, amusé.

— Toutes les affaires d'honneur que l'on peut avoir lorsqu'on est jeune. Ah, c'était le bon temps ! Ce que j'ai pu faire comme bêtises ! Mais, en y repensant, ajouta-t-elle pensive, je me demande si c'étaient vraiment des bêtises...

Je m'amusais, je découvrais le monde, j'apprenais la liberté. Enfin, acheva-t-elle, vous voyez qu'il y a encore beaucoup à faire !

— Vous êtes délicieuse comme cela ! Tâchez de toujours garder votre fraîcheur, votre spontanéité, et votre audace. C'est rare...

La jeune fille ne s'offusqua pas du compliment et répondit du tac au tac :

— Merci pour ces gentillesses, monsieur Roche. Je n'imaginais pas que vous étiez un si vil flatteur. Mais si vous me connaissiez vraiment, vous ne diriez peut-être pas tout cela...

— J'en dirais peut-être d'autres encore !

Elle rit de nouveau, puis soupira :

— Laissons cela, voulez-vous ?

Elle contemplait par la fenêtre le beau paysage alpin, prenant garde à ce que personne ne la vît dans cette situation. Le Mont-Blanc scintillait dans le lointain, resplendissant sous le soleil ; plus proches, les glaciers aveuglants de blancheur attirèrent son regard, puis les prairies, la forêt si belle dans sa sombre sauvagerie... Alix se retourna après un silence.

— Et si nous parlions de vous, maintenant ? dit-elle avec taquinerie. Je ne sais rien de vous, si ce n'est qu'enfant, vous étiez espiègle et avez fait tourner, comme moi, votre père en bourrique. Pardonnez-moi l'expression, mais je la trouve simplement amusante : loin de moi l'idée de manquer de respect à qui que ce soit. Alors, monsieur l'homme Mystère, qui êtes-vous vraiment ? Voyons, ajouta-t-elle, Sylvain... Sylvain comment ? Pas Roche, ça, c'est sûr ! De Roche, peut-être, ou De La Roche... De La Rochefoucault ? ! Non... Du Roc alors ? Ou quoi encore ? Peut-être quelque chose qui n'a rien à voir...

Elle le regardait avec des yeux malicieux. Sylvain la fixait, très calme en apparence. À peine un léger sourire se dessina-t-il sur ses lèvres. Cette jeune fille impertinente, presque encore une enfant, l'amusait et le charmait à la fois. N'eussent été les circonstances de sa vie actuelle, il aurait sûrement cédé et serait rentré dans le jeu de marivaudage auquel elle l'invitait en toute innocence. Mais il ne cilla pas et ne répondit pas.

Il était très beau ainsi, grand et grave devant elle, avec ce regard si troublant, si charmeur, si transperçant aussi qu'il semblait sonder son âme. En dépit du mutisme de son compagnon, ou peut-être à cause de lui, Alix sentit monter la tension entre eux, légèrement, presque insensiblement. Elle finit par rompre le silence en secouant ses boucles lustrées :

— Bien, je vois... dit-elle avec un petit soupir agacé. Je ne vous forcerai pas aux confidences, cher monsieur. Vous êtes l'hôte de notre famille, et un hôte, c'est sacré ! Gardez donc pour vous vos secrets si précieux et admettons que je n'ai posé aucune question.

— Je suis navré de vous décevoir, petite Alix...

— Cessez de m'appeler ainsi, coupa-t-elle brusquement fâchée, sans savoir au juste pourquoi. Je ne suis plus une enfant ! Je ne suis plus la « petite » devant laquelle tout le monde s'attendrit mais dont jamais personne ne veut s'encombrer dans des circonstances sérieuses !

Elle tremblait presque de colère et de déception, et Sylvain réalisa à quel point elle ressemblait à son père. La jeune fille se détourna de lui brutalement et il en conçut une certaine tristesse. Il ne voulait pas partir d'ici en sachant que cette jolie fille garderait à jamais de leurs diverses rencontres un souvenir teinté de rancœur. Bon, peut-être que la mémoire de son baiser ne lui resterait pas si désagréable, après tout.

Il ne savait pas qu'Alix se détournait plus pour cacher les larmes qui lui montaient aux yeux que pour montrer une quelconque désapprobation devant son attitude. La fille du marquis, si maîtresse d'elle-même d'habitude, ne se comprenait plus du tout : en présence de cet étranger, elle passait par tous les émois de l'âme en quelques minutes. En cet instant, elle était désolée de n'en pas savoir plus sur lui pour pouvoir le retrouver un jour, et elle était encore plus malheureuse de se montrer si dure avec lui, alors qu'elle aurait préféré qu'ils continuassent tous deux à badiner agréablement.

— Croyez bien que ce n'est pas du tout ce que je voulais dire... commença Sylvain, désemparé devant ce ressentiment.

— Non, non, répondit Alix en se tournant vers lui, d'une voix beaucoup plus douce. Ne cherchez pas à vous excuser, vous n'êtes point coupable ! Au contraire, acheva-t-elle, tout est ma faute. Veuillez me pardonner mon audace, mon indiscrétion et mon irritation injustifiée.

Immédiatement, la jeune fille ressentit un relâchement dans l'atmosphère. Sans laisser le temps à Sylvain de répondre, elle se planta devant lui, les poings sur les hanches et en profita pour asséner :

— Je n'en pense pas moins que vous n'êtes pas celui que vous prétendez. Un simple monsieur Roche ? Sûrement pas ! J'ignore si vous êtes noble, mais vous n'êtes pas le vagabond dont vous avez pris le costume. Et vous reconnaissez avoir des activités... Comment dire ? Étranges, pour le moins ; mystérieuses, clandestines et périlleuses. Je ne puis affirmer que vous êtes corsaire, mais vous êtes sans doute contrebandier, d'après ce que j'ai pu voir. Ce qui est sûr, c'est que vous n'étiez pas sur ce chemin par hasard, ce matin, tout comme ce n'est pas pour rien que vous avez été attaqué sur la route de Grenoble ou que vous vous êtes infiltré au bal des Saint-Clair. Vous n'avez pas une vie ordinaire, au contraire, vous vous aventurez sur des sentiers dangereux. Vous menez une existence dont vous ne voulez rien dire, par crainte de vous trahir ou de trahir d'autres gens. De plus, vous me paraissez courageux et pas du genre à fuir devant les difficultés. Vous voyez, j'en sais déjà beaucoup sur vous...

Il la regarda sans répondre, avec l'air de se demander s'il devait rire ou la prendre au sérieux. Elle perçut son atermoiement et, soudain embarrassée, se faufila vers la porte pour prendre la fuite. Au dernier moment, elle hésita. Elle ne pouvait pas le quitter sur un tel discours. Et la dérobade n'était pas dans ses habitudes.

— J'aimerais tellement sortir et me promener ! soupira-t-elle, espérant alléger l'atmosphère. C'était d'ailleurs dans cette intention que j'ai pris le chemin que vous savez...

Elle se tourna vers lui et ajouta en riant :

— Vous voyez, vous me retardez ! Ce n'est pas gentil !

Il sourit et se décida à parler de nouveau :

— Vous avez raison, c'est particulièrement grossier de ma part...

Il se rapprocha d'elle et la prit par le poignet pour lui glisser à l'oreille.

— Mais je crois malheureusement être obligé de vous retenir encore. J'entends quelqu'un qui arrive... chuchota-t-il.

Alix sentit son cœur s'affoler. Non pas parce qu'effectivement quelqu'un approchait, mais parce que le contact des doigts de Sylvain sur sa peau, son souffle dans son cou, tout cela lui rendait les jambes cotonneuses et la faisait frémir de désir. En en prenant conscience, elle se sentit rougir, mais elle n'eut pas le temps de s'appesantir sur ces sensations, car à peine deux secondes plus tard, on frappait énergiquement à la porte.

— Monsieur Roche ! appela une voix de stentor.

— Mon Dieu ! souffla Alix. C'est Benoît, et il vient vous chercher ! Cela veut dire que Bradroc et mon père sont rentrés. On va s'apercevoir de mon absence !

— Et on va surtout voir que vous êtes dans ma chambre, murmura Sylvain avec un petit air canaille. Vous êtes perdue. À moins que...

9

Séparation

Sans un mot de plus, Sylvain poussa la jeune fille vers l'armoire et s'écria :

— Une minute !

Alix avait disparu dans l'armoire. Sylvain ouvrit la porte de la chambre. Benoît se tenait effectivement sur le seuil.

— Madame la marquise vous fait savoir que son époux va bientôt rentrer avec un poulain sauvage, annonça le majordome. Peut-être préférez-vous dormir encore, mais dans le cas contraire, si vous voulez venir voir comment on les dresse, vous êtes le bienvenu...

— C'est une proposition très aimable, répondit Sylvain. Et digne des Chaussée d'Arville. Je ne me permettrais pas de refuser. Veuillez me laisser le temps de mettre de l'ordre dans ma tenue. J'arrive.

Et il referma la porte, se tournant vers Alix. La jeune fille attendit que les pas de Benoît se fussent éloignés.

— Comme vous avez de la chance ! s'écria-t-elle alors. On vous proposera sûrement de monter le mustang !

— Le mustang ? répéta Sylvain étonné.

— Oui, c'est ainsi qu'on appelle les chevaux sauvages en Amérique. Nous avons un cousin là-bas : il y est parti en compagnie de Lafayette, et il n'en est jamais revenu. Cette terre nouvelle l'a totalement conquis, ainsi qu'une belle femme de Louisiane ! Nous recevons encore de ses nouvelles très souvent, par les enfants notamment. De plus, il envoyait régulièrement des chevaux à mon père, pour son élevage, mais il a récemment décidé de partir à l'aventure, plus à l'ouest…

Alix soupira.

— Que j'aimerais être à votre place ! J'adore monter les bêtes sauvages ! C'est grisant. Mon père m'en a déjà fait dresser trois ou quatre, et c'est une expérience plus fantastique que tout ce que vous pouvez imaginer ! Flamme, la jument que je montais ce matin, était particulièrement sauvage en arrivant ici. C'est moi qui l'ai entièrement dressée, et aujourd'hui, elle m'obéit au doigt et à l'œil ! Uniquement parce qu'elle en a envie, pour me faire plaisir. Je l'ai apprivoisée…

Les yeux de la jeune fille brillaient d'enthousiasme et d'excitation. Sylvain s'en amusa, tout en enfilant sa veste et ses bottes.

— Eh bien, allons donc voir ces bêtes merveilleuses. J'avoue ne jamais en avoir approché de près…

— J'espère que vous ferez cela dans la cour d'honneur, je pourrais peut-être vous regarder de loin ! Père est si strict ! Ah ! Si je n'étais pas sortie ce matin…

Sans façon, Sylvain lui prit le menton.

— Le regrettez-vous vraiment ?

Elle rougit un peu et souffla :

— Non…

Elle avait une conscience aiguë de la grande, très grande – sans doute trop grande – intimité dans laquelle ils étaient depuis qu'elle était entrée dans sa chambre. C'était très inconvenant ! Qu'allait-il penser d'elle ?

Apparemment, cela ne le choquait pas.

Après tout, en quoi cela importait ? Elle n'avait nul besoin de connaître son avis, et encore moins d'être appréciée de lui… Tout comme elle n'avait nul besoin de savoir qui il était vraiment, car elle ne le reverrait probablement jamais, et c'était aussi bien ainsi.

Il prononça :

— Vous devriez peut-être rejoindre votre chambre...

Elle se dressa.

— Pas question ! Maintenant que je l'ai quittée, je compte bien terminer ce que j'ai entrepris...

— Dans ce cas, vous risquez de le payer encore très cher.

— Je m'en moque !

— Nous ne nous reverrons plus avant mon départ...

La jeune fille leva les yeux vers lui, surprise.

— Cela vous importe-t-il réellement ? osa-t-elle demander.

— Oui... Je vous en prie, faites ça pour moi !

La voix de l'homme était si caressante, et son regard si éloquent qu'Alix se sentit fléchir :

— D'accord, dit-elle. Allons-y vite, vous refermerez la porte à clé derrière moi...

— Entendu, merci Alix !

Devant la porte, Sylvain lui tendit une main courtoise.

— Vous venez ? dit-il. Votre père va m'attendre.

Brusquement, Alix se trouva toute proche de lui, presque contre son corps. Leurs regards, faute de pouvoir s'éviter, s'accrochèrent. Rapidement, il effleura son front de ses lèvres d'un baiser amical, presque désinvolte. Alix frémit, traversée par une onde électrique et se tendit contre lui, brusquement soumise à l'empire de ses sens, comme prise de vertiges... Jamais elle n'avait connu pareille sensation !

— Vous êtes bien belle, Alix... dit-il très bas, la voix un peu rauque.

Le couloir était désert.

— Allons-y maintenant ! reprit-il d'un ton neutre qui ne trahissait aucune émotion particulière.

Était-ce le contact de cette main sur son bras, tandis qu'il entraînait la jeune fille ? Une chaleur irradiante monta au visage d'Alix, envahit son corps tout entier, et son cœur accusa un rythme désordonné. Ils se faufilèrent jusqu'à sa chambre en silence. Au moment de refermer la porte sur elle, Sylvain lui reprit la main :

— Vos questions à mon sujet étaient fondées, douce et impétueuse Alix. Vous êtes très clairvoyante. Je vous répondrai sans doute un jour, lorsque nous pourrons sceller notre amitié en toute quiétude…

Un jour ? Et quand donc ? Allaient-ils vraiment se revoir ? Elle sourit, le cœur soudain fou, mais n'eut pas le temps de dire quoi que ce soit. Pour souligner ses paroles, sans doute, Sylvain serra la main fraîche d'Alix dans la sienne, puis la porta à ses lèvres.

Oh non ! Pas ça ! pensa la fille du marquis, bouleversée.

Pourquoi un geste si simple la rendait-elle toute chose ? Sylvain ne parut pas remarquer l'émotion de sa compagne et ferma la porte sans plus attendre. Dès qu'il fut parti, elle porta inconsciemment sa main à son visage ; sur ses doigts, sur son front, brûlait la trace de ses baisers…

Mon Dieu ! Qu'avait-elle donc ? Elle était à la fois heureuse et triste, invincible et vulnérable. Elle s'assit sur son lit, surprise des sentiments qui bouillonnaient en elle.

⁂

Quelques minutes plus tard, le marquis parvenait dans la cour. Devant lui s'agitait un poulain qu'il venait de capturer sur ses terres d'élevage. Alix l'entendit hennir sauvagement et se précipita à la fenêtre. L'événement venait juste à point pour la distraire de son trouble et lui permettre de reprendre enfin le contrôle d'elle-même.

— Oh ! Est-il beau ! ne put-elle s'empêcher de s'exclamer.

En effet, c'était un superbe mustang, un grand poulain à la robe d'un noir profond, avec seulement une étoile blanche sur le front. Ses jarrets étaient solides et l'on devinait déjà des muscles puissants sous le poil lustré. Il était haut sur pattes pour un spécimen de son espèce, fin et racé, avec une très belle petite tête, donnant le sentiment d'avoir été croisé avec un pur-sang arabe. Il hennissait et se cabrait sans cesse, fier et furieux de se sentir attaché, entravé dans ses mouvements, moins libre qu'auparavant.

Le marquis leva les yeux vers sa fille en entendant son cri et lui sourit. S'il était strict et sévère, il avait aussi très bon cœur. Il décida de la laisser profiter du spectacle.

Il avait environ quatre ans, d'après le marquis qui l'avait repéré dès sa naissance, et pour son âge, il était nettement avancé question taille et force, ce qui laissait supposer qu'il n'atteindrait pas sa complète maturité et son ossature définitive avant sept ou huit ans. En effet, plus les chevaux sont grands et plus ils mettent de temps à achever leur croissance et atteindre leur morphologie adulte. Comme Alix l'avait supposé, on proposa à Sylvain de le monter pour essayer de le dompter un peu. Il accepta aussitôt.

Tous les spectateurs présents s'attendaient à ce que l'étranger soit jeté à terre à la première ruade. Seule, Alix espérait secrètement qu'il ferait bonne figure.

Il y parvint en effet, et bien plus. Quand le poulain fut sellé, en dépit de tous ses efforts et après une demi-heure d'essais infructueux, quatre hommes vinrent le maintenir, sous les encouragements de la jeune fille : Bradroc, le marquis et les deux palefreniers du château. Pendant les deux ou trois secondes durant lesquelles ils parvinrent à le tenir en place, Sylvain le monta.

Après quoi, le poulain, comme devenu fou, se dressa brutalement, Paul roula dans la poussière et les autres s'écartèrent. Sylvain resta en selle. Pendant près d'une nouvelle demi-heure, l'animal rua, se cabra, se dressa, sauta, pour désarçonner son cavalier. Les exploits de Sylvain étaient discrètement ponctués d'exclamations enthousiastes d'Alix. La jeune fille le soutenait de tout son cœur, lui prodiguait des encouragements, trépignait presque sur place et avait une furieuse envie de descendre dans la cour et de monter elle-même ce fougueux coursier.

C'est un vrai cyclone ! songeait-elle. *Cyclone, en voilà un nom superbe ! Oui, mais il y a déjà Tempête, la jument de papa. Voyons... Il est rapide. Rapide comme l'éclair ! Éclair ! Oh oui, ça, c'est joli ! Éclair...*

Tout en réfléchissant, elle admirait Sylvain.

Il est rudement doué. Et à son aise. On dirait qu'il a fait ça toute sa vie. Quelle tenue ! Quelle classe !... Vraiment digne d'un aristocrate ! Et qu'il est beau...

À la dernière réflexion près, c'était aussi ce que pensait le marquis en regardant œuvrer son hôte. Il était fort étonné de le voir tenir aussi longtemps en selle et en venait à penser que ce n'était sans doute pas un vagabond, mais plus certainement un fuyard, un noble dont le château avait peut-être été détruit, les terres confisquées, et qui allait chercher asile en Italie.

Le poulain tenta tout ce qui était en son pouvoir. Rien n'y fit. En désespoir de cause, il se roula par terre, espérant se débarrasser ainsi de l'encombrant personnage sur son dos, mais Sylvain, qui avait deviné son intention, sauta à terre avant le choc et remonta sur le cheval aussitôt après.

Enragé, ce dernier partit alors au galop et fonça à travers le parc à une vitesse folle. Alix attendait impatiemment.

— Bradroc, réclama-t-elle du haut de son perchoir, dis-moi ce qui se passe, les arbres me bouchent la vue !

Le brave homme s'exécuta. Environ trente minutes plus tard, Éclair revint, calme et docile, la bouche écumante, les flancs couverts de sueur, les jambes un peu tremblantes. Il s'arrêta juste sous la fenêtre d'Alix.

— Bravo ! s'écria la jeune fille, heureuse de l'exploit de Sylvain. Vous avez été magnifique !

Le jeune homme la regarda, lui fit un clin d'œil qu'elle fut seule à remarquer, avant de s'incliner devant elle en souriant. Ce fut le moment que choisit l'animal pour effectuer une dernière ruade et, surpris, Sylvain tomba. Alix éclata de rire du haut de sa fenêtre. Le cavalier ne se froissa pas pour autant. Il rattrapa le mustang, remonta en selle et vint finalement le remettre, vaincu, au marquis.

— Ce sera une très belle bête, monsieur le marquis, rapide, fougueuse et courageuse. C'est déjà un poulain superbe. Il s'est bien défendu, et avec panache. Je vous félicite de posséder de si beaux chevaux, monsieur le marquis.

Son hôte fut très flatté et se détendit un peu. Il avait surpris des regards échangés entre sa fille et l'étranger. Que se passait-il donc entre les deux jeunes gens ? Rien. Il ne pouvait rien se passer. Mettant ses doutes de côté, il se lança sur le thème de l'élevage.

⁂

Peu après, adouci, le marquis alla délivrer son enfant terrible :

— Venez donc, petite polissonne ! dit-il, et la gentillesse de son regard démentait le « vous » de la colère. La punition est terminée.

Alix lui sauta au cou dans l'instant, avec la spontanéité qui la caractérisait.

— Que j'aime à vous voir gai et souriant comme cela, Père ! s'exclama-t-elle.

Puis, à son bras, elle descendit l'escalier d'honneur. En bas les attendaient la marquise, M. Jolivet et Sylvain. La jeune fille fut aussitôt chargée de faire visiter les lieux au jeune homme, pendant que le marquis allait s'occuper des chevaux et discuter gestion avec Bradroc, sa chère épouse, et M. Jolivet qui s'y entendait si bien en calculs de rentabilité.

Alix revêtit une légère cape avant de partir pour faire le tour du propriétaire. Elle devinait que son père avait vu dans leur hôte quelqu'un de leur classe, et elle lui savait gré de cette marque de respect. Elle entraîna alors son visiteur vers les ruines de la tour médiévale, et, comme son interlocuteur la laissait faire, elle lui raconta les histoires et légendes courant sur les seigneurs et dames du lieu. Par bonheur, Sylvain était bon public et il écouta avec intérêt son hôtesse. En auditeur attentif, il posa même des questions, louant la beauté du site.

Là-bas, dans les ruines du château moyenâgeux, c'était la chambre de Thomas de la Chaussée d'Arville, le lépreux, qui offrit sa vie à son roi.

— C'était un brave cœur ! Non pas le plus illustre de mes ancêtres, mais un des plus attachants, remarqua Alix, et peut-être des plus remarquables pour la générosité et le don de soi dont il fit preuve. C'était le demi-frère d'Olivier de la Chaussée d'Arville, dont je descends en droite ligne. Bien qu'élevé comme son frère, il croyait sentir peser sur lui la marque du « bâtard ». Quel vilain mot, vous ne trouvez pas ?

— Je suis d'accord avec vous, répondit Sylvain avec détachement.

— Est-ce que tous les hommes ne sont pas égaux ? poursuivit Alix avec ferveur. Surtout deux frères ! Enfin, bref… Persuadé d'être de trop, Thomas de la Chaussée d'Arville, en 1174, partit en cachette à treize ans pour la Croisade, rejoignant à Venise un oncle parisien avec lequel il traversa la Méditerranée. Il avait entendu parler du roi Baudouin IV le lépreux, qui avait presque son âge et ne désirait qu'une seule chose : le servir. Mais Baudouin ne se laissait pas approcher par crainte de contaminer ses fidèles sujets. Fait prisonnier par les Infidèles et racheté par son roi, Thomas n'eut de cesse de l'aborder pour le remercier.

— C'est là la réaction d'un vrai gentilhomme.

— Oui… Quand il y parvint enfin, il fit un pieux mensonge en laissant croire au roi de Jérusalem qu'il était, lui aussi, lépreux. Mettant alors son épée au service de Baudouin, il soulagea ainsi le jeune monarque de sa lourde solitude, jusqu'à ce que la mort l'emporte, au cours d'une périlleuse bataille. Il n'avait pas quinze ans. Entre-temps, il était devenu lépreux en sauvant Baudouin d'une mort certaine : lors d'un autre combat sans merci, il se plaça devant le roi pour le protéger d'une attaque ennemie. Un cimeterre les blessa tous deux et leurs sangs furent mêlés… Et si Guillaume de Tyr, archidiacre et Chancelier du royaume, n'avait pas deviné la vérité et relaté cette histoire, jamais personne n'aurait connu le secret de Thomas[1].

Sylvain se montra très ému par le destin troublant de ce jeune preux. Alix racontait bien les histoires, et Sylvain lui en fit gentiment la remarque.

— C'était une si belle amitié, rétorqua la jeune fille dans un petit soupir. Je ne me lasse pas de la narrer. Je me sens très proche de ce lointain ancêtre… Il me semble que j'aurais agi de la même façon…

Et Alix contait, quasi sans interruption, brodant sur des faits qu'elle avait entendu narrer maintes et maintes fois dans son enfance. Elle racontait les événements avec fierté, mais sans orgueil. Certes, la valeur d'un homme ne se mesurait pas à celle de ses ancêtres, toutefois on n'aurait su nier l'importance des traditions et la richesse des souvenirs…

Revenu au château, Sylvain demanda à le visiter également. Alix l'entraîna donc partout, lui montrant et lui expliquant toutes les curiosités architecturales de la demeure.

---

1. Clin d'œil personnel à la magnifique histoire en deux tomes de Serge Dalens : *L'étoile de pourpre*. Dans ce roman, Thomas s'appelle Denis, mais il n'a pas existé dans la réalité. En revanche, Baudoin IV et Guillaume de Tyr sont d'authentiques personnages historiques.

— Vous savez, c'est à Faustine que je dois de connaître beaucoup de contes et de légendes sur ma famille, continuait Alix, tandis qu'ils redescendaient au rez-de-chaussée. Mais elle embellit beaucoup les choses. Heureusement, les documents que nous conservons à la bibliothèque sont plus rigoureux qu'elle !

— Voilà ce que c'est que de naître d'une illustre famille !

La jeune fille sourit et répondit :

— Illustre ? Si l'on veut. Fidèle au roi, surtout.

— À Louis le Seizième, toujours ?

— Bien sûr ! Quelle question !

— Cette attitude vous honore. Mais cela risque de ne pas durer éternellement... La vie du roi est fort menacée.

— Oh ! fit la jeune fille choquée. Vous avez des nouvelles fraîches ?

— Pas spécialement... Mais il y a des rumeurs qui courent... Vous avez pu juger déjà de l'attitude de certains révolutionnaires. À mon avis, ils ne seront satisfaits que lorsqu'ils auront totalement renversé la monarchie et qu'on leur aura présenté la tête de Louis et celle de Marie-Antoinette, assez peu populaire...

— Pauvre roi ! Pauvre reine ! Que peut-on faire pour les défendre ?

— Certains s'y attachent. Je ne sais s'ils réussiront. Pour l'honneur du royaume de France, il le faudrait : il serait triste que ce pays ait sur les mains le sang de son roi.

— Oh ! Comme je hais ceux qui lui veulent tant de mal ! Ce n'est pourtant pas un si mauvais souverain, même s'il n'est pas non plus l'un des plus brillants. Il y en eut de bien pires que lui...

— Je crois qu'il représente surtout à leurs yeux un symbole qu'il faut abattre avec force et brutalité. Ils veulent marquer les esprits, opérer un changement radical.

— Fumisterie ! Avec leurs méthodes, les pauvres seront toujours pauvres, et les riches toujours riches. Simplement, le pouvoir aura changé de mains, et les richesses seront passées de celles de quelques nantis à celles des nouveaux nantis, aussi peu nombreux que les précédents, sans valeur morale, et qui, en dépit de tous leurs beaux principes, n'iront jamais partager avec d'autres…

Un silence plana, chacun perdu dans ses propres pensées. Puis, se secouant, les deux jeunes gens se dirigèrent vers le grand parc.

— Vous avez là un magnifique domaine, dit Sylvain. Et ces arbres sont vraiment majestueux.

— Oui. D'ailleurs, ajouta Alix en tendant le bras, voici le plus vieux de tous ! Je l'ai baptisé Old Fellow !

C'était un pin immense, au tronc très large, un pin plusieurs fois centenaire.

— Son faîte doit se voir de loin… remarqua le jeune homme.

Alix acquiesça. À cet instant, la cloche du repas sonna. Ils rejoignirent le marquis, la marquise et M. Jolivet dans la salle à manger et passèrent à table.

Alix aurait voulu que le repas s'éternisât. Ce jour-là, ce n'était point parce que sa gourmandise lui faisait apprécier la bonne chère et les excellents mets. Elle devait simplement s'avouer que la présence de Sylvain la réjouissait et qu'elle craignait qu'il ne partît après le repas. Pour toujours. Sans qu'elle pût conserver l'espoir de le revoir un jour.

En effet, le repas achevé, Sylvain prit congé du marquis et de son épouse et s'apprêta à vider les lieux. Du regard, Alix implora son père de pouvoir raccompagner le visiteur.

« Un peu, pas loin… semblaient-ils dire. Je vous en prie, laissez-moi y aller… »

Le marquis de la Chaussée d'Arville se contenta d'un ordre bourru :

— Bradroc et toi reconduirez notre hôte jusqu'aux limites de notre propriété. Prends donc Flamme et n'oubliez pas la monture de M. Roche !

Accompagnés de l'intendant, les deux jeunes gens passèrent par les écuries où Sylvain retrouva Orage ; enfin, Drago. En apercevant son maître, le cheval hennit joyeusement, tandis que le jeune homme paraissait très ému.

— Salut, vieux frère ! Je te croyais mort, tu sais !

Puis il se tourna vers Alix, touchée malgré elle de cette amitié entre l'homme et l'animal, et la remercia d'avoir pris soin de sa monture pendant si longtemps. Alix lui rendit sa selle, propre et bien entretenue.

Les trois chevaux furent vite harnachés et ils quittèrent le château. En présence de Bradroc, Alix et Sylvain restèrent silencieux. La jeune fille se demanda si son vieil ami appréciait d'être ainsi tenu de veiller à sa conduite et à la sauvegarde des bonnes mœurs, bien malgré lui.

Bradroc, ma nouvelle duègne !

L'idée l'amusa tellement qu'un sourire étira ses lèvres, alors même qu'elle se sentait de plus en plus malheureuse à mesure qu'approchait le moment de se séparer de Sylvain. Soudain, au détour du chemin, elle se tourna vers l'intendant :

— Bradroc, attends-moi ici, tandis que je raccompagne M. Roche. Je n'en ai pas pour longtemps, et la route est sûre.

— Mais votre père... protesta son interlocuteur.

— Mon père n'en saura rien, sauf si vous le lui dites. Et il n'y aura aucune raison de le faire, n'est-ce pas ?

Bradroc hésita, tiraillé entre sa loyauté envers le marquis et son amitié pour Alix. Sous son regard implorant, il céda finalement, en poussant un énorme soupir.

— Très bien, concéda-t-il. Je suppose que je peux vous faire confiance. Mais si vous n'êtes pas de retour dans une demi-heure, je pars à votre recherche et je jure de vous ramener dans l'instant, fût-ce en vous jetant en travers de ma selle.

— Merci, Bradroc, répondit Alix avec reconnaissance.

Aussitôt, elle lança sa jument au galop. Sylvain suivit avec Drago et remonta à sa hauteur. L'admirable paysage alpin défilait sous leurs yeux, particulièrement enchanteur à cette saison. Des fleurs étaient écloses le long du chemin. Alix fit alors ralentir Flamme pour profiter de ces derniers moments, et du doigt, Sylvain montra à la jeune fille les prairies piquetées de taches multicolores. Il s'en emplissait les yeux comme s'il avait voulu s'en emplir le cœur, et la jeune fille s'étonna qu'il s'attache à de telles « futilités » en pareil moment. Mais c'était comme si Sylvain savourait pleinement chaque instant, comme s'il devait mourir demain et qu'il ne voulait plus perdre une miette de bonheur avant de disparaître. Le cœur serré, Alix songea que c'était peut-être le cas, si sa vie était aussi périlleuse qu'elle le pensait…

Au détour du chemin, elle lui désigna un château soudainement apparu dans la vallée :

— Vous reconnaissez cette propriété, je suppose ? fit-elle avec ironie. Celle de nos amis Saint-Clair, où vous vous êtes infiltré, en octobre 1789.

— Je le reconnais, en effet, répondit Sylvain, d'une voix un peu âpre.

— Savez-vous qu'ils ont eu des problèmes, après ce bal ? Comme je vous le disais ce matin, les Valone, les gens avec qui vous étiez ce soir-là, ont disparu. On a dit qu'ils s'étaient enfuis à l'étranger. En avez-vous entendu parler ? ajouta-t-elle en se tournant vers son compagnon.

— Nullement. Je ne suis pas resté dans la région après cette soirée. Vos amis ont-ils eu de sérieux ennuis ?

Alix haussa les épaules et répondit d'un ton dégagé :

— Oh, cela s'est vite calmé ! Un policier, un certain Jankélévitch, leur a posé des questions, mais comme il n'a rien pu prouver, il les a finalement laissés en paix. Et c'est tant mieux ! Ils étaient déjà assez frappés par le destin. Leur aîné a disparu quelque temps avant ce bal d'automne. Ils en sont très affligés, depuis lors. Aujourd'hui, il n'y a guère que le benjamin, Ankus, pour assurer encore que son frère reviendra un jour en la maison paternelle.

Étrangement, Alix sentit Sylvain se crisper. Elle l'observa brièvement, avant de lui demander :

— Dites-moi, si vous avez pu me donner des nouvelles du roi, c'est que vous venez de Paris. Il se trouve que Louis de Saint-Clair a disparu à Paris. En auriez-vous entendu parler, par hasard ?

Sylvain fixait le château. Sans laisser paraître la moindre émotion, il répondit :

— J'ai croisé un Saint-Clair autrefois. Je ne connaissais que son nom de famille, point son prénom. Mais si c'est lui, je crois savoir qu'il vit toujours. Cependant, il vaut mieux taire cette nouvelle, car il serait apparemment en grand danger, et il vaudrait mieux pour lui que ses ennemis n'aient jamais vent de son existence…

— Vraiment ? s'exclama la jeune fille, étourdie par l'importance de la nouvelle. Alors les conclusions de la police seraient erronées et Ankus aurait raison ? Dans ce cas, ne faudrait-il pas alerter sa famille ? Cela me semble cruel de les…

— Je ne peux que vous conseiller de vous taire, au contraire, coupa Sylvain. Je viens de vous raconter que leur fils était en danger et qu'il valait mieux qu'on continue de le croire mort. Je n'aurais rien dû dire !

— Si vous en savez autant, alors expliquez-moi ! se rebiffa Alix. On ne peut dissimuler une information aussi essentielle à des parents en deuil !

— Lorsque des vies sont en jeu, on peut très bien… mentir par omission.

Comprenant qu'elle ne le ferait pas fléchir, la jeune fille n'insista pas, bien qu'elle en mourût d'envie. Cela ne faisait que rendre plus mystérieuses encore toutes les affaires qui tournaient autour de M. Roche.

Ventrebleu ! Mais que cache-t-il donc, à la fin ?

Poursuivant leur route, ils virent dans le ciel pur un aigle fondre brusquement sur une proie avec un cri aigu.

— J'aime les aigles, déclara-t-elle sans aucune coquetterie. Ils sont fiers, rapides, superbes. Ils ont quelque chose de noble. Si j'étais un animal, je serais un cheval sauvage pour courir dans les montagnes perdues du Nouveau Monde, ou alors un oiseau, un aigle précisément, pour monter toujours plus haut dans l'azur. Ce doit être merveilleux ! Quelle liberté !

Sylvain l'écoutait sans rien dire, et dans ce silence respectueux et attentif, Alix lut de l'approbation.

Ils atteignirent assez rapidement le lieu de leur rencontre, trop rapidement au gré d'Alix. Sylvain sauta alors à terre, pour saluer la jeune femme :

— Nos chemins se séparent ici, dit-il avec un sourire. J'aurais aimé que cette course avec vous dure un peu plus longtemps...

La jeune fille descendit à son tour. Elle hésita, puis ce fut plus fort qu'elle et elle proposa :

— Marchons encore un peu. Je rentrerai ensuite...

C'était stupide, elle le savait, mais elle ne pouvait se résoudre à abandonner l'inconnu. Cependant, un peu plus loin, ils s'arrêtèrent de nouveau, conscients l'un et l'autre qu'ils n'iraient nulle part ainsi. Le jeune homme se pencha au bord du chemin et cueillit un perce-neige. Il le plaça dans la chevelure de sa compagne.

Tranquillement, il se rapprocha d'elle sans rien dire. Leurs deux corps se touchèrent légèrement, provoquant sur la peau de la jeune fille d'agréables frissons. Il était si près d'elle qu'elle percevait son souffle léger sur son visage. Instinctivement, elle respira son odeur avec avidité, sans même s'en apercevoir... Il ne portait pas de parfum, mais il sentait bon la terre et la pluie, le miel et la résine de pin.

— Je dois avouer que j'ai passé une merveilleuse matinée, souffla Sylvain, et je ne l'oublierai jamais... Et jamais je ne vous oublierai, Alix... acheva-t-il dans un murmure.

— Moi non plus, monsieur le voyageur de nulle part…

Elle tentait de sourire, un peu tristement, troublée comme toujours qu'il l'appelât par son prénom. Sylvain se tut quelques instants, incapable de trouver les mots pour dire à la jeune fille le bonheur simple qu'il ressentait de l'avoir rencontrée, d'avoir pu être avec elle pendant quelques heures, d'avoir pu puiser auprès d'elle une force nouvelle pour affronter sa vie et les devoirs qui lui incombaient. Et comment trouver les mots pour exprimer l'inexprimable, pour exposer ce qu'il ressentait au fond de lui depuis qu'il était à ses côtés ? Un élan incontrôlable le poussait à se jeter aux pieds d'Alix. Doucement, il prit une de ses boucles brillantes et la fit glisser entre ses doigts.

— Je reviendrai un jour vous voir, chuchota-t-il, et à ce moment-là, tout sera différent !

— Vous me le promettez ? lui demanda-t-elle d'une petite voix.

Elle n'aurait pas dû s'en soucier, et pourtant, elle attendait la réponse presque avec anxiété. Alors qu'il n'était qu'un étranger…

— Je vous le jure.

Elle ne devait pas le croire, elle ne devait pas ! Mais elle en avait tellement envie… Il plongea son regard dans le sien et murmura :

— Je reviendrai, car je suis totalement incapable de résister à la séduction de vos yeux. Qui le pourrait, d'ailleurs ?

Elle l'écoutait, sans rougir ni baisser les yeux. Visiblement, il avait autant de difficulté qu'elle à se résigner à la quitter et Alix en était confusément heureuse. Malgré le soleil et la chaleur, elle frissonna de nouveau et il s'en rendit compte. Alors, il resta là, muet à côté d'elle, gardant dans la sienne la main qu'elle lui avait donnée.

Étonnée d'une attitude aussi respectueuse, Alix prolongea avec lui ce silence teinté d'émotions. Elle sentit confusément qu'il s'ouvrait à elle, se coulant dans son univers, et elle en resta émerveillée.

Finalement, Sylvain sourit et s'écarta de la jeune fille. Elle voulut remonter en selle, mais il lui saisit la main.

— Alix...

— Oui ? demanda-t-elle en se tournant vers lui.

Ses yeux brillaient de fièvre, d'un éclat qui retint l'attention du jeune homme. Il hésita :

— Je... commença-t-il. Je vous remercie du fond du cœur pour votre hospitalité.

— Ne vous donnez pas cette peine. C'était naturel. J'ai été ravie de vous recevoir, et mes parents aussi. Vous devriez partir, maintenant... ajouta-t-elle avec un effort.

— Je vous promets de revenir ! répéta-t-il.

La jeune fille voulut plaisanter :

— Si vous ne tenez pas votre promesse, je serai dans l'obligation d'aller vous chercher. Je ne sais comment je ferai encore, mais je vous trouverai.

— Voilà qui est étonnant, ironisa-t-il, comme pour s'efforcer, lui aussi, de détendre l'atmosphère. Après tout, je ne suis qu'un vaurien !

— Arrêtez avec ce mot, s'il vous plaît, le supplia-t-elle.

Elle se souvenait trop bien des circonstances dans lesquelles elle l'avait appelé ainsi. Après qu'il l'avait embrassée. Il avait également déclaré qu'elle aimait les vauriens dans son genre. Sur le coup, elle ne l'avait pas cru. Et pourtant...

Il sourit, un peu gravement.

— D'accord, acquiesça-t-il. J'arrête... pour cette fois. Plaisanterie mise à part, je serais bien heureux que vous fassiez cela pour moi.

Elle rougit légèrement et répliqua :

— En êtes-vous bien sûr ? Souvenez-vous que je déteste les parjures, ajouta-t-elle en riant. Si je vous retrouve, ce sera pour en découdre !

Il rit avec elle, puis s'inclina avant de la dévisager intensément et de baiser sa main. Alors il se redressa et se détourna pour la quitter, s'en allant sans rien dire, ni au revoir, ni adieu, ni à bientôt. Sans regarder en arrière. Alix remonta en selle très vite, craignant de ne pas pouvoir résister à l'angoisse qui la saisissait, la peur de ne jamais le revoir. Au dernier moment, elle se retourna pourtant et, complètement désemparée, observa le jeune homme disparaître au bout du sentier. Brutalement, son cœur se serra et elle ne put retenir une inconcevable envie de pleurer. Elle avait l'absurde impression que le bonheur s'en allait avec lui, que cette journée avait sonné le glas de sa petite vie tranquille et bien rangée… Elle avait aussi le sentiment qu'aucun autre homme ne l'embrasserait peut-être jamais comme celui-là l'avait fait et que ce dernier baiser qu'il avait déposé sur ses doigts était comme une promesse. Elle ressentait encore dans tout son être le désir qui l'avait bouleversée entre les bras de ce manant, le désir de lui appartenir, et elle se dit que, quelque part, rien que pour avoir éprouvé cela pendant quelques secondes, elle lui appartenait déjà, tout comme il lui appartenait. Car il emportait son désir d'elle avec lui, elle en était certaine. Et c'était dans cette certitude qu'elle puisa la croyance qu'elle allait le revoir.

10

Un cœur solitaire

Longtemps encore, elle demeura sur place, après que Sylvain eut disparu. Le temps coulait comme deux larmes sur ses joues, lentement. La jeune fille était glacée. Flamme hennit doucement. Alix tressaillit douloureusement, puis, comme s'extirpant d'un songe, tira sur la bride pour prendre le chemin du retour. Elle retrouva Bradroc, qui ne put s'empêcher de grommeler. Voyant que ses remontrances n'avaient aucun effet sur sa jeune maîtresse, il finit par se taire et ce fut dans un silence morne qu'ils regagnèrent le château. Arrivée à la demeure paternelle, Alix confia la jument aux bons soins de Jean, l'un des palefreniers, et monta directement dans sa chambre.

Elle s'effondra sur son lit avec un soupir et resta allongée un long moment. Elle ne voulait voir personne, elle voulait seulement rester seule avec le souvenir du jeune homme qui avait d'ores et déjà, elle le sentait, bouleversé son être et sa vie tout entière. Bien sûr, elle aurait pu essayer de se changer les idées, mais elle n'avait plus de force, d'énergie, de goût ni d'envie pour rien ; aucune activité ne la tentait… Elle s'abîmait dans ses pensées. C'était comme si la bouffée d'oxygène qui était entrée dans son existence en même temps que Sylvain était repartie avec lui. Et maintenant, Alix étouffait. Elle étouffait d'ennui et d'un obscur chagrin. Le manque, le vide laissé par le départ du jeune homme la jetait dans une langueur mortelle dont elle ne se sentait pas capable de sortir, ce dont elle n'avait même pas le désir.

Alix avait toujours été passionnée. C'était une de ses qualités, en même temps qu'un de ses plus grands défauts. En ces instants, cependant, elle ne se comprenait plus du tout. Que lui prenait-il ? Certes, Faustine lui avait bien parlé des premiers émois amoureux, et Alix devinait qu'il était question de cela. C'était une première pour elle. Mais pourquoi éprouvait-elle cela envers Sylvain ? Et surtout de manière aussi violente et aussi soudaine ? En y réfléchissant, la jeune fille avait honte et s'en voulait d'une telle faiblesse : comment pouvait-elle se laisser déstabiliser à ce point par l'absence d'un homme qu'elle n'avait vu qu'une seule journée ?

Sans compter le bal et l'attaque des spadassins sur la route de Grenoble… ruminait-elle intérieurement. *Mais ça ne fait guère que trois misérables rencontres. Et pourtant, je suis attirée par ce va-nu-pieds !*

Qu'avait donc cet inconnu pour la troubler à ce point ? Rien de bien spécial, pourtant ! C'était une simple attirance physique, rien d'important. Ils ne se connaissaient pas, et elle n'avait même pas pu apprendre son vrai nom !

Oui, ce n'est qu'une stupide attirance physique, mais je ne puis me le permettre. Je ne sais rien de cet homme, j'ignore s'il est honnête ou si c'est un pendard. Et à vrai dire, jusqu'ici, tout ce que j'ai pu voir de ses agissements plaide contre lui. Je ne vais pas m'enticher d'un brigand, tout de même !

Quant à cette promesse ridicule de revenir un jour, elle n'y croyait absolument pas ! Que viendrait de nouveau faire au château un homme de son espèce ? Même si ce n'était pas le fuyard qui courait se réfugier en Italie, comme le pensait le marquis – sinon Sylvain serait parti lors du bal des Saint-Clair, comme les autres, et ne serait pas revenu – il n'était pas de son monde à elle et n'avait aucun intérêt à tenter d'y retourner. C'était un contrebandier, elle en était quasiment certaine depuis qu'elle avait vu qu'il transportait des sacs de sel. Il valait donc mieux l'oublier. Et immédiatement !

Alix se secoua. Elle revêtit son costume de chasse, fit prévenir sa mère par Marianne qu'elle s'absentait, courut aux écuries, enfourcha de nouveau Flamme et s'éloigna au triple galop. Pourtant, presque malgré elle, la jeune fille reprit bientôt le chemin parcouru avec Sylvain. Elle était tellement intriguée par cet homme qu'elle voulait en savoir plus. Elle ne put, cependant, retrouver sa trace. Elle croisa plusieurs paysans, qu'elle interrogea.

Quand elle revint le soir, après un long après-midi passé à chevaucher dans les montagnes, ses parents l'attendaient ; son père avec colère, sa mère avec une certaine inquiétude.

— Que se passe-t-il ? demanda Alix, étonnée. J'avais prévenu Mère de mon absence et je ne comprends pas...

— Ma fille, coupa le marquis d'un air sombre, tu n'as pas prévenu ta mère, tu l'as fait prévenir. En agissant ainsi, tu n'as laissé à personne l'opportunité de te signaler que tu devais être accompagnée.

— Ton père a raison, renchérit la marquise, d'un ton plus doux. Tu n'es plus en âge de vagabonder seule, bien que tu ne veuilles pas l'admettre. Mais c'est surtout que nous avons eu vent d'un nouveau meurtre.

— Comment ? s'exclama la jeune fille. Qui ?

— Celui qui a attiré le jeune couple d'aristocrates de la vallée dans un guet-apens, répondit son père. Il a été tué.

Sidérée, Alix garda le silence.

— Quelqu'un les a vengés sans attendre, reprit le marquis. C'est Bradroc qui a trouvé le corps, sur nos terres. Il s'agissait d'un homme venu de Grenoble, selon toute vraisemblance.

— Vraiment ? Eh bien, c'est une bonne nouvelle ! riposta Alix avec vivacité. Ce scélérat ne méritait que ça, et désormais, il ne nuira plus à personne !

À part soi, elle se demandait qui avait pu opérer de la sorte. Était-ce le fameux Lys Pourpre, une fois encore, qui avait rétabli la justice à sa façon ? Cela aurait bien été dans ses manières, si Alix devait en croire Marianne.

— Peu importe, l'interrompit son père. Je constate que la région n'est plus aussi sûre qu'autrefois. De surcroît, puisque je dois te le répéter, il n'est pas convenable qu'une jeune fille de ta condition circule sans escorte. Désormais, je t'interdis donc formellement de partir seule, même en prévenant de ton absence.

Alix serra les lèvres, vexée de devoir se faire chaperonner alors qu'elle s'estimait de taille à se défendre. Cependant, elle s'inclina. En apparence, du moins.

⁂

Trop obsédée par son désir de découvrir qui était Sylvain Roche, la jeune fille poursuivit son enquête pendant plusieurs jours. Peu à peu, et comme elle entendait de nouveau parler de fuyards qu'on avait attaqués et assassinés, elle en vint à se demander s'il n'était pas, en fait, membre d'une bande de brigands, qui profitait de la révolution pour dépouiller les ci-devant cherchant à passer en Italie. Hypothèse encore pire que celle du simple contrebandier.

Dans ce cas, quand il semblait plaisanter à propos de cette bague en disant qu'il l'avait peut-être volée, il aurait simplement affirmé la vérité ?

Elle frissonna en y repensant. Elle aurait donc amené un assassin au château ! Mais de quel sang-froid faisait preuve ce gredin à lui avouer tout cela sans montrer la moindre émotion !

À moins qu'à l'inverse, il ne fît partie de ce réseau qui aidait les nobles à s'enfuir, le réseau du Lys Pourpre…

Possible… se dit Alix, que cette dernière supposition rassérénait.

Le côté « Robin des Bois » du Lys Pourpre lui valait l'admiration, la loyauté et le respect des gens, et si Sylvain Roche faisait partie de sa bande, cela faisait aussi de lui quelqu'un de plus recommandable. Ce qui lui semblait excuser quelque peu l'inclination qu'elle éprouvait pour lui.

Malheureusement, les deux théories étaient aussi valables l'une que l'autre et elle n'avait aucun moyen de savoir laquelle était la bonne. Sylvain avait laissé échapper quelques mots, au cours de leurs discussions, des phrases au sujet du roi, de la noblesse… Mais cela pouvait aussi bien être la vérité qu'un simple jeu pour brouiller les pistes.

En dépit de tous ces incidents, la vie reprit son cours habituel au château de la Chaussée. Bientôt, Alix eut l'insigne honneur de se voir attribuer le dressage du poulain noir qu'elle avait baptisé Éclair. Elle en fut ravie. Il lui sembla que cela créait un lien entre elle et le dénommé Sylvain, puisqu'elle continuait ce qu'il avait commencé. De plus, l'animal était prometteur, même s'il était toujours un peu nerveux.

À son grand désarroi, les chevaux n'attisaient cependant plus le même intérêt chez la jeune fille. D'ailleurs, presque tout l'ennuyait et elle ne parvenait pas à retrouver sa gaieté habituelle. Il n'était pourtant pas dans sa nature de se laisser aller de cette façon ! Il lui semblait qu'une partie d'elle avait disparu en même temps que Sylvain. Sa mère se rendit vite compte de la mélancolie d'Alix, et elle en devina tout aussi rapidement la cause, mais elle ne fit aucun commentaire. Respectant le silence de sa fille, elle s'astreignit à la discrétion.

Elle avait bien perçu, cependant, la tension entre sa fille et l'inconnu qu'ils avaient accueilli quelques heures, et la transformation d'Alix. Maintenant qu'il était parti, la jeune fille était plus grave. Alix n'était plus une enfant, devina la marquise, et elle éprouvait désormais des sentiments de femme. Elle se remettrait de cette première expérience, mais il était normal qu'elle en passât par là. Il fallait lui reconnaître qu'elle n'avait pas foncièrement mauvais goût concernant le physique des hommes, mais pour le reste, elle avait encore tout à apprendre. Cela viendrait en son temps. En attendant, la marquise savait qu'il ne fallait pas brusquer les cœurs et que sa fille se confierait à elle quand elle le désirerait et en éprouverait le besoin.

⁂

Un mois après, en mai, un très court billet destiné à Alix arriva au château. Cacheté à la cire rouge, il ne contenait qu'une seule phrase :

« Je ne pense pas du tout à vous. »

Et c'était signé « le voyageur de nulle part ».

Sylvain lui avait écrit. Alix ne put s'empêcher de rire. Ainsi, il ne l'oubliait pas, en dépit de ses allégations. Et il savait écrire, prouvant une fois de plus qu'il n'était pas un simple homme du peuple. Elle en ressentit une telle allégresse qu'elle se sentit soudain capable d'attendre son retour le temps qu'il faudrait. Et désormais, elle se mit à guetter le courrier avec une fébrilité grandissante.

Son espérance ne fut pas déçue. Deux semaines plus tard, un autre petit mot rejoignit le premier, écrit dans le même esprit :

« Je ne pense toujours pas à vous, à Dieu ne plaise.
L'homme mystère. »

Tandis que juin s'écoulait, deux autres messages lui parvinrent encore, à raison d'un tous les quinze jours environ :

« Je pense de moins en moins à vous. L'inconnu du mois d'avril », disait le premier. « Il est fou de voir à quel point je ne me soucie pas de vous. Un hôte particulièrement ingrat et indélicat », révélait le second.

Sylvain ne manquait pas d'humour, observait Alix, sous le charme, à la fois étonnée par cet homme qui lui faisait la cour à distance et par la méthode qu'il employait. Et le pire était que ça fonctionnait, elle devait bien l'admettre. Elle était également consciente que cette relation secrète et inconvenante ne serait guère approuvée par ses parents, tellement lucide qu'elle raconta que les lettres lui venaient d'une amie du pensionnat. En dépit de tout, elle désirait préserver les liens ténus qu'elle avait encore avec Sylvain et éviter qu'on lui confisquât le courrier, ce qui, en soi, n'aurait rien eu d'étonnant étant donné l'impudence du jeune homme et sa propre inconduite à elle.

La jeune fille classait ses missives dans un petit coffret en bois de rose, avec la fleur de perce-neige séchée qu'elle avait conservée comme une relique. Chaque soir, ses pensées allaient vers le jeune homme et elle priait le Ciel de le lui ramener sain et sauf.

Une chose est sûre : il n'est pas en mer, sur un des fameux bateaux dont il a parlé, sinon je ne recevrais pas de courrier. Disait-il vrai, à ce propos, d'ailleurs ?

Elle avait l'impression qu'il était encore un peu là, qu'il ne la quittait pas d'une semelle, comme une ombre constamment à ses côtés, et elle ne doutait plus maintenant du fait qu'il allait revenir.

Malheureusement, les événements qui se déroulaient à Paris étaient fort inquiétants, et Alix ne cessait de se tourmenter pour l'homme qu'elle devinait là-bas, au cœur de tous ces combats. Le 21 juin, le roi et sa famille avaient fui la capitale, mais avaient été arrêtés à Varennes. Aussitôt, les révolutionnaires crièrent à la trahison. Alix comprit avant ses parents que la monarchie vivait ses dernières heures. Pourtant, après avoir démis le roi, l'Assemblée Constituante le rétablit dans ses prérogatives et il fut permis d'espérer qu'une autre forme de monarchie pourrait peut-être encore voir le jour. Mais la grogne amplifiait, des pétitions circulaient pour demander la déchéance du roi. Lafayette tentait désespérément de juguler l'anarchie en utilisant la garde nationale, la milice citoyenne créée à Paris et dans différentes villes. La loi martiale fut bientôt déclarée, les rassemblements interdits.

C'est donc à cela qu'on aboutit après ces deux années d'insurrection ? songeait Alix avec tristesse. *Où est cette fameuse liberté que tous réclamaient ? Et que va-t-on encore devoir supporter avant que les esprits se calment enfin ?*

L'inaction, cependant, lui pesait plus que tout, et s'il n'y avait eu Bradroc pour continuer à l'entraîner en secret aux passes d'armes, Alix aurait certainement péri d'ennui au cours du printemps et de cet interminable été. Quand elle entendit parler de la fusillade du Champ-de-Mars, peu après la célébration du 14 juillet, elle n'en éprouva que plus d'amertume de n'être qu'une petite jeune fille de province qui ne pouvait rien contre les mouvements du destin. Cela lui prouvait la rupture entre les membres de la Constituante, Lafayette inclus, et le peuple, les Sans-Culottes.

Juillet passa, puis août encore. Alix continuait de recevoir de courtes missives au même rythme qu'auparavant. Les derniers étaient rédigés comme les premiers, mais la signature différait sans cesse.

« Je n'ai absolument aucun souvenir de vous, ce qui est tout de même un peu triste, quand on y songe. Celui qui eut l'honneur de chuter d'un mustang sous vos yeux. »

« Je me sens si loin de vous.
Et comme on dit, loin des yeux, loin du cœur...
Le voyageur qui ne cesse pas de ne pas penser à vous. »

« Je n'ai pas du tout envie de vous revoir un jour.
Votre (très peu) dévoué Monsieur Roche. »

Le dernier message, daté de la mi-août, lui fit cependant battre le cœur plus vite :

« Vous ne me manquez absolument pas,
Dieu m'en garde. Sylvain. »

Le jeune homme avait simplement signé de son prénom, instaurant d'un seul mot une intimité plus grande entre eux, au mépris de toutes les convenances. Mais Alix n'en avait que faire. Tout ce qu'elle voulait, désormais, c'était le revoir et que cessât cette absence qui lui pesait si fort. Alix avait reçu huit messages de Sylvain en quatre mois. Mais que le temps lui paraissait long !

Évidemment, c'était sans doute stupide de se sentir tellement attirée par un homme qu'elle avait si peu vu, dans le fond. Pourtant, elle ne pouvait s'en défaire. Et elle l'imaginait sans doute encore plus merveilleux qu'il n'était, cristallisant sur lui tous ses espoirs, rêvant de cet aventurier qui l'éloignait de son quotidien monotone et qui la détournait d'une actualité qu'elle trouvait affligeante à souhait.

⁂

En septembre, une publication retint suffisamment l'attention d'Alix pour l'éloigner un peu de la pensée de Sylvain. Deux ans après la grande *Déclaration*, la jeune fille prit en effet connaissance d'une *Déclaration des Droits de la Femme* par Olympe de Gouges, dans laquelle l'auteur affirmait l'égalité des droits civils et politiques des deux sexes, insistant pour qu'on rendît à la femme les « droits naturels » que la force du préjugé lui avait retirés. Alix, qui s'était déjà fait exactement les mêmes réflexions, admira tout de suite cette dame, son énergie et sa volonté, et éprouva l'envie de se battre à ses côtés contre les préjugés de la société qui l'entourait.

La Révolution était loin d'avoir résolu tous les problèmes. Liberté et égalité n'étaient encore que des mots pour la plupart des individus, puisque selon leur sexe – ou leur couleur de peau, d'ailleurs ! – leurs droits n'étaient point les mêmes. Alix peinait à trouver un écho à ses préoccupations féministes chez ses contemporaines et avait parfois le sentiment d'être la seule à se préoccuper, non seulement de sa propre liberté, mais du sort du « sexe faible » en général.

L'année précédente, en 1790, Condorcet avait pourtant mis l'accent dessus, avec son essai *Sur l'admission des femmes au droit de cité,* démontrant que cette question occupait les esprits progressistes. Les droits des femmes étaient d'ailleurs théoriquement reconnus dans la *Déclaration* de 1789, mais dans la pratique, rien ne changeait. Or les principales intéressées, à de rares exceptions près[1], paraissaient y être indifférentes, ce qui donnait envie à Alix de leur crier : « Allons, réveillez-vous ! Prenez en main votre destin ! Battez-vous pour exister ! »

Olympe de Gouges, aux yeux d'Alix, constituait donc une exception notable et un modèle auquel se rattacher. Avec sa Déclaration, au ton résolument frondeur, elle prenait un tout autre visage que celui de la femme de lettres qu'on connaissait jusqu'ici. Alix la découvrit comme une pamphlétaire combative, attentive aux problèmes de son époque et habitée d'un sentiment d'urgence. Malheureusement, elle n'était guère prise au sérieux ; on la traitait de virago, on la disait hystérique. Alix se doutait que cette femme courageuse et aventurière risquait déjà sa vie et que peut-être, un jour, ses audaces ou son bon cœur lui vaudraient une exécution rapide. Elle espérait que non…

⁂

Mais ce qui détourna véritablement Alix de son train-train quotidien fut une réception organisée début novembre. Des amis des Saint-Clair donnèrent un nouveau bal à Grenoble, pour célébrer quelque chose mais la jeune fille

1. Marie-Armande Gacon-Dufourt écrivit ainsi en 1787 un *Mémoire pour le sexe féminin contre le sexe masculin*. Mais la première à défendre le principe de l'égalité des droits des hommes et des femmes avait été Marie de Gournay, dans *Égalité des hommes et des femmes* en 1622.

ne savait pas quel événement précis. D'ailleurs, elle s'en moquait. Ce qui aurait pu passer pour une distraction bienvenue vira au cauchemar quand sa mère exigea qu'elle revêtît, cette fois, la fameuse robe brodée de perles que la comtesse lui avait offerte. Dès lors, Alix appréhenda la soirée. Elle n'éprouva plus aucune envie d'aller se dandiner dans un salon au milieu de gens qu'elle ne connaissait pas... surtout après avoir enduré pendant des heures le martyre de la toilette et de la coiffure. Car avec cette robe, cela dépassait tout.

Pour l'occasion, la marquise lui procura une magnifique étole en hermine, afin de pallier la légèreté de la toilette. De plus, elle confia à sa fille une rivière de diamants et un diadème qu'elle tenait de sa propre mère. La monture d'argent, fine et légère, formait des colombes serties de diamants ; c'était un trésor à lui seul. Alix songea qu'au lieu de se débattre dans les ennuis financiers et renoncer au train de vie qui aurait dû être le leur, peut-être ses parents auraient-ils pu vendre ces bijoux ? Certes, c'était des biens de famille, qui représentaient un morceau de leur histoire... Que répondre à cela ?

Tout en vaquant aux préparatifs, en compagnie de Faustine et de Marianne, Alix espérait qu'elle allait retrouver quelques visages connus et sympathiques au cours de la soirée. Cela faisait longtemps, par exemple, qu'elle n'avait pas vu Béatrice et son amie lui manquait. Puisqu'elle avait de la famille dans la région, peut-être avait-elle enfin quitté Paris, au vu de l'ambiance qui régnait dans la capitale, et dans ce cas, elle serait forcément des soirées courues par ici, à Grenoble et ailleurs.

Si seulement elle pouvait effectivement être partie de la capitale...

Les mains de Marianne s'activaient habilement dans les cheveux d'Alix tandis que celle-ci restait songeuse. Quand la camériste eut fini et qu'Alix se regarda dans le miroir, elle eut du mal à se reconnaître. Elle n'était plus ni le garçon manqué d'antan, ni la jeune fille sage qu'elle était devenue au couvent, ni même la jeune première provocatrice du bal des contes. Elle était devenue, par la grâce d'une robe, d'une coiffure et d'une parure, une merveilleuse femme. Sur la soie de la robe, les perles jetaient des reflets irisés qui accentuaient le satin de sa peau et le vert de ses yeux. Si seulement Sylvain avait pu l'apercevoir dans cette tenue ! Il aurait été ébloui, se dit Alix, non sans une certaine vanité.

Est-ce qu'il sera là, lui aussi ? Aura-t-il réussi à s'incruster, comme chez les Saint-Clair ?

Son cœur battait plus vite à cette pensée, tandis que Marianne se récriait d'admiration :

— Alix ! Tu es magnifique ! On dirait un ange !

— Un ange déchu, alors, grommela Faustine pour qui le décolleté de la robe était trop profond.

— Alors disons, une princesse. Une vraie princesse de conte de fées !

Alix ne put s'empêcher de rire, découvrant ses dents de nacre. Elle examina plus en détail l'image que lui renvoyait la psyché. À vrai dire, sa peau laiteuse, sa taille mince et ses seins ronds et blancs étaient exceptionnellement mis en valeur par la robe, et la rivière de diamants attirait tous les regards, juste à la naissance de sa poitrine. Ses yeux songeurs ajoutaient à son côté irréel et mystérieux ; ses cheveux bruns, relevés en une coiffure sophistiquée qui ne laissait échapper que quelques mèches savamment étudiées, encadraient joliment son visage et descendaient le long de son cou élégant, leur couleur contrastant harmonieusement avec la pâleur de sa tenue et de son diadème. Et pour la première fois de sa vie, Alix cessa d'envier les boucles d'or de son amie d'enfance.

— J'ignorais encore que tu avais un tel talent, Marianne ! Tu as fait des merveilles !

— Et toi, tu vas littéralement éblouir la haute société de toute la région !

Si seulement il y avait une seule personne qu'il m'importait d'éblouir ! songea Alix.

Par chance, la féerique apparition qui se tenait en face d'elle, dans le miroir, ne laissa rien paraître des sentiments qui l'agitaient. Elle doutait sincèrement que Sylvain pût être là, comme il s'était trouvé au bal des Saint-Clair. Qu'est-ce qu'un contrebandier serait venu faire à Grenoble ? C'était trop loin de la frontière... Et puis, cette fois, il n'aurait pas de masque derrière lequel se dissimuler. Pourquoi aurait-il pris tant de risques ? Et pourtant, elle ne pouvait s'empêcher d'espérer le retrouver, une fois de plus.

⁂

La salle brillait de mille feux dont les moindres n'étaient pas les éclats des bijoux et des parures, mais les flammes projetées par les candélabres. La nouvelle classe dirigeante, dans laquelle la noblesse tentait de se maintenir vaille que vaille, n'était visiblement pas concernée par le manque qui régnait dans les campagnes. Des valets transportaient des mets succulents, viandes, fruits, pâtisseries italiennes...

Armand à son bras – Alix n'avait pu refuser –, la jeune femme entra dans la pièce et fut annoncée. Des tas de messieurs, poudrés, soignés, se pressèrent rapidement autour d'elle, comme un essaim bourdonnant. Si Armand en prit ombrage, Alix, elle, apprécia fort cette diversion qui lui évitait un tête-à-tête avec M. Sommeil.

Tout au long de la soirée, elle passa son temps à rechercher le visage désormais familier de Sylvain. Parfois, elle apercevait brièvement un homme de haute stature et son cœur battait à tout rompre jusqu'à ce qu'elle se rendît compte que ce n'était pas lui ou que l'inconnu avait disparu avant qu'elle eût pu le rencontrer, comme un mirage sitôt évanoui à peine entrevu.

Je suis idiote de chercher Sylvain de cette manière, se reprocha-t-elle avec agacement. *Il n'est probablement plus dans la région depuis longtemps et il ignore sans doute que je suis là. Et même s'il le savait, il ne prendrait vraisemblablement pas le risque de venir jusqu'ici, rien que pour me voir. Qui l'en blâmerait, d'ailleurs ?*

— J'ai entendu tant de sottises au cours de cette soirée que j'ai mon content pour au moins un an, confia Alix à Marianne, à son retour au château de la Chaussée. Compliments, sonnets improvisés qu'on me débitait à l'oreille…

S'il n'y avait eu que ça ! Mais Alix avait entendu ce qui se chuchotait dans les conversations, vite tues à son approche. Certains murmuraient qu'elle était promise à l'héritier Saint-Clair, ce à quoi elle s'était attendue. D'autres, les plus nombreux, affirmaient qu'elle était trop difficile pour n'être pas encore mariée. Qu'elle avait de folles ambitions ou bien un cœur de glace. Que personne ne saurait jamais la conquérir…

Les imbéciles ! S'ils savaient…

C'était devenu un jeu que de se lancer dans sa conquête, et elle n'aimait pas cela.

— Et sais-tu ce que j'ai compris ? poursuivit-elle, gardant toutes ses amères pensées pour elle. Quand tu as déjà vécu une soirée de ce genre, tu les as toutes vues. C'est chaque fois la même chose ; les mêmes gens, les mêmes musiques, les mêmes politesses auxquelles il faut souscrire. Le même décor, opulent et artificiel. Les poudres, les parfums, les robes, les mets, il n'y a que cela qui varie un peu. Mais pour ce que cela m'importe…

Marianne, tout en défaisant l'élégante coiffure qu'elle avait réalisée quelques heures plus tôt, ne put retenir un petit gloussement.

— Tu n'as pas dit cela à tes parents ? ! pouffa-t-elle, amusée par les extravagances de son amie.

— Grands dieux, non, soupira Alix. Je leur ai simplement raconté que la soirée était magnifique. Magnifiquement soporifique. Bon, d'accord, j'exagère quelque peu, rectifia-t-elle en voyant les sourcils froncés de son amie. J'ai goûté des glaces succulentes, abondamment dansé, beaucoup bavardé… mais rien retenu.

— Tu es vraiment difficile ! nota Marianne en riant. Que te faut-il donc ? N'y a-t-il eu un seul homme digne de retenir ton attention ?

La caméristе aidait maintenant Alix à se déshabiller. Celle-ci hésita avant de répondre, songeant à Sylvain dont, malheureusement, elle n'avait pas aperçu l'ombre, pas plus que de Béatrice. S'il avait été là, tout eût été différent, sans nul doute. Mais là, elle avait juste l'impression d'avoir perdu son temps. Cette distraction n'était pas totalement désagréable, elle en convenait – à condition de mettre de côté les rumeurs –, mais combien futile !

— Pour être franche, non, avoua-t-elle finalement. Ces nobliaux ou aspirants à l'être vous regardent en roulant des yeux, roucoulant comme des pigeons et faisant la roue comme des paons. Ils me fatiguent.

— Une vraie basse-cour, ton bal ! s'esclaffa Marianne.

— Oui, répliqua Alix avec ironie, et j'étais le dindon de la farce. Tout simplement fabuleux !

Marianne présenta sa chemise de nuit à sa jeune maîtresse, ne se doutant pas à quel point celle-ci disait vrai.

— Quoi ? Tu veux dire que ça a été si difficile ?

Alix soupira avec lassitude, avant d'enfiler le vêtement.

— Non, je serais injuste de dire ça. Mais… cette robe, Armand comme cavalier attitré… J'avais l'impression qu'on voulait me présenter comme sa fiancée, ce qui est totalement faux.

Et pourtant, cela avait fonctionné, à entendre certains ragots.

— Je sais que tu ne l'aimes pas, poursuivit Marianne en s'activant maintenant autour du lit pour l'ouvrir et vérifier que la bouillotte qu'Antoinette y glissait tous les soirs était encore chaude. Cependant, tous les autres ne peuvent être aussi sots que tu le dis.

Alix fit la moue, tout en se glissant entre les draps.

— Je suis certainement partiale, mais tu les aurais vus, Marianne !

Tout à coup, assise dans son lit, elle se tourna vers la caméricte avec un regain d'animation.

— Oh, j'ai tout de même retenu quelque chose de mes diverses conversations : on parle énormément du Lys Pourpre, ces derniers temps. Il fait enrager la police du gouvernement, mais les gens l'adorent, y compris le peuple. Il semblerait que ce qu'on racontait sur lui dès le début soit vrai : il ne se préoccupe pas que des personnes de noble naissance, mais de tous ceux qui ont besoin d'aide quels qu'ils soient. Voilà certainement comment il parvient à recruter des hommes pour ses coups de main ; il attire la sympathie. Voilà quelqu'un que j'aimerais rencontrer et qui me semble nettement plus digne d'intérêt que tous ces fats !

Marianne était maintenant en train de ranger la robe et les accessoires de sa jeune maîtresse, tout en l'écoutant.

— Moi aussi, j'aimerais le rencontrer ! renchérit-elle, enthousiasmée. Un homme qui se préoccupe de tous sans distinction de classe mérite l'attention. Tiens, qu'est-ce donc là ? ajouta-t-elle soudain, en examinant le réticule d'Alix.

Intriguée à son tour, la jeune d'Arville se releva et s'approcha. Elle eut le souffle coupé en découvrant le papier plié en quatre que Marianne tenait entre ses doigts. Qui avait glissé cela dans son aumônière ? Elle ne s'en était même pas aperçue...

— Serait-ce là un des fameux sonnets dont tu parlais ? la taquina sa caméricte.

Le cœur battant, Alix s'empara du billet et l'ouvrit. Elle reconnut aussitôt l'écriture caractéristique.

« Vous entrevoir ce soir valait largement les risques encourus... et je suis prêt à en courir plus encore pour vous retrouver, car contrairement à ce qu'affirment les mauvais esprits, je sais que votre cœur n'est pas de glace, mais qu'il brûle au contraire avec passion. S. »

Sylvain !

Alix fut soulevée par une vague de joie puissante.

⁂

Malheureusement, la lettre suivante de Sylvain se fit attendre deux longs mois, deux mois qui s'étirèrent lentement, comme deux années. À chaque jour qui passait, Alix sentait diminuer l'espoir de recevoir d'autres nouvelles. Elle relisait ses précédents messages, tout spécialement le dernier, qu'elle avait eu toutes les peines du monde à soustraire à la curiosité de Marianne. Elle pleurait même parfois, en secret, avant de se morigéner pour sa faiblesse. Sylvain ne pouvait l'avoir menée en bateau, raisonnait-elle, car il n'avait aucun intérêt à lui envoyer toutes ces pensées pour finalement la laisser en plan. Ce n'était donc pas la cause de son silence. Mais son caractère aventureux pouvait l'avoir mené trop loin... Était-il blessé ou malade ? Mort, peut-être ! Non, non, il ne fallait pas penser cela ! Il était peut-être en mer, en ce cas, sur l'un de ces navires dont il avait parlé. Oui, c'était sans doute cela, se disait Alix en se raccrochant à cette hypothèse. Il était en mer, mais il finirait par revenir, parce que ses activités de contrebandier l'obligeraient à repasser par les Alpes.

Et puis, un beau matin de décembre, quelque temps avant Noël, la lettre tant souhaitée parvint enfin au château. Quand elle tint enfin la missive entre ses doigts tremblants, Alix mit un peu de temps à comprendre que ce qu'elle avait attendu avec tellement d'anxiété était enfin arrivé.

Le pli était beaucoup plus épais qu'à l'accoutumée et quand elle l'ouvrit enfin, dans le secret de sa chambre, elle vit que Sylvain en avait écrit effectivement bien plus long.

« Chère petite Alix,

« Je devrais vous présenter toutes mes civilités, comme il se doit entre personnes de bonne compagnie, mais vous me manquez tant que je ne puis me résoudre aux platitudes habituelles. Si vous saviez dans quel état je suis à cause de vous ! Je ne peux pas faire un pas sans vous ; je veux dire, sans penser à vous. Je vois votre image partout, dans chaque objet que je vois. Est-ce un arbre qu'il m'évoque vos cheveux bruns et vos yeux verts aux paillettes d'or. Est-ce le ciel bleu qu'il me rappelle la façon dont mon regard se reflétait dans le vôtre tandis que je me perdais dans votre contemplation. Est-ce un roseau qui plie sous le vent qu'il me remémore votre taille souple et vos longues jambes agiles. Et bientôt, je ne pense plus qu'à vous, je ne vois plus ce qui m'entoure, je n'entends plus ce qu'on me dit. Je sens vos mains sur moi, votre bouche sur la mienne et je me perds dans des songes sans fin.

« Et vous, que devenez-vous, fougueuse Alix, en vos lointaines montagnes ? Pensez-vous un peu à moi ? Cela fait presque dix longs mois que nous ne nous sommes pas vus, et ce fut si bref ! Peut-être avez-vous oublié le mystérieux homme qui intervint involontairement dans votre vie et ce serait bien naturel. Mais rien ne me rendrait plus heureux que de savoir que vous me consacrez une petite pensée émue de temps à autre.

« Quoi qu'il en soit, j'espère que rien de fâcheux ne vous est arrivé, depuis ce merveilleux mois d'avril. J'aimerais tant avoir de vos nouvelles, mais rien ne peut me parvenir, et je serais stupide de m'en plaindre, car je l'ai bien cherché.

« Je me dis aussi parfois que le doute est peut-être meilleur pour moi qu'une cruelle certitude. Qui sait si un autre n'est pas venu vous rendre visite à son tour et n'a pas emporté avec lui vos désirs, vos rêves et votre cœur ? Qui sait si l'on ne vous destine pas à épouser un de vos semblables, vous obligeant à gommer le souvenir du simple voyageur que je suis pour vous ?

« Et pourtant, jolie Alix, je vais revenir bientôt par chez vous et j'aimerais en profiter pour vous rendre une petite visite. Mais je ne le ferai pas, à moins d'être sûr que ma venue ne vous causera aucun désagrément. Si tel est bien le cas et si je suis toujours le bienvenu en votre demeure et en votre existence, je vous demande de m'en avertir en accrochant une longue écharpe rouge au sommet du plus grand pin de votre parc, ce même arbre centenaire que nous avons admiré ensemble. Old Fellow, comme vous l'appelez. La couleur du chaperon du conte se voit de loin et m'avertira joyeusement de votre décision et de votre disponibilité. Et alors seulement, je viendrai. Je sais que vous êtes capable de ce petit exploit, si vous le voulez, mais le ferez-vous pour moi ? J'ose l'espérer en secret.

« Votre tout dévoué,

« Sylvain. »

Tenant toujours la lettre entre ses doigts, Alix se tourna vers la fenêtre pour cacher ses larmes à une éventuelle arrivante, Faustine ou sa mère. Droite dans sa robe blanche, elle contempla le paysage déjà hivernal. Elle se sentait tellement soulagée ! Et en même temps, tellement malheureuse ! De simples lettres, une longue missive comme celle-ci, ne lui suffisaient plus désormais. Elle voulait plus.

Au fil des mois, elle s'était convaincue que Sylvain n'était pas – ne pouvait pas être – un assassin. Il n'était pas de ceux qui attaquaient et dépouillaient les voyageurs. Et ayant acquis cette certitude, elle se moquait de savoir qui il était vraiment. Elle voulait juste le revoir. Et elle voulait aussi vivre enfin, et vivre pleinement ! Or, ici, entre ces montagnes, elle se sentait en train de mourir, au contraire. À son âge, elle aurait dû découvrir le monde, au lieu de mener cette existence retirée, presque monacale. Pourtant, elle aimait son pays, mais sa nature énergique ne pouvait plus se contenter de ce qu'on lui offrait. Ni les parties de chasse ni les leçons de piano, ni même la gestion partielle du domaine aux côtés de son père, ne la tiraient de son ennui.

Fort heureusement, Sylvain disait qu'il allait revenir. Quand ? « Bientôt », cela pouvait tout aussi bien signifier demain que dans trois ou quatre mois, voire plus, avec cet homme-là. Tant pis, elle serait patiente. Elle savait maintenant à peu près à quoi s'en tenir sur les sentiments du jeune homme, même si elle ignorait toujours qui il était. Une chose était certaine, il ne l'oubliait pas.

Alix devait-elle se laisser aller à l'inclination qu'elle éprouvait ? Elle savait qu'elle n'aurait pas dû, mais c'était plus fort qu'elle. Elle ouvrit la fenêtre et respira l'air frais à grandes goulées, comme pour y puiser du courage. Le courage de résister… ou le courage d'assumer ses sentiments, au contraire. Une petite brise glacée souleva les boucles de ses cheveux.

Soudain, elle se décida. Oui, elle voulait revoir Sylvain et elle se moquait bien de savoir si c'était bien ou mal, si elle allait risquer pour lui sa réputation ou non, s'il allait la mettre en danger ou non. Il lui fallait revoir son visage, replonger dans ses yeux, sentir à nouveau ses bras autour d'elle, sa bouche sur la sienne, son souffle contre sa peau, tout ce qui la faisait frissonner quand elle y repensait.

Elle referma tranquillement la fenêtre, déposa la missive dans son coffret, qu'elle verrouilla avec sa petite clé, et se dirigea vers sa penderie pour se changer. Quelques instants plus tard, revêtue d'une tenue masculine qui convenait mieux à ce qu'elle allait faire, un foulard rouge autour du cou, une cape sur les épaules, elle sortit dans le parc et courut d'une traite jusqu'à l'endroit que Sylvain lui avait indiqué. La neige crissait sous ses pas et rendait plus difficile son avancée, mais elle se sentait pousser des ailes. Elle voulait revoir Sylvain et elle allait le lui signifier. Peut-être serait-il là pour Noël ? Qui pouvait le dire ?

Il faisait rudement froid, en ce jour de décembre, et les arbres étaient recouverts d'une épaisse couche de poudreuse qui les rendait difficiles à escalader. Par chance, la neige n'avait pas gelé, ce qui aurait rendu l'exercice irréalisable. Alix n'eut donc aucune espèce d'hésitation et commença à escalader le vieux pin. Elle se retrouva bientôt trempée et glacée, mais elle parvint à grimper jusqu'en haut de l'arbre. Elle avait si souvent pratiqué la chose qu'elle l'aurait presque faite les yeux fermés. Là-haut, elle se hissa sur la dernière branche encore capable de supporter son poids, serrant entre ses jambes le tronc, devenu étroit. L'arbre remuait affreusement sous le vent, mais Alix n'avait pas peur. Elle ne songeait d'ailleurs pas au risque, elle ne songeait qu'à Sylvain.

De ses doigts gourds, elle ôta le foulard de son cou et le noua solidement au sommet du pin, et le morceau de tissu claqua bientôt dans le vent comme une bannière. Par chance, l'arbre n'était guère visible du côté du château, et elle pouvait espérer qu'on ne poserait pas de questions à ce sujet. Et si c'était le cas, elle trouverait une explication. Un jeu avec Marianne, par exemple.

La jeune fille resta ensuite un moment à admirer le paysage immaculé, jusqu'à ce qu'une bourrasque plus forte manquât de la faire tomber. Elle s'aperçut alors qu'elle était gelée. Le froid était un cuisant rappel à l'ordre. Elle s'agrippa au tronc et redescendit. Une fois en sûreté sur le sol ferme, elle secoua sa cape et ses cheveux, vérifia qu'elle n'avait pas un accroc ni une tache, puis revint au château, une petite voix chantonnant au fond d'elle :

Il m'aime, il m'aime... Il m'aime puisqu'il pense à moi sans cesse. Il m'aime et il reviendra bientôt !

Et un sourire se dessinait sur ses lèvres, tandis que son cœur se gonflait d'espoir.

Me dira-t-il alors enfin qui il est vraiment ?

11

Demande en mariage

Avant d'arriver sur le perron, Alix caressa Gaillard en passant. Le vieux chien l'avait reconnue à son pas, ou peut-être à son odeur, et remuait la queue bien avant qu'elle arrivât jusqu'à lui.

Alix avait acheté un autre chien de même race, un autre saint-bernard, qu'elle avait baptisé Pirouette, provoquant des remarques acerbes de son père :

— Allons bon, tu appelles ta jument Galipette et ton nouveau chiot Pirouette. Ne pourrais-tu leur donner des noms convenables, pour une fois ? Diane aurait été préférable à Galipette, par exemple. Ne veux-tu pas affubler ce petit animal d'un autre nom ?

Mais Alix n'en démordit pas. Et ainsi fut appelé le chiot. Il s'entendait bien avec son aîné ; pourtant, le cœur de la jeune fille se serrait car elle se rendait bien compte que son vieux compagnon, désormais presque aveugle, n'en avait plus pour longtemps.

Bradroc sortait des écuries à cet instant et se dirigea vers sa jeune maîtresse.

— Alors, demanda-t-elle avec un sourire, les chevaux sont-ils en forme ? La chasse aux loups est pour ce soir, paraît-il, si je me souviens bien du message des Saint-Clair.

— Ils vont aussi bien que possible, Mademoiselle la comtesse, et piaffent d'impatience.

— Tant mieux, tant mieux ! En voilà au moins qui seront heureux…

L'invitation à la chasse aux loups, lancée par leurs voisins, datait de quelques jours et elle aurait lieu, bien entendu, en compagnie de tous les mâles de la famille Saint-Clair. Rien que la perspective de côtoyer Armand ennuyait d'avance la jeune fille. Pire encore, l'idée de tuer des loups – qui n'avaient rien demandé à personne – l'horripilait. Certes, les loups étaient nombreux dans les campagnes, et les hivers rigoureux qui sévissaient depuis plusieurs années les rendaient assez féroces, surtout en période de grand froid, quand il devenait plus difficile pour eux de trouver de quoi se nourrir. Cependant, ils s'aventuraient rarement jusqu'au village pour attaquer les hommes et Alix, qui aimait la nature, ne voyait pas l'intérêt d'une battue. Au contraire, elle trouvait cela cruel. Mais cette idée passablement romantique aurait fait d'elle la risée de tout le monde si elle en avait parlé ; aussi la gardait-elle par-devers elle. De plus, les paysans avaient peur, et il fallait les apaiser pour ne pas avoir à mater une révolte. Du moins, c'était le raisonnement qu'avaient tenu les nobliaux.

Cette partie de chasse n'amusait donc guère la jeune fille, mais passer la soirée au salon, comme c'était l'usage, en compagnie de sa mère et de la comtesse, à lire, bavarder, manger des pâtisseries et boire de la camomille pendant que les hommes battraient la campagne, était une perspective encore moins enthousiasmante. Par ailleurs, Alix voulait être présente pour éviter tout débordement et tenter, dans la mesure du possible, de calmer les plus sanguinaires. Elle savait parfaitement traquer le gibier, et elle était très douée, mais ainsi qu'elle l'avait dit à Ankus, quelque temps plus tôt, elle n'aimait pas tuer. Elle ne le faisait que pour se nourrir. Tuer des loups ne nourrissait personne et cet acte lui semblait aussi inutile que cruel. Pourtant, elle tiendrait sa place. Il le fallait.

Le seul avantage de cette chasse, c'est que ça m'occupera l'esprit... songea-t-elle alors. *Pendant ce temps, je ne me rongerai pas d'impatience...*

— Seras-tu des nôtres, Bradroc ? reprit-elle tout haut.

Le visage du serviteur bourru s'illumina.

— Pour sûr ! dit-il. Je ne manquerais pas une telle occasion ! Et puis, votre père m'a demandé de veiller sur vous, ajouta-t-il avec un clin d'œil complice.

Ils rentrèrent ensemble dans le château et Alix rejoignit ses parents au petit salon, où elle tendit ses mains au feu.

— Oh, je sais, Père, précisa-t-elle aussitôt en voyant son regard désapprobateur devant sa tenue. Je sais ce que vous vous dites. Vous pensez : voilà encore ma fofolle de fille qui vient de jouer les garçons manqués. Vous avez raison, je suis allée me promener dans le parc en habit d'homme. Mais que voulez-vous, je ne tenais plus en place et marcher dans cette neige en robe est absolument impossible ! Veuillez donc m'excuser, Père, c'est juste cette chasse aux loups qui me travaille. Je finis par avoir hâte d'y être. Une chasse à la torche, ce sera magnifique ! Et tant pis si nous ne tirons aucune bête, le spectacle en soi vaut le détour.

Le marquis ne put s'empêcher de hausser un sourcil, avant de se mettre à rire.

— Très bien, tu es pardonnée, mon enfant. Mais tu te couvriras bien, ce soir, n'est-ce pas ?

— Oui, ne vous en faites pas. Je mettrai cette amazone verte que vous m'avez offerte, pour vous faire plaisir. Et je porterai aussi mon manteau de laine avec le col de fourrure. Ne vous tracassez point, je serai en bonne compagnie et ne pourrai jouer au gentilhomme. Adieu, cape et épée. D'ailleurs, vous serez là pour vous en assurer aussi, je suppose ?

— Non, ma fille, je me sens fatigué et j'ai donc décliné l'invitation.

— Fatigué, vous ? fit Alix, surprise.

En temps normal, pour rien au monde, il n'eût admis ce qu'il considérait comme une faiblesse. Pourquoi ne venait-il donc pas ?

— Oui, moi, reprit le marquis avec fermeté. Je n'ai plus vingt ans et je ne tiens pas à présumer de mes forces, surtout en cette saison.

— Oh, je reconnais bien là les conseils de ma chère maman, répondit Alix en s'inclinant. Elle veut vous éviter une pneumonie, ce en quoi je ne puis lui donner tort.

La jeune fille sourit avec amusement, persuadée qu'on lui cachait quelque chose.

— Tais-toi donc, impertinente, répliqua son père d'un ton faussement bourru. Dis-moi plutôt : qui sera là ?

— Puisque vous avez décliné l'invitation, Père, je crains qu'il y ait moins de monde que prévu. En dehors de nos voisins, qui ont organisé cette battue, j'ignore qui a été convié.

— Ce sera donc la surprise. J'ai proposé au comte de disposer de quelques-uns de nos gens pour jouer les rabatteurs. J'ai pensé à Olivier, bien entendu, mais aussi à Benoît. Quant à Bradroc, je lui ai demandé de te servir de garde personnelle.

Ou plutôt de chaperon... soupira Alix intérieurement.

Néanmoins, elle était ravie que son vieux compagnon fût de la partie.

— C'est tout de même étrange, remarqua alors la marquise, de constater à quel point les événements de ces dernières années nous ont rapprochés de ces gens. Nous ne les avions pratiquement jamais vus et depuis l'été 1789, depuis le début de cette révolution, nous ne voyons qu'eux.

— Oui, à peu près au moment où leur fils aîné a disparu. Pauvres gens !

Tout en écoutant ses parents discourir, Alix laissait de nouveau son esprit vagabonder vers Sylvain. Que lui avait-il donc fait pour l'envoûter de cette façon ? Une phrase de sa mère la rappela soudain à la réalité :

— Armand me semble toujours nourrir des sentiments particuliers à ton égard, Alix.

— Oh, Mère, je vous en prie…

— Je crois bien qu'elle a raison, ma fille, fit le marquis en souriant avec malice. Et je me demandais justement quand il allait se décider à t'avouer enfin les sentiments qui l'animent et les projets qu'il conçoit certainement pour l'avenir. *Votre* avenir, insista-t-il à dessein.

— Père… Ne me dites pas que, vous aussi, vous espérez encore unir nos deux familles ! Je n'aime pas Armand !

— Tu es plus qu'en âge de te marier, reprit le marquis d'un ton plus sévère. Tu as fait ton entrée dans le monde voilà deux ans, pourtant, tu n'as encore reçu aucune demande. Je gage que tu as su décourager les ardeurs de tous tes prétendants. Mais cette situation ne peut s'éterniser, tu en es consciente, je suppose.

Alix soupira sans répondre.

— Nous reviendrons sur ce sujet plus tard, prononça finalement le marquis. En attendant, va donc te préparer. Il ne faudrait pas que tu sois en retard, et encore moins que nos voisins te voient dans cette tenue déplorable. Ce que je tolère de ta part en privé ne saurait être admis en public.

⁂

Quelques heures après, un groupe de cavaliers arrivait au château de la Chaussée d'Arville, en grande tenue : suivis d'une demi-douzaine de personnes, le comte de Saint-Clair et ses deux fils, Armand et Ankus, venaient chercher Alix et sa petite troupe, déjà tous en selle. En approchant des visiteurs, Alix constata avec gêne qu'elle était la seule femme de l'assemblée. Elle avait beau en avoir l'habitude, elle eût aimé ne pas se faire remarquer.

— Mademoiselle de la Chaussée d'Arville, vous êtes particulièrement en beauté ce soir ! remarqua le comte. Cette tenue d'amazone vous sied à ravir, et si j'étais gibier, point ne serait besoin de me décocher une flèche : je mourrais de saisissement rien qu'en vous voyant.

— Ma gente dame est ravissante en tout temps, renchérit Ankus avec enthousiasme. Comme toujours, Père !

— Merci, monsieur le comte, répondit Alix, amusée, et bonsoir. Bonsoir Ankus, bonsoir Armand...

— Bonsoir Alix, répondit le jeune homme. Mon père dit vrai, je ne vous ai jamais vue aussi belle !

Alix sourit sans rien laisser paraître de ses sentiments, mais elle était un peu agacée par les compliments toujours répétés d'Armand, qui n'avait ni l'enthousiasme ni l'originalité de ses père et frère. Pourtant, elle le savait sincère. Mais pour elle, c'était simplement M. Sommeil qui avait encore frappé.

Ils se mirent aussitôt en route, au milieu des bavardages de circonstance. Alix montait Éclair, Bradroc chevauchant à ses côtés. Pour une fois, et contrairement à ses habitudes, elle l'avait prié de demeurer tout le temps près d'elle, car elle ne voulait pas rester seule avec Armand, dont elle craignait les avances. Au bout d'un moment, elle se risqua tout de même à poser au jeune homme la question qui lui brûlait les lèvres. Il n'y avait qu'à lui qu'elle pouvait le demander ; les autres auraient trouvé cela trop inconvenant.

— Dites-moi, Armand... (Elle hésita avant de poursuivre :) Au départ, ne devait-il y avoir aucune femme, dans cette assemblée ? Suis-je... de trop ?

— Certainement pas ! répliqua Saint-Clair avec un large sourire. Vous ne pourrez jamais être de trop. Vous...

— Je suis cependant la seule femme du groupe... coupa-t-elle avant qu'il se lançât dans une nouvelle déclaration sentimentale.

Armand se pencha vers elle :
— Rassurez-vous ; vous ne bénéficiez pas d'une faveur spéciale, si c'est ce que vous craignez.
Il se montrait plutôt intuitif, réalisa Alix. Elle s'était toujours sentie différente des autres femmes. Jusqu'ici, cela ne lui avait jamais posé problème, et d'ailleurs, elle n'avait aucune envie de changer et ne voulait pas devenir une poupée de porcelaine. Au contraire, elle désirait vivement poursuivre son existence à sa façon. Par moments, cependant, quand elle était en bonne société, elle craignait de faire tache. En soi, cela ne la dérangeait pas trop, c'était plutôt par rapport à ses parents et ce qu'ils attendaient d'elle.
— Il devait bel et bien y avoir une autre personne de qualité, reprit Armand d'un ton de conspirateur. Mais je gage que vous êtes plus heureuse qu'elle ne soit pas là !
— Pourquoi donc ? demanda Alix avec un haussement de sourcils.
Le jeune homme eut un léger sourire, presque ironique.
— Vous souvenez-vous d'Adélaïde de Fagerolles ?
Alix retint difficilement une petite grimace.
— Comment aurais-je pu l'oublier ? Mlle de Fagerolles a le don de… marquer ses interlocuteurs.
— Quel joli euphémisme ! rétorqua Armand avec un petit rire. Eh bien, reprit-il, figurez-vous qu'Adélaïde devait venir à cette soirée. De ce point de vue, elle est comme vous, elle raffole des parties de chasse ! Mais elle s'est fait une mauvaise entorse, en tombant de cheval voici quelques jours. Elle a donc dû annuler sa venue.
— Elle devait en être mortifiée, répondit Alix en pouffant.
Armand avait raison : elle était soulagée qu'Adélaïde ne fût pas là.
— Certes, oui ! répondit le jeune homme sur le même ton. Je lui ai rendu une petite visite de courtoisie, elle était très affectée. Encore plus quand elle a su que vous, vous seriez présente.

— Vous le lui avez donc dit ? Comment pouvez-vous manquer de cœur à ce point ? protesta Alix avec un petit rire.

— Je n'ai pas pu résister ; c'était trop tentant, après ce qu'elle vous a fait au bal. Dès lors, elle voulait venir quand même et essayait de se lever pour me prouver qu'elle en était capable. J'ai dû lui promettre de la visiter tous les jours jusqu'à son complet rétablissement avant de parvenir à la calmer.

Il affecta une mine désappointée.

— En un mot comme en cent, je me suis fait piéger.

— Et vous l'avez cherché ! conclut Alix, souriant malgré sa volonté de prendre un air sévère. Vous l'avez provoquée et elle s'est vengée.

Comme le petit groupe approchait du col, ils allumèrent les torches. Le ciel devenait entièrement rose, comme l'air qui les entourait et qu'ils respiraient. Les cimes écarlates semblaient brûler d'un feu surnaturel. Le phénomène se produisait certains soirs d'hiver, et dans le pays, on lui donnait le nom étrange de « sang des loups », sans doute parce qu'il correspondait aux saisons les plus rudes, celles où les fauves affamés quittaient leur paisible refuge montagnard pour s'aventurer jusqu'aux abords des premières habitations humaines, en quête de proies faciles.

Bien évidemment, la légende locale dépassait largement la réalité. Ainsi, on racontait que, les soirs rouges comme cela, les loups devenaient enragés et que, tenaillés par la faim, ils descendaient jusque dans la vallée, entraient dans le village et tuaient quiconque croisait leur chemin… Pure fantaisie, selon Alix, qui n'avait encore jamais été témoin d'une telle chose et n'avait jamais entendu non plus son père ou Bradroc le raconter, même si, en revanche, elle avait vu quelquefois ces animaux sauvages aux portes du château de la Chaussée. Elle se souvenait en particulier d'un hiver de sa petite enfance : à l'époque, toute une meute était venue rôder plusieurs nuits autour du château familial. Elle revoyait son père, assis à une fenêtre du premier étage, qui abattait un par un les loups qui s'avançaient dans la cour d'honneur. Alix n'avait pas vraiment compris pourquoi, parce qu'à l'intérieur, tout le monde était à l'abri, y compris les chevaux. Et au matin, les fauves s'en allaient. Mais c'était ainsi.

Dans le groupe, ce soir, personne n'avait peur en voyant le ciel de couleur pourpre. Pas même Armand. Alix ne put s'empêcher de remarquer :

— Quel magnifique crépuscule ! Il aurait été regrettable de ne pas en profiter !

Bradroc acquiesça en opinant du chef. En fin de compte, Alix était contente d'être là. La sortie était agréable, même s'il faisait très froid. Elle espérait juste que les loups ne seraient pas au rendez-vous. Elle n'avait aucune envie de tirer, mais s'ils venaient, l'honneur exigeait qu'elle fît sa part du travail.

Le groupe se scinda bientôt en deux : d'un côté les rabatteurs, armés de gamelles et de bâtons pour faire du bruit, s'en furent dans les bois. De l'autre, les chasseurs attendaient, leur fusil ou leur arc dans les mains. De ce second groupe faisaient partie Alix, Bradroc, le comte et ses fils, et deux ou trois autres hommes. Ils se séparèrent à quelques toises de distance, et chacun d'entre eux se plaça en appui et à l'abri derrière un arbre. Les torches jetaient des lumières mouvantes, et on distinguait vaguement les autres personnes à l'affût. La forêt semblait profonde, noire, menaçante. Les mélèzes se dressaient dans l'ombre, à peine percée par la lueur des torches.

Alix ajustait sa toque de fourrure quand quelqu'un s'approcha d'elle dans l'obscurité. Armand.

Elle se retourna vers lui, un peu ennuyée, mais parvint à afficher un aimable sourire.

— Oh ! Vous avez quitté votre poste, Armand ? le gronda-t-elle gentiment. Ce n'est pas sérieux, voyons !

— Alix, je m'en moque, et vous le savez. Je ne suis pas venu pour la chasse, mais pour vous voir. Je dois vous parler.

Il parlait bas, et avec gravité. Alix murmura gentiment :

— Faites vite, alors ! Moi, je suis venue pour la battue et ne voudrais point la manquer...

Le jeune homme s'approcha d'elle et lui saisit les mains. Avant qu'elle eût le temps de se dégager, il lui dit avec ferveur :

— Alix, cela fait si longtemps que je vous aime en silence ! Dès la toute première fois que je vous ai vue, en 1789, je suis tombé amoureux de vous. Je vous aime éperdument, comme un fou. Si vous vouliez bien de moi, je serais prêt à vous suivre n'importe où. Je n'ignore pas que vous désirez parfois quitter cette région où vous semblez vous ennuyer terriblement. Alors... accepteriez-vous de devenir ma femme ? Je ferais tout ce qui est en mon pouvoir pour vous rendre heureuse.

Pour être parfaitement honnête, une telle demande durant une partie de chasse parut tout à fait incongrue à la jeune fille, même de la part d'Armand que ce genre de considérations ne semblait jamais affecter. Certes, l'ambiance n'était pas dépourvue d'un certain romantisme, mais tout de même !

Cependant, Alix s'attendait bel et bien à une déclaration de ce genre, et pour ne pas blesser le jeune homme, elle se garda bien de révéler ce qu'elle pensait, pas plus que l'embarras dans lequel il la mettait. Elle trouvait délicat d'éconduire ainsi un prétendant et de briser un cœur sans doute sincère. Elle avait toujours espéré lui faire comprendre à demi-mot qu'elle ne l'aimait pas, et elle avait toujours gardé avec lui une attitude qui ne permettait aucune équivoque. Mais Armand s'entêtait, refusant de voir la réalité, et là, il ne restait aucune échappatoire à l'héritière de la Chaussée.

Elle dégagea ses mains avec douceur, releva maladroitement une mèche de cheveux, et répondit avec bonté :

— Ce n'est pas possible, Armand. Vous me faites un grand honneur, et je vous en remercie, mais je ne peux pas devenir votre femme. Je vous aime bien, mais comme un ami ou un frère, pas comme... comme on doit aimer un mari...

Un voile noir parut s'abattre sur le jeune homme.

— Vous changerez, rétorqua-t-il avec désespoir. Vous apprendrez à m'aimer comme un époux.

— Non, répondit-elle doucement. Si c'était le cas, j'éprouverais déjà ce sentiment. Je le sais.

— Et comment le savez-vous ? fit-il, furieux soudain.

Elle le regarda droit dans les yeux, sans répondre. Le jeune homme baissa la tête et gémit :

— J'avais si peur de votre réponse ! J'avais raison... Ainsi, vous ne m'aimez pas, et vous ne m'aimerez jamais, dites-vous. Vous en aimez un autre, peut-être ?

Il releva un visage tiré par la douleur et le désarroi. On voyait qu'il souffrait. Les ombres et la lumière des torches jouaient sur sa silhouette et ajoutaient du tragique insolite à la scène, creusant des ombres sur son visage. Alix décida de lui faire confiance, sachant qu'il tairait son secret, et fixa son regard franchement :

— Oui, Armand... répondit-elle.

— Qui ? demanda-t-il désespéré.

— Vous ne le connaissez pas, il est en voyage...

— Cela fait longtemps ?

— Plusieurs mois, avoua-t-elle avec réticence. Mais c'est comme si je l'avais toujours connu !

Armand parut si malheureux et si triste qu'elle ne put s'empêcher de poser la main sur la manche de son habit de velours.

— Je suis désolée de vous faire tant de peine... Vous resterez un ami, n'est-ce pas ?

— Oui, murmura-t-il tristement. Je viendrai vous rendre visite. Qu'au moins je puisse encore vous voir ! ajouta-t-il avec hargne.

Il lui baisa la main, doucement, mais avec passion, et repartit discrètement. Un hululement de chouette retentit alors, tout proche : les loups arrivaient.

Plusieurs flambeaux furent éteints pour ne point les alerter. L'obscurité tomba. Heureusement, la lune luisait dans le ciel. La jeune fille vit bientôt arriver une ombre furtive et noire qui se glissait sans bruit dans la nuit. Les chasseurs approchaient sous le vent et les loups ne pouvaient les sentir. Alix banda l'arc qu'on lui avait remis et visa soigneusement. Un léger sifflement... La flèche atteignit l'animal en plein poitrail qui s'effondra sans un bruit. Alix sentit son cœur se serrer, même si elle était là pour ça.

Alors arriva le gros de la troupe et tout se passa très vite. Un filet préparé d'avance tomba sur les bêtes sauvages. Alix atteignit deux loups dans la mêlée, sans savoir si elle les avait tués ou non. Bradroc, près d'elle, en abattit deux aussi. Ce fut à peu près tout ce que la jeune fille put saisir de l'embuscade, tant les faits se déroulèrent rapidement et tant elle se laissa emporter par l'action, libérant d'un seul coup toute l'énergie qu'elle avait accumulée pendant cette longue attente.

On ralluma alors les torches et on évalua le résultat de l'embuscade. Le comte avait tué un loup, un seul, mais de belle taille. À vrai dire, c'était sans conteste le plus beau et probablement le chef de la meute. Alix en fut chagrinée, car elle aurait préféré que les Alphas survivent, afin de fonder ensuite une nouvelle meute. Mais ce n'était plus la peine d'y compter, à présent. Ankus, pour sa part, avait abattu deux bêtes et s'en montrait très fier. Les autres chasseurs, moins adroits, revenaient quasi bredouilles. On allait enlever le filet quand Alix s'aperçut qu'un loup, un jeune, bougeait encore.

— Regardez ! dit-elle.

La bête avait des yeux de braise et se débattait du mieux qu'elle pouvait. Elle était blessée à la cuisse et le sang tachait son pelage noir. La couleur frappa la jeune fille, parce que les loups sont plutôt gris. L'animal avait une belle tête, un peu plus allongée et plus fine que celle de ses congénères. De plus, sa queue était basse et aussi touffue que celle d'un renard. Enfin, il portait une étoile blanche sur le front.

Le comte de Saint-Clair allait se précipiter pour achever le fauve, mais Alix s'interposa :

— Non, non ! s'écria-t-elle impétueusement. Ne le tuez pas. Il n'est que blessé, il va vivre…

— Mais justement, il ne faut pas qu'il vive !

Alix s'approcha du loup :

— Si… Ce n'est pas un vrai loup ! Il a peut-être un père ou une mère louve, mais un de ses parents est un chien… Regardez-le, cela se voit. Cette étoile, ce pelage sombre, cette queue épaisse…

Le comte acquiesça, mais un des chasseurs eut un mouvement d'humeur :

— Que voulez-vous donc en faire ? Le relâcher dans la forêt pour qu'il fonde une nouvelle meute ?

Alix sourit :

— Non pas ! L'apprivoiser !

Avant que quelqu'un fît une nouvelle réflexion ou un geste pour l'en empêcher, elle se pencha sur le loup et commença à lui parler, doucement, gentiment. Il devait savoir qu'elle l'avait sauvé et qu'elle ne lui voulait pas de mal car il cessa de se débattre et se mit à l'écouter, les yeux fixés sur son visage. Pourtant, quand avec une folle témérité – jugea-t-on – elle approcha sa main de sa tête, doucement, tout en ne cessant pas de parler à voix basse, presque tendrement, il découvrit les crocs et se mit à gronder. Un frisson parcourut l'assistance. Il allait la mordre ! L'un des chasseurs faillit crier, mais Bradroc, plus prompt, l'en empêcha d'une pression sur le bras.

À la surprise de l'assemblée, l'animal se laissa caresser et finit par cesser de grogner. Chacun en resta stupéfait. Le silence était total autour de la jeune fille à présent et tout le monde retenait son souffle. Quelle scène étrange à la lueur des torches !

— Minuit, disait Alix, tu t'appelleras Minuit, désormais. N'est-ce pas, mon beau ? Oui, tu es beau... Là, doucement, sois sage. Avec l'étoile du berger sur ton front, tu ne peux pas être méchant. Doux, Minuit, personne ne te fera de mal, je te le promets. Je suis là...

Lentement, avec douceur, elle atteignit la cuisse blessée, constata que la flèche n'avait rien atteint de vital et la retira sans que l'animal se rebiffât. L'hémorragie n'était pas trop importante et la plaie allait vite guérir. Alix la nettoya rapidement avec un peu de neige ; le loup tressaillit mais se laissa faire, une fois encore. Quand la jeune fille eut terminé, elle lui caressa le museau et, envoûtée par la voix musicale, la bête lui lécha la main.

— Incroyable... fit quelqu'un dans l'assistance.

Minuit était jeune et encore d'assez petite taille. Alix put le prendre dans ses bras sans effort. Le loup se laissa emporter, comme extasié, semblant retenir sa respiration à l'instar des spectateurs de la scène. Aidée de Bradroc, elle remonta en selle, retenant l'animal contre elle avant de le laisser reposer contre l'encolure de son cheval. Elle craignait que ce dernier ne prît peur, mais rassuré par sa maîtresse, lui aussi, il ne regimba pas, même si ses oreilles remuaient dans tous les sens.

On rentra, à la lueur des torches, traversant une forêt qui paraissait plus noire que jamais. En arrivant à la Chaussée, Armand qui, depuis qu'Alix l'avait éconduit, ne s'était guère manifesté, s'inclina respectueusement devant elle, au moment de la quitter. Pas un sourire, cependant, n'éclaira son visage renfermé.

Alix descendit de cheval, toujours à l'aide de Bradroc, puis, laissant les montures aux bons soins de ses serviteurs, elle rentra directement dans le château, ravie de se mettre enfin à l'abri du froid. À l'intérieur, tout était silencieux ; ses parents étaient certainement couchés. La jeune fille monta donc dans sa chambre, Minuit dans les bras. Là, Gaillard l'attendait, allongé sur le tapis, tandis que Pirouette formait une petite boule de poils sur le lit. Avec douceur, mais aussi une certaine appréhension, Alix présenta Minuit aux deux chiens.

Ses craintes n'étaient pas fondées : l'accord sembla vite conclu entre les animaux et elle en soupira de contentement.

Plus tard, couchée dans son lit sous les épaisses fourrures qui lui tenaient chaud, la jeune fille écoutait le vent siffler lugubrement autour du château, songeant à Sylvain et à Armand. Étrange destinée ! C'étaient là deux hommes totalement opposés. L'un, plein d'énergie et de vie, pétillant d'humour et d'intelligence, vibrant de passion, mais hélas, peu recommandable, vagabond et contrebandier. L'autre, étriqué d'esprit, timide et ennuyeux, pourtant bien sous tous rapports. Et elle, plantée entre les deux. Irrésistiblement attirée par le premier sans savoir qui il était vraiment, se laissant séduire sans combattre, ignorant sa sincérité à son égard. Rejetant le second, qu'elle n'aimait pas et qui l'exaspérait, alors qu'au contraire, il semblait parfaitement épris et était prêt à l'épouser. Mais un mariage avec lui, une vie rangée aux côtés de M. Sommeil... c'était inconcevable ! Mieux valait encore rester seule.

⁂

Bientôt, Alix comprit qu'elle ne pourrait pas garder le secret bien longtemps, même si, apparemment, Armand n'avait parlé à personne de la demande en mariage qu'elle avait déclinée, sans doute trop honteux, ou trop vexé, d'avoir été éconduit. Peut-être espérait-il aussi la faire changer d'avis, avec le temps. Nul doute que s'il parvenait à ses fins, la nouvelle se répandrait comme une traînée de poudre.

Cela n'arrivera pourtant jamais, pensait Alix. *Pauvre Armand ! Il ferait mieux de chercher ailleurs ce que je ne pourrai jamais lui donner !*

Désirant couper court à toute nouvelle tentative, mais ne sachant trop comment s'y prendre, Alix résolut finalement de se confier à sa mère, peu après la Noël, alors que l'année 1792 ouvrait le seuil de ses portes. Lorsqu'elle apprit la nouvelle, la marquise ne parut pas surprise le moins du monde.

— Je ne savais pas qu'Armand t'avait fait sa demande, répondit-elle, mais ton père espérait qu'il allait enfin se décider. Voilà précisément pourquoi il s'est abstenu de se rendre à la chasse aux loups, afin de laisser ce garçon si timide plus libre de ses mouvements. Je constate que mon cher époux avait vu juste, de ce point de vue, mais certainement pas en ce qui te concernait, toi. En revanche, je me doutais bien de la réponse que tu opposerais à une telle proposition de la part d'Armand. Je comprends ton point de vue et tes motivations, mais c'est tout de même dommage. Tu sais que ton père désirait cette alliance, et elle aurait été bienvenue pour l'avenir de notre lignée et de notre domaine.

— Bien sûr, Mère, et plus vous en parlez, plus j'ai le sentiment de m'être comportée en égoïste et de n'avoir pensé qu'à moi. Je vous en demande pardon. Mais vraiment, je ne pourrais jamais passer toute une existence à ses côtés. J'en serais malheureuse et je le rendrais fatalement malheureux, lui aussi. Qui sait sur quoi pourrait déboucher une telle vie ? Je ne suis qu'humaine, Mère. Et vous connaissez mon tempérament.

— Oui, je te connais. Je connais ton besoin de liberté aussi. Je sais que tu étoufferais. Et qui sait également à quelles extrémités pourrait en venir un homme tel que lui, condamné à vivre avec une femme qui ne l'aimerait pas alors que lui en serait toujours éperdument amoureux ? La passion peut détruire... J'imagine que tu as eu raison de décliner son offre. Mais ton père ne sera pas content.

— Il m'a promis de me laisser libre de mes choix.

— Je sais bien. Il n'empêche qu'il espérait secrètement que tu te montrerais raisonnable.

— Mais je me suis montrée raisonnable, justement !

Lorsque ce fut son tour d'apprendre qu'elle avait éconduit Armand, son père, lui, fit preuve de moins de compréhension et entra dans une colère mémorable. Alix réitéra ce qu'elle avait déjà dit : elle n'aimait pas Armand. Et le marquis n'avait-il pas promis qu'il lui laisserait prendre sa décision sans la forcer à épouser quelqu'un dont elle ne voulait pas ? Vaincu, le marquis n'insista pas. Mais Alix voyait bien qu'il lui en voulait. Sans doute en voulait-il aussi à Armand de n'être pas venu le trouver directement pour lui demander la main de sa fille.

Il la lui aurait accordée, sans le moindre doute. Mais il lui aurait probablement dit qu'il devait emporter mon consentement. Néanmoins, dans une telle situation, la pression sur mes épaules aurait été bien plus grande. Il est heureux pour moi qu'Armand n'ait pas agi ainsi et se soit montré un incurable romantique.

Ce qu'Alix ne pouvait dire à ses parents, contrairement à Armand, c'était que son cœur était pris : comment leur avouer qu'elle était bêtement tombée amoureuse d'un bandit ? D'un « vaurien », comme il le lui avait si bien rappelé lors de sa dernière visite. Même s'il pouvait faire preuve de bonnes manières, Sylvain n'était certainement pas un parti acceptable pour sa famille. Pourtant, dans le secret de son cœur, Alix ne voulait personne d'autre que lui.

12

Aventures parisiennes

Le mois suivant s'écoula lentement, malgré toutes les activités auxquelles Alix s'adonna. Elle se conformait strictement aux ordres paternels, ne portait plus que des tenues féminines et sortait toujours accompagnée de Bradroc, de Faustine ou de sa propre mère, selon les circonstances. Cela ne l'empêcha pas de s'adonner aux courses à cheval dans la neige, ni d'effectuer de longues randonnées, raquettes aux pieds sous sa robe de voyage, pour aller chasser, escortée de Pirouette et Minuit qui se laissaient tous deux très bien dresser.

Chaque semaine, elle se rendait au village pour s'assurer que tout allait bien, n'hésitant pas à soigner elle-même les plaies, bosses et maladies courantes, ainsi que Faustine le lui avait enseigné. Avec Minuit, fidèle compagnon qui ne la lâchait pas d'une semelle, elle acquit bientôt une réputation surpassant celle de sa famille. Elle était la bienfaitrice, la demoiselle au loup, et elle était autant crainte que respectée. Les gens prirent peu à peu l'habitude de venir la trouver pour lui confier leurs soucis, et elle intercédait pour eux auprès de son père.

Tout en agissant de la sorte, elle s'efforçait d'éviter les Saint-Clair le plus possible, et spécialement Armand, se rendant à la messe du dimanche avec Faustine dans d'autres paroisses pour ne pas avoir à le croiser. Cela surprit ses parents, mais elle trouvait chaque fois une excuse valable : elle devait aller à l'office plus tôt, ou plus tard, selon les tâches qu'elle s'était assignées, ou bien elle allait rendre visite à un malade.

Elle apprit cependant que le jeune homme avait été vu plusieurs fois en compagnie d'Adélaïde de Fagerolles. Pendant un moment, elle espéra donc qu'il l'oublierait, mais lorsqu'il revint lui rendre visite au château, elle comprit à son regard qu'il n'en était rien. En un sens, il était aussi obstiné qu'elle. Et aussi désireux de ne pas se conformer à ce qu'on attendait de lui. C'était exaspérant. Brusquement, elle fut prise de compassion pour ses parents ; ils avaient fait preuve d'une telle patience à son égard, même lorsqu'elle leur jouait des tours pendables, allait se battre avec le fils du meunier ou faisait sonner les cloches de l'église à toute volée…

Aujourd'hui, fort heureusement, elle s'était assagie et ses rapports avec ses parents avaient évolué. De plus en plus, son père lui confiait des responsabilités, non pas encore en ce qui concernait sa clientèle, mais tout au moins pour tout ce qui touchait aux exigences matérielles du domaine, aux besoins des animaux et à la direction des domestiques. C'était maintenant elle qui tenait seule les livres de comptes et il s'en tenait à ses résultats sans sourciller.

En dépit de tout cela, une mélancolie indicible tenaillait Alix. Le temps passait et Sylvain ne revenait toujours pas, malgré les promesses de sa lettre. De plus, les nouvelles de France étaient préoccupantes, puisque le 25 janvier, celle-ci lança un ultimatum à Léopold d'Autriche. Il y avait fort à parier que la guerre serait déclarée d'ici peu. Qu'adviendrait-il alors de la Savoie, toujours sous la souveraineté de Victor-Amédée III, lequel était un allié déclaré des Autrichiens ? Bien que vivant en paix avec ses voisins, le royaume de Sardaigne pourrait se retrouver pris dans l'affrontement qui se profilait, ce qui donnait à penser que la paix dont la Savoie jouissait jusqu'ici pourrait être mise à mal assez rapidement... Rien de tout cela n'était de nature à égayer l'esprit d'Alix.

⁂

Un matin de mars 1792, en rejoignant ses parents pour le déjeuner, Alix remarqua que son père avait mauvaise mine : pâle, les traits tirés, il paraissait au bord de l'épuisement. C'était extrêmement curieux, car il ne s'était guère plus dépensé que d'habitude.

— Bonjour, Père... Comment allez-vous ce matin ? s'enquit la jeune fille. Vous avez l'air assez mal...

— Ça va, ça va... grommela le marquis en l'interrompant. Assieds-toi donc, ma fille, et déjeune de bon appétit. Je suis juste un peu fatigué.

Alix jeta un regard étonné à sa mère. Son père ne faisait pas semblant, cette fois, pas comme pour la chasse aux loups. Mais qu'il reconnût aussi facilement une simple fatigue signifiait qu'en réalité, il ne se sentait pas bien du tout.

— Il est malade, murmura discrètement la marquise à l'oreille de sa fille, mais tu le connais : il ne veut pas le reconnaître. Je suis sûre qu'il a de la fièvre, et si cela ne s'arrange pas d'ici ce soir, je ferai venir le médecin.

Dans une telle ambiance, le déjeuner fut rapide et silencieux. Après quoi, tout le monde passa au petit salon.

— Tenez, mon ami, dit la marquise en tendant une lettre cachetée à son époux, le courrier nous est parvenu.

— Ah ! fit le marquis avec un soupir. Je reconnais l'écriture de ma cousine. J'espère qu'elle n'annonce rien de grave...

Curieuse, Alix s'approcha :

— Il s'agit de votre cousine de Paris. Comment se fait-il que je ne l'aie jamais rencontrée ?

— Eh bien, répondit son père, ma cousine et moi divergeons en de nombreux points, et pour tout dire, nous ne nous entendons guère. Nos relations sont assez espacées. Il y a fort longtemps qu'elle est partie d'ici, sans y revenir, alors qu'elle passait autrefois ses vacances avec moi, avant que j'épouse ta mère. Peut-être est-ce justement cet événement qui lui a déplu, ajouta-t-il avec malice.

— Voyons, mon ami... le morigéna doucement la marquise.

— Je ne dis que la vérité. D'ailleurs, continua le marquis sur sa lancée, cette pauvre Anne avait peut-être quelques raisons bien féminines de m'en vouloir et de partir sans revenir. J'étais jeune et maladroit. Peut-être lui avais-je laissé croire un avenir possible alors qu'il n'en était rien, d'autant qu'elle était plus âgée que moi. Cependant, elle était très belle et j'aurais pu l'épouser, si je ne vous avais rencontrée, ma mie... Je ne regrette rien, bien au contraire ! Anne est une vraie aristocrate, mais c'est aussi une mule obstinée. Elle n'a peur de rien et ne s'abaisse jamais devant personne. Je crois que cela lui a valu parfois quelques problèmes à la Cour... Et cela en a sûrement valu plus encore à son mari ! Paix à son âme !...

Alix laissa échapper un rire malicieux et demanda :

— Allez-vous enfin ouvrir ce pli, Père ! J'aimerais savoir ce que raconte votre cousine. Étant à Paris, elle doit vivre et entendre une foule de choses !

— Certes, et c'est bien imprudent de sa part d'y être restée, en dépit des derniers événements. J'imagine que si je n'ai pas eu de ses nouvelles jusqu'ici, c'est que Dieu veillait sur elle et qu'elle n'a encore rien subi. Mais si elle écrit, je crains que ce ne soit mauvais signe. Voyons donc ça !

Le marquis décacheta la lettre et commença à lire en silence. Une ride soucieuse apparut entre ses yeux.

— C'est bien ce que je pensais, remarqua-t-il amèrement. Elle est en danger et semble avoir très peur !

La marquise abandonna son ouvrage avec un léger cri d'effroi et Alix s'exclama :

— Que lui est-il arrivé, Père ? Dites-nous vite !...

La cousine, Anne de Renéville, était veuve et sans enfants. Elle racontait qu'elle avait été remarquée comme une « réfractaire » et qu'un policier très dur, d'origine russe, un certain Jankélévitch, qu'on appelait aussi Le Furet, avait juré sa perte, en tant qu'« ennemie du peuple » ! Alix ne put retenir une exclamation d'indignation.

— « Cet homme est violent et sanguinaire, lisait le marquis d'une voix altérée. Il déteste les "Aristos", ainsi qu'il nous appelle, et je sais désormais qu'il en veut à ma vie. Certes, à mon âge, je peux déjà dire que j'ai bien vécu, mais je ne tiens guère à être assassinée par ce vulgaire tueur à gages. Je devrais quitter Paris le plus rapidement possible, car on a déjà attenté à ma vie et je ne veux plus tenter le diable. Mais je n'ose partir seule et souhaiterais que vous veniez me chercher – ou bien que vous m'adressiez quelques-uns de vos fidèles domestiques pour me faire escorte. Ici, on ne respecte plus rien et je ne peux plus être sûre de personne, si ce n'est de ma dame de compagnie et du brave François qui portera cette lettre à ton château isolé, cher cousin... »

Le marquis s'interrompit et releva la tête :

— Où est l'homme qui a amené cette missive ?

— Je ne sais pas, répondit son épouse. Il faudrait demander à Hubert, c'est certainement lui qui lui a ouvert.

Aussitôt, elle sonna et Hubert parut.

— Madame ?

Le marquis lui répéta sa question.

— Il est parti, Monsieur le marquis. Il a dit qu'il devait rejoindre sa maîtresse le plus vite possible, mais que si vous donniez la réponse qui convenait à la missive, vous le retrouveriez chez elle.

— Bien. Merci, Hubert.

Le domestique s'inclina et sortit de la pièce. Se penchant sur la lettre, M. de la Chaussée d'Arville reprit sa lecture :

— « Par ailleurs, je ne sais comment m'évader discrètement, on me surveille. C'est aussi la raison pour laquelle je sollicite ton aide pour quitter la capitale sans encombre. Je déteste cette idée, qui me donne l'impression de fuir devant des misérables, mais je n'ai plus le choix… Et tu es le seul membre de notre famille capable de venir à mon secours. Je connais ton sens du devoir et en souvenir du passé, je te saurais gré de bien vouloir »…

Le marquis s'arrêta net et reposa la lettre pour s'effondrer dans son fauteuil. Ainsi, Anne de Renéville demandait asile !

— Il ne manquait plus que ça, dit-il dans un soupir.

Alix et sa mère se taisaient, atterrées par la nouvelle. Le marquis réfléchissait intensément :

— Je ne peux aller à Paris et vous abandonner ici toutes seules, dit-il enfin en se dressant. Nul ne sait ce qui peut se passer.

— Mon ami, répondit doucement la marquise, nous serions capables de nous défendre s'il le fallait, surtout avec nos serviteurs pour nous aider ! Là n'est pas le problème. Mais…

— Oh, Père, il faut aller chercher votre cousine ! ajouta Alix. Peut-être vaudrait-il mieux envoyer Bradroc que d'y aller vous-même. Sans vouloir vous manquer de respect, vous me paraissez trop faible pour envisager une telle aventure en ce moment.

Le marquis hésita, prêt à se rebiffer, à nier l'évidence. Mais il ne pouvait se dissimuler plus longtemps à sa femme et à sa fille. Il les regarda à tour de rôle et concéda qu'elles disaient vrai. Il en était terriblement gêné.

— Je ne peux pourtant pas envoyer Bradroc seul dans ce voyage, reprit-il. Il faudrait au moins deux personnes pour accompagner ma cousine au cours de ce voyage. Elle a cinquante-deux ans, elle n'est sûrement plus aussi vive qu'autrefois. Tant de dangers la guetteront sur la route ! Je dois y aller !

— Père, reprit Alix avec fougue, pardonnez mon audace, mais vous ne seriez d'aucune utilité si vous êtes malade en chemin ! En revanche, je pourrais très bien accompagner Bradroc. Vous savez comme je suis habile au duel, s'il faut en venir aux armes pour sauver votre cousine ! Bradroc et moi pourrions mener cette mission à bien. Pendant ce temps, vous resteriez ici pour défendre le château et maman, si le besoin s'en faisait sentir.

Alix en aurait presque trépigné sur place. Elle qui rêvait d'aventures, voilà qu'une occasion se présentait de vivre quelque chose de palpitant, de jouer un rôle, même modeste, dans les événements qui bouleversaient l'Europe, d'accomplir une bonne action, un acte glorieux, et enfin d'aller à Paris, ville où elle n'avait jamais mis les pieds jusqu'ici. Il ne fallait pas laisser passer cette chance !

Elle pressentait cependant que son père ne serait guère favorable à une telle proposition qu'il ne trouverait sans doute pas raisonnable. Elle savait qu'il voulait la laisser en dehors de tout péril et qu'il ne verrait pas d'un très bon œil de l'envoyer au cœur du danger pour aller chercher une parente à laquelle il n'était plus très attaché. Néanmoins, son devoir lui dictait de ne pas abandonner sa cousine sans aide. Alix le vit réfléchir intensément.

— Bradroc s'y rendra, trancha-t-il finalement, et Olivier l'accompagnera, tous deux habillés en personnes de qualité et bien armés.

— Père ! protesta Alix. Je pourrais prendre un habit d'homme et partir avec Bradroc. Ainsi, notre garde-chasse resterait avec vous. Il est assez fine lame et il pourrait vous prêter main-forte ici, en cas de besoin.

— Tu en serais ravie, fit le marquis en souriant. Mais c'est hors de question. Je crains fort que des guetteurs ne surveillent ceux qui sortent de Paris, et tout ce que j'espère, c'est que Bradroc et Olivier auront la chance d'échapper à leur attention lorsqu'ils seront avec ma cousine Anne. Ce sera un voyage très risqué. Il est donc hors de question que tu partes d'ici.

Alix hésita, puis elle insista :

— Père, nous voici à l'époque où vous devez courir en montagne pour attraper les chevaux et les dresser. Si vous n'êtes pas en état de le faire et que Bradroc n'est pas là non plus, il faudra quelqu'un pour prendre la relève. Je le peux, mais je ne suis pas aussi habile à ce jeu qu'Olivier. Il sait très bien diriger les palefreniers dans cette tâche.

Le marquis allait dire quelque chose, mais Alix ne lui en laissa pas le temps.

— Père, s'il vous plaît. Cet élevage nous est devenu indispensable. Avec l'instabilité qui règne, nous avons besoin d'une source de revenus qui ne dépende pas de nos privilèges. C'est la seule que nous ayons et nous ne pouvons pas nous permettre de la délaisser. Il faut s'en occuper.

D'Arville hésita. Alix n'avait pas complètement tort, mais la laisser partir ne lui semblait vraiment pas ce qu'il fallait faire, en la circonstance. D'un autre côté, lorsqu'elle serait enfin mariée, il faudrait bien qu'il la laissât aller, sans pouvoir ni la protéger ni la surveiller. Par ailleurs, il l'avait toujours élevée avec l'idée secrète qu'elle pourrait lui succéder s'il le fallait – en toute dernière extrémité. Mais elle manquait encore de confiance en elle, même si elle se donnait des airs bravaches, et elle n'avait jamais rien accompli de sérieux. Il était peut-être temps de lui donner une chance.

Même si cousine Anne semble craindre le pire, les temps sont encore assez calmes. En revanche, avec la guerre qui s'annonce, ce sera bien pire. Alix a besoin de quelque chose qui lui montre de quoi elle est capable...

— Très bien, concéda-t-il finalement, du bout des lèvres. Je vais te laisser partir, mais dans ce cas, Benoît t'accompagnera aussi. Il ne sait pas tenir une épée, mais il est capable de décharger convenablement un pistolet. Et il fait un excellent usage du gourdin ! Ta mère va coudre dans le col de ta cape une lettre que je vais écrire pour notre cousine. Tu veilleras à laisser tomber ce vêtement si par malheur vous étiez attaqués. On ne sait jamais.

Alix hocha la tête, retenant à grand-peine son envie de sauter au cou du marquis pour lui exprimer son enthousiasme.

— Je suis très honorée de votre confiance, Père, dit-elle simplement.

— Depuis janvier, il faut des passeports pour circuler en France, poursuivait le marquis. Vous ne pourrez pas vous en procurer et allez donc circuler clandestinement. Il vous faudra être prudents. Mais... je vous fais confiance, acheva-t-il avec un bref sourire. Allons, mon enfant, va transmettre les ordres. Et cours te préparer.

La jeune fille allait sortir de la pièce quand son père la rappela une nouvelle fois :

— Tu partiras en habit d'homme, cela te permettra de passer inaperçue avec Bradroc et Benoît. Mais une fois en ville, je te demande de reprendre tes toilettes de femme. Ainsi vêtue, tu risqueras moins d'être prise dans une rixe et, de surcroît, je ne tiens pas à ce que ma cousine te voie en costume masculin. Lorsque vous quitterez la capitale tous ensemble, je pense que vous reviendrez avec une des voitures d'Anne, la plus discrète ; ce... François... dont elle parle, vous fera certainement escorte aussi. Vous n'aurez alors pas besoin de cette défroque non plus.

— Entendu, Père.

⁂

En sortant de la chambre, où elle avait rapidement revêtu une des tenues masculines qu'elle cachait toujours au fond de son armoire, Alix eut la sensation d'avoir à remplir une grave mission et de courir de gros risques.

Son esprit était partagé entre l'inquiétude et la fierté. Elle appela Bradroc, entra avec lui dans la pièce où son père rangeait ses costumes et en donna un au fidèle serviteur.

— Prends ton épée et des pistolets, ainsi que de quoi les charger ! lui dit-elle. Nous partons pour Paris, sur ordre de mon père. Benoît va se joindre à nous, alors préviens-le. Qu'il prenne un bon gourdin, qu'il aura soin de dissimuler sous sa cape, et également des pistolets. La route n'est sans doute pas sûre, nous n'aurons rien de trop.

Bradroc hocha la tête.

— Dis aussi à Paul et Jean de préparer nos montures. Je prendrai Flamme. Je vous rejoins tous aux écuries.

La jeune fille s'arma de deux pistolets, prit des munitions et s'empara de l'épée que son père lui avait donnée à l'âge de douze ans. À l'époque, elle était presque trop lourde pour elle, mais la fillette avait su en faire bon usage et la maniait désormais très bien.

Puis elle rejoignit sa mère pour lui faire ses adieux. Celle-ci lui remit la cape où elle avait cousu la missive pour la cousine Anne. Tout en la lui mettant sur les épaules, elle soupira. Malgré sa dignité, la marquise ne parvenait pas à juguler et masquer son appréhension devant le voyage périlleux qui attendait sa fille.

— Mère, ne vous inquiétez pas, lui dit Alix. S'il y a des guetteurs sur la route, ils n'arrêteront certainement pas tout le monde. Et puis, si on ose s'attaquer à un cavalier isolé ou à un petit groupe de villageois, on hésite à chercher querelle à un groupe de gentilshommes que l'on peut supposer être des fines lames. Ils nous laisseront passer, croyez-moi.

— Ne pourriez-vous partir plus nombreux encore ?

— Si nous sommes trop, objecta Alix, nous attirerons aussi l'attention. Par ailleurs, il faut que nos gens restent au château, pour votre protection.

— Nous ne risquons rien, ici, tu le sais bien.

— Je l'espère de tout cœur.

La marquise ne pouvait rien faire d'autre que se résigner. Elle embrassa donc son enfant et lui traça du doigt une croix sur le front :

— Dieu te bénisse, Alix, et qu'Il te garde en sa protection.

La jeune fille, émue, fila aux écuries pour éviter de se mettre à pleurer. Son père était là, donnant ses dernières consignes aux deux hommes qui allaient l'escorter. Lui non plus ne pouvait masquer son inquiétude. Néanmoins, il fit aussi bonne figure que possible, bénit sa fille et s'éloigna vers le château tandis qu'elle montait en selle.

⁂

Les cavaliers partirent au petit trot. Puis, Alix ayant fait remarquer que plus ils seraient rapides, plus leur mission aurait des chances de réussir, ils forcèrent bientôt l'allure. Entrecoupé de courtes haltes, le périple dura pourtant plusieurs jours. Toutefois, les voyageurs n'eurent aucun incident à déplorer. Ils traversèrent les forêts sans encombre et nul ne les inquiéta.

Un soir, avant la tombée de la nuit, ils entrèrent finalement dans Paris, où ils trouvèrent une auberge pour coucher, avant de rejoindre cousine Anne.

Le lendemain, Alix, conformément aux vœux de son père, revêtit des habits de femme. Elle glissa néanmoins un pistolet dans les plis de sa robe, se sentant ainsi moins démunie. Peu après, elle quitta subrepticement l'auberge, bien avant Bradroc et Benoît. Ses deux compagnons dormaient encore et, désirant voyager léger, elle leur avait laissé toutes ses affaires. Elle avait aussi griffonné rapidement un mot leur intimant de la retrouver plus tard au domicile de sa cousine, que son père lui avait indiqué. En attendant, même si sa conscience la torturait quelque peu, la jeune femme espérait secrètement mener à bien une petite opération solitaire.

Père ne m'a pas expressément dit de ne pas sortir seule, se dit-elle comme pour s'en convaincre. *Je ne désobéis donc pas.*

Elle se souvenait parfaitement de l'adresse de Béatrice à Paris, lorsqu'elle lui écrivait, par le passé. Ce fut là qu'elle se rendit, chevauchant Flamme en amazone, espérant avoir enfin des nouvelles de son ancienne amie. La ville, beaucoup plus grande que ce à quoi elle s'était attendue, dégageait une odeur fétide qui la surprit désagréablement. Tout lui parut sale. Les rues étaient bruyantes, encombrées, les pavés recouverts d'une boue noirâtre et nauséabonde qui offensait ses narines autant que sa vue. Une chance qu'elle n'eût pas besoin de circuler à pied et que son cheval la préservât des souillures sur ses vêtements. C'était pire que tout ce qu'elle avait jamais pu découvrir à Grenoble. Elle manqua de peu de recevoir sur la tête le contenu d'un pot de chambre que quelqu'un vidait par la fenêtre et dut retenir une nausée d'écœurement.

Cependant, malgré tout cela, elle trouva son chemin et parvint à destination. Malheureusement, lorsqu'elle arriva, l'hôtel particulier de la famille de Bray était clos et Alix eut beau frapper à la porte, personne ne répondit.

Seraient-ils finalement partis, eux aussi ? songea-t-elle. *À l'étranger ? Magnifique, j'ai fait ce détour pour rien...*

Une vieille femme qui passait la regarda d'un air soupçonneux. Alix lui expliqua qu'elle cherchait Béatrice de Bray, mais l'autre s'enfuit en grommelant :

— Partis ! Tous partis ! Arrêtés, enlevés. Tous !

Inquiète, Alix retourna à la porte d'entrée et frappa de nouveau, en vain. Finalement, elle dut quitter les lieux pour rejoindre Bradroc et Benoît chez sa lointaine cousine. Ils devaient l'attendre en se demandant ce qu'elle faisait, sans nul doute. Malheureusement, la jeune fille s'égara et le trajet lui prit plus de temps qu'elle ne l'avait escompté. La ville ne lui était pas un milieu familier, et si elle savait trouver son chemin en montagne, c'était une autre affaire au milieu de ces rues et de ces ruelles qui s'entrecroisaient. Quand elle parvint enfin à destination, midi était largement passé et l'après-midi s'avançait déjà.

Bradroc va être en fureur ! pensa Alix, consternée.

Elle descendit de cheval et se précipita vers l'entrée. Mais au moment où elle allait frapper, la porte s'ouvrit toute seule.

Oh, mon Dieu...

Alix imagina le pire : elle allait trouver les lieux saccagés et tout le monde aurait disparu, comme chez son amie Béatrice.

— Bradroc ! Benoît ! Êtes-vous là ?

Aucune réponse. Alix, impressionnée par le silence qui régnait, pénétra dans la demeure et jeta un coup d'œil méfiant dans le vestibule désert. L'obscurité intérieure ne lui permit pas de comprendre immédiatement ce qui se présentait devant ses yeux, mais bientôt, elle constata que ses craintes s'étaient probablement réalisées. Il n'y avait personne ici, et tout était à l'abandon. Alarmée par le désordre qui dénotait un départ hâtif, elle s'arrêta sur le seuil de la salle à manger pour y glisser un regard discret. Elle ne tenait pas à se faire surprendre si quelqu'un se trouvait encore dans la maison. Ou pire, des pillards.

Le couvert était mis, preuve que les occupants du lieu avaient fui précipitamment, ou bien avaient été emprisonnés soudainement. Les verres de cristal traînaient encore sur la table, brisés pour la plupart, tout comme la vaisselle de porcelaine. Les flambeaux d'argent avaient disparu, mais les bougies étaient encore là. L'une d'elles, qu'on avait dû jeter hors du chandelier pour le voler, avait laissé couler de la cire sur la nappe.

Dans le grand silence qui l'enveloppait, des claquements de sabots ferrés résonnèrent soudain sur le pavé de la cour et Alix sursauta. Vivement, elle courut jusqu'à la porte d'entrée pour regarder qui arrivait, se maudissant intérieurement pour avoir laissé son cheval au-dehors. Les nouveaux venus, quels qu'ils fussent, sauraient forcément qu'il y avait quelqu'un à l'intérieur. Et Bradroc qui n'était pas là !

Par l'entrebâillement de la porte, elle aperçut trois cavaliers qui mettaient pied à terre. L'un d'eux avait un mousquet et le dirigeait vers la maison avec méfiance, prêt à tirer. Ses compagnons ne semblaient pas armés, du moins pas d'une arme à feu ni d'une épée, mais ils avaient probablement au moins un couteau sur eux. Tous trois avaient des mines patibulaires qui firent passer un frisson dans le dos de la jeune fille. Ce n'était visiblement pas des policiers, ni des soldats, c'était déjà ça ; elle pouvait donc espérer que ce n'étaient pas des hommes de Jankélévitch, car si ces derniers l'avaient trouvée sans papiers, dans l'habitation d'une femme qu'ils surveillaient et qui avait visiblement déjà pris la fuite, qui sait quel mauvais quart d'heure elle eût passé ?

Elle n'était pas sortie d'affaire pour autant. Résolument, elle sortit son pistolet des replis de sa robe et fit demi-tour en silence, pour aller se dissimuler dans l'arrière-cuisine, au milieu des victuailles. Avec de la chance, les trois hommes se contenteraient de piller la demeure, le petit salon et la salle à manger, et ils s'en iraient rapidement.

La porte d'entrée grinça légèrement lorsque le premier des hommes, un de ceux qui n'avaient pas de mousquet, la poussa du pied pour l'ouvrir en grand. Il était suivi du second. De sa cachette, Alix le surveillait attentivement, retenant sa respiration, le pistolet prêt à tirer. Cette situation lui déplaisait souverainement, et elle se rendait compte à quel point elle avait été imprudente en restant seule ici. Et où était le troisième individu, celui qui était armé ? Elle ne le voyait plus.

Au moment même où elle se posait la question, une voix graillеuse résonna :

— Tiens donc ! Une damoiselle !

Elle sursauta, son cœur manquant un battement, et tourna la tête. L'intrus était arrivé derrière elle. Elle comprit qu'il avait pris la porte de service…

Tudieu ! Je n'en manque pas une ! se morigéna-t-elle.

L'homme n'avait pas pu voir le pistolet qu'elle tenait contre son ventre. Néanmoins, elle risquait de se faire abattre si elle se retournait, l'arme au poing. Elle préféra la glisser subrepticement derrière un pot, posé sur le buffet auquel elle s'appuyait, avant de se retourner lentement.

— Une ci-devant, si je ne m'abuse. Vous êtes encore nombreux, ici ?

Alix hésita un bref instant, ne sachant si elle devait dire la vérité ou non.

— Je suis seule, avoua-t-elle finalement.

— Seule ? ricana son interlocuteur. Et que fais-tu seule dans cet hôtel, si tout le monde est parti ?

Il posa son mousquet contre le mur et s'avança vers elle avant de lui saisir le bras d'une main de fer pour l'attirer contre lui.

— Jolie, la petite dame. On pourrait passer un bon moment, toi et moi.

Son haleine puait l'alcool, et il sentait mauvais, sueur et crasse mêlées. Outrée, au bord de l'écœurement, Alix tenta de se dégager et de gifler son agresseur, mais il écarta sa main d'un geste ample, comme pour chasser une mouche. Puis, goguenard, il la bascula sur son épaule pour l'entraîner vers le salon. Transformée en furie, Alix se débattit de toutes ses forces et frappa le dos de l'individu de ses poings serrés, mais il n'en eut cure.

— Espèce de brute, hurla-t-elle. Goujat ! Rustre ! Butor ! Lâchez-moi !

D'autres mots fleuris lui vinrent aux lèvres tandis qu'elle l'abreuvait d'injures, folle de colère. L'homme riait cyniquement de ses efforts dérisoires pour se libérer, insensible à ses coups autant qu'à ses insultes. Malgré son entraînement au combat, elle ne faisait pas le poids face aux trois malfrats, surtout dans cette tenue ridicule. Les robes n'étaient que source d'ennuis.

— Tenez, regardez donc ce que j'ai trouvé, lança l'individu en rejoignant ses compères. Une petite chatte sauvage ! Elle crache et elle griffe. Un vrai mets de choix.

L'un de ses compagnons s'était emparé d'une carafe de cristal et buvait le vin à même le goulot. Il s'arrêta un instant et considéra le spectacle qu'on lui offrait. Instantanément, Alix cessa de bouger, consciente du danger. L'homme vida la carafe presque d'une traite, puis la jeta contre un mur où elle se brisa, laissant une trace rouge qui commença à couler jusqu'au sol. Son camarade, lui, se tenait adossé à la cheminée, un sourire cynique aux lèvres. Il était apparemment un peu moins ivre que les autres, mais son attitude n'en était pas moins glaçante.

La jeune fille sentit une vague de pure terreur la traverser, tandis que l'homme qui venait de boire s'approchait d'elle. Que pourrait-elle faire, sans épée, son pistolet caché dans la cuisine, empêtrée dans ces fichus vêtements féminins, face à trois brutes avinées ? Elle avait beau savoir se battre, il y avait des limites à ses capacités ! Soudain, elle aurait voulu avoir la faculté d'évanouissement de tant d'autres femmes, espérant qu'ainsi, les scélérats se désintéresseraient d'elle. Hélas, ce n'était pas le cas. Elle était parfaitement consciente de tout ce qui se passait... et terrifiée.

Au moment où le deuxième malandrin posait sa poigne solide autour de sa taille, elle tenta le tout pour le tout, se laissa mollir et ferma les yeux en poussant un petit soupir.

— Cette petite idiote a tourné de l'œil ! s'exclama l'homme qui la tenait, avant de la laisser tomber sans plus de cérémonie.

Alix dut se retenir de ne pas crier de douleur quand elle heurta le sol de marbre avec violence.

L'infâme ! Enfin, je n'aurais jamais cru avoir des talents de comédienne... songea-t-elle, continuant de feindre l'évanouissement en espérant que son stratagème durerait le temps suffisant pour qu'ils l'oubliassent et qu'elle pût prendre la fuite. *Les vapeurs, il n'y a rien de tel.*

Au bout de quelques secondes, elle entrouvrit les yeux et regarda avec précaution entre ses cils. Les trois soudards s'étaient remis à boire et riaient grassement. Bientôt, soit ils seraient trop soûls pour faire quoi que ce soit et s'effondreraient pour roupiller un moment, soit, excités par l'alcool, ils s'intéresseraient de nouveau à elle. Elle devait donc leur griller la politesse avant cela.

Je ne trouverai pas de meilleure occasion de leur fausser compagnie. À Dieu va !

Galvanisée, elle s'élança d'un bond. Hélas ! En rugissant, deux des coupe-jarrets coururent à sa poursuite, tandis que le troisième, hilare, demeurait près de la cheminée. Alix se demanda brièvement si, en fin de compte et à l'inverse de ce qu'elle avait cru initialement, il n'était pas encore plus éméché que les autres. Cette pensée ne fit que traverser son esprit en une fraction de seconde, tandis qu'elle se ruait vers son but. Hélas, avant qu'elle eût pu atteindre la porte de l'office, des mains brutales l'empoignèrent par le bras et le lui tordirent dans le dos avec tant de violence qu'elle crut qu'on allait le lui briser.

— Arrête ! Espèce de garce !

Elle pivota pour éviter qu'on lui démît l'épaule et tenta de lancer un coup de pied vers son assaillant. Mais entravée par la robe, sa jambe n'atteignit pas son but. Son agresseur, celui qui l'avait déjà portée sur son dos, la tira vers lui, mais elle réussit à le griffer au visage. De surprise, il la lâcha et toucha de la main sa chair déchirée avec une expression d'incrédulité et de haine. Son visage se tordit de colère.

— Sale traînée ! Tu vas me le payer !

Les lèvres retroussées en un rictus mauvais, l'homme était d'autant plus effrayant que la cruauté se lisait sur ses traits. Son regard noir, menaçant, se posa sur le visage méprisant de la jeune fille qu'il avait adossée au mur. Elle tenta une nouvelle fois de rejoindre la porte, mais il la reprit par la taille avec brutalité pour l'écraser contre la cloison, pressant son sexe roide contre son ventre. Les yeux durcis et brillant d'un éclat singulier, les pupilles dilatées, il approcha son visage du sien et d'un geste brusque, voulut lui prendre les lèvres. Elle parvint à se détourner au dernier moment et la bouche dure de l'homme atterrit sur sa joue, y laissant une marque rouge.

— Vas-tu cesser ! s'exclama-t-il, comme enragé. Ce que tu me refuses, je le prendrai de toute façon !

— Non ! Je vous interdis...

Elle essaya de le repousser, s'écorchant les doigts sur l'armure de cuir de son assaillant, avec la sensation de se heurter à un tronc d'arbre parfaitement inamovible. Les pensées de la jeune fille se bousculèrent, en plein chaos. Mais alors qu'elle se débattait de plus belle, il lui prit les deux poignets dans une main, tandis que de l'autre, il l'empoignait par les cheveux pour la faire tenir tranquille et lever son visage vers lui, avant de lui meurtrir les lèvres de baisers violents.

— Dans quelques minutes, tu ne seras plus si fière, haleta-t-il. Je vais te briser.

Seigneur, non !

Tremblant de la tête aux pieds de rage impuissante, Alix parvint non sans mal à libérer ses mains et les leva pour dégager ses cheveux de sa poigne douloureuse. Elle saisit des poignets plus durs que le bois. Comprenant qu'elle n'en sortirait pas indemne, elle dévisagea son assaillant avec horreur. Non, c'était hors de question ! Elle lutterait jusqu'au bout !

— Allez-vous enfin me lâcher ! glapit-elle en se contorsionnant.

Tandis qu'il tentait de nouveau de l'embrasser, elle lui mordit la lèvre, mais il ne parut même pas s'en apercevoir, ivre de désir et d'adrénaline. D'une main preste, il remonta le bas de sa robe et lui fit écarter les cuisses. Dans un sursaut d'énergie, elle dégagea enfin une de ses jambes et lui donna un coup de genou dans le bas-ventre.

Contrairement à ce qu'elle espérait, l'homme ne se plia pas en deux sous la douleur. Il recula légèrement, les traits crispés par la souffrance, et prenant son élan, il leva la main et lui balança une gifle monumentale qui la fit rouler au sol. Ce fut si violent qu'elle crut qu'elle allait s'évanouir. Un goût de sang envahit sa bouche, tandis qu'un voile passait devant ses yeux. Quand elle reprit ses esprits, l'homme lui clouait les épaules contre le parquet.

— Ce que j'attrape, je le garde, dit-il, le timbre dur et glacial. Et je me suis donné trop de mal avec toi, espèce de petite salope, pour...

La phrase de la canaille s'acheva en un étrange gargouillement. Levant les yeux, Alix vit que la pointe d'une épée sortait de la poitrine de son assaillant, qu'on avait attaqué dans le dos. En un éclair, elle comprit qu'il allait s'écrouler sur elle, raide mort. Elle le repoussa violemment et roula sur le côté pour l'éviter. Il tomba à ses côtés, les prunelles vides.

Détournant le regard, elle s'agrippa au mur pour se redresser sur les genoux. Quelqu'un bougea, lui masquant la faible lumière provenant des fenêtres. Un homme, vu la silhouette.

— Bradroc ? balbutia-t-elle d'une voix étranglée.

Non, c'était quelqu'un de plus mince et de plus grand, mais comme il était en contre-jour, elle ne parvenait pas à l'identifier. Sans plus s'en préoccuper, elle rampa vers la cuisine, mobilisant toutes ses forces. La seconde fripouille lui barra alors le passage. Il avait sorti un couteau et l'obligea à se relever pour la serrer contre lui, s'en servant comme d'un bouclier et la menaçant de son arme.

— Laisse-la tranquille ! rugit une voix masculine, déformée par la fureur.

Alix courba l'échine, puis, sans hésiter, rejeta son coude en arrière dans le ventre de celui qui la retenait captive.

Sous le choc, il la lâcha. Un coup de feu retentit, tellement violent et proche d'elle que la jeune fille en eut les oreilles sifflantes et bourdonnantes. Étourdie, elle entendit vaguement une voix hurler des ordres confus qu'elle ne comprit pas. Craignait-on que le bruit de la détonation n'attirât quelqu'un ? Qui était donc son sauveur ? Un policier ? Un autre pillard ?

Alix n'eut pas le temps d'épiloguer sur toutes ces questions. Alors qu'elle était encore abasourdie, son défenseur l'attrapa comme dans un tourbillon, et la fit passer derrière lui avec une telle rapidité qu'elle perdit l'équilibre et tomba à terre. À cet instant, ses yeux croisèrent ceux du nouveau venu, brûlants de colère et de haine pour le dernier agresseur encore debout. Ces magnifiques prunelles bleues, dans ce visage nettement dessiné, sous cette masse de cheveux bruns et bouclés. Impossible ! Et pourtant...

Alix frissonna sous le regard brûlant que Sylvain lui jeta brièvement, avant de se concentrer sur le dernier gredin. Celui-ci s'était éloigné de la cheminée et visiblement ressaisi ; il bondit en direction de l'office, vers le mousquet appuyé contre le mur. Avant qu'il atteignît son but, Sylvain lui décocha un coup de pied, l'arme vola à plusieurs toises et les deux hommes entamèrent un combat au corps à corps, épée contre couteau. La lutte était inégale. Alix vit son agresseur qui heurtait la table et s'écroulait soudain, le corps traversé par la lame de Sylvain.

Il se précipita aussitôt vers elle et posa la main sur son épaule.

— Vous allez bien ?

Sa robe déchirée dévoilait ses cuisses, le regard du jeune homme se troubla. Elle la rabattit sur elle du mieux qu'elle put et le considéra, stupéfaite.

— Vous ? !

Elle était tendue comme un arc et vibrait encore de colère et de peur. Elle leva une main pour le gifler, sans réfléchir. C'était un réflexe. Qui ne lui réussit pas, puisque, comme le soudard, il arrêta son geste sans difficulté.

— Je vous sauve la vie et c'est comme ça que vous me remerciez ?

Elle le regarda. Elle tremblait de la tête aux pieds, bouleversée par ce qu'elle venait de traverser et en subissant le contrecoup. Des sentiments contradictoires l'agitaient : elle était soulagée d'être saine et sauve, mais meurtrie d'avoir dû être secourue – non pas qu'elle n'eût pas apprécié l'aide de Sylvain, mais parce qu'elle savait qu'il ne serait pas toujours là pour elle, qu'il n'aurait pas *dû* être là, et qu'elle devait être capable de se défendre seule. Elle s'en pensait apte, d'ordinaire, mais cette fois-ci, elle s'était montrée en dessous de tout ; cela l'angoissait. C'était la faute à cette maudite robe, mais aussi à son imprévoyance, parce qu'elle n'avait pas gardé sa dague sur elle, par exemple. Elle ne devrait plus commettre ce genre d'erreur, à l'avenir. Elle était également heureuse de voir Sylvain – il lui avait tellement manqué ! – et en même temps, furieuse après lui.

— Non, répondit-elle enfin, la voix si chevrotante qu'elle se maudit de ne pas savoir se contrôler. Ça, c'est pour toutes ces stupides lettres que vous m'avez envoyées, dans lesquelles vous me disiez des choses totalement inconvenantes. Et aussi pour celle où vous promettiez de revenir vite, alors que vous ne l'avez pas fait ! Vous méritez bel et bien une gifle !

Il sourit :

— Très bien. Si cela peut vous faire du bien, allez-y.

Il la lâcha, mais elle fut incapable d'achever son geste. Au contraire, elle se jeta sur lui et l'embrassa avec fièvre, sans aucune retenue. D'abord surpris, il répondit bientôt à ce baiser avec fougue.

— Je devrais vous sauver la vie plus souvent, dit-il, la voix soudain plus rauque, j'apprécie fort d'être remercié de cette façon.

Le renflement au niveau de son entrejambe le prouvait de la façon la plus éclatante. Elle rougit, recula, et soudain, elle s'effondra. À bout de nerfs, elle se mit à pleurer en silence, avec de petits hoquets convulsifs. Elle grelottait et claquait des dents. Il s'agenouilla près d'elle, la prit délicatement dans ses bras et la berça pour la calmer, comme on fait avec un enfant terrifié.

— Il... Il y a souvent des morts quand vous êtes là, balbutia-t-elle absurdement. Êtes-vous donc si dangereux ?

— Très, répondit-il avec douceur. Mais vous êtes là aussi quand il y a des morts. Peut-être est-ce vous qui êtes dangereuse ?

Elle ne put s'empêcher de rire nerveusement, savourant le chaud réconfort de ses bras autour d'elle, incapable de s'éloigner de lui.

— Je suis certaine que vous voyez beaucoup plus de morts que moi.

— Malheureusement, oui, avoua-t-il dans un soupir.

Au bout d'un moment, il la souleva et la porta contre lui pour l'éloigner des cadavres étendus sur le sol.

— Qu'êtes-vous donc venue faire ici, jolie Alix ? demanda-t-il finalement en la reposant contre lui. Cette maison abandonnée va bientôt être la proie des vautours.

— Nous sommes chez ma cousine... balbutia la jeune fille. Je devais la retrouver et repartir avec elle dans les Alpes.

— Votre cousine ? Anne de Renéville est votre cousine ?

— Celle de mon père... Vous la connaissez donc ?

— J'ai eu l'honneur de la rencontrer, fit-il en riant. Une femme de caractère. On dirait que c'est de famille.

À ces mots, Alix recouvrit une partie de son sang-froid. Elle s'écarta du jeune homme et s'essuya les yeux d'un geste nerveux.

— Et où l'avez-vous rencontrée ? Encore dans un bal où vous vous êtes immiscé sans autorisation ? Ou bien vous est-elle venue en aide, elle aussi, un jour que vous traîniez comme le vagabond affamé que vous êtes ?

Le jeune homme éclata franchement de rire.

— Ni l'un ni l'autre. J'observe cependant avec plaisir que vous êtes remise et que je n'ai plus de damoiselle en pâmoison sur les bras. C'est rassurant. Je constate également que vous m'en voulez pour de bon, ajouta-t-il en reprenant son sérieux. Alix, je suis désolée de n'être pas encore revenu dans les Alpes, comme je vous l'avais promis. Je pensais le faire au milieu du printemps, quand les routes seraient déneigées. Étiez-vous donc si impatiente de me retrouver ?

— Je ne répondrai pas à cette question ! répondit-elle avec une colère contenue. Surtout lorsque vous éludez les miennes. Je croyais que c'était vous qui vouliez me revoir. Vous disiez que je vous manquais. Vous êtes bien aussi menteur et beau parleur que je l'avais pensé, la première fois. Enfin, la seconde, au bal.

— Non, fit-il avec douceur, vous m'avez manqué, je puis vous assurer que tout cela est vrai. Pourquoi aurais-je écrit ces lettres, sinon ? Et je sais que vous vouliez me voir. Un de mes hommes m'a parlé de l'étendard rouge qui flotte en haut du pin…

Les yeux pleins de larmes, Alix regarda Sylvain dans les yeux.

— Vous me retournez comme une crêpe à la Chandeleur. C'est déloyal.

Il lui sourit :

— Je triche toujours, ma mie. Je ne respecte pas les règles du jeu.

Et sans lui laisser le temps de s'appesantir sur cette déclaration ambiguë, il reprit :

— Rassurez-moi, vous n'avez pas effectué seule le voyage jusqu'à Paris ?

— Je suis venue avec Bradroc et Benoît.

— À la bonne heure ! Nous allons donc les retrouver, avant de rejoindre votre cousine. Et pour répondre enfin à votre question, j'ai rencontré cette grande dame le soir où j'ai participé à son sauvetage.

— Son sauvetage ?

— Sa fuite, si vous préférez.

L'esprit d'Alix s'illumina soudain :

— Alors, vous… ?

— Oui, répondit Sylvain. Je travaille avec le Lys Pourpre.

Deuxième partie

13

La bande du Lys Pourpre

Alix ouvrit de grands yeux. Cela expliquait bien les constantes allées et venues de Sylvain, ses silences prolongés, sa vie en apparence dissolue.

— Je... je comprends mieux... balbutia-t-elle, sous le coup de la surprise. Alors quand vous êtes passé dans les Alpes, la dernière fois, c'est que vous étiez en mission pour le Lys !

— Oui, convint Sylvain. Je devais... régler certains comptes pour lui.

— Oh, je vois ! fit Alix en hochant la tête. Vous avez tué l'homme qui avait assassiné et dépouillé ce jeune couple qui voulait fuir.

Le visage de Sylvain s'assombrit.

— Ces gens auraient dû être sous notre responsabilité, mais le temps leur était compté. Ils n'ont pas attendu que nous mettions sur pied un moyen d'évasion et ils sont partis avec lui. Ce scélérat n'a eu que ce qu'il méritait.

— Et dire que je vous croyais simple contrebandier... murmura Alix, ébranlée malgré elle par toutes ces révélations.

— Oh, je le suis aussi, répliqua le jeune homme avec une simplicité et une franchise désarmantes, l'un n'empêche pas l'autre. Pour une troupe comme celle du Lys, il faut de l'argent, vous vous en doutez. Ma contrebande sert à la financer en partie, à lui permettre d'avoir les ressources nécessaires pour nourrir et armer ses hommes. Et puis, cette activité nous sert de « couverture » pour faire passer les exilés. Les gens seraient beaucoup plus bavards s'ils savaient la vérité, mais s'ils pensent que nous ne transportons que de la contrebande, ils ne disent rien. L'autre avantage, c'est qu'en cas d'arrestation, toujours possible, les gabelous se focalisent d'abord sur la contrebande et non le reste.

— Vous voulez dire que le Lys Pourpre fait de la contrebande, comme un vulgaire bandit ?

— Ma foi, oui, et je crains qu'il n'en ait aucune honte, poursuivit Sylvain avec un petit rire. Ni moi, d'ailleurs. Il faut bien vivre ! La contrebande est une sorte de tradition dans les zones frontalières, et il n'est quasiment aucune famille du peuple qui n'ait un ou plusieurs de ses membres dans la partie.

— Et vous m'avez dit posséder aussi des navires ?

— C'est exact.

— Je parie qu'ils ne se contentent pas d'attaquer les navires ennemis, en bateaux corsaires qu'ils sont, insinua Alix. Ils transportent aussi des passagers. Des passagers que le Lys vous confie.

Le jeune homme cligna de l'œil.

— Je constate avec plaisir que vous n'avez rien perdu de votre vivacité d'esprit. Pour l'heure, heureusement que votre cousine m'a envoyé chercher quelques tableaux, sans quoi vous seriez entre les mains de ces gredins.

— Comment ? s'exclama Alix. Vous êtes revenu ici pour des tableaux ?

— Entre autres, oui. Mais pas seulement. Je n'ai cédé aux exigences de votre cousine que parce que le Lys voulait aussi que je récupère certains documents compromettants en même temps que les grands portraits de la famille de Renéville.

Il lui fit un nouveau clin d'œil, puis appela :

— Vladimir !

— Mais ? fit Alix, les yeux écarquillés de surprise. Il y a quelqu'un avec vous ?

Elle allait enfin rencontrer un compagnon de Sylvain. Voilà qui était intéressant ! À regarder qui le jeune homme fréquentait, elle en apprendrait peut-être plus sur lui-même.

— Évidemment ! Vous ne pensiez pas que je viendrais seul ici, pour tomber dans un guet-apens ? J'ai toujours des cartes en réserve, je vous l'ai dit.

Dans ce cas, pourquoi son compagnon ne l'a-t-il pas aidé tout à l'heure ? se demanda Alix. *Le combat aurait été plus juste, moins risqué.*

— Monsieur m'a appelé ? demanda le dénommé Vladimir qui entrait à son tour dans la pièce. J'ai guetté, comme vous me l'avez demandé, Monsieur. Mais personne n'arrive, le bruit ne semble pas avoir été entendu. Je me suis également chargé de mettre les chevaux à l'abri des regards indiscrets, Monsieur. J'espère ne pas avoir été trop long.

— Laisse tomber le « Monsieur » et viens ici que je te présente mademoiselle Alix de la Chaussée d'Arville.

— Enchanté, Mademoiselle, fit le nouveau venu en s'inclinant.

— Monsieur... répondit Alix, trop ébahie pour parler.

Elle avait reconnu en l'homme le serviteur entraperçu lors du bal chez les Saint-Clair et le considérait avec curiosité, serrant contre elle sa robe déchirée. C'était la première fois qu'elle le voyait d'aussi près et il lui parut moins vieux qu'elle ne l'avait initialement cru. Certes, Vladimir, à en juger par ses cheveux blancs et sa silhouette de guingois, comme si rien ne pouvait aller droit chez lui, était un homme d'un âge avancé. Pourtant, quand il s'avança vers la jeune fille pour aider Sylvain à la relever en la prenant par la main, elle s'aperçut qu'il avait de la poigne et qu'il était encore plein d'énergie. Il avait une voix rocailleuse et en dépit du peu de mots qu'il avait proférés, Alix avait déjà noté que son français était marqué d'un accent étranger assez prononcé.

— Trouve-lui quelque chose pour se changer, reprit Sylvain, sa tenue a un peu souffert de l'agression de ces malotrus.

— Les hommes du Furet ne sont tous que des rustres... grommela Vladimir en s'exécutant. Se comporter de cette façon est indigne !

Alix se tourna vers Sylvain :

— Ces hommes sont des policiers ?

— Si l'on veut. Ils font partie de la petite armée que Jankélévitch a recrutée personnellement, pour se lancer à la poursuite du Lys Pourpre. Ce ne sont que des mercenaires, des tueurs qu'il paie pour faire le sale boulot.

— Vraiment ? Et que font-ils ici ?

— La disparition de votre cousine n'est pas passée inaperçue. Ils sont sûrement venus voir s'ils ne pouvaient pas trouver une piste, un indice.

— Je vois... Ces fameux documents compromettants que vous devez récupérer.

— C'est cela. Sans compter que dévaliser une demeure abandonnée ne doit pas leur déplaire.

Vladimir revenait, avec une tenue un peu vieillotte, qui devait appartenir à sa cousine et qu'il avait sans doute dénichée dans une des armoires.

— C'est ce que j'ai trouvé de mieux, s'excusa-t-il.

— Cela fera très bien l'affaire ! répondit Alix en s'en emparant avec reconnaissance.

— Nous allons vous laisser vous changer tranquillement, dit Sylvain. Nous avons du travail, de notre côté. Vladimir, aide-moi. Nous allons passer au salon et à la salle à manger, il faut enlever les cadres et rouler les toiles.

Restée seule dans la cuisine, la jeune fille se changea en un tournemain, puis rejoignit les hommes qui achevaient leur tâche avec une célérité stupéfiante. Ils avaient visiblement l'habitude.

— Viendriez-vous de Russie par hasard ? demanda Alix à Vladimir. Comme ce... Furet ?

— C'est un fait, gente demoiselle. Jankélévitch n'est pas le seul Russe à avoir rejoint le royaume de France, voici des années. Néanmoins, je vous prierais de ne pas pousser plus loin la comparaison. Hors mon pays d'origine, je n'ai rien à voir avec cette crapule.

— Crapule ? Vous y allez un peu fort, non ? Je n'aime guère son métier et la façon dont il l'accomplit, mais n'est-il pas mandaté par le gouvernement ?

— Oui, da ! Mais cela n'en fait pas un homme respectable pour autant.

— Jankélévitch a l'habitude de se servir personnellement dans les biens des gens qu'il arrête et mène devant le juge, intervint Sylvain. Et ce n'est là qu'un des aspects du personnage. Il est aussi très ambitieux, ce qui le rend dangereux.

D'après ce qu'elle avait pu voir du personnage lors du bal chez les Saint-Clair, Alix ne pouvait qu'approuver ce jugement. Elle espérait bien éviter le policier jusqu'à ce qu'elle fût rentrée chez elle.

— Qu'allons-nous faire de ces gens ? demanda-t-elle.

— Nous n'avons malheureusement pas le temps de les enterrer...

— Nous ne pouvons pas non plus les laisser là ! protesta la jeune fille.

— Nous allons les sortir et les recouvrir d'un drap, trancha Sylvain. Nous ne pouvons pas faire plus. En revanche, nous allons emmener leurs chevaux.

⁂

Sylvain Roche fit exactement ce qu'il avait dit : il conduisit d'abord Alix (qui avait récupéré Flamme) à l'auberge où tout le monde supposait que Bradroc et Benoît étaient retournés, puisqu'ils ne se trouvaient pas à l'hôtel particulier d'Anne de Renéville. Mais sur le chemin conduisant à l'hôtellerie, ils eurent la surprise de croiser l'intendant du domaine de la Chaussée d'Arville, l'air plus sombre et plus renfrogné que jamais. Dès qu'il aperçut la jeune fille, Bradroc lança sa monture au galop pour aller à sa rencontre.

— Alix ! s'écria-t-il, avec émotion, soulagement et colère mêlés. Où étiez-vous donc passée, espèce d'aventurière sans cervelle ? Si je ne vous avais pas retrouvée saine et sauve, je ne me le serais jamais pardonné ! Votre père ne m'en aurait pas laissé le temps, d'ailleurs, il m'aurait tué sur place !

La jeune fille descendit de cheval et comme son vieil ami en faisait autant, elle se jeta dans ses bras et l'étreignit.

— Mais quelle est donc cette tenue ? demanda-t-il en la regardant des pieds à la tête. Elle ne vous ressemble pas.

— C'est une longue histoire, répondit Alix avec chaleur, mais laissez-moi d'abord vous montrer qui m'accompagne.

Bradoc reconnut tout de suite Sylvain et les deux hommes se saluèrent. Lorsque Alix eut présenté Vladimir à son tour, elle s'empressa de résumer l'attaque dont elle avait été l'objet, ainsi que la façon dont le jeune homme l'avait sauvée. Puis, après que Bradroc eut remercié Sylvain et l'eut serré contre lui à l'étouffer, ils remontèrent tous en selle. Reprenant la route, Alix demanda où se trouvait Benoît.

— Il est à l'auberge, expliqua Bradroc. Nous avons suivi vos ordres, cependant, et vous avons longuement attendue chez votre cousine, dont nous avons d'ailleurs trouvé la demeure abandonnée.

— Oui, j'ai vu ça, renchérit Alix. Mais rassurez-vous, cousine Anne se porte bien et M. Roche sait où la trouver.

— Quel soulagement ! s'exclama l'intendant. Tout s'arrange, alors !

— Vous n'êtes pas restés là-bas, cependant ? insista la jeune fille.

— Non, lorsqu'il a été plus de midi, ne vous voyant pas arriver, nous nous sommes demandé si nous n'avions pas mal compris votre message et si, en réalité, vous ne nous attendiez pas déjà à l'hôtellerie. Par ailleurs, vu l'état de la demeure de votre cousine, il aurait été logique que vous ayez déguerpi le plus vite possible. Nous avons donc fini par reprendre le chemin de l'auberge, sans nous douter un seul instant que vous n'étiez pas encore arrivée au rendez-vous. Bien entendu, vous ne vous trouviez pas à la pension, puisqu'à ce moment-là, vous veniez sans doute de parvenir chez votre cousine. Tourmentés de ne pas vous voir, nous avons tenté de mener l'enquête pour savoir où vous vous étiez rendue, mais nous n'avions aucune piste. Nous avons continué d'attendre un peu, nous interrogeant sur ce que nous devions faire. Finalement, j'ai laissé Benoît à l'auberge et j'ai décidé de revenir à l'hôtel particulier de votre cousine, pour le cas où. Benoît doit trépigner d'angoisse.

Alix, confuse, expliqua alors les démarches qu'elle avait poursuivies pour obtenir des nouvelles de son amie Béatrice. Au regard furibond de Bradroc, elle comprit qu'il ne l'approuvait pas et lui tiendrait rigueur quelque temps pour ne l'avoir pas prévenu.

— Avez-vous mangé ? questionna-t-il, au bout d'un instant.

— Non, je n'en ai pas eu le temps, reconnut-elle avec lassitude.

Maintenant que Bradroc en parlait, elle se rendit compte qu'elle avait terriblement faim.

— Alors il vous faut prendre quelque chose, dit-il en lui tendant un quignon de pain, ou bien vous allez tourner de l'œil.

Sous le regard ironique de Sylvain, elle se rebiffa un peu :

— Bradroc, je peux attendre que nous soyons arrivés. Je ne suis pas en sucre !

— Justement ! répliqua l'intendant d'un ton ferme. C'est bien pour ça. Les personnages en sucre n'ont pas besoin de manger, eux.

La jeune fille obtempéra, et comme elle jeûnait depuis le matin, elle dévora littéralement le pain.

Quand ils arrivèrent à destination, Benoît était presque fou d'inquiétude, ainsi que Bradroc l'avait supposé.

— Ah, mon Dieu ! s'écria-t-il en les voyant. Vous l'avez donc retrouvée, Bradroc ! Je n'ose imaginer ce que nous aurions fait dans le cas contraire.

Son soulagement était tel qu'il semblait au bord de fondre en larmes. Alix ne l'avait jamais vu dans cet état, et penaude, elle demanda pardon à ses deux fidèles serviteurs de leur avoir faussé compagnie de cette façon.

Puis, lorsque Alix eut réglé la note, qu'ils eurent récupéré leurs bagages ainsi que le cheval de Benoît, Sylvain les emmena tous dans une autre auberge, tenue par des alliés du Lys Pourpre, l'endroit où se cachait la cousine Anne depuis l'avant-veille. Lorsqu'ils arrivèrent, celle-ci fulminait d'être bloquée dans un endroit aussi miteux et commençait à impatienter sérieusement les tenanciers. Sa dame de compagnie, une certaine Mlle de Carville, et son domestique François tentaient en vain de la tempérer. L'arrivée de ses tableaux rasséréna quelque peu l'irascible femme, et elle se montra aimable envers sa petite-cousine, surtout après que celle-ci lui eut remis la lettre rédigée par son père.

— Quand partons-nous ? demanda alors Anne de Renéville, en se tournant vers Sylvain.

— Nous devons rester là encore au moins une journée, expliqua le jeune homme. Nous profiterons d'un convoi pour quitter Paris, en compagnie du Lys. Il n'est pas encore arrivé. Et puis, il nous faut de faux papiers pour Mlle de la Chaussée d'Arville et ses compagnons.

Alix, dubitative, jeta un œil sur les deux grandes voitures que l'on préparait pour le voyage. Des berlines, bien fermées, qui les protégeraient à la fois des intempéries et des regards pendant le voyage. On était en train d'attacher une malle sur le toit de l'une d'elles, et un matelas sur le toit de l'autre.

— Vous ne pensez pas sérieusement emmener tout cela, chère cousine ? demanda-t-elle.

Elle savait qu'elle se montrait insolente en posant la question à cette parente plus âgée qu'elle, mais elle devait le faire.

— Bien sûr que si ! rétorqua l'acariâtre femme. J'ai déjà perdu assez dans mon hôtel particulier !

— Cousine Anne, nous allons être trop chargés. Nous devons aller vite et ne pouvons risquer de briser une roue à cause du poids des bagages. Père m'a envoyée vous chercher, mais il ne cautionnera nullement de tels... actes.

Elle avait voulu dire « caprices » et s'était retenue à temps.

Cousine Anne allait ouvrir la bouche pour fustiger l'impertinente quand Sylvain intervint pour essayer de la raisonner.

— Nous devons avoir l'air tout au plus de simples voyageurs, exposa-t-il aimablement, et non de gens qui déménagent en hâte.

— Vous avez dit que nous prendrions des chemins détournés ! récusa Anne de Renéville, peu amène. Et qu'avec les papiers que vous nous trouveriez, nous pourrions voyager sans problème.

— Certes, mais il est préférable de rester discret. Ces deux coches, plus les nombreux cavaliers qui nous accompagnent, c'est déjà trop, à mon gré, mais nous n'avons pas le choix.

Au nom du Lys Pourpre, il poursuivit son raisonnement, en termes adroits, afin de faire enregistrer à la vieille dame – du moins paraissait-elle âgée aux yeux d'Alix – qu'elle devait encore faire quelques sacrifices pour retrouver sa liberté et rejoindre l'Italie, ainsi qu'elle l'espérait.

Alix avait compris que sa parente possédait là-bas une antique demeure où étaient entassés encore d'autres trésors. En revanche, la bâtisse était bien peu confortable, ce qui l'avait incitée à habiter plutôt l'hôtel particulier cédé par son cousin à Paris. Mais quoi qu'il en fût, même en renonçant à de nouvelles frivolités, elle ne se retrouverait certainement pas dans le besoin. Cependant, Sylvain et Alix eurent beau dire, la vieille femme s'accrochait à ses objets. Elle consentit finalement à abandonner son matelas à l'aubergiste, car il était vraiment trop encombrant et trop voyant, mais ce fut là sa seule concession.

⁂

Le lendemain soir, la veille du départ, Alix s'arrangea pour revoir Sylvain seule à seul, ainsi qu'ils en étaient tous deux secrètement convenus, quelques heures plus tôt. La jeune fille était en retard au rendez-vous, mais elle tenait à l'honorer. Elle s'était même changée pour la circonstance, revêtant une robe de couleur bleu pâle.

C'est la couleur de ses yeux, s'était-elle dit en l'enfilant. *Je ne pensais pourtant pas à lui lorsque je l'ai mise dans mon sac à la Chaussée !*

Il l'attendait, agitant distraitement une badine. Lorsqu'il entendit des pas furtifs sur le sable de l'allée, il se retourna et un grand sourire illumina son visage et ses yeux bleus lorsqu'il la découvrit.

— Alix ! Je n'osais plus espérer vous voir avant de prendre la route. Comment avez-vous fait ?

— Cousine Anne est montée tôt dans sa chambre, expliqua Alix, rougissant de plaisir. J'ai prétexté un malaise pour en faire autant, laissant seule Mlle de Carville qui a donc quitté, elle aussi, la grande salle. Quand les couloirs de l'auberge ont été déserts, je me suis faufilée hors de ma chambre, je suis sortie par la porte de service… et me voici !

Sylvain sourit et lui prit la main pour la rapprocher de lui.

— Oui, vous voici, jolie demoiselle, enfin seule avec moi.

Qu'il était doux d'entendre le jeune homme parler avec tant de gentillesse ! Il se montrait beaucoup plus attentionné que par le passé, ce qui était un agréable changement.

— Pas pour très longtemps, malheureusement, répliqua Alix avec amabilité. Il faudra bien que je rentre avant la nuit.

— Pourquoi ? En ma compagnie, vous risquez moins que seule avec deux vieilles femmes.

— Parce que le contraire ne serait pas convenable, monsieur Roche. Et vous le savez bien. De toute façon, nous ne sommes pas seules, il y a des hommes à vous tout autour, ajouta-t-elle malicieusement.

— Le plus important, c'est que nous ne serons plus ici demain, grâce au Ciel.

Ils marchaient en discutant, et atteignirent le petit banc sous le tilleul, dans l'arrière-cour de l'auberge, qui les mettait à l'abri de tous les regards. Délaissant la main de son compagnon, Alix s'assit et prit volontairement une mine boudeuse.

— Est-ce à dire que vous n'appréciez plus le plaisir de ma compagnie ? le provoqua-t-elle.

C'était une pure plaisanterie, et il le savait aussi bien qu'elle. Depuis que le jeune homme lui avait sauvé la vie, son attitude envers lui s'était modifiée ; elle ne cherchait plus constamment à le défier, mais elle appréciait pleinement sa présence, qui la rassurait. Sans compter qu'il la troublait toujours délicieusement.

— Oh, vous savez bien que tel n'est pas le cas, gente damoiselle. Cependant, je préférerais nettement vous savoir en sécurité dans vos Alpes lointaines.

— Quand nous reverrons-nous, alors ? C'est déjà un miracle que je vous aie rencontré ici.

Ce fut au tour de Sylvain de prendre un air malicieux, presque ironique. Que signifiait ce sourire ? Voulait-il dire que leur rencontre n'avait eu de fortuit que les apparences ? Cette idée l'avait déjà effleurée, mais elle n'eut pas le temps de s'en enquérir.

— J'ai une surprise pour vous : je vous accompagne une partie du chemin.

Alix sentit son cœur se dilater.

— Quelle chance ! s'exclama-t-elle avec spontanéité. Je me sentirai encore plus en sécurité si vous êtes avec nous.

— Je n'irai peut-être pas jusqu'au bout du voyage, tempéra Sylvain, mais je resterai au moins le premier jour. Et avec de la chance, nous pourrons avoir un petit moment rien que pour nous, comme ce soir.

— Pour y parvenir, je ne suis pas en peine de berner encore bien des fois Mlle de Carville, répondit Alix avec un petit sourire entendu.

Sylvain prit place sur le banc, aux côtés de la jeune fille et s'efforça de paraître sévère :

— Oui, vous êtes une véritable diablesse et faites tout ce dont vous avez envie. C'est très mal d'agir ainsi.

Elle rit :

— Vous en plaindriez-vous, aujourd'hui ?

Il se pencha vers elle en souriant.

— Non, ma petite princesse ! Il y a si longtemps que je rêve de ce moment.

— Si longtemps ? répéta Alix, taquine. Allons donc ! Depuis dix heures, au plus. Nous nous sommes vus ce matin.

Il prit un air mécontent.

— Vous n'imaginez pas ce que représentent pour moi dix heures sans vous. Une véritable éternité ! Pourquoi vous moquez-vous toujours de moi ? ajouta-t-il tandis qu'elle riait de plus belle. Si vous n'étiez une faible femme, vous sauriez déjà ce qu'il en coûte de manquer de déférence envers un…

— Un quoi ? fit-elle, curieuse, tandis qu'il venait de s'interrompre. Un gentilhomme ?

— Malheureusement, le M. Sylvain Roche que je suis ne peut prétendre à ce titre.

Alix nota la façon toute particulière qu'avait eue son compagnon de s'exprimer. Effectivement, sous l'identité de Sylvain Roche, il ne le pouvait pas. Mais était-ce sa seule identité ? Depuis le début, Alix sentait qu'il jouait un double jeu. Néanmoins, elle devina qu'elle ne ferait que le brusquer en lui posant la question directement, alors elle préféra opter pour une autre attitude.

— Oh, oh, M. Roche a l'humeur vindicative et hautaine, bien autant que certains gentilshommes de ma connaissance. Être un gentilhomme est une question d'état d'esprit plutôt que de naissance, à mon avis. Et puis, que signifie un titre, de nos jours ?

— Croyez-moi, cela signifie beaucoup, sans quoi « on » n'éprouverait pas tant de rancœur envers la noblesse. Mais je vous trouve bien impertinente et audacieuse, dans vos propos. Seriez-vous révolutionnaire sans en avoir l'air ?

— Vous savez bien que non, même si j'approuve certains élans des révolutionnaires. Je désapprouve seulement leur soif d'en découdre, et leur soif de sang, pour certains. On dirait qu'ils veulent se venger d'une humiliation dont nous ignorons tout et je pense que leurs motivations sont en général bien plus personnelles que la volonté de vouloir œuvrer pour le bien commun. Ils manipulent le peuple et en font une arme pour prendre le pouvoir à la place de ceux qui l'ont encore. Mais qu'y trouvera le peuple, au bout du compte ?

— Que voilà une discussion sérieuse, ma mie… Et vous voici maintenant préoccupée.

— J'en suis navrée. Je ne voulais pas gâcher cette soirée.

Alors, pour toute parole, il saisit délicatement son visage entre ses mains et osa l'embrasser. Sa bouche picora le cou de la jeune fille, puis prit ses lèvres avec passion. Un frémissement parcourut le corps d'Alix et elle ferma les yeux, prête à l'abandon... Elle répondit avec fougue à ce baiser, et sentit les mains de Sylvain la parcourir fiévreusement.

Elle prit conscience de ce qui allait se produire d'ici quelques minutes si elle n'y mettait pas un frein tout de suite. C'était insensé ! Comment elle, la fille du marquis, pouvait-elle être prête à se compromettre avec un étranger ? Dans un terrible effort sur elle-même pour ne pas céder à l'appel de son corps, elle recula insensiblement, et finalement, ce fut le jeune homme qui la lâcha, à bout de souffle.

Bouleversée, Alix tendit doucement les bras pour l'éloigner... Elle se sentait terriblement vulnérable et tremblait encore de désir, tenant Sylvain à quelques pouces d'elle, incapable de s'en détacher réellement. Elle sentit alors combien elle allait à l'encontre de ce que tout son être réclamait, de manière impérieuse et violente.

— Vous ne gâchez en rien cette soirée, dit-il doucement, je vous interdis de le penser. Chaque moment en votre compagnie est toujours divin. Et ce baiser... Vos lèvres sur les miennes... J'adore vous embrasser, même si vous me prenez un peu plus au piège chaque fois...

— Au piège ? protesta-t-elle. C'est vous qui m'avez embrassée le premier, et de force encore !

— Je me suis donc jeté dans le piège de mon plein gré, concéda-t-il.

Il sourit d'une telle façon qu'elle fut obligée d'avouer :

— En réalité, c'est moi qui suis prise au piège. Je suis même incapable de détourner mes yeux de vous.

Elle avait conscience que ces choses-là ne se disaient sans doute pas, mais elle ne pouvait dissimuler ses sentiments. Il se pencha à nouveau vers elle et elle tressaillit à la fois de bonheur et de crainte. Elle soupira et se fit violence pour s'écarter de lui avant de reprendre doucement :

— Arrêtez, s'il vous plaît. J'aime aussi quand vous m'embrassez... Mais je crois que nous ferions mieux de cesser.

— Je sais... Vous avez raison, pardonnez mon audace.

Il s'était rembruni et elle craignit qu'il ne la prît pour une petite gourgandine. Soudain, comme pour la rassurer, les yeux du jeune homme pétillèrent à nouveau, et il dit :

— Marchons, voulez-vous ? Il est encore trop tôt pour que j'aie envie de vous laisser partir et rejoindre cette auberge sinistre.

Cependant, elle ne pouvait détacher son regard du sien, grave et silencieuse. Elle le vit fermer les yeux comme pour mieux apprécier ces instants qu'il passait en sa compagnie. Elle se rendit compte à quel point son désir de lui était intense, en dépit des convenances, mais aussi des circonstances et de l'aventure dangereuse dans laquelle ils étaient engagés, un désir confinant à la douleur. Elle avait également conscience du respect qu'il lui témoignait en luttant contre son propre désir...

Elle trouva finalement la force de se lever. Ils quittèrent le banc et cheminèrent silencieusement pendant quelque temps, avant d'arriver au bord d'un étroit ruisseau créé par les dernières pluies.

— Le gentilhomme que vous êtes accepterait-il d'aider une « faible femme » à traverser ?

Alix, dans sa robe bleue, hésitait à sauter. Sylvain la saisit gaiement par la taille et l'entraîna de l'autre côté d'un seul bond. Il garda la petite main qui tenait la sienne et la baisa.

— Alix, ma petite princesse... Vous n'avez rien d'une faible femme, mais c'est toujours un plaisir de vous servir.

— Ne pensez-vous pas que nous sommes parfois stupides ? rétorqua-t-elle d'un ton sérieux. Nous passons notre temps à nous taquiner quand ce temps est si précieux. Nous aurions tant de choses à nous dire !

— Oui, ma douce. J'aimerais vous entendre avouer vos sentiments, savoir qu'ils sont semblables aux miens.

Elle protesta, frappant sa manche du bout des doigts.

— Allons donc, cessez vos enfantillages.

— Je suis très sérieux, au contraire. Est-ce que je ne viens pas de dire que vous m'aviez pris au piège ? Pris au piège de vos yeux ensorceleurs, de votre bouche si douce...

— S'il ne s'agit que de ça, vous connaissez mes sentiments également, est-ce bien utile d'en parler ?

Cette fois, elle voulait éviter de répondre franchement. Elle venait déjà de reconnaître à haute voix le désir qu'elle éprouvait pour lui. Avouer une inclination pour un homme aussi peu recommandable que Sylvain n'était pas une chose qu'elle pouvait se permettre de redire, d'autant moins qu'elle n'avait pas lieu d'être et que toute sa famille l'aurait désavouée.

— N'en parlons plus, alors, et passons aux actes, fit-il en souriant. Vous m'attirez irrésistiblement, et je vous trouve aussi belle que courageuse. Tout en vous me séduit.

Il l'attira vers elle, voulut l'étreindre, mais elle se dégagea doucement.

— Non, Sylvain. Vous savez ce qui arrive lorsque vous m'embrassez. Je ne peux pas...

Il n'insista pas et ils marchèrent côte à côte, le long du ruisseau, sans se presser, savourant malgré tout le plaisir d'être ensemble. La nuit était douce et tiède, comme au printemps. Une chaleur envahissait Alix, qui lui semblait provenir de la main de Sylvain. Elle avait peine à quitter des yeux son profil, et parfois quand leurs regards se croisaient, ils se souriaient et Sylvain serrait un peu plus fort la petite main glissée dans la sienne.

Comme il me trouble ! songea-t-elle. *Je me sens si étrange... Serait-il possible que je l'aime pour de bon et que ce ne soit pas qu'une simple attirance physique ?*

Cette révélation l'atteignit de plein fouet. Elle était encore si inexpérimentée dans ce domaine ! Comment pouvait-elle être sûre de ce qu'elle ressentait ? Et cependant, il y avait une chose de sûre, c'était qu'elle n'éprouvait absolument pas les mêmes choses aux côtés d'Armand ou dans les bras des divers soupirants qui l'avaient fait danser dans les bals que ce qu'elle découvrait maintenant, en compagnie de Sylvain. Il lui faisait perdre pied, elle n'avait plus aucun contrôle sur quoi que ce fût quand elle était avec lui. Elle détestait cela, tout en savourant cette sensation de griserie à la limite du danger.

Ou bien, je lui suis tellement reconnaissante de m'avoir sauvé la vie que j'en viens à croire des choses qui ne sont pas... se dit-elle, comme pour se rassurer.

Le crépuscule tombait et Alix proposa de se rapprocher de l'hôtel. Ils allèrent s'asseoir sous une tonnelle, à l'abri des regards. La jeune fille sentait qu'il était l'heure de rentrer, mais elle ne voulait pas savoir que la nuit était presque là, déjà. Pourtant, elle hasarda avec hésitation, presque timidement :

— Sylvain, je pense que...

Elle n'acheva pas sa phrase et Sylvain se garda bien de la finir. Au contraire, il poussa son avantage et, cette fois, il l'embrassa. Serrée contre sa poitrine, glissant les mains contre les muscles de son dos, Alix n'opposa plus aucune résistance et lui répondit avec ferveur. Sylvain glissa sa main sur ses fesses, la pressa plus fort contre lui. Elle gémit, enfiévrée.

Une hésitation passa fugitivement dans les yeux de la jeune fille. Elle éprouvait un véritable vertige, comme si elle s'était avancée au bord du gouffre sans fond. Si elle cédait au désir de Sylvain et aux impératifs de son propre corps, cela allait sans aucun doute changer sa vie entière. Ce n'était pas possible...

Sylvain se méprit sur ce qui la tracassait car il lui dit :

— Je ne vous ferai aucun mal, ma mie, je vous le promets. Je serai aussi doux et tendre que vous le désirez et je n'irai pas plus vite que vous. Je vous attendrai.

— Non, ce n'est pas cela... C'est juste qu'ensuite... je ne serai plus jamais la même.

Il fallait qu'il comprît sans qu'elle eût besoin de tout dire. C'était tellement gênant ! Les femmes n'étaient pas aussi libres qu'elles l'auraient voulu et en allant au bout de ce qu'ils avaient commencé, Alix savait que son avenir en serait changé. En théorie, elle devait rester vierge pour son futur mariage, sinon, aucun homme de qualité ne voudrait d'elle. Or, pour sauver le domaine, elle avait besoin d'un mari ; du moins, c'était ce qu'on lui répétait à l'envi...

Il s'assombrit.

— Si j'étais un de ces gentilshommes qui rêvent de vous épouser, je me moquerais bien de savoir si vous êtes vierge ou non.

Alix ne put retenir un petit rire teinté d'amertume.

— Vous dites ça parce que vous n'en êtes pas un, précisément. Et pourtant, si je ne l'étais pas aujourd'hui, ne seriez-vous pas un peu déçu, au moment de... ?

Elle ne put achever et le regarda brièvement, les joues brûlantes, avant de baisser les yeux sur ses mains. Il haussa les épaules, agacé.

— Touché, admit-il du bout des lèvres, la gorge sèche.

Il voulait être le premier – voire le dernier – à la toucher, à la découvrir et à la posséder. Il avait le cœur qui s'emballait – de même qu'une autre partie de son anatomie – rien qu'en y songeant. Il voulait cette jeune fille à ses côtés, nue et brûlante, plus qu'il n'avait jamais désiré aucune autre femme. Mais qu'avait-il à lui offrir, dans sa situation ? S'il la déshonorait, il ne pourrait jamais rattraper cette erreur.

— Dans ce cas, il vaut mieux arrêter, à moins que...

Il hésita avant de poursuivre :

— Je ne suis pas aussi pauvre que vous le croyez. Et j'ai des bateaux... Je pourrais m'occuper de vous, proposa-t-il finalement.

Alix sentit son visage s'enflammer encore plus violemment. Comme elle n'était pas certaine d'interpréter correctement les paroles de Sylvain, elle préféra poser une question innocente.

— Vous ne plaisantiez donc pas quand vous me parliez de vos trois navires ? demanda-t-elle.

— Ils sont tout ce qu'il y a de plus réel, répondit Sylvain avec un sourire. Des vaisseaux corsaires, qui attaquent les ennemis du royaume de France.

— Vous êtes donc royaliste ? C'est très dangereux, à notre époque. Vous devriez modifier votre position, croyez-m'en !

— Ne changez pas de sujet. Accepteriez-vous d'envisager… ?

D'envisager quoi ? De devenir sa maîtresse ? D'être une femme entretenue ? Il ne pensait sérieusement pas qu'elle pût accepter cela ! Ou bien parlait-il d'autre chose ?

Non, cela non plus n'est pas sérieux. Pas si vite. Pas maintenant. Pas comme ça.

Il s'interrompit en voyant la mine d'Alix.

— J'ai compris, reprit-il un peu plus sèchement. Je ne suis pas assez bien pour vous…

— Oh ! Ce n'est pas ça. Je suis juste extrêmement surprise que vous me parliez de nous unir précisément en ce moment.

— Et pourquoi pas ? Je viens de vous dire que je tenais à vous.

À cette déclaration, Alix sentit ses oreilles bourdonner.

M'aimerait-il ?

— Ce n'est pas ce que j'ai compris, rectifia-t-elle, le cœur battant et la bouche sèche. Vous ne m'avez parlé qu'attirance et désir physique…

Il se mordit la lèvre, visiblement agacé. Ses paroles avaient-elles dépassé sa pensée ? Déçue, Alix détourna la tête.

Il ne m'aime pas réellement… songea-t-elle, le cœur serré. *Et comment le pourrait-il ? Nous nous connaissons à peine.*

Et je n'ai rien pour l'intéresser véritablement. Sans doute préfère-t-il les femmes plus... expérimentées. Il n'y a que moi à me mettre des idées romantiques en tête. Je suis bien naïve...

Sa poitrine était serrée comme dans un étau, mais elle s'efforça de faire bonne figure. Elle n'allait pas s'effondrer maintenant. Certainement pas ! Et pas pour une si stupide raison !

— Je suis néanmoins très touchée de votre proposition, reprit-elle en voyant que Sylvain ne disait toujours rien. Mais je ne peux penser qu'à moi. Mes parents ne seraient pas d'accord, surtout mon père. Je ne peux pas lui faire ça, ce serait risquer de nous fâcher définitivement. Or, je tiens beaucoup à lui, surtout qu'il ne va pas très bien, ces derniers temps. Et puis, il y a le domaine de la Chaussée. Lorsque j'en hériterai, je ne pourrai pas l'entretenir et le sauver seule de la ruine...

— Je peux vous aider, même si vous n'y croyez pas.

— Mais vous n'êtes que...

Elle s'interrompit, honteuse. Elle se rendit compte de la peine qu'elle lui faisait. De ce que son attitude avait de blessant pour lui. De la force des sentiments qu'elle éprouvait déjà pour lui et dont elle prenait conscience ce soir.

— Je comprends. Vous voudriez bien vous donner à moi, mais non point m'épouser. Que je sois prêt à tout pour vous ne vous suffit pas. Il vous faut un titre dont votre famille puisse être fière. Mais dès lors, vous ne pouvez pas vous donner à moi, sans quoi vous seriez perdue pour le mariage que vous convoitez.

— Vous me sous-estimez, monsieur !

Et pourtant, il disait vrai et elle en avait le cœur serré. Un rictus ironique étira les lèvres de Sylvain.

— Si vous voulez, je peux faire quelque chose qui ne vous déflorera pas ! Je connais une foule de jeux possibles...

Un bref instant, Alix se demanda ce qu'il entendait par là, tandis que sa respiration s'accélérait et qu'une brûlante rougeur gagnait ses joues. Tout aussitôt, elle s'indigna intérieurement. Il était donc comme tous les hommes ! Ceux qui voulaient une épouse vierge avant la nuit de noces, mais qui ne se privaient pas de vivre nombre d'aventures et collectionnaient les maîtresses. Quelle hypocrisie ! Oh, elle n'avait rien contre le fait que les hommes et les femmes fissent l'amour, mais que les premiers interdisent aux secondes ce qu'ils s'autorisaient pour eux-mêmes la révoltait. Et pas un seul de ces fichus philosophes qui s'étaient penchés sur la question de la liberté individuelle et avaient semé les graines de cette Révolution qui avait bouleversé leurs vies à tous ne s'était posé vraiment la question de la liberté des femmes, spécialement en ces termes ! Pour elles, rien n'avait changé. Olympe de Gouges avait beau continuer de se battre, les femmes n'avaient point obtenu cette liberté tellement chérie et réclamée par les révolutionnaires.

— Non, s'écria-t-elle en le repoussant, blessée à son tour. Je ne veux pas de ça ! Vous êtes écœurant !

— Vraiment ? fit Sylvain d'un ton ironique.

Il s'empara d'elle avec une telle vivacité qu'elle ne put lui échapper et l'embrassa avec une passion qui la fit gémir. Elle tenta de se dégager, tambourinant du poing contre son torse, mais comme toujours, elle fut trahie par son propre corps, gagné par l'ardeur du baiser de Sylvain, tandis qu'il plaquait sa chair dure contre elle. Au lieu de s'écarter et de le gifler, elle leva les bras pour entourer le cou du jeune homme et s'abandonna, incapable de dissimuler l'impérieux désir qu'elle avait tenté en vain de refouler. Elle fit alors l'insolite expérience d'un plaisir intense, qui la chavirait de la tête aux pieds, tandis que la tristesse lui serrait le cœur.

Finalement, Sylvain la relâcha, à bout de souffle, tout comme elle. Alix restait étourdie, encore pantelante. Un petit silence plana et un sourire légèrement railleur courba les lèvres du jeune homme qui la regardait.

— Je vois à quel point je vous écœure, effectivement.

Vaincue, Alix frissonna et s'abandonna au creux de son épaule.

— Ne vous moquez pas de moi, je vous en prie...

— Je suis désolé, dit-il en caressant doucement les cheveux soyeux qui lui chatouillaient la joue. Je ne voulais pas vous faire de peine.

Elle secoua la tête.

— Ce n'est pas votre faute.

— Si, je n'aurais pas dû... Je regrette... J'ai été stupide. Mais je perds le contrôle en votre présence, Alix.

Alors, lui aussi ?...

Elle soupira, puis reprit en s'essuyant les yeux :

— Je me moque de découvrir ce que vous savez faire, déclara-t-elle enfin. En fait, non, pas tant que ça, ajouta-t-elle avec un sourire coquin, tandis que son cœur battait soudain follement à cette perspective.

Après tout, Sylvain lui avait sauvé la vie, elle devait être honnête avec lui. Il méritait au moins qu'elle lui avouât une vérité qu'il connaissait déjà.

— Cependant, c'est à moi de décider si je veux aller plus loin ou non, reprit-elle d'un ton plus ferme. Mon corps m'appartient, il n'est la propriété de personne d'autre. Ni la vôtre. Ni celle d'un éventuel futur mari. Si vous n'êtes pas capable de m'accepter ainsi, alors allez-vous-en.

À ces mots, Sylvain la regarda avec une telle dévotion qu'elle en frémit.

— Oh, Alix, comme j'aime lorsque vous vous enflammez ainsi ! Je m'en remets à vos désirs et à vos ordres. Et peu importe ce que vous voudrez, cela ne changera en rien mes sentiments, lesquels vont au-delà du simple désir.

Elle rougit, tandis que son cœur lui jouait encore des tours.

— Êtes-vous bien sérieux ? Qu'entendez-vous par là ?

Il y avait peut-être un espoir, finalement. Un frémissement la parcourut, tandis qu'elle attendait sa réponse, la gorge serrée et les yeux humides.

— Rien de plus que le fait que je vous suis désormais dévoué. Commandez et j'obéirai !

Ce n'était pas la réponse qu'elle attendait, et pourtant, c'était déjà beaucoup dans ces circonstances. Qu'avait-elle donc espéré ?

Je n'en sais rien moi-même… Je ne peux rien attendre de lui.

— Merci… répondit-elle dans un souffle, incapable de décider si elle était contente, soulagée ou triste.

Il ajouta alors :

— Évidemment, ce sera difficile de résister… Maintenant que j'ai vu s'assombrir vos yeux, que je vous ai sentie frémir sous mes mains… dussé-je vivre cent ans, je n'oublierai jamais cet instant. Alix… Votre nom est si doux ! Et vous, vous êtes la seule femme que je veux. Je n'ai jamais désiré une femme autant que vous et j'aurai toujours très envie de vous.

Elle hésita, puis demanda :

— Avez-vous donc connu tant de femmes ?

Il sourit devant cette pointe de jalousie et la serra contre lui avec tendresse.

— J'en ai connu, oui, pas autant que vous vous l'imaginez, sans doute. Et pas une ne vous arrivait à la cheville, ma douce.

Elle se mordit les lèvres, gênée. Il sourit, prit sa main et se mit à murmurer de ces mots tendres qu'on réserve à ceux qu'on aime. Il bavarda beaucoup, parlant de tout sauf de l'heure tardive. Alix avait la vague impression qu'elle était en faute et l'écoutait avec un mélange de bonheur et d'agacement. Néanmoins, la nuit était tombée complètement, maintenant.

Un galop de cheval résonna sur la route, au loin, et s'arrêta brusquement. Si Alix n'y prêta pas attention, Sylvain, lui, se redressa d'un bond.

14

Épreuves

Le bruit de galopade était celui d'un cavalier venu avertir Sylvain que le Furet était sur leurs traces. Le policier n'avait pas encore trouvé l'auberge où se cachait Anne de Renéville, mais il resserrait ses filets et il fallait fuir. La petite caravane devait donc s'ébranler dans la nuit, sans attendre le lendemain matin pour repartir vers les Alpes.

En un sens, ce fut un véritable soulagement pour Alix. Non seulement elle avait hâte de rejoindre sa famille et d'échapper aux dangers qui la menaçaient, mais de surcroît, elle ne supportait plus de demeurer à l'auberge. La compagnie de cousine Anne lui était assez pesante et elle attendait le moment de lui dire adieu avec impatience. De plus, elle avait remarqué que la jeune servante de l'auberge marivaudait ouvertement avec Sylvain, alors même qu'il était son... Son quoi, d'ailleurs ? Pouvait-elle parler de soupirant ? Peut-être bien. En tout cas, face à la soubrette, il n'en donnait pas l'air. Et, au moins en apparence, il se laissait prendre au jeu du badinage sans trop de résistance, ce qui agaçait prodigieusement l'héritière Chaussée d'Arville.

Juste avant de partir, tandis que tout le monde s'agitait pour réunir les derniers bagages, demander quelques provisions à l'aubergiste et embarquer dans les voitures, Alix se demanda si elle ne devait pas changer de costume. La robe bleue qu'elle portait était confortable et jolie, mais sa tenue d'homme serait sans aucun doute plus pratique pour voyager.

Tant pis pour la cousine Anne, même si elle est offusquée ! Et tant pis pour la promesse faite à papa. En l'occurrence, ce n'est pas le plus important.

Cependant, au moment d'enlever la robe, elle hésita. Face à Sylvain, elle avait envie d'être un peu élégante. Elle tenait à effacer définitivement la mauvaise impression qu'avait pu laisser sa tenue débraillée suite à l'attaque dont elle avait fait l'objet – elle était incapable d'accepter le terme de « tentative de viol » – et de la vilaine robe de sa cousine qu'elle avait enfilée ensuite. La coquetterie était la dernière de ses préoccupations, en temps normal, et avoir tellement à cœur le souci de son apparence était pour elle un sentiment nouveau et embarrassant. Mais elle ne pouvait l'ignorer, en cet instant, aussi puéril que cela parût.

Père sera content, soupira-t-elle intérieurement en fourrant son costume masculin au fond de son sac.

Conserver sa jolie robe ne l'empêcha pas de glisser sa dague dans un fourreau contre sa cuisse et son pistolet dans les plis de sa jupe. Elle ne voulait plus jamais se retrouver démunie.

— Nous rejoindrons le Lys Pourpre à Orléans, annonça plus tard Sylvain, tandis qu'ils entamaient leur deuxième heure de voyage.

L'aube n'allait plus tarder. Le jeune homme trottait sur sa monture, tout près de la berline où se trouvait Alix. Accoudée à la portière, elle discutait avec lui, tandis que ses deux compagnes, plus âgées et moins résistantes, somnolaient de l'autre côté de la banquette.

— Enfin ! s'exclama la jeune fille. Je croyais que nous ne verrions jamais votre chef !

Sylvain sourit d'un air malicieux.

— Il n'y a aucune évasion qu'il ne supervise lui-même. Mais son souci est avant tout de ne pas mettre en péril notre réseau d'évasion. Vu la menace que représente Jankélévitch, il prend donc un autre chemin pour quitter la capitale de son côté, afin d'éviter d'attirer trop l'attention sur notre convoi. Mais en attendant qu'il prenne les choses en main, vous, votre cousine, Mlle de Carville et tous vos domestiques restez sous ma responsabilité.

— J'ai toute confiance en vous pour nous mener à bon port !

Les yeux d'Alix brillaient tandis qu'elle observait le jeune homme dans la pénombre grise de cette fin de nuit. Elle le regarda qui rejetait une mèche de cheveux en arrière avant de se mettre à rire.

— Je suis touché de votre foi en moi. Mais je ne suis pas le héros que vous semblez croire. Je ne suis qu'un simple... vaurien, acheva-t-il d'un ton malicieux.

Alix sourit, acceptant enfin que ce terme, dont elle avait usé autrefois dans des circonstances particulières, devînt un clin d'œil presque affectueux entre eux.

— Un vaurien au service d'une cause plus grande que lui, reprit-elle. Une juste cause. Vous êtes capable d'un immense dévouement et je respecte cela.

Il s'inclina à demi, légèrement moqueur, comme si les paroles d'Alix ne pouvaient être prises au sérieux.

— À votre service, gente damoiselle !

Il souleva son chapeau pour la saluer et s'éloigna légèrement. Alix l'entendit donner des ordres à ses hommes, sans pouvoir distinguer ce qu'il disait véritablement. Elle se renfonça dans la voiture et essaya de ne pas penser aux cahots qui la ballottaient dans un sens, puis dans l'autre, tandis que le son des sabots martelant le sol se mêlait au grincement des roues. Elle avait toujours trouvé les carrosses et autres véhicules tout à fait inconfortables, et vu la longueur du voyage qui les attendait, elle se demandait comment elle allait tenir.

Un peu plus tard, alors que le jour s'était levé et resplendissait sur la campagne, elle demanda finalement à monter Flamme en selle, prétextant qu'il faisait trop beau pour demeurer dans le coche. Cela lui fut accordé, le temps qu'on traversât la forêt, là où personne ne pouvait repérer leur petite troupe. Détendue, elle profita alors un peu mieux du trajet.

Sylvain demeurait maintenant en tête de file, surveillant la route et les alentours. Il avait envoyé deux éclaireurs un peu en avant, et pour le moment, tout se passait bien. Alix, comprenant qu'il était trop occupé pour s'inquiéter d'elle, renonça à obtenir son attention. Elle s'aperçut alors que Vladimir trottait à ses côtés. Ils se mirent à discuter, et peu à peu, lièrent un peu amitié. Elle lui révéla qu'elle parlait russe et qu'elle admirait les œuvres d'art de son pays. Ils parlèrent un long moment, jusqu'à ce que, finalement, on sortît de la forêt. À peu près au même moment, il se mit à pleuvoir et Sylvain fit rentrer la jeune fille dans un des coches. Elle s'endormit sur la banquette, brinquebalée de droite et de gauche, aux côtés d'Anne de Renéville et de sa dame de compagnie. Confiante.

⁂

Durant deux journées complètes, le coche roula de jour et de nuit, pratiquement sans s'interrompre, sauf pour des repas rapides pris dans des auberges plutôt miteuses. Sylvain ne tint aucun compte des protestations de cousine Anne, qui trouvait ce rythme harassant. En son for intérieur, Alix dut reconnaître avec honnêteté que ça l'était.

Ils empruntaient des chemins défoncés et les heures se succédaient au rythme des cahots. Le voyage virait au cauchemar. Même la jeune fille en vint à rêver d'un bon lit douillet et de couettes moelleuses en plumes d'oie. Au bout d'un moment, elle préféra donc monter Flamme de nouveau. Ainsi, elle était moins secouée que dans le véhicule et elle respirait plus librement qu'elle ne le pouvait en compagnie de sa cousine et de Mlle de Carville.

Finalement, ils parvinrent sans encombre à Orléans. À l'approche de la ville, Sylvain leur fit quitter la route principale et les entraîna dans de petits sentiers, pour éviter de mauvaises rencontres.

Ils firent halte aux abords d'une ferme abandonnée et ce fut là que le Lys Pourpre les retrouva. Il arriva à cheval, avec une petite troupe d'hommes armés. Sylvain lui présenta Alix et les autres fugitives.

Curieuse et enthousiaste à l'idée de rencontrer ce personnage dont elle avait tellement entendu parler, Alix lui serra la main. Il avait une poignée franche, mais un peu moins ferme que ce qu'elle avait espéré.

Comme elle s'y attendait, il était masqué et elle ne voyait de son visage qu'une paire d'yeux bleu pâle. Même ses cheveux, attachés dans le cou par un catogan, étaient cachés sous un grand chapeau et elle n'en apercevait que quelques mèches sombres. Il était assez grand, presque autant que Sylvain, et visiblement bien bâti.

Tout en le remerciant chaleureusement pour ce qu'il faisait pour elle et sa cousine, Alix ne put s'empêcher d'éprouver un étrange sentiment envers ce personnage qu'on considérait comme un héros et dont on vantait les actes régulièrement. À le voir évoluer, à l'entendre s'exprimer, elle le trouvait... un peu hésitant ; presque maladroit. Elle ne lui trouvait ni le charisme ni l'énergie du chef qu'on célébrait partout. Il avait le costume du Lys, mais elle avait l'impression d'un simple fantoche. Elle n'avait aucune envie de continuer son chemin avec lui ; elle eût grandement préféré le faire avec Sylvain.

Mais il a dit que le Lys Pourpre supervisait généralement le voyage de tous les gens qu'il faisait évader. Je suppose donc que Sylvain va nous quitter...

La jeune fille en avait le cœur serré. Anxieusement, elle observa, de loin, le Lys qui eut un assez long entretien avec ses hommes, entretien privé dont Alix ne devina rien. Mais aux gestes que fit Sylvain, elle devina que tout ne se passait pas comme prévu. Finalement, le jeune homme revint près d'elle.

— Le Lys Pourpre m'a donné ses instructions, grommela-t-il, l'air embarrassé. Il m'a indiqué un itinéraire précis à suivre et m'a ordonné de poursuivre la route avec vous jusque dans les Alpes. Pour sa part, il va se charger de diriger Jankélévitch sur une fausse piste.

En entendant ces paroles, Alix éprouva un indicible soulagement et une grande joie à l'idée de poursuivre son voyage en compagnie de cet homme qui l'attirait si fort. Lui, en revanche, n'avait pas l'air de s'en réjouir.

— On dirait que ça ne vous plaît pas, remarqua-t-elle avec un brin d'amertume. Est-ce que notre compagnie vous serait pesante ?

— Non, bien sûr ! répondit-il, surpris par son agressivité. C'est juste que le Furet nous talonne. Ce voyage est en train de devenir véritablement dangereux.

Le cœur d'Alix se mit à battre la chamade.

— Je... Je suis désolée. Je n'aurais pas dû dire ça...

Sylvain posa une main rassurante sur le bras de la jeune fille et plongea son regard bleu dans le sien. Un regard chaleureux et tendre.

— Ce n'est pas grave. Vous êtes tendue... et tout excusée.

Elle esquissa un sourire, mais elle restait crispée. S'il avait su la véritable raison de sa nervosité !

— Je vous en sais beaucoup de gré, murmura-t-elle.

— Il va falloir que j'explique à votre cousine que nous n'allons pas pouvoir nous arrêter dans la moindre auberge avant un moment, reprit Sylvain avec une grimace. Elle risque de fulminer.

— Vous ferait-elle peur, par hasard ? s'amusa Alix.

Il se mit à rire.

— Avouez que c'est un vrai dragon !

Rieuse, elle acquiesça.

— Je ne peux pas dire le contraire !

Le jeune homme redevint sérieux.

— Nous allons devoir nous cacher encore plus. Le Furet a mis la main sur notre ami aubergiste, à Paris, et il l'a fait parler. Désormais, il est lancé à notre poursuite.

⁂

Ils se remirent en route sans tarder. L'équipée se révéla éprouvante. Comme il était impossible de s'arrêter dans une quelconque hôtellerie, il fallait se débrouiller avec les moyens du bord. Les hommes de la troupe, Bradroc, François et Sylvain lui-même grimpèrent un moment dans le coche avec les femmes, à tour de rôle, afin de se reposer.

— Et puis, expliqua le jeune homme, moins nous sommes nombreux, en apparence, moins nous attirons l'attention. Nous nous relayons donc sur les chevaux, ce qui leur évite aussi de trop fatiguer.

Il était nonchalamment installé en face d'Alix, un pied botté posé sur la banquette au ras de sa jupe. De l'autre côté de sa jambe se tenait, droite et réprobatrice, Mlle de Carville, laquelle n'osait, cependant, lui demander de se tenir plus convenablement. De toute évidence, il se doutait que son attitude déplaisait à la vieille dame, de même qu'à Anne de Renéville, raide et guindée, sur son flanc gauche. Mais il s'en moquait souverainement et devisait avec Alix en toute insouciance. La jeune fille en éprouva un agréable sentiment de satisfaction.

Pourtant, elle avait le vertige, tenaillée par la faim, et ce fut pire encore lorsque, dégoûtée par la viande fumée et le pain gris qu'on leur servait en guise de repas, Anne de Renéville se mit à radoter au sujet de sanglier rôti et de cerf en sauce, de pain chaud et croustillant et de pâtisseries italiennes. Ces visions de mets délicieux mirent l'eau à la bouche de la jeune fille et son estomac émit des bruits incongrus.

Gênée, elle considéra Sylvain, se demandant où lui parvenait à puiser son énergie et sa force, car il n'avait pas mangé plus qu'elle et les autres passagères du fiacre. Il lui sourit, amusé, et concéda :

— Je crois qu'il va être temps de faire une halte. Tout le monde est épuisé et meurt de faim.

Cette perspective parut si délicieuse à Alix qu'elle ne put s'empêcher de rire. De toute façon, la nuit allait tomber, le chemin devenait raide et malaisé à l'approche des contreforts des Alpes ; il n'aurait pas été prudent de continuer.

On s'arrêta donc pour camper en forêt, dans une petite clairière entourée de fourrés épais. Bradroc et un des hommes de Sylvain se chargèrent de ramener du gibier tandis que les autres préparèrent un feu de camp et étendirent des toiles entre des troncs d'arbre, sur lesquelles ils étalèrent une couche régulière de fougères, pour protéger le campement d'une pluie éventuelle.

Dessous, Alix prit la responsabilité d'installer des couches de fortune pour tout le monde, à l'aide des brassées d'herbes sèches, de fougères et de mousse que Sylvain et deux de ses adjoints lui ramenèrent. Puis elle piocha sans vergogne dans les couvertures de cousine Anne afin d'améliorer son ouvrage. La vieille dame pinça les lèvres, sourcils froncés, mais comme Alix lui installait aussi un lit de cette façon, elle s'abstint de tout commentaire. Puis, la jeune fille tendit un drap à la verticale, en guise de cloison entre le dortoir des femmes et celui des hommes.

On s'installa ensuite autour du feu de camp, sur des troncs d'arbre que certains membres de l'équipe avaient installés. Lorsque les chasseurs revinrent avec un jeune daim, ils furent accueillis avec enthousiasme.

— Nous avons également plusieurs lapins pour demain, annonça Bradroc.

— Mademoiselle, votre intendant est un sacré tireur ! commenta son compagnon de chasse. Pardon, madame... se reprit-il en voyant le regard réprobateur d'Anne de Renéville qui n'appréciait pas qu'on jurât devant elle. C'est un... un très bon chasseur. Il a eu ce daim du premier coup, en plein cœur.

— Bravo, Bradroc ! s'exclama Alix, ravie. Nous allons nous régaler.

Même cousine Anne avait les yeux brillants et esquissa un sourire à cette perspective. Le repas se déroula dans une ambiance plus détendue qu'elle ne l'avait été depuis le début du voyage. Sylvain envoya ensuite trois de ses équipiers se poster un peu plus loin, tout autour du camp, afin d'assurer une garde constante. Les autres, Bradroc et Benoît inclus, se couchèrent en attendant leur quart et bientôt, on les entendit ronfler sans retenue. Même les deux compagnes d'Alix s'endormirent rapidement, épuisées par leur équipée.

Celle-ci, en revanche, ne parvenait pas à trouver le sommeil. Au bout d'un moment, elle finit par se relever, incapable de demeurer allongée, à se tourner et se retourner sur sa couche. Elle enfila son manteau et s'approcha du feu pour y remettre machinalement du bois afin de l'entretenir.

Soudain, comme elle se retournait pour s'asseoir sur un des troncs d'arbre, elle s'aperçut que Sylvain se tenait derrière elle. Il l'avait rejointe sans qu'elle l'entendît.

Comment fait-il pour marcher aussi silencieusement ? se demanda-t-elle, réprimant à grand-peine les battements affolés de son cœur.

— Oh, vous avez failli me faire peur ! lui lança-t-elle dans un souffle.

— Vous m'en voyez navré, dit-il avec un sourire qui démentait ses propos. Je n'aime pas vous surprendre.

— Vous ne faites pourtant que ça en permanence, protesta-t-elle avec un petit rire vaguement gêné.

— C'est donc indépendant de ma volonté.

Il s'assit sans façon sur un des troncs et l'invita à en faire autant. Elle s'installa à côté de lui, tout près du feu. Elle le regarda, si proche d'elle. Ses yeux bleus, bordés de longs cils noirs, plongeaient dans les siens tandis qu'il l'observait. Spontanément, elle contempla sa bouche, se souvenant de leur dernier baiser, sous la tonnelle, dans la cour de l'auberge. Il dut y penser aussi, car un sourire malicieux étira ses lèvres.

— Si nous étions seuls, jolie Alix, je recommencerais, murmura-t-il. Je me pencherais sur vous et je poserais ma bouche sur la vôtre. J'en prendrais possession... Et alors, j'aurais envie de m'emparer de chaque parcelle de votre corps.

C'était tout à fait inadmissible ! Et pourtant, elle adorait qu'il lui parlât ainsi, elle en était toute retournée. Le souffle un peu plus court, elle s'efforça d'ignorer les battements désordonnés de son cœur, mais lorsqu'il passa la main sur sa joue avant de la glisser jusque derrière sa nuque, elle y renonça et se laissa aller au petit frisson de volupté qui la traversa. Elle aimait que Sylvain la touchât. Ses mains étaient douces et chaudes sur sa peau.

Instinctivement, elle tourna la tête pour déposer un baiser au creux de la paume du jeune homme.

— Je vous en prie, ne faites pas ça, souffla-t-il. Je ne suis pas sûr de vous résister, même avec du monde autour de nous.

Elle sourit malicieusement, malgré elle.

— Ils dorment tous...

— Oui, ma mie, mais si je vous fais tout ce à quoi je pense, croyez-moi, ils ne dormiront plus, car vous serez incapable de rester silencieuse.

Oh, Seigneur...

Alix sentit une vague brûlante remonter en elle, depuis le creux de son ventre.

— Vous avez raison, souffla-t-elle précipitamment, cherchant à reprendre ses esprits et à écarter les visions que Sylvain faisait naître dans son imagination. Il vaut mieux nous arrêter là tout de suite.

Elle s'éloigna de lui de plusieurs pouces, avant de s'éclaircir la voix et de demander :

— Pensez-vous que la route sera encore longue ?

— Je compte encore deux ou trois jours avant d'atteindre la frontière, répondit le jeune homme d'un ton négligent.

Elle tourna son visage vers lui et le regarda.

— Si peu de temps ? demanda-t-elle d'un ton désolé.

— Nous nous reverrons dès que possible, murmura-t-il en tendant le bras pour l'attirer vers lui. Je vous le promets. Et cette fois, il n'y aura pas de cousine acariâtre, ni de garde du corps, ni de compagnons de voyage pour se mettre entre nous…

Elle soupira et se laissa aller contre lui.

— Êtes-vous vraiment sûr que nous nous reverrons ? Vous me l'avez déjà promis, la dernière fois que nous nous sommes séparés, mais en réalité…

Elle hésita, avant de poursuivre :

— En réalité, si je n'avais pas dû venir à Paris, ça n'aurait peut-être jamais été le cas.

Sylvain la prit par les épaules et força la jeune fille à le regarder.

— Alix, j'espère que vous n'êtes pas sérieuse ? fit-il avec gravité. Je comptais toujours revenir vous voir chez vous, à Arville. Vous devez me croire !

— Je vous crois, Sylvain…

C'était bien ça le pire ! Il pouvait dire ce qu'il voulait, elle finissait toujours par le croire et par succomber à son charme. Elle n'avait aucune envie de résister, d'ailleurs.

— Quand j'ai dit que je tenais à vous, dans la cour de l'auberge, reprit Sylvain d'un ton pressant, j'étais sincère. En cela aussi, vous devez me croire.

Le cœur d'Alix se mit à battre follement.

— Je vous crois, répondit-elle, la bouche sèche. Mais je ne suis pas certaine que ça change réellement les choses... Nous ne pouvons pas réellement être ensemble, même si j'en ai envie.

— Et moi aussi, j'en ai envie !

Plein de fougue, Sylvain se fit persuasif, ses mains sur les épaules de la jeune fille.

— Alix, nous vivons une époque de bouleversements intenses. Tout peut changer très rapidement. Nous ne savons pas de quoi demain sera fait, ni quelles possibilités s'offriront à nous. La société se transforme, vous le voyez tout autour de vous. Peut-être qu'un jour, nous pourrons vraiment être ensemble, même si vous êtes l'héritière d'une grande et noble famille et que, pour ma part, je ne suis que Sylvain Roche, contrebandier et corsaire...

Elle sourit. Bien qu'un peu sceptique, elle avait tant envie de le suivre dans ses rêves d'avenir !

— Contrebandier, corsaire et héros de cette époque troublée. Vous sauvez des vies, presque tous les jours. Vous sauvez la mienne, en ce moment. Vous avez tout mon respect et mon admiration.

— C'est autre chose que j'attends de vous.

Elle frémit.

— Je... Je ne peux pas... Il est trop tôt pour ça, non ?

Au son de sa propre voix, elle eut l'impression qu'elle le suppliait.

Il se pencha sur elle et posa doucement ses lèvres sur les siennes. Et ce fut comme il l'avait dit, il prit possession d'elle. Alix eut l'impression d'être emportée dans un tourbillon de sensations brûlantes. Finalement, il se retira, la laissant à bout de souffle, mais sa main continuait à caresser sa nuque d'une façon tendre... et terriblement sensuelle.

— Je voulais juste que vous sachiez ce que vous ratez, murmura-t-il à son oreille. Peut-être changerez-vous d'avis, un jour.

Après une dernière caresse sur sa joue, il se leva et retourna se coucher, la laissant seule, avec ses regrets et son cœur qui faisait des bonds désordonnés.

⁂

Sylvain avait dit vrai, la fin du trajet arriva bientôt, beaucoup trop vite au gré d'Alix qui ne se lassait pas de discuter avec lui et de l'observer à chaque instant. Ces quelques journées passées à ses côtés lui avaient paru bien trop courtes, en dépit des conditions de voyage.

Plus elle le côtoyait, plus elle était impressionnée par cet homme de maîtrise et de passion à la fois. Il possédait un caractère fort, mais un esprit souple, qui savait s'adapter aux circonstances ; il était curieux de tout et paraissait sincère dans ses sentiments... Néanmoins, elle se posait encore maintes questions à son sujet. Ce qu'il disait de lui, qu'il était corsaire et fortuné, ne la convainquait pas vraiment. C'était comme s'il ne lui présentait toujours qu'une façade sans se livrer totalement. En réalité, la seule chose dont Alix pût être certaine, c'était qu'il aimait l'aventure. Et qu'il était infatigable. Depuis le début de leur équipée, elle se demandait comment il pouvait s'imposer tant d'épreuves sans prendre de repos et sans tomber raide d'épuisement.

Cela doit être intéressant, une telle endurance, dans certains domaines...

À cette pensée, ses joues s'empourprèrent.

Arrivé dans les montagnes, Sylvain déclara qu'il voulait aussitôt passer en Italie, afin de permettre à la cousine Anne de rejoindre le réseau du Lys Pourpre à l'étranger pour qu'elle fût en sécurité.

Ils se dirigeaient vers la frontière, suivant un chemin chaotique que le jeune homme savait dégagé pour quelques heures. Le Lys Pourpre, en effet, avait réussi à entraîner la garde frontalière dans une autre direction en leur signalant anonymement sa présence à plusieurs heures de marche du convoi. Les coches avaient de plus en plus de mal à avancer, mais il restait confiant en leur capacité à rejoindre l'Italie. De toute façon, Anne de Renéville et Mlle de Carville étaient trop âgées pour voyager autrement.

— Pensez-vous vraiment que ce soit nécessaire ? protesta Alix. Mes parents se proposaient d'héberger ma parente au château.

— C'est trop risqué, déclara Sylvain. Les policiers finiront par s'apercevoir que votre cousine a de lointains parents, ils ne sont pas si bêtes ! Ils viendront fatalement faire une perquisition, et s'ils trouvent Anne de Renéville chez vous, toute la famille sera considérée comme traître.

— Très bien ! Dans ce cas, je vais l'accompagner, répliqua Alix. Mon père m'a demandé de la conduire à bon port, je ne peux l'abandonner en chemin.

Elle eut beau insister, cependant, Sylvain refusa et lui dit de simplement rentrer chez elle pour se mettre à l'abri.

— Si vous n'y êtes pas quand les policiers viendront, vos parents seront bien en peine d'expliquer votre absence ! asséna-t-il finalement.

Ce dernier argument eut raison de la jeune fille. Elle grommela, mais s'inclina, devant reconnaître que Sylvain avait raison. Ils se quittèrent donc à la frontière et Sylvain embrassa la jeune fille, en lui promettant à nouveau de revenir la voir.

Alix poursuivit sa route vers Arville avec Bradroc et Benoît, et tous arrivèrent au château le soir même. L'ambiance qui régnait les surprit ; tout était trop calme. Mais soudain, un cri de joie retentit : c'était Faustine qui, en train de secouer des draps à la fenêtre, venait de les voir.

Hélas, Alix apprit que son père était mort en son absence, emporté par une fièvre maligne. Lui, son cher papa, son roc, il était mort… Et c'était si inattendu, si soudain ! Elle n'aurait jamais pensé qu'il pût partir de cette façon et si tôt, car c'était un homme solide, tandis que sa mère, au contraire, était toujours pâlichonne et de santé beaucoup plus fragile. Et pourtant…

Le marquis avait été enterré aussitôt, sans attendre le retour de sa fille, par crainte de la contagion. Mais Faustine pensait que c'était le cœur qui avait lâché. Comme quoi, les apparences étaient trompeuses. Alix fut désespérée de cette nouvelle. Et pourtant, elle ne pleura pas. Pas une larme ne put s'échapper de ses yeux. Elle avait le cœur trop gros, et le désir de ne pas faiblir, pour sa mère. Or, elle savait que si elle laissait couler les premières larmes, elle ne pourrait plus s'arrêter et s'effondrerait. Mais si elle s'effondrait, tout croulerait avec elle. Elle n'en avait pas le droit. Elle avait, au contraire, le devoir d'être forte.

Elle se rendit seule au caveau familial et entra. La sépulture neuve de son père était terriblement visible parmi les autres. De la main, elle toucha la pierre derrière laquelle il se cachait désormais, le cœur broyé. Elle glissa sur le sol, incapable de la moindre pensée cohérente.

Longtemps, elle demeura là, perdue dans son chagrin. Elle se rendait compte, maintenant, à quel point toute son existence, jusqu'ici, avait tourné autour de son père, de ce qu'il désirait, voulait, attendait. Elle avait toujours tout fait en fonction de lui, même lorsqu'elle désobéissait. Et aujourd'hui, alors qu'elle venait de s'acquitter d'une des missions les plus importantes de sa vie, une mission dont il l'avait chargée, il n'était même plus là. Quand elle se releva, de longues heures après, Alix n'était plus la même. Elle ne serait plus jamais la même. Elle était réellement adulte, désormais, et elle avait bien l'intention de mener sa vie à sa guise, quoi qu'il en coûtât.

⁂

Le lendemain matin, quand Alix se réveilla, toutes les pensées qui l'avaient assaillie lorsqu'elle s'était recueillie dans le caveau familial lui revinrent à l'esprit. Elle avait le cœur lourd de chagrin, mais ses résolutions étaient fermes et définitives.

Elle se leva et s'installa à sa table de toilette, prise de l'envie de tout balayer d'un revers de main, boîte contenant les mouches, pots en marbre ou en ivoire contenant onguents, poudres à frimas, fards de diverses couleurs, flacons de parfums... Elle n'en fit rien, cependant, mais saisissant un à un tout ce qui lui paraissait superflu, elle les rangea précautionneusement au fond d'un tiroir de sa commode.

Elle ne conserva qu'un fard à lèvres, un ensemble de toilette en nacre, comprenant peigne, brosse et miroir à main et quelques onguents qui lui paraissaient vraiment utiles, comme celui pour protéger la peau contre les morsures du froid ou celui pour soigner les brûlures dues au soleil. Foin de tout le reste et de ces produits « miracles » pour éclaircir la peau dont elle avait toujours usé avec beaucoup de parcimonie.

Après une brève toilette, elle s'habilla, revêtant un habit d'homme, de couleur noire puisqu'elle était en deuil. Puis elle descendit rejoindre sa mère dans la salle à manger, pour le déjeuner.

En la voyant ainsi accoutrée, la marquise fronça légèrement les sourcils, sans rien dire. Alix prit une grande inspiration, la salua, puis alla s'asseoir.

— Cela faisait longtemps que tu ne t'étais habillée ainsi... remarqua finalement Mme de la Chaussée d'Arville.

— Je sais, Mère, et je conçois votre surprise. Mais Père n'est plus là. Il faut quelqu'un pour reprendre la direction du domaine de la Chaussée... Je dois le faire, j'ai été formée pour cela et j'en ai les capacités. Je n'ai pas le temps d'attendre de trouver un mari, je dois me lancer toute seule. De toute façon, je n'ai aucune envie de me marier.

La comtesse soupira :

— Je l'avais déjà deviné...

— Mère, j'ai beaucoup de peine, mais travailler me fera du bien, tandis que cela vous permettra de vous reposer. Avec Bradroc et les autres, j'aurai toute l'aide dont j'ai besoin.

Alix avait bien remarqué que sa mère était épuisée et accablée de chagrin. De plus, elle savait que la comtesse était incapable de reprendre les rênes du domaine, ayant toujours laissé son mari gérer cela sans elle. Or, maintenant qu'il n'était plus là, il était inconcevable de laisser aller tout cela à vau-l'eau.

— Et c'est pour cela que je me suis habillée ainsi, poursuivit Alix. Je serai sans doute plus respectée avec cet habit qu'en robe et en dentelles. Et je serai également beaucoup plus libre de mes mouvements. Si quelqu'un s'en offusque, c'est seulement lui que ça gênera.

Elle fit une pause avant de conclure :

— En rendant visite à Père, hier après-midi, j'ai pris de grandes résolutions. Sa mort m'a fait comprendre certaines choses essentielles. Je ne veux plus chercher à être ce que je ne suis pas ni me forcer à me conformer à des conventions sociales qui ne me conviennent pas. Peu importe ce que penseront les gens. J'ai fait des efforts, toutes ces dernières années, pour me conformer à ce que Père et vous attendiez de moi, mais la vie est trop courte pour la perdre de cette façon. Je veux être heureuse et faire mon chemin comme je l'entends, et si ce n'est pas celui de tout le monde, si ce n'est pas celui qu'on aurait voulu me voir prendre, tant pis. Je me moque de ce que pensent les gens et qu'on me traite de sauvageonne. Et si jamais je dois un jour me lier à un homme, ce dont je n'ai pas l'intention à l'heure actuelle, il devra avant tout m'accepter comme je suis et ne pas chercher à me transformer.

— Je comprends, fit la comtesse. Je ne saurais dire si c'est pure folie ou si c'est la preuve d'une grande sagesse. Mais peut-être as-tu raison, malgré tout. Ton père t'a éduquée en ce sens, en grande partie, alors tu perpétues son héritage en prenant cette décision. Cela t'honore.

Mme de la Chaussée d'Arville soupira, puis reprit :

— Les temps changent si vite ! Nul n'est sûr du lendemain. C'est sans doute la meilleure occasion que tu auras jamais de choisir ta voie. Mon... veuvage (et elle articula le mot avec difficulté) m'offre une liberté inattendue, après laquelle je n'ai jamais couru. Mais si cela peut te profiter, c'est entendu.

— Merci, Mère.

Ainsi fut-il fait. Alix succéda à son père et son premier travail fut de remettre sur pied tout ce qui, ces derniers mois, avait plus ou moins été laissé à l'abandon, afin de redonner au domaine son éclat d'antan. L'élevage de chevaux, surtout, la préoccupa... Mais elle n'eut pas de difficulté à retrouver des clients. L'armée, bientôt, se fournit chez elle, car ses bêtes étaient connues pour leur robustesse, leur endurance, ainsi que leur beauté et leur vitesse. Elle trouva aussi des clients à l'étranger, soupçonnant certains d'entre eux d'être des nobles exilés qui espéraient former leur propre armée contre les révolutionnaires. Tout en étant consciente de ce que cela signifiait, la jeune fille ne pouvait se permettre de faire la difficile et du moment qu'elle était payée, elle ne se préoccupait pas de savoir par qui. Elle vendait des chevaux, non des armes. En revanche, elle se montrait pointilleuse sur les soins à accorder aux animaux et prenait garde à ce qu'ils fussent toujours bien traités, notamment pendant le transport, quitte à effectuer quelques voyages elle-même.

Aucun individu mâle de la famille ne songea à se manifester et à contester cette situation. Officiellement, le domaine appartenait à la marquise de la Chaussée d'Arville, mais certains auraient néanmoins pu se positionner en vue de faire valoir quelques droits sur le titre et le domaine dans le futur. Il n'en fut rien.

En examinant les papiers de son père, Alix s'aperçut que celui-ci n'avait guère d'héritier. En dehors de son cousin d'Amérique, il n'y avait personne. Sa cousine Anne n'avait aucun enfant. Et le cousin d'Amérique était trop bien installé là-bas, et sans doute trop effrayé par les événements qui secouaient l'Europe, pour songer à revenir en Savoie. Alix était donc bien la dernière descendante de sa famille et la seule héritière.

On reçut des nouvelles de cousine Anne, qui avait trouvé refuge chez des amis, en Italie, avant de rejoindre sa propre résidence. Elle se portait comme un charme et semblait mener son monde à la baguette, comme d'habitude. Elle regrettait simplement de n'avoir pu aller saluer son cousin en passant dans les Alpes.

— Elle n'aurait pu le voir, soupira la marquise en lisant la missive. Enfin, maintenant que j'ai son adresse, je vais lui écrire, afin de la mettre au courant du décès de ton père… Tu y ajouteras bien un mot ?

— Bien sûr, Mère. Il serait inconvenant que je ne lui envoie pas également mes amitiés.

Alix avait raconté comment Anne de Renéville et elle avaient quitté Paris, l'aide qu'elles avaient reçue de la part des hommes du Lys Pourpre. Mais elle n'avait pu se résoudre à dire que Sylvain était des leurs, comme si cela avait pu le mettre en danger. Seuls Bradroc et Benoît étaient dans la confidence et Alix leur avait intimé la plus grande discrétion. Elle avait confiance en eux et savait qu'ils ne la trahiraient pas.

***

Juillet 1792 arriva à son tour. L'été explosait sur la montagne, tandis que le troisième anniversaire de la prise de la Bastille se profilait dans une ambiance orageuse. Lafayette avait écrit une lettre, le mois précédent, adjurant notamment l'assemblée de rétablir l'égalité civile et la liberté religieuse sur leurs véritables bases. La société française connaissait des troubles de plus en plus inquiétants.

Troubles qui laissaient certaines personnes totalement indifférentes. Alix avait remarqué que Marianne était de plus en plus distraite. Elle disparaissait fréquemment sans que sa jeune maîtresse sût où elle se trouvait. Et elle avait toujours une bonne excuse vis-à-vis de sa mère.

Cependant, Alix connaissait son amie par cœur et elle ne fut donc pas aussi dupe de ses manigances que Faustine.

— Marianne, se décida-t-elle à demander, un matin, si tu me disais la vérité ? Je sais bien qu'hier, tu n'étais pas chez l'apothicaire, lorsque Faustine te cherchait. Les onguents que tu lui as montrés, tu les avais déjà ramenés la semaine passée.

La camériste rougit et tritura entre ses doigts le tissu de la robe qu'elle tenait, afin d'aider Alix à s'habiller.

— C'est que... je ne sais pas si je dois en parler...

— Parler de quoi ? s'inquiéta Alix. Que t'arrive-t-il ? Est-ce donc si grave ?

— Oh non, balbutia la jeune fille. Rien de grave.

Elle se tut, embarrassée. Alix la considéra avec surprise, puis, fronçant les sourcils, elle reprit :

— Tu as pourtant l'air d'avoir des ennuis dont tu ne veux pas parler. Que se passe-t-il ? Tu sais que tu peux me faire confiance, n'est-ce pas ? ajouta-t-elle avec douceur.

Marianne hocha la tête, encore hésitante.

— Tu peux tout me dire, Marianne, insista gentiment Alix. Nous sommes amies depuis l'enfance. Nous sommes sœurs de lait. Jamais je ne te trahirai si tu as le moindre souci. Je t'en prie, parle-moi...

Marianne eut un petit sourire.

— Très bien, fit-elle, soudain déterminée. Tu as raison, je ne devrais pas faire tant de mystère vis-à-vis de toi...

Elle s'assit à côté de son amie et soupira, avant d'avouer avec un sourire :

— Voilà… En fait, je… Je fréquente Jacques. Tu sais, le fils…

— Le fils du meunier ! s'exclama Alix en riant et en prenant les mains de son amie dans les siennes. Oh, Seigneur ! Oui, je me souviens bien de lui !

Marianne sentit ses joues s'empourprer une nouvelle fois.

— Oui, surtout depuis que tu t'es battue avec lui.

— Marianne, voyons ! J'avais dix ans, l'eau a coulé sous les ponts depuis lors. Et puis, ajouta-t-elle avec malice, il le méritait. Il s'était moqué de…

— De quoi ? demanda Marianne en voyant que son amie s'était arrêtée. Tu ne m'as jamais révélé la cause de votre empoignade.

Alix eut un petit geste de la main, comme pour chasser une mouche.

— C'est sans importance ! fit-elle avec une petite moue.

— Allons, dis-moi, je t'en prie ! la pressa Marianne, les yeux brillants. Je mérite d'être dans le secret, non ?

Alix fit la grimace.

— Oui, mais…

Elle s'interrompit, puis haussa les épaules et reprit :

— Ma foi, comme je le disais, l'eau a coulé sous les ponts. Et il a visiblement changé d'avis, puisque vous vous fréquentez. Est-ce sérieux, entre vous ?

— Oh oui ! répondit Marianne avec ferveur. Nous nous sommes fiancés et nous espérons nous marier l'été prochain. Mais personne n'est encore au courant ! ajouta la jeune fille avec vivacité. Alors n'en dis rien à maman, d'accord ? Jacques veut organiser une petite cérémonie avec nos deux familles, et d'ici là, il souhaite que tout reste secret.

Alix eut un geste d'apaisement de la main.

— Oui, oui, oui, fit-elle, je te le promets. Oh, quelle merveilleuse nouvelle ! poursuivit-elle gaiement en serrant son amie dans ses bras. Jacques reprendra sans aucun doute le moulin de son père, plus tard. C'est un très bon parti. Et ainsi, tu resteras non loin du château, nous pourrons continuer à nous voir. Je suis tellement contente !

À part elle, l'héritière Chaussée d'Arville pensait que son amie d'enfance méritait encore mieux que Jacques. Elle avait fait de grands progrès, depuis qu'Alix l'avait confiée aux mains expertes de M. Jolivet, et commençait à avoir de vraies bonnes manières et une instruction correcte. Alix prenait régulièrement le relais, pour approfondir les pas de danse ou autres savoirs féminins dont Marianne, de par sa naissance, avait été privée. Malgré tout, Jacques était un garçon gentil et courageux à l'ouvrage, pour ce qu'elle en savait. Il pouvait rendre Marianne heureuse et c'était le principal.

— Merci… Je suis contente aussi de te l'avoir dit. Je ne sais pas pourquoi je ne t'en avais pas encore parlé. C'est juste que… c'était mon jardin secret, tu vois ?

— Je comprends très bien.

Marianne semblait très émue. Elle n'en perdait pas ses esprits pour autant et reprit :

— De quoi se moquait Jacques pour que tu te jettes sur lui comme tu l'as fait à l'époque ?

— Si je te le dis, il faut me promettre de ne pas lui en tenir rigueur, d'accord ? Ce n'était que des gamineries. Et aujourd'hui, il t'aime et veut t'épouser, alors…

— Ne fais pas tant de mystères ! coupa Marianne qui s'impatientait. Va droit au but.

Alix hocha la tête.

— Il se moquait de toi, à cause de tes nattes qui rebiquaient et de tes taches de rousseur. J'estimais qu'il t'avait manqué de respect et… j'ai eu une très forte envie de le rosser.

Les deux jeunes filles se regardèrent, et soudain, elles furent prises d'un fou rire irrésistible.

— Merci… hoqueta Marianne. Merci d'avoir voulu défendre mon honneur.

— De rien, balbutia Alix entre deux rires. D'autant moins que… je n'ai même pas réussi à lui donner la leçon qu'il méritait ! Il était plus fort que moi et a eu le dessus, si tu te rappelles bien.

— Oui, mais tu lui avais collé un bel œil au beurre noir !

De nouveau, les deux amies s'esclaffèrent en chœur.

Plus tard, lorsqu'elle se retrouva seule, Alix fut emportée par une puissante vague de nostalgie. Le bonheur de Marianne lui rappelait ce qui lui faisait défaut. Sylvain lui manquait affreusement.

Mon père aussi… songea-t-elle avec amertume. *Je me sens si seule, bien que je sois entourée d'amis, de serviteurs fidèles et de maman. Je devrais avoir honte de réagir ainsi et de me montrer si faible. Mais j'ai tellement envie de revoir Sylvain !*

Pourtant, ce n'était pas demain la veille qu'il viendrait la retrouver. Le chagrin la submergea et elle se mit à pleurer.

15
Retrouvailles

Un matin, Alix se décida pour une escapade solitaire. Elle en avait plus qu'assez des responsabilités si lourdes du château et des tristes nouvelles venues de France. On avait appris que le dénommé Doppet, qui militait pour le rattachement de la Savoie à la France, était en train de participer à la création d'une « Légion des Allobroges » dont il se chuchotait que l'objectif était de venir occuper la Savoie afin de pousser les habitants à demander leur annexion à la France. Une telle action ne tarderait plus guère, selon les Saint-Clair.

Alix ne savait plus s'il fallait s'en réjouir ou s'en désoler. C'était devenu monnaie courante, ces derniers temps ; elle était perdue. Ce jour-là, elle sentit qu'un peu de liberté, seule, loin du monde et des soucis, lui ferait le plus grand bien. Et elle en avait grand besoin, surtout qu'elle n'avait plus de nouvelles de Sylvain. À cette occasion, elle ne se demanda même pas si elle devait s'habiller comme une dame ou si elle pouvait continuer à porter ses vêtements de garçon, comme lorsqu'elle travaillait à l'élevage. Cela faisait plusieurs mois qu'elle avait négligé ses tenues féminines. Pour qui aurait-elle d'ailleurs soigné son apparence et revêtu une riche toilette avec laquelle elle eût dû faire attention à chacun de ses gestes ? Personne ne voyait ce qu'elle faisait, recluse sur ses terres. Elle pouvait circuler en tenue d'homme, en étant totalement libre de ses mouvements. Cela lui procurait d'ailleurs une agréable détente, tant physique que morale.

Néanmoins, elle choisit une toilette seyante : bien qu'ayant conscience qu'elle ne risquait pas de rencontrer quelqu'un dans les bois, elle voulait se faire plaisir, se sentir revivre enfin. Le costume de chasse qu'elle enfila était presque neuf : il avait appartenu à son père, qui n'avait guère eu le temps de le porter, et Alix l'avait fait retoucher pour qu'il fût à sa taille. Taillé dans un drap de velours d'un vert émeraude profond, rehaussé de quelques dentelles simples, il moulait harmonieusement sa silhouette mince et raffinée.

Satisfaite, Alix glissa sa rapière à sa ceinture et s'en alla seller Éclair. Elle emmenait une sacoche contenant quelques vivres, deux pistolets et une cape assortie à son vêtement, en cas de violent orage, fréquent au mois de juillet.

L'aube se levait quand le galop de son cheval s'éteignit dans le silence de la cour d'honneur. Il faisait très bon, et le fond de l'air était doux. Sur ses cheveux flottant dans le dos, Alix avait mis un large chapeau, avec une petite plume verte qui dansait dans la brise. Elle avait envie d'aller le plus loin possible, comme pour fuir, le temps d'une journée, tout ce qui aurait pu lui rappeler ses tracasseries quotidiennes. Le calme de la nature apaisait ses nerfs à vif, et pour la première fois depuis bien longtemps, elle se sentit rassérénée.

Pour une fois, la journée lui parut courte. Le temps était splendide, même si, au fur et à mesure que les heures s'écoulaient, il faisait de plus en plus lourd. Éclair était heureux de la promenade et, avançant d'un pas tranquille, semblait admirer avec sa maîtresse la nature qui les environnait, une nature qui paraissait vibrer de désir et vivre intensément sous le soleil. Tel un insecte qui se réveille au printemps, Alix sentait se ranimer quelque chose en elle, se déplier des antennes secrètes qui lui permettaient enfin de participer à la liesse du monde ambiant. Jamais le ciel ne lui avait paru aussi bleu, jamais les oiseaux n'avaient chanté aussi gaiement.

Comme au temps de son enfance, elle se plut à poursuivre les écureuils, les lapins et les papillons, sans chercher à tirer le moindre coup de fusil. Elle n'était pas là pour chasser, simplement pour communier avec la nature, avec ces Alpes qu'elle aimait tant. Elle se surprit à rire de nouveau de bon cœur, elle qui ne l'avait plus fait depuis si longtemps !

À midi, elle mit pied à terre laissant Éclair vagabonder à son gré. Pris par la faim, lui aussi, il ne s'éloignerait pas. La jeune fille récita l'Angélus avec ferveur, comme à son habitude, après quoi, elle dévora son casse-croûte. Jamais pâté, pain et vin ne lui avaient semblé si bons. Tout l'être intérieur d'Alix s'ébrouait, comme après un long hiver, et réapprenait à vivre et à savourer chaque instant, et chaque chose, même les plus infimes joies, les plus petits plaisirs. Par quel miracle ?

La jeune fille ne s'interrogeait pas sur ses sentiments, appréciant seulement le temps présent. Étendue sur un lit de mousse au pied d'un arbre, elle finit par s'endormir, aux heures les plus chaudes de la journée, bercée par le souffle brûlant du vent et le faible pépiement des oiseaux, cachés à l'ombre des branches salvatrices. Lorsqu'elle rouvrit les yeux, l'après-midi était déjà bien entamé. Aussi, Alix remonta en selle et poursuivit sa promenade sans but, dans ces montagnes familières.

Soudain, la jeune fille aperçut un oisillon qui pépiait misérablement au pied d'un chêne. Prise de pitié, elle descendit de cheval et cueillit une touffe d'herbe grasse. Ainsi munie, elle saisit l'oisillon au creux de sa main, évitant tout contact direct avec la légère boule de plumes rases. C'était une mésange charbonnière, tremblante de peur. Levant les yeux, Alix aperçut le nid, assez haut dans l'arbre. La jeune fille y grimpa agilement, protégeant son précieux chargement. Arrivée près du nid, elle y déposa délicatement l'oisillon, constatant avec ravissement qu'il avait quatre frères et sœurs.

Sans s'attarder pour admirer les oiseaux, Alix préféra s'éloigner rapidement. Par plaisir, elle monta jusqu'en haut de l'arbre, souple comme un chat, et elle jeta un regard autour d'elle. Elle aperçut, au loin, le château des de la Chaussée d'Arville, et même… l'écharpe rouge qui flottait toujours, comme un étendard, en haut du grand pin. Alix sentit son cœur se serrer. Par un effort de volonté, elle chassa la tristesse et le découragement qui la gagnaient.

Pas aujourd'hui ! songea-t-elle avec force. *Rien ne doit gâcher cette divine journée : aujourd'hui, j'essaye d'oublier Sylvain et tous mes soucis. Ce jour est trop beau…*

Prestement, elle redescendit. Saisissant son cheval par la bride, elle marcha encore un long moment à côté d'Éclair. Sous le couvert des bois, une forte odeur de résine la prenait à la gorge et l'enivrait. Cela sentait si bon, songeait-elle en inspirant profondément. Elle aimait beaucoup respirer ce parfum. Le soleil était encore bien chaud, et elle le percevait sur son visage. Il faisait bon dans l'ombre douce et tamisée des pins. Ses bottes ne faisaient aucun bruit sur le tapis d'aiguilles tombées au sol… Des papillons volaient çà et là, semblant danser avec les rayons de soleil qui s'infiltraient sous le feuillage. Ils avaient l'air de s'en donner à cœur joie. Des bouquets de lavande et de bruyère embaumaient et attiraient des abeilles un peu tardives. Les oiseaux recommençaient à chanter, après la chaleur de l'après-midi. Leurs pépiements, leurs gazouillis et leurs accords mélodieux allaient droit au cœur de la jeune fille.

Rêveuse maintenant, elle écoutait le concert de la forêt et regardait son spectacle. De temps à autre, une pigne dégringolait sur le sol. Parfois, l'éclair roux d'un écureuil traversait l'espace, comme une flamme aussitôt éteinte.

Une brise légère soufflait dans les pins et produisait une musique agréable… Elle songeait que le « silence », c'est-à-dire la chanson de la nature, était sans doute encore plus beau que les chansons ou les mélodies de n'importe quel compositeur. Pourtant, c'était différent… Le calme et la paix l'envahissaient totalement.

⁂

L'après-midi s'étirant, l'étalon avait soif à présent, et Alix avait chaud… Fort heureusement, elle connaissait les lieux, et savait qu'une source coulait non loin de là. Elle entendit bientôt le chant guilleret d'un torrent, et courut dans cette direction. Avec un plaisir émerveillé, Alix stoppa net sa marche, découvrant un joyeux cours d'eau : elle était arrivée dans une petite crique tapissée de mousse, bordée de hautes fougères, que le soleil dorait encore.

Le flot clair du torrent chantait un air allègre, bondissait sur les rochers, tombait en cascade un peu plus bas, glissait sur la mousse, y laissant des gouttes d'arc-en-ciel où le soleil se mirait. Le murmure câlin de l'eau se muait en accords joyeux tandis qu'elle bondissait, légère, scintillante, à la recherche d'un rythme plus fou que celui du vent, suspendue en vol et se précipitant ensuite avec une ardeur babillante un peu plus loin. Les rayons de soleil se précipitaient gaiement pour accompagner les gouttelettes brillantes, danseuses éphémères qui s'élançaient dans l'espace avant de retomber en cascade. La lumière de fin d'après-midi réchauffait délicatement l'éclat des couleurs, tout en adoucissant les formes.

Ravi, Éclair s'était précipité vers le ruisseau pour boire et y pataugeait allègrement. Alix sourit à ce spectacle et suivit son cheval. Elle se pencha à son tour et but avec délice une eau fraîche, au goût presque sucré. Elle en profita aussi pour se rafraîchir le visage et les bras, savourant le bienfait de l'eau sur sa peau. Aussitôt, elle se sentit revigorée et saisie d'un nouvel entrain. Elle eut envie de se plonger dans le torrent, dont le cours, riant et chantant, était suffisamment profond à cet endroit, et se décida finalement pour un bain.

Elle délaissa Éclair, le laissant brouter tranquillement. Personne n'était en vue. Rapidement, elle ôta son costume, ses bottes et ses sous-vêtements et en fit un petit tas propre à l'abri des fourrés. Entièrement nue, elle plongea dans l'eau.

Son corps fendit les flots clairs dans une gerbe d'éclaboussures. L'eau était bonne, un peu fraîche cependant par rapport à l'air ambiant, et cela la surprit. Elle nagea avec vigueur pour se réchauffer et s'habitua rapidement à la température, retrouvant, comme dans son enfance, le plaisir de cette eau vive sur son corps. Elle nageait comme un poisson et sentit son organisme se détendre peu à peu, alors qu'elle s'amusait à lutter contre le courant, essayant de remonter la rivière. Puis elle longea la rive pendant un moment, tandis que les rayons de soleil qui l'enveloppaient semblaient danser avec les gouttelettes scintillantes qui glissaient sur son corps, comme des fées fragiles et précieuses.

Sur la rive, Éclair broutait et la regardait, poussant de temps à autre un hennissement amical.

— Oui, je sais que tu es là, mon beau... Je sais que tu veilles sur moi et que si j'appelle, tu accourras...

Tout était tranquille et silencieux. Serein. La jeune fille ralentit le mouvement et se laissa aller doucement. Une brise légère vint la caresser. Les yeux au ciel, elle regardait les oiseaux voler. L'esprit d'Alix, oxygéné et délassé, vagabondait lui aussi à plaisir, comme un elfe vif et pétillant, dans le paysage montagnard, quand elle décida de retourner à la crique pour s'y sécher.

Elle sortit de l'onde, scintillante de larmes et s'étendit avec délice sur le lit vert et tendre qui semblait apprêté pour elle. On était si tranquille ici, si loin de tout... Elle se sentait enfin libre, dans sa tête et dans son corps, nue sous la chaleur de l'astre du jour. À la pensée de la tête que ferait sa pauvre mère si elle la voyait ainsi, elle éclata de rire.

⁂

L'homme entendit le rire qui s'envolait jusqu'où volent les chants des oiseaux. Un ricochet de fraîcheur qui venait du torrent et rebondissait sur les rives... Il s'arrêta et écouta, pour mieux se diriger : ce rire léger, ce rire qui lézardait ses certitudes, il l'aurait reconnu entre tous. Ainsi, « elle » était là, si proche de lui qu'il en était surpris. Il ne s'attendait certes pas à la trouver si vite... Ses yeux sourirent, et il avança vers le torrent.

⁂

Toujours étendue, Alix se reposait sans plus penser à rien, bougeant ses orteils au bord de l'eau. Le soleil avait pratiquement séché la jeune fille quand un craquement dans les fourrés proches la fit sursauter. Elle se dressa vivement, d'un bond de biche apeurée, et tendit l'oreille, retenant son souffle. S'était-elle trompée ? Y avait-il vraiment quelqu'un ? Ou une bête sauvage ? C'est alors qu'elle vit apparaître, sortant des bois à une dizaine de toises[1] d'elle, un homme, grand, très grand, brun, au regard charmeur et rieur, avec des yeux bleus qui pétillaient malicieusement...

Alix faillit crier de saisissement... Mais elle l'avait déjà reconnu, et soulagée, aspira une goulée d'air qui sembla brûler ses poumons ; de lui, elle n'avait rien à craindre. Ce ne fut pas pour autant qu'elle put reprendre une respiration normale ; elle était bien trop bouleversée. Celui

1. Une vingtaine de mètres.

qu'elle ne pouvait s'empêcher d'admirer et d'aimer en dépit de tout et des convenances, celui qui la troublait si fort... Lui, ici ! Son cœur fit un bond et elle ferma les yeux. C'était impossible ! Il ne pouvait pas être là, une telle coïncidence était inconcevable... à moins que ce n'en fût pas une. Elle rouvrit les yeux et regarda de nouveau. Oui, « il » était bien là, ses sens ne la trompaient pas.

Il venait vers elle, en souriant, visiblement ravi, un baluchon sur l'épaule et l'épée au côté. Ses cheveux volaient dans le vent, son large chapeau lui étant tombé dans le dos. En approchant, il eut un choc de la voir si belle, parée des plus belles couleurs de la lumière du jour, magnifique comme une apparition de légende, comme les fées, les ondines ou les princesses, aussitôt évaporées à peine les a-t-on approchées... Mais celle-ci était réelle, et bien incarnée, ô combien !

Elle croisa son regard de feu qui courait sur elle sans savoir où se poser. Il paraissait frappé d'émerveillement, mais point gêné du tout. Elle se rendit soudain compte de la lueur amusée et admirative dans les yeux de l'homme, et se rappela alors avec effarement qu'elle était totalement nue. Rougissante, elle eut un geste charmant de pudeur : d'une main, elle couvrit ses seins, de l'autre le bas de son ventre et, s'apercevant que Sylvain s'était planté devant son tas de vêtements, elle rejoignit l'eau d'un nouveau bond, claquant des dents sous la différence de température.

Il se mit à rire de bon cœur, découvrant de belles dents blanches, et creusant de petites rides plus claires au coin de ses yeux bleu myosotis.

— Bonjour ! fit-il finalement en s'arrêtant près du rivage.

Stupéfaite, Alix crut qu'elle ne pourrait proférer un seul son. Pourtant, elle s'entendit s'exclamer :

— Vous !

Elle ne pouvait s'arracher à sa contemplation. Sylvain... Comment était-ce possible ? L'espace d'une seconde

– pour autant que dans ces moments-là, le temps fût vraiment mesurable – elle eut l'impression d'un gouffre où son être était aspiré et filait vers un univers brûlant. Un mélange d'angoisse et de soif de s'y précipiter la fit frissonner. Puis le gouffre redevint les yeux bleus de son interlocuteur… Comme son cœur battait soudain ! Un bonheur sans nom l'envahissait.

— Sylvain… C'est bien vous ? C'est vraiment vous ?

Elle était si émue que sa voix n'était plus qu'un murmure. Elle ne parvenait toujours pas à y croire vraiment.

Il posa son baluchon par terre et eut un grand sourire chaleureux :

— C'est bien moi. Je suis désolé de vous avoir dérangée. Je me rendais… Peu importe ! Normalement, je ne passe pas par ici, mais par cette chaleur, j'ai préféré les sous-bois à la route ensoleillée… et vous étiez là aussi. Je suis bien content de vous avoir rencontrée ! J'espère que vous pardonnerez ma venue intempestive.

Il avait toujours cette voix chaude et troublante, qui amenait en Alix un désordre sans précédent. Elle fondait, littéralement subjuguée, et ne se sentait plus aucune force. Elle ne savait que dire, se repaissant simplement de la vision de Sylvain, tout proche d'elle. Il portait un gilet de cuir à manches courtes sur une chemise blanche et s'assit sans façon au bord du courant. Elle se fit la réflexion qu'il ressemblait plus que jamais à Mandrin, et désormais, elle savait qu'il méritait la comparaison avec le héros de son enfance.

— Vous êtes ravissante dans cette situation, la taquina-t-il en la regardant avec tendresse. Un spectacle dont je ne me lasse pas.

À cette réflexion, Alix se ressaisit et retrouva soudain l'usage de la parole pour répliquer :

— Voilà bien une remarque digne de vous ! Si ça ne vous fait rien, j'aimerais justement me rhabiller maintenant…

— Cela m'ennuie terriblement, au contraire, répondit-il gaiement. Mais je conçois que vous ne puissiez rester ainsi pendant longtemps, sous peine de devenir bleue de froid. Dois-je me retourner ?

— Évidemment !

Il contint un petit rire, laissa une dernière fois son regard errer de façon insolente sur les formes souples dans l'eau claire, puis s'arracha à cette vision tentatrice et se détourna pour laisser un peu d'intimité à la jeune fille.

— Allez-y ! Je ne regarderai pas ! promit-il.

En quelques foulées rapides, Alix sauta sur la berge, récupéra ses vêtements presque aux pieds de Sylvain, et, les doigts tremblants, elle s'habilla à l'abri d'un fourré, sans prendre le temps de se sécher, tant elle craignait que le jeune homme ne se retournât avant qu'elle fût prête. En quelques secondes, elle avait revêtu son costume.

— Ça y est, maintenant ? demanda-t-il.

— Encore une minute... bredouilla-t-elle, tandis qu'elle refermait la ceinture de son pantalon. Je suis presque prête.

Il se tourna vers elle et la regarda faire. Elle rougit et demanda un peu gênée :

— Êtes-vous vraiment obligé de me fixer comme cela ?

Il éclata de rire, regardant la chaleur descendre dans son cou, jusqu'à sa poitrine gonflée, juste au bord de l'encolure de sa chemise.

— Cela vous dérange ?

— Eh bien...

Elle surprit l'admiration de son regard et en rougit davantage. Elle préféra parler d'autre chose, tandis qu'elle achevait de mettre ses bottes :

— Que faites-vous ici ?

Elle se releva, enfin prête, et il s'approcha d'elle, souriant, décontracté, égal à lui-même. Autant elle se sentait maladroite, autant il semblait à l'aise.

— Je passais là, presque par hasard, je vous l'ai dit. Oh, Alix… Vous m'avez tellement manqué. Quelle coïncidence de vous retrouver ici !

Il ne s'était pas rasé depuis un jour ou deux, à en juger par ses joues ombrées, et ses cheveux bruns, qu'il avait visiblement renoncé à discipliner, encadraient son visage ferme et bronzé. Sa chemise entrouverte laissait apercevoir des muscles pectoraux sur lesquels, soudain, Alix avait envie de glisser les doigts. Ce damné Sylvain était plus viril et plus attirant que jamais ! Grisée, comme saoule de joie, Alix sentit qu'elle ne pourrait pas résister au charme de ses yeux bleus et rieurs.

— J'habite dans la région, vous savez ?

Elle avait une moue délicieuse et une lueur amusée dans les yeux. Sylvain sourit, visiblement heureux, en secouant la tête.

— J'espère que vous ne vous imaginerez pas que je suis un satyre ! Là n'était pas mon intention !

Alix ne put s'empêcher de rire aux éclats :

— Vous l'auriez cherché, en l'occurrence !

— Peut-être avez-vous raison…

Il sourit à nouveau et déclara :

— J'aime tellement votre rire, Alix ! C'est un chant à lui tout seul ! C'est lui qui m'a guidé jusqu'à vous…

— Oh, vous m'avez entendue ?

Elle rosit légèrement et ajouta :

— Ce n'est pas une raison pour venir m'espionner…

— Oh si ! Quand on entend un rire pareil, on a envie de retrouver celle à qui il appartient. Au demeurant, je ne vous ai pas espionnée.

Le sourire de Sylvain s'élargit encore, mais il resta silencieux. Son regard posé sur la jeune fille était intense et ardent, et c'était comme une caresse torride sur Alix. Jamais elle ne s'était sentie observée ainsi. Elle éprouva soudain une fièvre brûlante, qui se répandit et irradia son corps, le rendant brusquement incandescent. Chaque fois qu'elle était avec lui, cette même chaleur l'emplissait. C'était à la fois agréable et embarrassant.

Le jeune homme admira la mince silhouette qui se découpait gracieusement sur le paysage et sourit de nouveau. Depuis leur dernière rencontre, elle n'avait pas quitté ses pensées. Elle l'obsédait. Littéralement. Elle était la beauté, la douceur, l'innocence, la tendresse, mais aussi la force, là où il pouvait se ressourcer. Et elle était aussi la tentation. Il regardait ses longues jambes, galbées et agiles, sa taille fine et souple, qu'il avait envie de faire ployer sous l'assaut...

— Oh, vous m'avez manqué... soupira-t-il malgré lui. Je n'ai jamais cessé de penser à vous, à chaque instant, à chaque minute, tous les jours, toutes les nuits... Je croyais qu'il me serait impossible de vous revoir...

La jeune fille resta saisie, frissonnant sous l'aveu. Une joie infinie illuminant son visage, elle demeurait incapable de bouger, uniquement attentive à regarder l'homme en face d'elle, comme s'il venait de surgir d'un rêve. Sylvain était toujours aussi charmant, aussi chaleureux. Mais il lui paraissait encore plus incandescent que dans son souvenir, encore plus beau aussi. Devant sa mine incrédule, il éclata de rire.

— Oh, Alix... On dirait que vous venez de découvrir un fantôme...

— C'est vrai... soupira-t-elle en secouant la tête. C'est un peu l'effet que ça me fait. En réalité, je vois un vivant qui me dit que je lui ai manqué, c'est bien mieux...

Ils se sourirent mutuellement et le jeune homme fit un pas vers elle. « Son » Alix, celle dont la pensée ne lui avait pas laissé une minute de répit depuis qu'ils s'étaient séparés.

— Je suis si heureuse de vous revoir, murmura-t-elle alors, la gorge serrée.

— C'est vrai ? Vous ne m'avez donc pas oublié ?

Elle hocha la tête, le cœur battant, soudain trop émue pour parler.

— Moi aussi, je suis heureux… répondit-il en la saisissant tendrement dans ses bras.

Il s'aperçut alors qu'elle grelottait toujours.

— Mon Dieu ! fit-il en riant. Vous êtes gelée. Quelle idée de se baigner dans un torrent de montagne ! Même à cette période, ils sont toujours glacés. C'est imprudent…

D'un geste vif, il ouvrit son baluchon et en sortit une veste qu'il passa à Alix, frottant vigoureusement ses bras et son dos. Puis, comme elle ne réagissait pas, il enleva son gilet pour pouvoir retirer sa chemise, avant de renfiler son gilet sur son torse nu. Il se servit ensuite de sa chemise pour frotter les cheveux constellés de gouttes d'eau. Alix frissonna plus violemment, mais elle ne savait pas si c'était de froid ou de fièvre, au contraire. Il était bien trop dénudé pour qu'elle restât insensible.

— Vous ne devriez pas faire ça… fit-elle d'une petite voix. Elle va être trempée…

— Aucune importance…

Il se remit à la frictionner vigoureusement jusqu'à ce qu'elle fût à peu près sèche. Les boucles de ses cheveux tombaient en cascade sur ses épaules, tandis qu'elle serrait sa veste autour d'elle.

— Votre chevelure… souffla-t-il en faisant glisser une mèche entre ses doigts, respirant son parfum de vanille et d'ambre. On dirait de la soie.

Elle était tout contre lui, le frôlant malgré elle d'une façon qui mettait ses nerfs à rude épreuve. Depuis leur dernière rencontre, son teint de velours s'était coloré. Un léger hâle dorait son front et ses joues. Contrairement aux hommes de son époque, pour qui une peau blanche était le summum de la beauté, il aimait lui voir ce teint un peu doré, qui disait sa vie au grand air, ainsi que sa nature simple et active. Il lui prit le menton avec tendresse :

— Vous n'avez pas changé, mais vous êtes chaque fois plus belle à mes yeux, murmura le jeune homme, la voix un peu plus rauque soudain.

— Vous n'avez pas changé non plus. Toujours aussi flatteur.

Elle ironisait légèrement, s'efforçant de garder le contrôle d'elle-même, ce qui était extrêmement difficile alors qu'elle se tenait face à lui, torse nu sous son gilet de cuir.

— Vous êtes attirante comme le feu et troublante comme l'eau. Encore plus ravissante que dans mon souvenir...

La jeune fille rougit, incapable de se contrôler. Elle sentait la chaleur du corps de Sylvain et, un peu gênée par l'intimité qui existait entre eux, serra plus fort sa veste contre elle, comme pour se protéger. Mais le vertige la prenait sous le regard bleu de son compagnon. Mon Dieu ! Pourquoi avait-il tant de charisme, tant de présence ? Pourquoi ne pouvait-elle pas lui résister ? Il lui sourit, et elle sentit brusquement qu'il avait gagné la partie. Quoi qu'elle fît, aussi fort qu'elle résistât, elle ne pouvait rien contre lui. Cette pensée la fit frissonner. Il la prit gentiment dans ses bras et la serra contre lui, riant doucement.

— Vous êtes parfois tellement timide ! dit-il. Et d'autres fois, tellement téméraire et effrontée... Vous êtes imprévisible et si féminine...

Il se pencha sur elle et caressa son visage, dessinant le contour de ses lèvres de son index. Elle frémit et ferma les yeux, comme pour mieux apprécier l'instant.

— Je suis vraiment content que vous soyez là... répéta-t-il alors.

Elle leva les yeux vers lui et en eut le souffle coupé. Il la regardait avec une telle intensité et une telle tendresse, avec aussi une telle lueur de passion qu'elle fut incapable de parler. C'en était presque douloureux. Son cœur battait à tout rompre, et elle se sentait aussi émue qu'il semblait l'être.

Soudain, il prit ses lèvres, d'abord avec douceur, puis avec une ivresse grandissante. Serrée contre cette poitrine virile dont elle reconnaissait avec délice le parfum, elle chavirait, emportée dans un univers qui n'était qu'à eux. Et tandis que les mains du jeune homme caressaient ses épaules, puis descendaient le long de son dos cambré et finalement, déboutonnant sa chemise, allaient à la rencontre des seins. Elle gémit, prête à s'abandonner...

Il eut alors une révélation fulgurante : après toutes ces semaines passées loin d'elle, il n'était plus possible pour lui d'avoir le moindre doute : elle était celle qu'il avait toujours attendue et il ne pourrait pas supporter d'être séparé d'elle de nouveau s'il n'avait pas la certitude de pouvoir la retrouver toujours. Cette évidence le frappa si violemment qu'il manqua de vaciller. Il ferma les yeux et la serra très fort contre lui... Puis, brusquement, il s'arracha à elle avant de l'éloigner avec douceur, comme à regret, comme s'il venait de prendre une décision qui lui coûtait beaucoup. Encore éperdue, Alix constata que l'éclair de passion avait quitté les beaux yeux bleus et le visage du jeune homme s'était quelque peu assombri. Très troublée, elle hésita :

— Eh bien, fit-elle d'une petite voix, il... Il est temps pour moi de rentrer maintenant... Voulez-vous venir au château ?

Sylvain lui reprit familièrement le menton.

— On dirait que vous avez peur du silence... Ce n'est pas habituel chez vous.

Remarque judicieuse. Elle baissa les yeux puis le regarda à nouveau.

— Peut-être... En ce moment, oui, je le reconnais...

— Pourquoi ? demanda-t-il en caressant tendrement sa joue.

— Je... je ne saurais le dire...

Comment lui avouer qu'elle avait envie de lui, comme ça, naturellement, et que le simple fait de le revoir la mettait en transe ? Comment lui dire qu'elle avait espéré ces retrouvailles, alors même qu'elle aurait dû l'éviter, le fuir, l'oublier ? Comment lui faire comprendre qu'elle attendait maintenant de lui un doux aveu qui ne viendrait sans doute pas, et qu'en même temps, elle préférait ne pas l'entendre, tant il compliquerait encore la situation ? Comment lui avouer qu'elle ne savait plus du tout où elle en était, et qu'elle avait peur ? Peur, par exemple de ne pas savoir retenir les phrases d'amour qui lui montaient aux lèvres, tandis qu'elle ne pouvait pas, qu'elle n'en avait pas le droit et qu'elle savait qu'ils ne pourraient jamais vivre ensemble cette passion qu'elle ressentait pour lui ? Peur aussi de tout ce qu'il lui cachait, elle le savait, de son quotidien de hors-la-loi, inconnu et effrayant, qui l'éloignait toujours d'elle ? Comment lui expliquer, dans ces conditions, que le silence l'impressionnait, tant il contenait de non-dits qui ne demandaient qu'à sortir, alors qu'il valait mieux s'en tenir là ?

Il la regarda, et elle sut qu'il avait compris tout ce que contenaient son silence et ses hésitations. Il tenait toujours sa main, et elle le sentit tressaillir, lui, toujours si calme, si maître de lui. Bouleversée, Alix n'ajouta rien. Qu'aurait-elle pu dire ?

— Alix... murmura-t-il en serrant doucement ses mains dans les siennes. Ma douce Alix... Vous semblez si triste soudain... Je comprends : vous attendez tant de choses de moi que je ne puis vous donner...

— Et pourquoi donc ? jeta-t-elle, presque furieuse soudain. Est-ce donc si difficile de témoigner un peu d'affection ?

— Oh ! Alix ! Vous ne comprenez pas ! Je ne peux pas... La vie que je pourrais vous proposer est trop précaire pour que je songe à m'engager maintenant auprès de vous. Et c'est vous-même qui m'avez fait comprendre, à Paris, que je ne pouvais rien exiger de vous étant donné le peu que je pouvais vous offrir.

— Je vois... répondit-elle en se renfrognant. Vous tenez votre vengeance, maintenant. Et vous avez raison. Je n'aurais pas dû vous dire cela.

Sylvain ouvrit la bouche pour protester, mais elle ne lui laissa pas le temps de dire un mot.

— Qu'attendez-vous de moi, dans ce cas ? reprit-elle, véhémente. Je ne comprends pas. Pourquoi revenez-vous vers moi si vous n'espérez rien ?

— J'espère beaucoup, au contraire, répondit Sylvain avec ferveur. Je garde foi en l'avenir, et je crois qu'un jour nous pourrons construire quelque chose, ensemble. Mais accepteriez-vous un vagabond comme moi ?

— Vous le savez mieux que moi. Malgré tout, je n'ai pas envie d'attendre trop longtemps. Vous direz que c'est l'impatience de la jeunesse, mais c'est ainsi. Je ne sais pas ce que nous réserve l'avenir, et qui sait si nous nous retrouverons ? C'est aujourd'hui que je veux vivre, pas lorsque l'un de nous aura disparu. Il sera trop tard...

Elle se rendait compte du sens caché de ses paroles. Pourtant, elle ne pouvait s'en empêcher : elle ne voulait plus avoir à regretter quoi que ce soit, et si, pour le faire comprendre à Sylvain, il fallait être abrupte, elle le serait. Impitoyablement.

— Vous êtes sévère, répondit Sylvain avec douceur. Ce n'est pas *fair-play*...

— Pourquoi ?

— Oh, Alix... Comment vous le dire ? Lorsque je vous vois, j'oublie tout ce qui n'est pas nous et j'en perds tous mes moyens. Vous êtes si délicieuse ainsi avec vos boucles dans le vent, si belle et si désirable que même sous vos habits d'homme, j'ai très envie de vous ! Non, ne protestez pas, ajouta-t-il en riant, vous vouliez que je sois franc, je le suis. C'est une réaction normale de ma part, et bien humaine. Ainsi sont les hommes... Vous étiez charmante au bord de l'eau dans votre nudité. Je n'oublierai jamais cette vision.

Elle le regardait, la bouche encore humide du baiser qu'ils s'étaient permis, et les yeux brillants. Non, elle ne s'offusquait pas de ses paroles. Elle ne protestait même pas pour lui dire qu'il ferait mieux d'oublier, justement, et ses yeux ne cillaient pas sous son regard intense. Elle était déjà à lui, elle le savait. Il n'avait qu'à faire un geste…

— Je ne vois pas le rapport avec ce que je disais, reprit-elle cependant, le cœur battant et la bouche sèche. Vous n'avez pas répondu à ma question.

— Ce n'est pas *fair-play*, parce que vous savez que je ne peux pas…

Il hésita avant de poursuivre, comme cherchant la meilleure manière de formuler la chose.

— Je ne peux pas aller plus loin, reprit-il enfin. Bien que j'en brûle de désir, soyez-en sûre. Vous m'avez dit vous-même tout ce qui s'élevait entre nous et je ne peux l'ignorer. Et si je le faisais malgré tout, je ne resterais pas ici bien longtemps et je devrais vous laisser seule. J'ai des obligations et j'ignore à quel moment je pourrai revenir. Je ne peux donc rien vous promettre, encore moins un avenir. Dans quelques heures, nous nous quitterons et qui sait quand nous nous reverrons ? Ceci ne sera alors plus qu'un souvenir brumeux… Même si je comprends votre impatience, je ne peux vous infliger de vivre de cette façon. Je ne pourrais demander cela à aucune femme, encore moins à vous dont je ne souhaite que le bonheur.

Alix se raidit insensiblement.

— Non, murmura-t-elle. Rien de ce que nous pourrions vivre ne sera jamais un souvenir brumeux…

— Alix, je vous en prie… C'est déjà tellement difficile, ne croyez-vous pas que ce serait pire encore, si nous entreprenions quelque chose ?

— Mais je vous aime, Sylvain ! avoua-t-elle alors, incapable de se contenir plus longtemps, et oubliant toute fierté. Je vous aime, et rien n'est plus vrai que cela. Rien n'a plus d'importance pour moi.

Bouleversée, désemparée, ne comprenant que la folie de cet amour qu'elle venait d'avouer, elle se mit à pleurer silencieusement, en s'agrippant à lui, enfouissant son visage au creux de son épaule dorée. Il sentit les larmes chaudes couler dans son cou, et tandis qu'il la serrait contre lui, il se mit à trembler comme elle, aussi fragile et vulnérable...

— Ne croyez-vous pas, reprit-elle dans un sanglot étouffé, toujours enfouie au creux de son épaule, ne croyez-vous pas que c'est en n'entreprenant rien que nous risquons de voir la vie nous échapper ? Tout ce que nous pourrions faire ne pourrait-il pas nous soutenir au lieu de rendre les choses plus délicates encore ? Ne pensez-vous pas que l'amour nous porte au lieu de nous détruire ?

Elle avait raison, et Sylvain fut soulagé de l'admettre. Il soupira et l'enlaça contre lui encore plus fort.

— M'aimez-vous vraiment, douce Alix ?

— Oui, je vous aime, Sylvain. Tel que vous êtes.

— Et moi, Dieu sait que je vous aime depuis le premier jour ! s'exclama-t-il avec fougue. Oh oui, je t'adore, Alix, ajouta-t-il dans un murmure à son oreille, faisant voler de son souffle les boucles de ses tempes. Tu es complètement folle de te laisser emporter par tes sentiments pour moi, mais je te trouve merveilleuse.

Alix frémit sous le ton passionné et le tutoiement amoureux qu'il avait employés, plus encore que sous l'aveu brûlant. Il embrassa doucement sa tempe, sa joue, et la jeune fille sentit d'instinct la fièvre qui s'emparait de lui. Avec tendresse, il se pencha sur elle et posa ses lèvres sur sa bouche. Puis il descendit le long de la joue, dans un geste doux et possessif à la fois, jusqu'à la gorge tiède, suivant le chemin que lui indiquait la peau d'Alix. Elle sentit alors une vague monter en elle, des mots fous lui venir aux lèvres, avec une force qui surgissait du tréfonds de son être. Bouleversée, elle répondit avec passion au baiser de Sylvain, tendue sous ses caresses comme une corde de harpe vibrante, avide à son tour de se fondre en lui... Il la sentit frémir à nouveau, de désir cette fois. Tout contre lui, il sentait battre follement le cœur de la jeune fille.

— C'est pour moi que ton cœur s'affole ainsi ? lui souffla-t-il au creux de l'oreille.

— Cela a toujours été pour toi.

Elle le regarda, le souffle court, la bouche entrouverte, juste un peu, ce qui dévoilait la nacre de ses dents. Ses yeux verts brillaient d'une fièvre nouvelle et ses seins fermes se soulevaient au rythme saccadé de sa respiration.

— Comme tu es belle ! murmura-t-il en l'enlaçant. Et si désirable.

Il la serra à l'étouffer avant de l'embrasser, d'un baiser dur, sauvage, qui l'aurait effrayée si elle n'avait ressenti la même fièvre l'envahir. Elle se dressa vers lui et reprit sa bouche, remplie du désir de lui appartenir tout de suite, impatiente et avide. Son désir était si fort qu'il tenait presque de la souffrance, et elle sentait une curieuse douleur dans le bas de son ventre. Les mains de Sylvain montèrent le long des cuisses de la jeune fille pour une fugitive caresse, et elle frémit au contact de cette main sur sa peau. Puis il laissa tomber ses armes, assit la jeune fille contre lui, dans l'herbe, la prit par les hanches et s'inclinant, l'embrassa tendrement dans le cou, puis sur la poitrine, au bord du décolleté de sa chemise.

La tête rejetée en arrière, Alix ferma les yeux. Il n'y avait plus rien d'autre qu'eux, rien d'autre que cet instant. Il était trop tard pour songer aux conséquences bassement terrestres de ce qu'ils allaient accomplir, et elle ne pensait plus non plus à l'avenir, au bien et au mal. Rien, absolument rien n'existait en dehors de ce moment, à cet endroit, entre eux. Elle comprit combien elle avait attendu cet instant, refusant de se l'avouer lorsqu'elle était seule au château. Mais elle aimait Sylvain depuis le début, d'un amour libre et conquérant, une passion crue et sauvage, et en même temps avec une tendresse infinie. C'était un homme unique et merveilleux, sans doute l'homme de sa vie. Une seule chose comptait, c'était leur amour, et il n'y avait aucune raison d'y résister davantage.

Elle glissa une main dans son abondante chevelure brune et de l'autre, caressa son dos, se lovant contre lui. Elle frissonna tandis qu'il la serrait contre lui et reprenait sa bouche avec ferveur, avec fureur. Lentement, il l'allongea, glissant à terre avec elle, en la tenant étroitement. Leur baiser n'était plus tendre, mais passionné, les jetant dans les bras l'un de l'autre. Elle se retrouva étendue dans les herbes fraîches et odorantes, contre Sylvain qui promenait ses mains chaudes et exploratrices sur ses cuisses, par-dessus le tissu de son pantalon. Pour une fois, elle regretta d'avoir un costume d'homme ; une robe, ça se retroussait, et elle avait terriblement envie de sentir les mains de Sylvain sur sa peau. Il la lâcha un moment pour la regarder, allongée presque sous lui. Elle le fixait également, droit au fond de ses yeux bleus, et il lut dans les siens un désir intense qui le fit frémir.

Elle le regarda déboutonner sa chemise et son pantalon avec application, croisa son regard d'azur qui devenait plus sombre et plus brillant lorsque le désir l'envahissait. Puis il la déshabilla à son tour d'une main, continuant de la caresser de l'autre. Elle se cambra pour qu'il lui enlève sa culotte et il le fit avec émerveillement, posant la main sur son pubis. Sylvain était plein de prévenance, mais ses gestes avaient quelque chose d'impatient, et dans cette violence contenue, Alix trouvait une extraordinaire douceur. Elle s'abandonnait, grisée et heureuse. Elle gémit, comme un appel, quand il avança la main vers ses seins ronds et blancs. Il n'avait jamais connu un tel feu en lui : la chaleur de sa passion le consumait tout entier. Brûlant du désir de sentir la peau de la jeune fille contre la sienne, il parcourut son corps avec ravissement, ponctuant chacune de ses découvertes d'une caresse ou d'un baiser. Il semblait à la jeune fille qu'à chaque endroit où il la touchait, il allumait une petite flamme qui se mettait à courir, et bientôt, elle se sentit complètement embrasée.

— C'est comme un rêve... murmura-t-elle en fermant les yeux.

Bouleversé, Sylvain se redressa légèrement et resta un moment à la découvrir du regard, allongé près d'elle. Ce fut un éblouissement. Elle avait un corps magnifique, telle une statue antique, mais une statue de chair, pleine et ferme. La lumière du torrent nacrait sa peau lisse et douce qui avait un parfum de vanille et de citron, une odeur de jeunesse et d'été orageux. Ses sens s'emballèrent.

Et soudain, ce fut elle qui se tourna vers lui et l'attira contre elle. Un bras passé sous le corps d'Alix, Sylvain sentit sous la paume de son autre main les rondeurs chaudes du buste au galbe admirable, glissant lentement au creux des hanches, puis vers le bassin et l'aine. Elle se serra contre lui, embrassant son cou et son torse doré. Sa bouche se promenait sur sa peau couleur de pain d'épices, sa peau à l'odeur de miel. Elle lui caressa le torse et le dos, suivant les courbes de ses muscles fins, et cet attouchement léger eut raison des dernières hésitations du jeune homme.

Il la fit rouler sous lui, tandis que les mains douces de la jeune fille descendaient de plus en plus amoureusement vers les reins, réveillant en lui mille désirs inassouvis. Il l'embrassa à nouveau sur les seins, inspirant profondément son odeur, comme pour s'y perdre et s'y noyer. Il les sentit se durcir sous la caresse de ses lèvres. Il s'efforçait d'être plein de délicatesse, mais ses caresses devenaient plus pressées, plus impatientes, presque autoritaires. Alix s'abandonna, affolée de désir, tandis que Sylvain embrassait fiévreusement sa chair à des endroits que personne n'avait jamais touchés. Elle oublia tout, tout ce qui n'était pas eux. Ils étaient comme enfermés dans un cercle magique où le monde extérieur ne pouvait les atteindre.

En quelques secondes, elle vit passer de la passion, de la tendresse et du désir dans les yeux de Sylvain. Ils se regardèrent dans leur mutuelle nudité, avec des regards affamés, presque incrédules. Il vint embrasser son ventre, où il découvrit, sur le côté, la fine cicatrice pâle d'une blessure ancienne. Curieusement, cette découverte l'émut et il y porta les lèvres pour en redessiner le contour. Le contact de sa toison sur son visage, et son odeur chaude et suave le bouleversèrent plus encore.

Et puis, sa main se glissa à l'entrejambe de la jeune femme et vint trouver un point plus sensible que les autres. La réaction d'Alix fut instantanée et il poursuivit ses caresses avec volupté. Et tandis que sa main prolongeait des attouchements qui la rendaient de plus en plus humide et fiévreuse, il joua de la bouche avec ses seins, léchant et mordillant à point nommé, tant et si bien qu'Alix commença à haleter de plaisir, à la fois un peu honteuse de se laisser aller de cette façon et savourant le fait de pouvoir le faire.

Il écarta alors les lèvres gonflées de son sexe et promena ses doigts entre elles en un mouvement qui tira d'elle de longues plaintes. Affolée de plaisir, cambrée contre lui, elle cherchait son souffle, gémissant de plus en plus fort au rythme de ses caresses. Et soudain, elle poussa un cri et l'agrippa de toutes ses forces, ses ongles enfoncés dans la peau du dos de Sylvain et il sut qu'elle arrivait au bout de son premier voyage. Il contempla son visage tandis qu'elle se laissait emporter par la volupté.

— Je crois que je comprends ce que tu voulais dire par ces jeux possibles qui ne me défloreraient pas, balbutia-t-elle ensuite, les yeux encore clos.

— Et encore, répondit Sylvain, la voix sourde et pleine de promesses, ce n'est qu'un début.

Il l'embrassa sur le ventre et la contempla, le regard brillant. Elle ouvrit alors les yeux et l'observa, plus sérieuse que jamais.

— Ne t'arrête pas… dit-elle finalement. Je me moque de ne plus être vierge. Je ne veux plus l'être. Je veux être à toi, pleinement. Même si tout le monde doit le savoir un jour.

Prends-moi, fais-moi tienne... et ne m'oblige pas à te supplier.

Les traits durcis par le désir, les prunelles obscurcies, elle tendit la main et quand ses doigts se refermèrent sur son sexe roide, il sentit qu'elle venait de prendre possession de toutes les fibres de son être. Et c'était maintenant elle qui décidait ; elle, cette jeune fille délicate que l'étreinte allait peut-être faire crier et qu'il n'aurait pas osé pénétrer si elle ne le lui avait pas demandé. Elle ne lui laissait plus le choix, et il adorait cela.

Ce fut elle qui l'attira entre ses cuisses, le guida sans aucune hésitation, et à cet instant, quand il entra en elle et qu'elle l'accueillit de cette façon, Sylvain eut le sentiment qu'il était enfin de retour après un lointain voyage, comme un exil de lui-même, et qu'ici, seulement ici, avec elle, en elle, il pouvait de nouveau être complet. Et heureux.

Alix sentit son introduction houleuse ; une légère douleur la traversa d'abord, et ce fut comme si on attisait entre ses reins un brasier dont l'ardeur ne demandait qu'à être ranimée, comme si son amant éveillait au plus profond d'elle une brûlante source de volupté, la source même de la vie.

Cambrée comme une sirène, Alix sentit la vague remonter et déferler en elle, lentement d'abord, comme une coulée de lave. Puis avec violence, elle redescendit et vint s'écraser au tréfonds de son corps. Serrant les poings, la jeune femme ne put retenir un nouveau cri, puis ses mains s'ouvrirent et coururent sur le corps de son bien-aimé, et Sylvain l'entendit murmurer des mots tendres et sans suite, des mots fous de plaisir et de délire.

Ce fut comme s'ils l'avaient toujours fait, comme s'ils connaissaient déjà par cœur leur propre corps. Leur union fut si intense qu'ils éprouvèrent la sensation que non seulement leurs corps ne faisaient plus qu'un, mais leurs âmes aussi, comme la fusion aérienne des deux moitiés d'un seul être. Alix n'était pas surprise, mais émerveillée.

Elle se demanda comment ce corps qu'elle n'avait jamais vu, cette peau jamais touchée, pouvaient lui être si familiers et s'accorder si bien à elle. C'était comme si elle avait été créée pour se donner à cet homme, comme si elle n'avait été faite que pour son plaisir et son bonheur, et lui pour le sien.

Il bougeait en elle au rythme lent de leur union, jusqu'au moment où elle le vit tressaillir et se cambrer et il explosa en elle. Elle se cambra aussi contre lui au même moment et son corps fut secoué d'une longue décharge, comme une implosion qui la remplit entièrement de son amant, jusqu'aux limites extrêmes de son être, jusqu'à ne plus les discerner. Elle balbutia, cria encore et il sut qu'elle atteignait au même moment que lui les sommets de la félicité, là où tout semblait plus pur et plus beau.

— C'est si bon... murmura-t-il. C'est comme si nous devions disparaître tout de suite après...

16

Retour à la réalité

Quand Sylvain vint se reposer contre son flanc, Alix frotta sa tête contre l'épaule de son amant et lui sourit. Une douleur sourde vibrait en elle, en même temps qu'elle était infiniment heureuse. Ils restèrent un long moment, l'un contre l'autre. Leur souffle s'apaisa peu à peu. Sylvain s'était à demi dressé sur un coude à côté d'elle et Alix avait posé sa tête sur sa poitrine, là où elle sentait battre le cœur du jeune homme. Il caressait doucement sa nuque, fine sous la masse de ses cheveux bouclés.

Le vent chaud soufflait une caresse sur leurs corps nus. Il n'y avait plus rien au monde que cette brise légère, le chant du torrent près d'eux, la chaleur du soleil... Là-haut, quelques nuages vagabondaient. Le cri d'un couple d'aigles qui passaient et volaient très haut les fit tressaillir puis rire.

— Tu les vois, là-haut, Alix ? murmura Sylvain en serrant la jeune fille un peu plus contre lui. Libres et sauvages ? C'est nous...

— Oui, tu as raison, c'est nous...

En regardant glisser les oiseaux dans les airs, Alix prit soudain conscience de la fuite du temps. Comme ces heures avaient passé vite ! En cet instant, elle aurait simplement voulu oublier le reste du monde, ce temps qui fuyait et jouait contre eux, les heures qui la rapprochaient du moment où elle devrait quitter Sylvain une nouvelle fois…

Une fugitive tristesse la gagna et elle se demanda pourquoi, alors qu'elle était si heureuse quelques instants auparavant. C'était comme si elle avait la conscience aiguë de la précarité du bonheur, comme si elle éprouvait brusquement dans sa chair la certitude que tout a une fin, que ce qu'elle vivait ne durerait pas éternellement, que la vie était suspendue au-dessus du vide et qu'un rien pouvait la faire basculer. Cela rendait l'instant plus précieux, et en même temps plus poignant.

Sylvain sentit son désarroi et la prit contre lui, sans rien dire. Il y avait dans ses yeux tant de chaleur et de compréhension qu'elle s'effondra en pleurs au creux de ses bras. Pourtant, quand elle leva les yeux vers lui et qu'elle croisa son regard, elle comprit qu'une chose était sûre et durerait toujours : leur amour.

Ils s'étaient aimés et s'aimeraient encore, au-delà de la séparation, de la vie, de la mort… C'était sans doute pour ça que, bizarrement, en dépit de son éducation, elle n'avait pas honte de ce qu'ils avaient accompli, sentant qu'il en était de même pour Sylvain. C'était une chose qui n'était pas de leur fait, mais qui venait d'une force plus profonde, au-delà d'eux, au-delà du bien et du mal, quelque chose qui les dépassait, et qui animait non seulement leurs corps, mais aussi leurs âmes. Ce que Sylvain et elle vivaient allait bien au-delà des simples questions de morale et de bienséance. Ils avaient fait l'amour naturellement, avec délice, ils s'étaient tellement attendus l'un l'autre…

Toujours silencieux, Sylvain l'embrassa tendrement, elle enfouit son visage au creux de son cou et se calma contre lui. Elle sentait que lui aussi aurait aimé prolonger leur escale sur les rives du torrent, loin du reste du monde, profiter encore un peu de cette pause sur les ailes du temps.

— N'oublie pas ce que tu as dit tout à l'heure, chuchota-t-il, c'est toi qui avais raison : il faut simplement vivre l'instant présent, sans plus penser au passé, ni à l'avenir. Il suffit d'être « là », tous les deux… Oublie le futur qui arrivera bien assez vite. Profitons du présent, ne le gâchons pas en spéculations qui n'aboutiront à rien… Je me refusais autrefois à te proposer pareille aventure, mais je me rends compte que j'avais tort. Je pensais aussi que tu ne voulais pas… À Paris, quand j'ai osé t'avouer mes sentiments pour la première fois, tu as fui brusquement, le visage grave, comme si tu étais mécontente ou peinée. Et aujourd'hui, j'ai le sentiment que je ne peux plus me passer de toi. Et pourtant, cela fait plus d'un an qu'on ne s'est vus. Je me sentais si seul, sans toi, ajouta-t-il alors en lui faisant lever le visage vers lui avec une extrême douceur pour mieux la regarder. Il y eut des jours où, dans ma détresse, j'aurais voulu que tu sois là, simplement pour pouvoir pleurer contre toi. Et j'ai pensé à toi à chaque instant. J'avais soif de toi, de ta présence, de ta voix, de ton corps aussi… Tu m'as tant manqué ! J'ai souffert d'être séparé de toi et je brûlais du désir de te revoir… J'avais faim de toi. Je te parlais chaque soir…

Alix croisa son regard, et à son expression comprit qu'il disait vrai. Cela la bouleversa de bonheur. Le jeune homme perçut dans ses yeux, dans cette mer verte et dorée, une telle étincelle de joie qu'il en fut réchauffé. Et à sa grande surprise, elle lui répondit d'une petite voix étonnée et émerveillée :

— Oui, tu me parlais, et je t'entendais… Je croyais entendre ta voix, et je sentais tes paroles résonner, là, en mon cœur.

— C'est bien vrai ? demanda-t-il en la prenant par les épaules, n'osant croire à une telle communion d'esprit.

Elle se dressa un peu contre lui et il lut la réponse dans son regard. Elle était comme un livre ouvert devant lui, un livre où il découvrait tant de beauté, tant d'amour et d'émerveillement, tant de candeur et de pureté, qu'il en restait saisi et ravi. Lui qui jusqu'alors avait toujours fui les femmes, voici que l'une d'elles, innocente et délicate, lui redonnait la joie de vivre. Elle était comme une eau de jouvence à laquelle il venait puiser avec délice. Douce et brûlante Alix !

Tendrement, il embrassa ses paupières, écrasant sous ses lèvres les dernières larmes salées. Elle ferma les yeux de bonheur tandis qu'il répétait d'une voix rauque, la serrant contre lui :

— Je t'aime, Alix, mais je serais mort plutôt que de te le dire de nouveau. Il fallait que toi, tu laisses parler ton cœur... J'ai beaucoup changé depuis que je te connais, Alix... Sais-tu que tu es douée pour rentrer dans la vie des gens sans même qu'ils s'en rendent compte ?

Il sourit, tendrement moqueur, puis reprit son sérieux pour lui avouer gravement :

— Tu as tout ce qu'un homme comme moi peut désirer, tu dégages ce quelque chose que j'ai toujours cherché, chacun de tes mouvements révèle une autre part de toi, une force mystérieuse. Tu as un petit côté magique, féerique, une grâce intemporelle. Tu es fascinante, envoûtante, ensorcelante.

— Oh ! Sylvain... souffla-t-elle, éperdue d'émotion.

Elle ouvrit les yeux et le regarda bien en face. Sa voix se raffermit, tandis qu'elle entourait son cou de ses bras et lui disait :

— Comme j'ai souffert, et comme j'ai douté ! Je t'aime aussi depuis le premier instant, mais tout était si confus ! Tu étais si mystérieux et lointain ! Pourtant, c'était plus fort que moi. Je t'aime tellement, Sylvain... La vie m'a paru affreuse sans toi ! Pourquoi as-tu mis tant de temps ?...

— Mon amour, souffla-t-il, ma toute petite... Je suis là maintenant, avec toi...

La jeune fille se lova contre lui et lui offrit son visage. Il l'embrassa avec tendresse, avant de la bercer entre ses bras, comme pour la protéger de l'avenir. Peut-être était-ce aussi lui-même qu'il voulait rassurer, pour oublier qu'il devrait repartir bientôt en abandonnant sa bien-aimée. Pourtant, il s'imaginait mal vivre sans elle à l'avenir. Elle lui était devenue indispensable. Sans elle, il se sentait vide, et sa vie n'avait plus de sens.

— Pourquoi es-tu resté si longtemps sans me donner de nouvelles ? demanda-t-elle. Je me suis posé tant de questions… Est-ce à cause de tes activités avec le Lys Pourpre ?

— Oui, en partie, tu t'en doutes. Je me suis également occupé de mes bateaux. J'envisage une grande traversée, vers le Nouveau Monde. Et puis…

Sylvain hésita un peu avant de poursuivre :

— J'aimerais tout te dire, soupira-t-il, mais si je le faisais, j'aurais peur pour toi. Il y a des choses que je ne peux pas encore raconter.

La gorge sèche, elle demanda :

— Veux-tu dire que tu as encore des secrets pour moi ? Des secrets trop lourds pour que tu les partages ?

— En quelque sorte, admit-il.

Elle protesta, presque véhémente :

— Sylvain ! Tu ne peux pas prétendre cela ! Je veux partager avec toi tout ce que tu vis. N'est-ce pas ainsi que doit faire un couple ? N'aie crainte, je suis bien assez forte pour supporter ce que tu veux. Si je ne sais pas quels dangers tu cours, ni dans quels projets tu t'es lancé, comment puis-je t'aider ? Tu veux me faire partager tes joies et ton enthousiasme, je le sais, mais il faut, *il faut*, souligna-t-elle que nous partagions aussi nos angoisses, nos soucis, nos peines. N'est-ce pas aussi ce qui fonde un vrai couple ? Être deux, cela permet d'affronter plus facilement les difficultés. Tu comprends ce que je veux dire, n'est-ce pas ?

— Oui, bien sûr, souffla-t-il.

— Si tu m'aimes…

Sans lui laisser le temps de finir, Sylvain posa un doigt sur ses lèvres et la regarda gravement :

— Tu ne peux pas douter de mon amour, tu ne le dois pas. Je t'aime plus que tout, plus que moi-même, plus que la liberté, plus que la vie. Et c'est parce que je t'aime que je refuse de te faire partager mon secret, pour le moment. Cela te mettrait en danger, j'aurais trop peur pour toi, pour ta vie.

— En voilà bien une idée d'homme ! s'emporta Alix. Toujours à vouloir protéger les faibles femmes. Je n'ai pas besoin d'être protégée, j'ai besoin d'être estimée, respectée, aimée. Et d'être prise au sérieux. J'ai besoin d'être considérée comme ton égal.

— Oh, crois-moi, je ne te considère pas comme une faible femme. Ma mâchoire se souvient encore du coup de poing que tu m'as envoyé. Mais...

— Pas de mais, s'il te plaît !

— Tu me trouves effroyablement égoïste, si je comprends bien...

Elle bougonna :

— Misogyne serait un mot plus juste.

— Cela n'a rien à voir avec le fait que tu sois une femme. Je n'ai parlé à personne de mon secret, pas à un seul membre de ma famille.

— C'est un tort. Ton fardeau serait moins lourd à porter.

— C'est une précaution. Ainsi, ils sont en sécurité, personne n'ira les chercher pour les forcer à révéler quoi que ce soit. Et ils ne s'inquiètent pas pour moi.

— Mais moi, je m'inquiète déjà pour toi !

— Je le sais, et je le regrette. Je souffrirais n'importe quoi pourvu que tu sois heureuse, que tous ceux que j'aime soient heureux. Si je le pouvais, j'ôterais tout tracas de ton existence... Mais c'est impossible.

— Alors tâche de m'en créer le moins possible et dis-moi exactement ce qui se passe.

Sylvain ne put s'empêcher de rire.

— Tu es tenace ! J'adore ça, ajouta-t-il en la serrant doucement contre lui. Mais il y a des choses qu'il n'est pas encore nécessaire de te faire partager. Je te promets cependant de tout te dévoiler un jour. Je le ferai dès que possible, dès que ça ne mettra plus personne en danger.

Alix se renfrogna.

— Très bien, capitula-t-elle. Et je suppose que je ne dois rien imaginer d'extravagant. Ni m'abaisser à une jalousie stupide et sans fondement, en pensant à ce que tu pourrais faire lorsque tu es loin de moi.

Pour seule réponse, il l'embrassa tendrement et leur baiser glissa de nouveau de la tendresse à la passion. Enfin, elle se dégagea, à bout de souffle, toute rose, et il l'enlaça, heureux d'être là, seul avec elle :

— Je t'aime infiniment Alix, souffla-t-il d'une voix rauque, et je n'aimerai jamais que toi. Quoi qu'il arrive à l'avenir, nous serons liés pour l'éternité...

Alix lui sourit, d'un sourire extraordinaire, plein de désir et de promesses. Sans aucune hésitation, elle le fit entrer en elle aussitôt, alors que leurs peaux renouaient le contact. Elle ressentait un extraordinaire sentiment de plénitude, et quand Sylvain jaillit à nouveau en elle, elle comprit à quel point il avait raison. Ils étaient maintenant liés pour l'éternité. Elle savait désormais que sur son corps battrait pour toujours la trace de Sylvain. Il avait laissé son empreinte.

⁂

Le soir tombait insensiblement. Alix commençait à mourir de faim et Sylvain s'en alla chercher les quelques provisions qu'il avait, ramenant celles de la jeune fille avec. Ils pique-niquèrent dans les hautes herbes, savourant les mets et l'instant présent.

Puis, comme ils s'embrassaient encore, un hennissement traversa l'air crépusculaire. Alix se leva d'un bond.

— C'est Éclair, dit-elle. Il a peut-être entendu quelque chose.

— Ou il veut simplement rentrer ; il est tard.

— Non, je le connais. Il a peur. Tu sais, ajouta-t-elle, c'est le cheval que tu avais dompté lorsque tu étais venu chez nous, la première fois. C'est un animal fabuleux, mais extrêmement sensible.

Elle scruta le paysage autour d'elle et constata soudain que le vent s'était levé. Elle tendit le doigt vers le ciel.

— Regarde, de gros nuages noirs s'amoncellent ; un orage se prépare. Voilà pourquoi Éclair s'agite, il n'aime pas du tout ça. Il faut rentrer, les orages sont très mauvais par ici. Et avec une journée de chaleur comme celle-ci, il sera d'autant plus violent.

Sylvain se leva à son tour et la reprit contre lui :

— Serais-tu effrayée, mon intrépide Alix ?

— Non, dit-elle. L'orage exerce sur moi une telle fascination que j'en oublie souvent le danger. Je suis née un soir d'orage, c'est peut-être pour ça, ajouta-t-elle avec malice. Mais Éclair, lui, est là pour me rappeler que je dois faire attention. Sans compter qu'il devient lui-même imprévisible et dangereux dans ce genre d'intempéries. Et puis, il y a ma mère, au château. Elle s'inquiéterait si je ne rentrais pas maintenant.

— Alors nous n'avons plus le temps, si je comprends bien...

Elle frémit, comprenant que leur entrevue touchait à sa fin.

— Tu vas déjà repartir ? s'inquiéta-t-elle en lui serrant les mains. Pas déjà, je t'en prie...

— Je n'ai pas le choix. Je ne devrais même pas être là. J'ai tout abandonné pour venir te voir, mais je ne peux m'absenter et laisser mes responsabilités plus de quelques heures. Je comptais aller jusqu'à la Chaussée, quand ton rire m'a attiré jusqu'à toi. Je suis bien heureux de t'avoir trouvée ici, d'ailleurs, et non là-bas. Nous avons passé de merveilleux instants et cet après-midi avec toi m'a comblé plus que je n'aurais jamais osé l'espérer...

Spontanément, elle entoura son cou de ses bras et se retrouva collée contre lui, lui offrant son visage, ses lèvres, sa gorge. Il l'embrassa avec une sorte d'ivresse désespérée.

— Je t'en prie, sois prudent, murmura-t-elle finalement, les larmes aux yeux. J'ai déjà perdu un être cher, je ne veux pas en perdre un autre.

— On m'a dit pour ton père, je suis désolé. Je te présente toutes mes condoléances.

Elle retint ses pleurs avec difficulté.

— Merci, acquiesça-t-elle d'une voix étranglée. Prends bien soin de toi, je t'en prie. Je n'ai pas peur de l'orage ou de la tempête, je n'ai pas peur pour moi, mais j'ai peur pour toi et tous ceux qui me sont chers...

— Il ne m'arrivera rien, mon amour, répondit-il en la serrant plus fort. Je te le promets.

Il scella sa promesse d'un nouveau baiser, puis l'écarta de lui, avec une douceur que contredisait l'éclat de ses yeux.

— Rhabille-toi vite, fit-il un peu rudement, comme pour chasser son trouble et le désir qu'il avait d'elle, ainsi que le proclamait fièrement tout son corps. Ou je ne réponds plus de rien.

Mais Alix n'avait pas envie de le quitter. Elle voulait rester entre ses bras, à respirer son odeur et à sentir ses mains sur elle. Une bourrasque plus forte rappela cependant la jeune fille à l'ordre, tandis que le tonnerre se mettait à gronder dans le lointain. Bientôt, les premières gouttes de pluie, molles et chaudes, s'écrasaient sur le sol autour d'eux. En un tournemain, ils enfilèrent leurs vêtements et rassemblèrent leurs affaires.

Alix siffla Éclair qui arriva au galop. Le cheval baissait les oreilles, nerveux et inquiet, et elle le saisit par la bride avant qu'il lui prît l'idée de s'enfuir. Puis elle se tourna vers Sylvain :

— Tu ne vas pas rester sous l'orage. Accompagne-moi jusqu'au château, tu repartiras dès que ce sera passé.

Les cimes des arbres s'inclinaient sous le vent, tandis que l'averse s'intensifiait et que les coups de tonnerre se rapprochaient.

— D'accord.

La jeune fille eut un lumineux sourire et monta en selle. Sylvain ferma soigneusement sa veste de cuir et sauta derrière elle et sans lui laisser le temps de réagir, elle éperonna sa monture. Ils s'enfoncèrent dans les bois, par le chemin qu'elle avait pris à l'aller.

⁂

Alors qu'ils sortaient de la forêt et parvenaient sur la route qui menait vers le château de la Chaussée d'Arville, Sylvain descendit de cheval pour éviter toute compromission à Alix et se mit à marcher à côté d'elle.

— Je vais devoir te quitter, annonça-t-il, comme à regret, la pluie dégoulinant le long de son corps.

Il avait son chapeau sur la tête, mais l'averse orageuse était si violente qu'il ne protégeait pas son visage. L'eau franchissait allègrement les rebords en cuir et coulait sur ses épaules. Ainsi trempés, ses vêtements moulaient son corps d'une façon absolument... scandaleuse.

— J'étais passé répondre au message que lance ton écharpe rouge à tous les vents, mais je ne peux pas rester. On m'attend, comme je te le disais...

— Je sais, soupira-t-elle.

Elle s'apprêtait à mettre pied à terre pour l'embrasser une dernière fois quand, tout à coup, un craquement dans les fourrés les fit se retourner tous les deux. À leur grande surprise, apparurent des soldats en tenue bleue, des soldats de la République française. Alix n'eut pas même le temps de se demander ce que faisaient là ces émissaires français, en plein territoire savoyard.

— En avant ! cria celui qui les dirigeait. Nous le tenons ! Attrapez-le !

Sylvain lâcha un juron et tira son épée d'une main, sa dague de l'autre.

— Vite, Alix ! lança-t-il d'un ton pressant. Sauve-toi ! Ils ne sont là que pour moi.

— C'est une plaisanterie ! riposta-t-elle, furieuse. Je ne vais pas te laisser !

Aussitôt, la jeune femme sauta de cheval, dégaina sa rapière et se tint aux côtés de son amant qui attendait les assaillants de pied ferme.

— Folle que tu es ! lui dit-il, la voix chargée de colère et d'angoisse.

— Pas plus que toi !

Se ruant à l'attaque, Sylvain porta des coups furieux à un premier adversaire, le pressant de droite et de gauche à une vitesse extraordinaire pour le forcer à rompre, parant de sa dague les assauts d'un autre soldat. Alix, de son côté, était tout aussi vive.

— À deux contre dix, nous ne ferons pas le poids ! s'exclama-t-elle cependant, tandis qu'elle enchaînait les bottes face à un des combattants.

Celui-ci dut reculer en se défendant de son mieux, mais Alix fut plus prompte et le blessa au côté. Il s'écroula, mais déjà, un autre prenait sa place.

— Je t'avais dit de partir ! gronda Sylvain avec fureur, alors qu'il venait également d'atteindre un de ses ennemis à la poitrine.

Il esquiva adroitement les coups d'un second assaillant, le désarma et l'embrocha dans la foulée. Alix, tout en ripostant dans un style très efficace aux coups portés par son nouvel agresseur, s'empara du pistolet que Sylvain portait à la ceinture. Elle fit feu aussitôt et un quatrième soldat s'écroula.

— C'est vrai qu'il est beaucoup plus judicieux de se battre à un contre dix ! répliqua-t-elle d'un ton tout aussi énervé que son amant.

Ils se tinrent dos contre dos, faisant face à leurs ennemis.

— Nous voici à deux contre six, lança alors le jeune homme en riant. C'est beaucoup plus équitable !

Sur une feinte habile, Alix fit se découvrir un des hommes et le toucha. Mais essoufflée, le bras un peu raide, elle commençait à éprouver des difficultés à combattre et laissait maintenant l'initiative à son nouvel adversaire, se contraignant à rester sur la défensive pour étudier son jeu et se reposer un peu.

Dans son dos, Sylvain se démenait toujours. Il rompit, porta une botte que son adversaire contra et soudain, il fit un coup fourré. Tandis que son opposant tentait de l'atteindre au thorax, il se baissa, se fendit en avant et profita de ce que l'ennemi avait découvert sa hanche, laissant le vide devant sa pointe, pour l'enfoncer profondément sur le côté. L'ennemi poussa un cri en lâchant son arme et en s'écroulant. Emporté par son élan, Sylvain roula en avant, attrapa l'épée abandonnée et l'enfonça à droite, dans le ventre d'un deuxième assaillant. Puis, maniant les deux lames avec dextérité, il eut tôt fait de se débarrasser d'un troisième.

Alix, cependant, faisait toujours face à deux ennemis qui ne semblaient pas vouloir lui faire de quartier. Sylvain n'assurant plus sa garde à l'arrière, elle tournait lentement sur elle-même, parant du mieux qu'elle pouvait en guettant le moindre geste de ses adversaires.

— Je te laisse celui-ci, lança-t-elle à son amant qui se portait à son secours.

Délaissant le plus grand et le plus musclé de ses assaillants qui se mit à ferrailler dur contre Sylvain, elle se concentra sur l'autre. Par trois fois, elle para et répliqua aux bottes de son assaillant, mais elle ne parvint pas à faire mouche. À la quatrième fois, elle ne fut pas assez rapide et se découvrit légèrement. La lame de son ennemi s'enfonça dans sa cuisse, provoquant une douleur fulgurante qui la terrassa. Elle poussa un cri bref, lâcha son arme et recula en chancelant.

Fort heureusement, Sylvain en avait fini avec le second agresseur et il se plaça devant elle pour la défendre. Le dernier assaillant eut un moment de doute. Le jeune homme en profita pour se jeter sur lui et le poignarder au ventre, écartant la lame ennemie de son épée.

Alix, alors, eut un moment de faiblesse. Un voile noir passa devant ses yeux et elle se serait écroulée par terre si Sylvain ne s'était précipité pour l'attraper fermement. Elle sentit ses bras qui se refermaient sur elle et perdit conscience.

⁂

Lorsqu'elle reprit ses sens, quelques minutes plus tard, Sylvain lui avait fait un garrot sur la cuisse et lui tamponnait les tempes avec un mouchoir mouillé.

— Te revoilà parmi nous, soupira-t-il, soulagé, au moment où elle ouvrit les yeux. Comment te sens-tu ?

— En vie, grâce à toi, répondit-elle d'une voix faible.

— Ta blessure est assez profonde, je n'aime pas cela, riposta le jeune homme avec vivacité. Elle saigne encore beaucoup. Je vais te ramener au château, nous en sommes tout proches.

— Non, répondit Alix avec fermeté. Je ne veux pas que les miens soient mêlés à cette affaire. Surtout pas ma mère.

Son amant la regarda d'un air sombre.

— Je suis désolé, mais ils le seront de toute façon. Comment expliquerez-vous au chirurgien l'état de ta jambe sans lui raconter ce qui s'est passé ?

La jeune fille haussa les épaules :

— Je dirais que je suis tombée sur une troupe de malandrins qui en voulaient à ma bourse… et que sans l'aide d'un inconnu qui passait par-là, je serais certainement morte.

Sylvain fit la grimace.

— C'est plutôt le contraire qui s'est produit. Ces soldats m'attendaient, et le pire, c'est que j'aurais dû m'en douter. Voilà des semaines que je suis surveillé. J'ai eu de la chance, jusqu'ici, mais ça ne saurait durer. Je ne vais pas pouvoir revenir dans la région avant longtemps…

À ces mots, Alix sentit sa poitrine se serrer. Néanmoins, elle ne pouvait se permettre de s'attendrir. Pas maintenant. Pas tant que le danger rôdait encore.

— Et les soldats ? demanda-t-elle. C'est plus eux que moi, le problème. Comment expliquer leur mort ? Et si près du château !

C'était surtout cela qui la désolait.

— Il faut cacher les corps… Je vais les mettre dans le fossé, en attendant, et les recouvrir de feuillage et de branchage. Ensuite, je vais demander à mes hommes de m'aider… et nous les emmènerons au loin.

— Très bien, concéda Alix. Alors fais vite ! Mais avant, aide-moi à me remettre en selle, s'il te plaît. Je dois rentrer à la maison, et je dois rentrer seule. Il ne faut pas qu'on te voie.

— Tu es folle ! s'exclama Sylvain. Tu ne tiendras pas !

— Nous sommes presque arrivés, objecta la jeune fille. Si tu m'aides à remonter sur Éclair, j'en ai pour cinq minutes à peine.

— Tu es plus têtue qu'une mule ! gronda son amant.

Mais il obtempéra et l'aida à se relever. Malheureusement, Alix avait un peu présumé de ses forces et elle fut saisie de vertige dès qu'elle se retrouva sur sa jambe valide. Elle attendit que la Terre chavirât un peu moins autour d'elle, puis Sylvain la souleva et la mit en selle, car elle était incapable de le faire seule. La douleur dans sa cuisse blessée était telle qu'elle dut se cramponner au pommeau, blanche comme un linge, tandis que la tête lui tournait encore et que son regard se troublait. Pourtant, elle ne pleurait pas, c'était autre chose.

— Va t'occuper de ces corps… souffla-t-elle, les dents serrées pour ne pas perdre connaissance de nouveau.

Elle devait lutter de toutes ses forces, au point d'en avoir la nausée.

— J'y vais. Je passerai te voir, cette nuit. Si la fenêtre de ta chambre est toujours la même…

— Elle l'est…

Incapable de prolonger des adieux difficiles, consciente de l'urgence de la situation et bien trop meurtrie pour ne pas avoir envie de soins rapides, Alix se détourna sans un mot de plus et fit démarrer Éclair.

L'étalon ramena sans encombre la jeune fille au château : il n'y avait qu'à suivre le chemin tout droit et ce fut rapide. Une chance pour Alix, saisie de sueurs froides et de tremblements. En entrant dans la cour d'honneur, elle eut la chance de tomber directement sur Faustine, ce qui lui évita d'avoir à appeler. En voyant sa nourrice, son soulagement fut tel qu'elle se laissa aller, abandonna la lutte et sombra dans l'inconscience avec un sentiment de reconnaissance.

⁂

Quelques heures plus tard, Sylvain était auprès de sa bien-aimée. Elle se réveilla dans sa chambre, allongée dans son lit bien au chaud, tandis qu'il lui caressait la joue. La scène était tellement surréaliste qu'elle sursauta, avant de se ressaisir.

— Tu es venu, murmura-t-elle, la bouche pâteuse.

Elle se sentait brûlante et avait du mal à parler. Elle saisit la main fraîche du jeune homme dans la sienne.

— J'avais demandé à Faustine de laisser la fenêtre ouverte, pour pouvoir mieux respirer… bafouilla-t-elle encore.

Chaque mot lui paraissait difficile à prononcer. Qu'avait-elle donc ? Elle n'était pas dans cet état quand

Faustine l'avait ramassée dans la cour et soignée, après avoir ameuté tout le château.

— Et j'ai trouvé le chemin, compléta doucement Sylvain.

Soudain, une silhouette se profila derrière lui et Alix sentit son cœur faire un bond.

— Mademoiselle, ce n'est pas raisonnable, souffla alors une voix angoissée que la jeune fille reconnut aussitôt.

— Faustine, c'est toi ?

— Bien sûr que c'est moi ! chuchota vigoureusement la nourrice, les mains sur les hanches. Je n'allais pas vous quitter, alors que vous étiez blessée et fiévreuse.

— Je suis désolée...

La jeune fille ne savait pas trop de quoi elle était navrée, mais elle l'était.

— Ce n'est pas grave, la rassura Sylvain. J'ai tout expliqué à cette brave femme. Elle ne nous trahira pas.

— Plutôt mourir ! approuva vigoureusement Faustine. Mais j'ai bien failli lui taper sur la tête avec ma quenouille et l'envoyer dans le vide, quand il est apparu à la croisée ! Encore heureux que j'aie insisté pour que Madame la marquise aille se reposer, il n'aurait plus manqué qu'elle soit là aussi ! Mais c'est que j'ai eu du mal à la convaincre, elle voulait rester à vous veiller. Pâle comme elle était !

Tandis que sa nourrice vitupérait de la sorte, Alix sourit et regarda Sylvain. Dans la semi-obscurité de la pièce, seulement éclairée d'une petite bougie, son amant était toujours aussi beau et paraissait encore plus mystérieux.

— Je suis heureuse de te voir, bredouilla-t-elle avec effort, ça veut dire que tout va bien ?

Sylvain posa un doigt sur ses lèvres.

— Chut, ne parle pas trop. Tu es épuisée...

Il lui tendit un verre d'eau, posé sur sa table de nuit.

— Bois un peu, tu es bouillante. Et oui, tout va bien, poursuivit-il tandis qu'elle suivait ses instructions et avalait quelques gorgées. Mes hommes et moi avons fait ce qu'il faut.

Il serra doucement la main de la jeune fille dans la sienne et reprit :

— Nonobstant, la disparition de ces soldats ne passera pas inaperçue. Je dois partir, je ne tiens pas à être la cause de ta perte. ... de votre perte à tous, se corrigea-t-il de lui-même. Si d'autres bleus arrivaient, il ne faudrait pas qu'on me trouve ici. Pour le moment, aucun d'entre vous n'est compromis, et toi non plus, puisque personne ne sait quelle part tu as prise au combat, et il faut que ça continue ainsi.

Alix hocha la tête.

— Je sais... J'ai déjà eu assez de difficulté à rassurer maman et à lui faire admettre l'histoire dont nous étions convenus, toi et moi. Elle croyait à un duel... Je tiens à l'épargner.

Sylvain aurait volontiers embrassé sa bien-aimée à pleine bouche, mais en présence de Faustine, il se retint et se contenta d'un baiser sur le front.

— Je te confie aux tiens, je sais que tu seras en sécurité ici, bien mieux qu'avec moi. Je reviendrai dès que possible, en espérant qu'à ce moment-là, la situation sera différente et nous permettra ce qui nous est impossible aujourd'hui.

Alix acquiesça en silence et ferma les yeux, accablée de fatigue et de tristesse. De plus, Faustine avait dû lui administrer un somnifère, pour mieux supporter la douleur, et elle éprouvait quelque embarras à garder les yeux ouverts et les idées claires. Néanmoins, elle savait à quoi Sylvain faisait allusion : ces changements de société qui rendraient possible leur amour. Elle espérait tellement qu'il eût raison !

— Je ne veux pas pleurer, lui murmura Sylvain à l'oreille, et encore moins te faire pleurer. Je ne veux pas non plus te dire au revoir. Mais il le faut. Je te mets un peu plus en danger à chaque minute que je passe ici.

— Comment pourrai-je te contacter ? finit-elle par demander, rouvrant les paupières et s'agrippant à lui comme à une bouée.

— Tu ne pourras pas, soupira-t-il, ce serait trop risqué. Mais j'ai des contacts dans la région ; j'en ai même au village d'Arville. Ils m'avertiront s'il y a le moindre problème.

— Et qui m'avertira, moi, s'il t'arrive quoi que ce soit ? protesta-t-elle faiblement. Dis-moi qui sont ces gens et je pourrai les contacter.

— Non, objecta le jeune homme, moins tu en sauras et mieux ce sera. La sécurité du réseau du Lys réside dans le fait que ses membres ont peu de contacts les uns avec les autres et qu'aucun d'entre eux ne connaît tous les contacts des autres. Je ne peux pas déroger aux règles. Cependant, si ça devait en arriver là, je trouverai un moyen de te faire prévenir. Mais il ne m'arrivera rien. Je suis bien plus malin que ce Jankélévitch !

Il sourit, et impulsivement, incapable de résister, il l'embrassa sur les lèvres, d'un chaste baiser tout en douceur. Pourtant elle en sentit l'ardeur cachée et tressaillit de douleur et de désir à la fois. Déjà, cependant, il s'écartait, tandis que Faustine faisait les gros yeux.

— À bientôt, dit-il simplement.

Alix prit la main du jeune homme dans la sienne et déposa un baiser au creux de sa paume. C'était un geste de fidélité et d'amour, presque comme un serment. Elle se sentait partagée entre la joie de ce qui s'était passé entre eux et le chagrin, ainsi que l'angoisse, de devoir le quitter. Il allait de nouveau la laisser seule, courant vers d'autres périls qu'elle ignorait. Pour combien de temps encore ?

⁂

Au matin, Armand cognait à la porte du château, porteur de nouvelles que tout le monde connaissait déjà, mais on se garda bien de le lui dire. Alix, alitée, ne le vit pas, et sa mère se contenta de raconter qu'elle avait une mauvaise fièvre.

Il lui confia alors que les soldats de la République avaient tendu un piège au jeune chef de troupe, en demandant l'extraction d'une fausse famille noble. Ils étaient dirigés par le Furet lui-même, à qui l'on avait donné tout pouvoir en haut lieu pour régler l'affaire du Lys Pourpre, et la disparition des dix militaires l'avait rendu furieux.

— Quelle infamie ! s'exclama la marquise, indignée par le procédé. Cet homme sauve la vie des gens et on lui tend une embuscade sordide.

— C'est un traître à la nation française, répondit Armand. Il est normal que les autorités cherchent à se saisir de lui.

— Peut-être, mais je n'approuve guère ces méthodes. Je ne comprends pas que notre gouvernement accepte d'ailleurs l'intervention des soldats français sur notre territoire.

— Il ne fait que coopérer, temporisa Armand d'un air détaché. Mieux vaut entretenir avec la France de bonnes relations, par les temps qui courent.

— La France n'est plus ce qu'elle était, hélas !

Peu après, Armand prenait congé en demandant qu'on transmît tous ses vœux de bon rétablissement à Alix. Mais ce ne fut pas précisément ce que Faustine rapporta à sa jeune maîtresse, alarmée par ce qu'elle avait entendu.

— Seigneur, ma bonne Faustine ! se tourmenta Alix dès que sa nourrice lui eut tout raconté. Il faut envoyer des hommes prévenir Sylvain ! Il fait partie de la troupe du Lys, il ne faut pas qu'il tombe entre leurs mains !

— Le prévenir ? Mais comment ? Nous n'avons aucun moyen de le joindre !

Angoissée par ce qui pouvait arriver à l'homme qui avait sauvé sa fille de lait, l'homme auquel elle semblait d'ailleurs tellement attachée, Faustine tortillait son tablier en tous sens et faisait des va-et-vient dans la chambre, incapable de tenir en place.

— Sylvain a dit qu'il avait des contacts à Arville... souffla Alix, cherchant vainement à se relever.

En dépit de la chaleur estivale, un grand feu flambait dans la cheminée de la chambre de la jeune fille, un feu qu'elle avait réclamé. Pourtant, même avec ça et même sous les épaisses couvertures et les fourrures, elle continuait de grelotter de fièvre et de peur. Faustine s'approcha d'elle et tenta de la raisonner.

— Alix, cesse de t'agiter, je t'en prie ! Si ton ami a des relations au village, alors je vais envoyer Marianne chez le meunier chercher de la farine et répandre la rumeur de cette embuscade. Je peux aussi demander à Bradroc d'envoyer Jean et Paul chez le maréchal-ferrant. Il y a des chevaux à ferrer de nouveau, ce sera l'occasion. Les palefreniers diront ce qu'on leur demandera et le forgeron est tellement bavard que tout le monde sera au courant une heure après. Certainement, de cette façon, le message parviendra ainsi jusqu'à... rappelle-moi son nom, déjà ?

Comme chaque fois qu'elles étaient seules, le tutoiement revenait sur les lèvres de la nourrice.

— Sylvain... murmura Alix en se rallongeant, tandis que la tête lui tournait.

— Sylvain, c'est ça, approuva la vieille femme. Ne t'en fais pas, il sera prévenu et le Lys avec lui. Je vais faire le nécessaire.

— Merci...

Alix hocha la tête et Faustine la quitta. Une demi-heure plus tard, elle revint auprès d'elle.

— Voilà, annonça-t-elle, nos palefreniers viennent de partir.

— Oui, j'ai entendu galoper leurs chevaux sur les dalles de la grande cour. Mais réussiront-ils ? Arriveront-ils à temps, seulement ? J'ai si peur pour le Lys Pourpre.

Et Sylvain ! songea la jeune fille, mais elle n'osait pas le dire à voix haute, comme si cela eût pu lui porter malheur.

— Ce Jankélévitch n'osera peut-être pas se mettre sur les mains le meurtre d'un homme tel que lui... avança Faustine.

— Penses-tu vraiment ? coupa Alix. Aux yeux du Furet, ce ne sera pas un meurtre, mais la simple exécution d'un traître. Et cela assiéra sa réputation et son pouvoir. Mais tu as raison sur un point : il ne le tuera pas de ses propres mains et surtout, il voudra faire cela dans les règles, pour que tout le monde soit au courant. Il aura besoin d'un procès, même expéditif, mais public. Il ne l'achèvera pas au détour d'un bois.

— Garde ton sang-froid, mon enfant. Tu as été si courageuse, jusqu'ici !

Alix eut un geste de colère.

— Oui, courageuse ! Tant que j'ai pu agir et me rendre utile. Mais maintenant...

Elle se tut un instant avant de reprendre :

— Maintenant, j'ai tellement peur, Faustine ! Si seulement je ne devais pas rester clouée à ce lit à cause d'une blessure stupide ! Si je pouvais savoir ce qui se passe dehors !

Elle se retourna et ajouta, en dévisageant sa nourrice de ses yeux brillants de fièvre :

— Je suis désolée, ma bonne Faustine. Je dois t'ennuyer avec toutes ces lamentations. C'est que je me sens si inutile, ne comprends-tu pas ?

— Je te comprends au contraire très bien, ma petite. L'attente est toujours plus douloureuse que l'action et Dieu sait que tu as déjà bien attendu. Pourtant, tu ne serais pas d'un grand secours avec eux, pas dans ton état, ajouta-t-elle vivement en voyant Alix pincer les lèvres. Je sais que tu es courageuse, que tu peux te battre comme un homme, mais pas avec cette blessure. Tu as fait tout ce que tu pouvais faire. Nos hommes aussi, crois-moi, feront leur devoir. Dieu leur viendra en aide, et les esprits de la forêt aussi. Alors, du cran, fille des de la Chaussée d'Arville !

Alix ne put s'empêcher de sourire, en voyant Faustine mélanger allègrement la religion chrétienne et ses propres croyances. Elle attisa le feu avant de s'installer dans un fauteuil auprès d'Alix, pour la veiller. Bientôt, seul le crépitement du feu troublait le silence de la pièce. Mais Alix, les mains crispées sur son oreiller, pleurait doucement et se laissait aller au plus profond découragement.

Plus tard, minée par la fièvre et l'angoisse, elle finit par tomber dans un sommeil agité. Plusieurs fois dans la nuit, Faustine se releva et renouvela les compresses fraîches sur le front brûlant de la jeune fille. N'osant la laisser seule, elle passa près d'elle les longues heures d'obscurité.

⁂

Faustine dispensait ses soins avec une cadence soutenue, ne ménageant pas ses efforts pour aider sa jeune maîtresse à aller mieux : potions et onguents, tisanes amères et cataplasmes brûlants lui furent successivement appliqués. Elle n'échappa à la saignée que parce que sa nourrice n'était point chirurgien… et réprouvait de toute façon ce genre de méthode.

— Pourquoi encore enlever du sang, s'exclamait-elle, quand on en a déjà perdu autant dans une blessure ? !

Grâce à sa connaissance des plantes et à son bon sens, l'infection qui avait commencé à s'installer dans la blessure d'Alix disparut, et la fièvre avec elle. Trois jours plus tard, la jeune fille put boire un bon bouillon que lui avait préparé Charlotte, et comme elle était de bonne constitution, elle se sentit soudain beaucoup mieux.

Ce jour-là, de bonnes nouvelles parvirent également au château de la Chaussée d'Arville, renforçant la bonne humeur de la jeune fille. Un message fut remis à Marianne, avec pour instruction de le transmettre à Alix, ce qu'elle s'empressa de faire. En substance, on apprit que Sylvain et toute la troupe du Lys avaient échappé à leurs poursuivants.

— Dieu soit loué, soupira l'héritière d'Arville avec soulagement. Nous pourrons mettre un cierge en remerciement à l'église du village.

S'estimant guérie, elle voulut se lever, mais un étourdissement la fit retomber sur son matelas. Tandis que Faustine l'exhortait à la patience, elle sentait les fourmis lui courir dans les jambes. Bien évidemment, elle ne pourrait pas marcher sans béquille pendant encore quelques semaines, mais elle espérait bien pouvoir reprendre la direction du domaine rapidement.

Néanmoins, la jeune fille suivit les conseils de sa nourrice et lorsqu'elle fut rétablie, courant août, elle reprit sa vie au château comme auparavant, mais elle était désormais beaucoup plus calme, sereine. Elle sentait presque physiquement le lien puissant qui l'unissait à Sylvain, et chaque soir, elle l'écoutait « parler en son cœur », comme elle disait. C'était très probablement un effet de son esprit, mais ainsi, elle se sentait plus proche de lui.

Les mains du jeune homme avaient tenu ses seins, caressé ses cuisses nues. Elle s'était donnée à lui, tout comme il s'était donné à elle, entièrement, pleinement. Et ils s'aimaient. Ils s'aimaient comme les fous qu'ils étaient, avec force et désespoir, simplement parce qu'ils ne pouvaient faire autrement. La force qui les poussait l'un vers l'autre était plus grande qu'eux, plus puissante que leur volonté.

17

En pleine tourmente

Les semaines passant, la sérénité d'Alix s'effritait. Elle n'était pas de ces femmes qui attendent leur époux de retour de la bataille sans rien faire. Et comme chaque fois qu'elle était mise à l'écart et contrainte à l'inaction, elle bouillait intérieurement. Plus le temps s'écoulait et plus elle s'impatientait, passant de la tristesse à la colère pour un rien, perdant peu à peu l'espérance de revoir Sylvain. Sa mère, la voyant d'humeur si changeante, se doutait bien que quelque chose n'allait pas, mais elle se garda de l'interroger.

Août était arrivé. La jeune fille, maintenant, perdait confiance en elle et se disait que le jeune homme, ayant obtenu d'elle ce qu'il voulait, ne reviendrait peut-être pas. Il était sans doute trop tôt pour faire une croix sur lui, mais rendue folle par cette inertie forcée, elle ne s'en rendait même plus compte. Tout ce qu'elle voyait, c'était que depuis qu'elle s'était donnée à lui, elle n'avait plus aucune nouvelle.

Bien sûr, vu les activités qu'il menait auprès du Lys Pourpre et ses propres occupations de contrebandier, il pouvait être en danger et dans l'incapacité de lui adresser le moindre message. Mais il s'était bien arrangé pour le faire, auparavant, alors pourquoi pas maintenant ?

Évidemment, si son histoire de pirate – pardon, de corsaire ! – était vraie, ce dont elle n'avait toujours pas la preuve – mais puisque tout le reste était vrai, pourquoi aurait-il menti à ce sujet ? –, elle savait qu'il pouvait rester en mer pendant des mois sans la plus petite possibilité de donner des nouvelles, tandis qu'elle demeurait seule à attendre son retour. Cela en soi était déjà difficile à supporter. Mais des pensées plus insidieuses s'insinuaient en elle : avait-il... comment disait-on déjà ? Ah oui, une femme dans chaque port ? Même si elle voulait lui faire confiance, comment savoir si elle le pouvait ? Si elle comptait vraiment pour lui ?

Pourtant, le soir, dans sa chambre, elle avait toujours le sentiment que Sylvain était là par la pensée et qu'il lui parlait. Elle croyait même entendre sa voix, comme avant. Cependant, l'euphorie qui l'avait amenée à croire les paroles de Sylvain et à penser qu'elle pouvait communiquer avec lui par simple transmission de pensée était retombée. Aucune personne sensée n'aurait été abusée par de telles sornettes ! Elle, si. Et cela redoublait son désespoir et sa colère.

Pour compenser, elle s'était lancée à corps perdu dans le travail, multipliant les convoyages de chevaux en compagnie de Bradroc, pour sortir de chez elle où elle tournait en rond et se changer les idées. De plus, à la Chaussée, elle ne pouvait pas faire plus de quelques lieues sans tomber sur Armand. Celui-ci avait évoqué de nouveau la possibilité de l'épouser, et cette fois, elle avait hésité. Les résolutions qu'elle avait prises après le décès de son père n'avaient pas fait long feu, au moins dans ce domaine. Il faut dire qu'elle se rendait maintenant pleinement compte des difficultés auxquelles une femme seule était confrontée et cela l'avait fait réfléchir. Encore avait-elle la chance d'être bien entourée par une escouade de domestiques fidèles et efficaces !

— Je ne sais plus, Armand. Laissez-moi le temps de réfléchir.

— Jusqu'à quand aurez-vous besoin de réfléchir, ma mie ? L'homme que vous me disiez aimer autrefois ne semble guère se soucier de vous puisque je vous vois toujours seule. Est-ce que cela ne vous suffit pas pour comprendre ? Tandis que moi, je suis là, prêt à tout sacrifier pour vous…

Alix, intérieurement, reconnut la justesse de ces propos. Mais ils lui firent si mal qu'elle faillit s'emporter, cherchant dans la colère la force de ne pas se mettre à pleurer. Elle retint à grand-peine les mots blessants qui lui montaient aux lèvres.

Qu'en savez-vous, Armand ? Que savez-vous exactement de moi ? De ma vie ? De mes souhaits ? Rien du tout ! Vous croyez me connaître, mais ce n'est qu'une façade. En réalité, vous ignorez qui je suis !

Cependant, il était inutile de nier. Armand avait raison, sa remarque était fondée.

— Laissez-moi jusqu'à l'automne, répondit alors la jeune fille, les yeux flamboyants. À l'équinoxe de septembre, je vous donnerai une réponse définitive. Mais à votre tour, promettez-moi une chose : quelle que soit ma réponse à cette date, vous ne reviendrez plus sur votre proposition. Si c'est oui, je vous épouserai. Si c'est non, vous ne me reposerez plus jamais la question.

— Très bien, concéda Armand en s'inclinant. Je vous le promets.

Alix le regarda partir, le cœur broyé. Elle avait de la peine pour lui, et éprouvait aussi un sentiment nouveau, presque de résignation. Après tout, l'existence qu'elle menait n'en était pas une, à attendre le retour d'un courant d'air, et de cela, Sylvain l'avait bien prévenue, mais elle ne l'avait pas écouté. Le mariage l'obligerait peut-être à écarter sa pensée de ce maudit homme, car, désormais, elle n'avait plus tellement l'espoir de le retrouver. Un engagement avec un autre homme pourrait éventuellement l'aider, être un remède à ce mal qui la rongeait. Et Armand n'était pas un méchant homme, dans le fond.

Pourtant, à la simple idée de l'épouser, elle en avait presque un haut-le-cœur. Il n'était pas répugnant, certes, mais elle ne l'aimait toujours pas et se donner à un homme sans amour lui paraissait au-dessus de ses forces. Tout son être se révoltait. En revanche, elle eût éprouvé le moindre sentiment pour lui, ne fût-ce qu'une faible attirance, qu'elle n'eût pas hésité à lui céder. Parce que rester fidèle à Sylvain et se tourmenter à son sujet devenait trop difficile pour sa santé mentale.

Alix avait en effet conclu qu'il n'y avait plus que deux possibilités pour expliquer le silence de Sylvain. Soit il était mort, et à cette idée, le cœur de la jeune fille se serrait si fort qu'elle en avait mal et qu'elle sombrait dans le désespoir. Soit il l'avait oubliée, il se souciait d'elle comme d'une guigne, ne l'avait jamais vraiment aimée et elle s'était leurrée. Là, Alix sentait la colère monter en elle en vagues puissantes. Pourtant, cette dernière hypothèse lui paraissait moins cruelle que la première. Elle préférait encore savoir Sylvain en vie, quelque part, même volage, même en train d'aimer une autre femme, plutôt que de penser qu'elle continuait à exister dans un monde où il n'était plus.

Malheureusement, vu la tournure que prenaient les événements politiques en France, cette supposition était plus que probable. Le pays était en train de sombrer dans la Terreur, à côté de laquelle la Grande Peur des débuts de la Révolution faisait presque figure de simple anecdote. Le 10 août, en effet, l'attaque de la demeure royale aux Tuileries marqua la fin de la monarchie, ainsi que le début d'une épouvantable période de massacres et de répressions en tout genre. On créa un tribunal d'exception pour juger les « contre-révolutionnaires » et les comploteurs du 10 août, puis un tribunal révolutionnaire dès le 17 août.

Beaucoup craignirent alors que des milliers de gens ne fussent arrêtés arbitrairement, ou sur des dénonciations plus ou moins justes, puis jugés en temps record et exécutés sans véritable procès. Entendant cela, Alix frémit d'horreur à la pensée que Sylvain pouvait en faire partie si Jankélévitch réussissait finalement à l'arrêter comme membre de la troupe du Lys Pourpre. Elle ne pouvait vivre avec cette idée.

Ainsi, quelle que fût l'option qu'elle envisageât pour expliquer le silence de Sylvain, ces hypothèses la rendaient folle et l'empêchaient d'avancer. Elle devait agir si elle ne voulait pas mourir. Mais si le mariage avec Armand lui paraissait insurmontable, quelle solution lui restait-il ? Partir, quitter le pays ? Voyager lui aurait plu, et elle aurait pu l'envisager pendant un temps, en compagnie de sa mère, pour ne pas la laisser seule. Pourtant, elles devraient trouver de quoi subvenir à leurs besoins. Et le domaine avait besoin d'Alix pour fonctionner, elle ne pouvait tout laisser sur les épaules de Bradroc *ad vitam aeternam*.

Restait l'éventualité d'aller à la recherche de Sylvain. Mais elle n'avait aucune piste valable, et bien que son âme vibrât du désir de le faire, elle savait que c'était un impossible défi. Et puis, s'il l'avait oubliée, elle aurait l'air ridicule. Enfin, Alix ne pouvait pas abandonner sa mère.

On en revenait toujours à l'hypothèse du mariage. Ah, si seulement ça avait été un autre qu'Armand qui avait fait cette proposition ! Elle avait rencontré d'autres hommes, au cours de réceptions, d'autres qui étaient séduisants et qui, même s'ils lui paraissaient toujours un peu fats ou ridicules, lui semblaient toujours moins ennuyeux qu'Armand. Mais elle avait promis une réponse définitive à ce dernier en septembre. Elle se donnait jusque-là pour réfléchir vraiment à son avenir.

⁂

Bientôt, Alix dut renoncer aux sorties qu'elle s'octroyait dans le cadre de ses affaires, car la Savoie commençait à être prise dans la tourmente et il devenait dangereux de circuler. Ainsi que le défunt marquis l'avait entrevu plusieurs années auparavant, la volonté d'annexion par la France se précisait, et ce qui aurait sans doute été vu auparavant par la famille d'Alix comme une chance prenait l'allure, dans les circonstances actuelles, d'une véritable menace.

En effet, la Légion des Allobroges, forte d'environ deux mille cinq cents hommes, avait finalement bel et bien été créée à Grenoble, par Doppet, et ce dès le 13 août. Il en avait été nommé lieutenant-colonel. Alix n'éprouvait aucun enthousiasme à l'égard de ce projet, au contraire, d'autant moins que l'objectif était toujours d'envahir la Savoie. Les Saint-Clair faisaient partie des privilégiés informés de leurs intentions grâce à leurs nombreuses relations dans les hautes sphères grenobloises. Armand s'en réjouissait, ne souhaitant pour sa part que le rattachement à la France et l'avancée des réformes en Savoie. Mais Alix estimait que de tels procédés étaient déloyaux et que forcer la main au peuple de Savoie de cette manière n'était pas honorable. Toutefois, ce n'était pas tant au peuple de Savoie qu'à celui du royaume de Sardaigne que l'on forçait la main. De la part de ce nouveau régime qui se voulait en paix avec ses voisins – puisque la Constituante avait déclaré la paix au monde, ce qui était presque comique quand on y songeait – et qui avait affirmé vouloir donner au peuple la liberté de se gouverner par lui-même, elle trouvait cela particulièrement déplacé.

D'autres incidents l'inquiétèrent vivement, l'amenant à penser que le régime français devenait pleinement dictatorial et qu'il ne ferait pas bon tomber sous sa coupe. Ainsi, le 19 août, Lafayette, qu'Alix avait toujours respecté pour ses positions d'aristocrate libéral, fut déclaré traître à la nation et dut s'enfuir en Belgique avec quelques alliés, après avoir pris les mesures nécessaires pour le salut de l'armée dont il avait la charge et dont il était le général. La jeune fille n'en revenait pas.

Pendant toute cette période, elle revit souvent Armand, ainsi que sa famille, pour se tenir au courant des événements. Elle se disait que si quelque chose d'important se passait, quelque chose qui pouvait mettre en cause Sylvain ou le Lys Pourpre, ils le sauraient. Par chance, Ankus, lorsqu'il se promenait à cheval, poussait régulièrement jusqu'à la Chaussée. Avec son esprit gai et imaginatif, son tempérament fougueux, il représentait un excellent dérivatif aux sombres pensées de la jeune fille. À vrai dire, il était devenu un véritable ami pour elle, bien plus qu'Armand ne le serait jamais. Il bavardait souvent avec Alix, et avide d'aventures et d'exploits, il ne cessait de la questionner encore et toujours au sujet de son voyage à Paris, de lui faire détailler chaque fois un peu plus ce qu'elle avait vécu et tout ce qui s'en était suivi.

Il parlait aussi encore régulièrement de son frère aîné, Louis, et disait souvent à Alix qu'il ne pouvait être mort, qu'il devait se battre dans l'ombre, et que c'était pour cela qu'il ne donnait pas de ses nouvelles, parce qu'il ne le pouvait pas. Alix, au contraire, était convaincue qu'Ankus inventait tout cela pour ne pas affronter la douleur d'avoir perdu son frère beaucoup trop tôt. Mais même dans son délire, il souffrait de l'absence de Louis, de ne rien pouvoir faire pour lui, et s'inquiétait de son sort.

En attendant, la guerre continuait, notamment entre la France et l'Autriche, et la situation française était des plus instables. La Commune se préoccupait maintenant d'envoyer des renforts aux armées après la prise de Longwy du 23 août et celle de Verdun le 2 septembre, par les Prussiens. Le projet d'invasion de la Savoie se précisait aussi peu à peu, en secret : la Commune voulait ainsi prévenir une arrivée éventuelle des armées autrichiennes par le sud-est, car si le royaume de Sardaigne vivait depuis longtemps en paix avec son voisin français, Victor-Amédée III était un allié des Autrichiens. Dès lors, les révolutionnaires se méfiaient de lui et voulaient le faire reculer. Mais l'invasion de la Savoie et son futur rattachement à la France étaient également demandés depuis longtemps par bon nombre de politiques ; sans compter les visées que pouvaient avoir certains individus sur Genève, faisant de la Savoie une simple étape dans un plan plus vaste.

Mais il fallait aussi guerroyer contre l'« ennemi » à l'intérieur même du pays, et pourchasser les antirévolutionnaires. Désireux de galvaniser les énergies patriotiques, le Conseil exécutif envoya en province, surtout dans le Nord et l'Est, mais aussi ailleurs, des commissaires de la Commune de Paris. Dans la capitale, on arrêta trois mille suspects, ce qui vint confirmer les pires craintes d'Alix et inquiéta même la bourgeoisie. La Législative, déjà déconsidérée, décida alors de dissoudre la Commune, mais elle dut la rétablir aussitôt. Excités par le Comité de Surveillance, qui subissait l'impulsion de Marat, les patriotes qui craignaient toujours (à tort ou à raison) le complot aristocratique, voulurent alors, avant de partir pour l'armée, exterminer les suspects et les conspirateurs du 10 août dont la Législative retardait le jugement.

Entendant cela, Alix sentit son cœur se serrer. Elle ignorait de quoi étaient « coupables » ces gens, mais il lui semblait simplement que le sang qui allait couler ne méritait pas de l'être. Pas comme ça.

Cependant, l'invasion des Prussiens avait surexcité les Parisiens qui jugèrent trop indulgent le Tribunal criminel institué. Marat fit afficher des placards réclamant la justice directe par le peuple, afin, disait-il, de ne pas exposer aux intrigues des « traîtres » les familles des patriotes partant pour les frontières. Autant dire que c'était la porte ouverte à tous les excès. La nouvelle de l'investissement de Verdun ayant accru la nervosité du peuple, plusieurs sections exigèrent la mise à mort immédiate des suspects emprisonnés. Devant l'abstention du Conseil exécutif provisoire, les sectionnaires allèrent directement dans les prisons, où, après un simulacre de jugement par un tribunal du peuple, ils se livrèrent à d'horribles massacres qui durèrent cinq jours et s'étendirent ensuite à la province.

Apprenant cela, les Saint-Clair comme la famille de la Chaussée d'Arville furent horrifiés, mais Armand se montra curieusement froid. Pourtant, du 2 au 6 septembre, rien qu'à Paris, il y eut plus de mille cent victimes de ces exécutions sommaires, dont entre autres, la Princesse de Lamballe, les frères de La Rochefoucauld, évêques de Saintes et de Beauvais, dom Chevreul, supérieur général des Bénédictins, ainsi que de nombreux prêtres réfractaires (en tout, cent quatre-vingt-onze membres du clergé de France) et l'ancien ministre Montmorin. Mais beaucoup de victimes furent aussi des détenus de droit commun.

— Comment peut-on se livrer à pareille barbarie ? se lamentait la marquise. Ces gens-là n'ont-ils aucun cœur ? Où est passée leur humanité ?

Ces massacres provoquèrent une profonde impression, tant dans les esprits français qu'à l'étranger. Danton et Marat en furent tenus responsables par la Gironde. Ces excès, en outre, déconsidérèrent la Commune.

Loin de ces considérations, Armand, lui, poursuivait toujours Alix de ses assiduités. Quelques jours à peine après ces événements, et alors que tout le monde avait l'esprit ailleurs, le jeune homme vint au château de la Chaussée demander une nouvelle fois la main d'Alix, conformément à l'accord qu'ils avaient passé trois mois plus tôt. L'héritière d'Arville, qui avait totalement oublié cela, avait heureusement été prévenue par Ankus, quelques jours auparavant.

— Mon frère vous adore, avait-il dit. Il ne voit que par vous et il viendra bientôt vous voir pour vous demander de nouveau de l'épouser.

— Je le sais bien, Ankus, avait répondu Alix, se souvenant soudain de la promesse qu'elle avait faite en juin. Nous sommes convenus d'une date pour cela, et elle approche.

— Alors, il disait vrai ? s'était étonné le jeune garçon. Vous allez lui donner une réponse définitive ?

— Oui, bien entendu. Je respecterai notre accord.

— Puis-je me permettre de vous demander ce que vous comptez lui donner comme réponse ?

Ankus la regardait droit dans les yeux, très sérieux pour une fois. Alix avait souri, sans se troubler.

— Cela ne te regarde pas, Ankus. C'est une affaire entre ton frère et moi…

— Oh non ! C'est une affaire entre nos deux familles ! Ceci dit, oui, vous avez raison sur un point : si Armand savait que je discute de ces choses avec vous, il m'étriperait sans hésiter.

— Étriper autrui ne me semble guère dans les habitudes d'Armand, avait riposté Alix, amusée. Mais ne t'inquiète pas : je serai muette à ce sujet.

— Merci. De toute façon, je me demande pourquoi je vous ai posé la question, car je connais la réponse, moi, avait tristement ajouté le garçon. Mon frère nourrit encore de grands espoirs, mais je sais que vous lui direz non. Oh, et je vois à votre figure que je dis vrai, n'est-ce pas ? Armand en sera bien malheureux…

— Je le sais, Ankus. Ne retourne pas le couteau dans la plaie, je t'en prie, c'est déjà assez difficile comme ça. Mais comprends qu'il vaut mieux qu'il soit un peu malheureux maintenant que très malheureux plus tard. Nous ne saurions nous entendre longtemps… Et crois-moi, je ne peux faire autrement que de l'éconduire.

— Pourquoi ? avait demandé le jeune garçon.

— Je ne l'aime pas comme… comme je devrais aimer un mari. Et je ne l'aimerai jamais ainsi. C'est juste un ami, ajouta-t-elle pour atténuer ses propos, même si ce n'était pas entièrement vrai, Armand n'étant pour elle rien d'autre qu'un voisin par trop envahissant. Et cela n'ira jamais plus loin. Comprends-tu ?

— Bien sûr ! Je ne suis pas si bête ! avait-il riposté, piqué au vif. Mais alors, peut-être ai-je une petite chance, moi ? avait-il aussitôt lancé avec hardiesse.

Alix l'avait dévisagé, ahurie. Mais les yeux du garçon brillaient d'une joyeuse malice.

— Je plaisantais, avait-il avoué en riant. Voulez-vous me dire si vous n'aimez pas quelqu'un d'autre de l'amour qu'il faut pour le mariage ?

La jeune fille, de nouveau, avait souri.

— Ankus, tu m'étonneras toujours. Je ne croyais pas que ce genre de questions « de filles » t'intéressait, avait-elle remarqué. Deviendrais-tu romantique ?

— Je suis presque un adulte, maintenant, avait-il répondu le plus sérieusement du monde. Et ce qui concerne les femmes m'intéresse, la façon dont elles voient le monde, car ainsi je puis mieux les comprendre. C'est parfois si difficile !

Alix avait franchement éclaté de rire :

— Je n'en doute pas, mais je ne peux pas répondre à ton indiscrète question. C'est un secret... Tu n'as qu'à chercher tout seul pour le savoir. Sache qu'il n'est guère bienséant de fouiller dans la vie des autres.

— Ce n'est pas mon intention. Mais à votre réponse, je suis déjà certain que c'est oui. Serait-ce donc quelqu'un que vous avez rencontré en voyage ?

— Je ne dirai rien ! avait conclu Alix, impassible.

Ankus n'avait pas insisté, mais cette conversation avait changé les choses aux yeux d'Alix. Elle songea qu'elle allait devoir faire plus attention avec lui et ne plus être aussi familière.

⁂

Alix se prépara donc à la visite d'Armand avec un peu d'anxiété, mais elle n'eut pas à subir les affres de l'attente pendant longtemps. Quelques jours plus tard, le 20 septembre, alors même que la Commune, à Paris, acceptait de nouvelles élections, le jeune homme arriva au château de la Chaussée. Quand il se présenta, seul et avec un air grave, elle comprit tout de suite qu'Ankus avait vu juste.

Elle déclina sa nouvelle demande en mariage, très gentiment mais aussi très fermement. Armand sentit alors que tout espoir lui était à jamais refusé. Il ne put s'empêcher pourtant d'insister et de lui demander :

— Êtes-vous sûre de votre choix, Alix ? Je ferais n'importe quoi pour vous, vous le savez, n'est-ce pas ?

Sa voix tremblait de passion contenue. La jeune femme posa sa main sur le bras du jeune homme avec une douceur qui le fit tressaillir.

— Je le sais, Armand. Je ne le sais que trop bien. Et je regrette de vous blesser, croyez-le. Je souffre de vous voir dans cet état. Mais il est inutile d'insister, mon choix est fait. Rien ne me fera revenir dessus.

Le jeune homme eut un amer sourire.

— J'aurais dû m'en douter. Je voyais bien que vous cherchiez à m'éviter ces derniers temps... C'est toujours votre inconnu, je parie ? Celui que je ne connais pas ?

Elle se dressa fièrement et il ne put s'empêcher de l'admirer, dans son for intérieur.

— Toujours, Armand. Et je vous demanderai de ne pas ironiser sur le sujet. Vous semblez douter de moi, comme si j'avais pu inventer pareille histoire rien que pour vous refuser la main que vous me demandez. Mais il n'en est rien. Je serais incapable d'un tel mensonge et au fond de vous, vous le savez. Je vous assure que tout est vrai. L'amour n'est pas une plaisanterie ! Je ne...

— À qui le dites-vous ! coupa Armand sèchement.

De toute évidence, il était très blessé.

— Vous n'êtes pas obligée de vous justifier devant moi ajouta-t-il. Je vous crois, ma chère !

Alix tenta de le calmer :

— Je suis désolée, Armand. Mais je ne veux pas me marier, ni avec vous, ni peut-être avec aucun autre homme. Même lui, je ne suis pas certaine de vouloir lier mon destin au sien.

— C'est pourtant fait, dirait-on, même si vous vous en défendez.

— Je n'y tiens pourtant pas, répondit-elle avec sincérité. Je ne veux pas perdre la liberté dont je jouis actuellement. Et j'ai bien trop à faire pour penser au mariage ! Je regrette… Je regrette tellement.

— Pas tant que moi, souffla-t-il tristement.

— Un jour, vous aimerez une autre femme, une femme qui sera faite pour vous et qui saura vous rendre heureux.

Il ne répondit pas et la quitta bientôt, mi-furieux, mi-désespéré, partagé entre l'amertume et le chagrin le plus profond. Alix n'y pouvait rien, et pourtant, elle se sentait coupable de lui avoir brisé le cœur, une fois de plus. Elle avait essayé de lui faire comprendre et il s'était cabré.

Cela lui passera, songea-t-elle. *Mais comme je comprends sa douleur. Pauvre Armand ! Je le plains…*

Malheureusement, dans l'immédiat, elle ne pouvait rien faire de plus. D'ailleurs, d'autres événements retinrent son attention : en effet, dans la nuit du 21 au 22 septembre 1792, l'Armée des Alpes françaises, formée d'environ quinze mille hommes au sein desquels on trouvait la Légion des Allobroges, envahit la Savoie. Alix n'arrivait pas à croire que le projet de Doppet et de ses alliés avait été exécuté pour de bon.

Le résultat de l'expédition la révolta autant que la manière dont elle avait été menée. Ce fut la débandade en quelques heures, parmi les forces savoyardes : la garnison de Chambéry se replia précipitamment pour rejoindre le Piémont tandis que les troupes sardes se retiraient presque sans combattre sur les crêtes des Alpes. Or, la puissance de l'Armée des Alpes françaises n'expliquait pas l'absence de résistance des forces de Savoie. Quoi qu'il en fût, cette déroute incroyable permit une avancée décisive des projets de rattachement de la Savoie à la France, sans compter les visées que pouvaient avoir certains individus sur Genève, faisant de la Savoie une simple étape dans un plan plus vaste. Dès lors, le remaniement de la Savoie par les révolutionnaires commença, laissant présager que cette région, jusqu'ici épargnée par les effets négatifs de la Révolution, connaîtrait bientôt des heures plus sombres.

⁂

Ce fut un incident plus personnel, le 25 septembre qui détourna Alix de ces diverses préoccupations : ce jour-là, une jeune fille blonde, douce et tout intimidée, parvint au château de la Chaussée d'Arville. Elle montait un vieux cheval gris, chargé de paquets et était accompagnée d'un tout jeune serviteur qui pouvait avoir treize ou quatorze ans. Elle cherchait la demeure des Saint-Clair.

Bradroc l'accueillit et la mena jusqu'au petit salon où la marquise et sa fille la reçurent.

— Béatrice ! s'exclama Alix en la voyant. Oh, mon Dieu, ce que je suis heureuse de te voir ! Je te croyais partie à l'étranger... ou retenue à Paris sans espoir de t'échapper !

— Tel était bien le cas avant qu'on me sorte de là ! répliqua son ancienne compagne de pensionnat. Seigneur ! Alors tu habites près de chez mes cousins ? Ton intendant m'a dit qu'ils étaient tout proches d'ici.

— Tes cousins ?

— Les Saint-Clair.

— Les Saint-Clair ! s'écria Alix. Pour une coïncidence ! Tes cousins sont effectivement nos voisins ! Si j'avais su qu'il s'agissait d'eux, lorsque tu m'en parlais, au pensionnat !

Et aussitôt, Alix se demanda duquel des trois garçons Béatrice avait été amoureuse, en ce temps-là. Cela ne pouvait être Ankus, bien trop jeune. Mais qui, alors, de Louis ou d'Armand ? Malgré sa curiosité, la jeune fille se garda de poser la question. Voilà bien longtemps qu'elle avait appris à réprimer ses élans et à ne plus parler à tort et à travers.

Il fut entendu que Bradroc conduirait la jeune fille à bon port, mais en attendant, elle avait besoin d'un remontant et de se sustenter. Alix en profita pour l'accabler de questions à propos de son histoire qu'elle la pressa de raconter.

Béatrice était toujours aussi aimable et douce que par le passé, mais la petite pointe d'espièglerie qui était en elle autrefois et qui l'avait rapprochée d'Alix avait complètement disparu pour faire place à une sorte de gravité sereine. Et au-delà de sa grande beauté, son amie devinait maintenant en elle une certaine fragilité. Le malheur qui l'avait accablée avait laissé des traces, et pourtant, quelque part, cela la rendait plus charmante encore. Nul doute qu'un homme, un jour, ne voulût protéger et faire sienne cette adorable créature.

Elle commença, un peu pâle, les mains crispées sur son mouchoir de dentelle :

— Oh, tu sais, Alix, mon récit n'aura rien de bien amusant ni d'exaltant... Mais je vais tâcher de satisfaire ta légitime curiosité.

Après le bal d'automne à Paris qui l'avait lancée dans le monde en même temps qu'Alix, Béatrice était restée dans la capitale, ses parents désirant la garder près d'eux en ces temps troublés. Sa plus grande sœur, déjà mariée, vivait en Provence, et la seconde partit bientôt aussi, ayant épousé un jeune homme de Bourgogne. Béatrice se retrouvait donc seule avec ses parents. Il n'y eut pas de vacances en province comme elle l'avait espéré, pas de visite chez Alix ni chez ses cousins. De toute façon, la disparition de Louis avait incité les Saint-Clair à se replier un peu sur eux-mêmes.

À la manière dont Béatrice évoquait fugitivement l'absent, Alix comprit. C'était lui, le fameux amour de jeunesse de son amie ! Cela concordait bien avec certains détails que Béatrice lui avait donnés par le passé et qui lui revenaient soudain en mémoire : un garçon plus âgé qu'elle, vif et ardent, beau comme un dieu ; l'héritier d'une grande famille ; un tempérament de guerrier et d'aventurier, irrésistiblement attirant. Comment avait-elle pu se demander un seul instant si Armand était concerné ?

De l'avis d'Alix – mais cela aussi, elle se garda bien de le dire –, les parents de Béatrice auraient mieux fait de quitter Paris et de descendre en province rejoindre leur famille, surtout avec leur jeune fille à protéger. Pourtant, ils avaient fait exactement le contraire. Béatrice avait donc vécu de près de nombreux événements de la Révolution, courant les soirées et les séances à l'Assemblée depuis qu'elle s'était découvert une passion pour la politique, jusqu'au jour où les révolutionnaires s'en étaient directement pris à sa famille qu'on soupçonnait d'être liée au Lys Pourpre.

À la mention de ce nom si célèbre, le cœur d'Alix se mit à battre douloureusement. Cela lui rappelait sa fuite de Paris… et Sylvain. Sylvain, encore et toujours ! Elle en avait presque le souffle coupé, tant sa poitrine se serrait en l'évoquant.

— Quelle idée ridicule, n'est-ce pas ? nota la jeune de Bray avec un petit rire désabusé. Il n'empêche que mon père est tombé sous les coups de ces fanatiques, et en un sens, cela ne nous a pas étonnées, maman et moi, car il affichait publiquement ses idées politiques, très à l'encontre de la Révolution, mettant ainsi toute notre maison en danger. J'avoue, à ma grande honte, lui en vouloir encore d'avoir agi ainsi, paix à son âme.

La jeune fille se signa et Alix respecta un court instant de silence, avant de reprendre :

— Je suis vraiment désolée pour ton père, je l'ignorais.

— Et comment l'aurais-tu su ?

Alix serra la main de son amie dans la sienne avec affection et un bref sourire illumina les yeux de la jeune fille.

— La plupart de nos serviteurs s'étaient déjà enfuis, lorsque c'est arrivé, ou bien ils avaient rejoint les sans-culottes. Cela faisait enrager papa de les voir tous nous abandonner, mais moi, je les comprenais, en un sens. Il n'empêche que je tremblais de peur tous les jours et je ne parvenais plus à dormir tranquille la nuit. Et mon père refusait de quitter Paris et son hôtel particulier. C'était fou, n'est-ce pas ? Surtout après la mesure du 26 août, le bannissement des « réfractaires »... Je voulais fuir loin de tout ça, mais je ne savais pas comment faire. Je n'aurais jamais su me débrouiller, je n'ai pas ta force de caractère, Alix. Et puis, je ne pouvais pas le laisser seul avec maman, si fragile...

Béatrice avait la voix qui tremblait légèrement. Cependant, elle reprit :

— Quand il a finalement été arrêté, en pleine nuit et par surprise, j'ai échappé de justesse aux révolutionnaires avec maman, grâce au Lys Pourpre, précisément, quelle ironie !

Alix tressaillit. Ainsi, Béatrice avait été sauvée par le Lys. Peut-être avait-elle côtoyé Sylvain pendant ce temps-là. Il fallait absolument l'interroger, en savoir plus ! Mais en dépit de son impatience, Alix respectait trop son amie pour l'interrompre.

— Quelques jours plus tard, poursuivait la jeune de Bray d'un ton un peu âpre, mon père a comparu devant le tribunal révolutionnaire. Il était accablé de toutes sortes d'accusations, les plus terribles et les plus mensongères. Il a été exécuté aussi rapidement qu'il a été jugé, ajouta-t-elle les larmes aux yeux. Dès lors, maman et moi n'étions plus en sécurité, et le Lys Pourpre a alors décidé de nous faire fuir. Maman ayant parlé de sa sœur qui habitait dans les Alpes avec sa famille, nous sommes convenus d'entreprendre un périlleux voyage pour nous réfugier chez eux. Le Lys Pourpre nous offrit l'escorte de ses hommes.

De nouveau, Alix frissonna. Elle avait beau compatir à la situation de son amie, elle ne cessait de penser à autre chose. Ainsi, il était fort probable que Sylvain ait fait le voyage jusque dans les Alpes pour accompagner Béatrice… sans même venir pour lui rendre une courte visite. Elle ne l'avait pas vu depuis si longtemps ! Mais s'il l'avait vraiment escortée, n'aurait-il pas trouvé le moyen d'accompagner la jeune de Bray jusqu'au château de la Chaussée ? Ou cherchait-il réellement à l'éviter, elle, Alix, celle à qui il avait pourtant juré un amour éternel ? Comment savoir ? De nouveau, le doute assaillait Alix.

— Mais vous êtes arrivée seule ici, mon enfant, remarqua la marquise. Où est donc votre maman ?

Béatrice baissa la tête tristement.

— Elle est morte peu après notre départ.

— Oh, ma pauvre petite…

La marquise compatissait sincèrement. Alix aussi, qui serra doucement la main de son amie. Cela faisait beaucoup de disparitions pour la jeune fille, son cousin, son père, puis sa mère…

— Elle était malade depuis des semaines. L'arrestation de mon père l'a mise au plus mal et elle décéda très vite, minée par le chagrin. Elle aurait peut-être tenu plus longtemps si les seuls souvenirs qui lui restaient de mon père, ses bijoux, n'avaient pas été dérobés, on ne sait par qui.

— Seigneur ! s'exclama la marquise.

— Leur perte, notre seule fortune, lui fut fatale, poursuivit Béatrice. Je me mis en route en sa compagnie, mais dus poursuivre sans elle.

Alix était abasourdie : cela signifiait que son amie, en plus d'être orpheline, était aussi totalement ruinée. Qu'allait-elle devenir ?

— Et vous avez donc voyagé seule, ensuite ? demanda Madame de la Chaussée d'Arville que ce récit, pour une fois, passionnait.

— Non, j'étais escortée par des hommes du Lys Pourpre, reprit la jeune fille avec un pâle sourire, comme convenu. Ils ont été très courtois et ne m'ont abandonnée qu'à deux lieues[1] d'ici, en me disant que je n'avais plus besoin d'eux, car je ne risquais plus rien, que je n'avais plus qu'à suivre la route et qu'au premier château où j'arriverai, le vôtre, on saurait me conduire à bon port.

— Tu as eu de la chance, dans ton malheur, soupira Alix. Tu aurais pu tomber sur de vrais soudards...

— Qu'allez-vous faire, maintenant, mon enfant ? demanda la marquise.

Béatrice baissa la tête.

— J'espère trouver refuge chez mon oncle et ma tante, au moins temporairement. Je suis ruinée et je n'ai plus qu'eux...

— Les Saint-Clair sont des personnes de devoir et au cœur généreux ! la rassura aussitôt la mère d'Alix. Nul doute qu'ils compatissent à votre situation et prennent soin de vous.

— Et les hommes du Lys Pourpre ? intervint Alix sans pouvoir s'en empêcher. Où sont-ils, maintenant ?

— Oh, ils sont retournés rejoindre leur chef, je suppose, répondit Béatrice. C'est vraiment un homme exceptionnel ! Je n'aurais jamais assez de toute ma vie pour remercier le Ciel de l'avoir mis sur mon chemin et Le prier de veiller sur lui.

La jeune fille se pencha vers son amie et lui glissa en confidence, soudain plus animée :

— Il n'a pas fait le voyage avec nous, retenu à Paris par d'autres affaires, mais il a tout arrangé. Je te le dis, c'est

---

1. Toujours selon la mesure de la « nouvelle lieue de Paris », deux lieues équivalent à pratiquement huit kilomètres.

grâce à lui que je suis ici. Il nous a vraiment beaucoup aidés, même du temps de mon père, je crois, car il a échappé plusieurs fois à la police de façon bien mystérieuse.

Les yeux de la jeune fille brillaient d'exaltation. Elle était transfigurée et ses pommettes se couvrirent brusquement de rose vif.

— Oh, Alix, je te jure, c'est un homme extraordinaire !

On dirait qu'elle a trouvé un autre homme auquel rêver, songea Alix. *Au moins ne se languira-t-elle pas trop de son cousin, disparu avant qu'elle ait pu lui dire ce qu'elle éprouvait pour lui...*

Béatrice rougit encore plus sous le regard amusé de la marquise, mais son amie l'encouragea à poursuivre. C'était plus fort qu'elle.

— Je l'ai rencontré plusieurs fois lors de soirées mondaines, m'a-t-il dit, et aussi dans les réunions publiques à l'Assemblée où j'allais assister aux débats, malgré les interdictions de mon père. Mais jamais je ne l'ai su avant qu'il m'en parle, lorsqu'il a partiellement dévoilé son personnage.

— Comment est-ce possible ? demanda la marquise, intriguée.

— Quand il agit en tant que le Lys Pourpre, il est toujours masqué, enveloppé dans une grande cape. Personne ne connaît son visage, sauf quelques-uns de ses amis les plus proches, poursuivit Béatrice sans se faire prier. Ainsi n'ai-je pas vu son visage, bien qu'ayant discuté avec lui plusieurs fois. Je sais juste qu'il est grand et je crois qu'il a les cheveux foncés, mais même de cela, je ne suis pas sûre. Par contre, j'ai croisé son regard, à la fois profond et transparent. Cependant, il faisait sombre et je ne sais pas si ses yeux sont verts ou bleus.

Alix tressaillit. Oui, le Lys avait les yeux bleus, elle s'en souvenait, maintenant. Mais il l'avait si peu marquée que si Béatrice n'avait pas évoqué ce détail, elle ne se le serait pas rappelé. C'était pour dire à quel point son image était floue dans son esprit ! Mais des yeux bleus, cela lui rappelait aussi quelqu'un d'autre. Sylvain...

Béatrice poursuivait, le regard plongé dans une rêverie intérieure :

— Son identité est bien gardée. Pour ma part, je l'ignore totalement, je ne connais qu'un de ses pseudonymes, M. Arnauld. C'était ainsi qu'il se faisait appeler, lorsqu'il nous a accompagnées, maman et moi. Mais il endosse bien des personnalités différentes. On dit que lorsqu'il est à découvert, dans le monde, il se fait passer pour un parvenu fat et poltron, toujours poudré, maquillé et en perruque. Cela fait rire ses amis, mais c'est simplement pour mieux agir, car en réalité, il est fort intelligent. D'autres fois, il a l'air d'un homme du peuple, paysan, marin, berger, brigand. Il est tout ce qu'il veut être. C'est un grand cœur et une âme noble, mais il faut le côtoyer sous le masque du Lys pour le savoir. On dit qu'il a un charme fou, lorsqu'il ne cache pas sa vraie personnalité, et je puis vous assurer que cela est vrai, termina la jeune fille en rougissant.

— Il est amusant de constater, d'après vos propos, qu'il ne se dévoile que sous son masque, remarqua la marquise.

— Comme souvent, Mère, fit Alix avec un petit sourire, s'amusant fort de l'enthousiasme de son amie.

— Il est une chose qu'il ne pourra pas changer et que je saurai reconnaître à l'avenir, ajouta Béatrice avec une sorte de ferveur, c'est sa voix.

— Sa voix ? répéta Alix, surprise.

— Oui ! Il a une voix chaude et prenante, une voix qui devrait être interdite tant elle est envoûtante et pourrait pousser au crime.

— Béatrice ! s'exclama la marquise en riant. Je ne vous aurais pas crue capable de cela !

— Oh, je vous assure que si vous l'aviez entendu, vous sauriez ce que je veux dire ! J'ai croisé cet homme auparavant, puisqu'il me l'a dit, mais alors je ne l'avais jamais entendu parler, sinon j'aurais su à qui appartenait cette voix ! Enfin, ceci dit, c'est peut-être aussi à cause de son masque. Comme je ne voyais rien de lui, qu'un peu de ses yeux, je me suis focalisée sur ce que je pouvais percevoir... C'est comme lorsqu'on est aveugle, paraît-il, les autres sens se développent.

Tandis que Béatrice discourait, Alix s'interrogeait : lorsqu'elle avait vu le Lys et qu'elle lui avait parlé, elle n'avait aucunement fait attention à sa voix et ne lui avait trouvé aucun charme particulier. Béatrice, en revanche, y avait été sensible. Comme quoi, il fallait de tout pour faire un monde ! En réalité, devait s'avouer Alix, il n'y avait qu'une voix qui la faisait vibrer, celle de Sylvain, et c'était d'ailleurs une des premières choses qui l'avaient charmée.

— Ah, soupira Béatrice, je n'oublierai jamais cet instant, lorsqu'il nous a fait monter, maman et moi, dans ce chariot et qu'il m'a souhaité bonne chance. Il m'a fait le baisemain et s'est incliné comme un véritable gentilhomme. Ce n'est pas la première fois que cela m'arrive, et pourtant, je l'ai ressenti différemment. Oh, vous allez me trouver bien sotte, Madame la marquise, je le sais bien...

— Mais non, mon enfant. Vous êtes jeune, il vous a sauvé la vie. Il est normal que vous éprouviez quelque sentiment pour lui.

Alix approuva d'un hochement de tête. Béatrice se tourna vers elle, pleine de confiance.

— Tu comprends, toi aussi, ce que je veux dire, n'est-ce pas ?

— Bien sûr, ma chérie ! répondit Alix avec un sourire.

— Il me semble que tu es toujours si proche de moi, Alix, comme autrefois. Un peu comme une sœur. Je suis bien heureuse de t'avoir retrouvée.

— Moi aussi ! Et je suis heureuse que tu aies pu t'échapper !

La jeune fille prit son amie dans ses bras et la laissa se remettre de ses émotions.

— Je n'oublierai jamais le nom de celui qui a bouleversé nos vies de cette façon, lui dit alors Béatrice. Le Furet ! Ce Furet de malheur ! C'est ainsi qu'on le surnomme, mais ce n'est absolument pas suffisant pour décrire sa méchanceté et sa malignité ! Je trouverai le moyen de venger mon père, crois-moi. Je ne sais pas encore comment… Cependant, je n'aurai pas de repos avant que ce maudit putois puant soit six pieds sous terre !

— Allons, jeune fille, la gronda doucement la marquise, ces vilaines paroles ne devraient pas sortir de votre bouche.

— Et dire qu'on me croit vive ! renchérit Alix en riant avec gentillesse. C'est toi, Béatrice, si douce, qui tiens de tels propos et nourris de telles idées de vengeance ? Cela n'est pas digne de toi…

Mais la jeune fille se dressa, les yeux flamboyants, et essuya ses larmes d'un revers de main furtif.

— Mon père n'a jamais fait de mal à personne ! s'écria-t-elle. Et ma mère encore moins ! Et pourtant, tous deux sont morts, aujourd'hui, et je suis seule au monde. Le seul crime de mon père est d'avoir pensé différemment, il a été massacré sans raison valable, juste pour la victoire d'une idéologie. Je suis certaine que tu réagirais comme moi si tu étais dans la même situation.

Alix devait en convenir : c'était bien là une attitude qu'elle aurait eue également. Elle fut sincère :

— Oh oui, sans aucun doute, tu me connais et tu sais que je suis prompte à m'enflammer. Mais toi, je t'imagine mal faire preuve de violence.

Elle sourit et Béatrice, soudain calmée, se radoucit et la remercia. La jeune de Bray resta une seconde silencieuse, avant de reprendre avec gravité :

— Cette Révolution a déjà fait tellement de victimes ! Et toutes n'étaient pas coupables… Quelle belle épitaphe pour ceux qui se targuent d'établir un système juste, égalitaire, où chacun serait libre !

— Je comprends ce que tu veux dire. Justice et liberté ne peuvent pas s'établir dans le sang des innocents, je suis d'accord avec toi. Quant à l'égalité, existera-t-elle jamais ? Tout le monde est entré dans cette guerre civile avec de beaux idéaux, mais qu'en reste-t-il aujourd'hui ? Tout cela était-il bien nécessaire ? Le gouvernement était en train de changer, une évolution était en train de se dessiner. Pourquoi ne pas avoir accompagné ce mouvement au lieu de prendre les armes ?

Alix avait autrefois rêvé d'une monarchie à l'anglaise, avec une Assemblée du peuple. Encore aujourd'hui, elle pensait qu'on aurait pu modifier la Constitution sans pour autant emprisonner le roi et sa famille. Et à son avis, ce changement de régime ne méritait pas tant de sang versé, d'autant qu'elle avait bien remarqué, au-delà des apparences, que cela n'avait pas changé le fond du problème : les miséreux, paysans et sans-culottes, vivaient tout aussi pauvrement qu'auparavant. Le peuple n'avait guère plus le droit de s'exprimer librement qu'autrefois, sous peine de passer pour royaliste aux yeux des révolutionnaires, pour Jacobins ou Montagnards aux yeux des Girondins et vice-versa… avec les risques que cela comportait. Quant aux droits féodaux, abolis depuis plus de trois ans déjà, on avait su fort bien les remplacer par d'autres privilèges au bénéfice de certains serviteurs de la République, laquelle avait été proclamée en septembre. La peur et la violence s'étaient répandues un peu partout.

D'un geste, Alix fit signe à Béatrice de se rasseoir, mais elle restait perdue dans ses pensées. Ses yeux s'étaient un peu assombris. Un pli amer qu'Alix ne lui connaissait pas apparaissait au coin de ses lèvres. Finalement, elle rejoignit son amie sur la causeuse.

— Ma réaction est légitime, n'est-ce pas ? fit-elle avec un feu qui couvait encore sous son calme apparent.

— Tu connais mon avis sur la question, répondit Alix avec douceur. Je te soutiens. Je comprends très bien ce que tu ressens, que ce soit envers ceux qui ont fait condamner ton père… ou envers le Lys Pourpre.

Béatrice retrouva aussitôt quelques couleurs. Un léger sourire vint flotter sur ses lèvres.

— Tu as toujours lu en moi comme dans un livre.

— Parce que je te connais bien, ma chérie…

Elle serra la main de son amie et ajouta d'un ton plus guilleret :

— Allons ! Demain, nous irons voir ta famille et tes soucis finiront par trouver une solution, je te le promets.

⁂

Quelques jours plus tard, Armand et Béatrice vinrent rendre une petite visite de voisinage à Alix et sa mère. Armand, loin des considérations de sa dernière entrevue avec Alix, ne parlait que des élections du 20 septembre et de l'invasion de la Savoie. Au bout d'un moment, consciente que sa fille et son amie aspiraient à un peu d'intimité, la marquise sut détourner l'attention du jeune homme et lui proposa de visiter l'élevage de chevaux, en compagnie de Bradroc.

En son absence, Alix demanda à son amie si son séjour se passait bien.

— Oh, très bien, répondit la jeune fille. Toute la famille est adorable avec moi. Armand, surtout, veille sur moi jalousement…

Oui, sûrement au point d'en être étouffant ! songea Alix, mais elle prit garde à ne pas faire part de ses pensées.

— Et Ankus, qui est naturellement si remuant, trouve toujours le moyen de me faire une gentillesse. C'est un garçon vraiment charmant ! Et il fera des ravages, quand il sera grand ! Je leur suis extrêmement reconnaissante à tous de m'avoir recueillie et de s'occuper de moi comme ils le font, depuis que je n'ai plus de quoi vivre. Je regrette le malheur qui les a tous frappés. C'est terrible, ils ne méritaient pas cela.

— Ton oncle a-t-il réussi à faire le deuil de son fils ? Je veux dire, ton oncle et ta tante, bien entendu, se reprit Alix aussitôt.

La jeune fille savait que le secret de la naissance de Louis ne devait pas être divulgué et elle se gourmanda intérieurement de sa bévue.

— Malheureusement non, répondit Béatrice tristement. Il faut les comprendre. Il était…

Elle hésita, rougissante.

— C'était un jeune homme qui promettait beaucoup, reprit-elle finalement. Il était nettement plus âgé que moi et autant dire que dans les premières années, il ne m'intéressait pas du tout. Je le trouvais trop vieux. Mais par la suite, ce garçon brun et malicieux, qui s'amusait à me taquiner sans cesse, m'avait fait battre le cœur.

— Je me le rappelle très bien, répondit Alix avec une pointe de taquinerie. Tu m'en parlais si souvent ! Ainsi, c'était bien lui, ton fameux grand cousin, celui dont tu ne voulais pas me dire le nom. Je suis sincèrement désolée de cette perte supplémentaire pour toi.

— Oh, j'ai de la peine, c'est sûr, répliqua Béatrice avec un petit geste de la main. Mais ce n'était qu'une amourette d'enfant imaginative et romantique. Et je suis passée par tant de choses, depuis lors… La perte de mes parents m'a autrement accablée.

Elle fit une pause, puis lâcha, soudain, songeuse :

— Ankus, maintenant qu'il a grandi, me fait souvent penser à Louis.

— Oui, c'est aussi ce que dit Armand.

Béatrice sourit.

— Armand est un étrange personnage. Plus je le découvre et plus je le trouve fascinant. Oh, bien sûr, il a ses côtés agaçants. Il est parfois très clairvoyant et parfois totalement aveugle. Le plus souvent timide au point d'en être exaspérant, il est quelquefois capable de démarches qui demandent un réel courage. Ainsi, il est prêt à tout tenter pour ce qui lui tient à cœur et fait preuve d'une persévérance admirable. Ce qui m'horripile, en revanche, c'est qu'il soit noble et qu'il fasse montre de telles aspirations révolutionnaires !

— Armand ? fit Alix, surprise. Tu es sûre que nous parlons bien du même homme ?

— Je t'assure. Il était content que l'Armée des Allobroges ait été créée et il était prêt à la rejoindre, quand l'invasion a eu lieu. Il voulait que la Savoie devienne française et républicaine. Je lui en veux pour ça et je déteste qu'il l'exprime devant moi ; je trouve que c'est un manque de respect pour ma famille et ce que j'ai vécu.

La jeune fille soupira.

— D'un autre côté, j'admire cette envie qu'il a de bouleverser les conventions, de ne pas se plier aux règles du monde qui l'a toujours étouffé. Je serais presque prête à le suivre quand il commence à m'expliquer ses motivations. Il y met tant de conviction ! C'est quelqu'un de bien, je pense, auquel il n'a manqué que des opportunités. Il a une grande envie de prouver sa valeur, et mon oncle a fini par lui confier de plus grandes responsabilités, ce qui lui va très bien, d'ailleurs. Tout le monde le considère maintenant comme l'héritier du titre et des terres. Cependant, ce n'est plus comme avant… Ils se sont comme résignés, depuis la mort de Louis.

Oui, c'est comme si Armand n'était qu'un pis-aller… pensa Alix. *Vivra-t-il toujours dans l'ombre de son frère ?*

Pourtant, la façon dont Béatrice en parlait donnait un nouvel éclairage au personnage. Alix n'avait jamais réellement considéré Armand comme l'homme de passion et de valeur que semblait décrire son amie.

— J'ai le sentiment qu'il leur faudrait autre chose pour recommencer à espérer en l'avenir, conclut Béatrice. Un mariage, un petit enfant.

La jeune fille ajouta, non sans une pointe de malice :

— Tante m'a dit qu'Armand éprouvait des sentiments pour toi, est-ce vrai ?

Alix hésita à répondre. Visiblement, le jeune homme n'avait pas parlé de ses demandes en mariage refusées. Et il n'y avait eu que son frère Ankus, qui le connaissait bien, à comprendre ce qu'il en était réellement. Elle ne devait donc pas trop en dire, au risque de trahir le secret d'Armand et de blesser sa fierté.

— Oui, répondit-elle finalement. Je suis au courant, il m'a fait la cour. Mais, ajouta-t-elle aussitôt, depuis que tu es là, je le vois beaucoup moins souvent.

Béatrice eut un petit rire :

— Ne te tracasse pas, dit-elle sur un ton affectueux. Il est toujours épris de toi, j'en suis bien certaine, et ne s'intéresse pas du tout à moi. La famille entière te tient d'ailleurs en très haute estime, ainsi que ta mère. J'en suis heureuse, cela me permet de rester proche de toi.

— Je te remercie. J'en suis heureuse également. Je dois dire que tu m'as manqué bien des fois, depuis notre départ du couvent et encore plus depuis ce fameux bal de l'automne 1789.

— Oh, Seigneur ! Ce que ce temps me semble lointain ! C'est presque comme...

— Comme une autre vie.

— Exactement !

Elles se sourirent et Alix brisa le silence qui s'installait :

— Aurais-tu par hasard eu vent de quelques nouvelles concernant ton héros magnifique, le fameux Lys Pourpre ?

Son ironie était perceptible, mais Béatrice ne releva pas. Elle soupira simplement :

— Les rumeurs, que je tiens de mon oncle, semblent dire qu'il a des problèmes, hélas. Les journaux ont relaté qu'un de ses proches amis et collaborateurs se serait fait tuer. Et l'on murmure qu'il aurait perdu tout entrain, qu'il semble las de tout. Il a été durement éprouvé, ces derniers temps. Pourtant, il y a encore peu, c'était tout l'inverse.

Alix ne put empêcher l'angoisse de l'étreindre. Et s'il s'agissait de Sylvain ? Elle ne pouvait se laisser aller à ses émotions et chercha au fond d'elle de quoi l'éloigner. Rapidement, ce fut l'exaspération qui prit le dessus. Le Lys Pourpre, elle l'avait rencontré, elle aussi, elle savait de quoi il avait l'air, de quoi il était capable. Et pourtant, il ne lui avait pas paru crédible. Sylvain, lui, en revanche... Il aurait très bien été à sa place à la tête des troupes du Lys. Lui, il avait la carrure d'un héros. Tandis que l'autre... un pantin ! Et pourtant, elle lui devait une certaine reconnaissance, car c'était aussi grâce à lui et à ses hommes si elle était rentrée saine et sauve de Paris...

— Peut-être que s'il venait dans les Alpes, lui aussi, il se referait une santé grâce à l'air pur de nos montagnes...

— Alix ! protesta Béatrice. Pourquoi es-tu si sarcastique ?

— Je suis désolée, ma chérie, pardonne-moi...

Pourquoi est-ce que je pense à Sylvain en un pareil moment ? se réprimanda-t-elle intérieurement. *Pourquoi faut-il d'ailleurs que je me soucie encore de lui ? Je suis avec mon amie d'enfance, que je viens de retrouver, et je gâte ces instants précieux en m'énervant à cause de lui. Bien qu'il me manque, je ne devrais pas gâcher mon existence pour lui de cette façon... Je devrais plutôt l'oublier, comme il semble le faire. J'ai avoué à Armand que j'aimais un autre homme, mais j'ignore si mes sentiments sont toujours partagés.*

Peu après, Armand revint auprès des jeunes filles, enchanté de sa promenade en plein air et porteur de deux bouquets de fleurs sauvages qu'il offrit à Alix et à Béatrice. Alix sourit et Béatrice rougit légèrement.

Après la collation de circonstance, Armand et Béatrice quittèrent leur amie. La jeune Parisienne serra longuement les mains d'Alix dans les siennes et murmura doucement :

— À bientôt.

18
La lettre

Le temps s'écoula doucement sans que la Chaussée d'Arville fût inquiétée, en dépit des angoisses provoquées par l'invasion de la Savoie. On voyait que l'hiver, à nouveau, approchait à grands pas. Les jours raccourcissaient, le vent soufflait du nord, le ciel devenait chaque jour plus pâle, se couvrant de nuages gris. Alix était toujours très occupée, dirigeant le domaine de main de maître. Heureusement, Bradroc restait à ses côtés, avec sa force, sa bonne volonté et son expérience acquise auprès du défunt marquis. La jeune femme lui était très reconnaissante de tout ce qu'il faisait pour la Chaussée et se demandait souvent ce qu'elle serait devenue sans lui.

La première tempête de neige se déclara au début d'octobre 1792. Le vent mugissait autour du château de la Chaussée. Il grondait en faisant claquer les volets. Il hurlait dans les mélèzes comme une bête enragée. Rarement la marquise et sa fille avaient vu une telle violence. Avec la nuit, qui tomba plus tôt qu'à l'accoutumée en raison du mauvais temps, les premiers flocons descendirent du ciel qui semblait avoir crevé comme un gros ballon, et dès lors, ce fut un tourbillon blanc autour de la demeure.

Dans le petit salon, où le feu était allumé, éclairant la pièce de sa seule lueur dansante, il faisait très bon, en dépit des intempéries. À la fenêtre, Alix, songeuse et le corps rompu par sa journée de travail, savourait le plaisir simple de l'instant présent, regardant les gros flocons tomber sur le sol et recouvrir rapidement la cour d'un grand manteau immaculé.

— L'hiver est précoce, soupira sa mère, vêtue de noir comme à son habitude.

Elle leva un visage fatigué vers sa fille qui, le cœur serré, songea que le chagrin semblait miner la marquise chaque jour un peu plus.

— On se croirait presque en décembre, tu ne trouves pas ? reprit Madame de la Chaussée. D'habitude, à cette époque, nous subissons plutôt la pluie et les orages, encore, parfois...

L'héritière d'Arville ne répondit pas ; cela faisait maintenant des années, lui semblait-il, qu'elle entendait la même rengaine.

Nous sommes dans une période de froid, voilà tout ! se disait-elle.

Dans quelques années, cela changerait sans doute. La nature était coutumière de ce genre de cycles...

La marquise manifestant alors le désir de se remettre à la tapisserie qu'elle avait entamée au début de l'automne, Alix entreprit d'enflammer les bougies des candélabres, sans attendre Benoît, afin de lui fournir l'éclairage nécessaire. Soudain, tandis qu'elle s'absorbait dans cette simple tâche pour ne pas penser à Sylvain comme c'était le cas dès qu'elle ne s'abrutissait plus de travail, elle entendit les chiens aboyer dans la cour. À peine deux secondes plus tard, on frappa à la lourde porte du château.

— Oh, mon Dieu, quelqu'un est dehors, dans cette tourmente ! s'écria Alix, stupéfaite.

Et sans laisser le temps à quiconque de réagir, elle courut impulsivement jusqu'à l'entrée et ouvrit la porte au visiteur, un flambeau à la main. Elle eut à peine le temps de distinguer un mendiant en guenilles, avant qu'une bourrasque éteignît la flamme.

La jeune fille se sentit mordue par le froid et se hâta d'inviter l'homme à rentrer avant de fermer la porte derrière lui. Puis, sans hésiter, elle le conduisit au petit salon. L'homme s'inclina respectueusement devant la marquise. À la lumière, et bien qu'il eût passablement changé et se montrât hâve et amaigri, Alix le reconnut tout de suite : c'était Vladimir, l'homme qui travaillait avec Sylvain ! Il restait digne, cependant. Elle ouvrit la bouche pour parler, mais il lui fit un signe de dénégation et elle comprit qu'elle ne devait pas paraître le connaître. Bien que surprise, elle obtempéra et se contenta de rester une observatrice silencieuse.

Mille pensées tourbillonnaient dans son esprit et elle bouillait de curiosité contenue. Que venait donc faire Vladimir dans les Alpes ? Était-il en mission pour le Lys Pourpre ? Est-ce que Sylvain en faisait partie aussi ? Était-il également dans la région ? Dans ce cas, pourquoi n'être pas venu lui-même et avoir envoyé son serviteur ? Peut-être ne le pouvait-il pas et avait-il transmis à Vladimir un message pour elle ? Mais pourquoi celui-ci ne voulait-il pas qu'on le reconnût officiellement ? Alix, au contraire, aurait été heureuse de présenter à sa mère un des hommes qui l'avaient aidée lorsqu'elle était à Paris. Pourquoi tous ces mystères ?

À son grand soulagement, sa mère commença aussi à poser des questions et demanda au vieil homme ce qu'il venait faire en ces lieux :

— J'ai été surpris par la tempête, Madame la marquise, fit-il de sa voix rocailleuse, et ayant aperçu votre château, je me suis permis de frapper, espérant que…

Un peu confus, il montra une hésitation, comme indécis. Alix allait profiter de son silence pour exiger de plus amples explications, lorsque la marquise la prit de vitesse et tira l'homme d'embarras :

— Comme vous avez eu raison ! dit-elle aimablement. Ici, l'hospitalité est pour tous. Et l'hôte est roi, comme le disait mon défunt époux. Bienvenue !

Frustrée, Alix garda néanmoins bonne figure. Le vieillard s'inclina de nouveau, avec une parfaite correction. On lui offrit le meilleur siège près du feu, mais il attendit que la marquise s'assît avant d'oser s'installer à son tour, intimidé d'être traité de la sorte. Peu à peu, il sembla se réchauffer. Il regardait avec curiosité autour de lui, osant à peine poser les pieds sur les lourdes fourrures qui couvraient les dalles froides, et admirant visiblement les belles tapisseries qui ornaient les murs.

La marquise commença une aimable conversation et fit un signe discret à sa fille. Celle-ci, sans hésiter, sortit de la pièce et courut à la cuisine. Par pareil mauvais temps, elle était sûre d'y trouver tous les domestiques du château, regroupés là dans la chaleur à bavarder. Et la jeune fille savait déjà quoi leur demander. Elle entra en coup de vent :

— Benoît, dit-elle aussitôt au majordome, veux-tu terminer d'allumer les candélabres au petit salon et à la salle à manger ? Nous avons un invité. Charlotte, continua-t-elle en s'adressant à la cuisinière, il faudra prévoir un couvert de plus.

— Faut-il soigner le repas ? s'inquiéta le cordon-bleu.

— Si tu en as le temps et l'envie, ce sera avec plaisir, répondit Alix avec un sourire. Mais sinon, fais comme d'habitude, c'est toujours délicieux, de toute façon.

Charlotte rougit de plaisir, mais déjà, Alix se tournait vers quelqu'un d'autre :

— Antoinette, ordonna-t-elle à la soubrette, va vite préparer la chambre d'hôte, je te prie. Et demande à Marianne de préparer les chauffe-lits, nous en aurons besoin. Elle doit être en train de préparer mes affaires pour demain, dans ma chambre.

La jeune fille alla ensuite taquiner son vieux précepteur, qui avait près de soixante ans, désormais, et aimait de plus en plus à rester près de la cuisinière, au chaud, et à goûter de temps en temps ce qu'on lui permettait, ce qui contribuait à son embonpoint.

— Cher monsieur Jolivet, dit-elle, vous n'ignorez pas à quel point maman apprécie votre conversation, n'est-ce pas ?

— Bien entendu, Mademoiselle la comtesse, répondit-il en souriant. Pourquoi cette remarque ? Madame la marquise s'ennuierait-elle auprès de son hôte ?

— Pas du tout ! répliqua Alix sur le même ton. D'autant que, je dois bien l'avouer, il est très intrigant. Il n'est pas particulièrement bavard, mais j'ai eu le temps de déceler un accent russe lorsqu'il a parlé. Voudriez-vous me faire un immense plaisir ?

— Je ne vis que pour ça, dit-il en plaisantant.

— J'aimerais que vous le fassiez parler… lui dit-elle tout bas. Acceptez-vous ?

— Et vous osez le demander ! la taquina-t-il encore. Vous connaissez mon penchant pour les rencontres avec les étrangers !

Il se leva et se dirigea vers le salon, déjà curieux d'en savoir plus.

Satisfaite, Alix se tourna vers les autres : il y avait Jean et Paul, les deux palefreniers, déjà en train de se vêtir pour aller s'occuper des chevaux et les nourrir avant la nuit. Il y avait aussi Faustine, Joseph le jardinier, Olivier le garde-chasse, ainsi que Bradroc. Ce fut vers lui que la jeune fille se tourna :

— Bradroc, veux-tu aller rentrer les chiens ? Il fait trop froid dehors, surtout pour mon vieux camarade Gaillard.

— Et Minuit ? demanda le serviteur, amusé.

— Tu le connais… Il se faufilera à l'intérieur sans que tu aies le temps de t'en apercevoir. Oh, Joseph ! intervint-elle encore avant de quitter la pièce à son tour, je te demanderais de bien vouloir t'occuper des mangeoires à oiseaux avec Olivier. Et ensuite, vous voudrez bien fermer les grilles de la cour, tous les deux, et mettre les fourches pour les bêtes sauvages ?

— Tout de suite, Mademoiselle la comtesse ! répondirent-ils.

Elle les rappela au dernier instant :

— Quand vous serez tous quittes, Mère vous autorise à vous retirer en vos appartements. Avec ce temps, la journée s'est terminée de bonne heure. Prévenez les autres, je vous prie.

Quand la jeune femme revint au salon, l'étranger buvait le cognac qu'on lui avait offert et était en grande conversation avec M. Jolivet, à propos de la Russie. Il avait révélé qu'il se nommait Vladimir et demeurait en France depuis dix ans ; il vivait actuellement sur Paris, où il était au service d'un jeune homme qu'il ne nomma pas, mais qui l'avait envoyé en mission dans les Alpes. Malheureusement, Vladimir s'était perdu.

Avec curiosité, la marquise s'enquit :

— Est-il indiscret de vous demander en quoi consistait votre mission ?

— Oh, une bien belle mission, Madame la marquise, répondit-il, une mission qui rendra un peu de bonheur à une jeune fille qui le mérite bien. Je dois annoncer à Béatrice de Bray que son héritage a été retrouvé.

Entendant cela, Alix comprit que le Lys Pourpre avait finalement remis la main sur les bijoux de famille de son amie. Elle ne put s'empêcher de bondir, heureuse de cette excellente nouvelle.

— Est-ce bien vrai ? Quel soulagement pour elle ! Je la connais bien, c'est une très bonne amie. Elle habite actuellement chez son oncle, le comte de Saint-Clair. Sa famille sera enchantée pour elle !

— Pouvez-vous me dire si je suis encore loin de chez le comte ? demanda alors poliment Vladimir.

— Non pas, répondit la marquise. Leurs terres jouxtent les nôtres. Nous vous y conduirons demain, si le temps le permet. Mais ce soir, il est trop tard, vous ne pouvez repartir dans l'obscurité, surtout avec cette tempête. Vous dormirez ici, on est déjà en train de vous préparer une chambre. N'est-ce pas ? ajouta-t-elle à l'intention d'Alix qui hocha la tête pour confirmer.

— Oh, Madame, je ne sais comment vous remercier...

L'homme était rouge de confusion. La marquise répondit avec un sourire :

— Donnez-nous des nouvelles de la capitale, ce sera largement suffisant. Nous sommes si loin de tout, par ici. Tenez, le roi, par exemple : vous venez de Paris, vous devez savoir ce qu'il devient.

— Le roi est toujours enfermé au Temple avec sa famille, depuis ce 10 août maudit, répondit Vladimir. On dit que la reine Marie-Antoinette a perdu toute gaieté et tout espoir, mais qu'elle reste digne. Le dauphin a une petite santé, pauvre enfant. Je n'en sais pas tellement plus.

La gorge sèche, Alix insista :

— Mais... a-t-on peur pour leur vie ?

Vladimir soupira.

— Par ces temps d'incertitude, on voit tant de choses affreuses... Comment savoir ? Comment être sûr ?

— Tout de même, on n'irait pas les exécuter ? ! s'exclama M. Jolivet. Je sais qu'on dit bien des choses de la Convention, mais je n'ose penser qu'ils iraient jusqu'à juger et condamner le roi et la reine.

— Ciel ! s'écria la marquise, pâlissant brutalement. Ne parlez pas de malheur, mon ami.

— Hélas, Madame, intervint Vladimir, si tout ce qu'on raconte est exact, on peut craindre le pire.

— Et le Lys Pourpre ? rétorqua Alix. Ne pourrait-il intervenir ? Il a aidé des gens à fuir, il me semble. Ne pourrait-il le faire aussi pour notre souverain ?

En posant cette question, Alix désirait voir si Vladimir allait se dévoiler un peu plus.

— À fuir ? Des émigrés ? Oui, on raconte qu'il en a fait partir vers l'Italie. Et il y a aussi des réseaux vers l'Angleterre. Mais en ce qui concerne le roi, il est sans doute trop bien gardé pour qu'on puisse envisager cela.

Ainsi, Vladimir ne veut vraiment rien dire de ses liens avec le Lys. Que craint-il ? Il sait bien que le Lys m'a ramenée ici et que cousine Anne est en Italie grâce à lui.

Tandis qu'Alix se faisait cette réflexion, M. Jolivet renchérissait déjà :

— Sans compter que ce serait une grande lâcheté de la part de notre roi que de fuir de la sorte. C'est bien ce qu'on lui a déjà reproché, en juin 1791.

— On lui a injustement reproché d'avoir trahi la nation, s'enflamma alors Alix. Je suis persuadée qu'il était pourtant prêt à s'entendre avec les révolutionnaires, qu'il avait accepté le principe d'une monarchie limitée, mais tout en gardant certaines de ses prérogatives. C'est ce que l'on dit, en tout cas. Malheureusement, rien de tout cela n'arrivera désormais et il faudrait sans doute reconsidérer la question de son évasion. Quelquefois, nécessité fait loi, monsieur Jolivet, ajouta la jeune fille, c'est vous qui me l'avez appris. Si la vie du roi est effectivement en danger, mieux vaudrait qu'il fût loin d'ici. Sa fuite prématurée et mal organisée lui a porté tort, mais si cela avait réussi, il aurait pu trouver des appuis à l'étranger. Au contraire, un roi emprisonné vaut encore moins qu'un roi en exil.

— Alix ! intervint alors la marquise.

Elle n'avait pas élevé la voix, et ce fut tout ce qu'elle dit. Mais la jeune fille avait compris ; il fallait laisser là ce genre de discussions. Elle obéit à l'injonction maternelle et n'insista pas. Vladimir reprit, conciliant :

— Je reconnais qu'il y a du vrai dans ce que vous dites, Mademoiselle de la Chaussée d'Arville, mais je n'entends rien à toutes ces choses politiques, vous savez. Le Lys Pourpre, lui, saurait certainement discuter de cela avec une femme aussi érudite que vous.

— Je vous remercie, Monsieur Vladimir. Je ne suis pas aussi savante que vous semblez le penser, cependant. Et presque tout ce que je sais, je le dois à M. Jolivet. C'est égal, ajouta-t-elle avant que son interlocuteur pût protester et la mettre un peu plus dans l'embarras. Peut-être pouvez-vous nous dire où le Lys Pourpre se trouve, actuellement ? Vous avez l'air assez bien renseigné.

— Je ne le suis malheureusement pas autant que vous le croyez non plus. Mais si je l'étais, cela signifierait que je fais partie de ses hommes et je ne pourrais sans doute pas dévoiler cette information, Mademoiselle, malgré tout le respect que je vous dois.

— Je comprends, répondit Alix sans s'offusquer. Par les temps qui courent, on n'est jamais trop prudent. On ne sait pas toujours à qui l'on a affaire.

Tout en prononçant ces paroles, elle songea que, paradoxalement, sa famille et elle continuaient à accueillir les étrangers et à faire confiance aux gens, fidèles à leurs traditions. Peut-être avaient-ils tort. Peut-être devraient-ils apprendre à se méfier, à être moins généreux, moins ouverts, moins tolérants. Cela pourrait leur porter préjudice, un jour ; on pourrait chercher à profiter d'eux ou les dénoncer comme royalistes. Et plus que tout, peut-être elle-même devrait-elle renoncer à ses envies d'aventure et oublier cet énergumène de Sylvain qui l'avait bouleversée…

Agacée par cette pensée, Alix préféra se concentrer sur l'incroyable nouvelle qu'on venait de lui annoncer. Béatrice serait un peu tranquillisée quant à son avenir.

— Si l'occasion se présentait, je dois bien avouer que j'aimerais rencontrer ce fameux Lys dont on parle tant, déclara alors M. Jolivet. Avec tous les exploits qu'il semble avoir accomplis ! Si tout ce qu'on raconte est vrai, voilà un homme qui ne cessera jamais de m'étonner.

À cet instant, Benoît vint annoncer que le repas était servi. On passa à table, laissant la place d'honneur à l'invité d'un soir. Et Alix songea au jour où c'était Sylvain qui s'était tenu là, sur cette chaise. Comme il lui manquait ! En dépit de ses promesses non tenues et de son mutisme absolu. Elle avait beau se dire que son silence était certainement lié à une question de sécurité, elle lui en voulait pourtant. Jusqu'ici, il avait toujours trouvé le temps et le moyen de lui envoyer un petit mot. Pourquoi ne le faisait-il plus ?

Je ne m'étais pas trompée sur son compte, ma foi, ressassait intérieurement Alix, tout en jouant du bout de sa fourchette avec les aliments dans son assiette. *Ce n'est qu'un goujat. Une fois obtenu ce qu'il voulait, il est reparti comme un voleur, encore une fois, et il m'a oubliée...*

Et s'il l'avait oubliée, qui savait maintenant avec quelle autre femme il convolait ? Il était si loin d'elle et entouré de tant de femmes ! Et il ne les laissait pas indifférentes. Alix se souvenait de cousine Anne, qui le trouvait fort bel homme, de Marianne, la première, qui avait chaleureusement approuvé lorsque Alix, encore naïve, avait vanté l'allure du cavalier de la route de Grenoble, des servantes dans les auberges où ils s'étaient arrêtés en revenant de Paris... Il faudrait encore au moins vingt ou trente ans pour que l'intérêt des femmes pour lui s'amoindrît quelque peu.

En fin de soirée, Antoinette conduisit Vladimir à sa chambre. Alix suivit aussitôt, désireuse d'avoir un entretien avec le vieil homme. Dès que la soubrette eut le dos tourné, l'héritière de la Chaussée vint frapper discrètement à la porte du Russe. Celui-ci eut un fin sourire en la voyant sur le seuil de la chambre et lui murmura :

— Le contraire m'aurait étonné. Mais ça tombe bien, je voulais vous voir.

Il la fit entrer dans la pièce, jetant de brefs coups d'œil aux alentours pour être sûr qu'ils n'étaient pas surveillés.

— Ne vous tracassez pas, glissa Alix que cette paranoïa agaçait, personne ne nous espionne ici. L'endroit est très sûr et je réponds de tout le monde dans ce château comme de moi-même.

— On n'est jamais trop prudent. Nous sommes peut-être tous surveillés de près sans nous en douter.

D'un geste, Vladimir fit signe à la jeune fille de s'asseoir dans un fauteuil. Puis il se mit à genoux devant elle.

— Je vous ai mise dans une situation délicate, en vous faisant signe de faire comme si vous ne me connaissiez pas, déclara-t-il en russe, et je vous en demande pardon. Je vous demande doublement pardon, car je vous ai également un peu menti, tout à l'heure.

— Vraiment ? Et à quel sujet ?

— Je ne me suis pas perdu dans la tempête, avoua le vieil homme avec une lueur malicieuse dans les yeux.

La jeune fille ne put s'empêcher de rire :

— J'en étais sûre ! fit-elle faisant signe à son interlocuteur de se relever. Et je comprends pourquoi vous vous entendez si bien avec Sylvain. Vous êtes comme lui ! Menteur et cachottier !

Mais ce n'était qu'une plaisanterie et Vladimir le comprit. Debout, maintenant, il fouillait dans sa veste et en extirpa une lettre, pliée et cachetée à la cire. Le nom d'Alix était inscrit dessus, d'une ample écriture que la jeune fille reconnut aussitôt.

— J'avais deux missions à remplir, en réalité, poursuivit l'homme. Tenez, prenez, c'est pour vous. De la part de qui vous savez. Je devais vous remettre cela en grand secret. Prenez vite ! insista-t-il tandis qu'elle restait paralysée par l'émotion.

— Oh, merci, merci, balbutia la jeune femme, submergée par une joie inexprimable. Merci mille fois !

— Je vous en prie, c'était mon devoir.

Elle avait presque les larmes aux yeux. Ainsi, Sylvain ne l'avait pas oubliée ! Et il avait trouvé un moyen de communiquer avec elle, comme il le lui avait dit. Au cas où quelque chose ne se passerait pas bien…

Alix fut soudain saisie d'une inquiétude :

— Il va bien, au moins ?

— Oui, rassurez-vous, répondit Vladimir avec un sourire. Il va très bien.

La jeune femme rougit, consciente d'être plus ou moins démasquée, quitta le fauteuil et se dirigea vers la porte.

— Bonsoir, Mademoiselle de la Chaussée d'Arville, lui dit alors le vieil homme, en français. Je vous souhaite une excellente nuit.

— Vous aussi, Vladimir...

La porte se referma et Alix se retrouva seule dans le couloir, son précieux trésor entre les mains. Glissant vivement la lettre dans sa poche, elle courut dans sa chambre où Marianne l'attendait, pour l'aider à se déshabiller. Mais cette fois, Alix était trop impatiente pour se prêter au protocole habituel.

— Tu peux me laisser, ce soir, dit-elle à sa jeune compagne. Je me débrouillerai. Je n'ai pas l'intention de me coucher tout de suite, je suis bien trop... nerveuse.

Marianne se plia sans difficulté aux ordres de sa maîtresse. Mais Alix était aussi son amie d'enfance et elle la connaissait suffisamment bien pour comprendre qu'on lui cachait quelque chose. Et à l'air rayonnant, aux yeux brillants de joie de la fille de la Chaussée, elle n'eut aucun mal à deviner.

— Nerveuse ? répliqua-t-elle. Oh, Seigneur, Alix... Que se passe-t-il ? Aurais-tu un galant ?

Alix rougit, prise en flagrant délit.

— Chut ! s'exclama-t-elle en riant sous cape. Veux-tu te taire ?

— Ne me dis pas que toi et ce... ce Vladimir...

Cette fois, Alix éclata franchement de rire :

— Bien sûr que non, petite sotte ! répondit-elle avec affection, en attrapant le bras de la jeune fille. Mais... Oh, à toi, je peux bien le dire !

Et aussitôt, elle se lança :

— Te souviens-tu de ces hommes qui m'avaient aidée à repartir de Paris avec la cousine de mon père ?

— Oui, ceux qui l'ont emmenée jusqu'en Italie ?

— Précisément.

— Et le Lys Pourpre était parmi eux ?

— Voilà ! Eh bien, Vladimir...

— Vladimir serait le Lys Pourpre ? coupa Marianne, l'air soudain déçue.

— Mais laisse-moi donc parler, enfin ! s'impatienta Alix. Non, ce n'est pas le Lys. Mais Vladimir faisait partie de ces hommes.

— Ah ! fit la caméristé d'un air entendu. Tout comme ton fameux Sylvain.

— Oui.

Alix saisit les mains de son amie dans les siennes.

— Oh, promets que tu ne diras rien, que tu ne me trahiras pas !

— Voyons, Alix, tu le sais bien ! protesta la jeune fille en hochant la tête. Tu peux être assurée de mon silence.

— Même vis-à-vis de Faustine ?

— Évidemment !

L'air outré de son amie convainquit Alix.

— D'accord, d'accord... Eh bien, Vladimir vient de me remettre un pli de la part de Sylvain.

— Je comprends ta... nervosité, dans ce cas ! pouffa Marianne. Mais puis-je te faire une remarque ?

Alix s'assit et regarda son amie en souriant.

— Je t'en prie, vas-y. Je ne pourrais pas t'en empêcher, de toute façon, même si je ne désirais rien entendre.

Marianne vint s'installer à côté de la jeune noble.

— Écoute, lui dit-elle. Je me souviens de ce Sylvain, lorsqu'il était venu au château, voilà je ne sais plus combien de temps. Je te concède que c'est un bel homme. Vraiment. Mais... ce n'est qu'un va-nu-pieds. Tu ne dois pas oublier ton rang. Il ne doit pas y avoir de mésalliance dans ta famille, comprends-tu ?

— Ah, Marianne, je t'en prie, pas toi ! On croirait entendre ta mère !

— Eh bien, oui, c'est possible. Mais c'est simplement la voix de la raison.

Alix soupira et se releva pour se mettre à faire les cent pas dans la chambre.

— Je sais bien ! Mais... Il n'est pas un simple vagabond, tu peux me croire. Il est bien plus que cela.

— Oui, je connais tes histoires de corsaire. Mais qu'est-ce qui te prouve que tout cela est vrai ?

— Rien du tout. Mais je le sens. J'ai confiance en lui.

À sa grande surprise, Alix se rendit compte qu'elle ne disait pas simplement ça pour prendre la défense de Sylvain. Elle le pensait vraiment. Elle avait une confiance absolue en cet homme. Et elle s'en voulait maintenant d'avoir douté de lui ces derniers mois.

⁂

Dès qu'elle se retrouva seule, Alix exhala un gros soupir et sortit la lettre. Elle décacheta et déplia rapidement la missive, le cœur battant, et la parcourut tout aussi vite :

« Mon amour,

« Si tu savais comme je m'ennuie de toi, comme le temps s'écoule lentement quand tu n'es pas là. La vie semble si grise et si terne en ton absence, alors qu'elle éclate de couleurs et de lumière quand je suis à tes côtés. Le contraste est si saisissant que je me demande même comment j'ai pu croire que je vivais avant de te rencontrer.

« Ton contrebandier est triste, douce Alix, car il t'a quittée une nouvelle fois. Partir, m'éloigner de toi, après les moments que nous avons vécus, a été une des résolutions les plus dures que j'ai jamais eues à tenir. La solitude me pèse, et pourtant, je te porte en moi et partout où je vais, tu es avec moi. Alors qu'ai-je donc à me plaindre ? J'ai ton amour et je mène une existence extraordinaire, exigeante et prenante, une existence dont tout homme de mon tempérament se contenterait normalement. Sauf qu'elle ne me suffit plus. Sans toi, je me sens vide et misérable comme aux heures les plus mornes de ma vie.

« Je n'ai rien oublié de chacune de nos rencontres ; tout me revient à l'esprit à chaque instant, et le moindre détail semble s'être inscrit dans ma mémoire. La couleur de ta peau après l'amour, la petite moue adorable que tu as quand tu es contrariée, l'ardeur de ton regard quand je te prends contre moi et que je te taquine, l'odeur de tes cheveux quand je me perds dedans. Je voudrais m'emplir de toi et te découvrir toujours plus, te retrouver instant après instant, sans autre occupation que celle de notre amour. Mon âme a terriblement soif de toi, et la décence m'empêche de parler de mon corps qui brûle d'un désir ardent que rien ne peut apaiser. Sauf… ce que je ne peux avoir en ce moment.

« Et pourtant, dans ce manque et cette souffrance, je trouve un vrai bonheur, parce que j'aime. J'aime enfin et j'aime pleinement ! J'aime plus fort que je n'aurais jamais cru possible. Malgré tout ce qui se passe, malgré mes défaites et mes échecs, malgré les dangers qui m'entourent et l'espace qui nous sépare, je suis heureux parce que tu es à moi et que je suis à toi. Je suis heureux de pouvoir me reposer sur cette certitude, heureux de savoir que même dans tes Alpes lointaines, tu penses à moi comme je pense à toi et que nous sommes si proches l'un de l'autre par le cœur !

« Dans l'obscurité qui m'entoure, tu es la seule qui m'apporte la lumière, qui me redonne l'espérance, le goût de vivre et l'envie de me battre. Je veux un monde meilleur, un monde meilleur pour toi, Alix. Je veux les plus beaux cieux au-dessus de ta tête, les fleurs les plus parfumées pour rendre hommage à ta beauté, les plus doux soleils pour te caresser… Et quand je suis au plus bas, je pense à toi, j'imagine que je peux poser ma tête lasse sur ton sein et que j'écoute battre ton cœur ; et il me semble alors que tu m'aides, que tu m'insuffles du courage et ton image m'aide à repartir. Tu as tous les pouvoirs sur moi, bien plus que tu ne l'imagines. Tu pourrais me faire faire n'importe quoi.

« Paris est toujours une belle ville, en dépit des places où l'on guillotine à tour de bras. Et tandis que le sol de France se couvre de sang, car tu peux me croire, les rumeurs d'exécutions en masse et de massacres sans pitié sont bien fondées, les Parisiens, eux, semblent avoir la capacité toujours renouvelée de redevenir frivoles à volonté. Je crois que je ne connais pas de peuple plus versatile que les Français. Mais Paris est aussi une ville dangereuse. Les troupes du Lys Pourpre ont toutes les peines du monde à trouver des refuges sûrs, désormais, et à échapper aux descentes de police. La garde nationale est redoutablement efficace quand elle veut, et le Furet semble être sur tous les fronts, à Paris et en province. Il a fait de l'arrestation du Lys Pourpre une affaire personnelle. Et même notre petite auberge où il ne se passe jamais rien est désormais sous surveillance.

« Mais rassure-toi : je suis prudent, ainsi que je te l'ai promis. Personne n'a encore mis la main sur moi ni le nez dans mes affaires, et ce n'est pas demain la veille. La mort est une compagne de chaque instant, mais elle ne m'emportera pas, car j'ai plus important à faire encore que tout le reste. Je dois te retrouver et t'offrir enfin l'existence que tu mérites, réaliser tes rêves et t'en proposer de nouveaux, à vivre ensemble. Je t'aime tellement que j'en tremble. Mais je voudrais t'aimer davantage encore et pouvoir te le prouver à chaque moment. Bientôt. Bientôt, je te reverrai et nous ne nous quitterons plus.

« Tout à toi, Sylvain. »

Plus posément, cette fois, Alix relut la lettre, frémissant de tout son être. Puis, lentement, elle la posa sur sa table de toilette et se regarda dans la psyché. Son visage était changé, à la fois grave et radieux.

Sylvain courait un danger plus grand que ce qu'il découvrait, elle le sentait bien. À cette pensée, son ventre se noua. Elle ne devait pas penser à cela, elle devait être forte. Pour lui, pour eux deux.

Je vais lui écrire ! C'est la première fois que je peux le joindre, à mon tour, je dois en profiter et lui faire savoir qu'il n'est pas seul, que je l'aime, que je le soutiens…

Elle prit une feuille de papier et la posa devant elle. Les mots se bousculaient en elle depuis des semaines, tous ces mots qu'elle aurait voulu lui dire, mais au moment de se mettre à écrire, plus rien ne lui venait. Ce n'était que des mots, du vent… L'amour ne se nourrissait pas de mots, il se nourrissait d'actes. Et malheureusement, elle ne pouvait rien faire pour Sylvain, en la demeure. Elle se sentait impuissante, loin de lui. Impuissante à le réconforter, à le protéger, à lui prouver son affection.

« Mon bien-aimé », commença-t-elle avant de s'arrêter aussitôt.

Que pouvait-elle lui dire ? Elle n'avait rien à raconter, rien à offrir que son pauvre amour esseulé, qui étouffait loin de lui. Et elle ne voulait pas trop le lui dire, sous peine d'accentuer sa tristesse.

Il vaudrait mieux, pourtant, que je sois honnête et que je lui dise la vérité…

Elle reprit la plume, la trempa dans l'encrier, et soudain, les mots se mirent à couler avec facilité.

« Je voudrais courir vers toi dans l'instant, pour pouvoir me jeter dans tes bras, te serrer contre moi et te prouver, à force de caresses et de baisers, que tu n'es pas seul et à quel point je t'aime. Hélas, ce n'est pas possible et je dois me contenter de ces quelques mots. Cependant, c'est déjà en soi un progrès énorme, puisque enfin je peux répondre à tes missives. Aussi vais-je savourer ce bonheur simple, ne plus penser qu'à toi et faire comme si nous étions l'un près de l'autre. Et le temps que j'écrive et le temps que tu me lises ensuite, ce sera bien ce qui se passera, par l'intermédiaire des mots.

« Alors, mon amour, prends ma main, pose ta tête sur mon cœur et sens comme il bat pour toi. Entends-tu ses battements réguliers ? Leur chanson te dira tout ce qu'il y a à comprendre de moi, car ma vie, depuis toi, se résume à un battement de cœur. Et maintenant, prends-moi dans tes bras, serre-moi à en perdre le souffle, que je puisse me fondre en toi et que tu puisses oublier enfin tout ce qui te tracasse.

« Ton absence me coûte autant qu'à toi, je dois bien l'admettre. J'ai tellement à te donner et tant, aussi, à recevoir de toi, qu'il me semble cruel de ne pouvoir assouvir ce besoin de nous dès maintenant. Nous avons tant à vivre, tant à construire ensemble ! Je ne désire qu'une chose : rester près de toi, partager ce que tu vis et passer chaque instant à tes côtés pour pouvoir t'aider, te soutenir et t'aimer au quotidien. Avec toi, je me sens de taille à braver l'univers. Lorsque nous sommes ensemble, nous n'avons plus rien à redouter.

« C'est bien ce sentiment qui prédomine d'ailleurs, lorsque je repense à nous. Moi non plus, je n'ai rien oublié de nos rencontres. Nous avons vécu ces instants de façon si intense ! Nos cœurs vibraient au même rythme et j'avais l'impression de quitter la terre, de voler, d'être libre. Mais dès que tu t'en vas, je suis comme un oiseau dont on aurait rogné les ailes pour le mettre en cage. Redonne-moi mes ailes, Sylvain, pour qu'avec toi je monte toujours plus haut !

« Jusqu'à quand permettras-tu que nous soyons séparés, que nous nous morfondions chacun de notre côté, ne vivant qu'à moitié ? Oh, je ne te fais aucun reproche. Je crois comprendre les impératifs qui te tiennent éloigné de moi, mais je les maudis de toute mon âme. À travers le temps et l'espace, nous ne formons plus qu'un ; tu es en moi et je suis en toi, et nos esprits entremêlés ne se quittent pas une seconde. Alors quand nous reverrons-nous pour que nos corps puissent refléter le lien intense qui unit nos cœurs et nos âmes ?

« Je serai patiente, je te le promets. Mais toi... Pour l'amour de moi, je t'en conjure, garde-toi et continue de rester prudent. Je veux que tu puisses tenir ta promesse de revenir auprès de moi. Je t'aime. »

Puis la jeune femme signa et plia la missive. Au dernier moment, elle se saisit d'une paire de ciseaux, coupa une de ses mèches de cheveux et la glissa à l'intérieur du pli avant de le cacheter. Puis elle inscrivit le prénom de Sylvain dessus et sourit.

Plus tard, lorsque Faustine vint effectuer sa tournée nocturne pour vérifier que sa jeune maîtresse n'avait besoin de rien, qu'elle dormait et, surtout, qu'elle ne pleurait pas, ce qui était par trop fréquent depuis quelque temps, tout était sombre et calme. Le silence le plus parfait régnait.

⁂

Le lendemain, Alix fut réveillée en sursaut pas un hennissement. Ensommeillée, elle se dirigea vers la fenêtre et écarta les lourds doubles rideaux de velours qui préservaient du froid. Le spectacle qu'elle découvrit la réveilla complètement : la tempête était calmée, le ciel était pur et lumineux et, de toute évidence, Bradroc préparait deux chevaux pour conduire Vladimir chez les Saint-Clair.

La jeune fille ouvrit la fenêtre et s'écria :

— Attendez ! Je vous en prie, attendez une minute !

Il était temps ! Les deux hommes l'entendirent et stoppèrent net l'élan de leur monture. Il fallait faire vite, cependant, car Vladimir piaffait d'impatience, presque autant que les chevaux qui se réjouissaient de l'escapade, en dépit de la neige et du froid. Simplement vêtue de sa chemise de nuit, la jeune fille s'enroula dans un manteau, se chaussa à toute allure et, échevelée, courut à travers le château, sa lettre à la main, au mépris des convenances. Mais elle se moquait bien des apparences et des conventions sociales en cet instant ! Elle n'en était pas moins ravissante et Vladimir en eut un coup au cœur quand il la vit se diriger vers lui sans hésiter pour le prendre à part.

— Vladimir, lui dit-elle en russe, encore essoufflée de sa course, accordez-moi une faveur, je vous prie.

— Tout ce que vous voudrez, Mademoiselle de la Chaussée d'Arville.

— Veuillez apporter ceci à Sylvain, je vous prie, ajouta-t-elle en lui remettant la missive qu'elle avait écrite avec tant de soin.

Le vieil homme se saisit du pli et le glissa aussitôt sous sa veste.

— Soyez assurée qu'il la recevra dès que je le retrouverai, répondit-il d'un ton solennel. Je me ferais hacher menu plutôt que de faillir à ma tâche.

Elle le gratifia d'un sourire et il lui sourit en retour. Cette jeune femme, presque une enfant encore, le touchait et l'émouvait. Il comprenait pourquoi son maître s'en était entiché, au point d'en perdre tout sens des réalités, par moments. Elle posa la main sur son bras et poursuivit, comme incapable de laisser partir le dernier lien qui la reliait à Sylvain :

— Dites-lui... Dites-lui que le château lui sera toujours ouvert. Et que si jamais il lui arrivait quelque chose, quoi que ce soit, et qu'il avait besoin d'aide, il ne devrait pas hésiter à venir ici ou à me faire chercher.

Vladimir inclina la tête en signe d'assentiment.

— Vos paroles seront fidèlement transmises, gente demoiselle.

— Merci de tout cœur.

Alors elle recula et le regarda s'élancer à la suite de Bradroc. Puis elle rentra dans le château et retourna dans sa chambre pour s'habiller et se préparer à affronter la journée qui l'attendait. Avec cette neige, le travail serait plus long et plus compliqué. Il allait falloir nourrir les chevaux, vérifier qu'ils allaient bien, qu'ils n'avaient pas froid, surveiller la jument qui était pleine, sans compter la besogne au château : faire le point avec Bradroc, Faustine et Charlotte sur ce qu'il fallait acheter pour l'élevage, le château et la cuisine, vérifier les commandes et les comptes avec M. Jolivet, prendre les mesures nécessaires pour cette fuite au toit dans l'aile ouest, dont Marianne lui avait parlé, s'assurer que la marquise ne se laissait pas dépérir, comme elle avait tendance à le faire depuis le décès de son époux, qu'elle mangeait bien et que sa chambre était bien chauffée. Et ce n'était là qu'une partie des diverses tâches qui lui incombaient. Il y avait toujours tant à faire !

Quand Alix rejoignit sa mère au petit salon, celle-ci était en train de broder près de la cheminée où flambait un bon feu. Et en dépit de l'inquiétude qu'elle éprouvait pour la marquise, Alix ne pouvait empêcher l'allégresse d'envahir son cœur. Sylvain n'était pas loin, elle avait reçu de ses nouvelles et il allait en obtenir d'elle.

Madame de la Chaussée d'Arville sourit, en voyant entrer la jeune fille, chaque jour plus belle. Alix était un peu pâle et avait de légers cernes mauves sous les yeux, ce qui accentuait son charme mélancolique. Mais aujourd'hui, une lueur nouvelle animait son regard, une lueur que la marquise n'y avait pas vue depuis longtemps.

— Tu es sortie, ma chérie ? On dirait que tu sens l'air frais.

— Oui, Mère, un peu. Je me suis promenée dans le parc.

— Tu as l'air plus gaie qu'à l'ordinaire, j'en suis bien aise. Ton père aurait aimé te voir ainsi…

Alix sourit, cachant sa nervosité. Elle savait qu'elle ne devait révéler à personne sa passion inavouable pour Sylvain.

— Il me voit, Mère, répondit-elle avec tendresse. Il nous voit toutes les deux, d'ailleurs, et nous trouve ravissantes.

La marquise sourit de nouveau et reprit sa broderie.

— Tu as sûrement raison, mon enfant.

— Oui ! Et j'ai sûrement raison aussi en vous disant qu'il désapprouverait que vous vous morfondiez pour lui.

C'était insolent, mais juste en même temps, et Madame de la Chaussée d'Arville ne répondit pas.

19

Visite inattendue

Un mois s'écoula. L'hiver était maintenant tout à fait installé et menait la vie dure aux habitants du château. Leur moral n'était donc pas forcément à son meilleur niveau, surtout que les changements amorcés en automne, après l'invasion de la Savoie, ne prêtaient pas toujours à plaisanter. L'Assemblée des Députés des Communes de la Savoie s'était en effet réunie à la cathédrale de Chambéry, avant la fin du mois d'octobre, pour démolir en deux séances – les 26 et 27 octobre – les fondements de l'Ancien régime, comme dans le reste de la France. Il avait ainsi été décidé de la suppression des droits de la noblesse, des redevances féodales ainsi que la confiscation des biens du clergé. Les droits souverains de la Maison de Savoie avaient également été abrogés. Et dès le 29 octobre, son travail effectué, l'Assemblée s'était dissoute en émettant le vœu d'un rattachement imminent à la France, sous la seule réserve du respect des libertés religieuses savoyardes. Tout allait très vite.

Alix revoyait fréquemment Béatrice, laquelle lui paraissait maintenant nourrir d'étranges sentiments envers son cousin Armand. En revanche, les relations entre la jeune de la Chaussée d'Arville et l'héritier des Saint-Clair n'étaient pas au beau fixe. Un jour de début novembre, alors qu'Alix, toujours accompagnée de Bradroc, rendait visite à Béatrice chez ses cousins, son amie se trouva mandée par la comtesse, laissant seuls Alix et Armand assis sur la terrasse, profitant des quelques rayons d'un pâle soleil hivernal. Comme souvent, depuis quelque temps, ils avaient entamé une discussion politique, tandis que l'intendant de la Chaussée se tenait à l'écart.

— Vous connaissez Barnave, je suppose ? demanda Armand.

— Barnave ? Non… Pourtant, ce nom me dit quelque chose.

— Il est en prison pour ses positions politiques. Mais on sait que de son cachot, il est en train d'écrire une *Introduction à la révolution française*, pour tenter de l'expliquer, d'en comprendre les mécanismes.

— Oh ! fit Alix, surprise. Cela doit être très récent, je n'en ai pas eu connaissance.

— Très récent, au point que l'ouvrage n'est pas encore terminé, ironisa Armand. Mais Barnave a trouvé des complices qui font sortir ses écrits par morceaux, et c'est tout à fait intéressant. Son analyse est, à mon avis, très pertinente. Il pense que la révolution de France n'est que le sommet d'une révolution européenne, produite par l'enrichissement de la bourgeoisie, du fait du commerce océanique. De ce fait, elle aspira alors à accéder au pouvoir, jusque-là monopolisé, il est vrai, par notre aristocratie.

— J'en conviens.

— Notre puissance reposait sur la possession de la terre, qui était il y a encore peu de temps, seule source de noblesse, et donc d'autorité… Une des causes fondamentales de la Révolution résiderait donc dans la structure même de notre société. Et même dans la structure de la société occidentale tout entière, et pas seulement française.

Bien sûr ! songea Alix, comme frappée d'une illumination. *C'est une analyse brillante ! Et c'est si évident, en fin de compte.*

— À la fin de ce siècle si éblouissant, pérorait maintenant Armand, cette structure a changé, avec l'affaiblissement du régime féodal, avouons-le, et l'accès à la propriété foncière pour la bourgeoisie et une proportion assez importante de la paysannerie. De plus, n'oublions pas qu'avec l'essor du commerce, une véritable révolution industrielle a débuté en 1770, en Angleterre d'abord, dans le reste de l'Europe ensuite. La bourgeoisie, qui en est la principale bénéficiaire jusqu'à présent, a accru sa richesse et n'en a désiré que davantage une part du pouvoir.

— C'est vrai, répliqua Alix avec fougue, emportée par la démonstration qu'on lui faisait. Ce sont d'ailleurs des choses que nous aurions pu voir venir, et auxquelles nous aurions pu remédier, en modifiant le régime monarchique plus rapidement, avant les premières émeutes. Mais alors, il était trop tard, et la bourgeoisie ne voulait plus se contenter d'une part de pouvoir, elle le voulait tout entier. Et si nous y regardons de plus près, nous sommes obligés d'admettre que la Révolution a bel et bien permis à la bourgeoisie de prendre le pouvoir à la place de l'aristocratie. En revanche, le reste du peuple, lui, est toujours tenu à l'écart des décisions, bien qu'il soit majoritaire en nombre, à cause du suffrage censitaire.

— Il faut cependant bien que les gens aient un minimum d'éducation pour pouvoir voter en pleine conscience. Comment pourraient-ils en faire la preuve sans un tel système ?

La jeune fille hocha la tête, agacée. Elle n'ignorait pas que les valeurs prônées par la *Déclaration des Droits de l'Homme* mettraient encore du temps à être appliquées avec justice et discernement, mais ce genre de réflexion l'indisposait.

— Je constate donc que, malgré toute la bonne volonté qu'on puisse y mettre, l'origine sociale influe sur la situation des individus, leur avenir et même leur liberté à se gouverner par eux-mêmes. Ne peut-on craindre, alors, qu'on remplace bien vite les anciens droits féodaux par d'autres inégalités et que rien ne change vraiment ? À moins de leur en donner les moyens, peut-être par une éducation différente et ouverte à tous, les plus pauvres n'auront jamais aucune chance de sortir de leur état si l'on raisonne ainsi que vous le faites, surtout dans une société aussi hiérarchisée que la société française.

— Vous n'entendez rien à ces choses, déclara Armand d'un ton suffisant.

Cela eut le don d'achever d'irriter Alix. La colère l'emporta sur le devoir qu'elle se faisait de rester calme et polie.

— Oh vraiment ? Et pourquoi donc ? Parce que je suis une femme sans doute ? C'est vrai que votre fameuse Révolution ne fait pas la part belle au sexe faible, en dépit des affirmations de bonnes intentions contenues dans la *Déclaration des Droits de l'Homme*.

Elle n'attendit pas qu'Armand réponde, dont le seul regard disait à quel point elle avait visé juste.

— Pourtant, malgré ce grave handicap, sachez que j'ai autant d'esprit que vous, reprit-elle avec ironie.

— Et peut-être plus, intervint une voix éraillée. Qui sait ?

Sous le choc de la surprise, le cœur d'Alix fit un bond dans sa poitrine. Lorsqu'elle se retourna, elle aperçut un homme, enveloppé dans une large cape qui ne laissait pas même voir la couleur de ses cheveux ou la forme de sa silhouette. Et il avançait vers eux en boitant, le visage dissimulé dans l'ombre de sa capuche. Quel étrange personnage, vraiment !

Aussitôt, Bradroc se rapprocha de sa jeune maîtresse et se tint à côté de son siège, prêt à la protéger. Un vrai garde du corps…

— Monsieur ! grinça Armand. Je ne vous permets pas !

— Pardonnez-moi, noble sire. Je suis ici pour Mademoiselle la comtesse de la Chaussée d'Arville à qui je dois remettre un message.

— D'où venez-vous ? demanda Alix, aussitôt debout et saisie d'un vague pressentiment. Pourquoi n'avez-vous donc pas été annoncé ?

Bradroc s'interposa, mais elle lui posa la main sur le bras. Elle avait l'intuition de ne rien avoir à craindre.

— Je suis arrivé jusqu'ici sans croiser personne, répliqua l'inconnu.

— Vous n'êtes sûrement pas passé par l'entrée ! s'emporta Armand. J'ai fait placer des guetteurs pour notre sécurité.

— En ce cas, permettez-moi de dire qu'ils ne sont pas à ce qu'ils font, ironisa l'autre.

— Je veux que l'on arrête ce vagabond ! exigea alors Armand, fou de rage. Et qu'il reçoive la bastonnade pour son insolence !

— Comment ? s'insurgea Alix. N'est-ce pas vous qui parlez sans cesse de Révolution, pourtant ? Ne proclame-t-elle pas l'égalité entre les hommes et le droit de ceux-ci à s'exprimer librement ? Mais si vous le prenez ainsi, coupons court le débat : il est là pour moi, il est donc sous ma responsabilité. Et je tiens à ce qu'il reste libre... et qu'il nous dise ce qu'il veut exactement.

Armand semblait au bord d'exploser, mais il se contint. L'arrivant, lui, s'inclina brièvement pour remercier la jeune fille de son intervention.

— Vous êtes donc Mademoiselle la comtesse ? demanda-t-il. Je suis très honoré de vous rencontrer. Je viens exprès du château de la Chaussée où j'ai demandé à joindre le responsable de l'élevage de chevaux et c'est alors que l'on m'a dit que c'était une femme, d'un jeune âge de surcroît. On m'a précisé qu'aujourd'hui et à cette heure, elle se trouvait ici, au château Saint-Clair et non chez elle.

— Eh bien, me voilà. Que se passe-t-il ?

— Pouvons-nous parler à l'écart ? demanda l'étranger. Ce que j'ai à vous dire est confidentiel.

À ces paroles, Armand intervint et se plaça entre Alix et le nouveau venu.

— Comment osez-vous parler ainsi à une demoiselle respectable ? Si ce que vous avez à dire ne peut être dit en public, c'est que ce n'est pas bienséant.

Alix leva les yeux au ciel.

— Armand, je vous remercie de votre sollicitude, mais je suis parfaitement capable de me débrouiller seule.

Le jeune homme gronda :

— Ma chère, rien de tout cela n'est acceptable. Ne vous éloignez pas, d'autant que vous ignorez qui est ce... traîne-savates.

Il recula cependant, et sans lui répondre, Alix chercha un compromis. La demande de l'étranger était effectivement scandaleuse et elle ne pouvait y accéder. Néanmoins, à en juger par ce qu'il disait, il était certainement là pour affaires, et des affaires peut-être clandestines en rapport avec l'élevage de chevaux. Était-ce un homme du Lys Pourpre ? Quoi qu'il en fût, elle ne tenait pas à discuter de tout cela ici.

— Monsieur, dit-elle alors, je ne vais pas m'attarder et vais bientôt rentrer chez moi, en compagnie de mon intendant. Allez devant et retournez au château de la Chaussée sans attendre. Frappez et dites que vous venez de ma part. L'on vous mènera en cuisine et l'on vous proposera une collation, le temps que j'arrive.

Il n'y avait pas à discuter et l'homme comprit qu'il devait s'incliner, ce qu'il fit de fort bonne grâce.

— Mademoiselle est trop bonne, dit-il en prenant congé.

— Allez vite, oui, gronda alors Armand. Allez avant que j'appelle quelqu'un pour vous rosser comme vous le méritez !

— Mon cher, fit Alix avec ironie, si tous vos serviteurs sont aussi habiles que ceux qui sont à votre grille et ont laissé passer cet individu sans même le voir, l'autorisant à venir jusqu'ici, je gage qu'ils n'arriveront pas avant qu'il ait pris la poudre d'escampette.

Armand pinça les lèvres et il se serait sûrement emporté si, par un bienheureux hasard, Béatrice et la comtesse n'avaient rejoint la terrasse à cet instant.

— On nous annonce l'arrivée de plusieurs visiteurs, babilla la comtesse. Allons tous au salon, nous y prendrons une boisson chaude.

Alix s'aperçut à cet instant que Béatrice paraissait rembrunie. Elle comprit tout de suite qu'il y avait un problème et se demanda qui avait été annoncé. Adélaïde de Fagerolles faisait-elle partie de ces fameux visiteurs ? Si c'était le cas, cela expliquait la soudaine humeur de son amie. Adélaïde passait son temps à causer des ennuis à la trop jolie cousine des Saint-Clair.

Effectivement, Adélaïde parut quelques secondes plus tard, dans une incroyable robe mauve, audacieusement décolletée. La jeune femme semblait toujours aussi sûre d'elle et était entourée de plusieurs jeunes gens qu'Alix avait croisés ici et là, lors de soirées et de bals.

Pour une fois, Alix considéra pourtant la venue d'Adélaïde comme une bénédiction, car cela lui offrait le détournement d'attention dont elle avait besoin. En revanche, l'inimitié entre elle et sa « rivale » n'avait pas diminué, bien au contraire, surtout que la première en voulait désormais à la seconde d'humilier régulièrement la douce Béatrice.

Se contraignant aux politesses d'usage, Alix n'en prit pas moins rapidement congé d'Armand et Béatrice. Après avoir fait discrètement promettre à son amie qu'elle ne se laisserait pas écraser sans rien dire par « cette vipère », Alix quitta le château Saint-Clair avec soulagement et repartit chez elle en compagnie de Bradroc, à quelques pas devant elle.

Sa pensée était toute tournée vers le mystérieux messager qui était venu interrompre sa conversation avec Armand… de si insolente, mais si intéressante façon !

De quoi veut-il me parler ? s'interrogea-t-elle, tandis qu'un sourire se dessinait sur ses lèvres en songeant aux paroles de l'inconnu. Est-ce vraiment un homme du Lys ? J'espère que oui ! Il pourrait sans doute me donner des nouvelles de Sylvain, dans ce cas.

⁂

Alors qu'elle passait près du portail d'entrée de la demeure des Saint-Clair, la jeune fille aperçut un personnage dissimulé dans les buissons. Après avoir laissé passer son compagnon, il sortit le bras pour lui faire signe discrètement, à elle. Aussitôt, Alix serra sa dague contre elle (elle ne sortait plus sans) et, sans plus d'hésitation, arrêta son cheval. Elle avait déjà reconnu le messager. S'il n'était pas allé jusqu'au château de la Chaussée, cela signifiait qu'il y avait un problème, une urgence qui ne pouvait attendre.

— Ma monture boite très légèrement ! lança-t-elle d'une voix forte à Bradroc. Je préfère ne pas la forcer.

Aussitôt, l'intendant ralentit le pas pour l'attendre. L'inconnu, pendant ce temps, s'était de nouveau caché au sein de la végétation. Intriguée, Alix tint plus que jamais à savoir ce qu'il lui voulait, mais visiblement, il ne ferait rien en présence de Bradroc.

— Ne t'en fais pas, conseilla la jeune fille gentiment à l'intention de ce dernier, tout ira bien. Va plutôt au-devant de moi pour vérifier si le messager est bien arrivé. Cela avait l'air important.

Mécontent, l'intendant obéit tout de même. Alix attendit qu'il se fût éloigné, puis descendit de cheval et s'approcha de l'inconnu, sa dague toujours serrée dans sa main, camouflée dans les plis de sa robe. On n'était jamais trop prudent.

L'homme regarda attentivement autour d'eux, puis releva un tout petit peu sa capuche. Alix faillit crier en le reconnaissant.

— Sylvain !

Ses jambes faiblirent légèrement, mais elle reprit aussitôt le dessus pour se jeter dans ses bras. Il la repoussa avec douceur.

— Pas ici, dit-il. Nous risquons d'être surpris. Retournons plutôt chez toi.

— Oh, Sylvain ! répéta Alix qui le contemplait avec des yeux éblouis. Je ne pensais pas te revoir si rapidement !

Elle ne bougeait pas. Elle le regardait avec émerveillement, comme si elle s'étonnait de le trouver inchangé après cette longue absence. Il était là, devant elle, avec son sourire tendre et un peu moqueur. Il rit.

— Je sais, j'ai beaucoup tardé. Mais ta lettre... Elle m'a tellement touché ! Et tu me manquais tant ! J'ai donc décidé de faire le voyage.

Elle lui serra la main, émue.

— Allons vite à la Chaussée, décida-t-elle alors. Je te ferai entrer discrètement.

— Mais... et les domestiques ?

— J'en fais mon affaire. Je te ferai passer par une des tourelles et non par la grande entrée. Allons, monte en selle derrière moi !

Sylvain sourit.

— Je ne peux qu'obtempérer. J'ai hâte de pouvoir te serrer dans mes bras !

Elle rougit, avec l'impression de flotter, de voler dans le vent.

⁂

Alix laissa Sylvain à la grille de la Chaussée d'Arville, remontant seule l'allée qui menait au château, sur son cheval qu'elle retenait volontairement. Pendant ce temps, le jeune homme se faufilait à travers le parc. C'était visiblement un expert dans l'art de s'introduire en toute discrétion quelque part.

Quelques minutes plus tard, après avoir confié sa monture à Bradroc et entendu que le messager n'était pas arrivé – et pour cause ! –, Alix réussit à faire traverser la cour d'honneur à son amant sans qu'on le vît. Elle le fit entrer dans la demeure par la porte d'une des tourelles, qu'elle avait préalablement ouverte, évitant ainsi le grand hall d'entrée où tout le monde se croisait sans cesse.

Le faisant ensuite passer par un des escaliers de service, ainsi qu'elle l'avait prévu, elle monta avec lui jusqu'à sa chambre, le cœur battant d'excitation, gaie comme une enfant à l'école buissonnière. D'ailleurs, la similitude ne s'arrêtait pas là, puisqu'elle faisait effectivement quelque chose d'interdit, à l'insu de tous. Ils ne devaient pas se faire prendre !

Quand ils se furent glissés à l'intérieur de la pièce, elle referma la lourde porte à clé derrière eux. Puis, prenant la main de Sylvain, elle l'entraîna en virevoltant vers le lit, avant de s'arrêter, traversée d'une dernière hésitation, au bord de la couche.

Elle avait conscience de se montrer audacieuse, probablement trop. Mais Sylvain n'était sans doute là que pour quelques heures, guère plus, même s'il n'en avait rien dit. Le temps leur était compté... et la mort rôdait autour d'eux, ainsi qu'elle en avait fait la douloureuse expérience lors de sa dernière venue. Alors, pendant ces quelques heures, elle ne voulait pas se contenter de bavarder. Elle voulait qu'il fût tout à elle, et elle voulait se donner toute à lui. Rien d'autre ne comptait que le moment présent.

Rose d'émotion, elle se rapprocha de lui, ses seins frôlèrent sa poitrine et Sylvain put en voir les pointes durcies se dresser vers lui. Puis elle se hissa sur la pointe des pieds, entoura de ses bras le cou du jeune homme et l'embrassa. Elle sentit le cœur de son amant accélérer le rythme, tandis qu'il entourait son visage de ses mains, avant de s'aventurer dans son dos, sur sa taille et ses hanches, pour la serrer contre lui pendant qu'ils échangeaient un baiser passionné.

Ce fut Sylvain qui la renversa sur le lit, pesant sur elle de tout son poids de mâle. Mais elle se retourna, se redressa et se retrouva à califourchon au-dessus de lui, sa robe étalée autour d'eux comme une fleur. Elle le contempla, le visage enfoui sous la masse brune de ses cheveux qu'il avait dénoués. Ses yeux verts brillants d'impatience le parcoururent de haut en bas. Il frissonna, percevant la lueur sombre d'excitation dans son regard.

— Tu as changé, remarqua-t-il dans un souffle rauque. Tu n'as plus peur de tes appétits. J'adore te voir comme ça.

Elle pencha la tête de côté, presque mutine :

— Il est trop tard pour avoir peur, n'est-ce pas ? Je ne veux plus perdre de temps. Je veux vivre...

— Que tu es belle, ma divine ! soupira-t-il en levant la main vers elle pour épouser amoureusement les courbes de son corps, mises en valeur par sa toilette.

— Je ne suis pas divine, protesta-t-elle faiblement, confuse.

— Pour moi, tu es tout ce qu'il y a de plus merveilleux en ce monde. Dès le premier regard, j'ai su que tu étais celle que j'avais toujours attendue, celle faite pour moi, comme j'étais fait pour toi. Tu m'appartenais déjà, exactement comme je t'appartenais. Tu es ce qui donne un sens à mon existence et c'est pourquoi j'ai tant besoin de toi. Tu es ma divine et je t'aime plus que moi-même.

Incapable de trouver les mots pour lui répondre, elle s'inclina vers lui, frôlant son visage de ses boucles brunes qu'il écarta doucement avant de prendre sa bouche avec volupté, savourant chaque seconde qu'il y passait. Puis, tout en continuant de l'embrasser, il commença à dégrafer avec habileté ses vêtements, sa robe, son corset... et soudain, il libéra sa poitrine blanche et, redressant légèrement la jeune fille, il saisit dans sa bouche un de ses seins, devenus lourds d'attente, avec une exquise délicatesse. Un interminable frisson s'empara d'Alix. Lorsque la langue de Sylvain vint s'enrouler autour de son mamelon, elle retint avec peine un gémissement, vaguement consciente qu'elle ne devait pas faire de bruit, pas trop, sinon on viendrait demander ce qui se passait.

Curieusement, la crainte d'être surprise ne la retenait pas d'agir, au contraire. Elle n'en éprouvait que plus de hâte et d'excitation. Son corps acceptait le traitement que son bien-aimé lui imposait, et il en voulait plus. Elle était affamée de Sylvain, autant qu'il l'était d'elle, et tandis qu'il poursuivait ses caresses, elle sentit que son entrejambe était déjà tout humide, prêt à l'accueillir au plus intime d'elle-même. Alors qu'il continuait son déshabillage méthodique d'une main, le jeune homme glissa l'autre sous sa jupe, remonta le long des cuisses et vint caresser sa hanche, faisant naître sur la peau de son amante de délicieux frissons d'excitation. Puis la robe bascula à terre, dans un bruissement d'étoffe.

Quand il vit Alix nue au-dessus de lui, Sylvain eut le souffle coupé. Elle lui faisait chaque fois le même effet, de plus en plus fort à mesure de leurs retrouvailles. Il avait une envie terrible d'elle, d'écarter ses cuisses chaudes et tendres, de pénétrer sa chair, de la faire sienne à tout jamais. C'était une envie animale, primitive, brutale. En même temps, son cœur éprouvait des sentiments qui le dépassaient, si puissants qu'il devait les muer en actes pour lui montrer la vigueur de son amour pour elle.

— Tu es plus belle que jamais, dit-il d'une voix rauque.

Il la pencha contre lui, la serra avec violence et l'embrassa une nouvelle fois, d'un baiser aussi sauvage et irrépressible que ses sentiments pour elle. C'était comme s'il avait voulu la dévorer, sous l'emprise d'un désir exacerbé dont il donnait la preuve en pressant contre la jeune fille son sexe en érection puissante. Le plus beau était qu'Alix partageait ce désir, avec la même force.

— Prends-moi… souffla-t-elle langoureusement. Prends-moi tout entière !

Ces simples paroles faillirent faire perdre tout contrôle au jeune homme. Cependant, il objecta, la voix haletante :

— Nous devrions être prudents, mon aimée. Nous ne l'avons pas été, la dernière fois, mais il ne faudrait pas que… que nous concevions un enfant. Tu serais en mauvaise posture. Et je souhaite autre chose que notre situation hasardeuse pour notre futur enfant.

Elle tressaillit. « Notre futur enfant » ? C'était troublant d'entendre cela… et très beau. Mais… ils n'en étaient pas encore là ! Elle découvrait à peine les plaisirs de l'existence, elle ne voulait pas penser à de nouvelles responsabilités.

— Prudents comment ? le pressa-t-elle.

Son regard disait clairement qu'elle ne voulait pas en rester là. Devant sa prière muette et conscient de son propre désir qu'il ne pourrait plus contenir longtemps, Sylvain prit une brusque décision.

— Nous pouvons le faire d'une autre façon, si tu n'as pas peur.

— Avec toi, jamais.

Comme il semblait hésiter encore, elle ajouta d'une voix tendue :

— Je te veux – entièrement. Alors, prends-moi comme tu en as envie, sans tabou et sans interdit… mais prends-moi tout de suite.

Il ne répondit pas, mais ses yeux prirent un éclat de feu qui la fit frissonner, pendant que ses mains partaient à la découverte de son corps, sans entrave. Il les monta vers sa poitrine et prit les pointes de ses seins entre le pouce et l'index pour les faire rouler entre ses doigts. Aussitôt, des ondes de plaisir la parcoururent, son cœur s'accéléra et elle gémit malgré elle, presque plaintivement, mille pensées toutes plus érotiques les unes que les autres défilant dans son esprit.

Sylvain commença à chercher son souffle, lui aussi, passant sa langue sur ses lèvres desséchées par le désir. Elle se cambra contre lui, avide de plaisir, le corps tendu, tandis qu'il l'allongeait sur le lit, à côté de lui, se déshabillant à son tour. Quand elle le découvrit nu, à son tour, Alix sut que plus rien, jamais, ne pourrait détruire ce qui la liait à cet homme. La respiration courte, elle l'admira. Il était plus beau qu'un dieu antique, lui semblait-il, et il l'avait toujours fascinée. Être avec lui, entre ses bras, était grisant. Elle aurait pu se perdre en lui ; pour lui.

Et soudain, Sylvain fut au-dessus d'elle. Ses mains glissèrent avec impatience sur son ventre, la frôlant d'une caresse légère et sensuelle qui exacerba le feu qui brûlait en elle, avant de rejoindre directement un point sensible entre ses cuisses, provoquant une réaction instantanée sous l'attouchement. Il allait droit au but, les gestes de plus en plus ciblés ; il reprenait possession de chaque parcelle de son corps.

Puis, alors qu'elle haletait de plaisir, il lui octroya une pause et s'allongea sur elle, l'enveloppant de son odeur d'homme. Elle l'entoura de ses bras, lui caressant le dos et les reins, pendant qu'il revenait à l'assaut, d'une façon différente. Il l'embrassa, lui mordilla le cou et l'oreille, glissa sa bouche vers sa poitrine, avant de descendre vers son ventre et plus bas encore.

Quand la bouche de Sylvain rejoignit son entrejambe, Alix se tordit de plaisir sous la caresse, frémissante et tendue comme un arc. Il l'embrassa là avec ferveur, tandis que, du doigt, il écartait les lèvres gonflées de son sexe et pénétrait doucement son intimité, mouillée et prête à l'accueillir. Il fit aller et venir ses doigts, dans un mouvement savamment orchestré, explorant son sexe avec volupté. Éperdue, sous l'emprise de ses sens, elle gémit de nouveau, les paupières fermées pour mieux apprécier l'intense plaisir qu'elle ressentait. Son corps ondulait et vibrait alors que passaient et repassaient sur lui les doigts habiles de Sylvain.

Tout à coup, elle sentit le sexe raide du jeune homme se glisser entre ses fesses, au moment où il s'appesantissait sur elle pour la pénétrer. Prise d'une frénésie incontrôlable, elle se cambra plus encore et voulut crier, mais il étouffa sa clameur d'un baiser, s'enfonçant en elle en remuant, avant de poursuivre sans répit ses allées et venues. Tendue à l'extrême, elle se mit à haleter, prise dans une sorte de tourbillon vertigineux. Elle sentit son ventre s'enflammer tandis que le plaisir augmentait, jusqu'à ce qu'enfin, sans crier gare, le paroxysme du plaisir vînt s'emparer d'elle, comme une explosion, un feu d'artifice, lui faisant oublier qui elle était et où elle était. Pris dans le même tourbillon orgasmique, Sylvain jaillit en elle, alors qu'elle lui griffait le dos, perdue dans la jouissance, incapable de se retenir.

⁂

Lentement, elle sortait de son engourdissement d'après l'amour, comme un papillon s'extirpe peu à peu de son cocon. Trempé et fragile… Alix était épuisée, anéantie de plaisir, en nage, le ventre en feu ; elle ne pouvait plus faire un geste et se contentait de laisser son amant la bercer tandis que sa respiration saccadée se calmait peu à peu.

Elle ne pourrait plus jamais se passer de moments comme celui-là, songea-t-elle. Rien que pour cela, elle était pour toujours à la merci de son amant. Elle le savait désormais, cependant elle n'en avait pas peur. Elle s'étira langoureusement dans la chaleur du lit, puis tourna la tête vers Sylvain pour le regarder. Ses magnifiques yeux bleus étaient très doux, à cet instant, et pourtant fiers. Comme elle l'aimait ! Il n'y avait rien qu'elle pût lui refuser.

— Je suis tellement heureuse de te revoir…

Elle savait que les mots n'avaient pas d'importance après ce qu'ils venaient d'accomplir, mais elle avait envie de les prononcer.

— Je t'aime, répondit Sylvain avec ferveur, et je t'aimerai toujours.

Elle frémit, se lovant contre lui comme un petit animal dompté.

— Tu te doutes que je vais devoir repartir, reprit le jeune homme. J'ai du matériel à prendre chez un de mes contacts, et c'est urgent. On m'attend. Je ne peux pas prolonger plus longtemps mon séjour avec toi.

— Je m'y attendais, souffla-t-elle, essayant d'ignorer de son mieux le chagrin qui la traversait. De toute façon, on va également m'attendre pour le repas du soir. J'espérais cependant te retrouver ensuite. D'autant plus que je n'ai finalement pas vu, officiellement, le messager qui voulait me rencontrer, ajouta-t-elle avec un petit sourire en coin.

Elle savait que c'était inutile, mais elle voulait grappiller encore quelques minutes avec lui. Il écarta une boucle de son front, lui caressa la joue et la regarda gravement.

— Je ne peux pas. Tu diras que tu m'as vu, dehors, derrière le château ou ailleurs, comme tu veux. Tu diras que je voulais des chevaux, de ton élevage. Et que tu n'as pas pu honorer ma demande. Tu n'auras pas besoin d'entrer dans les détails, je suppose…

— D'accord, soupira-t-elle. Je comprends.

Il se tourna complètement sur le côté pour mieux la regarder et lui prit le visage entre les mains.

— Je sais que tu as de la peine que je m'en aille. J'en ai aussi. Si cela ne tenait qu'à moi, je resterais avec toi, cette nuit, demain… et pour l'éternité. Mais je ne peux pas.

Il se fit tendrement persuasif pour ajouter :

— Mais je reviendrai, je te le promets. Je t'aime infiniment et je ne laisserai rien ni personne se mettre en travers de notre amour. Je te reviendrai toujours, quoi qu'il arrive. Garde confiance et attends-moi.

— Je te le promets.

Elle entrelaça ses doigts entre les siens. Puis, impulsivement, elle demanda :

— Quand reviendras-tu ?

Il rit doucement.

— Toujours aussi impatiente, ma douce, remarqua-t-il avec tendresse, en lui caressant la joue. Le plus vite possible. J'ai du mal à rester longtemps éloigné de toi.

Elle passa son pied le long de la jambe de son amant, le faisant frissonner.

— Ne fais pas ça, souffla-t-il d'un ton soudain plus âpre. Tu vas me redonner envie.

— C'est bien ce que j'espère ! répliqua-t-elle en faisant courir ses doigts le long de son torse.

— Je n'ai plus le temps… Je dois repartir, je te l'ai dit.

Elle retira sa main, son pied, et soupira :

— Je sais… Désolée.

Elle recula, puis, d'une voix que la frustration rendait un peu amère, ajouta :

— Est-ce que ce sera toujours comme ça ?

Sylvain se redressa.

— Que veux-tu dire ?

Il tendit le bras pour attraper sa chemise.

— Tu as très bien compris.

L'énervement la gagnait maintenant.

— Est-ce que nous devrons toujours être séparés ? reprit-elle. Est-ce que je devrai passer le plus clair de mon temps loin de toi, à me demander si tu es mort ou vivant ? Est-ce tout ce que je peux espérer d'une existence avec toi ? Quelques moments d'extase au milieu d'un désert affectif ?

Il la regarda, ayant cessé de s'habiller.

— Tu sais très bien que ce n'est pas ce que je souhaite non plus, dit-il gravement.

— Je n'ai pas l'âme d'une femme de marin, reprit-elle avec plus de douceur, les yeux pleins de larmes. À moins de partir avec lui sur son bateau.

Touché, Sylvain la prit dans ses bras.

— Ce n'est pas possible, pour le moment... C'est trop risqué. Mais dès que je pourrai te prendre à mon bord... je le ferai.

— Dépêche-toi, alors, conclut-elle. Parce que je ne t'attendrai pas toute la vie. Je t'ai promis une fois d'aller te chercher si tu ne revenais pas. Je le ferai, je te le jure. Si je n'ai pas de nouvelles d'ici trois mois, j'irai te chercher. Et je ne te quitterai plus, qu'il y ait du danger ou non.

Elle s'écarta de lui et ajouta fermement :

— Je suis capable de faire face au danger. Ne m'éloigne pas de toi sous prétexte qu'il y en a.

Il l'embrassa avec ardeur et répondit :

— Tu es peut-être capable d'y faire face, je n'en doute pas, mais je suis incapable de te voir l'affronter. Je n'y suis pas prêt. Laisse-moi un peu de temps.

Il sourit et compléta :

— Laisse aussi le temps aux événements de se calmer, à cette Révolution de passer. Tout ira mieux ensuite. Nous pourrons être ensemble, je puis te l'assurer.

— Trois mois, réitéra-t-elle d'un ton définitif. Trois mois et je vais te rejoindre, où que tu sois. Je saurai te trouver. Moi non plus, je n'ai pas l'intention de laisser qui que ce soit ou quoi que ce soit se mettre en travers de notre histoire.

20

Blessé !

Il neigeait presque sans arrêt depuis quatre ou cinq jours. La morosité du temps, ajoutée aux nouvelles reçues de Paris et d'ailleurs, ne donnait guère envie à Alix et à sa famille de se réjouir. C'est à peine si l'on s'était souhaité la bonne année au premier janvier de cette terrible année 1793. En dépit de l'annexion de la Savoie par la France – la Convention l'avait proclamée par décret, le 27 novembre précédent et la Savoie constituait maintenant le département du Mont-Blanc –, les Chaussée d'Arville n'avaient point adopté le calendrier révolutionnaire, comme beaucoup de gens, d'ailleurs, qui ne s'y retrouvaient pas dans le nouvel ordre des choses.

Il faut dire que, depuis la fin de l'année passée, la Savoie était en train de glisser à son tour dans la Terreur. La mise en place du nouveau régime s'effectuait, plus ou moins rapidement, sous l'impulsion de la bourgeoisie qui était, ici aussi, à l'avant-garde du mouvement révolutionnaire. Cependant, la fraction de la noblesse qui n'avait pas encore émigré à Turin ou à Lausanne, comme les Saint-Clair ou la famille de la Chaussée d'Arville, restait réservée, Alix comme les autres. De plus, l'application de la Constitution civile du clergé risquait de rapidement devenir un véritable écueil, ainsi qu'elle l'était dans bien des régions françaises, et ce, même si les représentants de l'Église faisaient encore preuve d'une certaine bienveillance. Mais la Convention n'avait pas tenu compte du désir de la Savoie – et de sa demande expresse – du respect des libertés religieuses savoyardes, et c'était là que le bât blessait. Alix n'en était guère étonnée, après la façon dont les choses s'étaient déroulées dans le pays voisin.

Indépendamment des événements extérieurs, la jeune fille se sentait de toute façon plutôt morose. Cela faisait à nouveau plus de deux mois qu'elle n'avait pas de nouvelles de Sylvain. Elle avait déjà de la chance qu'il fût venu lui rendre visite à l'automne, alors qu'il avait laissé entendre, en juillet, qu'il lui serait probablement difficile de revenir dans la région parce que ça devenait trop dangereux. Il avait cependant trouvé le moyen de la revoir, lui permettant de ne pas se sentir totalement abandonnée. Alix se raccrochait au souvenir de cette dernière entrevue pour ne pas sombrer dans une véritable tristesse. Lui dire au revoir, à ce moment-là, avait été beaucoup plus dur qu'elle ne l'eût cru. Elle s'inquiétait sans cesse du sort de son amant.

Sa venue, par ailleurs, avait coïncidé avec la fin de l'automne… et la rupture totale entre Armand et elle. Désormais, tous deux étaient comme chien et chat. Au fond, Alix en était ennuyée, comprenant que, malgré ses défauts qu'elle ne supportait pas, Armand n'était sans doute pas un mauvais homme. Au contraire. Sous ses apparences effacées, il pouvait faire preuve d'une grande fermeté de caractère. Et lui qui, quelques années plus tôt, se désintéressait des incidents qui se déroulaient autour de lui, était maintenant passionné de politique et de diplomatie. Sur ce point, il rejoignait Alix, mais aussi Béatrice, même si leurs vues à tous trois divergeaient.

Béatrice ! soupira Alix intérieurement. *Voilà des semaines que je ne l'ai pas vue… Le froid qui règne entre Armand et moi m'empêche d'aller lui rendre visite chez les Saint-Clair. Et elle,*

elle n'ose pas bouger de chez eux pour venir jusqu'au château...

Heureusement, Marianne faisait office de messagère entre les deux amies, portant les lettres de l'une à l'autre, ce qui leur évitait de rester totalement sans nouvelles.

⁂

Le troisième jour du mois de janvier, la tempête de neige parut se calmer enfin. La nature se recueillit dans le silence enfin retrouvé et s'endormit. Ce matin-là, pourtant, Alix était réveillée depuis longtemps quand l'aube pointa le bout de son nez. Étendue dans son lit, le vieux Gaillard à ses pieds, lové sur un épais tapis, l'héritière des Chaussée d'Arville pensait à tous les événements qui agitaient sa province, et bien entendu, elle pensait aussi – et surtout ! – à Sylvain, isolé quelque part, dans la capitale française en pleine tourmente. Elle ne cessait d'y songer, et parfois l'angoisse la saisissait en imaginant tous les dangers qu'il courait.

Gaillard gémit doucement et Alix alla aussitôt lui chercher son remède : son vieux compagnon était bien malade, et cela la désolait. Elle s'était déjà levée et habillée, et terminait de se coiffer, quand elle entendit Minuit et Pirouette hurler comme de beaux diables dans la cour d'honneur, troublant la paix du moment. Il était encore très tôt et le jour venait à peine de se lever. Qui donc venait leur rendre visite à cette heure et par ce temps ?

Étonnée mais calme, la jeune femme quitta sa table de toilette et regarda dehors ce qui se passait. Avec un battement de cœur, elle reconnut aussitôt le visiteur qui approchait : Vladimir ! Il venait sans doute lui apporter des nouvelles de Sylvain. Sans hésiter, elle courut dans le couloir et appela :

— Benoît ! Benoît ! Allez vite ouvrir la porte et faites entrer le visiteur dans la grande salle ! J'arrive !

La jeune femme se hâta d'arranger ses boucles et ses mèches un peu folles en une coiffure simple, relevée sur la tête, qui lui donnait un air de princesse, comme sur les illustrations des livres de contes de fées. Puis elle descendit dans la grande salle où Vladimir l'attendait déjà.

Quand elle entra, il s'inclina respectueusement devant elle en lui présentant ses hommages. Mais il avait un air très grave. Aussitôt, Alix comprit que quelque chose était arrivé. Déjà anxieuse, elle l'interrogea :

— M'apportez-vous des nouvelles de mon bien-aimé Sylvain, brave Vladimir ?

Le serviteur baissa la tête :

— Hélas ! dit-il. J'aurais aimé avoir autre chose à vous annoncer, mais mon maître a été grièvement blessé, et c'est précisément pour cette raison que je suis ici...

La jeune femme pâlit et manqua de vaciller. Un poignard venait de lui déchirer le cœur : seule lui restait l'atroce pensée que si Sylvain l'envoyait quérir, c'était parce qu'il se trouvait au plus mal. La poitrine serrée dans un étau qui l'empêchait de respirer normalement, Alix se retint de pousser un cri et porta son poing à sa bouche :

— Que dites-vous ?... Mais qu'a-t-il donc ? Où est-il ? Dites-moi comment il va, exactement...

Elle implorait Vladimir du regard, prête à pleurer. L'homme sortit une longue écharpe de soie blanche, maculée de sang. L'héritière des de la Chaussée d'Arville s'en saisit, livide, et la serra contre elle.

— Répondez-moi, je vous en supplie, pressa-t-elle, les larmes aux yeux. Est-il... ?

Non... Ce n'était pas possible... Il ne pouvait pas... Alix ne parvenait pas à prononcer le mot terrible, n'arrivant même pas à imaginer la réalité :

— Non ! Non, non, se hâta de répondre Vladimir. Il vit...

La jeune femme fut si soulagée qu'elle se mit à sangloter sans retenue, incapable de se contrôler.

— Il a été blessé dans une escarmouche, poursuivait Vladimir. Des hommes de Jankélévitch l'attendaient, tandis qu'il était en mission pour le Lys Pourpre. La blessure était nette, et assez bénigne en soi, quoique douloureuse. Mais mon maître refusa de se laisser soigner, car il voulait absolument en finir avec l'intervention qu'il menait, et conduire en lieu sûr les personnes qu'il s'était engagé à aider et à protéger. Il suffisait déjà qu'elles soient tombées avec lui dans cette embuscade alors qu'elles fuyaient ; il ne voulait pas qu'elles courent plus de risques encore et annonça qu'il fallait les mener en sûreté à l'étranger le plus rapidement possible. Il espérait n'en avoir point pour longtemps, mais ce fut plus long que prévu. Dès lors, la blessure s'envenima, et une fièvre maligne s'empara de lui. Et, acheva douloureusement Vladimir, s'il a sauvé cette fois-là une famille entière de la mort, c'est maintenant sa propre vie qui est en danger.

Alix enfouit son visage dans l'écharpe, la gorge nouée. Elle y sentit l'odeur douce de Sylvain, et celle, plus amère, de son sang.

Ce n'est pas vrai, songeait-elle, *ce n'est pas possible ! Mon Dieu, faites que ce ne soit pas vrai !*

Mais elle savait que là était bien la triste réalité. Elle avait tellement peur pour Sylvain qu'elle ne pouvait même plus pleurer. Elle regarda Vladimir, soudain déterminée :

— Où est-il ? Je veux le rejoindre ! Je peux sûrement l'aider…

— C'est pour cela que je me suis permis de venir vous trouver. Dans son délire, mon maître vous réclame sans arrêt, mais il ignore totalement que je suis ici : je suis persuadé que s'il était conscient, il refuserait que j'entreprenne une telle démarche, parce qu'il ne voudrait pas vous faire courir de risques. Mais je suis certain que votre présence lui serait bénéfique et qu'elle favoriserait la guérison. Et puis, je n'ignore pas vos capacités, vous savez soigner, on vient vous voir d'assez loin. Et il a précisément besoin de soins… et je ne sais pas à qui d'autre m'adresser. Il est actuellement dans les Vosges, où je l'ai quitté il y a neuf jours pour venir vous chercher.

— Neuf jours ! Oh, mon Dieu !

Il avait donc été blessé le jour de Noël. Quelle triste ironie du sort !

— Je serais arrivé plus tôt si je l'avais pu, répondit Vladimir, contrit. Mais j'étais à pied et j'ai été bloqué plusieurs fois dans la tempête.

— Oh, je ne vous fais aucun reproche, assura Alix tristement. C'était une entreprise difficile, et vous l'avez accomplie de votre mieux.

— Vous êtes bien bonne de me parler ainsi. Je sais que ce n'est pas le rôle d'une demoiselle d'entreprendre un tel voyage et de remplir des missions généralement réservées à des hommes. Mais comme je vous disais, je ne connais personne d'autre que vous qui puisse s'en charger. Et avec des chevaux, nous irons bien plus vite que moi à pied. Vous pourrez sans aucun doute le sauver !

— Ne cherchez pas à me convaincre, Vladimir, ma décision est déjà prise. Je vous ai dit que je voulais le rejoindre. Le temps de rassembler quelques affaires et nous partons.

— Oh, ma Dame… fit le serviteur avec émotion.

— Allez donc à la cuisine, ajouta Alix plus vivement et avec un sourire. Charlotte vous soignera comme un roi, vous devez être affamé.

Sans attendre, elle le quitta et se précipita à la recherche de Bradroc.

— Ah, Bradroc ! Te voilà ! s'écria-t-elle en découvrant l'intendant aux écuries. Je pars, lui annonça-t-elle sans ambages. Dis à Jean et Paul de préparer Flamme, Tempête et Éclair, je vais avoir besoin d'eux. Il faut seller Flamme et Tempête, et poser un bât sur Éclair.

— Ne préféreriez-vous pas Galipette ? protesta Bradroc. Elle est plus solide pour ce travail.

Tel était Bradroc : aucune question, aucune hésitation. Il devinait tout ce qui se passait sans qu'on le lui explique et il était immédiatement efficace. Alix ne put s'empêcher de sourire, songeant qu'avec lui, le domaine des de la Chaussée d'Arville était en de bonnes mains.

— Éclair est plus rapide, rétorqua-t-elle gentiment.

— J'envisage un autre emploi pour Éclair. Il faudrait le seller aussi.

— Trois chevaux sellés ? interrogea la jeune fille. Moi et Vladimir, cela fait deux cavaliers seulement.

— Je serai le troisième, Mademoiselle la comtesse... si vous le voulez bien ! s'empressa d'ajouter Bradroc, pour tempérer l'autorité de sa parole.

— Mais qui s'occupera du domaine en mon absence ? Il faut que tu restes ici : tu es le seul à pouvoir le défendre en cas de danger.

— C'est vrai... concéda l'homme à regret. Les autres n'ont pas l'habitude de se battre.

— Tu es leur chef, et le seul capable de les galvaniser si besoin s'en fait sentir. Et sur qui pourra se reposer maman en mon absence, sinon sur toi ? Je serais bien plus tranquille si je te sais ici, à veiller sans relâche sur tous ceux que j'aime.

— Bien... En ce cas, d'accord.

Alix retint un nouveau sourire devant le soupir de regret qu'avait poussé le bon géant. Elle lui serra la main avec chaleur :

— Oh, Bradroc ! Merci de tout cœur !

— Vous faites bien des manières avec moi ! ronchonna Bradroc, à la fois vexé de ne point partir et honoré de la charge qui lui était confiée. Vous vieillissez.

— Je mûris. En attendant, fais au mieux, tu as toute ma confiance. Et dès maintenant, sache que tu as maman et le domaine sous ta responsabilité.

Sans attendre de réponse, la jeune fille était déjà repartie, pressée d'en finir avec les préparatifs. Elle alla chercher Faustine, Marianne et Antoinette pour leur ordonner de faire un bon paquet de vêtements, couvertures, armes et vivres, se doutant que Sylvain et ses hommes en manquaient. Puis elle courut dans sa chambre pour se changer, s'habillant rapidement en gentilhomme. Elle glissa contre son cœur l'écharpe teinte du sang de Sylvain et mouillée de ses propres larmes.

À cet instant, Marianne entra, refermant soigneusement la porte derrière elle.

— Alix, dit-elle aussitôt, j'ai vu ce Vladimir dans la cuisine. Et maintenant, je te vois te préparer. Que se passe-t-il ? Ne me dis pas que tu pars ?

Alix s'approcha de son amie et lui prit le bras :

— Tu as bien deviné, Marianne, oui. Je m'en vais.

— Tu vas rejoindre ton... ton Sylvain ?

— Oui, il est blessé, il a besoin de moi.

La soubrette se rembrunit.

— Alix, voyons... Tu ne peux pas faire cela ! Ta mère...

— Oh, Marianne, je t'en supplie, comprends-moi ! la coupa Alix avec ferveur. Sylvain est ma moitié. Mon âme sœur. Parfois, j'ai le sentiment que je ne vivais pas vraiment avant de le connaître et que je ne suis plus rien qu'une coquille vide dès qu'il s'en va. Nous sommes un. Je dois le rejoindre.

Marianne regarda son amie d'un air tendre et réprobateur à la fois.

— Je comprends tes élans du cœur, crois-moi. Mais tu ne sais même pas qui il est.

— Je sais que c'est un homme bien, qu'il m'a sauvé la vie par le passé. C'est suffisant.

— Si tu pars, ta réputation...

— Je me moque bien de ma réputation ! Je n'épouserai jamais quelqu'un qui se soucierait de ma réputation. Je veux quelqu'un qui m'aime. Et lui, il m'aime, tout comme je l'aime. Et ne me parle pas encore de mésalliance, comme la dernière fois. Ce qui compte, ce ne sont pas les titres ni la richesse, c'est la noblesse du cœur. Et sous ses airs bravaches, sous ses manières de galopin, il a un cœur d'or et une âme noble. Il est foncièrement bon, attentionné, courageux, plein de fougue…

— C'est bon, c'est bon, grommela Marianne. N'en jette plus, la cour est pleine.

Elle hocha la tête, puis serra Alix dans ses bras.

— Prends soin de toi et reviens vite alors, tête de mule.

— Merci.

Quittant son amie, Alix se dirigea vers la cuisine, où Vladimir achevait de se remettre d'aplomb. En la voyant entrer, il se leva d'un bond.

— Charlotte, vous allez nous préparer des vivres pour au moins trois jours de voyage, je vous prie, dit-elle sans donner d'explications. Quant à vous, Vladimir, voulez-vous m'accompagner un instant ?

Le vieux serviteur admirait le courage, la dignité et la résolution de la jeune femme. Il se leva et la suivit. Elle lui glissa dans les bras des habits de gentilhomme et un lourd manteau, très épais.

— Auriez-vous l'obligeance d'enfiler ces vêtements ? demanda-t-elle. Chacun aura plus de respect pour deux fiers cavaliers de belle allure que pour une jeune fille et un serviteur.

Vladimir s'inclina :

— Mademoiselle de la Chaussée d'Arville, vous êtes trop bonne, dit-il de sa voix rocailleuse. Je suis votre obligé et ne pourrais jamais assez vous remercier. Ces vêtements seront une bénédiction par ce temps. Mais je dois vous prévenir d'une chose : je ne sais point manier l'épée.

La jeune femme eut un petit geste rassurant :

— Aucune importance, lui dit-elle gentiment. Une rapière au côté fait toujours bonne impression. Quant à se battre, je vous donnerai un solide gourdin, un poignard et quatre pistolets chargés, avec une bonne réserve de poudre et de munitions.

Peu après, tout était prêt pour le départ. Éclair portait un volumineux paquet soigneusement confectionné par

Faustine et ses jeunes aides, et une sacoche plus petite, contenant les provisions du voyage. Dans un havresac spécial, Alix glissa les armes de Vladimir sur Flamme et les siennes sur Tempête : deux pistolets, une réserve de poudre et de munitions, un gourdin. Elle avait l'épée au côté, ainsi que sa dague florentine, et avait prévu de porter par-devant elle le fusil de son père.

Dès lors, la jeune fille n'avait plus qu'à faire ses adieux à sa mère. Elle rentra donc au château et trouva la marquise dans son boudoir.

— Que se passe-t-il, chérie ? demanda-t-elle, désemparée. On dirait que tout le monde est trop pressé pour me répondre, et cela fait une heure que dure ce branle-bas de combat. Mais... ajouta la marquise, stupéfaite. Que fais-tu dans cette tenue, Alix ? On dirait un jeune homme qui part en voyage !

— Effectivement, répondit Alix en souriant malgré elle. Vous avez deviné juste : je vais partir...

Elle s'était demandé si elle ne devait pas mentir, afin d'éviter de mettre sa mère en danger. Mais, de toute façon, son départ finirait par se savoir et s'il devait lui arriver quelque chose dans une entreprise aussi risquée que celle dans laquelle elle se lançait, Alix préférait mettre sa mère au courant et lui dire la vérité. Toutefois, elle entendait bien ne rien lui révéler qui pût être utile aux poursuivants du Lys et de Sylvain.

Tendrement, elle expliqua donc à la marquise que le Lys Pourpre, le valeureux défenseur des innocents, le fameux individu qui alimentait toutes les conversations du royaume, avait promptement et impérativement besoin d'elle pour soigner un de ses hommes.

— Il t'aurait donc mandée de toute urgence ?

— Non, il n'aurait jamais osé un tel geste et demander le secours d'une femme. Mais je sais qu'il a besoin de moi. Et étant donné mes connaissances en plantes et soins, je vais me porter à son secours.

— C'est insensé, Alix ! s'affola Mme de la Chaussée d'Arville. Tu ne peux pas partir !

— Je le dois, Mère, reprit Alix plus doucement, mais rassurez-vous, je ne serai pas seule. Vous souvenez-vous de Vladimir ?

— Tout à fait ! répondit la marquise. Pourquoi ?

— Il est de nouveau ici. Il travaille pour le Lys Pourpre, et c'est précisément avec lui que je pars. Et je compte bien être de retour très vite.

Si tout se passe bien... songea la jeune fille, mais elle préféra éviter de le dire tout haut.

— Est-ce depuis la première visite de cet homme que tu travailles pour le Lys Pourpre, toi aussi ? demanda la marquise sombrement.

— Non, Mère. Je ne travaille pas pour lui, je puis vous l'assurer. Mais je connais l'homme qui a besoin de mes soins. Et vous le connaissez aussi. Oh, Mère ! reprit Alix avec animation, vous rappelez-vous ce jeune homme, Monsieur Roche, qui vint au château il y a presque deux ans, en avril ?

— Oui, je crois, répondit Mme de la Chaussée d'Arville en faisant un effort de mémoire. Ton père vivait encore, et il te gronda pour être allée chercher ce jeune homme à l'aube, sur la route.

— Oui, c'est cela ! À l'époque, je me posais beaucoup de questions, car il était si mystérieux ! L'inconnu qui s'était fait attaquer sur la route de Grenoble, lorsque je rentrais du couvent Sainte-Cécile, c'était lui ! Et vous rappelez-vous ce scandale chez les Saint-Clair, lors de mon premier bal ? L'affaire de cette famille qui s'était enfuie ? Là encore, Sylvain Roche était avec eux.

La marquise ouvrit de grands yeux :

— Que veux-tu dire ?

— Oh, vous l'avez sûrement deviné, Mère. Sylvain Roche travaille aussi avec le Lys Pourpre ! Mais je compte sur votre discrétion : c'est un secret et personne ne doit le savoir.

— Bien sûr, je comprends... balbutia Mme de la Chaussée d'Arville, sous le coup de ces révélations.

— Je ne l'ai découvert qu'assez tardivement, lorsque j'ai dû quitter Paris avec cousine Anne. Sylvain Roche m'a beaucoup aidée. Et depuis cette époque, je le revis plusieurs fois, mais toujours très discrètement : il venait en cachette, sans prévenir, et repartait presque aussi vite qu'il était arrivé. Il me demandait de taire ses allées et venues.

— Et c'est ainsi que tu t'engageas aux côtés du Lys Pourpre ?

— Non, Mère, je vous le répète : je ne travaille pas pour le Lys, et je n'ai jamais travaillé pour lui. Je me suis consacrée à vous, au domaine de la Chaussée d'Arville, aux responsabilités que je devais assumer ici. Mais aujourd'hui, je dois exceptionnellement abandonner tout cela et venir en aide à Sylvain Roche, parce qu'il est blessé et qu'il a besoin de ma présence.

— Vraiment ? Et pourquoi toi, ma chérie ? questionna la marquise, anxieuse. Y aurait-il de l'amour entre vous ? ajouta-t-elle, saisie d'une brusque illumination.

— Oui, Mère, nous nous aimons.

La réponse était digne et ferme, presque fervente. La marquise ouvrit ses bras à sa fille et la reçut contre elle :

— C'est bien, dit-elle. Il le fallait... Mais je m'inquiète pourtant : tout cela risque d'être bien dangereux.

La marquise avait une petite voix. Alix s'en voulut de lui provoquer de nouvelles angoisses, mais elle n'avait pas le choix. Doucement, elle prit sa mère dans ses bras :

— Non... Tout ira bien, n'ayez crainte, et je vous répète que je pense être de retour ici bientôt... En tout cas, je serai très prudente...

— Me le promets-tu ? demanda la marquise dans un murmure. Je n'ai plus que toi, désormais. Te perdre à ton tour serait au-dessus de mes forces.

— Je vous le jure devant Dieu. Je reviendrai vous rassurer dès que possible, et si je ne peux le faire moi-même, j'enverrai quelqu'un auprès de vous. Et vous, promettez-moi de prendre soin de vous, je vous en prie. Ne cachez pas mon départ, mais dites que je suis partie en voyage, rendre visite à de la famille. Les Saint-Clair, en particulier, risquent de vous demander souvent de mes nouvelles et il ne faut pas qu'on sache où je suis vraiment.

Mme de la Chaussée d'Arville serra sa fille dans ses bras, en fermant les yeux.

— Très bien, capitula-t-elle. J'agirai pour le mieux... et je prendrai soin de moi, pour que tu me trouves en forme quand tu rentreras. Au revoir mon enfant... souffla-t-elle ensuite, en essayant de retenir le flot d'angoisse qui montait en elle. Je prierai le Ciel de te protéger et de venir en aide à celui que tu aimes.

— Dans ce cas, priez-le aussi de conserver en sa Sainte garde tous les hommes du Lys Pourpre. Leur combat est juste et je crains qu'ils n'aient parfois besoin du Secours Divin.

— Mais, répondit la marquise avec un doux sourire, je fais cela depuis que je connais leur existence...

Alix embrassa doucement sa mère, trop émue pour ajouter un mot, et elle la quitta rapidement. Dans la cour d'honneur, déjà en selle, Vladimir l'attendait. Minuit sautait autour des chevaux et aboyait, voulant faire partie de l'expédition, comme à son habitude. Mais Alix ne voulait pas l'emmener.

— Bradroc, va l'attacher, s'il te plaît. Je ne veux pas qu'il vienne avec nous, il nous ferait repérer immédiatement. Il est trop connu dans la région.

Faustine était là aussi, avec Marianne, veillant à chaque chose. Presque en larmes, la jeune fille les serra dans ses bras et leur confia de nouveau, à tous les trois, la charge du domaine, du château et par-dessus tout, de sa mère.

— Veillez bien sur elle ! recommanda-t-elle gravement.

Puis elle sauta en selle, posa le fusil sur l'encolure du cheval et, après un dernier signe d'adieu, s'en alla au galop avec

Vladimir. Éclair les suivit sans broncher. Minuit, pour sa part, se mit à hurler et, loin dans la forêt, les loups lui répondirent.

⁂

La faim se faisant sentir, les deux voyageurs firent une halte pour prendre une rapide collation en fin de matinée, laissant leur bête souffler un peu. Ils cheminaient depuis plusieurs heures déjà, passant du galop au trot pour ne pas épuiser les chevaux. Alix se consumait d'impatience. Elle avait les entrailles comme broyées par un étau, et elle ne put pratiquement rien avaler, en dépit des encouragements de Vladimir. Son visage était pâle et tiré par l'angoisse.

Depuis leur départ, elle n'avait pas échangé trois mots avec le vieux serviteur qui respectait son silence. Elle était partie sans jamais se retourner vers ce qui avait été sa vie jusqu'ici, et qu'elle quittait réellement pour la première fois. Elle s'éloignait maintenant de la demeure familiale sans penser au retour : elle galopait vers son destin, sa vie future.

Les deux cavaliers repartirent très vite. Malheureusement, en début d'après-midi, la tempête se leva de nouveau. Ils étaient au cœur de la forêt, suivant un sentier enneigé et il faisait très sombre et très froid. Froid au point que l'haleine des chevaux, rendus nerveux par la tourmente, formait des vapeurs blanches dans l'air et qu'une mince pellicule de givre recouvrait leurs naseaux. Les deux voyageurs, quoique engoncés dans d'épais manteaux, la tête entourée d'écharpe et de capuche, les pieds dans des bottes fourrées et les mains dans des gants, grelottaient. Sur la moindre parcelle de peau visible, la bise glaciale mordait sans relâche. Mais seul Vladimir s'en inquiétait.

Alix, elle, ne s'en rendait pas compte, plongée dans sa propre angoisse, cette angoisse qui ne la quitterait pas jusqu'à ce qu'elle eût rejoint Sylvain. La peur de ne pas le revoir vivant, de ne pas arriver à temps pour le sauver. Elle était déjà avec lui par la pensée et au-delà de l'espace qui les séparait, mais qui diminuait peu à peu, elle essayait de lui insuffler le courage, l'espoir et l'envie de vivre.

Quand le vieux serviteur sentit le vent se durcir encore, il fit halte et força la jeune femme à stopper également, bien qu'elle protestât.

— Ce ne serait pas prudent de poursuivre ! objecta-t-il d'un ton ferme. Voyez, la neige tombe de nouveau. On n'y voit pas à une toise devant nous[1] et nous risquons de nous perdre ou de tomber dans une crevasse ou une ornière. Sans compter que nous devons ménager ces pauvres bêtes !

Alix se rendit à ses arguments, non sans regret. Hâtivement, ils construisirent un abri sommaire contre un rocher, et tandis que Vladimir attachait les chevaux et les recouvrait chacun d'une couverture, Alix entreprit d'aller chercher du bois pour allumer un feu. La jeune fille savait trouver du bois sec, même par le temps le plus humide. Grâce à cela, Vladimir put bientôt allumer une bonne flambée. À eux deux, ils dégagèrent le sol sur dix pieds carrés[2] environ et y posèrent leurs deux selles sur lesquelles ils s'assirent, au ras du feu, à l'abri des intempéries. Installés l'un près de l'autre, comme les chevaux qui se serraient de près, ils commencèrent à se réchauffer.

Ils furent bloqués ainsi près de cinq heures. De temps à autre, à intervalles réguliers, ils se relevaient pour ranimer le feu, aller rechercher un peu de bois, faire bouger les chevaux et les frictionner. Entre deux mouvements, Alix, furieuse et tourmentée d'être ainsi entravée dans sa course vers Sylvain, rongeait son frein et priait tous les saints du paradis, le visage enfoui dans l'écharpe de soie. Vladimir se détournait, le cœur broyé de compassion.

Elle exigea de lui tous les détails de l'embuscade dans laquelle Sylvain avait été blessé, et le vieux serviteur lui

---

1. Moins de deux mètres.
2. Environ un mètre carré (un peu moins).

avoua penser qu'il y avait un traître parmi eux, lequel avait averti Jankélévitch. Il entendait bien le démasquer et lui faire payer dans le sang sa félonie.

— Quant à ce Furet... gronda-t-il. Le jour où je le tiendrai entre mes mains, il passera un mauvais quart d'heure.

Enfin, vers sept heures du soir, la tempête s'apaisa quelque peu et ils décidèrent de repartir afin de rejoindre le relais où Vladimir voulait passer la nuit.

— Nous ne passerons pas la nuit dans ces conditions, surtout si la tempête se lève de nouveau. Mais au sortir de la forêt, il y a un village que j'ai traversé en venant et où j'ai repéré une auberge. Nous devons nous y rendre. Serez-vous capable de tenir jusque-là ?

— Je tiendrai le temps qu'il faudra, l'assura Alix.

Certes, l'obscurité était maintenant tombée et le vent soufflait encore. Mais la lune éclairait le chemin, filtrant à travers les nuages, suffisamment pour avancer. De part et d'autre du sentier, les arbres dressaient leur silhouette sombre et décharnée, presque menaçante.

Alix se sentait minuscule sous ces frondaisons inhospitalières, comme si la nature eût voulu les engloutir. Au bout d'un moment, elle s'aperçut qu'elle frissonnait de froid, d'épuisement, de peur, peut-être de fièvre aussi. Sans force aucune, elle ne discernait plus très bien ce qui l'entourait, comme détachée de la réalité. La faim l'affaiblissait et tous ses muscles étaient douloureux. Les montures elles-mêmes étaient exténuées et avançaient difficilement dans la poudreuse.

Vladimir, bien las aussi, se rendait parfaitement compte de l'état de ses troupes. Aussi les encourageait-il de la voix et du geste pour les faire marcher encore et toujours. Mais la route s'avéra plus longue qu'il ne l'escomptait. Alix finit par s'assoupir à demi, reposant sur l'encolure de Tempête au risque de tomber, car l'animal penchait la tête en avant, lui aussi, pour économiser ses forces et progresser. S'ils s'arrêtaient, ils étaient perdus. Si le froid ne les engourdissait pas pour toujours, ce serait probablement les bêtes sauvages qui les dévoreraient.

Enfin, vers dix ou onze heures du soir, ils atteignirent les premières maisons du village, qui se détachaient nettement sur le paysage blanc. Sauvés ! Vladimir mena le convoi jusqu'à l'unique auberge de l'endroit et frappa énergiquement à la porte. La fille du marquis, qui s'était réveillée, descendit de cheval en titubant. Elle tenait à peine debout, vaguement consciente du lieu où elle se trouvait.

On la conduisit dans une chambre sans qu'elle comprît véritablement ce qui se passait, se laissant mener sans résistance. Avec un soupir, elle se glissa presque tout habillée dans un lit qui lui parut le meilleur du monde et s'endormit profondément. Vladimir s'assura qu'on s'occupait des bêtes et que les paquets étaient à l'abri. Il accepta alors de se coucher à son tour, dans un fauteuil de la chambre d'Alix. Il prenait très au sérieux son rôle de protecteur dont il se sentait investi en l'absence de Sylvain.

⁂

Le lendemain matin, Alix se réveilla la tête bourdonnante. Encore fatiguée, elle mit un certain temps à se rappeler où elle se trouvait. Elle était seule, dans une chambre inconnue. Et soudain, elle se souvint de tout, de son départ précipité, de la raison qui l'avait amenée à prendre cette décision un peu folle. Elle se mit à pleurer, pour la première fois depuis qu'elle avait quitté le château de ses ancêtres.

Sylvain n'aimerait pas me voir ainsi ! se morigénait-elle pour reprendre le contrôle d'elle-même. *Et maman non plus.*

Son moment de faiblesse passé, elle se redressa, tout ankylosée, essuyant ses dernières larmes d'un revers de main. Elle se secoua, sortit du lit et se dirigea, grelottante, vers un broc d'eau posé sur une petite table. L'eau avait gelé dans la nuit.

Alix brisa la glace et s'obligea à une toilette succincte qui la réveilla tout à fait. Elle réajusta ses vêtements, se coiffa sommairement, mit aussitôt son manteau et son écharpe et sortit de la pièce.

Elle tomba nez à nez avec Vladimir qui s'était levé peu de temps avant elle et était allé commander à déjeuner.

— Je venais justement vous dire de vous lever, dit-il en guise de bonjour. Il va être temps de reprendre la route. Avez-vous bien dormi ?

— Suffisamment ! J'ai hâte de me remettre en chemin.

Ils descendirent dans la salle à manger où l'aubergiste leur servit une bonne soupe aux légumes et au lard, épaisse et bien chaude, qui leur tiendrait au corps une partie de la journée. Puis la jeune fille régla leur note, ils récupérèrent leurs bêtes et repartirent.

La journée se déroula comme dans un songe brumeux pour Alix, sans incident particulier. Ils galopaient, trottaient et galopaient de nouveau. À part pour soulager leurs besoins naturels, ils ne s'arrêtèrent pratiquement pas de la journée, mangeant même en selle pour ne pas perdre de temps. Ils échangèrent très peu de paroles. La jeune noble restait digne et fière. Elle ne pleurait pas, cachait son épuisement et ses craintes, se cramponnant au pommeau de sa selle.

Au soir, Vladimir annonça qu'ils avaient parcouru une longue distance et qu'ils allaient loger chez un berger, un contrebandier, lui aussi, ami de Sylvain. La jeune femme acquiesça d'un hochement de tête et se laissa guider. Elle devait s'avouer qu'elle avait atteint la limite de sa résistance et de sa volonté.

Le berger en question vivait dans une petite maison en rondins de bois, auprès d'un lac gelé dont la surface scintillait sous la lune. Sur les rives, les arbres décharnés étiraient leur carcasse effeuillée dans l'ombre, comme de sinistres fantômes noirs. La bergerie faisait le dos rond, recouverte de neige, mais une lueur sous la porte disait que l'occupant les attendait. Un profond silence les entourait. Alix descendit de cheval avec soulagement ; s'il avait fallu aller plus loin, elle n'aurait pas pu suivre.

Quand Vladimir frappa à la porte et qu'elle s'ouvrit, Alix vit apparaître un homme encore jeune, très brun, les cheveux hirsutes, qui les fit entrer d'un simple geste de la main.

— Je vous présente Germain, déclara Vladimir à sa jeune protégée. Il est muet, mais il nous comprend très bien… et vous verrez qu'il sait aussi très bien s'exprimer ! D'ailleurs, il sait également lire et écrire.

— Je parie que c'est Sylvain qui le lui a appris.

Germain lui répondit d'un signe de tête affirmatif, accompagné d'un grand sourire.

La lumière des flammes la fit cligner des yeux tandis qu'elle entrait. Vladimir entra à son tour et Germain referma la porte. Aussitôt, le courant d'air froid qui engourdissait Alix fut stoppé net. Elle regarda autour d'elle et constata que l'endroit était fort modeste. Le sol était de terre battue, le plafond si bas que Vladimir, plus grand qu'Alix, devait prendre soin de ne pas se cogner aux poutres. L'ameublement était des plus restreints et des plus modestes : une paillasse délimitée par quatre planches à peine dégrossies, une table, un banc, un tabouret au coin de l'âtre et un petit garde-manger.

Sylvain serait courbé en deux, s'il devait venir ici ! se dit la jeune fille en esquissant un demi-sourire.

Il y avait deux fenêtres, obstruées par des plaques de bois qu'on ne devait pas enlever avant le printemps. Mais qu'il était agréable, le bon feu qui flambait dans la cheminée ! Qu'il était doux de se retrouver à l'abri, bien que cela sentît très fort la fumée et le mouton, puisque les bêtes logeaient dans la même pièce, séparées des hommes par une simple barrière. L'odeur âcre et prenante prenait bien un peu Alix à la gorge, mais elle était si heureuse de pouvoir s'arrêter et détendre ses muscles fatigués qu'elle n'en avait cure.

— J'ai l'impression d'avoir les fesses et les cuisses en bouillie... soupira-t-elle.

— Germain va vous installer ! déclara Vladimir tandis qu'il faisait rentrer les chevaux et les installait avec ses bêtes.

Il les déchargea, les bouchonna et les laissa ensuite se servir dans la paille à disposition. Tempête s'ébrouait et poussait de temps en temps de petits hennissements joyeux. Pour les animaux aussi, les deux derniers jours avaient été difficiles.

Pendant ce temps, Germain avait conduit Alix jusqu'à la table de bois rustique et lui avait offert du lait frais de ses brebis, du pain et du fromage. Vladimir les rejoignit et ils se régalèrent tous les trois, assis sur le banc.

Puis Vladimir désigna la paillasse recouverte de couvertures qui trônait dans un coin de la pièce, près du feu.

— Germain vous cède son lit pour la nuit, expliqua le vieil homme. Allez dormir, vous en avez besoin. Demain, la journée sera encore longue.

Alix ne protesta pas. Elle s'enroula dans une couverture et s'endormit aussitôt.

Les deux hommes, à côté d'elle, restèrent encore un long moment debout, échangeant des nouvelles. Vladimir révéla qui était sa compagne, « belle et fière » selon Germain, lequel était en admiration devant elle. C'était celle que leur ami avait élue et dont il était tombé amoureux.

— Il faut que je la conduise auprès de lui, exposa le vieil homme, pour qu'elle l'aide. Il a besoin d'elle.

À ces mots, le berger se frappa le front de la main et courut silencieusement à une petite cage, installée près de l'étroite fenêtre. Deux pigeons y dormaient. Germain attrapa l'un d'eux et détacha alors le papier que l'oiseau portait à la patte. Il revint aussitôt vers Vladimir et le lui tendit.

— Oh, tu venais de le recevoir quand nous sommes arrivés ? Voyons voir, dans ce cas...

Les deux hommes se penchèrent sur le message et se mirent à déchiffrer les inscriptions chiffrées selon un code spécifique.

— Cela vient des moines qui sont avec notre ami, comprit bien vite Vladimir. C'est mauvais signe…

Au bout de quelques minutes de labeur, ils purent lire :

« État du malade se dégrade, beaucoup de fièvre. Voyageurs repérés et attendus, doivent changer d'allure. »

Vladimir ne put retenir un juron.

— Voilà deux mauvaises nouvelles ! Hélas, je ne peux rien pour la première… Germain, il ne faut pas le dire à la jeune dame, elle est déjà suffisamment inquiète. Mais par qui diable avons-nous été repérés ? poursuivit-il avec colère. Se pourrait-il que quelqu'un ait parlé de notre départ à la Chaussée ? Personne ne sait qui je suis, là-bas, à part notre amie ; personne ne sait avec qui je travaille. Et je n'ai repéré aucun ennemi du Lys Pourpre dans les environs !

Il y eut un silence tandis que le vieil homme réfléchissait. Puis il se leva, comme si marcher lui permettait de mieux se concentrer :

— Je ne sais pas comment ils ont su qui nous étions, ni comment ils ont pu transmettre l'information si vite, mais il faut nous changer. Il ne faut pas que nous soyons arrêtés ni même suivis et que nous les menions droit à Sylvain.

Soudain, il fit claquer ses doigts :

— J'ai une idée, Germain, il faut que tu m'aides.

⁂

À l'aube, quand Alix se réveilla, elle trouva de nouveaux vêtements posés près d'elle : une longue robe de paysanne, en laine, avec une chemise et des jupons épais à mettre en dessous, ainsi qu'une sorte de veste, en laine également, et un grand châle. Il y avait même d'étranges bottes, faites en peau de mouton lacée, dont la semelle avait été renforcée par d'épaisses couches de cuir de vache. Elles n'étaient pas très belles, mais visiblement chaudes et ingénieusement conçues.

Aucun de ses compagnons n'était visible. La jeune fille se changea donc rapidement, conservant seulement ses bas, avant de glisser ses pieds dans les bottes. Puis, comme à son habitude, elle glissa sa dague contre sa cuisse. Elle ne pouvait porter l'épée, avec cette tenue, et eut l'idée de l'échanger contre un de ses pistolets. Mais si sa veste cachait l'arme aux regards indiscrets, celle-ci ne tenait pas bien en place dans la taille de la jupe et Alix risquait de la perdre. Elle préféra donc s'en passer, se disant qu'elle garderait le pistolet à côté d'elle sur le cheval, à portée de main dans une des sacoches.

Pouah, pensa-t-elle en fronçant les sourcils tandis qu'elle finissait de se préparer, *j'aurais besoin d'un bon bain.*

L'odeur des moutons semblait lui coller à la peau. Elle prit le temps de démêler le plus gros de sa chevelure flottante, fit un paquet de ses anciens vêtements et de ses souliers et les posa sur le lit. Puis, saisissant son manteau, elle sortit de la cabane.

Le froid la saisit aussitôt, de fort désagréable manière. Mais il faisait beau, le ciel était dégagé. Et les hommes étaient dehors, comme elle s'y attendait. Vladimir avait changé de tenue, lui aussi, constata-t-elle. Une charrette qu'elle n'avait pas vue la veille trônait devant la bergerie.

— Ah, vous êtes levée ! s'écria joyeusement son compagnon de route en la voyant arriver.

— Vous aussi, et encore une fois, bien avant moi, dirait-on. J'ai trouvé ces vêtements, et ces bottes incroyables. Une de vos inventions, Germain ?

Le berger fit oui de la tête, d'un air radieux.

— Elles sont... merveilleusement chaudes, je vous remercie. Nous allons changer de moyen de locomotion ? demanda-t-elle ensuite en désignant la charrette à laquelle il était en train d'atteler deux chevaux gris.

S'interrompant, Vladimir fit signe à Germain de poursuivre la manœuvre. Puis le vieil homme se tourna vers Alix, et la prenant doucement par le bras, il la ramena dans la maison.

— Nous avons été repérés et signalés, expliqua-t-il, tout en préparant quelques victuailles pour déjeuner. Nous devons changer d'aspect, complètement. Nos ennemis vont rechercher deux fringants cavaliers, mais ils ne feront pas attention à un vieux paysan et sa nièce… si vous le permettez, bien entendu.

Alix s'interrompit brusquement alors qu'elle coupait des tranches de pain.

— Je comprends, fit-elle en hochant la tête, mais… qui nous a vus ?

L'idée qu'ils aient été vendus la perturbait. Comment pourraient-ils se protéger s'il y avait des traîtres parmi eux ?

— Qui sait où nous allons ? Et ce que nous sommes ? reprit-elle d'un ton qui trahissait ses craintes légitimes. Surtout, qui a intérêt à nous dénoncer ?

— Je me suis posé les mêmes questions, Mademoiselle. Mais les ennemis du Lys Pourpre sont sans doute plus nombreux que nous ne le pensions. Il est toujours étroitement surveillé, en dépit de toutes les précautions qu'il prend et les marges de manœuvre ne sont jamais bien larges. On m'a peut-être surveillé dès mon départ.

— Mon Dieu ! s'exclama la jeune fille. Cela veut-il dire que ma famille est en danger ? Ou bien les Saint-Clair ? Si on vous a vu là-bas…

— Je pense qu'ils cherchent surtout à capturer le Lys Pourpre en personne. Voilà pourquoi ils veulent nous mettre la main dessus, pour que nous les conduisions tout droit à lui.

— Ils savent qu'il est auprès de Sylvain ?

— Je l'ignore. Mais ils savent que je fais partie du groupe et que si je suis allé vous chercher, ce n'est pas pour rien. J'aurais dû être plus prudent ! Peut-être s'imaginent-ils que vous êtes quelqu'un qui cherche à fuir… En tout cas, ils pensent que nous pouvons leur permettre de trouver le chef du réseau.

Germain entra à cet instant dans la cabane et fit signe que tout était prêt.

— Très bien, fit Alix, résolue. Nous ferons montre de plus de précautions que nous n'en avons pris jusqu'ici. Ah, soupira-t-elle ensuite d'un ton soucieux, je ne pensais pas devoir en arriver là. Je m'étais imaginé que les plus grands dangers auxquels nous serions confrontés seraient des attaques de malandrins sur la route. Mais je n'avais pas prévu ces histoires d'espionnage.

— Quand on est dans l'entourage du Lys Pourpre, c'est monnaie courante.

— Je le conçois. Cependant, pour voyager, cette tenue est un peu légère, non ? Et la vôtre aussi, d'ailleurs.

— Malheureusement, Germain n'a trouvé que cela. Il a fallu faire vite. Nous devrons nous passer de nos manteaux, aussi, ils sont trop beaux et trop propres pour des paysans. Mais nous aurons ces capes, là-bas, accrochées au mur.

Alix tourna la tête et aperçut les deux vêtements.

— Cela devrait suffire, n'est-ce pas ? demanda Vladimir, cherchant un encouragement. Nous serons à l'abri dans la charrette ; elle est bâchée.

— Ça ira très bien. Vous vous êtes bien débrouillés, tous les deux. Mais est-ce que voyager en charrette ne va pas trop nous ralentir ? Et nos chevaux ? Nos autres vêtements ?

— Les vêtements et les armes que nous portions hier vont rejoindre en grande partie les autres paquets, dans la charrette. Je vais conserver mon gourdin et cacher au moins un pistolet à ma ceinture, sous ma cape. Vous feriez bien d'en faire autant.

La jeune fille hocha la tête, sans dire qu'elle s'était déjà équipée du mieux qu'elle pouvait. Sa priorité n'était pas là : elle se moquait bien de la façon dont ils allaient voyager, au fond, pourvu qu'ils arrivassent rapidement à bon port.

— Vous n'avez pas répondu à ma question. Sommes-nous encore loin de Sylvain ? Quand allons-nous le rejoindre ?

Vladimir fit un petit geste apaisant.

— Ne vous tracassez pas. Nous devrions parvenir à destination en fin d'après-midi, même avec la charrette.

La nouvelle rasséréna quelque peu Alix. Soudain, une idée la traversa :

— Mais... si on vous a prévenu que nous étions repérés, peut-être vous a-t-on également donné des nouvelles de Sylvain ?

Vladimir s'attendait à cette question, pourtant il hésita très légèrement avant de répondre.

— Non. Je n'ai rien.

Alix était tellement tendue qu'elle ne remarqua pas l'embarras du vieil homme. Elle laissa échapper un léger soupir de soulagement.

— Tant mieux, c'est qu'il ne va pas plus mal.

Inconsciemment, elle porta la main à sa poitrine, là où était toujours blottie l'écharpe de soie. Vladimir se sentit honteux. Avait-il le droit de la tromper ainsi ? Et si, lorsqu'ils arriveraient, Sylvain était mourant ? Ou déjà mort, peut-être ? Non, cela était impossible ! Il fallait qu'il vive !

Ne pense pas à cela, se répéta le vieil homme. *Tu es, toi aussi, suffisamment inquiet comme ça, sans ressasser ce maudit message d'hier soir.*

Ils avaient fini de manger et Vladimir se leva pour terminer les préparatifs, tandis qu'Alix débarrassait et lavait leurs écuelles à la pompe. L'eau était glacée et elle se retrouva avec les mains bleues de froid.

Puis Germain lui tendit l'une des capes et lui désigna la porte avec un sourire.

— Merci de votre accueil, Germain, lui dit-elle alors. Prenez ceci, cela vous dédommagera, pour la nourriture et les vêtements, ajouta-t-elle en lui tendant une pièce.

Le berger voulut refuser, mais Vladimir lui fourra la pièce dans la poche d'autorité.

— Cesse de faire l'imbécile et accepte, grommela-t-il. Tête de lard.

Germain voulut qu'ils emportassent une grosse miche de pain et du fromage avec eux. Les bras chargés, Alix se dirigea vers la charrette, quand elle reconnut soudain les deux chevaux gris.

— Flamme ! Tempête ! Que leur est-il arrivé ?

Vladimir sourit, satisfait de lui-même.

— Je les ai grimés. Et ce n'est rien, regardez qui est attaché à l'arrière.

Alix obéit et aperçut un grand mulet, lequel n'était autre qu'Éclair. Elle ne put retenir un éclat de rire.

— Quelles oreilles tu as, mon pauvre Éclair ! Vladimir, vous êtes un maître. Je ne sais pas comment vous avez fait cela, mais c'est tout simplement fantastique. Vous êtes un magicien !

— Montez vite, répliqua le vieux serviteur, rouge de confusion. Vous allez attraper froid, les pieds dans la neige.

Effectivement, Alix sentait déjà ses jambes s'engourdir, en dépit des bottes de Germain. Elle grimpa dans la charrette et Vladimir vint s'asseoir à côté d'elle. Toutes leurs affaires avaient été installées à l'arrière et Alix y déposa aussi les victuailles que Germain lui avait données. Puis elle s'enroula dans sa cape, Vladimir fit claquer sa langue et ils se mirent de nouveau en marche.

21

L'attaque

Il était encore assez tôt et le jour n'était pas complètement levé, baignant dans ce gris sans ombre qui précède les premiers rayons du soleil. Vladimir les dirigeait, sûr de lui. Il avait repris son allure de guingois et mimait des grimaces et des tics nerveux. Il était dans son personnage.

Alix dut bientôt reconnaître que si leur allure était nettement plus posée, le voyage était plus confortable. À l'abri sous la bâche, emmitouflée dans sa cape, elle souffrait moins du vent et du froid. Elle s'était assise en arabe, de façon à ramener ses jambes le plus près possible de son corps, afin de se tenir encore plus chaud. Mais l'attelage allait lentement, mettant sa patience à rude épreuve.

Elle eut donc tout le loisir de penser à Sylvain, qu'elle allait enfin retrouver. Elle était toujours inquiète : comment allait-il ? Que devenait-il ? Est-ce qu'il était en sécurité, au moins ? Si Vladimir et elle avaient été repérés, est-ce que sa cachette ne l'avait pas été aussi ?

Non, non, se répéta-t-elle. *S'il allait plus mal ou s'il avait été pris, nous le saurions, comme nous savons que nous devons nous méfier et que nous sommes attendus par des ennemis. Et puis, Sylvain ne peut pas mourir, ni être emprisonné au risque d'être guillotiné. Pas maintenant. Pas maintenant, alors que nous allons être réunis.*

Ils croisèrent peu de gens, échangeant chaque fois quelques mots et formules de politesse. Mais vers une heure de l'après-midi, tandis qu'ils terminaient de déguster une partie des provisions de Germain, ils firent une étrange rencontre. Un homme était planté au milieu du chemin, semblant surveiller tous ceux qui passaient. Ce fut cette attitude qui mit la puce à l'oreille d'Alix. Lorsque Vladimir lui souffla discrètement de baisser les yeux et de ne pas se faire remarquer, elle comprit qu'elle avait deviné juste : cet homme faisait partie de leurs ennemis et il les recherchait.

À la dérobée, elle observa l'individu. Grand, musclé, vêtu d'une chemise noire et d'un pantalon tellement sale que sa couleur en était devenue indéfinissable, sous un manteau qui paraissait gris, il portait un foulard rouge autour du cou. Cou qu'il avait puissant comme celui d'un taureau.

Voilà quelqu'un qu'il vaut mieux sans doute ne pas irriter ! pensa Alix aussitôt.

L'homme avait le visage basané de ceux qui vivent au grand air, prématurément ridé par les intempéries. Son air dur, farouche, celui d'un être que rien n'attendrit et que rien n'effraie, lui donnait l'allure d'un brigand sans foi ni loi. Pire encore, son regard d'acier, presque inhumain tant il était glacial, transperça la jeune fille au plus profond d'elle-même. Il les laissa pourtant passer sans dire un mot.

Il ne nous a pas reconnus !

Mais Alix n'eut pas le temps de se réjouir, car soudain, alors qu'ils n'avaient pas parcouru plus d'une quinzaine de toises[1] après avoir dépassé l'inquiétant individu, le chariot s'enfonça du côté droit dans une profonde ornière cachée par la neige. Vladimir encouragea les chevaux, mais ils semblaient incapables de dégager la charrette.

— Impossible de continuer, gronda Vladimir. Nous devons descendre et assister les bêtes.

---

1. Environ une trentaine de mètres.

Alix remarqua que l'homme, derrière eux, les observait attentivement, comme si le spectacle l'enchantait en le changeant de la monotonie habituelle. Vladimir détacha Éclair de l'arrière et le ramena sur l'avant, devant les deux autres chevaux, pour les aider à tracter le véhicule et l'extirper de son trou. Lui et Alix se mirent aussi à la tâche ; ils s'arc-boutaient, poussaient, tiraient, ahanaient.

Après plusieurs minutes de vains efforts, ils firent une pause et réfléchirent à une autre solution. Alix proposa de glisser des morceaux de bois sous la roue pour la relever petit à petit.

— Bonne idée ! s'exclama Vladimir. Je vais prendre une petite hachette à l'arrière et me mettre au travail.

Il y avait un petit bosquet non loin de là, et le vieil homme s'éloigna, son outil à la main. Restée seule auprès du chariot, Alix décida de remonter à l'intérieur pour ne pas attraper mal. Elle transpirait, à cause des efforts fournis, et le vent semblait la transpercer. De plus, elle avait déjà les pieds gelés, à force de patauger dans la neige.

Ce fut à cet instant qu'elle aperçut l'homme qui se dirigeait vers elle. La peur la saisit.

Bien entendu, il a attendu que Vladimir se soit éloigné...

La colère remplaça l'inquiétude. C'était aussi bien ; la colère la rendait forte, tandis que la peur la paralysait.

— Vous avez un problème ? demanda l'homme d'une voix peu amène. Il faudrait dégager la route au plus vite, au cas où quelqu'un passerait.

— Je suppose que ça ne se voit pas assez ? ! s'écria-t-elle non sans ironie. Ou bien alors, vous êtes particulièrement long à la détente...

L'homme frémit de colère. Il la prit par le bras, d'une poigne si dure qu'il lui fit mal et qu'elle ne put retenir un petit cri.

— On ne me parle pas sur ce ton, gamine ! jeta-t-il alors avec son air d'ogre.

À cet instant, Vladimir revenait, les bras encombrés de branchages. Il laissa tomber son chargement, attrapa son gourdin glissé à sa ceinture et se précipita vers le chariot.

— Lâchez-la ! s'écria-t-il sèchement. Je vous défends de la toucher.

L'homme se tourna vers lui.

— Toi, l'ancêtre, bouge pas !

Mais Vladimir continua de marcher vers lui, les dents serrées, son gourdin à la main.

— Laisse-la, gronda-t-il. Je ne le répéterai pas.

Soudain, l'inconnu fronça les sourcils en le regardant, puis poussa un léger sifflement. Aussitôt surgirent des buissons environnants sept hommes masqués. Eux aussi semblaient particulièrement musclés, et de surcroît, ils étaient tous armés.

Le bras toujours enserré par la poigne de fer de celui qui paraissait être le chef de cette petite bande, Alix jura intérieurement. Ils jouaient décidément de malchance ; leurs adversaires ne se déplaçaient jamais qu'en nombre. Son agresseur désigna Vladimir aux nouveaux arrivants.

— Vous n'avez pas déjà vu ce gars-là ?

Un instant, la jeune fille crut que le secret de son vieux compagnon avait été éventé. Qui sait ? Peut-être que certains de ces hommes avaient surveillé le Lys Pourpre et l'avaient vu en compagnie de Vladimir ? Ils avaient l'air d'espions autant que de brigands de grand chemin. Interrogés de nouveau par leur chef, ils considérèrent Vladimir avec attention, puis hochèrent négativement la tête.

Alix retint un soupir de détente. Son soulagement fut de très courte durée.

— Très bien, concéda l'individu qui la tenait. Alors, contentez-vous de le tenir à l'œil, pendant que je m'en vais fesser cette petite insolente.

— Comment ? ! s'exclama Alix, suffoquée. Êtes-vous devenu fou ?

— Tudieu ! Certes, non, ricana l'individu. Je veux juste t'apprendre la politesse. Tu en as bien besoin !

Bon sang ! Si seulement je pouvais saisir ma dague, c'en serait déjà fini ! Je la lui aurais mise sous la gorge et aurais obligé ses hommes à jeter leurs armes et à relâcher Vladimir.

Le plus agaçant, c'était que l'homme lui enserrait le bras dont elle se servait pour attraper son arme. Si elle tentait de la récupérer de l'autre, ce serait nettement plus visible. Non seulement elle ne bénéficierait pas de l'effet de surprise, mais de plus, elle serait à sa mauvaise main.

En désespoir de cause, elle tenta de se dégager d'un mouvement brusque. Par chance, l'entreprise réussit. Tout aussitôt, l'agresseur voulut la ressaisir, mais elle esquiva en souplesse, avant de lui balancer son genou dans l'entrejambe et d'enchaîner avec un bon coup de talon sur le pied. L'homme se plia en deux et Alix ne put s'empêcher de rire nerveusement.

Bien fait !

Aussitôt, elle glissa sa main dans les plis de sa robe. Ses doigts rencontrèrent la poignée de la dague. Mais avant qu'elle l'eût sortie, son adversaire s'était relevé et d'une voix altérée par la douleur, il ordonna brutalement :

— Suffit ! Viens par-là, ma jolie, et laisse-toi faire. Sinon je fais massacrer le vieux par mes hommes.

— Ne le touchez pas ! s'exclama Alix, épouvantée. C'est... c'est un fidèle serviteur.

— Un serviteur, hein ? railla l'autre, qui se reprenait peu à peu. Ben, voyons ! Tu n'as pas l'air d'une grande dame qui puisse avoir un serviteur.

La jeune fille haussa les épaules, la main crispée sur son arme.

— Ne vous fiez pas aux apparences ! riposta-t-elle d'un air nonchalant. Je ne suis peut-être pas une « grande dame » de l'ancienne noblesse, mais mon père est un riche marchand de soierie de Lyon. Et cet homme est notre serviteur. Je ne suis habillée ainsi que… par commodité. Pour ne pas abîmer mes jolies robes pendant le voyage.

— Vraiment ? Je crois plutôt que le vieux est plutôt quelque chose comme… ton « oncle », insinua le brigand.

— Retirez ça tout de suite ! gronda Vladimir en avançant d'un pas.

Aussitôt, deux lames effilées se retrouvèrent à un doigt de sa gorge. Il recula immédiatement.

— Calmez-vous ! intervint la jeune fille d'un ton pressant. Je vous en prie…

Son cœur battait la chamade et elle dut cacher sa deuxième main dans sa robe, tant elle s'était mise à trembler. En même temps, elle resserra discrètement sa prise sur la dague, cherchant la meilleure façon d'agir.

Malheureusement, face à tous ces hommes, ses seules forces ne suffiraient pas. Quant à Vladimir, même s'il arrivait à s'emparer de son gourdin, et même si elle pouvait espérer qu'il eût conservé un pistolet, elle se rendait compte que, de toute façon, il ne ferait pas le poids ; pas dans la position dans laquelle il se trouvait. Leurs assaillants ne plaisantaient pas.

Elle ne voulait pourtant pas mourir ici ; pas maintenant ; et pas de cette manière. D'ailleurs, elle ne voulait pas que qui que ce fût mourût, surtout pas Vladimir. Elle l'aimait bien. Et il devait la conduire à Sylvain.

— Nous sommes des êtres humains civilisés, n'est-ce pas ? reprit-elle, la voix enrouée d'angoisse. Nous pouvons sûrement régler cela d'une autre manière.

— Oh, mais certainement ! répliqua le malotru, une lueur de convoitise dans le regard. Jette tes bijoux par terre.

Alix écarquilla les yeux, le souffle coupé.

— Je n'en ai pas, balbutia-t-elle.

— Alors, tu es la fille d'un riche marchand de soierie et tu n'as pas le moindre bijou ? Diantre ! Voilà qui est fâcheux. Comment comptes-tu payer ton droit de passage, en ce cas ?

— Mon… quoi ? s'étrangla Alix.

Le coupe-jarret se campa sur ses deux jambes et croisa les bras sur sa poitrine.

— Nous sommes les maîtres de cette route. Et j'ai décidé que vous deviez tous les deux payer un droit de passage. À défaut d'un autre châtiment, cela vous apprendra peut-être à vous tenir à votre place, l'un comme l'autre. Et donc…

Il fit une pause avant de conclure :

— Le sang du vieux sera versé… ou bien tu restes avec nous, ma toute belle. Puisque tu n'as point de bijou, il faut bien que nous soyons payés de notre peine, malgré tout.

— Comment ? !

Alix se redressa, les yeux flamboyants. Son sang n'avait fait qu'un tour.

— Ne m'appelez pas « ma toute belle », siffla-t-elle, la fureur l'emportant désormais sur la peur. Je ne suis pas votre petit toutou. Et si vous désirez un droit de passage, je vous propose autre chose : un duel.

C'était la seule idée qui lui était venue à l'esprit. Il était hors de question de laisser tuer Vladimir sans rien tenter. Et elle ne pouvait non plus demeurer avec ces canailles jusqu'à ce qu'ils en eussent assez d'elle.

Interloqué, l'homme la considéra avant d'éclater d'un rire gras.

— Un duel ? ! Ah, c'est trop drôle ! Un duel ! Moi et… une femelle !

Alix lâcha la dague et la laissa reposer, à l'abri de sa robe. Puis, prenant une inspiration, elle tendit une main et insista :

— Donnez-moi une épée et nous verrons bien.

Devant sa fermeté, le brigand fut soudain traversé d'un doute.

— Tu n'es pas… tu n'es pas la fille d'un marchand.

— Effectivement, concéda-t-elle avec une petite moue ennuyée. Et vous, vous n'êtes pas de simples bandits de grand chemin. Vous êtes des tueurs patentés. Pourquoi êtes-vous là et qui cherchez-vous ?

— Cela ne te regarde pas, péronnelle ! s'emporta le chef des crapules.

— Très bien, répondit Alix, levant les mains en geste d'apaisement. En ce cas, reprit-elle, revenons-en à nos affaires. Acceptez-vous ma proposition ? Un duel, en bonne et due forme, entre vous et moi.

L'homme grogna et s'humecta les lèvres.

— Tu as l'air bien sûre de toi. Pourtant, tu ne peux pas faire le poids contre moi. As-tu perdu l'esprit ? Et qui es-tu réellement ?

— Il ne vous serait d'aucune utilité de le savoir.

Hésitant, la brute fit quelques pas d'un côté et de l'autre.

— D'accord, dit-il finalement. Va pour un duel.

— Si je gagne, vous nous laissez repartir sans rien exiger.

— Entendu. Mais si tu perds, je tue ton... serviteur. Et tu restes avec moi.

Vladimir secoua la tête.

— Ne faites pas cela, mademoiselle ! Ma vie n'a aucune importance !

— Toi, ferme-la, grommela le meneur de la troupe.

Il se tourna vers un de ses hommes et lui ordonna, tout en dégainant sa lame :

— Donne-lui ton arme. Et voyons un peu ça... ma toute belle !

Alix s'empara d'une main ferme de l'épée qu'on lui envoyait. Elle pinça les lèvres, préférant ne pas répondre à la provocation et garder sa colère pour le combat. L'arme était plus lourde que celle dont elle avait l'habitude, mais elle ferait l'affaire.

La jeune fille se mit en garde puis engagea le fer, tâtant le terrain avec précaution tout en étudiant son adversaire.

Celui-ci était en excellente forme et n'avait aucune robe dans laquelle s'empêtrer. Mais dès les premières passes, Alix s'aperçut qu'elle était plus fine lame que lui. Néanmoins, elle aurait besoin de toute sa concentration et de toute son énergie pour l'emporter. Or, elle n'était pas au mieux, fatiguée par le voyage comme elle l'était.

En revanche, la brute qui lui faisait face assenait ses coups avec une brutalité inouïe, portant des attaques qu'Alix devait contrer sans relâche, parant des bottes terribles qu'elle avait le plus grand mal à éviter. Bien que peu agile, du fait de sa stature, le sombre individu avait cependant deux avantages de taille : son allonge et sa musculature.

Comme rendu furieux par la résistance qu'Alix lui opposait, il se mit à frapper des coups de plus en plus violents, sans laisser à la jeune fille le temps de porter la moindre botte. Elle dut rompre de plusieurs pas et comprit que, désormais, l'autre se battait pour tuer. C'était une chose qu'elle n'avait pas escomptée. Pourtant, à deux reprises, la pointe ennemie jaillit vers la poitrine d'Alix qui dut faire un bond de côté pour esquiver.

Sangdieu ! Il serait temps de mettre un peu mieux en pratique les préceptes de mon père ! Du nerf, je dois me reprendre et le contenir assez longtemps jusqu'à ce qu'il fatigue !

L'homme avait la respiration haletante, ce qui était bon signe, mais il poursuivait le duel avec une impétuosité étonnante. Alix contrait toujours, de manière précise et élégante. Même si son bras se faisait lourd et commençait à trembler un peu, elle gardait son souffle, les pieds bien en ligne, souple sur ses jambes. Elle para deux vives attaques que son adversaire lui porta de façon désespérée, voulant visiblement accélérer l'issue du combat.

À cet instant, Alix feinta, se fendit et, de la pointe de l'épée, trouva le défaut de la garde de son opposant qu'elle atteignit au bras. La manche de son manteau se teinta aussitôt de sang. Malheureusement, la jeune fille n'avait pas porté le coup avec assez de force, et cette légère blessure ne fit que rendre l'individu plus forcené encore.

Le cliquetis des armes disait assez la tournure diabolique qu'avait prise le duel. Mais, tout en gardant l'initiative du combat, le malandrin fatiguait de plus en plus et Alix attaqua néanmoins avec une ardeur nouvelle. Elle commença à pousser des pointes auxquelles il répondit cependant du tac au tac, et finit par l'obliger à rompre de cinq ou six pas.

Voilà qui est mieux.

Soudain, elle aperçut une ouverture, la pointe de son épée n'eut plus d'obstacle. Elle se fendit à fond et transperça son adversaire de part en part, en pleine poitrine. Frissonnante, elle regarda l'homme s'écrouler dans la neige, sentant la nausée s'emparer d'elle. Elle venait d'ôter la vie à un être humain. C'était la première fois. Elle n'avait pas voulu donner la mort, elle avait espéré un duel à la loyale, dont le vaincu se serait incliné devant le vainqueur. Mais il l'avait poussée dans ses retranchements.

Un cri jaillit des poitrines de ses hommes, et sans perdre un instant, Alix tira sa dague des replis de sa robe et la lança. Elle tua proprement un des individus qui tenaient leur épée sous la gorge de Vladimir. Celui-ci, profitant de la confusion engendrée par la mort du chef, s'empara de son gourdin et, d'un grand geste, écarta la seconde lame qui le menaçait avant de tirer son pistolet et d'ajuster le coquin. Il fit feu ; l'autre s'effondra sans un cri. Effrayés par la tournure des événements, les six autres soudards reculèrent imperceptiblement.

Profitant de ce désarroi, Alix se précipita vers l'un d'eux, épée à la main pour engager le fer, tandis que Vladimir se chargeait d'un second, lui envoyant son gourdin en pleine figure. Alix n'eut pas le temps de suivre le reste du combat du regard, car l'adversaire qu'elle s'était choisi n'entendait pas se faire transpercer sans réagir. D'une estocade bien placée, il frappa Alix à l'épaule et elle dut rompre deux fois, coup sur coup, pour éviter la lame.

Et soudain, l'homme s'avança vers elle, enroula son épée autour de la sienne près de la garde et l'arracha de sa main en un mouvement tournant.

Morbleu ! Me voilà désarmée.

Elle courut vers le corps du chef pour récupérer son arme. Las, elle n'en eut pas le temps. L'homme était déjà sur elle avant qu'elle eût fait deux pas. Avec l'énergie du désespoir, elle dégagea la jambe de ses jupons, la releva et l'envoya dans le ventre du malandrin, le propulsant à deux ou trois toises[1]. Emporté par son élan, il buta contre une racine et s'écroula par terre. Sa tête heurta une pierre et il glissa au sol, le crâne en sang.

Il se releva pourtant encore, mais soudain, des grondements effroyables déchirèrent l'air et une masse énorme de poils se jeta sur lui, le saisissant à la gorge. Sous le choc, Alix ne réagit pas. Ce ne fut que lorsque l'animal se retourna qu'elle reconnut cette tête de chien-loup aux yeux intelligents et l'étoile blanche sur le front.

Minuit ! Que fait-il ici ?

Une exclamation de Vladimir la tira de son état second. Tremblante, la jeune fille rajusta sa robe tant bien que mal et se retourna : Vladimir était en sérieuses difficultés. Il avait étendu un des quatre assaillants restants sur le carreau, mais les trois autres lui menaient la vie dure. Peut-être aurait-il succombé si Alix, les jambes flageolantes, n'était intervenue. Un bon coup de crosse du pistolet de Vladimir, que celui-ci avait laissé tomber au sol après s'en être servi, assomma un des agresseurs, le ramenant à plus de modestie, tandis que Minuit se chargeait d'un deuxième.

Le dernier se jeta sur la jeune fille avec un poignard. Avant que Vladimir eût le temps de réagir, l'homme la frappa à l'épaule. Mais Vladimir se précipita, toujours

1. Environ cinq mètres.

armé de son gourdin, et l'agresseur s'écroula aussitôt aux pieds d'Alix.

Sous la morsure de la douleur, la jeune fille crut s'évanouir. Un voile rouge trembla devant ses yeux, au travers duquel elle aperçut vaguement Vladimir qui s'emparait de son épée abandonnée et transperçait la gorge de l'homme au sol. Secoué des derniers soubresauts de l'agonie, il souilla la neige de son sang. Puis le brouillard enveloppa Alix et son genou plia...

Une poigne vigoureuse la saisit au vol alors qu'elle tombait :

— Eh là ! Mademoiselle ! Restez avec moi !

La voix de Vladimir rappela la jeune fille à la réalité. Elle fit un violent effort pour ouvrir les yeux.

— Ça va ? demanda-t-il. Ou bien êtes-vous gravement blessée ? Étendez-vous que j'examine votre plaie et que je la lave un peu.

Comme une enfant, Alix se laissa ôter sa cape. Le serviteur l'étendit sur le sol, la fit s'allonger dessus, et, ayant mis le bras lacéré à nu, il entreprit de nettoyer les chairs avec de la neige. Cela brûlait un peu, mais Alix n'était pas douillette. Elle serra les dents jusqu'à ce que l'homme eût achevé.

— Ce n'est pas grave, affirma celui-ci. Aucune artère n'a été sectionnée et l'hémorragie est déjà stoppée. Votre blessure n'est que superficielle. Il n'empêche...

Son visage s'assombrit. Alix regarda son sauveur qui lui sourit.

— Merci Vladimir, merci beaucoup... balbutia-t-elle, pas encore tout à fait consciente.

Tout était flou et cotonneux autour d'elle. Elle se sentait alourdie, parcourue de sueurs froides.

Un peu gêné, le serviteur répondit :

— Non... C'est moi qui vous remercie... Sans vous et votre chien, je serais maintenant mort... Ah ! Vous avez un mouchoir propre ! Je vais vous faire un pansement.

L'homme ajusta le linge avec adresse, en prenant soin de ne pas serrer trop fort.

— L'autre... demanda-t-il, il ne vous a pas blessée ?

Elle frissonna et ferma les yeux.

— Non, bredouilla-t-elle encore choquée. C'était affreux... Il... Il est mort, lui aussi, je crois. Et celui-là également...

Vladimir la regarda avec douceur.

— Ce sont des bandits ! S'il vous avait...

Il secoua la tête.

— C'est fini, murmura la jeune fille.

Elle se secoua.

— Pouvez-vous vous mettre debout ? demanda Vladimir.

Alix se leva, avec son aide... Le monde ne tournait plus... Elle avait encaissé le choc et ça allait beaucoup mieux. Son compagnon cessa de la soutenir, saisit sa cape et la secoua :

— Elle est un peu humide, mais c'est toujours mieux que rien...

Acquiesçant de la tête, Alix s'emmitoufla dans le vêtement, puis elle s'approcha doucement de l'homme que Minuit avait étendu au sol, lorsqu'elle avait perdu son épée. Il semblait inconscient, mais quand la jeune fille se pencha pour l'examiner, protégée par son compagnon à quatre pattes, elle comprit que c'était fini. La morsure à la gorge était peu profonde, mais la blessure à la tête, elle, avait été fatale. Même sans l'intervention du chien, l'homme se serait sûrement écroulé en quelques secondes.

Se redressant, elle considéra longuement le champ de bataille d'un air navré. S'habituait-on à voir les gens mourir ? S'habituait-on à les tuer ? Et par le Ciel, comment en était-elle arrivée à se poser de telles questions, elle, l'héritière de la Chaussée d'Arville, prédestinée à une existence loin de toutes ces violences ?

— Quelques-uns de ces gredins vont survivre, commenta Vladimir d'un ton froid, notamment ceux que vous avez assommés en compagnie de votre chien, tout à l'heure. Tâchons de repartir au plus vite !

Alix était transie, mais tellement soulagée, dans le fond, qu'elle s'assit au bord du chariot et serra contre son visage la bonne tête de Minuit qui remuait la queue, aussi ravi qu'elle.

— Mon petit Minuit ! Que je suis contente de te voir ! Tu t'es échappé, vilain ! Et tu nous as suivis jusqu'ici ! Brave bête ! Mais oui, tu es beau, et intelligent avec ça ! Je me demande bien ce que tu as pu vivre, en chemin ! Et si tu savais tout ce que nous avons vécu, nous…

— Parbleu, je me demande bien comment il a fait, surtout ! s'exclama Vladimir à son tour.

À ce moment-là, des aboiements joyeux retentirent sur la route et Pirouette fit à son tour une entrée fracassante dans le chariot. Alix éclata de rire, aussitôt imitée par Vladimir.

Il fallait pourtant se remettre en route, et Alix souffrait tant qu'elle était incapable d'aider Vladimir à redresser le chariot. Suivant les directives de Vladimir, elle remit donc sa cape et s'assit à l'abri d'un arbre, tandis que le vieil homme tentait à nouveau de remettre leur attelage sur la route, en glissant des branchages sous la roue et en opérant un contrepoids avec Éclair. Il y parvint et poussa un cri de victoire qui fit sourire la jeune fille. Soulagée, elle se laissa guider, tandis que Vladimir la faisait monter dans le chariot où elle serait plus à l'abri du vent et, surtout, plus à l'aise qu'en selle pour poursuivre le voyage avec son bras blessé. Puis le vieil homme prit sa place sur Éclair et ils reprirent la route. Ils n'étaient pas au bout de leurs peines, mais ils avaient franchi une étape.

⁂

Au bout d'un moment, alors qu'ils cheminaient en silence, perdus dans leurs pensées, Vladimir finit par expliquer à la jeune fille :

— Nous avons eu beaucoup de chance dans notre malheur, Mademoiselle ! Vous savez, ces gens qui nous ont attaqués sont parmi les pires ennemis du Lys Pourpre... C'est une des troupes de malandrins que les révolutionnaires ont prises à leur service, moyennant de plus ou moins fortes sommes, pour accomplir leurs basses besognes. C'est justement contre eux que nous avons été mis en garde. Ils nous guettaient et nous attendaient...

— Je m'en doutais bien, répondit Alix. L'attitude de leur chef était intrigante. Et lorsque vous m'avez conseillé de baisser le regard, j'ai compris...

Vladimir hocha la tête.

— Oui, je les avais croisés à l'aller et j'avais peur qu'ils ne me reconnaissent. D'ailleurs, ça a bien failli. Mais finalement, ils ont attenté à notre vie sans savoir qui nous étions vraiment ! Et sans avoir compris que c'était nous qu'ils cherchaient. Je me demande ce que dira leur chef aux rescapés !

Cette idée rendit toute sa bonne humeur au vieil homme et il se mit à rire.

— Remercions aussi le Ciel qu'ils n'aient pas eu d'arme à feu ! ajouta-t-il ensuite d'un ton plus sérieux.

Alix, pour sa part, n'appréciait que modérément l'humour de la situation : la douleur de son bras était de plus en plus lancinante et elle aurait aimé faire une pause afin de poser un cataplasme sur sa plaie. Mais elle était également pressée de retrouver Sylvain et préférait ne pas puiser dans les réserves de médicaments et de pansements qu'elle transportait. Aussi préféra-t-elle souffrir en silence.

Cependant, le voyage fut plus long que prévu, et à la nuit, au lieu d'être près de Sylvain, ils étaient encore en pleine forêt. Néanmoins, épuisés, il fallut bien se décider à s'arrêter. Vladimir fit stopper leur petit convoi dans une clairière.

Aussitôt, le vieil homme alluma un feu et aida sa compagne à soigner les chevaux. Après quoi, ils songèrent à se restaurer. Ils se nourrirent frugalement de leurs dernières provisions. Alix se sentait si fatiguée qu'elle ne tarda pas à s'étendre, au chaud, dans le chariot. Vladimir prit le premier tour de garde et, sur l'insistance de la jeune fille, promit de la réveiller lorsque ce serait son tour de veiller sur le convoi. Rassurée, elle s'endormit aussitôt, en dépit de sa douleur au bras et de son angoisse latente concernant Sylvain.

Quelques heures plus tard, ce ne fut pas Vladimir qui l'éveilla, mais les hennissements des chevaux. Ils semblaient affolés. À ses côtés, Minuit gronda et bondit hors du chariot, immédiatement suivi par Pirouette.

La jeune femme se dressa sur le coude et entrouvrit la bâche, quand retentit au-dehors un appel sauvage qu'elle reconnut immédiatement. C'était comme un aboiement un peu rauque et prolongé, et aussitôt, d'autres hurlements lui répondirent au loin, dans la forêt, formant un véritable chœur. Minuit, les oreilles dressées, ouvrit la gueule pour répondre à son tour, poussé par l'instinct, mais Alix lui intima l'ordre de se tenir calme et il obéit.

La jeune fille regarda Vladimir, debout près du feu, qui, figé sur place, écoutait, tout comme elle.

— Les loups... dit-il enfin faiblement.

Ces appels avaient quelque chose de lugubre, voire de sinistre.

— C'est notre odeur et celle des chevaux qui les attire, gronda Vladimir, pas la peine de chercher plus loin. Ces bêtes sauvages ont senti la chair fraîche alors qu'elles meurent de faim. Elles nous voient tous comme un bon repas et n'attendent que de nous dévorer.

Il avait sans doute raison. Les temps étaient difficiles, même pour les loups, et s'ils trouvaient une proie qui leur semblait plus aisée à attraper que celles qui leur faisaient actuellement défaut, ils n'hésitaient pas.

— Nous ne pouvons pas rester les bras croisés, poursuivit Vladimir. Ces monstres sont terribles, croyez-m'en, et si vous montrez la moindre faiblesse, ils ne pardonnent pas. Je les ai vus mettre en déroute une compagnie entière de soldats, une fois.

Il avait déjà pris en main le fusil du marquis de la Chaussée d'Arville, prêt à tirer sur les animaux qui s'aventureraient trop près du campement improvisé.

— Rassurez-vous... souffla Alix. Il faut reconnaître une chose, au-delà des superstitions, c'est que les loups s'attaquent rarement aux Hommes, et qu'ils nous craignent bien plus qu'ils ne nous donnent la chasse. Et lorsqu'ils agressent des êtres humains, il s'agit plutôt, généralement, de personnes seules, notamment des voyageurs égarés ou des petits bergers solitaires, qui ne sont souvent que des enfants... Et encore les loups en veulent-ils plus au troupeau qu'au pâtre.

— Je sais ce que j'ai vu, Mademoiselle la Comtesse ! protesta le vieil homme. Et vous devez admettre que si toute une meute de loups arrive vers nous, isolés comme nous le sommes, nous voilà en méchante posture. Ici, nous ne sommes guère à l'abri.

— Je suis d'accord sur ce dernier point.

La jeune fille saisit un pistolet et son épée, et, mettant ses chaussures, sortit à son tour du chariot pour rejoindre Vladimir à côté du feu. Il lui fallut un certain temps pour s'accoutumer à la lumière, mais au bout d'un moment, elle distingua très nettement des formes plus sombres encore que l'ombre où elles se dissimulaient et qui se déplaçaient en tapinois sur la neige, sous le couvert des arbres. Elle vit aussi que Vladimir avait rassemblé les trois chevaux près d'eux, les rapprochant du foyer. Bonne initiative.

— Nous allons devoir les abattre les uns après les autres, souffla le vieil homme.

— Peut-être qu'en éliminer un ou deux suffirait, suggéra Alix. En voyant cela, les survivants y réfléchiraient sans doute à deux fois avant de passer à l'attaque.

— Miser sur la réflexion des loups est peut-être un peu aventureux, ne pensez-vous pas ? Et se fier ainsi au hasard n'est pas ce que je préfère ! Vous devriez le savoir...

— Ce sont des animaux intelligents, Vladimir ! Je n'aime pas sacrifier inutilement des vies, quelles qu'elles soient, et je pense qu'il en va de même pour les loups. Leur instinct de survie les poussera à s'éloigner... Et puis, je n'ai pas envie de gaspiller des munitions inutilement, ajouta-t-elle d'un ton plus sombre. Il est probable que nous aurons besoin de nos balles et de notre poudre dans les heures et les jours à venir... surtout si nous devons faire face à des ennemis humains et armés.

— Nous aurons aussi besoin de nos montures ! objecta Vladimir. Sans elles, nous n'irons pas loin !

— Bien sûr, admit-elle du bout des lèvres. Mais restons tranquilles tant que nous ne sommes pas directement menacés.

— Vous avez raison, d'autant que tirer risque probablement plus de les énerver que de les calmer, acquiesça le vieux serviteur.

Soulagée par cette disposition d'esprit qui ne l'obligeait plus à tirer sur les loups, Alix observa les alentours immédiats. Très vite, cependant, la crainte l'envahit à son tour. Sentant les fauves rôder autour d'eux, elle admit le bien-fondé des arguments de son compagnon et comprit qu'elle-même aurait volontiers dépensé un peu de leurs précieuses munitions pour se sentir plus en sécurité.

À ses côtés, Minuit et Pirouette grondaient de plus en plus fort, tandis qu'elle dénombrait à présent une douzaine de silhouettes sombres, se déplaçant furtivement dans l'ombre autour d'eux, à distance respectueuse, sans doute impressionnées par le feu. Mais les loups s'encourageaient de la voix et il n'y avait aucun doute sur le fait qu'ils allaient devenir plus hardis.

La jeune fille commençait à avoir du mal à retenir ses chiens, lesquels montraient de plus en plus leur envie d'en découdre. Plus les fauves s'approchaient et plus ils s'agitaient. Cependant, il était hors de question pour elle de laisser ses compagnons aller se battre : ils ne feraient pas le poids face au nombre de leurs adversaires.

Elle se rappela soudain le fameux hiver où son père avait chassé la meute qui rôdait autour du château. Les animaux étaient devenus si nombreux que le marquis avait saisi des braises ardentes dans la cheminée et les avait jetés au milieu des loups pour les faire fuir. Peut-être pourrait-elle reproduire ce procédé ? Se retournant, la jeune fille constata que le feu se portait à merveille, ce qui servait son dessein. Elle choisit alors une branche résineuse, longue et droite, dans la réserve amassée par Vladimir et elle, la veille au soir, et l'enflamma.

Puis, elle jeta la branche un peu plus loin, à la manière d'une lance, là où se tenait la majorité des loups. De ce fait, la trajectoire fut suffisamment longue pour permettre une complète observation des environs ainsi illuminés, et de surcroît, la tige, au lieu de s'éteindre dans la neige, s'y ficha verticalement, ainsi qu'Alix l'avait escompté, et acheva de brûler debout, tel un flambeau dans sa torchère. Les loups regagnèrent précipitamment le couvert de la forêt, par prudence.

— Fameuse idée que vous avez eue là, admit Vladimir, mais nous en avons pour cinq ou dix minutes au plus. Il faudra ensuite recommencer. Vous n'espérez pas tenir ainsi jusqu'à l'aube ? Vous serez épuisée bien avant par cet exercice... sans compter que les loups s'habitueront et deviendront plus hardis.

— Dix minutes, c'est déjà beaucoup. On peut réfléchir et agir en dix minutes.

Vladimir reconnut là la même mentalité que son maître et s'en réjouit. Cette femme-là, c'était vraiment quelqu'un ! Digne de son maître !

Pendant ce temps, Alix s'était déjà parfaitement rendu compte que, même si elle renouvelait cet exploit plusieurs fois, les loups pouvaient fort bien s'accoutumer à la lumière et s'en accommoder au point de ne plus reculer devant la flamme. Sur ce point encore, Vladimir raisonnait juste et ils allaient rapidement se retrouver dans une impasse. Elle soupira, cherchant une autre idée.

— Et si nous leur jetions un peu de la nourriture que nous emportons pour les hommes de Sylvain ?

— Vous n'y pensez pas ! s'écria alors Vladimir, malgré tout le respect qu'il avait pour Alix. Ce serait sacrilège !

La jeune fille s'impatienta.

— Vladimir, enfin ! s'exclama-t-elle, commençant à s'emporter. Il faut bien trouver une solution !

Elle se tourna vers les loups, déjà calmée, la main posée sur l'encolure de Minuit, tout hérissé, qui recommençait à grogner.

— Oh, mais attendez ! J'ai une idée !

Puis, Alix prit un nouveau brandon enflammé, mais au lieu de le jeter comme précédemment, elle commença d'abord par l'accrocher à une des cordes qu'ils avaient emmenées avec eux.

— Que faites-vous ? demanda Vladimir, intrigué.

Sans prendre le temps de répondre, Alix fit tourner le tison incandescent au bout de sa corde, à la façon de ces lassos qu'utilisaient les autochtones des Amériques, tels que les décrivait le cousin de son père dans ses lettres. Formant dans l'espace, par un mouvement habile du poignet, des huit horizontaux de plus en plus allongés, au fur et à mesure qu'elle dévidait la corde, elle rapprocha peu à peu le brûlot des loups qui s'écartaient sur son passage. La scène, bien éclairée par cette torche improvisée et maintenue volontairement au-dessus du sol, semblait presque irréelle et comme issue d'un conte fantastique, tant l'ensemble était insolite. Insolite, mais magnifique, car ceux des animaux qui ne s'étaient pas retirés à l'abri de la forêt, paraissaient danser une sorte de chorégraphie sauvage, dont les figures et les sauts étaient réglés par les impulsions qu'Alix donnait à la corde, tel un dompteur faisant son numéro.

À présent, Vladimir, debout près de la jeune fille, le fusil chargé en main, se retenait d'en faire usage, quoique avec la plus grande difficulté et seulement parce que la froide raison l'y poussait. Au fond de lui, il aurait volontiers abattu jusqu'à la dernière de ces bêtes qu'il jugeait horribles, mais il tenait encore plus à ménager ses munitions qu'à éliminer les carnassiers.

Un loup osa s'avancer, Minuit ne put se contenir et lui sauta à la gorge. Mais le fauve reprit le dessus et en quelques secondes, se retrouva au-dessus du chien-loup qu'il attaquait de ses crocs. Effrayée pour son ami à quatre pattes, duquel les autres loups se rapprochaient aussi, Alix jeta le tison sur l'échine du fauve. Il abandonna le combat, et se roula dans la neige en poussant des cris aigus pour éteindre l'incendie qui ravageait sa fourrure. Minuit repartit à l'attaque et le fit fuir. Il se serait volontiers lancé à sa poursuite si un bref appel de sa maîtresse ne l'avait retenu et il revint donc à ses pieds, le poil hérissé et encore grondant.

Voyant leur congénère blessé et affaibli, deux autres loups se ruèrent soudain sur lui, tandis qu'il revenait vers eux. Il s'engagea une lutte sans merci qui tourna vite à la mêlée générale et qu'Alix mit à profit pour remplacer le charbon éteint au bout de sa corde par une nouvelle tige embrasée, le cœur serré de voir les animaux s'entre-déchirer. Mais il valait encore mieux cela que de les voir s'attaquer aux chevaux.

— Ils vont l'achever... Quand les loups s'entre-dévorent, tous les espoirs sont permis, se réjouit Vladimir.

— Oui, en un sens, mais je n'aime pas cela. C'est un triste spectacle. Pauvre bête ! ajouta-t-elle en entendant le loup brûlé pousser un cri d'agonie. Et il fait rigoureusement froid ! J'ai les pieds glacés ! Si nous ne mourons pas dévorés, ce serait dommage de mourir gelés !

— Vous avez raison !

Vladimir alla chercher des couvertures et remit deux ou trois bûches dans le feu avant de reprendre son poste près de sa compagne. Alix comprit pourquoi : la neige avait cessé de tomber depuis longtemps et en voyant le ciel qui se dégageait nettement, laissant réapparaître les étoiles, on pouvait facilement escompter que la température allait chuter.

Pendant ce temps, toujours occupés à dépecer leur congénère mort, les fauves ne faisaient plus attention ni aux chevaux ni aux hommes.

— Quelle cruauté ! jeta Vladimir. Ces bêtes me dégoûtent !

— Elles ne sont pas pires que les hommes, objecta Alix. Peut-être même moins que bien d'entre eux, quand on y pense. Avec tout ce qui se passe, la Révolution, les massacres... Et ce n'est pas pour leur survie que les hommes agissent ainsi, c'est pour des questions de pouvoir, d'argent... C'est encore plus misérable !

Elle soupira avec lassitude.

— Vous êtes à bout, nota Vladimir qui l'observait avec attention. Votre blessure vous a beaucoup plus fatiguée que je ne le pensais tout d'abord...

— Je ne sens plus rien, protesta la jeune femme. Ce sera vite passé.

— N'en croyez rien. C'est l'excitation du moment qui vous donne cette impression. Mais demain, si vous continuez ainsi et ne prenez pas plus de précautions, vous risquez de ne pas pouvoir remuer le bras et la cicatrisation se fera mal, soyez-en sûre. Vous devriez le savoir, étant donné vos connaissances médicinales.

Alix ne l'entendait pourtant pas de cette oreille.

— Demain est un autre jour, souffla-t-elle. Cette nuit, il faut nous sauver et sauver nos bêtes. Demain, on verra...

Elle passa une main sur son front.

— Demain, tout sera différent, car je serai près de Sylvain. Rien d'autre n'a d'importance, à part ça. Blessée ou pas, je serai près de lui.

Sa voix vibrait de passion. Et sans discontinuer, elle renouvelait les tisons pour arrêter les loups qui tentèrent bientôt de nouveaux assauts sur le groupe.

— Vous ne pourrez pas tenir toute la nuit, reprit Vladimir. Vous allez fatiguer.

— Je sais... Mais pour le moment, je tiens le coup.

Au bout d'une heure et demie à deux heures, peut-être, l'un des fauves réussit, à force d'adresse, à franchir le barrage de feu. Il se précipita sur Flamme qui se cabra, affolée. Cette fois, ce fut Pirouette qui réagit en premier et qui, à l'instant précis où le loup s'apprêtait à bondir pour planter ses crocs dans la gorge de la jument, se jeta sur lui et le fit reculer de plusieurs pas. Minuit rejoignit aussitôt son camarade, la mâchoire claquant sauvagement pour attaquer le fauve. C'est alors qu'un coup de feu déchira la nuit dans un fracas de lumière et de bruit, et le loup s'écroula sans un cri. Tandis que les chiens revenaient aussitôt vers Alix, Vladimir releva lentement le canon de son fusil qui fumait encore. Alix le regarda, impressionnée par son adresse. Au bruit, les autres loups reculèrent instinctivement. Vladimir en profita pour attraper le loup mort et le propulser parmi ses congénères. Ils se jetèrent sur lui pour le manger, à l'instar du premier.

⁂

L'aube n'était plus loin. Les loups, après la curée, se léchaient les babines et bâillaient en émettant des grognements sourds. Peu à peu, ils se regroupèrent et s'enfuirent tous ensemble sous le couvert des bois. Alix poussa un soupir de soulagement. La lune paraissait maintenant plus pâle et le ciel s'éclairait à l'est, tandis que les étoiles s'éteignaient une à une. Quelle nuit !

— Couchons-nous, conseilla Vladimir avec sagesse. Nous avons besoin de repos, surtout vous, ma demoiselle. Et il est inutile de continuer à veiller, les loups ne reviendront plus, maintenant.

Alix fixa un moment les taches rouges où s'était déroulé le festin des loups. Les deux cadavres étaient encore sur place, dépecés. Quelle terrible scène !

Les élancements que sa blessure provoquait dans tout son corps la firent grimacer. Elle avait réellement mal, oui, Vladimir avait eu raison. Fort heureusement, la fatigue était la plus forte et elle sentait déjà le sommeil la gagner. Elle bâilla, la main devant la bouche, et se coucha dans le chariot. Rien ne s'opposait plus à ce qu'elle dorme, désormais.

Au moment même de s'endormir, elle serra contre elle l'écharpe de soie blanche et tachée. Mais elle ne pouvait plus pleurer, tant elle était exténuée.

— Sylvain... murmura-t-elle.

Et elle sombra immédiatement dans le sommeil. Après quelques heures de repos, ils pourraient reprendre la route pour retrouver Sylvain. Il n'était que temps, se dit Alix.

22

Au secours de Sylvain

Ce matin-là, ils reprirent la route avec les chevaux seulement, laissant le chariot derrière eux, de crainte d'être rattrapés. La vitesse primait sur tout le reste. Ils galopèrent à fond de train une bonne partie de la journée, en dépit de la neige qui encombrait les chemins, et les chiens suivirent sans trop de peine.

En fin de compte, ils arrivèrent à destination le soir même, sans avoir rencontré d'autres obstacles, et Vladimir se montra fort enthousiaste.

— Nous avons avancé bien plus vite que je ne l'ai fait à l'aller ! s'exclama-t-il, les yeux brillants.

— Vous étiez à pied, Vladimir, vous ne pouviez marcher aussi vite. Mais tant de temps s'est écoulé, malgré tout, depuis que vous avez quitté Sylvain ! Cela fait maintenant treize jours. J'espère qu'il va bien…

— Allons nous en assurer !

Tandis qu'un vieillard s'avançait pour s'occuper des chevaux et des bagages, un moine les accueillit avec chaleur. Il se nommait Frère Dominique et avait veillé sur Sylvain depuis qu'il était blessé.

— Je vais vous conduire, annonça-t-il. Notre ami Clément, ajouta-t-il en se tournant vers le vieil homme, va nous aider et cacher vos montures. Nous ne pouvons les laisser ici, ni les emmener, car nous aurons un long tunnel à suivre pour rejoindre votre blessé.

Ils poursuivirent encore quelques minutes sur un sentier malaisé que la neige rendait totalement invisible. Mais le moine paraissait connaître son itinéraire par cœur et n'avait aucune hésitation.

— Nous y sommes ! dit-il finalement en tendant la main vers l'entrée d'un tunnel, dissimulé par la végétation et un surplomb de roche.

Alix devina quelques marches très usées dans la pénombre, taillées dans le rocher. Elle était satisfaite de voir le luxe de précautions que l'on avait pris pour garder Sylvain à l'abri. Le sentier pour venir ici était difficile d'accès, et il fallait vraiment le connaître. Quant à cette entrée, pratiquement invisible, personne ne pouvait la trouver sans savoir d'avance qu'elle était là.

Gardant toujours la lampe à huile à la main, Frère Dominique avança à l'intérieur, suivi de la jeune fille, tandis que Vladimir annonçait qu'il retournait avec le vieillard. C'était officiellement pour l'aider à soigner les bêtes, mais Alix comprit qu'il tenait à lui laisser un peu d'intimité pour ses retrouvailles avec Sylvain, et elle lui en sut gré, d'autant plus qu'il devait être fort soucieux pour son maître.

Inquiète également, Alix ne pipait mot, les chiens sur ses talons. La flamme tremblotante de la lampe faisait mal reculer l'obscurité, ce qui rendait malaisée l'avancée dans le boyau tortueux qui s'ouvrait devant elle. Le sol était inégal, fait de marches grossièrement taillées et de hauteur différente. Cela avait sûrement dû demander un travail considérable d'aménager ce passage, même s'il suivait sans doute une faille naturelle.

Tandis qu'elle s'engageait dans le passage, sans aucune ouverture pour l'éclairer, Alix avait l'impression de descendre en enfer, ce qui ajoutait à son désarroi. Elle n'était pourtant pas d'une nature à s'effrayer d'un rien, ainsi qu'elle en avait donné la preuve durant le voyage, mais maintenant qu'elle était arrivée à destination, elle eût voulu rencontrer une ambiance rassurante. Et ce n'était pas le cas. Même les chiens baissaient les oreilles, vaguement inquiets de cette atmosphère confinée.

En suivant la galerie, ils parvinrent à une grille que le moine ouvrit avant de refermer derrière lui.

— Je confierai la clé à votre compagnon, lorsque je ressortirai, expliqua-t-il à la jeune femme.

Le passage tourna ensuite sur la droite, de façon très raide, avant d'aller en rétrécissant, ce qui obligeait à marcher en file indienne. Fort heureusement, les parois restaient sèches et rugueuses ; cela augurait bien de la salubrité de la cachette.

La descente leur prit plusieurs minutes, puis un nouvel obstacle se dressa devant eux : un panneau de chêne qui fermait hermétiquement le tunnel. Le moine pesa de tout son corps sur cette lourde porte qui grinça sur ses gonds en s'ouvrant, faisant grogner Minuit. Aussitôt, l'atmosphère changea et ils se retrouvèrent dans une grande salle assez bien éclairée, creusée à même le flanc de la montagne. Elle était simplement meublée, mais déjà mieux que la bergerie de Germain, et dotée d'une vaste cheminée où flambait un bon feu et où l'on aurait pu faire rôtir un sanglier, ainsi que d'une étroite fenêtre (fermée par un lourd volet de bois) qui traversait la paroi rocheuse sur une épaisseur de plus de trois pieds[1]. Alix se sentit tout de suite plus à l'aise.

— De ce côté, expliqua Frère Dominique, vous avez différentes installations qui vous simplifieront la vie, comme l'eau courante. La source ne tarit jamais et elle ne craint pas le gel, car elle vient d'une profonde couche de calcaire tendre. Elle a très bon goût.

1. Environ un mètre.

Mais la jeune fille, rose d'émotion, ne l'écoutait pas. Elle avait vu le blessé. Elle fit encore quelques pas et tomba à genoux, de fatigue et d'émotion, auprès du lit où reposait Sylvain.

— Mon amour… chuchota-t-elle. C'est moi…

Elle se tut, les yeux pleins de larmes. Le moine contempla la jeune fille, ses merveilleux cheveux répandus sur ses épaules. Ils la couvraient presque jusqu'à terre, luisant d'un beau lustre, et sous leur nuage mordoré, le visage d'Alix était tourné vers le blessé. Elle ne voyait que lui. Ses lèvres étaient entrouvertes, ses yeux brillaient avec éclat. Ravissante enfant !

Doucement, elle se pencha sur le jeune homme, qui semblait mal en point. Il reposait dans son lit, pâle et inerte, presque rigide. Un étrange appareil, fait de morceaux de bois et d'une bande de toile trempée dans la bouillie de farine que Frère Dominique avait posé sur sa jambe brisée l'obligeait à rester étendu sur le dos. Mais le blessé était hâve, sous la barbe de plusieurs jours qui lui mangeait les joues et le menton, ses yeux creusés, ses traits tirés. Elle posa la main sur son front : il était brûlant. Son pouls était rapide, sa respiration courte. Aucun doute, Sylvain avait une forte fièvre. Cela n'augurait rien de bon.

— Notre frère chirurgien l'a examiné et a dit qu'aucun organe vital n'avait été touché. Les poumons sont intacts.

Elle se tourna vers le moine, qui venait de parler.

— Un frère chirurgien ? Et pourquoi n'est-il pas là ? Il serait certainement plus apte à soigner le blessé.

— Il est au lit, terrassé par une mauvaise fièvre hivernale.

Alix fit la grimace. Très bien, elle ferait contre mauvaise fortune bon cœur.

— Comment l'avez-vous soigné ? interrogea-t-elle encore. Qu'avez-vous remarqué, ces derniers jours ? Son état s'est-il aggravé depuis le départ de Vladimir ?

Sa voix était pressée, inquiète. Frère Dominique le comprenait fort bien. Il convenait que l'état de son patient n'était guère brillant, même s'il avait fait de son mieux. Malheureusement, il n'était pas médecin et si la jambe brisée était handicapante, c'était surtout la blessure au flanc gauche qui était préoccupante. L'homme se dirigea vers une armoire.

— Ce meuble contient une petite pharmacie, mais nos réserves étaient insuffisantes. Je n'avais rien contre la fièvre. C'est d'ailleurs un problème au monastère aussi.

— Ce n'est pas grave, répondit Alix avec bienveillance. J'ai emmené des plantes, des onguents et diverses médications avec moi. Je pourrai même vous en donner, pour votre chirurgien et ceux qui en ont besoin. Mais montrez-moi toujours ce qu'il y a ici…

Le moine s'exécuta, puis expliqua :

— Vous êtes en sécurité, ici, vous aurez le temps de soigner votre ami. Les frères de notre Ordre ont creusé ce cellier à même le roc voilà plus d'un siècle et, en été, nous y mettions encore nos provisions au frais, jusqu'à une date récente. En effet, dès 1789, nous avons réaménagé les lieux en prévision de mauvais jours qui ne sont pas encore venus, grâce à Dieu. Notre monastère est passé au travers des épreuves sans dommage. C'est à cette date que nous avons pratiqué l'ouverture sur la falaise, afin de voir venir l'ennemi sans avoir à remonter le couloir souterrain. Je peux vous assurer que personne ne peut pénétrer ici, sauf par l'entrée, mais il faut vraiment être au courant de son existence pour la trouver, comme vous l'avez vu. Si on ne connaît pas le passage, c'est à peu près impossible. Il existe néanmoins une seconde sortie vers le bas, une sortie de secours, pour le cas où, malgré toutes nos précautions, la cachette serait découverte et assiégée. Je vous la montrerai tout à l'heure.

Tout en l'écoutant discourir, Alix s'était lavé les mains et les poignets, avait fouillé dans la pharmacie et s'activait maintenant avec assurance. Elle versa quelques grains d'une poudre blanche dans un gobelet, ajouta un peu d'eau et fit boire la mixture à Sylvain. Quoique à demi inconscient et incapable de comprendre qui l'entourait, le jeune homme fit la grimace, mais il avala jusqu'à la dernière goutte le breuvage amer.

— Que lui avez-vous donné ? demanda Frère Dominique.

— Un mélange de plantes, pour combattre la fièvre et le plonger dans le sommeil. Je vais sans doute en avoir besoin pour le soigner.

Joignant le geste à la parole, Alix vérifia l'état de la blessure au flanc. Quand elle la découvrit, elle crut que la tête allait lui tourner. Et ce fut bien ce qui arriva, brièvement, tandis qu'elle sentait son visage et son dos se couvrir d'une sueur froide.

Détournant les yeux, assise à côté de Sylvain, elle lui saisit la main et patienta quelques secondes, le temps que son propre malaise passe. Il s'endormait. Reprenant ses esprits, la jeune fille examina la plaie de plus près. Toutes ses angoisses se concrétisaient sous ses yeux et elle en était choquée. Malgré tout, elle avait espéré que ce ne fût pas si grave !

La plaie, nette et propre, bien qu'un peu rouge et gonflée sur les bords, était verticale et mesurait une bonne main de long, ouvrant largement le côté. Le moine avait dit vrai, cependant : par chance, le poumon n'était pas atteint. Néanmoins, la blessure était si profonde et si large qu'elle mettait presque les côtes à nu ; Alix les apercevait, blanches au fond de la chair rouge. De plus, cette fièvre demeurait inquiétante, signifiant que l'organisme combattait une infection.

Alix nettoya la plaie avec de l'eau de la source, essayant d'en rapprocher les lèvres. Quelle arme avait donc produit un tel résultat ? Cela ne ressemblait pas aux lésions à l'épée qu'elle connaissait. Pour un peu, la jeune fille aurait pensé à ce qu'aurait pu provoquer un cimeterre ottoman, comme elle en avait vu dans la collection d'armes de son père. Mais qui se promènerait avec un cimeterre aujourd'hui, en pleine terre française ?

— Savez-vous comment les choses se sont passées ? demanda-t-elle à Frère Dominique.

— Il a reçu un coup de hache, pendant le combat.

— De hache ? ! s'exclama Alix, suffoquée.

Voilà qui expliquait tout.

— Grâce à Dieu, son agresseur n'a pas pu donner son coup avec toute la violence qu'il voulait y mettre. Il a glissé et l'attaque n'a pas porté comme il fallait, à ce qu'on m'a raconté. Sinon, les côtes auraient été tranchées net et le poumon avec.

— Remercions la Providence... souffla la jeune fille, saisie d'un frisson d'horreur rétrospectif.

Elle tenta désespérément de se concentrer sur ce qu'elle devait faire, pour ne pas se laisser emporter par l'angoisse. Il allait falloir faire des points de suture et poser un cataplasme de plantes avant de refaire le pansement. Fort heureusement, Sylvain s'était endormi, sous l'effet du soporifique.

Alix se mit à la tâche, sollicitant l'aide du moine. Mais lorsqu'elle plongea son aiguille dans la chair de son amant, pour recoudre la plaie, il poussa un hurlement avant de plonger totalement dans l'inconscience.

Cela vaut mieux ! songea la jeune fille, pâle, qui serrait les dents pour ne pas se laisser aller à pleurer et maîtriser ses mains qui tremblaient en dépit de sa volonté.

Il lui fallut une bonne demi-heure pour suturer la plaie correctement. Puis elle s'occupa de la blessure à la tête, heureusement superficielle, elle.

— Quand il se réveillera demain matin, nous aviserons, dit alors la jeune fille à Frère Dominique. Je ne suis guère rassurée par sa respiration laborieuse. J'espère que c'est seulement la fatigue de la fièvre, mais je réserve encore mon diagnostic. Tenez, ajouta-t-elle, voici quelques médicaments pour votre chirurgien. J'espère que sa fièvre à lui aussi baissera avec cela.

Le moine la remercia avec chaleur. La pièce sombre était seulement éclairée par le feu dans la cheminée, la lampe à huile ayant prudemment été éteinte par Frère Dominique, après qu'Alix avait terminé ses soins. Une bûche partiellement consumée s'effondra dans l'âtre dans une pluie d'étincelles, faisant relever la tête des chiens couchés devant l'âtre. Les flammes et les braises projetèrent une lumière pourpre et dorée sur tous les visages. Des lueurs mouvantes et chatoyantes éclairaient la voûte de la salle, son sol de roc patiné par le temps, le mobilier, les fourrures sur le lit.

— Vous trouverez une hachette dans le coffre, pour couper du bois, expliqua encore le moine. Vladimir vous aidera, car pour ma part, je dois rentrer au monastère, avec notre vieil ami Clément. Dans ces étagères, vous trouverez toute la vaisselle et la nourriture nécessaires : des boules de pain, des pavés de viande fumée et séchée, des noix, de la graisse de bœuf... J'ai aussi amené des abricots secs, des pots de confiture et des œufs frais.

Revenue s'agenouiller près du lit, Alix contemplait Sylvain. Il dormait, les yeux clos, la respiration sifflante, la bouche entrouverte, quelques-uns de ses longs cheveux bruns collés par la sueur à son front.

— Il ira mieux, maintenant que vous êtes là, reprit Frère Dominique d'un ton encourageant. J'en suis sûr. Il le faut... Il faut qu'il vive : il est devenu trop indispensable.

Il se tut un moment, puis reprit d'un ton hésitant :

— Je vous laisse... Vladimir va venir vous rejoindre. Bonne nuit !

Elle ne répondit pas tout de suite, trop préoccupée de Sylvain. La lourde porte s'était déjà refermée sur le moine lorsqu'elle releva la tête pour lui souhaiter une bonne nuit à son tour. Elle était maintenant seule avec le jeune homme, jusqu'à ce que Vladimir les rejoignît.

⁂

Vladimir avait alimenté le feu dans la cheminée d'un bois très sec qui ne produisait quasiment aucune émanation. C'était appréciable pour deux raisons, d'une part parce que cela aidait à mieux respirer dans la grotte qui leur servait de refuge, et d'autre part, parce que cela éviterait de faire repérer la cache de l'extérieur, par une colonne de fumée visible de loin.

Le vieil homme avait ensuite déclaré qu'il partait à la chasse avec les chiens, afin de trouver de quoi nourrir tout son petit monde. Alix s'était enfin lavé, grâce à l'eau de la source que lui avait indiquée Frère Dominique. Cela ne valait pas un bain, question délassement, mais elle était tout de même propre et ne sentait plus le mouton. Maintenant, tout en préparant des linges pour les pansements, elle réfléchissait à ce qu'on lui avait dit durant les dernières heures. Quoique concentrée sur sa tâche, elle s'attardait parfois aussi à regarder le blessé, incapable de s'en empêcher. Son visage s'était amaigri depuis la dernière fois qu'elle l'avait vu ; il restait pâle, sous la barbe qui ombrait ses joues ; ses traits habituellement purs et réguliers, empreints de noblesse et de volonté, étaient maintenant crispés par la souffrance ; des cernes bleuâtres se creusaient sous ses yeux clos. Il dormait d'un sommeil agité, qu'Alix aurait plutôt qualifié de semi-inconscience.

Elle ne savait de quoi elle était le plus inquiète, de l'état des blessures de Sylvain ou de sa situation de fugitif. Et elle ne savait ce qui la rendait le plus furieuse, l'attaque d'origine politique menée contre lui ou la folle audace du jeune homme qui l'avait fait se précipiter tête baissée dans le guet-apens. Jusqu'où irait-on, dans cette terrible Révolution ? Est-ce qu'il n'y avait pas déjà eu assez de victimes ? Fallait-il nécessairement régler tout cela dans le sang, sans tenir compte du fait que des innocents payaient le prix fort pour rien ?

Alors qu'elle en était là de ses réflexions, Sylvain sortit brièvement de sa torpeur. Peut-être avait-il senti sa présence auprès de lui, car il ouvrit les yeux, des yeux brillants, fiévreux, immenses, et tenta de se redresser en balbutiant son prénom, mais il poussa aussitôt un bref cri de souffrance et se laissa retomber sur l'oreiller.

Alix se pencha sur lui avec tendresse.

— Ne t'agite pas, mon amour. Tu es en lieu sûr, et je suis près de toi. Je m'occuperai de toi jusqu'à ce que ton état s'améliore.

Cependant, à son regard égaré, elle comprit bien vite qu'il délirait, sous l'effet de la fièvre : il ne la voyait pas vraiment. Il rejeta la tête en arrière et elle s'aperçut que son cœur battait durement, faisant palpiter les veines de son cou. Ses lèvres étaient affreusement sèches, laissant passer un souffle brûlant et beaucoup trop rapide. Il paraissait exsangue et respirait avec effort ; Alix l'entendit qui haletait. Il fit une grimace douloureuse, comme une moue de bébé, se mit à geindre doucement ; il avait mal. Rien d'étonnant, hélas. Cependant, la jeune fille avait fait tout ce qu'elle avait pu et il n'y avait plus qu'à attendre et suivre l'évolution.

Fatiguée, Alix se laissa tomber sur le banc de bois, garni de coussins verts, qui était calé le long du mur, près du lit. Fatiguée n'était pas le mot exact, elle était exténuée, épuisée. Brisée. Une douleur sourde lui broyait la nuque. Elle s'appuya d'un bras au chevet de la couche pour contempler le visage aux yeux clos de son bien-aimé, la tête vide, le cœur troublé. La respiration du blessé, toujours un peu haletante, semblait remplir toute la pièce. Elle passait beaucoup de temps à le regarder, depuis qu'elle était arrivée, et tandis qu'elle s'adonnait à cette agréable occupation, elle songea qu'il était vraiment beau, plus beau que dans son souvenir, et ce, malgré son état maladif. Sa peau était lisse. Le sommeil apaisé dans lequel il était tombé lui enlevait son masque de dureté et elle subissait son charme avec une intensité qui la ravissait, en dépit des circonstances qui l'avaient amenée auprès de lui. Elle ne cherchait même plus à comprendre cette émotion qui faisait monter à ses joues une chaleur incontrôlable. Elle l'aimait tant !

Avec un soupir, la jeune fille se laissa aller contre le mur. Ce n'était pas très confortable, mais tout était silencieux, en dehors de la respiration de Sylvain, des faibles plaintes qu'il poussait de temps en temps. Et elle était si fatiguée qu'elle s'endormit sans autre forme de procès.

Dans la nuit, ankylosée, elle ouvrit des paupières pesantes et se redressa avec difficulté. Elle aperçut Vladimir qui était rentré de la chasse pendant son sommeil. Minuit, couché sur ses pieds, se leva quand elle remua. Il la suivit tandis qu'elle allait piocher quelques bouchées du plat de lapin que Vladimir avait mijoté, avant de s'installer pour dormir dans le coin opposé de la pièce, lui laissant ainsi une relative intimité avec Sylvain.

Le jeune homme, pour sa part, semblait ne pas avoir bougé d'un pouce[1]. Il était tellement pâle et avait les traits si tirés qu'elle s'approcha pour vérifier qu'il respirait toujours. Son souffle était si faible qu'elle ne le sentait presque pas. Elle posa sa tête sur sa poitrine pour écouter le cœur : il battait toujours, faiblement mais régulièrement. Il dormait bel et bien, les lèvres entrouvertes. Tant mieux, le sommeil lui permettrait de se refaire quelques forces.

Elle se pencha sur lui et posa ses lèvres sur son front.

— Bats-toi, Sylvain... Je suis près de toi. Je t'en prie, bats-toi. Je suis vulnérable sans toi, comme une enfant abandonnée. J'ai besoin de toi, je ne veux pas te perdre. Tu entends ? Je t'interdis de rendre les armes et de mourir. Puise l'énergie qu'il te faut en nous, en notre amour. Tu disais qu'il te rendait plus fort... Moi aussi, il me rend plus forte. Je me sens capable de tout et tu dois être convaincu de la même chose. Je te sauverai, mais il faut que tu y mettes un peu du tien. C'est un travail de couple.

1. Il s'agit ici de l'unité de mesure. On dirait aujourd'hui : « Il n'a pas bougé d'un millimètre. »

La peau du jeune homme était tiède, mais encore humide de sueur. Elle prit un tissu de lin et s'en servit pour lui essuyer le visage. Puis elle souleva sa tête pour déposer une goutte d'eau sur les lèvres gonflées et gercées. Il déglutit et elle insista, jusqu'à ce qu'il eût avalé quelques gorgées. Alors il soupira, entrouvrit les yeux :

— Je rêve... murmura-t-il d'une voix faible. Ou bien je suis mort. Un ange m'a embrassé.

— C'est moi, répondit Alix, frémissante de bonheur.

— La tête me brûle. Embrassez-moi encore, bel ange... Vos lèvres sont si fraîches...

Ses yeux se refermèrent et il sembla à la jeune fille qu'il sombrait de nouveau dans l'inconscience. Elle embrassa son front, comme il le lui avait demandé, puis doucement, ses lèvres qui restèrent inertes. Alors elle resta là, auprès de lui, en silence.

⁂

Elle se réveilla au petit matin, pour autant qu'elle pût en juger, peu de temps après Vladimir. Dans un demi-sommeil, elle l'avait entendu dire qu'il sortait les chiens et allait veiller aux soins des chevaux. Puis elle s'était assoupie de nouveau, pour un bref instant avant de se réveiller en sursaut, secouée par un mauvais rêve. La jeune fille se leva et se dirigea vers le lit où son amant était étendu.

Sylvain dormait avec application, la fièvre était tombée et il ne transpirait plus. Une moue légère, presque enfantine, lui donnait un air si jeune et si désarmé qu'Alix, se glissant à genoux auprès du lit, ne résista pas à l'envie de poser ses lèvres sur celles, bien dessinées, du jeune homme. Les larmes lui montèrent aux yeux.

Soudain, elle s'aperçut que la bouche, sous la sienne, réagissait, lui répondait, qu'une main se glissait dans le flot de ses cheveux, puis, rejointe par la seconde, venait emprisonner son visage. Elle frissonna des pieds à la tête, comprenant que le blessé était réveillé. Son cœur fit un bond de joie, tant elle était heureuse de ce contact si attendu ; il lui avait tellement manqué ! Il était vivant ! Elle en aurait ri et pleuré en même temps.

Après un baiser très doux, elle s'écarta légèrement et observa attentivement le visage du jeune homme, plongeant dans son regard d'azur. Il saisit sa main dans la sienne et elle la serra doucement.

— Alix... murmura-t-il, un faible sourire aux lèvres.

— Je suis là, mon amour, répondit-elle sur le même ton, les larmes lui montant aux yeux. Ne bouge pas, tout ira bien. Je te le promets.

— Merci d'être venue... Je t'aime tellement.

— Moi aussi, Sylvain, je t'aime de tout mon cœur.

Soudain, un cri de douleur échappa au jeune homme et résonna dans la pièce. Sylvain porta la main à son côté, du sang coulant entre ses doigts. Ses traits se couvraient de sueur et ses yeux se voilaient. Alix se pencha aussitôt sur lui.

— Seigneur ! s'écria-t-elle. Cela saigne de nouveau. Pourtant, les points n'ont pas l'air défaits. Je vais te refaire un cataplasme avec les plantes cicatrisantes et désinfectantes que j'ai apportées, et je vais ensuite l'entourer d'un nouveau pansement bien préparé.

Elle parlait, non seulement pour lui expliquer comment elle allait procéder, mais aussi pour ne plus entendre ce silence terrible qui les entourait et au milieu duquel la respiration sifflante de Sylvain résonnait trop fort. Quand elle eut fini, le jeune homme était toujours conscient. Elle lui prit la main et il sourit.

Puis, il ferma de nouveau les paupières, absorbant en silence la tiédeur de sa peau, trop fatigué pour parler ou faire le moindre geste, maintenant. Alix n'insista pas : même si elle brûlait de lui poser mille questions, de se blottir contre lui et de l'embrasser, il n'en était pas capable, encore très amorphe.

D'ailleurs, avant qu'elle eût pu ajouter quoi que ce fût, il s'endormit d'épuisement. Alix resta longtemps à le regarder, observant son visage qui se détendait, ses cheveux bruns dans lesquels elle avait envie de glisser ses doigts... Elle n'avait pas menti, elle l'aimait réellement de tout son cœur. Et elle le désirait toujours autant.

Elle retira délicatement sa main et le laissa dormir.

⁂

Le lendemain matin, Vladimir quitta de nouveau le refuge très tôt, en compagnie des chiens qui gémissaient d'impatience de retrouver l'extérieur, laissant Sylvain et Alix seuls, comme il en avait pris l'habitude. Le jeune homme se réveilla le premier, environ une heure après le départ de son ami. Il se demanda brièvement où il se trouvait, son regard courant sur les voûtes de pierre. Il réalisait seulement maintenant qu'on l'avait conduit dans un endroit inconnu, pendant qu'il était inconscient.

Alix... Soudain, il se souvint. Il l'avait vue à ses côtés. Était-elle encore là ? Ou bien avait-il rêvé ? Ou peut-être était-elle venue et repartie ? Il s'agita, inquiet. Puis, tournant la tête, il l'aperçut et une vague de bonheur et de soulagement le souleva. Elle s'était changée alors qu'il dormait ; sa robe bleue mettait en valeur sa silhouette gracieuse. Comme sentant son regard sur elle, elle entrouvrit soudain les yeux et croisa les siens. Aussitôt, elle rougit de joie tandis qu'il sentait un irrépressible sourire étirer ses lèvres.

— Sylvain !

Les yeux de la jeune fille étaient devenus aussi brillants qu'il l'avait espéré. Et ils étaient encore plus verts que dans son souvenir.

— Viens plus près de moi, je t'en prie...

D'un geste très doux, il prit sa main dans la sienne pour l'encourager, mais il n'y avait pas besoin de le faire. Elle se glissa contre lui, s'asseyant sur son lit dans un geste totalement confiant et candide, posant sa tête sur ses cuisses. Elle le berça, heureuse de le voir un peu mieux. Le jeune homme s'abandonna sous la douceur des mains qui prenaient soin de lui, savourant leurs retrouvailles.

Finalement, ils parlèrent. Sylvain raconta à Alix comment il s'était fait prendre, suite à la trahison d'un de ses hommes, à Paris. Ce même homme était à l'origine de l'arrestation du père de Béatrice de Bray. En l'entendant mentionner ce nom, Alix voulut remercier Sylvain de lui avoir ramené son amie saine et sauve, mais il ne lui en laissa pas le temps.

Il raconta encore que l'hôtel particulier de la famille de Bray avait effectivement servi de quartier général au Lys Pourpre à Paris, pendant un temps. Le père de Béatrice était véritablement son complice et son ami, ainsi que Béatrice l'avait plus ou moins deviné. Un allié fidèle, mais un peu trop bruyant dans ses convictions. C'était ce qui l'avait perdu, avant même que le traître s'en prenne à lui.

— Même sans cela, il aurait été arrêté, car Jankélévitch le tenait en joue depuis trop longtemps.

— Et cet homme ? demanda Alix d'une voix âpre. Ce traître... Qu'est-il devenu ?

— Il est mort, répondit Sylvain. Nous le soupçonnions depuis quelque temps et le traquenard dans lequel il nous a fait tomber a confirmé nos doutes. Nous avons eu de la chance de nous en sortir presque tous vivants. Vladimir l'a récupéré des mains de nos ennemis. Mais il ne l'a gardé prisonnier que le temps de le faire parler, ce qui n'a pas été très difficile, car c'était un lâche. Et ensuite, il l'a tué.

Alix frissonna ; elle imaginait très bien le vieillard dans le rôle de juge et bourreau. Ce n'était pas une brute insensible, au contraire, mais il avait montré qu'il savait faire ce qui devait l'être, et sans état d'âme.

Cependant, le jeune homme se fatiguait vite. Au bout d'un moment, il dit doucement à son amante :

— Remonte ta robe, s'il te plaît, j'aimerais sentir ta cuisse contre ma joue…

Elle obéit, les doigts tremblants. Il serra bien fort la main d'Alix dans la sienne, murmura son nom, et, abattu par la fièvre, il s'endormit de nouveau, la sueur perlant à son front. Elle resta ainsi à ses côtés, immobile pour ne pas le réveiller.

Frère Dominique revint dans la journée, en compagnie de Vladimir et des chiens. Le vieil homme ramenait une nouvelle fois du gibier et prépara un substantiel déjeuner auquel tous firent honneur, sauf Sylvain qui se contenta d'un bouillon. C'était néanmoins un net progrès et Alix s'en réjouit.

Sa bonne humeur ne fut cependant que de courte durée, car dès que Sylvain fut rendormi, le moine lui confia, ainsi qu'à Vladimir, de bien mauvaises nouvelles : Jankélévitch et ses troupes étaient de nouveau sur les traces de Sylvain. Ils n'étaient pas encore arrivés jusqu'ici, mais ils suivaient la piste avec sûreté.

— Le temps nous est compté, conclut Frère Dominique. Il faudra changer de refuge dès que possible, d'ici quelques jours. Une semaine au plus. Dès que Jankélévitch sera dans la région, il faudra partir.

— D'ici quelques jours ? s'affola Alix. Mais Sylvain ne va pas être capable de marcher avant un moment !

— Tout ce qu'il faut, c'est qu'il soit capable de supporter le voyage. Nous le transporterons en civière, avec l'aide de Vladimir. Quand pensez-vous que cela sera possible ?

— Je ne sais pas, répondit la jeune femme, assombrie. Son état s'améliore visiblement, ce qui est des plus encourageants. Mais de là à voyager… Je ne peux pas encore me prononcer.

⁂

Cela faisait cinq jours, maintenant, qu'Alix était arrivée. Sylvain allait mieux, car son sang jeune et ardent réparait vite la blessure, depuis que la jeune fille était là pour lui redonner le goût de vivre. Elle lui donnait chaque jour le même breuvage amer et verdâtre. Et comme il protestait parfois, elle lui répétait :

— Tu dois l'avaler. Cela favorise la cicatrisation et combat l'infection.

Elle était heureuse de le retrouver, contente de le voir redevenir chaque jour plus fort, mais intransigeante sur la façon d'administrer les soins. Elle voulait à tout prix éviter une rechute.

Ce soir-là, elle contemplait son beau profil, tandis qu'il s'efforçait d'avaler la soupe qu'elle lui avait confectionnée. Ses cheveux bruns avaient poussé, surtout sur la nuque. La mèche qui lui barrait généralement le front descendait jusqu'à ses yeux, et il la repoussait machinalement. Elle contempla les traits de son visage comme si elle avait voulu les apprendre par cœur et les redessiner dans sa tête les yeux fermés ; comme si elle avait peur de le perdre et qu'elle voulait se souvenir de lui à jamais. Elle ne voulait pas y penser, mais c'était plus fort qu'elle ; son cœur se serrait d'amour et de peur, non pour elle, mais pour lui, qui avait échappé de si peu à la mort et qui allait bientôt repartir, se battre et retourner à ses dangereuses activités. Le temps leur était compté, avait dit le moine…

Il se tourna vers elle, surprit son visage légèrement tendu tandis qu'elle l'observait et lui fit un sourire complice, comme pour la rassurer. Mais il devinait parfaitement ses sentiments, et il les comprenait et les partageait. D'un brusque élan, elle s'approcha de lui et ses doigts s'emparèrent de la main du jeune homme qu'elle serra doucement. Il répondit à sa pression, passa son bras autour de ses épaules et l'amena contre lui, du côté où il n'était pas blessé, laissant échapper un soupir, à la fois de bien-être et de frustration.

Il se sentait paradoxalement très heureux, même si tout cela n'allait pas durer. Quand il était avec Alix, son cœur redevenait aussi léger que dans son enfance, il pouvait oublier la terrible obligation qui pesait sur lui, nuit et jour, et qui allait bientôt le rattraper. Mais Alix l'acceptait tel qu'il était, sans réserve, et cette acceptation totale l'épanouissait. Il n'avait plus besoin de jouer un rôle et être simplement lui-même, pour une fois, était une véritable délivrance. La seule présence de la jeune fille lui donnait une confiance et une force qu'il n'avait jamais éprouvées auparavant. Elle était si belle, si intelligente, si parfaite ! Et pourtant, c'était sa simplicité, sa douceur et son cœur débordant de tendresse qui le charmaient le plus.

Lorsqu'il eut fini de manger, il la prit par la taille et l'attira pour la serrer amoureusement.

— Je me rends compte que j'ai oublié une chose très importante, lui murmura-t-il tendrement.

— Quoi donc ?

— Je ne t'ai pas encore remerciée de tout ce que tu as fait pour moi.

Elle sourit et lui caressa la joue.

— Te revoir ainsi est le plus beau des mercis, répondit-elle. Ne me refais plus jamais une peur pareille.

Il nicha sa tête contre sa poitrine, respirant son parfum.

— Je savais que tu réagirais ainsi. Je savais que tu viendrais. Je n'en ai jamais douté. Tu es un véritable trésor, Alix de la Chaussée d'Arville, et tu es à moi.

— À toi ? Ne t'ai-je pas déjà dit que je n'appartenais à personne ?

Il rit doucement.

— Non, ou bien je n'en ai pas le souvenir. Mais voilà une réflexion qui ne m'étonne guère, venant de toi. Il n'empêche que tu es à moi, je le sais. Ton cœur m'appartient et j'en suis bien heureux.

— Et le tien m'appartient aussi.

— Pour toujours, confirma-t-il.

— Pour toujours ? insista-t-elle avec émotion.

Il se redressa légèrement, l'écarta un peu de lui et la regarda droit dans les yeux, tenant au creux de ses mains celle d'Alix.

— Tu m'as très bien entendu. Je suis à toi, corps et âme. À toi seule et pour toujours.

Le rythme cardiaque de la jeune femme s'accéléra soudain. Elle prit une inspiration et sentit sa gorge s'assécher. Est-ce qu'il allait la demander en mariage ? Ici et maintenant ?

— Je me rends compte, pourtant, que je t'ai fait courir bien des risques. Ce n'était pas inutile, puisque toi seule étais capable de me soigner, mais c'était égoïste de ma part. Je le regrette.

— Il ne faut pas... protesta-t-elle.

Il étouffa ses paroles d'un baiser.

— Chut, laisse-moi finir, s'il te plaît. Je me rends compte aussi que je te fais vivre dans de mauvaises conditions, absolument indignes de toi. Tu mérites mieux que ce refuge et cette vie de cavale. Tu mérites de vivre au grand jour, et d'être choyée.

Cette fois, l'attente d'Alix se mua en sourde angoisse. Elle sentit ses mains devenir moites. Mieux valait poser la question tout de suite plutôt que de l'entendre, lui, s'empêtrer dans ses excuses.

— Tu veux me renvoyer, c'est ça ?

— Oui, en quelque sorte.

Une chape de plomb tomba sur l'estomac d'Alix. Elle retira ses mains de celles de Sylvain d'un geste nerveux et le fusilla du regard, incapable d'articuler un seul mot, le souffle coupé.

— Ne te méprends pas, reprit-il avec gentillesse. Je ne veux pas t'éloigner de moi. Tu n'imagines pas à quel point j'ai besoin de toi ! Tu es la femme de ma vie, la seule, l'unique, l'élue. Sais-tu que je n'ai jamais dit je t'aime à aucune femme avant toi ? C'est trop important. Mais toi, je le sais, c'est différent : je t'aime et je t'aimerai toujours…

— Oh, Sylvain, soupira-t-elle. Je ressens la même chose. Mais va droit au but, je t'en prie. Que veux-tu me dire exactement ? Qu'en dépit de nos sentiments, nous ne pouvons pas être ensemble ?

Il sourit, avec un peu d'amertume.

— Tu devines toujours tout avant qu'on te le dise franchement. Tu es intuitive.

— Oui, ou bien toi, tu n'es pas assez subtil, ironisa-t-elle pour cacher la douleur qui la submergeait.

— Nous ne pouvons pas être ensemble, Alix, reprit-il d'un ton plus grave. Pas dans ces conditions. Et surtout pas avec les dangers que je cours et que je te ferais courir si je restais près de toi.

— Mais je m'en moque !

— Pas moi. J'ai trop souvent frôlé la mort et je l'ai trop souvent vue emporter des gens que j'aimais pour ne pas la prendre un peu au sérieux. Et pour que tu comprennes bien de quoi il s'agit, je vais devoir te donner ces explications que je t'avais promises par le passé. Je pensais le faire dès que ça ne mettrait plus personne en péril. Mais tu l'es déjà, alors même qu'il y a encore toute une part de la vérité que tu ignores. Je vais tout te dire aujourd'hui.

— Comme s'il y avait encore quoi que ce soit à expliquer, grommela Alix. Je sais que tu travailles pour le Lys Pourpre, que tu es contrebandier et que tu affirmes posséder des bateaux corsaires. Je ne vois guère autre chose à dire.

— Tu te trompes. Te souviens-tu lorsque j'avais avoué que tes questions à mon sujet étaient fondées ? C'était il y a bien longtemps… J'avais ensuite juré de tout te dévoiler un jour et je veux tenir cette promesse. D'autant plus qu'il me semble nécessaire, entre mari et femme, de ne rien se cacher.

Le cœur d'Alix fit un bond dans sa poitrine. Elle tourna un regard ébloui vers le jeune homme.

— Qu'as-tu dit ?
— Que j'allais tout t'avouer.
— Non, pas ça.
Il sourit malicieusement et l'enlaça.
— Tu veux me forcer à répéter, c'est ça ?
— S'il te plaît.
— Mari et femme. Si tu veux bien de moi pour époux, bien entendu.
Elle le serra contre lui en riant.
— Oh, Sylvain, je me demandais si tu parlerais jamais de ça ! Mais je suis déjà ta femme et tu es déjà mon mari, dans les faits. Est-ce que la loi ne t'oblige pas à m'épouser pour m'éviter le déshonneur ?
— Je croyais que les gens comme nous se moquaient de la loi et voulaient rester libres.
Elle le frappa du poing sur l'épaule.
— Très bien, je capitule, fit-il en riant à son tour. Tu as gagné, je ne suis pas en état de combattre. Et je n'ai aucune envie de me battre contre toi, ajouta-t-il avec ferveur.
Passionnément, il prit sa bouche. Les mains d'Alix l'enveloppèrent, glissèrent derrière sa nuque, descendirent vers ses reins, éveillant en lui mille désirs.
— Alix... chuchota-t-il avec ardeur.
— Tu n'es pas en état pour ça non plus, souffla-t-elle aussitôt, essayant de s'écarter de lui.
Cependant, elle fut incapable de lui résister lorsque, sans l'écouter, il l'attira à lui sur le lit, l'enfermant dans ses bras. Quand il la coucha contre lui, recouvrant presque son corps souple, Alix gémit, se tendant sous les mains qui la parcouraient. Elle entendit Sylvain jurer entre ses dents, parce que ses blessures le gênaient. Elle recula légèrement, à bout de souffle, et considéra le visage du jeune homme, ses traits durcis par le désir et pâlis par la souffrance, fascinée aussi par la passion des yeux bleus qui la contemplaient.

— Alix… haleta-t-il, la voix rauque et basse. Comme tu es belle !

Il respirait fort, avide d'elle, et reprit sa bouche avec une impatience fiévreuse. Elle s'abandonna sous les caresses et s'offrit à lui, oubliant les heures sombres qu'elle venait de passer, les dangers qui menaçaient Sylvain, les questions qu'elle avait voulu lui poser et qui avaient, au fond, si peu d'importance… Sans aucune timidité, elle l'enlaça pour l'attirer à elle, répondre à son baiser avec une sorte de fureur désespérée.

Brusquement, Sylvain poussa un bref cri de souffrance. Aussitôt dégrisée, Alix se redressa :

— Oh, mon Dieu ! Je t'ai fait mal ! Je suis désolée, je suis désolée…

Souple comme une anguille, elle se dégagea et glissa hors du lit, rajustant ses vêtements machinalement. Inquiète, elle le regarda, qui tendait une main presque implorante vers elle, tandis que l'autre serrait toujours son côté blessé.

— Reviens, je t'en prie…

— Ne dis pas de bêtise, fit-elle d'un ton sans réplique. Tu n'es pas en état et j'ai été bien sotte de l'oublier !

Elle se pencha de nouveau sur lui pour évaluer l'étendue des dégâts, chassant d'une petite tape la main qu'il glissait déjà autour de sa taille.

— Sois un peu patient, voyons…

— Patient ? gémit Sylvain. Et comment pourrais-je l'être ? Cela fait si longtemps que je veux te revoir…

— Ne me force pas à me fâcher et à faire preuve d'autorité ! Laisse-moi voir ta blessure…

Il obtempéra finalement, incapable de retenir la souffrance qui l'irradiait. Ce n'était plus qu'un homme blessé et frustré d'un bonheur que, trop faible, il n'avait pas su retenir. Il ferma les yeux et serra les dents, tandis qu'elle enlevait son pansement et vérifiait l'état de la suture.

— Les points n'ont pas sauté, par chance. Mais je vais devoir faire un nouveau pansement.

Elle s'écarta de lui, avec un petit sourire qui révélait son soulagement.

— Il est hors de question que tu te blesses encore. En tant que future épouse, je t'interdis d'aller plus loin et j'exige que tu restes calme.

— Et en tant que futur mari, j'exige que tu m'embrasses encore.

— La vérité, d'abord. Tu as dit avoir encore des choses à me révéler.

— Cruelle ! souffla-t-il en lui volant un baiser furtif.

Puis il sourit, prit une petite inspiration et déclara :

— Il y a trois choses que tu dois savoir. La première, c'est que je ne travaille pas pour le Lys Pourpre.

Alix tressaillit, surprise. N'était-ce pas ce qu'il lui avait affirmé, pourtant ? Et s'il ne travaillait pas pour le Lys Pourpre, alors que faisait-il dans ses troupes ? Était-il un… Non ! Elle ne pouvait pas le croire. Un agent double ? Non, non, non… Elle aurait plutôt pensé que…

La panique commençait à l'envahir, lorsque Sylvain ajouta :

— La seconde… c'est que je *suis* le Lys Pourpre.

Alix ouvrit des yeux ronds comme des soucoupes, mais très vite, elle se ressaisit. Dans le fond, elle n'était guère étonnée de cette révélation. Cela expliquait tout.

— Je m'en doutais ! s'exclama-t-elle en tournant vers lui des yeux pétillants de malice et de colère mêlées. Quand tu m'as présenté cet homme en me disant que c'était le Lys Pourpre, je ne pouvais le croire ! Il me paraissait tellement fade et si peu en accord avec ce qu'on racontait sur ce chef de troupe !

— Voilà qui est plutôt flatteur pour moi, dit-il, tendrement moqueur.

— Vaniteux !

Elle laissa échapper un petit rire, tandis qu'il l'enlaçait, le visage radieux.

— Que nenni ! C'est juste ton regard sur moi qui m'illumine. Tu me vois plus fascinant et plus vaillant que je ne le suis réellement. J'espère ne jamais te décevoir.

— Il n'y a aucun risque.

Avec ferveur, elle se pencha sur lui pour l'embrasser.

— Même si tu n'étais pas le Lys, souffla-t-elle doucement, tu resterais mon héros personnel. Je suis venue auprès de toi non parce que tu étais le Lys Pourpre, mais parce que tu étais Sylvain. *Mon* Sylvain.

Elle sourit. Elle adorait dire ces mots : « Mon Sylvain ».

Le jeune homme détourna brièvement le regard avant de l'observer du coin de l'œil. Alix sentit les battements de son cœur s'accélérer. Qu'avait-il donc ?

— Bon, fit-elle avec décision, et la troisième chose que je dois savoir, alors ?

Sylvain eut un petit sourire presque embarrassé.

— Je ne peux pas être ton Sylvain.

Le sang reflua du visage d'Alix, tandis qu'une vague de froid la traversait.

— Comment ? !

23

La famille

Alix balbutia :

— Pourquoi ?... Pourquoi ne peux-tu pas être mon... ?

La gorge nouée d'angoisse, elle ne parvenait pas à achever sa phrase.

— Es-tu engagé... ailleurs ? reprit-elle avec hésitation.

Il éclata de rire.

— Alix, voyons ! Que vas-tu imaginer ? Je ne peux pas être ton Sylvain, simplement parce que... Parce que mon vrai nom est Louis de Saint-Clair. Et je possède l'anneau séculaire de ma famille, porteur de notre blason.

Il sortit de sa poche la chevalière qu'Alix avait remarquée à son doigt, au printemps 1791 et qu'il n'avait plus portée depuis lors. Il la tendit à la jeune fille qui s'en saisit et reconnut soudain, en y regardant de près, les armoiries de la lignée de Saint-Clair. Cette fois, elle dut s'asseoir au bord du lit tandis qu'un indicible soulagement la submergea.

— Tu... Tu es le frère... d'Armand ?

Elle se passa la main sur le front, cherchant à se ressaisir. Pourquoi était-elle toujours si prompte à s'imaginer des choses qui n'existaient pas ? En même temps, le rapprochement entre les deux hommes était tellement peu évident qu'elle avait du mal à l'accepter. À vrai dire, la tête lui tournait et les émotions successives lui coupaient les jambes. Tout cela projetait un éclairage nouveau sur ce qu'elle savait de la famille Saint-Clair.

— Tu es ce frère aîné qu'il…

Elle n'osa achever.

— Qu'il ne supporte pas et dont il est jaloux ? termina Louis/Sylvain à sa place. Oui, confirma-t-il. C'est pour cela que j'ai quitté la maison et que je me suis engagé dans la Marine Royale.

Elle se leva et fit les cent pas.

— Voilà pourquoi Ankus me faisait parfois penser à toi ! Vous avez tous les deux cette manie de ramener en arrière une mèche de cheveux rebelle lorsque vous vous sentez ennuyés.

Elle reprit, agacée :

— Comment ai-je pu être aussi stupide et ne pas voir la vérité ? Quand on y réfléchit, vous avez tous un air de famille, et il est indéniable que tu leur ressembles. C'est quelque chose dans l'expression du visage, quelque chose dans le regard aussi, un petit rien dans la manière de se tenir, cette dignité parfois si hautaine, cette façon de s'exprimer avec les mains… sauf Armand, bien sûr, qui est beaucoup plus réservé. Je crois que si je n'avais pas eu autant de mal à admettre qu'un fils ne donnât pas de ses nouvelles depuis tant d'années à ceux qui le chérissaient, j'aurais peut-être compris plus tôt. Mais cela me paraissait tellement inconcevable ! Se faire passer pour mort…

— Je n'avais guère le choix, répondit Sylvain.

Enfin, Louis. Elle était si perturbée qu'elle ne savait même plus comment l'appeler, songea-t-elle.

— C'était pour des questions de sécurité, poursuivait le jeune homme, pour eux autant que pour moi. Je m'étais fait repérer pour mes opinions à Paris, bien avant juillet 1789. Voilà pourquoi on m'avait tendu une embuscade sur la route de Grenoble. Après cela, j'ai préféré disparaître dans la nature et n'agir plus que sous couverture. Par chance, j'avais des ressources. Je m'étais déjà construit ma propre fortune et à force de travail, j'avais réussi à acheter ces trois navires dont je te parlais. Ainsi, je ne devais plus rien à personne, je n'avais plus besoin de l'argent de ma famille. Je pensais ainsi laisser le champ libre à Armand. J'estimais que, quelque part, ses revendications étaient fondées et que c'était à lui d'hériter du titre et des terres des Saint-Clair. Je ne suis qu'un bâtard.

Le mot blessa Alix et lui serra le cœur. Elle ne pouvait accepter que Louis, ou Sylvain, ou quel que fût son nom, puisse se dévaloriser ainsi. Il était peut-être le frère illégitime d'Armand, source d'une rancœur fraternelle à laquelle il ne pouvait rien, et il lui avait peut-être caché tout cela, mais il était plus valeureux, plus courageux, plus honnête que n'importe quel autre homme.

— Je ne comprends même pas pourquoi mon père a choisi de me laisser sur Paris représenter la famille à la Cour, soupirait maintenant le jeune homme. Armand aurait dû être tout désigné pour ce rôle.

— Ne dis pas ça ! le coupa Alix avec véhémence. Tu es bien plus digne du nom des Saint-Clair que lui ! Et c'est sûrement ce que pense ton père.

— Mon père a tort, et toi aussi, répliqua Louis – puisque c'était ainsi qu'elle devait l'appeler – assez durement. Ne te méprends pas sur Armand, ajouta-t-il avec plus de douceur. Il cache très bien son jeu. Il n'a l'air de rien, mais je suis persuadé qu'il saura faire preuve de courage et d'esprit le jour où il se réveillera. Il lui faut juste un déclic. Qu'il ne se sente plus prisonnier de la comparaison avec moi.

— Ça va être difficile… soupira Alix. Plus encore quand il apprendra pour toi et moi, lorsque tout ceci sera fini et que nous pourrons à nouveau vivre au grand jour. Tu sais que j'ai refusé ses demandes en mariage ?

— J'ai eu vent de ses tentatives de séduction, répondit Louis. Et crois bien que cela m'a valu des éclairs de jalousie.

— Jaloux, toi ? Et de lui, en plus ?

Alix pouffa, avant de rire aux éclats, sans pouvoir se retenir.

— Pardonne-moi, c'est trop drôle !

— Je ne vois pas ce que ça a d'amusant, répliqua Louis d'un air taquin. Est-ce que n'importe quelle autre femme n'aurait pas accepté une telle proposition, venant de l'héritier de cette si noble famille ? Et est-ce qu'elle n'aurait pas envoyé au diable un individu aussi peu recommandable que moi ?

— Je ne suis pas n'importe quelle femme... murmura-t-elle, le cœur battant.

Les yeux de Louis prirent un éclat dangereusement brillant.

— Je le sais bien, répondit-il d'un ton sourd en suivant du doigt la courbe de ses lèvres. Tu es plus folle que la moyenne et c'est pour ça aussi que je t'aime.

Alix frissonna. Il y avait une telle sensualité dans la voix de son amant, une telle douceur dans ses gestes, qu'elle se liquéfiait sur place. Elle papillonna des yeux, cherchant à reprendre le contrôle. Sylvain n'était pas en état de faire quoi que ce soit, il fallait qu'elle gardât bien cela à l'esprit.

— Je suis beaucoup plus sensée, au contraire ! rétorqua-t-elle d'un ton faussement sérieux. Je ne veux pas gâcher ma vie dans un mariage de convention, mais vivre en accord avec mes principes et mes sentiments.

— Tu as raison. Il apparaît beaucoup plus sensé d'épouser un bandit aux activités mystérieuses, toujours en vadrouille, que de se lier à un homme bien sous tous rapports et qui peut vous apporter un avenir confortable et stable. Sans compter qu'il éprouve pour toi de réels sentiments.

— Je le sais. C'est pour ça que j'avais de la peine pour lui. Mais mes sentiments pour toi étaient déjà tellement forts que je ne pouvais les nier.

— Je ne vais pas m'en plaindre. J'avoue que j'aurais été déçu si tu avais accepté sa proposition. Et jaloux.

Terriblement jaloux. Comment a-t-il pris ta décision ? S'est-il remis ?

— Je ne sais. Il est étrange et incompréhensible à mes yeux. C'est une nature renfermée, introvertie, mais qui est capable d'élans incontrôlables sous le coup de l'émotion. Il semble toujours en retrait, et tout d'un coup, au moment où je m'y attends le moins, il vient déclarer sa flamme. Je pense néanmoins qu'il respectera notre accord. Je lui ai donné ma réponse définitive et il s'est engagé à ne pas s'y opposer.

— Se soumettre à ton verdict est une grande preuve d'amour et de respect. Et ça demande un certain courage.

— Est-ce du respect ou du désintérêt ? Je ne sais pas... Je ne suis pas certaine que ce soit réellement une preuve d'amour. Si je t'avais dit que ma décision était prise et que je ne voulais pas de toi, te serais-tu incliné ?

Louis ne put retenir une grimace, avant de répondre :

— Peut-être, oui, au bout du compte... Je t'aime trop pour vouloir empiéter sur ta liberté, alors j'aurais tenté de me plier à ton choix. Mais je serais resté désespéré, furieux et amer pour la vie. Tu aurais eu mon changement de caractère sur la conscience ! Parce qu'au fond, reprit-il en secouant la tête, je crois que je n'aurais jamais pu admettre ta décision ! Je n'aurais jamais pu accepter de te perdre. Et avant de rendre les armes, j'aurais tenté n'importe quoi pour te conquérir, quitte à aller te chercher au bout du monde.

— C'est là toute la différence entre lui et toi.

Elle l'embrassa avec ferveur. Quand ils se séparèrent enfin, Louis avait les yeux brillants.

— Qu'est-ce qui a changé ? lui demanda la jeune fille à brûle-pourpoint. Pourquoi me révèles-tu tout cela maintenant ?

— Ce qui a changé, c'est que j'ai failli mourir, répondit Louis d'un ton grave. Les choses deviennent de plus en plus dangereuses. S'il devait m'arriver quelque chose, j'aimerais au moins que tu saches de ma bouche qui je suis vraiment.

Il fit une pause et ajouta :

— Mon secret est de toute façon menacé. On m'a vu sans mon masque, on m'a reconnu. Quelqu'un tient mon rôle à ma place, en ce moment, mais cela ne bernera pas longtemps mes poursuivants. Dès que j'irai mieux, et que j'aurai trouvé un chef digne de ce nom pour prendre ma succession à la tête du réseau, je partirai.

Alix frissonna. Quoi ! Elle venait de le retrouver et il allait partir bientôt ! Pour ne plus jamais revenir, sans doute... Elle baissa les yeux, pour cacher ses larmes, tandis qu'il poursuivait, la confirmant dans ses craintes :

— Je quitterai la France... et donc la Savoie, qui est maintenant sous la coupe française. Je rejoindrai un de mes bateaux en Italie, et j'irai ensuite jusqu'aux Amériques. J'ai de quoi voir venir et mes bateaux sont capables d'accomplir la traversée.

Il s'interrompit, lui prit la main avec douceur et demanda :

— Peux-tu aller chercher ma veste, s'il te plaît ?

— Bien sûr ! bredouilla-t-elle.

La jeune fille se leva et lui ramena son vêtement de cuir. Il fouilla dans la poche droite et en sortit un petit paquet, enveloppé de tissu.

— C'est pour toi... dit-il en le lui tendant.

Elle sourit courageusement, pour ne pas révéler les angoisses qui la tenaillaient, déposa un baiser sur son front. Puis elle écarta le tissu et découvrit alors un magnifique petit aigle qui prenait son envol, ciselé dans le bois.

— Oh...

Ce fut tout ce qu'elle put dire, dans un premier temps, conquise par la finesse de la sculpture et l'énergie qui en émanait.

— Je l'ai façonné en pensant à toi, lors des nuits où je ne pouvais pas dormir...

Elle ne répondit pas, la gorge nouée et les larmes aux yeux. L'oiseau était posé sur un socle, sur lequel elle découvrit une date : 1er mars 1789.

— La date de notre première rencontre... souffla Alix. Sur la route de Grenoble...

— Le socle s'ouvre par en dessous, ajouta Louis dans un murmure.

Alix retourna la statuette et fit coulisser une petite plaque sous le boîtier, découvrant une petite cache où se logeait un nouvel objet, lui aussi entouré de tissu. Les doigts tremblants, Alix le déplia.

— Elle me vient de ma mère. Ma vraie mère.

C'était une bague. Elle n'était pas spécialement précieuse ni richement ornementée, et cependant très jolie. C'était un simple anneau de motifs entrelacés, avec une pierre de couleur violette. Mais si elle venait de la mère de Louis, cette mère disparue, elle était probablement inestimable pour lui, ce qui faisait toute la valeur de son cadeau.

— C'est de l'argent.

— Et une améthyste...

Louis prit la bague et la glissa au doigt de la jeune femme. Émue, celle-ci ne savait que dire, aussi se contenta-t-elle de se jeter dans ses bras et de le serrer doucement contre elle. Pas trop fort, à cause de sa blessure.

— Merci, dit-elle. Elle ne me quittera plus jamais...

Alix essuya furtivement des larmes. Louis paraissait lui aussi très ému.

— J'aime beaucoup les améthystes, ajouta-t-elle, même si la plupart des gens ne les considèrent pas comme une vraie pierre précieuse. Je les trouve apaisantes et d'une très belle couleur.

— Ce n'est pas à proprement parler une bague de fiançailles, reprit Louis d'un ton grave. Mais j'aimerais que tu la considères comme telle, puisque tu es d'accord pour devenir...

— Oh oui ! coupa Alix avec élan. Oui, je veux être ta femme !

Elle l'embrassa avec ardeur et il sourit, heureux comme un enfant.

— Je ne sais pas encore exactement où je m'établirai lorsque je partirai, reprit-il, mais j'ai déjà quelques terrains en Louisiane. Ce que je sais, en revanche, c'est que je ne veux pas partir seul. Je veux que tu m'accompagnes, en tant qu'épouse.

— J'irai n'importe où, pourvu que ce soit avec toi.

Il rit de son enthousiasme, en la serrant fermement contre lui, enfouissant son visage dans la masse de ses cheveux bruns.

— Tu comprends maintenant pourquoi je ne pouvais te demander cela sans te révéler qui j'étais. Par contre, ajouta-t-il avec gravité, il faudra continuer à m'appeler Sylvain. Je suis toujours sous couverture et ma véritable identité ne doit pas être révélée. Sinon, ma famille serait immédiatement en danger : on pourrait s'en prendre à eux pour faire pression sur moi et m'obliger à cesser… mes activités.

— Cela ne me dérange pas, répondit Alix d'un ton malicieux. Car c'est bel et bien de Sylvain le contrebandier que je suis tombée amoureuse, et non de Louis de Saint-Clair, corsaire et héritier d'une grande famille.

Alix se pencha légèrement vers lui et ils s'embrassèrent avec une passion croissante. Mais quand Louis – enfin, Sylvain – voulut l'allonger près de lui, la jeune fille le repoussa d'un geste doux, mais ferme. Elle ressentait son désir pour elle et en éprouvait une intense chaleur au creux du ventre. Elle éprouvait la même faim de lui.

— Non, dit-elle, pourtant. Tu es blessé, tu n'es pas en état pour ces choses-là ; je te l'ai déjà dit.

Elle sourit avec malice. Elle comprenait son envie de la posséder, de la remplir, ce besoin viscéral, primitif, animal, de la faire sienne… pour exorciser la mort, célébrer la vie, affirmer dans sa chair qu'ils allaient s'unir l'un à l'autre comme ils venaient de l'affirmer. Elle éprouvait le même besoin ; elle avait envie d'être emplie de lui, là, tout de suite.

— Pas comme ça, en tout cas, reprit-elle, la voix pleine de promesses. Mais je peux m'occuper de toi.

Se redressant, elle dégagea doucement la couverture qui le couvrait et fit glisser sa main sur son corps musclé. S'agenouillant sur la couche, elle s'installa entre ses jambes et écarta doucement ses genoux. Il se mit à respirer plus vite, tandis qu'il la regardait faire sans rien dire, les yeux brillants, écarquillés de surprise. Elle frotta ses joues contre ses cuisses, les mains refermées sur ses reins. Puis ses lèvres se posèrent à l'aine, glissant vers son pubis. Un gémissement lui échappa à l'idée de ce qu'elle s'apprêtait à faire. Mais pas un gémissement de douleur, cette fois, un gémissement de plaisir anticipé.

— Alix...

Sa voix n'était qu'un souffle éraillé. Il tendit les bras pour enfouir ses mains dans ses longs cheveux. Lorsqu'elle le prit dans sa bouche, un violent tremblement le parcourut de la tête aux pieds et il se tendit, pareil à un arc.

— Oh, Alix...

Elle passa doucement sa langue sur le bout de sa verge, avant de descendre lentement, puis de remonter, pendant que ses doigts jouaient habilement avec le reste de son anatomie. Il agrippa ses épaules, se soulevant instinctivement vers elle, ondulant des hanches, l'encourageant à poursuivre.

— Je t'en prie, arrête, supplia-t-il pourtant, le souffle court. Je ne vais pas pouvoir me retenir très longtemps...

Elle sourit, lui mordilla le ventre, affamée de lui... et n'obéit pas. Il poussa un cri et capitula, sentant la tension accumulée depuis des semaines le déserter d'un coup, son univers se résumant à ce qu'il éprouvait de sublime et d'absolu en cet instant précis. Il s'immobilisa, traversé par une vague de jouissance qui le secoua tout entier.

⁂

Le répit fut de courte durée. En fin de journée, Vladimir rejoignait les amants avec Frère Dominique, Clément et deux autres hommes qui leur furent présentés comme Antonin et Bernard.

Sylvain s'était rendormi, épuisé par les émotions et encore faible, du fait de sa convalescence. À la mine sombre des arrivants, Alix comprit immédiatement qu'ils apportaient de mauvaises nouvelles.

— Jankélévitch arrive dans la région, annonça Vladimir. Je ne sais pas où il puise ses informations, mais il arrive. C'est le signe que nous avons un autre traître parmi nous et cette cache n'est plus sûre, en dépit de toutes les précautions que nous avons prises. Nous devons partir.

— Partir pour où ? demanda Alix en blêmissant, se demandant si Sylvain tiendrait le coup.

Le voyage ne serait pas facile, où qu'ils allassent, surtout en cette saison. Le froid les menacerait. Ils seraient obligés d'aller lentement, pour porter la civière du jeune chef. C'était de la folie.

— Le plus loin possible. Le mieux serait de rejoindre la Savoie, suffisamment proche de la frontière pour espérer une évacuation rapide à l'étranger. Mais c'est impossible, pas dans les conditions dans lesquelles nous serons.

— Alors où ?

Frère Dominique tourna son regard bienveillant vers l'héritière d'Arville.

— J'ai une solution, déclara-t-il, une solution dont je n'ai parlé à personne. Absolument personne. Il n'y aura donc que nous sept à être au courant.

— Très bien, approuva Vladimir. En ce cas, dites-nous tout.

— Je propose que nous partions tous ensemble, et que personne ne reste en arrière, afin d'éviter les fuites. Ce n'est pas par manque de confiance que je dis cela, car j'ai confiance en chacun de nous. Mais si un seul d'entre nous sept est pris, Jankélévitch le fera parler et c'en sera fini.

— Je comprends, fit Alix en hochant la tête, et j'approuve. Je pense que Sylvain approuverait aussi.

— Où comptez-vous nous emmener ?

— Dans un autre refuge, que je suis seul à connaître. Il faudra monter en altitude, mais nous y arriverons. Bernard et Antonin sont des gens sûrs, et des hommes solides. Ils nous aideront à transporter la civière, et nous les relayerons, Vladimir et moi. Clément s'occupera de vos chevaux. Vous voyagerez sur l'un d'entre eux, Mademoiselle, tandis que les autres porteront tout notre paquetage, vivres et médicaments inclus. Nous allons emporter tout ce que nous pourrons.

Vladimir n'insista pas, comprenant que Frère Dominique ne révélerait pas l'endroit à l'avance, pour plus de sûreté. Alix, pour sa part, se demandait s'il était bien prudent de partir ou s'ils n'allaient pas plutôt se jeter dans un piège. Mais le vieux serviteur de Sylvain se chargea de la rassurer, se montrant garant du moine.

Ce n'était pas là les seules informations que les hommes ramenaient avec eux, comprit ensuite la jeune femme, lorsque Vladimir leur parla de la situation politique.

— La coalition formée par la Prusse et l'Autriche est en train de rallier l'Angleterre et la Hollande, leur apprit-il. C'est une question de semaines, voire de jours.

— Si je comprends bien, les menaces contre la France deviennent de plus en plus importantes, nota Alix.

Encore une fois, elle ne savait si c'était une bonne ou une mauvaise nouvelle, comme la plupart de celles qu'elle recevait, depuis quelque temps. Autrefois, tout était clair : sa famille était vouée à servir le roi de France, et donc la France avec lui. Un rapprochement entre la France et la

Savoie aurait été bien perçu. Aujourd'hui, le roi étant déchu, emprisonné, la République proclamée et tant d'autres choses encore, Alix naviguait en eaux troubles. Elle n'était pas heureuse que la Savoie ait été annexée. Elle ne voulait pas servir la France qui traitait si mal son ancien chef d'État, alors que celui-ci n'avait tout de même jamais assassiné personne. Et elle ne pouvait plus servir le roi de quelque façon que ce soit.

La seule solution pour continuer à faire son devoir était la voie choisie par Sylvain. Périlleuse, mais juste. Il venait en aide à ceux qui étaient persécutés et redistribuait des richesses aux pauvres. Il n'était guère étonnant que, dans ces conditions, ses hommes lui fussent tout dévoués. Comment un traître avait-il d'ailleurs pu se trouver parmi eux ? Rien que d'y penser, Alix en avait le cœur serré. Et qu'il y en eût apparemment un second dépassait son entendement.

En ce qui concernait les événements que rapportait Vladimir, Alix songeait que si la France s'affaiblissait, elle cesserait peut-être de vouloir imposer sa vision des choses à tout le monde et mettrait peut-être un terme à ses desseins de colonisation. Pour le moment, l'esprit révolutionnaire semblait bien accueilli par les peuples qu'elle désirait rallier à sa cause, mais cela allait-il durer ? Pour autant qu'Alix pût en juger, par rapport à la Savoie, les problèmes suivaient assez rapidement l'annexion. En plusieurs endroits, on commençait à se plaindre du pillage organisé des nouvelles régions françaises, de l'obligation de fournir des hommes à l'armée française… Ce n'était bon signe pour personne.

— Certes, répondit Vladimir, et pourtant, la France ne renonce pas à poursuivre la guerre, comme si elle se sentait investie de la mission de répandre l'esprit de la Révolution partout en Europe.

Voilà qui apportait une réponse définitive aux questions que se posait la jeune femme.

⁂

Ils partirent le lendemain, à l'aube. Sur sa civière improvisée – avec une peau tendue entre deux grosses branches – Sylvain reposait, entouré de fourrures et attendant le départ. Le transférer de sa couche à la civière lui avait tiré une grimace douloureuse, mais il n'avait pas crié. Alix l'avait examiné avant de le laisser partir et la blessure ne s'était pas rouverte.

Antonin et Bernard devaient le porter en premier, puis ce serait Vladimir et Frère Dominique. Après avoir emballé tout ce qu'ils voulaient emporter, ils firent plusieurs allers et retours pour charger les chevaux, que Clément avait amenés jusqu'à l'entrée du refuge. Puis chacun se munit d'un sac bien chargé et l'on reprit le tunnel malaisé pour sortir de la cache. Cependant, les hommes n'eurent pas trop de mal à manœuvrer avec la civière, y compris lors du tournant assez raide qui avait failli prendre Alix au dépourvu à l'aller.

À l'extérieur, le froid les surprit désagréablement, d'autant plus que la neige s'était remise à tomber. Cependant, même si cela compliquait la progression des fuyards, cela présentait l'avantage de recouvrir leurs traces immédiatement. Alix ne pouvait donc que s'en réjouir. Néanmoins, l'équipée ne s'annonçait pas aisée, encore une fois, d'autant que, deux précautions valant mieux qu'une, Frère Dominique voulait se livrer à de savants détours afin de brouiller encore mieux les pistes.

Les pieds des voyageurs s'enfonçaient dans une couche immaculée. Heureusement, ils étaient tous bien couverts et la tiédeur de leurs vêtements les prévenait contre la brume glaciale. La neige tombait doucement, dans un silence ouaté, sans que le moindre souffle de vent ne vînt perturber sa placide descente.

— Nous allons grimper, annonça Frère Dominique. Cela ne prend normalement qu'une demi-journée, mais avec les intempéries et avec les détours que nous serons obligés d'effectuer pour embrouiller les pistes, nous n'arriverons sans doute à destination que ce soir.

Les autres hochèrent la tête sans répondre, économisant leur souffle. Ils montèrent d'abord sans trop de mal, car le sol était dur, mais au fur et à mesure qu'une nouvelle couche poudreuse s'installait par-dessus, ils commençaient à s'enliser et à devoir faire de plus grands efforts à chaque pas.

Les alpages, en cette saison, ressemblaient à un désert aride. Le saisissant décor blanchâtre avait quelque chose de déprimant. Ici, Alix ne reconnaissait même pas les silhouettes familières de ses cimes alpines. Les montagnes n'étaient guère élevées, rien n'avait de couleur... et rien ne semblait avoir de relief non plus. Les cristaux de neige accrochés aux branches dénudées semblaient avoir colonisé la moindre parcelle du paysage.

L'avancée fut lente et laborieuse. Sylvain, visiblement consterné d'être une telle charge pour ses compagnons, tentait de maintenir le moral de ses troupes. Il encourageait ses hommes, plaisantait avec eux, les remerciait chaleureusement de leurs attentions. Quand elle pouvait marcher à côté de lui, Alix lui donnait la main, heureuse de ce simple contact. Sinon, elle écoutait en suivant le son de sa voix, souriant parfois béatement aux réflexions du jeune homme.

Après une pause, vers midi, au cours de laquelle ils avalèrent du pain et du jambon cru, ils traversèrent une petite forêt de sapins, relativement espacés, dont la ramure ployait sous la masse blanche qui la recouvrait et il fallait régulièrement se baisser pour éviter de prendre une branche en pleine figure. Le terrain était accidenté et les porteurs de la civière ahanaient.

Quelques animaux déguerpirent à leur approche. Un couple de lièvres blancs surgit pratiquement sous leurs pieds et Vladimir, prompt à réagir, fit mouche immédiatement.

Minuit s'empara du second petit animal d'un seul bond et d'un coup de croc. Le repas du soir était assuré.

Puis, ils sortirent de la forêt et suivirent une faille creusée par un torrent, jusqu'à se retrouver bloqués devant une falaise abrupte. Le torrent venait de là-haut et se jetait avec violence dans le vide par-dessus le chemin, lequel franchissait alors le précipice, au point le plus étroit. La cascade était si puissante qu'elle n'avait pas gelé, même en surface. L'eau se précipitait en contrebas avec sauvagerie entre les rochers verglacés.

— Nous n'allons pas pouvoir passer ici, objecta Vladimir. Ni nous, ni les chevaux. Les rochers sont trop glissants.

— Il y a un pont de neige, un peu avant, expliqua Frère Dominique, suffisamment solide pour nous porter, un par un. Je l'ai raté, dans cette brume opaque. Nous devons faire demi-tour, mais ce n'est pas loin, rassurez-vous.

Tous obtempérèrent. L'averse de neige s'était intensifiée, et elle transperçait tout. Les voyageurs commençaient à être mouillés et s'ils n'arrivaient pas rapidement au but, ils seraient bientôt gelés. Seul Sylvain était encore bien au sec, les différentes épaisseurs de fourrure qui le recouvraient le gardant bien à l'abri.

Tant mieux ! songea Alix, qui le surveillait de près. *Il n'aurait plus manqué qu'il attrapât une congestion pulmonaire, dans son état !*

Fort heureusement, après quelques hésitations, Frère Dominique retrouva le passage qu'il avait repéré : un étroit pont de neige et de glace qui enjambait la faille sur une petite dizaine de toises. Alix ne put s'empêcher d'éprouver un bref sentiment de frayeur en considérant le chemin qu'ils allaient devoir emprunter. Le pont, luisant de reflets bleutés, était complètement gelé. Mais la neige qui venait de tomber le recouvrait d'une couche moelleuse qui leur éviterait peut-être de glisser sur du verglas. Du reste, cet édifice forgé par la nature paraissait effectivement praticable par les chevaux, mais les cavaliers allaient devoir mettre pied à terre.

Voyant cependant l'hésitation de ses compagnons, le moine voulut s'engager le premier sur la passerelle pour en démontrer la solidité, mais Vladimir l'en empêcha et prit sa place, arguant que si le pont s'écroulait avec le religieux – qui était leur guide – ils seraient tous perdus. Mieux valait que ce fût lui qui en éprouvât la fermeté. Le vieux serviteur avança donc d'un pas régulier, et le pont supporta son poids sans émettre un seul son, craquement ou grincement, qui eût été le signe d'une fracture dans la glace et d'un effondrement prochain. Alix le suivit, le cœur battant, puis, un par un, tous franchirent l'obstacle sans plus de difficulté, tenant les rênes de leur monture en main. Les porteurs de Sylvain passèrent les derniers, avec la civière, et n'eurent aucun mal à rejoindre les autres sur l'autre rive.

Puis la caravane reprit sa marche lente et régulière. Elle traversa une zone visiblement ravagée par une avalanche, quelques jours plus tôt. Le sol était bouleversé, aucun arbre n'était encore debout. Des troncs de mélèzes entremêlés les uns dans les autres donnaient une vague idée de la catastrophe qui s'était déroulée ici.

Eh bien ! songea Alix en frissonnant. *Un couloir d'avalanche. Une chance que la dernière ait eu lieu avant que nous passions. Elles ont souvent lieu en série, mais visiblement, celle-ci a emporté tout ce qui était instable. Elle doit être récente et nous pouvons espérer être en sécurité.*

Ils trébuchaient contre des blocs de roche qui avaient été entraînés par la puissance du cataclysme et abandonnés sur place tandis que le torrent de neige avait poursuivi sa route plus loin. Alix ne voyait pas trop où ils allaient, lorsqu'elle finit par apercevoir, tout proche d'eux, un bâtiment perché sur un surplomb rocheux, comme un nid d'aigle. C'était un ancien monastère, leur apprit Frère Dominique, mais il était aujourd'hui en ruine, car abandonné depuis longtemps.

— Les ruines sont encore fort imposantes, mais on ne les voit que si on arrive vraiment dessus. Elles sont impossibles à repérer de loin. Sans doute les moines s'étaient-ils installés là dans un souci de discrétion absolue.

— Pourquoi les moines ont-ils quitté ces lieux ? demanda Alix.

— Il s'agissait de religieux alliés des Templiers. Lorsque Philippe le Bel a décidé de la fin de ces derniers, le monastère a été attaqué et brûlé. Le feu a eu raison de bien des bâtiments, le temps et le climat se sont chargés du reste.

L'abbaye avait eu un domaine fort étendu, comme en témoignaient les pans de murs lézardés et les tas de pierres délimitant des bâtiments secondaires entièrement détruits : ces ruines s'étendaient sur une vaste zone. Les fuyards passèrent devant ce qui avait dû être la chapelle, à en juger par les colonnes qui avaient autrefois démarqué la largeur de la nef, aux chapiteaux sculptés et recouverts de neige.

Le bâtiment principal, en revanche, celui où logeaient les moines, était resté partiellement debout, perché au bord d'une faille gigantesque et abrupte qui s'étirait comme une prodigieuse cicatrice noire dans le paysage blanc. Plusieurs centaines de toises plus bas, la forêt s'étendait à perte de vue.

— La particularité de cette abbaye est qu'elle s'étend non seulement sur le dessus, mais aussi dans le flanc même de la falaise. Les moines avaient creusé des cellules dans la roche, donnant directement sur le vide. Ce sont les mieux conservées, les plus à l'abri et les moins visibles. C'est là que nous allons nous installer, annonça Frère Dominique.

⁂

Quelques semaines passèrent. Cloîtrés dans leur refuge, les fuyards vivaient dans des conditions spartiates, mais aussi dans le silence et une paix totale, loin du monde et de ses bouleversements. Ils s'en contentaient parfaitement. Seul Frère Dominique quittait les lieux, de temps en temps, pour aller aux nouvelles et ramener ce qui leur manquait, vivres, munitions, couvertures. Ce moine était une véritable force de la nature, infatigable.

Vladimir et les autres hommes se relayaient pour partir à la chasse, s'occuper des bêtes, mais ils allaient toujours par deux, pour être certains qu'aucun d'entre eux ne pourrait s'échapper et avertir les ennemis du Lys de sa retraite. Pendant ce temps, le sosie de Sylvain poursuivait les opérations en cours, autant que possible, et menait Jankélévitch dans une autre direction.

Un soir, Frère Dominique revint avec une information qui ébranla le petit groupe : voilà plus de deux semaines qu'on avait fait le procès du roi Louis XVI.

— Le 14 janvier, le roi a été déclaré coupable. Le 16, la peine de mort a été prononcée…

Frère Dominique n'eut pas besoin d'en ajouter plus, tout le monde avait compris. Le roi avait été guillotiné le 21 janvier. Alix en pleura, atterrée. Elle ne comprenait pas ce besoin de tuer, ce désir d'éradiquer la monarchie en éliminant son représentant, d'enfouir dans le sang toutes les traces du passé, êtres humains y compris. Encore une fois, la vie était supprimée, et ce n'était que pour assouvir la soif de pouvoir de certains hommes, elle en était persuadée. De plus en plus, elle sentait venir la dictature, pire que toutes les monarchies qu'on avait connues jusqu'à présent. La dictature et la terreur.

En attendant, c'était le printemps 1793 qui approchait ; on sentait le redoux dans l'air ambiant, même si le sol était encore couvert de neige. Sylvain commençait à se rétablir et sa blessure au côté se refermait lentement. Néanmoins, il était encore très faible sur ses jambes et ne pouvait demeurer longtemps debout. De plus, Alix craignait toujours une possible infection tant que la plaie n'était pas totalement cicatrisée. Aussi surveillait-elle l'évolution avec le plus grand soin.

Cependant, début avril, Sylvain fut assez fort pour rester actif – sans trop faire d'efforts – plus de deux heures d'affilée. Alix et lui en profitèrent pour se marier, et ce fut Frère Dominique qui leur donna le sacrement, tandis que Vladimir leur servait de témoin. Sylvain voulait faire les choses dans les règles pour pouvoir quitter le pays ensuite. Alix, pour sa part, avait en tête des idées plus macabres, entretenues par les dernières nouvelles reçues ; au moins, se disait-elle, si jamais ils devaient mourir, ils seraient en règle avec Dieu et leur conscience.

Ce fut cependant une jolie cérémonie. Habillée d'une robe blanche qu'elle s'était cousue dans des draps de lin qu'avait ramenés Frère Dominique, les cheveux relevés en chignon, Alix avait l'air d'une véritable mariée. Mais bien évidemment, il n'y eut pas de grande cérémonie, pas d'enfants pour tenir une traîne longue de plusieurs toises, pas d'invités, pas de profusion de fleurs. Vladimir avait néanmoins déniché de timides crocus et des perce-neige, ce qui avait touché la jeune femme. Et à vrai dire, comme elle ne demandait rien d'autre que le bonheur simple d'être aux côtés de Sylvain, ce fut pour elle un merveilleux moment, en dépit de tout ce dont ils étaient privés.

Après cela, elle songea qu'elle devait mettre sa mère au courant de tous ces événements et lui conseiller de se réfugier dans la cache que son père avait prévue pour eux, en cas de malheur. Bradroc connaissait les lieux et pourrait la conduire sans difficulté. À l'aide de Frère Dominique, elle put écrire un mot et le moine s'engagea à le faire parvenir à destination d'une façon ou d'une autre. Alix en profita pour recommander à sa mère de brûler la missive une fois qu'elle l'aurait lue, afin de ne pas laisser de trace. Elle prenait déjà suffisamment de risques en lui envoyant un courrier. Néanmoins elle ne pouvait laisser la marquise plus longtemps dans l'incertitude. L'esprit en repos, la jeune femme s'adonna alors sans arrière-pensée à la vie paisible qui était la leur en ces lieux.

Le printemps s'était déclaré brutalement. La neige avait totalement disparu, et il devenait beaucoup plus facile pour les réfugiés du monastère de se déplacer et de trouver à manger. Partout, la végétation reprenait le dessus. Alix et Sylvain vivaient dans un état de grâce dont ils profitaient d'autant plus qu'ils savaient qu'il ne durerait pas. Ils n'étaient pas détachés de toutes préoccupations, néanmoins. Toujours grâce à Frère Dominique, Sylvain fit passer des ordres pour ses hommes et commença à organiser ses affaires pour son départ. Mais ce furent les événements du mois de mai, en Savoie, qui ramenèrent le jeune couple à la réalité.

La Savoie – ou plutôt le département du Mont-Blanc – commençait enfin à sortir de l'incertitude ; les mesures provisoires faisaient place à du définitif. Mais en même temps, on s'apercevait de l'ampleur des illusions de l'année précédente. Les querelles locales n'avaient pas disparu, Annecy et Chambéry – devenue chef-lieu du département – étaient toujours rivales. Plus grave, les premières charges militaires commençaient à peser sur la région, d'autant que la France, ainsi que Vladimir l'avait prédit, poursuivait ses efforts de guerre. Il fallait également recruter dans l'administration, notamment pour les nouveaux tribunaux, ce qui passait par des mesures destinées à imposer certaines personnes à la place d'autres. Alix apprit avec surprise qu'Armand envisageait de participer à la création d'un tribunal révolutionnaire à Chambéry, ce qu'il espérait pour l'automne. Sylvain, pour sa part, reçut la nouvelle sans sourciller, mais sa jeune épouse comprit qu'il était cruellement touché. Bien entendu, il ne semblait pas que les impôts dussent diminuer, bien au contraire.

Par-dessus tout, la question religieuse était en train de devenir un point d'achoppement crucial et achevait de lancer le développement d'un mouvement contre-révolutionnaire. Lorsque la Savoie avait été envahie et la République proclamée, pratiquement personne n'avait envisagé qu'une persécution religieuse pût avoir lieu dans la région, bien au contraire. Une bonne partie du clergé avait d'ailleurs souscrit sans arrière-pensée au serment de la Constitution civile du clergé. La surprise fut donc totale lorsque les couvents furent fermés et pillés sans vergogne, et que le nouveau pouvoir en place déposa ses exigences politiques et matérielles vis-à-vis du clergé paroissial. Il ne fallait plus grand-chose pour mettre le feu aux poudres.

On en était là quand Sylvain décida qu'il était temps de reprendre la route des Alpes. Il pouvait maintenant tenir en selle, même si ce n'était pas pour longtemps à chaque fois, et il entendait mener à bien les projets qu'il avait en tête. Il avait quelques derniers préparatifs à effectuer et entendait déposer Alix chez elle le temps de les terminer, avant de passer la reprendre pour partir avec elle en Italie.

Le chemin du retour, pour Alix, fut loin d'être aussi éprouvant que l'avait été l'aller. En dépit de l'inquiétude qui la tenaillait au sujet de l'avenir, elle était heureuse. Il faisait bon, le soleil brillait dans un ciel très pur. Sylvain était en vie, avec elle. Qu'aurait-elle pu demander de plus ? Rien, et cependant...

Depuis quelques jours, Alix souffrait de nausées et, tandis qu'ils prenaient la route, la vérité se fit rapidement jour en son esprit. Profitant du répit qui leur était accordé, Sylvain et elle avaient vécu comme les jeunes mariés qu'ils étaient, sans prendre de précautions particulières. Et le fruit de leurs amours était certainement en train de grandir dans son ventre.

La jeune femme en ressentit à la fois une immense joie, heureuse à la perspective d'avoir un enfant à choyer, malgré les difficultés de leur époque, mais aussi un trouble grandissant, au point qu'elle tut la nouvelle et la garda pour elle. La perspective de devenir maman lui posait question, surtout si tôt après son mariage… et plus encore avec les dangers qui les menaçaient.

Ils s'étaient mariés en secret et uniquement par amour, sans se soucier de l'avis de qui que ce fût. Ils vivaient l'un pour l'autre, chacun emplissant l'existence de l'autre d'une façon qu'aucun d'eux n'avait jamais osé espérer, même en rêve. Par moments, Alix avait le sentiment qu'ils étaient si intimement unis qu'il n'y avait plus ni elle ni lui, qu'ils formaient un tout. Elle n'avait pas imaginé que cette union serait si vite incarnée dans un bébé, alors que leur amour était encore tellement jeune qu'il était tout préoccupé de lui-même.

Eh bien, se dit-elle, *peu importe au fond ! Si cela arrive maintenant, c'est que ça devait arriver. Vivre, c'est prendre des risques. Alors risquons cette nouvelle aventure !*

Elle sourit, se demandant si elle devait en parler à son époux tout de suite ou attendre un peu. Le pauvre s'inquiétait déjà tellement de leur sécurité et de la façon dont il allait les faire passer à l'étranger qu'elle se dit qu'elle ferait mieux d'attendre qu'ils soient tous deux en sécurité, en Italie, avant de lui en parler. Et là-bas, ils pourraient savourer pleinement l'ampleur de ce qui leur arrivait.

⁂

En chemin, dans une auberge, les voyageurs entendirent que des insurrections éclataient en Savoie. On racontait que dans la vallée de Thônes, trois mille paysans s'étaient soulevés et se dirigeaient vers Morette, face aux troupes de l'armée républicaine. Alix, le cœur serré, se demanda jusqu'où cela irait et si sa mère avait bien suivi ses recommandations et s'était mise à l'abri. Elle avait quelques doutes à ce sujet, connaissant la marquise.

Plus tard, en achetant un journal, à Chambéry, Alix apprit qu'Olympe de Gouges, son héroïne, s'en était violemment prise à Robespierre. Comme plusieurs autres personnes, elle le soupçonnait d'aspirer à la dictature... mais elle le disait ouvertement dans ses écrits, n'hésitant pas à affirmer qu'il était « l'opprobre et l'exécration de la Révolution ». Elle s'en prenait aussi à ceux qu'elle tenait pour responsables des massacres de septembre 1792, disant que le sang, même celui des coupables, « versé avec cruauté et profusion, [souillait] éternellement » la Révolution. Marat, en particulier, qu'elle traitait d'« avorton de l'humanité », attirait sa vindicte, notamment pour avoir été l'un des signataires de la circulaire du 3 septembre 1792 qui proposait d'étendre les massacres de prisonniers dans toute la France, tel que cela avait été fait à Paris. Elle dénonçait également la montée en puissance et les dangers de la dictature *montagnarde*, avec la mise en place d'un *Comité de salut public*, le 6 avril 1793, qui s'arrogeait le pouvoir d'envoyer les députés en prison.

— Cette femme est tellement courageuse ! s'exclama Alix. Mais elle prend trop de risques. Elle finira sur l'échafaud.

— Elle prend des risques parce qu'elle estime que sa cause est juste, répondit Sylvain d'un ton ferme, et cependant doux. N'est-ce pas ce que tous nous faisons ?

Alix savait qu'il parlait aussi pour lui-même. Elle ne dit rien ; il n'y avait rien à dire, de toute façon. Mais il sentit qu'elle le comprenait, malgré ses inquiétudes, à la souplesse tiède de son corps qui effleurait le sien.

Cette nuit-là, la dernière qu'ils passèrent ensemble avant de rejoindre la Chaussée d'Arville, Alix et Sylvain se donnèrent l'un à l'autre plus complètement qu'ils ne l'avaient jamais fait, comme s'ils avaient craint de ne plus jamais pouvoir le faire ensuite. Ils allaient être séparés quelques jours, et cette idée leur était aussi intolérable à l'un qu'à l'autre.

— Bientôt, c'en sera fini de cette vie d'errance, promit Sylvain dans un murmure apaisant. Nous serons à l'abri… et ensemble pour toujours.

Alix le serra avec ferveur contre elle, cherchant le courage de traverser les dernières épreuves. Il avait raison : ils étaient au bout du tunnel ; tout irait bien.

24

En prison

En arrivant chez elle, Alix pensait retrouver sa mère – persuadée que celle-ci n'avait pu se résoudre à abandonner la Chaussée d'Arville et tous les souvenirs de son époux et de sa famille –, mais certainement pas Armand – du moins pas dès la première minute. Encore moins Adélaïde. Et pourtant, quand elle arriva sur Flamme dans la cour d'honneur, elle fut saisie de voir le jeune homme sur le perron du château, donnant le bras à l'héritière Fagerolles. La marquise se tenait près d'eux, pâle et droite.

Dieu du Ciel ! songea Alix avec angoisse. *Que viennent-ils faire ici ?*

Fort heureusement, Alix avait laissé Sylvain dans la forêt, non loin du château. Ils ne devaient se retrouver que plusieurs jours après. Au moins était-il en sécurité, loin de son frère. La jeune fille ne savait plus quelle attitude elle devait adopter vis-à-vis du cadet des Saint-Clair, devenu un très ardent républicain en son absence, d'après la rumeur.

Quand il la vit, il changea de couleur et elle comprit qu'il était secoué de la revoir.

— Alix ! C'est bien vous ! Nous allions justement partir à votre recherche !

Sans répondre, la jeune fille se précipita dans les bras de sa mère, bouleversée de la retrouver. Mais les épreuves l'avaient rendue plus forte et elle ne tourna pas de l'œil, cette fois. Elle serra sa fille contre elle, incrédule et soulagée, les yeux pleins de larmes.

— Merci, mon Dieu... Merci, mon Dieu... bafouillait-elle à son oreille.

Au bout d'un moment, Alix se sépara d'elle et lui sourit d'un air qui se voulait rassurant. Gêné par ses effusions, Armand se tenait toujours près d'elle et attendait. Alix le regarda, puis demanda avec amabilité :

— Partir à ma recherche ? Et pourquoi donc ? J'étais partie rendre visite à de la famille...

— Inutile de me raconter de telles fables, répondit le jeune homme. Je connais la vérité.

Un frisson glacé passa dans le dos d'Alix. La vérité ? Quelle vérité ? Que savait-il ?

Rapidement, il expliqua qu'il savait déjà qu'elle était partie avec un homme du Lys Pourpre, c'était même pour cela qu'il était là. Pour tenter de connaître le lieu où se cachait ce traître à la nation et le faire comparaître devant un tribunal.

— Qui vous a dit cela ? demanda alors Alix. C'est absurde.

— Jacques, le fils du meunier, répondit le jeune Saint-Clair. J'étais en route pour venir vous voir, lorsque j'ai aperçu votre camériste, Marianne. Comme elle remontait vers le château, j'ai proposé de lui servir d'escorte. C'est alors que Jacques m'a répliqué qu'il était capable de veiller lui-même sur sa fiancée et que, de toute façon, il ne me servait à rien d'aller jusque chez vous puisque vous n'y étiez pas.

Armand pinça les lèvres à ce souvenir.

— Il se montrait si insolent que nous avons failli en venir aux mains. Et au cours de notre altercation, il m'a dit que vous étiez partie avec un homme. Un membre de la troupe du Lys Pourpre. Il en riait, ce rustre, en voyant le mal que cela me faisait. Je n'ignorais pas, en effet, quelle malheureuse fascination exerce ce bandit sur les femmes ; je n'avais qu'à voir ma cousine pour m'en rendre compte. Et j'étais alarmé à l'idée des dangers que vous couriez. J'ai finalement envoyé mon poing dans la figure de cet individu, acheva Armand avec satisfaction.

Accablée, Alix glissa un bref regard vers Marianne, qui s'était glissée derrière elle, confuse et rougissante. L'héritière de la Chaussée d'Arville avait compris d'où venait la fuite : Jacques n'avait pu apprendre la nouvelle que par sa fiancée. Et Jacques, sous le coup de la jalousie et avec son impétuosité habituelle, avait parlé à tort et à travers. Sans doute qu'Armand était aussitôt allé alerter les autorités ! Voilà pourquoi Vladimir et Alix avaient été suivis ! Par la suite, les policiers n'avaient eu qu'à suivre la piste, interroger des témoins, retrouver les cadavres qu'ils avaient semés sur leur route. Ils n'avaient même pas eu besoin d'un second traître dans les rangs du Lys...

— Bien, fit Alix, sans plus chercher à tergiverser, comprenant qu'il était inutile de nier. Et comment comptiez-vous connaître le lieu où se cache le Lys Pourpre ? Vous n'espériez pas me poser la question, je suppose, étant donné que vous me croyiez partie.

— Non, certes, répondit Armand d'un ton dur. Mais je ne suis pas venu seul. Une fouille est en cours, dans le château, à la recherche d'indices que vous ou votre ami auriez pu laisser derrière vous. Nul doute, cependant, que votre retour nous facilitera les choses.

Alix frémit. Cette perquisition était à la fois une insulte pour sa famille, une humiliation... et un vrai danger. Si on découvrait les lettres dans son coffret en bois de rose ? N'y avait-il rien de compromettant dedans ? Dans l'affolement du moment, elle ne se souvenait plus.

— Je n'ai absolument rien à vous dire, rétorqua-t-elle cependant d'une voix ferme, d'autant moins que je ne suis absolument pas au courant des secrets du Lys.

Elle prit une inspiration et se lança dans un énorme mensonge :

— Je ne l'ai rejoint que pour le soigner. On a fait appel à moi de force, en raison de mes connaissances médicinales. Et on m'a retenue prisonnière.

— Dans ce cas, pourquoi disiez-vous être partie visiter de la famille, il y a quelques instants ? objecta Armand. N'était-ce pas plutôt parce que vous êtes partie consentante et que vous tenez à protéger ce... ce vil individu ?

— Ma chère, vous risquez gros à être ainsi la complice du Lys Pourpre, glissa Adélaïde à brûle-pourpoint.

Armand la fit taire aussitôt.

— Que fait ici cette demoiselle ? demanda alors Alix. Elle n'est pas dans la police, que je sache.

— Non, elle est ici en tant que témoin.

— Il se trouve que j'ai aperçu l'homme qui est venu vous chercher, en janvier, expliqua Adélaïde avec un aplomb insolent. S'il avait été découvert entre ces murs, j'aurais pu le reconnaître.

Menteuse ! songea Alix, furibonde. *Tu n'as pas pu nous voir ! Il n'y avait personne, j'en suis sûre. Tu n'as dit ça que pour pouvoir accompagner Armand et mettre ton grain de sel dans les affaires de ma famille, afin d'être certaine que ta rivale ne représentait plus le moindre danger.*

— Vous n'avez pas répondu à ma question, reprit froidement Armand. Pourquoi racontiez-vous être partie visiter de la famille, si ce n'était pour protéger le secret du Lys Pourpre ?

— Il ne s'agissait pas de ça, repartit Alix d'une voix blanche. Je ne faisais qu'appliquer la consigne que l'on m'avait donnée. Je ne devais pas dire où je m'étais rendue, ni avec qui j'étais, sans quoi j'en paierais le prix.

C'était plausible. Elle vit le moment où Armand allait croire son histoire et crut la partie gagnée. Ce fut cet instant que choisit un bataillon de soldats républicains pour apparaître derrière elle, bousculant Marianne et la marquise. Ils venaient de fouiller le château, et l'un d'eux tenait entre ses doigts la lettre qu'Alix avait écrite à sa mère pour la mettre au courant.

Au regard de la marquise, Alix comprit que celle-ci s'en voulait terriblement de n'avoir pas détruit le message, comme elle le lui avait demandé, mais il était trop tard. Fort heureusement, elle avait gardé secrètes certaines informations comme la véritable identité du Lys Pourpre, qu'elle appelait seulement Sylvain Roche. Elle avouait cependant être avec lui, en être amoureuse, l'avoir soigné... et épousé.

Armand avait commencé sa lecture à voix haute et au fur et à mesure qu'il déchiffrait les mots, sa voix se mettait à trembler et il devenait de plus en plus blême. Alix se demanda s'il allait la faire arrêter sur-le-champ. Ce fut également ce que demanda, mais tout haut, le soldat qui avait apporté la lettre. Raide, Armand mit un temps avant de répondre.

— Non, dit-il finalement. Mlle Alix de la Chaussée d'Arville se contentera de rester à demeure, en attendant qu'on vienne lui demander des éclaircissements.

— Mais, monsieur, protesta le soldat, c'est une complice du Lys Pourpre.

De livide, Armand passa au cramoisi, sous le coup de la colère.

— Vous contestez mes ordres, soldat ? ! s'exclama-t-il.

— Non, monsieur, maugréa l'autre.

— Il a raison, mon cher Armand, intervint Adélaïde de Fagerolles d'une voix doucereuse. Vous connaissez Mlle de la Chaussée depuis des années et il apparaît évident que votre amitié pour elle vient fausser votre jugement. Vous ne la croyez pas capable d'une telle fourberie, et pourtant, les faits sont là...

Au regard fulgurant que lui lança Armand, Alix comprit qu'il ne lui pardonnerait jamais cette intervention. En dépit de tout, il cherchait à la protéger et Adélaïde, au contraire, venait de la remettre en danger. De surcroît, elle contestait son autorité, ses décisions et son jugement devant les hommes qu'il commandait ! Elle lui faisait perdre la face. C'était une manœuvre tout à fait maladroite.

— Ma chère, répondit-il d'une voix tranchante, il est heureux que vous ne soyez pas soldat, vous aussi. Sinon, j'aurais été obligé de vous faire traduire en cour martiale pour manquement aux ordres.

Il esquissa un sourire glacial, comme si tout ceci n'était qu'une stupide plaisanterie. Puis il ajouta, l'air contraint :

— Néanmoins, vous avez raison sur un point : je connais Mlle de la Chaussée depuis des années et je sais qu'elle n'a pas pu être la complice consentante d'un traître à la nation. Tout au plus a-t-elle été séduite par un vil suborneur qui s'en est pris à une femme en état de faiblesse.

— Je ne suis pas... commença Alix.

Mais un regard de sa mère la fit taire immédiatement. Mieux valait passer pour une faible femme, sans doute, en cet instant...

— Cependant, poursuivait Armand, après réflexion, il apparaît que cette position privilégiée auprès de lui en fait un témoin idéal. Le problème, c'est que le Lys risque de vouloir venir la rechercher ici avant que nous n'ayons pu l'interroger, afin d'être certain qu'elle ne dévoile rien de ses plans et de ses cachettes. Aussi, Alix, je suis au regret de vous demander de bien vouloir m'accompagner.

— Pas si vite ! lança une voix ferme.

Le sang d'Alix ne fit qu'un tour.

— Sylvain ! Non ! s'écria-t-elle. Va-t'en !

C'était bien lui. Pourquoi était-il revenu ? Que faisait-il ici ? C'était complètement irresponsable !

— Non, Alix, je ne peux pas laisser faire ça... répliqua-t-il d'un ton ferme. J'ai vu les montures de ces hommes, en lisière du bois. J'ai compris ce qui se tramait. Ils vont t'emmener à Jankélévitch, et ça, je ne puis le permettre. Mon épouse ne peut être abandonnée entre ses mains.

Sylvain s'était avancé à visage découvert. Exsangue, Armand avait reconnu son frère… et Adélaïde aussi. Il n'y avait qu'à voir ses yeux écarquillés et son air suffoqué pour le comprendre. Tout aussitôt, la rage déforma ses traits, lorsqu'elle comprit que les fils Saint-Clair, au final, étaient tous deux amoureux d'Alix et qu'elle n'avait jamais eu aucune chance, ni avec l'un ni avec l'autre.

— Louis ? demanda Armand d'une voix étranglée.

Au son de sa voix, Alix comprit qu'il était plein de haine et de rage. Mais c'était une colère glaciale, rentrée, et qu'il semblait contrôler. Elle n'en était pas moins effroyable et effrayante. Il venait de comprendre, en un instant, que son frère était revenu, ce frère exécré et admiré à la fois, qui lui « volait » son titre d'aîné ; que ce frère était le Lys Pourpre, l'ennemi public qu'on recherchait partout, et que par le fait même, il était en train de menacer ce que lui, Armand, construisait lentement et patiemment, sa place dans la société nouvelle qui se créait ; avoir un traître pour frère ne pouvait que porter atteinte à ses ambitions politiques ! Mais plus que tout, il venait de comprendre que ce même frère, enfin, lui avait ravi la femme qu'il aimait. C'était lui, cet étranger auquel elle pensait constamment ! C'en était trop pour Armand : il ne pouvait admettre les sentiments qui liaient Louis à Alix. Il ne pouvait accepter que Louis eût réussi là où il avait échoué et épousé la femme qui lui avait dit non.

Aussitôt, toutes les armes se tournèrent vers Sylvain. Il n'y eut pas besoin de concertation. Même les plus balourds des hommes de troupe avaient compris qu'il s'agissait du fameux Lys dont il était question dans la lettre dont la lecture venait de leur être faite. Pas question de le laisser filer !

— Non, cria Alix, désespérée. Ne le tuez pas ! Je vous en supplie !

— Nous ne le tuerons pas, pour qui nous prenez-vous ? répondit Armand d'une voix glaciale. Il aura droit à un procès en bonne et due forme.

Le jeune homme raconta alors qu'il allait faire partie du tribunal révolutionnaire local de Chambéry et bénéficiait déjà d'appuis politiques importants. C'est pour cela qu'il commandait une petite troupe de soldats, chargée de seconder Jankélévitch dans son enquête. C'était une promotion récente et voilà pourquoi il n'avait pu venir que maintenant pour interroger la marquise et fouiller le château à la recherche d'indices.

Sans plus attendre, Armand fit arrêter Sylvain/Louis. Adélaïde eût voulu qu'Alix fût arrêtée aussi, mais le cadet Saint-Clair s'y opposa fermement, au moins dans un premier temps.

— Maintenant que le Lys est pris, il n'y a pas d'urgence à emmener Mlle de la Chaussée en prison. Elle peut très bien rester ici, sous bonne garde, en attendant que nous revenions l'interroger, en hommes civilisés. Le plus urgent est de conduire le Lys au chef-lieu du département !

Sylvain, très pâle, eut un imperceptible hochement de tête en entendant le verdict rendu par son frère. Il lui lança un regard qui disait clairement : « Elle est sous ta responsabilité, désormais. Fais en sorte qu'il ne lui arrive rien. » Interdite, sonnée, Alix ne put qu'intercepter ce coup d'œil, se demandant ce qui se passait. Son mari leva un doigt impérieux en direction de son frère qui pouvait autant dire « Je compte sur toi » que « Tu me le paieras ! ». Ce fut bref, et certainement personne d'autre qu'Alix et l'intéressé ne s'en rendirent compte.

Puis, après un dernier coup d'œil plein de tendresse à Alix, effondrée, encore incrédule, il se laissa emmener sans résistance. Ne laissant que deux hommes en faction devant le château, Armand partit rejoindre le Furet à Chambéry avec sa troupe et son… « prisonnier ». Il traitait son frère comme un simple prisonnier !

⁂

Quelques heures plus tard, Alix tournait en rond dans la grande salle du château, nerveuse et angoissée, cherchant désespérément une solution, un moyen de s'échapper sans se faire remarquer – deux soldats étaient restés à la grille du château. Sa mère était près d'elle, soulagée de la voir de retour, mais impuissante à la calmer. Elles n'avaient pas pu célébrer leurs retrouvailles comme elles l'auraient fait dans des circonstances moins dramatiques et la marquise se sentait tellement responsable de ce qui s'était produit – à cause de cette maudite lettre ! – qu'elle ne parvenait même pas à lever les yeux sur sa fille.

Bradroc était présent aussi, discutant point par point tous les événements, afin de chercher une issue, lui aussi. Alix lui répondait par monosyllabes, cherchant à se concentrer, à comprendre. Elle n'était plus en pleurs ni atterrée. Au contraire, la jeune femme était sur des charbons ardents. Oh, bien sûr, elle était abasourdie par la tournure prise par les événements, mais elle ne voulait pas se laisser abattre. Elle ne voulait pas perdre espoir. Au contraire, elle voulait voler au secours de son époux. Elle ne concevait pas qu'il eût agi de cette façon, même par amour pour elle, et qu'il se fût jeté inconsidérément dans la gueule du loup pour la sauver. Il devait certainement avoir une idée en tête, se disait-elle, et elle devait absolument comprendre laquelle pour pouvoir tenir son rôle dans le plan qu'il avait probablement déjà échafaudé.

Elle en était là de ses réflexions quand elle entendit venir des cavaliers. Il s'agissait de Béatrice, accompagnée d'Ankus et de ses parents. Tous les Saint-Clair se montrèrent heureux de retrouver la jeune fille vivante et en bonne santé… mais les visages étaient tirés et les cœurs serrés. À peine avaient-ils appris que le fils aîné de la famille était vivant, en dépit de tout ce qu'ils s'étaient imaginé, qu'ils étaient mis devant l'évidence : leur fils ne leur serait pas rendu. Ils n'avaient même pas pu le voir. Vu les accusations qui pesaient contre lui, en tant que Lys Pourpre, ils s'attendaient à le perdre une seconde fois... et de façon définitive. Que leur second fils en fût responsable était une souffrance de plus.

Alix apprit qu'Armand n'avait quasiment plus de contacts avec eux depuis des semaines, pratiquement aussitôt après son départ pour aller soigner Sylvain. Ils avaient appris qu'il avait rejoint les républicains à Chambéry, et qu'il se montrait si intransigeant et si prompt à appliquer la loi qu'on l'avait surnommé « le petit Robespierre ». De toute évidence, cela peinait terriblement la comtesse, effondrée dans les bras de la marquise, mais le comte, pour sa part, ne voyait en son cadet qu'un traître – et donc un étranger. Il ne pouvait admettre que son fils se fût placé du côté de ces révolutionnaires qu'il exécrait. Pour lui, il valait mieux le rayer de son existence et ignorer qu'il vivait toujours quelque part. Mais Armand n'en avait cure, visiblement. Il avait définitivement rompu les ponts avec eux.

Les Saint-Clair demandèrent à la jeune fille nombre de détails sur son voyage et ses aventures... et surtout sur Louis/Sylvain. Sans rechigner, elle leur raconta ce qu'elle avait vu, observé et vécu, et elle ne leur cacha rien de ce qui avait trait à leur fils. Elle leur révéla qu'ils s'étaient mariés et le comte la prit dans ses bras avec une émotion non feinte.

— J'ai toujours su que vous deviendriez ma belle-fille, Alix !

Ankus, comme à l'habitude, était le plus enthousiaste de tous. Bien qu'il eût beaucoup mûri et qu'il fût en passe d'atteindre ses seize ans, il était toujours aussi vif et impétueux. Il ne parlait désormais que de partir délivrer son frère.

— Et comment veux-tu faire cela ? demanda son père, à la fois agacé et fier de son rejeton.

— Il faut contacter les gens de son réseau. Nous savons qu'il y en a à Arville.

Alix hocha la tête.

— Effectivement, mais je ne sais pas de qui il s'agit. En revanche, Vladimir est certainement resté dans le coin. Je ne puis croire que Sylvain… Louis, pardon… se soit jeté dans la gueule du loup sans un plan de secours.

Sa voix se raffermit, tandis qu'elle ajoutait :

— Il faut retrouver Vladimir. Lui seul nous dira quel est le plan de Louis et comment nous pouvons l'aider.

⁂

Pendant ce temps, l'arrestation de Sylvain Roche, alias le Lys Pourpre, alias M. Arnauld, alias Louis de Saint-Clair, avait déjà fait l'effet d'une bombe au village où la nouvelle s'était répandue comme une traînée de poudre. Nul doute qu'il en serait de même parmi toute la troupe du Lys Pourpre, dès qu'elle serait entièrement au courant, et même dans toute la France, lorsque les journaux se seraient emparés de l'affaire. Le Lys était un personnage public tellement populaire qu'une telle nouvelle allait provoquer une véritable petite révolution.

En attendant, Alix et ses compagnons n'eurent nul besoin de chercher Vladimir, car ce fut lui qui vint au château, où il réussit à entrer à l'insu des gardes. Malheureusement, ils n'abordèrent pas la question du plan de Sylvain, car le vieil homme était porteur d'une mauvaise nouvelle : en mesure de prévention, Sylvain était directement transféré sur Paris, accompagné d'Armand et du Furet. Alix aurait pleuré de désespoir devant cette nouvelle complication si elle ne s'était obligée à tenir bon. Elle voulait rester forte pour trouver une solution et aider son époux. Cependant, Jankélévitch n'eût pu mieux manœuvrer, d'autant plus que les événements se précipitaient en Savoie et que le policier tenait à éloigner son prisonnier avant que ce ne fût le chaos total dans la région.

Bien lui en prit, car des insurrections éclatèrent effectivement un peu partout. Une simple préceptrice savoyarde du nom de Frichelet-Avet fut arrêtée comme en étant l'initiatrice, jugée et exécutée dans la foulée, à Annecy. D'autres chefs contre-révolutionnaires subirent le même sort en quelques jours. Les paysans révoltés, pour leur part, étaient simplement fusillés sur place et leurs chalets incendiés.

Il se chuchotait que ces révoltes étaient à mettre en relation avec la présence des troupes sardes restées dans les Alpes : en effet Victor-Amédée III avait fait entrer le royaume de Sardaigne dans la coalition européenne en avril 1793, après l'Angleterre et la Hollande, et en même temps que l'Espagne, et il voulait tenter une reconquête. La guerre menaçait donc sur la crête des Alpes d'où l'on craignait de voir revenir les Piémontais. C'était un rude coup pour la République et un de plus pour la Savoie déchirée.

Pour Alix, en revanche, c'était une opportunité. Tant que les énergies seraient concentrées ailleurs, elle pourrait peut-être filer en catimini en compagnie de Vladimir et rejoindre son époux… ou tout du moins, ses alliés à Paris, lesquels l'aideraient à délivrer Sylvain. C'était une idée fixe. Elle ne savait pas encore quand ni comment, mais elle ferait évader son bien-aimé. Elle avait conscience d'agir d'impétueuse façon, mais elle n'avait pas le choix ; le temps pressait.

Avec l'aide des Saint-Clair, on monta une opération destinée à attirer l'attention des soldats qu'Armand avait laissés surveiller la résidence de la Chaussée. La diversion mise au point, Alix organisa son départ définitif du château. Le château et les animaux de l'élevage seraient confiés à Bradroc, Faustine et toute l'équipe de serviteurs, en attendant son retour – sans doute pas avant quelques années. La jeune fille donna accès à l'intendant à la cassette qui contenait toute la fortune de sa famille et servirait à l'entretien du domaine en son absence. Elle savait qu'il saurait faire fructifier l'élevage, si les révolutionnaires ne venaient pas tout détruire.

Auparavant, Alix pria Bradroc d'accompagner sa mère à la cache du marquis, avant de la faire passer en Italie. Ils partiraient en même temps qu'elle, dès que la diversion aurait été lancée, mais dans une direction opposée. Alix, déjà prête à se lancer sur la route de Paris avec Vladimir, demanda à ce qu'on préparât Tempête et Flamme. Elle était décidée à retrouver les hommes du Lys, et même à plaider sa cause auprès d'Armand s'il le fallait.

Comme prévu, on déclencha un incendie sur le côté du château. Alertés par les clameurs des serviteurs, les soldats se dirigèrent vers le lieu du sinistre. Bradroc et la marquise d'un côté, Alix et Vladimir de l'autre, en profitèrent pour prendre la poudre d'escampette. Mais à peine avaient-ils fait quelques centaines de pieds qu'ils étaient arrêtés par une ligne de militaires en arme – des hussards apprit Alix un peu plus tard.

— J'étais certaine que vous tenteriez quelque chose, lança une voix ironique. Voilà pourquoi j'ai averti les autorités.

Adélaïde !

Alix fusilla la demoiselle du regard. Hélas, il n'y avait rien à faire. Pourtant, elle se lança au milieu des soldats avec son cheval en criant à Vladimir :

— Fuyez ! Et faites tout ce qu'il faudra !

Profitant de la trouée qu'elle avait créée dans la frange des hussards, le vieux serviteur lança son cheval au triple galop. Des coups de feu claquèrent, mais il était déjà loin.

— Rattrapez-le ! hurla un des militaires qui arborait quelques galons à l'épaule.

On fit tomber Alix à bas de son cheval, mais elle ne put s'empêcher de sourire : ils ne pourraient pas récupérer Vladimir ; celui-ci était bien trop adroit et son cheval bien trop rapide. C'était Flamme, rien de moins.

⁂

Alix ignorait si sa mère et Bradroc avaient été pris, eux aussi. En tout cas, il n'y avait qu'elle qu'on avait emmenée dans la prison reculée, non loin de Chambéry, dans un château réquisitionné. On l'avait installée, sous bonne garde, dans une salle du rez-de-chaussée. Elle n'avait pu que s'asseoir sur une chaise en méditant sa malchance.

Puis, au bout de quelques heures, quatre hommes entrèrent en silence, chapeautés jusqu'aux yeux et le bas du visage masqué par une écharpe, et se tinrent immobiles devant elle.

Les lâches ! songea Alix. *À quatre contre une, ils n'y vont pas de main morte. Je n'ai aucun moyen de leur échapper. Et ils se dissimulent. Ils ont peur que je les reconnaisse, que je les dénonce... et que le Lys Pourpre n'exerce quelques représailles contre eux s'il venait à s'échapper. Le craignent-ils donc à ce point, alors qu'il est affaibli et maintenant emprisonné ?*

En tout cas, ce n'était pas bon signe. C'était plutôt l'indice qu'ils étaient venus faire une besogne assez basse, dont ils n'étaient pas fiers. La jeune femme recula instinctivement, observant avec anxiété les individus anonymes.

Le chef des hussards qui avait procédé à son arrestation entra alors. Lui, au moins, ne se dissimulait pas. Tandis qu'elle jetait un regard désespéré vers le soupirail à travers lequel perçait une lumière blême, il ricana et lança :

— Tu rêves de liberté, à ce que je vois ! Elle peut t'être rendue très vite, citoyenne Chaussée d'Arville ! À condition que tu parles.

Il la tutoyait, sans doute pour lui montrer qu'elle ne valait rien dans le nouveau monde qu'il était en train de construire avec ses hommes et ses supérieurs ; peut-être aussi dans l'espoir de l'intimider, de prendre l'ascendant sur elle. Il avait certainement eu le temps de réfléchir à la meilleure façon de lui délier la langue, se dit Alix. Néanmoins, elle dissimula sa frayeur et ne répondit pas.

— Libre à toi d'être silencieuse, dit-il d'une voix tranchante, mais cette liberté dont tu rêves ne te sera pas donnée sans contrepartie. Où voulais-tu te rendre lorsque nous t'avons arrêtée ?

Sans même attendre sa réponse, il fit un pas vers elle et d'un revers de main, lui asséna deux gifles violentes, coup sur coup.

— Vas-tu parler, à la fin ? s'exclama-t-il, d'une voix où perçait sa colère.

Atteinte en pleine figure, Alix serait tombée si le mur, derrière elle, ne l'avait soutenue. La brutalité du coup lui avait amené les larmes aux yeux. Elle voulut se rebiffer, mais stupéfaite, reçut au creux de l'estomac un coup de poing qui la plia en deux. Puis, la saisissant par la taille, le gradé l'assit brutalement sur une chaise.

— Maintenant, tu vas me dire où tu te rendais ! Je suis sûr que c'est là que se cachent les complices du Lys et nous devons tous les arrêter.

Lèvres serrées, cherchant son souffle, Alix garda le silence.

— Tu parleras, que tu le veuilles ou non, gronda l'autre.

Il lui tordit progressivement le bras dans le dos. Partant de son épaule, la souffrance irradiait tout le long de la colonne vertébrale de la jeune femme et elle ne put finalement retenir un hurlement. Le hussard la relâcha et elle s'effondra au sol, serrant contre elle son bras meurtri.

— Je ne sais rien, balbutia-t-elle d'une voix étranglée, les tempes bourdonnantes.

La douleur lui donnait la nausée, autant que le dégoût qu'elle éprouvait pour le soldat qui la malmenait de cette façon. Ce n'était qu'une brute grossière.

— Tu mens ! répliqua l'autre, menaçant. Dis-moi la vérité ou je recommence.

Alix essuya un peu de sang qui perlait au coin de sa bouche et trouva finalement la force de sourire avec courage.

— Pensez ce que vous voulez, dit-elle d'un ton narquois. Il n'en reste pas moins que vous êtes un lâche pour vous attaquer ainsi à une femme.

Dans un geste de rage, il dégaina la lame qu'il portait au côté et la pointa sur la gorge de la jeune femme.

— Veux-tu que je t'enfonce quelques pouces de cette épée dans la gorge ? J'en ai grande envie, alors ne me pousse pas à bout.

Alix s'était promis de rester insensible à toute menace. Mais lorsqu'elle éprouva contre sa peau le contact froid de l'arme, elle frémit et tenta de s'éloigner. Mais le hussard la retint d'une main de fer, tout en éclatant d'un rire sardonique.

— Toi, dit-il alors à l'un des hommes encapuchonnés, va me chercher un seau d'eau froide.

Quelques instants plus tard, Alix était douchée de la plus agressive des façons. Trempée, glacée, elle se mit à trembler sans pouvoir se contrôler. Bientôt, ses yeux se voilèrent, tandis que l'interrogatoire se poursuivait, au rythme des coups qu'elle recevait. On la frappa dans le dos, jusqu'à déchirer ses vêtements. Cependant, elle ne parla pas.

⁂

Dans un cachot improvisé, dans les caves du château où on l'avait emmenée, le corps brisé, abandonnée à même le sol comme un animal nuisible, Alix était maintenant secouée de spasmes qu'elle ne pouvait réprimer. Tremblements de souffrance, sanglots, elle se laissa aller complètement. Elle en avait besoin, avant de pouvoir se remettre debout.

Peu à peu, elle se calma ; en même temps que l'apaisement revint en elle la fierté d'avoir su résister à la torture, au moins pour cette fois. Difficilement, la jeune femme tenta de se relever, avant de se rendre compte que ce n'était pas encore possible, qu'elle n'avait pas encore assez de force.

Demeurant au sol, elle serra ses bras autour d'elle et se mit à réfléchir au moyen de se tirer de ce mauvais pas. Les tourments qu'elle avait subis n'avaient pas réussi à entamer sa résolution, mais elle savait que ce n'était qu'une question de temps. Elle était consciente de ses limites ; elle ne tiendrait plus très longtemps, et soit elle dirait tout, soit elle mourrait.

De toute façon, si elle ne vidait pas les lieux rapidement, elle périrait, qu'elle eût parlé ou non. Elle périrait dans d'atroces souffrances, de surcroît, car ses geôliers lui mèneraient la vie dure jusqu'au bout, jusqu'à ce qu'elle cédât d'une façon ou d'une autre, physique ou psychologique.

Les deux hypothèses étaient également inenvisageables. À la limite, trépasser entre les mains de ses bourreaux serait la solution la moins… grave. Mais cela restait absolument hors de question. Elle tenait bien trop à la vie pour se laisser aller de la sorte.

Sans compter qu'elle *devait* vivre. Il n'y avait pas que son existence en jeu, d'autres vies dépendaient de la sienne. Son bébé et l'homme qu'elle aimait avaient tous deux besoin d'elle. Il fallait donc qu'elle survécût. Qu'elle s'échappât. Et qu'elle rejoignît son amant.

Oui, faisons les choses dans l'ordre…

Elle se redressa, grimaçant sous la douleur qui lui traversait le corps de part en part à chaque mouvement qu'elle faisait.

Survivre. Tenir.

Au moment où elle essayait de se lever, ses jambes fléchirent et elle s'écroula par terre.

Pas la force… songea-t-elle avec désespoir, avant de sombrer dans une bienheureuse inconscience.

Lorsqu'elle se réveilla, elle n'avait plus aucune idée du temps qui s'était écoulé depuis son arrivée dans cette cellule. À en juger par sa faim, cela faisait bien une journée.

Peut-être deux. Elle avait aussi terriblement soif. Levant les yeux, elle aperçut une cruche, qu'on avait déposée près de la porte pendant qu'elle était évanouie.

Maladroitement, presque craintivement tant elle craignait de nouveaux assauts de souffrance dans son corps endolori, elle se redressa et rampa lentement vers le pot en terre cuite. À son grand soulagement, elle constata qu'il était plein d'eau fraîche et se mit à boire, d'abord doucement, puis à grandes lampées.

Après cela, elle resta étendue un moment sur le sol, jusqu'à ce qu'elle se sentît un peu mieux. Au bout de quelques minutes de patience, elle put s'asseoir sans que la tête lui tournât. Elle s'aperçut qu'elle avait mal partout, surtout dans le dos, bien évidemment. Mais c'était plus supportable qu'avant.

Serrant les dents, s'appuyant contre le mur de sa geôle, elle se releva peu à peu. Cette fois, ses jambes tinrent le coup. Elle commença donc à explorer les lieux, à la recherche d'une issue quelconque. Tandis que ses mains palpaient désespérément les murs de sa prison, ses pensées dérivèrent malgré elle vers son bien-aimé.

Elle ne savait même pas où il se trouvait. Elle ne pouvait souffrir l'idée qu'il fût emprisonné quelque part, loin d'elle, sortant à peine de convalescence, peut-être à nouveau blessé, sans personne pour l'assister. Elle ignorait dans quel état il se trouvait aujourd'hui, il pouvait même être mourant ou déjà mort…

Non ! Non, se raisonna-t-elle, essayant d'apaiser le flot de panique qui l'envahissait en y songeant. *S'il était vraiment mort, la nouvelle aurait couru sans retard. Il est donc encore vivant.*

Il le fallait. Elle ne pouvait imaginer son existence sans lui.

Après quelques instants de vaine prospection, elle heurta du pied un objet métallique. Une cuillère, oubliée là sans doute par ses geôliers après qu'ils avaient nourri le précédent occupant des lieux. Elle soupira devant l'inutilité de sa découverte, et, poursuivant ses recherches, dut finir par admettre que les murs étaient trop bien scellés pour qu'elle pût en détacher des pierres, creuser un trou et s'évader. La fenêtre, étroite et protégée par de solides barreaux, n'offrait aucune possibilité non plus. Il ne restait que la porte.

Je dois sortir d'ici, et vite ! se dit-elle en frissonnant. *Et pour cela, je ne peux compter que sur mes propres ressources. Réfléchissons ! Que puis-je faire ?*

La porte était épaisse, montée sur des gonds énormes qu'elle était incapable de desceller et fermée par une barre de fer, d'après ce qu'elle avait vaguement entrevu en entrant dans la pièce. De telle sorte que si elle devait déguerpir par cette issue, elle allait devoir attendre qu'on vînt la chercher. Et échapper au garde qui l'emmènerait.

Par bonheur, il n'y avait pas de sentinelle devant son cachot ; elle ne devrait donc pas avoir à affronter plus d'une personne à la fois. Elle réalisa soudain que sa seule chance résidait justement dans le fait que cette prison de province était peu gardée. Elle devrait cependant se battre avant de pouvoir s'enfuir.

Il me faut une arme !

Elle n'en avait pas. On lui avait tout enlevé lorsqu'on l'avait arrêtée.

Elle se rappela soudain la cuillère, qu'elle avait heurtée du pied, et revint sur ses pas jusqu'à ce qu'elle eût mis la main dessus. Aussi dérisoire que cela parût, c'était un début ; avec un peu d'astuce, elle pouvait en tirer quelque chose. Cette fameuse arme qu'elle désirait tant, par exemple. Avec application, elle se mit à frotter le manche de l'instrument contre la pierre, d'un côté, puis de l'autre, jusqu'à obtenir une pointe effilée.

⁂

Dans la nuit, un garde vint chercher la prisonnière. Priver de sommeil un détenu était une technique éprouvée pour le déstabiliser et en tirer des aveux. Mais Alix était prête. Au premier raclement du pied du soldat contre le dallage de pierre du couloir, elle était debout, à côté de la porte.

Quand celle-ci s'ouvrit sous la poussée de l'homme, elle se jeta sur lui et lui planta avec sauvagerie sa cuillère dans le cou. Il s'effondra sans un cri. Alix tomba à genoux et fut prise de vomissements. Comme elle n'avait rien mangé depuis longtemps, elle ne rendit qu'une bile amère qui lui provoqua des spasmes.

Elle avait la réponse à sa question. On ne s'habituait jamais à donner la mort. On ne s'habituait pas à tuer. Pas elle, en tout cas. Elle était faite pour donner la vie, et pas l'inverse, c'était aussi simple que ça. Et pourtant, elle était obligée d'en passer par-là.

Elle mit quelques instants à se ressaisir, choquée d'avoir été capable d'un tel geste. Mais il n'était plus temps de s'appesantir sur ce qu'elle était en train de devenir ; elle devait agir et partir d'ici. Elle récupéra son arme improvisée, ramassa l'épée du gardien mort et se mit à courir à travers le couloir.

Elle parvint à un angle et se colla au mur, pour voir si le passage était libre. Hélas, non. Deux autres soldats se tenaient là, armés. Non, de fusils, cependant, mais d'épées, comme elle. Se dissimulant dans l'ombre, Alix réfléchit quelques secondes. Que pouvait-elle tenter ? Elle ne pouvait faire demi-tour, c'était un cul-de-sac !

— Regarde ! lança soudain une voix.

Atterrée, Alix se rendit compte que son ombre se projetait sur le sol. Elle était repérée ! Il n'y avait plus à hésiter. Se dégageant du mur, elle s'avança en pleine lumière et, presque sans viser, d'instinct, envoya sa cuillère comme une dague, dans le cou du premier soldat, le plus proche d'elle. Elle ne fit que l'effleurer, son arme improvisée étant trop légère pour obéir à l'ordre qu'elle lui avait donné. La pointe égratigna simplement la peau de son adversaire. Néanmoins, de surprise, il en lâcha son épée et porta la main à son cou. Alix en profita pour avancer vers lui et lui enfoncer sa lame dans la gorge. Il tomba en gargouillant, les yeux pleins d'un douloureux étonnement.

Comme l'autre gardien s'avançait vers elle, la jeune fille fit face, l'épée à la main, résolue à engager le fer et à filer d'ici au plus vite. Malheureusement, elle était épuisée et sa main tremblait tandis qu'elle se mettait en garde.

Je dois me ressaisir ! songea-t-elle avec angoisse.

Son adversaire était mince, ce qui était un avantage pour lui, et pire encore, extrêmement agile et rapide. Pour manier l'épée aussi bien, il avait certainement une ascendance noble.

Corbleu ! Si seulement ce genre d'hommes pouvait être du côté du Lys et non contre lui !

Son regard ne paraissait pas quitter celui d'Alix, et pourtant, il observait chacun de ses mouvements, anticipait ses feintes et parait toute attaque. Dès les premières passes, Alix comprit que ce ne serait pas chose aisée, car le bretteur sautait à droite et à gauche, se baissait, se relevait, sautait, se fendait et rompait sans prévenir.

À quoi joue-t-il ? se demanda-t-elle, agacée et déconcertée par ce style qui ne lui était pas familier.

Brusquement, il se fendit à fond et la pointe de sa lame vint frôler les côtes d'Alix qui ne parvint à esquiver qu'au dernier moment.

Si ça continue ainsi, je risque fort d'y rester !

Avant d'en arriver là, elle pourrait toujours jeter son arme au loin et se rendre, en attendant une meilleure opportunité de fuite. Mais elle eût préféré vider les lieux le plus rapidement possible. Après une tentative d'évasion ratée, on la surveillerait de bien plus près, surtout qu'elle avait déjà tué plusieurs hommes.

Fort heureusement, elle sentait que son adversaire se fatiguait aussi, à tournoyer autour d'elle à grand renfort de mouvements qu'Alix jugeait inutiles. Tout au contraire, elle s'économisait au maximum, ne bougeant que le poignet, gardant les deux pieds bien en place. Sur un vigoureux dégagement, elle lui traversa la cuisse d'un bon coup droit que n'aurait pas renié son père.

Le garde poussa un cri de douleur, mais bien que sérieusement blessé, il se releva et continua le combat courageusement. Il livra un assaut furieux, mais Alix continua d'attaquer et parvint à le toucher au bras, ce qui le handicapa quelque peu. Son épée paraissait maintenant trop lourde pour lui, et pourtant, il poursuivit la lutte avec obstination.

Vint le moment où Alix, épuisée, ne tint plus sa lame aussi correctement et baissa sa garde. L'homme en profita pour se jeter en avant, espérant l'atteindre à la poitrine. Par chance, Alix put parer et la rapière de son adversaire glissa sur la sienne, sans lui provoquer le moindre dommage. Elle rompit et recula.

Au moment où elle se croyait perdue, incapable de tenir le coup plus longtemps, un grondement terrifiant résonna dans le couloir et une forme vague, sur la droite du soldat, attira brièvement son attention. Alix profita aussitôt de cette déconcentration et porta une botte en plein cœur pour l'étendre proprement. Emportée par son élan, elle finit tout contre l'homme, son épée en travers de son corps, et croisa son regard surpris. Elle vit le souffle de la vie le quitter et recula en tremblant pour contempler son adversaire, le cœur brisé.

Seigneur, je suis désolée…

Puis la chose qui avait brièvement détourné l'attention de l'homme – la bête, en réalité – se jeta sur elle avec des jappements de bonheur et Alix le reconnut.

— Minuit ! dit-elle, tout essoufflée d'avoir ferraillé si fermement. Tu es venue me retrouver ! ajouta-t-elle, en flattant l'encolure du chien, brusquement soulagée. J'ignore comment, mais c'est la Providence qui t'envoie. Montre-moi la sortie, vite !

Suivant le chien, Alix parvint à se faufiler dans les escaliers menant vers la liberté. Elle traversa une salle de garde vide, à l'exception d'un soldat que Minuit avait visiblement mordu à la gorge. Alix se pencha sur lui. Il n'était pas mort, mais inconscient.

À l'opposé, une lueur filtrait sous la porte. La jeune femme s'approcha silencieusement, retenant de la main le chien qui avait une féroce envie de s'élancer. Entrebâillant le panneau de bois, Alix aperçut deux gardes qui lui tournaient le dos, ceux-là armés de fusils. Derrière eux, une autre porte ouvrait sur l'arrière-cour du château où elle devina des silhouettes de chevaux. Elle les entendait piaffer ; les fers claquaient contre les pavés.

Mon Dieu, faites que j'y arrive !

Sans plus hésiter, Alix s'élança. Elle atteignait l'issue extérieure quand un soldat se retourna et l'aperçut. Il cria pour donner l'alarme et se lança à sa poursuite avec son compagnon.

La jeune fille n'avait que quelques toises d'avance sur eux, mais ce fut suffisant pour s'emparer d'une des montures et détaler au galop, tandis qu'elle sentait les balles siffler autour d'elle. Sur ses talons, Minuit poussa un jappement de douleur, mais elle l'entendit qui continuait à courir, lui aussi.

25

L'évasion

Alix ne parcourut que quelques centaines de toises, avant de s'arrêter en bordure d'une forêt. Il faisait nuit et la lune était cachée, les soldats mettraient des heures à la retrouver. Elle devait avant tout s'assurer que Minuit allait bien.

Elle descendit de cheval et se pencha dans la pénombre sur l'animal qui respirait fort, maintenant. En l'auscultant rapidement, elle s'aperçut qu'il avait été blessé à la cuisse. Heureusement, la balle n'avait fait que l'effleurer.

— Tu vas t'en sortir, mon brave Minuit ! lui dit-elle, soulagée. Mais il va falloir que je te prenne sur le cheval, devant moi.

— Alix ! chuchota soudain une voix. Alix, c'est bien toi ?

La jeune fille sursauta, l'épée déjà tirée quand elle reconnut la personne qui avait parlé.

— Marianne ? souffla-t-elle avec ébahissement. Mais que fais-tu ici ?

— J'ai vu un cavalier s'échapper du château, sous les tirs des soldats. J'espérais tellement que c'était toi et que Minuit avait réussi sa mission !

— Sa mission ?

Alix était de plus en plus éberluée. Sa camériste s'approcha d'elle et dans la pénombre, Alix vit qu'elle tenait deux chevaux par les rênes.

— Marianne ? répéta la jeune fille.

Elle lâcha son épée et se jeta dans les bras de sa camériste. Celle-ci eut tôt fait de lui avouer qu'elle avait quitté le château de la Chaussée avec le chien et deux chevaux. Toute seule. Avec l'intention de réparer sa « faute ». Mais une fois arrivée devant la prison où Alix était retenue, elle n'avait plus su que faire et s'était contentée d'envoyer Minuit la chercher.

— Je me sens tellement misérable ! Heureusement que cet animal est fabuleux, et que toi, toi... Toi, tu es une guerrière. Sans cela, mon initiative n'aurait servi à rien !

— Tu es venue à mon secours, c'est tout ce qui compte. Et Minuit m'a été d'une aide inestimable.

— Je te le devais bien. J'ai été trop bavarde et je m'en veux terriblement. À cause de moi, ton Sylvain – ou Louis, je ne sais comment il faut l'appeler – a été arrêté et emmené à Paris. Pourras-tu jamais me pardonner ?

Alix la serra contre elle, bouleversée.

— Tu es toute pardonnée, ne t'en fais pas. Et nous allons tirer Sylvain de ce mauvais pas. Je le jure sur ma vie.

— Très bien, répondit Marianne d'une voix résolue. Dans ce cas, je viens avec toi.

Alix considéra son amie, des larmes dans les yeux, puis se jeta de nouveau dans ses bras, submergée par l'émotion.

— Filons ! lança finalement Marianne. Les chevaux piaffent d'impatience et nous devons mettre la plus grande distance entre nous et ce maudit château avant que le jour se lève. Tu sais où aller ?

— Oui, répondit Alix. Avant que nous ne partions, Vladimir m'avait donné l'adresse où nous devions nous rendre, pour retrouver les alliés du Lys Pourpre. C'est un endroit sûr, m'a-t-il assuré. Il y a de fortes chances pour que nous l'y retrouvions aussi.

Puis, soudain, elle demanda, appréhendant la réponse :

— Ma mère, Marianne ? Comment... ?

— Elle va bien, la rassura aussitôt son amie. Elle n'a pas été prise comme toi, et Bradroc l'a emmenée à l'abri. Elle n'est pas encore passée en Italie, mais nous espérons que ce sera bientôt chose faite.

Un poids énorme se souleva soudain des épaules d'Alix. Sa mère était en sûreté, c'était toujours ça de gagné.

⁂

Marianne et Alix parvinrent sans encombre à Paris, à la fin du mois de mai 1793. Elles n'eurent aucune difficulté à retrouver Vladimir à l'adresse qu'il avait indiquée, ainsi que le sosie du Lys, un certain Paul, l'homme aux yeux bleus qui servait à brouiller les pistes. La réunion fut chaleureuse, mais tout de suite, ils passèrent aux choses sérieuses. Alix demanda à parler au vieil homme en privé, et ils se retirèrent dans une petite pièce à l'écart.

— Pouvez-vous me dire quel était le but de Sylvain, lorsqu'il s'est fait arrêter ? demanda alors abruptement l'héritière Chaussée d'Arville. Quel était son plan pour se sortir de là, après coup ?

— Je l'ignore, répondit le vieux serviteur d'un air navré. Je ne sais même pas s'il en avait un.

Aussitôt, Alix s'affola.

— Ce n'est pas possible ! s'exclama-t-elle. Avant de vous quitter pour venir me rejoindre au château et me tirer des griffes des soldats, il a bien dû vous dire quelque chose, vous donner des directives.

— Oui, celle de fuir et de rejoindre Paris. Et d'attendre qu'on me fasse signe.

— C'est tout ?

La jeune fille sentait sa poitrine se serrer, le souffle lui manquer. Elle comprenait qu'en venant la sauver et se livrer à son frère, Sylvain n'avait écouté que son cœur, qu'il avait agi sous l'impulsion du moment et n'avait aucune manœuvre de repli programmée à l'avance. Aucune issue secrète, aucun dessein mystérieux.

Oh, Sylvain, qu'as-tu fait ? songea-t-elle avec désespoir.

En face d'elle, Vladimir hocha la tête avec fatalisme.

— Seigneur, murmura Alix, effondrée. Il s'est laissé prendre pour me sauver et il n'avait pas de plan de secours...

Et maintenant, il était à Paris, dans une des prisons les mieux gardées. Il allait être jugé, condamné et guillotiné. Et son propre frère allait l'accompagner sur ce chemin douloureux, non pour le soutenir, mais pour mieux le charger ! C'était révoltant.

Il fallait qu'elle fît quelque chose ! Ce qu'il avait accompli pour elle, elle pouvait peut-être l'accomplir maintenant pour lui. Elle ne pouvait pas le laisser à son sort sans agir, surtout qu'il était là par sa faute. Si elle n'avait pas envoyé cette missive à sa mère, avec simplement l'intention de la rassurer, les soldats n'auraient eu aucune preuve contre elle et n'auraient pas pu l'emmener. Et Sylvain n'aurait pas eu à se mettre en danger pour elle.

Soudain, une idée folle lui traversa l'esprit et elle s'y accrocha avec la force du désespoir.

— Vladimir... Je crois que j'ai un plan pour faire évader Sylvain.

⁂

Alix était à la table de la salle à manger, dans la maison bourgeoise où la troupe du Lys Pourpre avait trouvé refuge. En compagnie de Vladimir et de Marianne, Minuit à ses pieds, elle mettait au point les derniers détails du projet d'évasion audacieux qu'elle avait élaboré en compagnie du vieil homme.

— Tenez, lui dit-il, en lui tendant un paquet de linge. Voilà les vêtements que vous avez demandés.

— Merci beaucoup, répondit la jeune femme en déballant une robe, une houppelande, un châle et diverses autres pièces d'habillement.

— C'est beaucoup trop grand pour toi, objecta Marianne.

— C'est le but, répliqua Alix d'un air faussement détaché.

Maintenant que sa décision était prise, elle se sentait plus calme et résolue qu'elle ne l'avait été depuis des jours. Pourtant, elle ne pouvait empêcher l'angoisse de lui tordre les entrailles, tandis que la fièvre courait dans ses veines comme de la lave.

— Vas-tu enfin m'expliquer ce que tu comptes faire ? demanda son amie.

— Immédiatement, répondit Alix d'un ton apaisant. Surtout que je vais avoir besoin de ta complicité, et ce sera probablement dangereux.

— Tu peux compter sur moi, assura Marianne d'un ton ferme.

Les jeunes filles s'étreignirent brièvement.

— Merci, dit ensuite Alix, la voix enrouée par l'émotion. Alors voilà comment nous allons agir. Je vais entrer dans la prison avec ces vêtements sur le dos, pour une visite à mon époux, et tu m'escorteras. Ensuite...

Elle expliqua son plan à la jeune camériste qui se récria aussitôt que c'était beaucoup trop dangereux, qu'il fallait penser au bébé. Mais Alix finit par la persuader, comme elle avait convaincu Vladimir, qu'il n'y avait pas d'autres possibilités et que c'était là leur seule chance. Pour plus de sûreté, il n'y avait qu'eux trois à être au courant du projet, Alix ne voulant pas risquer une nouvelle fuite ou une nouvelle trahison. Vladimir avait réussi à connaître l'emplacement exact de la cellule du Lys Pourpre, contiguë à celle d'un noble qu'on venait de condamner à mort, un certain de Buchères. Tout était prêt.

Le lendemain matin, laissant son chien, toujours boiteux du fait de sa blessure, aux bons soins des compagnons du Lys Pourpre, Alix prit le chemin de la prison. Là, feignant une peine insurmontable, soutenue par Marianne qui l'accompagnait, elle demanda à entrer dans la prison pour rendre visite à son époux, le sieur de Buchères. Pour parvenir à ses fins, elle fit payer chaque soldat par Marianne et leur fit offrir plusieurs cruches entières de vin que Marianne avait amenées dans un petit chariot. C'était sa camériste qui se chargeait des négociations, Alix devant paraître fragile et désemparée.

La tentation était trop grande pour ces hommes issus de milieu modeste, qui devaient se contenter d'une solde par trop maigre. Par ailleurs, l'affligeant spectacle que leur offrait Alix les saisit de pitié. Songeant qu'ils n'avaient rien à craindre de deux faibles femmes, l'une étant obligée de soutenir l'autre, l'un d'entre eux leur ouvrit finalement la porte et les laissa passer avant de refermer le lourd battant derrière elles.

En entendant le panneau claquer dans son dos, Alix frissonna. Cette fois, c'était elle qui se jetait dans la gueule du loup. Il allait espérer que ce ne fût pas pour rien. Marianne demanda à ce qu'on la conduisît à de Buchères, que son épouse était là pour le voir et un garde se dévoua pour les guider jusqu'au cachot. En arrivant devant la cellule, Alix poussa un gémissement douloureux.

— Monsieur, demanda gentiment Marianne, est-il possible de laisser un peu d'intimité à Mme de Buchères, je vous prie ? Je reste au coin du couloir…

L'homme hésita.

— Je n'ai pas le droit. Les prisonniers doivent rester sous surveillance lors des visites.

Il frotta de la main son menton mal rasé, déplaça son poids d'un pied sur l'autre. Puis, entendant ses compagnons, dans le lointain, rire grassement en buvant leurs pichets de vin, il passa sa langue sur ses lèvres. Alix était prête à sortir un gourdin de sous sa cape et à assommer proprement leur escorte, lorsqu'il reprit :

— Mais vu que monsieur doit mourir demain, ça change tout.

D'un geste vif, il donna un tour de clé à la porte qui fermait le cachot de Buchères et recula.

— Je vais rejoindre les camarades. Vous avez une demi-heure pour faire votre petite affaire, puis je reviens vous chercher.

— Merci, monsieur, souffla Marianne en lui prenant le bras, les jambes coupées.

L'homme s'éloigna d'un pas vif, ayant hâte d'étancher sa soif autant que ses compagnons.

— Mon Dieu... murmura Alix, le cœur battant. As-tu réussi ?

— Oui, voilà son trousseau de clé. Dépêchons-nous.

— Tu es une magicienne.

Tout était calme. Pas d'autres soldats en vue. Alix referma le cachot de Buchères, qu'elle n'avait aucune envie de voir – pauvre homme condamné qu'elle ne pouvait sauver. Puis elle essaya plusieurs clés sur la porte d'à côté, jusqu'à ce qu'elle tombât sur la bonne. Quand la serrure émit enfin le déclic tant attendu, elle crut se trouver mal.

Quand elle entra dans la cellule, suivie de Marianne, Sylvain se redressait, prêt à se défendre. Son visage se métamorphosa complètement quand elle abaissa sa capuche et qu'il la reconnut. En quelques secondes, Alix vit passer tout un tas d'émotions contradictoires sur son visage. L'incrédulité, la joie, l'angoisse... Elle se jeta dans ses bras.

Ils restèrent ainsi de longues secondes, à se serrer et à se respirer l'un l'autre, sans pouvoir dire un seul mot. Alix pleurait et elle se rendit bientôt compte que Sylvain aussi. Mais Marianne mit fin aux effusions avec un toussotement gêné.

— Comment se fait-il que tu sois ici ? demanda alors Sylvain à sa jeune épousée. Je t'avais confiée à mon frère, il devait prendre soin de toi.

— Quand donc ? repartit Alix, les yeux écarquillés d'étonnement. Veux-tu dire qu'il s'agissait bien de cela lorsque vous avez échangé ces curieux regards quand Armand t'a arrêté ?

— Comment as-tu remarqué cela ? fit le jeune homme, surpris.

— Parce que je vous connais bien, tous les deux, répliqua Alix. Mais tu vois, poursuivit-elle, légèrement acerbe, Armand n'avait que faire de moi. Il était bien trop content d'avoir pu te constituer prisonnier. Il se moque de savoir ce que je deviens, je le crains.

— Certainement pas ! rétorqua Sylvain avec une forme d'amertume. Il est fou amoureux de toi ; il a pris cela très au sérieux, au contraire. Ton sort lui importe sans doute plus que tout au monde.

Et comme Alix le regardait, bouche bée, il ajouta :

— Ces choses-là se devinent, surtout entre frères. Ne me dis pas que tu n'en savais rien, que tu t'es voilé la face à ce point...

La jeune femme secoua la tête.

— Non, ce n'est pas ça... Mais comment peux-tu encore avoir une telle considération pour lui ? Comment pouvais-tu avoir suffisamment confiance, après ce qu'il t'avait fait, pour lui demander de s'occuper de ma sécurité ?

— C'est mon frère, riposta Sylvain avec patience. Et quoi que tu en penses, c'est quelqu'un de bien. Nous avons pris des chemins différents, c'est tout. Ce qui est arrivé *devait* fatalement arriver, un jour ou l'autre. Il a fait son devoir et j'ai fait le mien, mais nous n'étions pas dans le même camp. Nous avons toujours été élevés presque comme deux frères ennemis, notre père estimant que la rivalité entre nous ne nous rendrait que plus forts. Mais il écrasait sans cesse Armand de son mépris au lieu de l'encourager ; je lui en ai d'ailleurs toujours voulu. Ça devait finir comme ça entre nous...

Comprenant la douleur sourde de son mari, Alix le prit dans ses bras.

— Pourquoi as-tu fait cela ? demanda-t-elle alors d'une voix douce. Pourquoi t'es-tu jeté dans la gueule du loup lorsque tu m'as vue avec lui et les soldats ?

— Je n'ai pas réfléchi, soupira le jeune homme. Mon sang n'a fait qu'un tour, j'ai juste pensé que je devais te sortir de là. Et quitte à être arrêté, je préférais encore que ce soit de la main de mon propre frère.

Ils s'étreignirent une nouvelle fois.

— Je t'aime… murmura Alix.

— Moi aussi. Plus que ma vie.

— Je sais… Mais justement, je suis là pour te sauver la vie.

Alix exposa alors à Sylvain le plan qu'elle avait conçu : elle voulait le remplacer dans sa cellule et le faire sortir à sa place, en échangeant leurs vêtements.

— Tu es folle ! s'emporta-t-il aussitôt. Il n'en est pas question !

— Moi, je suis folle ? s'exclama-t-elle, tentant tant bien que mal de contenir ses éclats de voix pour ne pas attirer l'attention des gardes, à l'extérieur. Et c'est toi qui me dis ça, après la façon déraisonnable dont tu t'es comporté ? Tu t'es précipité dans les bras des soldats sans une seule stratégie préétablie, sans même un vague plan et sans la moindre possibilité de repli !

Le visage de Sylvain s'assombrit.

— Tu ne comprends pas…

— Je comprends très bien, au contraire. C'était chevaleresque, mais c'était insensé. Et si, aujourd'hui, je dois te sauver contre ton gré, je n'hésiterais pas. J'ai bien réfléchi à cette évasion et à tout ce que ça comportait comme risques. Je les ai pesés et j'ai pris ma décision en mon âme et conscience. Je reste. Tu pars.

— Non.

C'était ferme, presque cassant. D'un geste brusque, Alix souleva les lambeaux de sa chemise. Il était couvert d'ecchymoses et de blessures plus ou moins sérieuses. Sa cicatrice au flanc avait saigné ; elle était encore rouge et boursouflée. La jeune femme fit la grimace.

— Oui, j'ai été... malmené, admit Sylvain. Jankélévitch n'est pas un tendre.

— En voilà un que je ne regretterais pas de passer au fil de mon épée si j'en avais l'occasion ! grommela Alix. Tu ne peux rester ici dans cet état, poursuivit-elle d'un ton qu'elle voulait persuasif. Pas avec cette blessure. Tu relèves à peine de convalescence.

— Ça ira... Aïe !

Elle venait d'appuyer légèrement du doigt sur le bord de sa cicatrice.

— C'est chaud, commenta-t-elle. Et douloureux, à ce qu'il semble. Il y a un problème, tu dois être soigné et rejoindre Vlamidir. Il a ce qu'il faut. Cessons là cette discussion et pars, je t'en prie.

— Non, Alix, je ne peux pas...

— Et moi, je ne veux pas qu'un chirurgien ait à poser un drain à cet endroit, surtout si près du poumon, juste le temps de te faire passer en jugement. Je ne veux pas qu'un inconnu vienne m'annoncer dans quelques jours que tu as été guillotiné. Tu dois rester en vie. Pour moi... et pour l'enfant à venir.

Sylvain vacilla.

— Quel enfant ?

Alix rougit, soudain embarrassée.

— Je ne voulais pas te l'apprendre comme ça, mais... je suis enceinte.

Cette nouvelle le mit hors de lui et il faillit crier et appeler pour qu'on la fît sortir immédiatement. Il ne voulait surtout pas que sa femme et son enfant – son héritier ! – se retrouvassent dans une si terrible situation. Alix se crispa, angoissée. Elle chercha à temporiser.

— C'est précisément parce que je suis enceinte que j'ai beaucoup plus de chance que toi de sortir vivante de cette prison. Les révolutionnaires auront pitié d'une femme enceinte. Ils ne m'exécuteront pas, même si je suis reconnue coupable de ton évasion.

Sylvain, cependant, s'obstinait dans son refus.

— Vas-tu donc mettre un peu ton orgueil de côté ? s'exclama finalement Alix. Et me laisser t'aider ? Je t'en prie, accepte.

Il recula d'un air buté et elle comprit qu'elle ne le convaincrait pas en s'emportant.

— Écoute-moi, Sylvain, reprit-elle calmement. Mon amour...

— Non, non, c'est toi qui vas m'écouter ! la coupa-t-il. Tu vas repartir d'ici, et tout de suite ! Toute cette discussion insensée a assez duré !

— Et te laisser mourir ici ? Sûrement pas. Louis, écoute ! insista-t-elle d'un ton ferme tandis qu'il protestait encore.

Elle ne l'appelait jamais Louis et cela interpella tellement Sylvain qu'il cessa de parler.

— Mon amour, reprit-elle avec tendresse, je t'en prie. Peut-être qu'ils voudront me condamner pour t'avoir fait échapper, ça, je ne le nie pas. C'est même certain. Mais ils surseoiront à mon exécution jusqu'à la naissance de l'enfant. C'est ce qu'ils font, généralement, et cela me laisse alors un délai de six à sept mois. En six mois, il peut se passer bien des choses ! conclut-elle avec ferveur.

C'était dans le meilleur des cas, mais ça, elle n'allait pas le dire à Sylvain. Elle n'était pas sûre de la date exacte de la conception de l'enfant qu'elle portait. Elle savait juste qu'elle était enceinte, mais ça ne se voyait pas encore. Quant à ses règles, elle ne se souvenait plus à quand remontaient les dernières, mais à en juger par son apparence physique et les nausées qui l'assaillaient encore régulièrement, elle pouvait tabler sur un petit deux-trois mois. Pas plus.

— Je vais gagner du temps, poursuivit-elle d'un ton convaincu. Un temps précieux. Et toi, tu vas le mettre à profit à l'extérieur. En six mois, tu pourras mettre sur pied un plan d'évasion pour moi et me sauver. Tandis que toi, si tu restes en prison, tu seras rapidement exécuté. Le tribunal révolutionnaire n'aura aucune pitié. On voit en toi l'ennemi à abattre et tu serviras d'exemple. Ta seule chance, c'est de partir au plus vite. De partir maintenant ! Et même si cela devait durer des semaines, ta blessure n'est pas encore complètement guérie. Tu as besoin de soins, des soins que tu ne recevras jamais ici. Si tu ne meurs pas sous le couperet de la guillotine, tu mourras d'une infection. Ta blessure n'est toujours pas guérie, même si tu te sens mieux, je viens de t'en donner la preuve.

Sylvain hocha la tête, agacé de devoir reconnaître qu'elle avait raison ; il voulait vivre, lui aussi, quitter cet endroit sordide. Mais laisser Alix à sa place était trop lui demander. Il ne pouvait envisager qu'elle se sacrifiât pour lui.

— Je refuse de te perdre, Sylvain. Il y a des choses que je suis capable de supporter, mais pas ça. Je ne peux pas vivre sans toi.

— Et moi, je ne peux pas vivre avec l'idée que je t'ai laissée ici en prison à ma place. Je ne pourrais plus me regarder dans un miroir.

— Si, tu le pourras. Parce que tu me sauveras ensuite. Mais si tu meurs parce que tu t'obstines à rester ici, alors autant que je me jette tout de suite dans la Seine.

Elle était prête à tout, même à lui faire du chantage s'il le fallait, pour l'obliger à plier. Il la serra dans ses bras, la gorge nouée, incapable de dire un mot.

— Ça ne fonctionnera jamais ! objecta-t-il finalement. La garde ne me laissera pas passer. On verra que je suis plus grand que toi, je serai repéré tout de suite.

Alix eut un petit rire satisfait.

— Si, ils se laisseront prendre. J'ai dû distribuer des cruches de vin à tes gardiens, afin d'obtenir leur permission de venir te voir – enfin de venir voir ton voisin, plus exactement. Ils ne seront pas très regardants, à la sortie. Du moment que deux personnes repartent, puisque deux personnes sont entrées, ils ne se poseront pas trop de questions. Marianne les remerciera de leur bienveillance, en rendant discrètement ses clés au gardien Et toi, si tu joues le jeu correctement, ils n'y verront que du feu. Et tu es un comédien né, tu es capable de cela ! ajouta-t-elle avec ferveur. Écoute-moi bien, je t'en prie, poursuivit-elle d'un ton presque suppliant. Tu cacheras ton visage sous la capuche de ma cape, comme je l'ai fait en arrivant, et tu te laisseras aller sur Marianne, comme si tu avais un malaise, sous le coup de la douleur de perdre un être cher. Cela te fera paraître moins grand. Et tu en profiteras pour filer.

— Je ne veux pas te laisser. Tu cours un trop gros risque. Et s'ils te battaient ? Si tu perdais l'enfant ? Ils t'exécuteraient aussi vite.

— Dieu me protège, répondit-elle avec fermeté. Et tu devrais avoir confiance en moi. Je suis solide. Je survivrai. Je survivrai jusqu'à ce que tu viennes me chercher.

Finalement, il céda, tout en lui recommandant de le faire accuser et de rejeter toute la faute de cette évasion et de son incarcération à elle sur lui : elle devait absolument raconter qu'il l'avait trahie et utilisée. Alix acquiesça. Marianne insista, ajoutant qu'il n'y avait qu'à la faire passer, elle, pour une complice du Lys, qui aurait abusé de la confiance d'Alix pour l'entraîner dans un piège.

— Après la bêtise que j'ai faite et qui a valu à M. le Vicomte de Saint-Clair d'être incarcéré, je mérite bien de passer pour une traîtresse, argua-t-elle.

Les larmes aux yeux, Alix sentit qu'elle n'allait plus faire preuve très longtemps de sang-froid. Elle serra la main de Marianne, puis se jeta au cou de Sylvain. Ils s'embrassèrent, puis, pressé par Marianne, le jeune homme quitta

Alix et parvint à s'enfuir. La lourde porte se referma sur Alix qui, cependant, ignorait s'il serait repris ou non, si la ruse allait fonctionner ou pas. Elle espérait qu'il se rendrait dans la cachette qu'elle lui avait indiquée et où Vladimir l'attendait. Elle se doutait que, malgré les risques, il resterait sur Paris, pour la sauver.

⁂

Alix ignorait que les prisons étaient si bruyantes. Dans le fond, elle aurait plutôt pensé, au contraire, que c'était un endroit silencieux, où l'on attendait sinistrement entre quatre murs épais que la mort vienne vous chercher. C'était ce qu'elle avait d'ailleurs vécu dans sa petite geôle de province.

Ici, il n'en était rien. La prison était grande, les allées et venues incessantes. Le cliquetis des trousseaux de clés des gardiens, les claquements des verrous, les grincements de serrures et de portes qui tournaient sur leurs gonds, les plaintes et les gémissements – voire les cris – des prisonniers, le bruit n'arrêtait ni de jour ni de nuit. Chaque matin apportait sa fournée de prisonniers… et faisait partir sa fournée de condamnés à l'exécution. Les cellules étaient pleines à craquer, en dehors de celle d'Alix, qu'on avait mise à l'isolement. Mais tous les sons qu'elle entendait résonnaient lugubrement dans les couloirs interminables, de cellule en cellule, se répercutant sur les murs de pierre, froids, humides et misérablement nus. Et alors qu'elle ne voyait rien de ce qui se passait, Alix le vivait intensément, rien qu'en entendant cette rumeur qui ne cessait jamais. Elle avait beau essayer de se boucher les oreilles, le bruit la suivait, s'infiltrait, s'insinuait en elle, la glaçant de peur.

Recroquevillée sur l'exécrable matelas de paille, crasseux et puant, qu'on avait attribué à Sylvain, Alix n'osait plus bouger, incapable de trouver le moindre réconfort.

Son ancienne geôle empestait la moisissure, mais ici, cela sentait le fauve. Une odeur âcre et insupportable. Et maintenant qu'elle était seule dans cet endroit, toutes ses certitudes l'avaient quittée et la fière assurance dont elle avait fait preuve devant Sylvain avait totalement disparu. Ne restait que l'angoisse. L'humidité suintait sur les murs, au point qu'elle ne voulait même plus y chercher un appui de la main pour se relever. Et puis, se relever, pour quoi faire ? La lumière qui tombait entre les énormes barreaux de l'étroit soupirail de sa cellule montrait bien qu'elle n'avait aucune issue.

Elle n'avait plus qu'à espérer que le représentant en mission qui se chargerait d'elle lui laisserait effectivement le temps de mettre au monde son bébé, ainsi qu'elle l'avait affirmé à Sylvain. Mais elle n'en était plus sûre, maintenant. Peut-être avait-elle mis son enfant en danger, en fin de compte. Et dans ce cas, elle avait fait passer son mari avant son propre bébé…

Je suis une mère indigne…

Malgré les efforts de volonté qu'Alix déploya, elle sentit les larmes monter à ses yeux, déborder des cils et couler sur ses joues. Elle ne voulait pas mourir. Elle voulait vivre, vivre avec Sylvain et avec le bébé. Voir grandir ce petit être issu de son amour pour Sylvain.

Sylvain… Où était-il, maintenant ? Plus le temps passait, et plus Alix se rassurait sur le sort de son époux. S'il avait été repris, elle l'aurait su tout de suite, car il serait déjà revenu dans le cachot. Ou bien les responsables de la prison seraient venus vérifier sa cellule et l'auraient trouvée, elle. Or, elle ne voyait toujours personne. La nuit allait arriver et Sylvain devait donc maintenant avoir rejoint Vladimir, du moins l'espérait-elle. C'était toujours ça de gagné.

Pour l'instant, il fallait qu'elle pense à elle. Au moyen de se sortir de là, en dépit des difficultés. Sylvain lui avait dit qu'elle devait le faire accuser du stratagème employé pour son évasion, et malgré sa répugnance à ternir ainsi l'image d'un Lys Pourpre héroïque, sans peur et sans reproche, elle devait reconnaître qu'inventer une telle histoire pourrait peut-être jouer en sa faveur et lui éviter la guillotine, pour le cas où son amant ne pouvait pas venir la délivrer à son tour. Elle devrait simplement apprendre à mentir. À jouer la comédie, comme Sylvain savait si bien le faire. Raconter qu'il l'avait trahie, prise au piège. Même si ça ne fonctionnait pas complètement, Alix pouvait espérer semer le doute et, qui sait, gagner des semaines ou des mois de sursis.

Quand la porte tourna finalement sur ses gonds, des heures après le départ de Marianne et de Sylvain, Alix, toujours couchée, comprit très vite, rien qu'à l'odeur, qu'on lui apportait à manger. Une espèce de brouet infâme, sans doute, à en juger par le fumet qui se répandait dans la cellule. Tournée vers le mur, elle continuait néanmoins de cacher son visage aux arrivants, se disant que si on ne comprenait pas tout de suite que c'était elle et non le Lys Pourpre, ça laisserait toujours quelques heures supplémentaires à Sylvain pour se mettre à l'abri.

Mais quelqu'un s'avança et lui flanqua sans ménagement un coup de pied dans les jambes. Elle dut se retenir pour ne pas crier.

— Eh, toi ! Lève-toi et mange. J'ai ordre de surveiller que tu te nourrisses, car Jankélévitch te veut vivant pour le procès. Pas question de te laisser mourir de faim !

La jeune fille sut alors que le moment était venu de se découvrir. Le cœur serré d'appréhension, et tout ankylosée, elle se souleva sur les coudes et leva la tête, pour s'apercevoir que deux gardiens se tenaient devant elle ; sans doute estimait-on qu'il valait mieux être plusieurs en face du Lys Pourpre, même désarmé et blessé. La stupeur des deux geôliers les figea sur place quand ils s'aperçurent que leur prisonnier n'était pas celui qu'ils pensaient.

Alix ne leur laissa pas le temps de réagir :

— Conduisez-moi auprès du représentant en mission ! Je suis enfermée par erreur ! réclama-t-elle, en se redressant et en époussetant machinalement ses vêtements d'homme.

Quitte à être emmenée devant une autorité, il valait mieux qu'elle fût à peu près présentable, même dans une tenue masculine. Elle n'ignorait pas que le pantalon moulait ses hanches d'une façon qui ne laissait pas les hommes indifférents.

— Halte là, maraude ! répliqua l'un des gardiens d'un air menaçant. Qui es-tu, et d'où sors-tu ? Où est le Lys Pourpre ?

— Je l'ignore, hélas ! répondit-elle avec aplomb. Une femme m'a conduite à lui alors que je venais rendre visite à mon mari. Il m'a assommée, il m'a jetée là et… j'imagine qu'il a dû partir à ma place, dans mes vêtements.

— Tu vas venir avec nous, t'expliquer devant Jankélévitch ! la coupa l'autre avec violence, la tirant déjà par le bras.

— C'est précisément ce que je vous demande, ripostat-elle sans se démonter.

Pourtant, en entendant le nom de Jankélévitch, elle avait senti son cœur se serrer. Se retrouver devant lui la terrifiait ; elle aurait préféré n'importe qui d'autre à ce monstre sanguinaire… Il ne connaissait peut-être pas encore sa véritable identité, mais il la découvrirait rapidement. Et alors, il ferait le lien avec la lettre que les soldats avaient trouvée chez elle et qu'Armand avait emportée pour la lui remettre. Il saurait qu'elle s'était échappée d'une prison de province, tuant trois hommes au passage, pour venir en aide à ce « traître » de Lys Pourpre. Elle jouait de malchance.

— Qu'est-ce que tu crois ? ricana le second geôlier d'un air goguenard. Jankélévitch est capable de te tuer sur place en découvrant que grâce à toi, le Lys Pourpre a réussi à s'échapper. Le garde avant nous qui s'est laissé berner le paiera peut-être aussi de sa vie. Quant à toi, ce n'est ni ta jeunesse ni ta beauté qui adoucira le chef de la police.

— Il est vrai pourtant qu'elle est bien faite, reprit le premier en la serrant contre lui, voulant écarter du doigt les pans de sa chemise. Elle pourrait jouer de ses charmes !

Ils éclatèrent d'un rire gras, tandis qu'Alix se débattait comme une furie.

— Lâche ! fulmina-t-elle. Vouloir profiter d'une faible femme de cette façon !

Mais le second geôlier s'interposa finalement et fit lâcher prise à son camarade.

— Ça va, beauté, dit-il, peut-être attendri malgré lui. Emmenons-la, ajouta-t-il à l'intention de son compagnon. Elle se débrouillera avec le Furet.

En la voyant entrer dans son bureau, malmenée et tiraillée par les soldats, Jankélévitch comprit tout de suite et entra dans une colère effroyable. Les soldats commencèrent à rapporter l'histoire qu'elle avait inventée, mais il leur coupa la parole et se mit à invectiver la jeune femme.

— Foutaises ! Tu as aidé le Lys Pourpre à s'échapper ! lui hurla-t-il. Avoue !

Il était tellement furieux, dressé contre elle, qu'il lui postillonnait en plein visage.

— Tu as aidé le Lys Pourpre à s'échapper ! répéta-t-il, au bord de l'hystérie. Et pour lui, tu t'es laissé enfermer à sa place, pauvre folle. Avoue ! Mais avoue donc ! Parce que c'est bien ce qui s'est passé, n'est-ce pas ? Qui pourrait croire une minute à ton récit fantaisiste ? Je ne sais pas qui tu es, mais tu n'es certainement pas la femme de Buchères. Et vous, vous avez laissé faire, ajouta-t-il à l'adresse des gardiens. Cela s'est passé sous votre nez et à votre barbe et vous n'avez rien vu. Bande d'incapables ! Vous avez l'ennemi numéro 1 sous la main et…

— Numéro 2, rectifia posément Alix. Il me semble que le premier, c'est Robespierre. Ah non, pardon, c'était le roi. C'est cela, c'était bien le roi, selon vos convictions, mais vous vous en êtes débarrassés.

Jankélévitch se jeta sur elle pour la gifler d'un revers de main, dans un sens puis dans l'autre. Sous le choc, sa coiffure se défit et ses cheveux se déroulèrent en cascade sur ses épaules. Sonnée, le sang coulant de sa lèvre fendue, elle réussit cependant à se maintenir debout et le regarda froidement. Elle était devenue pâle de rage.

— Vous n'êtes qu'une ordure ! siffla-t-elle, hors d'elle. Vous vous en prenez toujours à de plus faibles que vous, car vous avez peur que les autres vous rendent coup pour coup. Espèce de veule !

Ce fut plus qu'il n'en put supporter. Emporté par la fureur, aveuglé par la haine, il saisit sa canne et la frappa, plusieurs fois. Les soldats n'osaient intervenir et elle tomba sur le sol, cherchant à se protéger des bras. En désespoir de cause, et pour éviter de se faire tuer sur place, Alix se jeta aux genoux de Jankélévitch, malgré sa répugnance. Il cessa de la battre, surpris de son geste, sans doute, et elle répéta son mensonge, avec l'impression de se vendre. Et pour rien, de surcroît, car il la repoussa avec brutalité.

— Citoyenne, tu as conspiré contre la République, répondit-il froidement. Tu mérites d'être traduite devant le tribunal révolutionnaire. Sors d'ici, maintenant ! hurla-t-il, de nouveau saisi par la colère. Sortez-la d'ici ou je l'égorge ! ajouta-t-il en faisant signe aux gardiens. Remettez-la dans son cachot ! Oui, emmenez-la loin de moi ou je vais la supprimer de mes propres mains ! Et je ne veux pas avoir de sang sur les mains ! Je ne suis pas un assassin, moi, pas comme ce Lys !

26

Le procès

Alix avait mal à la tête, la nausée, et retint avec peine un gémissement. Jankélévitch l'avait vraiment malmenée.

Quelle brute sordide !

Elle porta la main à son front, cherchant à calmer la douleur. Ses doigts rencontrèrent un liquide poisseux. Du sang. On avait dû l'assommer et la jeter là, mais elle ne s'en souvenait plus. Elle se rendit compte que sa chemise et son pantalon étaient déchirés, que ses jambes et ses bras étaient nus. Elle n'avait plus de chaussures non plus. Une douleur fulgurante lui vrilla soudain la cheville et elle secoua son pied avec horreur en poussant un hurlement : un rat l'avait mordue. Il ne se sauva même pas et la fixa de ses petits yeux menaçants. Elle recula contre le mur, pour le tenir à distance, et chercha à reprendre ses esprits. Elle se sentait fiévreuse et espéra qu'elle n'était pas déjà en train de délirer.

Je dois me calmer, sinon je vais devenir folle.

Quoique en un sens, ça n'aurait peut-être pas été plus mal si elle avait déliré. La réalité était plus terrifiante que tous ses cauchemars. Elle tenta de maîtriser les battements de son cœur, de réfléchir. Mais réfléchir à quoi ? Elle s'était mise elle-même dans ce guêpier. Et cette prison était autre chose que la geôle de province dont elle s'était échappée avec succès. Elle savait bien, en venant ici, qu'elle n'en réchapperait pas, à moins d'un miracle. Mais elle l'avait fait pour sauver Sylvain, parce que sa vie était plus précieuse que la sienne. Maintenant, il n'était plus là, du moins l'espérait-elle, et il ne pourrait plus l'aider, en dépit de ses assertions. Jankélévitch allait veiller au grain, désormais.

Et soudain, elle sentit que ses dernières résistances craquaient et elle se mit à pleurer. Elle pleura longtemps, à gros hoquets qui lui coupaient la respiration, jusqu'à ce que la fatigue l'emporte.

Le bruit de la porte qui grinçait la réveilla brusquement. Une torche vint éclairer les lieux, projetant des ombres mouvantes et sinistres sur les murs. Et soudain, Alix reconnut celui qui venait lui rendre visite : Armand. Armand le traître, Armand le révolutionnaire ! Un long frisson glacé lui passa dans le dos.

Il va révéler qui je suis vraiment. La femme de Louis. L'épouse du Lys Pourpre. Je suis perdue. Définitivement.

Lui aussi l'avait reconnue. Il n'avait pas voulu croire, au début, que c'était vrai, que cette évasion rocambolesque avait eu lieu. Il était venu s'en assurer par lui-même. Et en voyant la jeune femme, ses cheveux tombant en flots libres sur ses épaules dénudées, retenant ses haillons pour cacher sa nudité, il sentit qu'il perdait tous ses moyens. Ses mains devenaient moites et il avait une boule douloureuse dans la gorge. Dieu qu'elle était belle ! À renier père et mère, ainsi que cette République à laquelle il s'était donné.

— Petite sotte ! siffla-t-il pourtant. Qu'avez-vous fait ? Vous rendez-vous compte seulement des conséquences de vos actes ?

La jeune femme grelottait toujours. Elle ignorait ce qu'il allait faire d'elle, mais à en juger par son ton, ce ne serait certainement pas une bonne chose ! Quoique... Il éprouvait pour elle une inclination qu'il n'avait jamais cachée. Il était sensible à sa beauté depuis le premier jour. Peut-être était-il encore accessible à la pitié...

Bien sûr, il avait révélé son vrai visage dans l'adversité. Et bien entendu, il gardait rancune à la jeune fille d'avoir décliné son offre de mariage, et pire encore, de lui avoir préféré son frère aîné, celui qu'il jalousait et détestait le plus. Alix le haïssait et le méprisait tout à la fois pour son attitude. Mais elle n'avait pas trop le loisir de se montrer pointilleuse dans le choix de sa planche de salut. S'il lui offrait un moyen de sortir d'ici, elle l'accepterait.

La considérant d'un regard froid, Armand fit signe aux geôliers de la relever et de la sortir de son trou. Elle fut conduite dans son bureau et d'un geste, il congédia les gardiens. Il voulait parler en tête à tête à sa prisonnière. Car elle était la sienne, maintenant. Elle était à sa merci, Armand le savait. Il était le seul capable de changer le verdict du tribunal que Jankélévitch tenait dans le creux de sa main.

— J'ignorais que vous étiez à Paris, déclara-t-il finalement. En fait, je pensais que vous aviez fui loin de la France après votre évasion – fort remarquée, je dois dire –, que vous étiez à l'étranger et que je ne vous reverrais jamais. Et voilà qu'en réalité, vous étiez tout près de moi !

Il essayait de prendre un ton ironique, voire détaché, mais il ne parvenait qu'à être tranchant comme une lame de rasoir. Il était visiblement fou de colère contre elle. Peut-être fou de colère contre son frère, aussi ? Alix en était effrayée, mais elle restait droite et aussi digne que possible, étant donné sa tenue débraillée. Ses admirables yeux verts étaient dardés sur lui, un éclair de révolte dans leur prunelle, sa gorge palpitait sous sa chemise déchirée. Elle lui parut encore plus désirable que par le passé, peut-être parce qu'il avait la mainmise sur son avenir. Sur sa vie.

Et pourtant, ce fut lui qui se mit à frissonner. Alix l'avait toujours fasciné et attiré et c'était encore vrai aujourd'hui. En dépit du mal qu'elle lui avait fait, du mépris qu'elle avait pour lui, il était en adoration devant elle. Il avait envie de la prendre contre lui pour la protéger, de la serrer sur sa poitrine et de la rassurer, de caresser sa nuque et de la sentir ployer sous ses étreintes, de lever son visage vers lui pour s'emparer de sa bouche. Mais il était trop timide pour l'avouer, comme d'habitude. Lui, qu'on voyait désormais comme un monstre devant qui sa propre famille tremblait, c'était à lui de chanceler !

— Vous êtes en mauvaise posture, reprit-il en essayant de maîtriser le chevrotement de sa voix et les battements de son cœur. Jankélévitch a appris votre identité, et il ne vous pardonne pas d'être fille de marquis, encore moins d'avoir bafoué son autorité, tué trois gardiens dans la prison d'où vous vous êtes échappée, et aidé à faire évader un dangereux criminel.

La jeune femme frissonna en entendant ces mauvaises nouvelles, mais dans le fond, elle s'y était attendue. Ce qui la frappait le plus, dans ce que disait Armand, c'était plutôt la façon dont il parlait de son propre frère. Les larmes aux yeux, Alix ne savait plus si elle devait être folle de rage devant un tel accès de dureté ou si elle devait avoir mal au cœur pour Sylvain d'être ainsi considéré par son cadet !

— Armand, comment pouvez-vous dire cela ? demanda-t-elle, consternée et frémissante de colère. Louis est votre frère, le même sang coule dans vos veines ! Et vous êtes un baron, fils de comte.

— Je ne le sais que trop bien, Jankélévitch me le rappelle trop souvent, même si j'ai volontairement abandonné la particule. Mais il ne peut rien contre moi, tandis que contre vous... Une seule chose peut encore vous sauver, ajouta-t-il dans un souffle, avec une soudaine hardiesse, comprimant les palpitations de son cœur.

Elle le fixa d'un regard tellement noyé de larmes qu'il en était insoutenable. Il s'approcha d'elle et lui prit la main, qu'elle ne retira pas.

— Soyez à moi.

Et comme elle ne disait rien, il reprit d'un ton presque suppliant :

— Devenez ma maîtresse.

Pâle, bouleversée, elle recula brusquement, comme si elle avait été mordue par une vipère.

— Armand, vous êtes répugnant ! s'écria-t-elle. Comment pouvez-vous profiter ainsi d'une femme qui a tout perdu et risque la mort ? Je n'accepterai jamais un tel marché !

Sa voix était chargée de fureur et de mépris. Ses yeux lançaient des éclairs, soudain métamorphosée en Amazone prête à se battre.

— Alors, c'est cela, dit-il d'une voix blanche. Même dans un cas comme celui-ci, vous préférez encore le bâtard. Vous l'aimez tellement que vous préférez mourir que de vous donner à un autre.

— Oui, j'aime Louis, affirma-t-elle avec fougue, c'est vrai ! Et c'est cela qui vous ronge, n'est-ce pas ? Encore une fois, votre frère l'a emporté sur vous et vous ne pouvez pas le supporter ! Pire encore, il l'a emporté sans bénéficier de votre nom si prestigieux, car il ne s'est pas présenté comme un fils des Saint-Clair lorsque je l'ai connu. Oui, j'aime Louis de tout mon cœur, de toute mon âme et de tout mon être, et il aurait pu être le dernier des derniers que je l'aurais encore aimé ! Et je mourrais là plutôt que de renoncer à cet amour. Je l'aime plus que moi-même, plus que ma vie, plus que n'importe qui au monde. Et rien ni personne ne changera jamais cela.

Il se détourna d'elle, lui présentant le dos.

— Dans ce cas, je ne peux plus rien pour vous. Vous serez jugée dans quelques jours, et vous pouvez m'en croire, ça risque d'être un procès rapide.

— Je raconterai ce que j'ai dit à Jankélévitch, argua-t-elle. J'ai été prise au piège. On a abusé de moi !

— Personne ne sera dupe, Alix. Jankélévitch ne l'a pas été. Et maintenant, il a votre lettre entre les mains, les soldats la lui ont remise. Il sait tout de votre relation avec… le Lys.

Armand n'arrivait visiblement pas à prononcer le nom de son frère.

— Ce sera sa parole contre la mienne. Personne ne peut témoigner, personne n'a rien vu de ce qui s'est exactement passé, que ce soit à Paris ou à la prison de Chambéry. Je pourrais dire que ce sont des gens de son réseau qui m'ont fait évader, et que j'ai ensuite été abusée par mon propre époux. Qu'il s'est servi de moi pour s'échapper.

— Votre parole ne pèsera pas lourd contre celle d'un policier tel que lui. Et puis, votre histoire est trop invraisemblable.

— Parce que celle d'une femme qui sait se battre et s'échappe aussi facilement de prison l'est sans doute plus ? hasarda Alix.

— Par ailleurs, je connais bien mon frère, poursuivit Armand sans paraître relever, je sais qu'il aurait été incapable d'un tel acte, se servir de vous. Je pourrais très bien en témoigner, moi ! acheva-t-il avec violence.

En un sens, c'était déjà beau de la part d'Armand de reconnaître cette qualité à son frère, se dit Alix. Mais cela ne faisait pas son affaire.

— Je vous en prie, Armand ! Nous n'étions pas ennemis, pourquoi vous comportez-vous ainsi ? Cela fait des années que nous nous connaissons. Nous sommes allés à des soirées ensemble, nous avons mangé à la même table, partagé le même pain. Je suis la femme de votre frère...

Mais il n'écoutait plus rien, muré dans sa rage froide.

— Je ne vous demande pas de me sauver la vie, reprit alors doucement Alix. Juste de faire en sorte de... de reculer l'exécution jusqu'après la naissance de mon enfant.

Il fit une brusque volte-face.

— Vous êtes enceinte ?

— De trois mois environ, balbutia-t-elle, toute surprise d'avoir retenu son attention.

Il garda le silence un instant, puis reprit d'un ton glacial :

— Je suis navré, mais ça risque de ne pas changer grand-chose, tant les charges retenues contre vous sont importantes.

Elle pinça les lèvres et retint les sanglots qui menaçaient de l'étouffer.

Haussant la voix, Armand rappela les gardiens et demanda qu'on la reconduisît à sa cellule. Alix se laissa faire, se contentant de fixer le cadet des Saint-Clair d'un regard empli de tristesse et de compassion. Sa colère était passée.

— Vous devez être terriblement malheureux et terriblement seul pour vous comporter ainsi, prononça-t-elle enfin, au moment de sortir de la pièce. Si j'ai été le déclencheur de votre état d'esprit, j'en suis navrée. Même si je n'en suis pas la cause. Je vous souhaite de pouvoir continuer à vivre avec le poids de tous vos actes, mais je crains que vous ne soyez encore plus malheureux et encore plus seul dans les années à venir. Vous me faites pitié.

Les yeux baissés sur le dossier qu'il compulsait, il fit comme s'il n'avait rien entendu.

⁂

De retour dans son cachot, Alix eut un moment de faiblesse. Elle ne sortirait plus jamais d'ici, sauf pour être emmenée devant le tribunal et conduite jusqu'à la guillotine. Plus rien ne pourrait la sauver, désormais. Elle allait mourir, d'ici à quelques jours. Et elle était si bien gardée, avec deux soldats en permanence devant la lourde porte de sa cellule, qu'elle ne pouvait escompter aucune possibilité d'évasion, cette fois.

Tout est fini, fini…

Les mots tournaient dans sa tête, lui donnant envie de se jeter contre un mur et de s'assommer pour ne plus penser. Elle était perdue et elle ne pouvait pas s'illusionner et se raconter qu'il s'agissait d'une simple erreur dont elle se sortirait vite. Elle allait mourir, et son bébé aussi. Ce n'était pas juste !

Et cet Armand ! Odieux ! Criminel ! Il condamne son neveu ou sa nièce sans sourciller ! Le monstre ! Je n'aurais jamais pensé qu'il fût aussi infâme que Jankélévitch ! Mais il n'a plus de cœur !

Mais peut-être qu'Armand avait tort, au fond. Peut-être qu'en dépit des charges retenues contre elle, le tribunal révolutionnaire surseoirait bel et bien à son exécution jusqu'à la naissance de l'enfant qui, lui, était innocent. Si elle y réfléchissait de nouveau, il fallait bien reconnaître que c'était son plan qui leur laissait à tous une chance de s'en sortir. Elle avait eu raison de faire ce qu'elle avait fait.

Furieuse, elle cogna contre la porte en hurlant :

— Laissez-moi sortir ! Je veux sortir de là !

Elle savait que c'était vain, et surtout, complètement ridicule, mais elle avait besoin d'évacuer sa rage. Ensuite, épuisée, abattue, elle pleura tout son soûl, jusqu'à ce que la fatigue la fît tomber dans un sommeil comateux.

Quelques heures plus tard, elle fut réveillée par le bruit de la porte qui s'ouvrait. On lui apportait à manger, comprit-elle, mais elle n'avait pas faim. Elle allait se détourner, le visage contre le mur, quand elle s'aperçut que le gardien lui présentait aussi autre chose. Une robe. Et quelques affaires de toilette.

— De la part de Monsieur Saint-Clair.

Monsieur Saint-Clair ! Armand… Avait-il finalement été sensible à sa situation ? Était-ce une façon de le lui signifier ?

Ou bien, c'est juste qu'il veut avoir le plaisir de me voir une dernière fois telle qu'il m'a aimée avant qu'on m'exécute.

Incapable de réagir, Alix laissa la robe dans un coin sans y toucher. Elle passa le restant de la journée plongée dans une sorte de léthargie mortelle.

Et puis, le lendemain, elle surprit une conversation, à la relève de la garde. Les soldats qui étaient en faction devant sa porte racontaient aux nouveaux arrivants qui elle était. Ce fut alors qu'un des arrivants se mit à parler du Lys Pourpre. Selon lui, la série des évasions allait continuer, car non seulement le Lys n'avait pas été repris, non seulement il n'avait été nullement inquiété, mais en plus, il continuait à agir, au nez et à la barbe des autorités qu'il narguait avec une désinvolture qui forçait le respect.

D'après ce que disait l'homme, Sylvain les rendait fous de rage et Jankélévitch avait ordonné de tirer à vue en cas de confrontation avec lui ou ses hommes. Il ne voulait même plus entendre parler de procès en bonne et due forme, il voulait juste la tête du Lys pour la promener au bout d'une pique.

Ces nouvelles rassurèrent et effrayèrent Alix tout à la fois. Le fait de savoir qu'il prenait tant de risques, et que le Furet lui en voulait autant, la terrorisait. Mais tout en s'inquiétant pour lui, elle était contente et sentait son cœur bondir de joie, parce que ça voulait dire que Sylvain allait bien et qu'il ne renonçait pas. Cela lui faisait également penser qu'il préparait quelque chose pour elle et un immense espoir gonfla sa poitrine au point qu'en y songeant, elle avait du mal à retrouver son souffle. Les idées les plus folles se succédèrent dans son esprit. Peut-être que Sylvain agirait au moment de son procès, puisqu'elle serait sortie de cellule. Il serait peut-être dans la salle, lors de son audience au tribunal… Cette vision lui redonna des forces.

Mon amour…

Se redressant, elle s'empara des affaires qu'on avait déposées pour elle et entreprit de se laver, de se coiffer et de se changer.

Quelques jours plus tard, Alix entendit de nouveau les gardes parler et apprit ainsi que Sylvain avait délivré plusieurs autres personnes, dans diverses prisons de la capitale.

Il est fou, se dit-elle. *Il prend des risques énormes…*

Mais soudain, elle comprit ce qu'il faisait : il distrayait la police, la milice nationale. Il les faisait s'éparpiller, les obligeant à renforcer la garde un peu partout. Ainsi, leur attention n'était plus simplement axée sur la prison où Alix était retenue prisonnière.

Et puisqu'il délivre d'autres gens et ne s'occupe pas de moi, en apparence, je pourrais aussi en jouer lors du procès. Dire que la preuve qu'il s'est servi de moi réside déjà dans le fait qu'il ne cherche pas à me délivrer, tandis qu'il en fait s'échapper d'autres.

Par contre, il ne fallait pas qu'Armand témoignât. Irait-il jusqu'au bout ? Passerait-il sa menace à exécution ?

⁂

Et puis, un matin, la porte s'ouvrit et quatre gardiens apparurent. Alix fit front, plus fière que jamais.

— Eh bien, ironisa-t-elle, j'ignorais que j'étais capable d'effrayer à ce point des hommes aussi virils. Quatre contre une, bravo ! Qui est le sexe faible ?

Cependant, elle avait beau fanfaronner, elle savait bien pourquoi elle avait droit à une telle garde rapprochée. Ce n'était pas d'elle qu'on se défiait, mais du Lys Pourpre. Allait-il profiter de ce qu'on l'emmenait devant le tribunal révolutionnaire pour la faire évader ? Elle sentait son cœur battre la chamade, autant de crainte pour le procès qui s'annonçait que d'espoir en ce qui pourrait arriver.

On lui lia les mains derrière le dos et on l'emmena, à travers les sombres couloirs. À la sortie de la prison, le soleil printanier lui fit mal aux yeux, la rendant incapable de voir s'il y avait un visage connu parmi la foule qui se pressait aux alentours, repoussée par les soldats.

Une voiture noire l'attendait, entourée de gardes armés. On la fit monter, on claqua la portière et on lança les chevaux. Après un court trajet, on la fit redescendre et entrer dans le bâtiment du tribunal. Là aussi, la populace s'était réunie pour la regarder passer. Elle entendit des cris, les uns pour l'encourager, les autres pour l'insulter, elle et le Lys.

Elle emprunta un nouveau couloir, moins sombre que ceux de la forteresse. Mais surtout, moins humide. Enfin, elle déboucha dans la salle d'audience, une sorte d'amphithéâtre. C'était plein à craquer et le brouhaha ambiant s'intensifia à son arrivée. On la poussa rudement et elle tomba à genoux, sur le parquet, devant le bureau imposant des juges révolutionnaires. Près d'eux se trouvait Jankélévitch qui souriait d'un air sardonique. Elle frissonna.

Posément, néanmoins, elle se releva, refusant l'aide d'un gardien. On la fit asseoir sur le banc des accusés, et tandis que tout le monde attendait que l'audience commençât, elle fouilla désespérément du regard le public amassé dans la salle, y compris dans les escaliers et les tribunes.

S'il y avait le moindre incident, songea-t-elle, *personne ne pourrait sortir.*

Cela signifiait une chose : ce n'était pas ici que Sylvain pourrait intervenir pour la sauver. Il faudrait qu'il le fasse sur le trajet qu'elle empruntait entre la prison et la salle du tribunal. Mais il y avait tellement de soldats pour l'escorter !

Il est peut-être quand même dissimulé dans la foule... Il est assez fou pour cela !

Néanmoins, en dépit de ses efforts, elle ne reconnut personne.

Cela vaut mieux... se dit-elle, comme pour se rassurer. *Si moi, je ne puis le reconnaître, alors personne ne le pourra.*

Elle ne s'en sentait que plus isolée, cependant. Mais elle était tellement certaine que Sylvain ne l'abandonnerait jamais qu'elle n'en éprouva aucun découragement, même lorsqu'on lui refusa un avocat pour se défendre lorsqu'elle fit valoir le tout nouveau droit de l'accusé à la défense. Elle devrait donc plaider seule sa propre cause.

Ce fut Jankélévitch lui-même, plein de morgue et d'arrogance, qui exposa les chefs d'accusation qui pesaient sur elle. Alix avait compris depuis longtemps que les irrégularités dans les procès étaient monnaie courante, aussi ne fut-elle pas étonnée. Aux yeux du gouvernement, elle était déjà coupable d'être une ci-devant et d'avoir épousé un hors-la-loi. Qu'il fût le Lys Pourpre la rendait encore plus coupable. À la limite, le fait qu'elle eût aidé le Lys à s'échapper ou qu'elle en eût été la victime importait peu. Elle était en contact avec lui et c'était déjà un crime en soi.

En écoutant tout cela, Alix en vint à craindre pour sa famille et celle de Sylvain : seraient-ils inquiétés, eux aussi ? Heureusement que sa propre mère était désormais à l'abri ! Il était si facile de se débarrasser de gens qui, sans s'afficher en public comme des adversaires de la Révolution, ne s'étaient jamais affichés comme ses défenseurs non plus.

Alix finit par comprendre qu'on lui faisait endosser le rôle – réel, il était vrai – de complice du Lys Pourpre, alias Sylvain Roche, alias M. Arnauld, alias Louis de Saint-Clair. On entendait démontrer qu'elle était au courant de ses activités depuis le début et qu'une pareille soif d'en découdre avec les révolutionnaires l'animait. Il s'agissait aussi de montrer qu'elle avait bien aidé le Lys à s'enfuir et qu'elle n'en avait jamais été la victime – et que bien entendu, tous les crimes qu'elle avait commis en s'échappant de la prison de Chambéry relevaient bien de son propre fait. En un sens, se dit-elle avec fatalisme, ce n'était que justice pour ces pauvres soldats qu'elle avait tués.

Ce fut alors un défilé de témoins, les gardiens de la prison parisienne pour commencer, qui racontèrent dans le détail la façon dont elle s'était introduite dans le bâtiment et les avait prétendument « drogués ». Malgré l'absence d'un avocat pour la défendre, Alix fit preuve d'intelligence et d'esprit. Elle interrogea les gardiens à son tour, et fort adroitement, leur fit dire que rien ne permettait de conclure qu'elle n'agissait pas sous la contrainte. Pour Alix, il ne s'agissait pas tant de présenter Marianne comme l'alliée du Lys, se servant d'elle pour faire délivrer le chef de bande, que de simplement semer le doute et de démontrer que tout ce qui paraissait si certain ne l'était pas forcément.

On fit ensuite comparaître les gardiens de la première prison, d'où elle s'était échappée avec l'aide de Minuit et de Marianne ; ceux-là mêmes qui lui avaient tiré dessus, dans la nuit. On présenta l'affaire comme une opération machiavélique, savamment préparée, et Minuit devenait une bête féroce, dressée par Alix pour tuer. La jeune fille, décrite comme une forcenée meurtrière, commençait à être éberluée par la tournure que prenaient les événements. Néanmoins, elle s'attendait à ce genre de choses, aussi trouva-t-elle encore la force de répliquer et, là encore, de montrer les faits sous un autre jour. Revenant dans le détail du récit des gardiens, elle prouva que rien ne les autorisait à affirmer que c'était bien elle qui avait tué leurs trois camarades.

Il y eut ensuite des « témoins » des actions qu'elle avait prétendument menées, des gens qui auraient vu, réellement ou non, le Lys en action et qui reconnaissaient en Alix une de ses complices. Ils disaient l'avoir vue à tel et tel endroit, des lieux où la jeune fille ne s'était jamais rendue.

D'où sortent ces personnes ? se demandait-elle avec angoisse. *Je suis certaine de ne jamais les avoir rencontrées...*

Puis soudain, au milieu d'eux, il y eut une vieille femme. C'était celle qu'Alix avait vue en se rendant chez les parents de Béatrice, lors de son séjour à Paris, pour aller chercher cousine Anne. Selon elle, Alix aurait participé aux activités antirévolutionnaires de M. de Bray et elle aurait aidé à la fuite de sa famille.

S'ils avaient pu remettre la main sur les trois soudards qui m'ont agressée chez cousine Anne, ils l'auraient sûrement fait ! se dit la jeune fille, atterrée. *Mais évidemment, comme ils sont passés de vie à trépas, il est difficile de les faire revenir d'entre les morts pour témoigner.*

Malgré tout cela, Alix poursuivit sa défense comme elle le put. C'était sa parole contre celle de tous ces gens et sa seule stratégie possible consistait toujours à démonter les témoignages qui semblaient si solides et semer le doute dans l'esprit du tribunal. Concernant sa participation aux diverses opérations, elle n'eut d'autre recours que d'y opposer la vérité, à savoir qu'elle était chez elle, dans les Alpes, pendant ce temps-là. Beaucoup de gens pouvaient en témoigner, mais aucun d'entre eux, malheureusement, n'était là pour le dire…

Enfin, la lettre qu'elle avait envoyée à sa mère fut présentée comme une preuve accablante, preuve que vinrent confirmer plusieurs « témoins de moralité ». Parmi eux, Alix s'attendait à trouver Armand, comme il l'en avait menacée. Mais il n'en fit rien, au grand soulagement de la jeune fille. Même si elle ne comprenait guère ce revirement, elle lui en était secrètement reconnaissante.

Sans doute le fait-il en souvenir de notre ancienne amitié, songea la jeune femme. *Ou bien, il estime trop risqué de se mettre en avant, il est le frère du Lys Pourpre, après tout. On pourrait l'embarrasser, une fois à la barre…*

Peu importaient les motivations d'Armand, en fin de compte. Ce qui était important, en revanche, c'était qu'il ne pût remettre directement en cause la version d'Alix disant que le Lys Pourpre l'avait piégée. Il suffisait de Jankélévitch pour le faire, mais ce dernier ne connaissait pas Louis de Saint-Clair personnellement.

Malheureusement, Alix n'était pas au bout de ses surprises. Et quand elle vit soudain arriver Adélaïde, son ennemie de toujours, elle comprit qu'elle était définitivement perdue. Adélaïde raconta qu'elle avait vu Alix en compagnie de la famille Valone, qui s'était échappée en octobre 1789. Qu'elle avait appris qu'Alix avait été blessée lors d'une escarmouche avec le Lys Pourpre, en juillet 1792. Qu'elle était certaine que Louis, qu'elle connaissait depuis fort longtemps, n'aurait jamais abandonné sa femme dans une prison et que si Alix s'y était retrouvée à sa place, c'était parce qu'elle était volontaire et qu'elle l'avait aidé à s'échapper.

Alix ne savait si elle devait être furieuse ou atterrée. Elle n'était guère étonnée de la réaction de sa rivale, mais cela lui faisait mal. Si jamais le tribunal la condamnait à la suite de tous ces témoignages et que la sentence était exécutoire, il lui resterait à peine plus de vingt-quatre heures à vivre. Et si Sylvain n'avait pas encore eu le temps de mettre sur pied un plan d'évasion, qu'allait-elle devenir ?

— Vous affirmez connaître parfaitement Louis de Saint-Clair, parvint-elle cependant à objecter, et pourtant, vous n'auriez jamais imaginé qu'il fût le Lys Pourpre. Comment pouvez-vous donc être pareillement sûre qu'il n'aurait pu m'abandonner entre les quatre murs de son cachot ? Vous n'en savez rien, parce qu'en réalité, vous ne le connaissez pas et qu'il a toujours caché à tout le monde sa véritable nature.

Mais Alix se rendait compte de la pauvreté de sa méthode. Malheureusement, elle commençait à être si fatiguée, si étourdie par toutes ces allées et venues, si accablée par tous ces témoignages et par la sensation de plus en plus forte qu'elle était victime d'un complot et qu'on ne lui permettrait pas de s'en sortir vivante, qu'elle renonçait à se défendre. Rien n'y ferait, elle le savait. Et à quoi bon faire assaut de mauvaise foi ? Ses détracteurs mentaient et elle était lasse d'employer le même procédé.

Le temps passait, la journée avançait. Et tandis que les témoins allaient et venaient, qu'on servait des collations aux membres du tribunal, elle, elle restait là, sans qu'on lui offrît même un verre d'eau. Elle se sentait tellement abattue qu'elle commençait à ne plus faire attention à ce qui se passait autour d'elle. Elle ne vit donc pas Armand, la mâchoire serrée, les traits crispés, les yeux flamboyants, qui dévisageait Adélaïde avec fureur, comme s'il voulait la tuer.

À la fin, ce fut Jankélévitch qui vint à la barre. Comme les autres, il apporta son témoignage, remontant à des faits anciens auxquels il l'associa sans vergogne. Il raconta l'avoir déjà interrogée lors de l'affaire du bal d'octobre 1789 et que, déjà, à l'époque, son rôle lui avait paru plus que douteux.

Il raconta comment on l'avait averti de l'évasion du Lys Pourpre et comment il avait alors interrogé « la suspecte », passant sous silence le fait qu'il l'avait giflée par deux fois ou qu'il l'avait frappée avec sa canne. Il ajouta, en revanche, que la jeune fille l'avait injurié dans l'exercice de ses fonctions et qu'elle avait donc, par là même, insulté la République dont il était le représentant.

— Certes, reconnut Alix quand on l'interrogea, j'ai injurié le citoyen Jankélévitch. Mais je ne visais que lui, et nullement la République. Je l'ai traité d'ordure et de lâche, parce qu'il venait de me frapper. Et il a recommencé ensuite, le tout devant témoins, les deux gardes qui m'avaient amenée devant lui lorsqu'ils m'avaient découverte dans la cellule du Lys Pourpre.

Malheureusement, lorsqu'on fit revenir les deux gardes pour leur demander ce qui s'était passé, ils n'osèrent s'opposer au Furet et réfutèrent l'accusation d'Alix.

Consternée par cette parodie de procès, désemparée, Alix, dès lors, ne desserra plus les dents. Elle se demandait où elle était, dans quel cauchemar elle avait sombré, où l'on pouvait commettre de telles choses au grand jour. Mais elle était bel et bien dans le monde réel, et la France n'avait plus rien à voir avec ce qu'elle avait connu dans sa jeunesse.

Après cela, le tribunal se concerta. Cela ne prit que quelques minutes. Puis on la fit lever :

— Citoyenne Saint-Clair, née de la Chaussée d'Arville, reconnaissez-vous les faits précédemment cités et qui vous sont reprochés ? Reconnaissez-vous être coupable de toutes les accusations retenues contre vous ?

Alix fit un effort et puisa dans ses dernières forces.

— Non, dit-elle fièrement. Certainement pas !

— Reconnaissez-vous avoir injurié la République à travers la personne du citoyen Jankélévitch et porté atteinte à l'honneur du pays ?

— Non, répéta-t-elle. Mes propos ne concernaient que l'homme.

— Reconnaissez-vous avoir pris part à plusieurs reprises aux actions du Lys Pourpre, de 1789 à 1792 ?

— Non ! On veut me faire avouer des crimes que je n'ai pas commis.

— Reconnaissez-vous votre implication dans l'évasion du Lys Pourpre, agissant ainsi en tant que contre-révolutionnaire, vous posant contre la République et portant atteinte à la sécurité du pays en libérant un dangereux criminel ?

— Non. Les choses ne se sont pas passées de la façon dont elles ont été racontées par les témoins et je n'ai jamais voulu libérer quelque criminel que ce soit.

Ce fut le moment où Jankélévitch dérapa, une fois de plus.

— Impudente ! Effrontée ! s'écria-t-il avec violence en se dressant de sa place comme un diable sortant de sa boîte. Tu ferais mieux d'avouer tes forfaits ! Peut-être pourrait-on avoir pitié de toi si tu admettais la vérité telle qu'elle est et si tu livrais tes dangereux complices ! Allons, coquine, avoue ! Avoue donc ! Et raconte-nous qui t'a aidée dans ton entreprise ! Donne donc les noms de ceux qui sont coupables avec toi dans ces affaires ! Ou bien veux-tu encore aggraver ton cas, infâme traîtresse ?

Finalement, le tribunal le fit taire. Dans un silence de mort, on attendit la sentence. Le procès avait été rapide, comme l'avait annoncé Armand. Il avait duré une journée. Une journée au bout de laquelle Alix était exténuée et incapable de réagir. Elle avait la tête qui lui tournait, les mains qui tremblaient. Elle mourait de faim, de soif et elle n'avait plus qu'une idée : qu'on la laissât enfin en paix. Et lorsque le juge principal rendit son verdict, ce fut à peine si elle fit attention à ses premiers mots :

— Attendu que l'accusée, ici présente, la citoyenne Saint-Clair née de la Chaussée d'Arville a été reconnue coupable…

Le reste se perdit dans un brouillard confus tandis qu'Alix, soudain, sentit ses jambes lâcher. Un de ses gardiens la vit s'affaisser et la rattrapa juste à temps. Dans un suprême effort, elle se redressa et les dernières paroles du juge parvinrent à ses oreilles :

— ... est condamnée à la peine capitale. La sentence est exécutoire.

⁂

Un frisson d'horreur parcourut la jeune femme. La bouche sèche, elle tenta de parler :

— Je vous en prie, non... J'attends un enfant.

Elle fixait le juge d'un regard terrible et insoutenable. Il hésita une brève seconde, puis prononça :

— Cette ruse est trop souvent utilisée, citoyenne, pour gagner du temps. Et comme il nous est impossible de vérifier la véracité de vos propos et que, de plus, il a été démontré tout au long de ce procès que vous n'hésitiez pas à mentir et tromper, nous ne surseoirons pas à votre exécution. Demain, vous monterez sur l'échafaud.

Alix restait pétrifiée, glacée d'épouvante. Tout tournait autour d'elle, tandis que le tribunal se levait pour sortir, que la foule s'agitait en commentant l'affaire et que ses gardiens cherchaient à l'emmener pour la reconduire en prison. Demain... Demain ! Non, c'était impossible ! Elle n'avait pas vingt ans, elle était enceinte de l'homme qu'elle aimait, elle ne voulait pas mourir ! Le regard haineux et satisfait que lui jeta le Furet la fit sortir de ses gonds. Il aurait pu tout aussi bien lui cracher à la figure.

Se libérant d'un coup sec de la poigne de ses gardiens qui ne s'y attendaient pas, elle se précipita vers lui, folle de rage, mais, les poings liés comme elle les avait, elle ne put le frapper.

— Monstre ! s'écria-t-elle, cependant. Scélérat ! Vermine ! Vous pouvez être fier de vous ! Regardez où les gens de votre espèce conduisent notre pays, à condamner une innocente et son bébé à la peine capitale ! C'est vous qui salissez l'honneur de la France, vous qui trahissez la

République et ses idéaux, vous et tous les rats dans votre genre. Et comme je ne suis hélas ni la première, ni la dernière, j'espère que tout ce sang versé vous retombera sur la tête et que vous serez puni de tous vos crimes !

Les gardiens essayaient en vain de l'emmener, mais elle se débattait et poursuivait sa diatribe, tandis que, tout autour d'elle, le public devenait houleux et que les invectives commençaient à pleuvoir. Des sifflements, des cris et des huées s'élevèrent, couvrant ses paroles. Un coup plus fort que les autres lui coupa finalement la respiration ; elle tomba à genoux et on la traîna avec célérité vers la sortie.

Elle criait encore quand on l'enferma dans la voiture qui devait la ramener en prison.

⁂

Jetée dans son cachot comme un vulgaire paquet, Alix cessa finalement toute résistance et s'effondra dans un coin. Elle ne pleura pas, pourtant. C'était comme si son corps avait déjà versé toutes les larmes qu'il pouvait. Ne restait que l'angoisse et la colère, comme une boule de feu dans sa gorge et dans son ventre. Elle tremblait.

Elle n'avait plus d'espoir, maintenant. Il ne s'était pas passé suffisamment de jours depuis l'évasion de Sylvain pour qu'il eût pu mettre sur pied une combine efficace pour la libérer. Et demain, elle devait être exécutée. Plus rien ne pouvait la sauver. Rien ni personne. Elle n'avait plus qu'à se confesser de ses péchés et attendre sa dernière heure.

Que le Ciel me donne la force de rester digne jusqu'au bout...

Elle ne voulait pas donner la satisfaction à ce suppôt de Satan qu'était Jankélévitch de mourir en lâche. Elle n'aurait pas une plainte, pas une supplication.

La jeune fille sombra alors dans un sommeil sans rêve, rompue par les émotions de cette journée qui lui avait paru sans fin.

Le lendemain matin, la porte s'ouvrit bien avant l'aube, lentement, grinçant sur ses gonds. Réveillée en sursaut, Alix se redressa d'un bond. Était-ce donc déjà l'heure de son exécution ? Elle n'avait même pas vu de prêtre ! La lumière d'une torche l'aveugla un instant, puis, soudain, elle s'aperçut qu'Armand était devant elle, blême. Elle réprima les battements de son cœur affolé et le considéra avec mépris.

— Laissez-nous seuls quelques minutes ! ordonna le jeune homme au geôlier. Elle ne s'enfuira pas, je peux vous le garantir.

Après une brève hésitation, le gardien obtempéra et referma la porte sur eux.

— Que venez-vous faire ici ? jeta Alix d'un ton glacial. Il ne vous suffisait pas de m'avoir contemplée pendant qu'on me condamnait. Vous voulez jouir de ma souffrance, en plus !

Armand eut un sourire désabusé :

— Allons, fit-il, je vois qu'on a toujours une très haute opinion de moi. Figurez-vous pourtant que je suis ici pour vous sauver.

Alix eut un rire nerveux.

— Me sauver ? Vraiment ? Vous aviez d'autres occasions et vous les avez laissées passer. Pourquoi maintenant ? Et pourquoi vous croirais-je ? Vous n'avez pas le pouvoir de vous opposer à la décision du tribunal.

Armand haussa les épaules.

— Je comprends que vous soyez sceptique. Et pourtant, c'est vrai. Je suis venu vous proposer un marché. Si vous acceptez, vous aurez la vie sauve.

La jeune femme se dressa fièrement et, se détournant du citoyen « Saint-Clair », elle déclara :

— Je n'accepterai rien de votre part, surtout pas un de vos marchés de dupe. Comment pourrais-je avoir la moindre confiance en celui qui a renié ses origines et vendu son propre frère à l'ennemi ?

Armand, cependant, s'approcha et la saisit par le bras :

— Allez-vous m'écouter, à la fin ?

Elle se dégagea d'un geste sec, aussitôt réemprisonnée par une main d'acier. Elle ouvrit des yeux surpris sur Armand ; elle ne l'aurait pas cru capable d'une telle poigne.

— Je vous aime, Alix. Je vous aime depuis le premier jour et je ne puis me résoudre à vous voir conduire à la guillotine sans rien faire pour l'empêcher.

— Lâchez-moi !

— Vous connaissez mes sentiments, poursuivit le jeune homme, imperturbable, et pourtant, vous n'y avez jamais répondu. Aujourd'hui, vous allez le faire.

— Plutôt mourir !

Armand eut un petit rire sans joie :

— Oui, c'est précisément ce qui va vous arriver. À vous et à votre enfant, celui que vous portez. Êtes-vous prête à condamner ce petit être innocent juste parce que vous n'éprouvez qu'indifférence à mon égard ? Enfin, haine et mépris, rectifia-t-il en voyant la façon dont elle le fusillait du regard. Le temps de l'indifférence est passé, mais vous avez désormais un petit air combatif tout à fait charmant. Au diable les faux-semblants !

Alix hésita. Elle était acculée dans un angle de la cellule et Armand la tenait bien. Il était plus grand et plus fort qu'elle. Et résolu.

— Vous êtes vraiment trop belle ! dit-il sourdement, les yeux brillant d'un éclat métallique qu'Alix ne lui avait jamais vu. Quand je vous vois ainsi, ma rancœur s'évanouit…

— Pas la mienne, siffla-t-elle entre ses dents. Lâchez-moi, Armand. Ce que vous faites est indigne de vous, indigne du nom que vous portez.

— J'ai renoncé à ce nom. J'ai renoncé à mon héritage ! J'ai renié mes origines, comme vous l'avez si bien dit !

Armand s'enflammait. Sa main serrait plus fort le bras d'Alix. Celle-ci grimaça sous la douleur et se demanda si le jeune homme n'était pas proche de la crise de folie.

— Lâchez-moi, je vous en prie, haleta-t-elle. Vous me faites mal ! Et vous ne pouvez pas échapper à votre héritage. Il coule dans vos veines ! Ne comprenez-vous pas ? Vous ne pouvez pas échapper à ce que vous êtes !

— Et qu'est-ce que cela m'a apporté ? J'ai toujours été rejeté par les miens, supplanté par mon frère. Méprisé par vous. Mais cela va changer !

— Je ne suis pas la seule femme au monde, Armand. Il y en a eu pour vous trouver charmant.

— Si vous voulez parler d'Adélaïde, je crois bien que je la hais autant que vous... Mais mal lui en a pris de témoigner contre vous, alors paix à son âme ! ajouta le jeune homme avec un sourire satisfait.

Comme si cela l'avait soulagé d'une quelconque façon, il relâcha Alix.

— Que voulez-vous dire ? demanda celle-ci, massant son bras douloureux.

— Je viens d'apprendre une étrange nouvelle. Et c'est elle qui m'a décidé à venir vous voir. Figurez-vous que le Furet et Adélaïde ont tous les deux été assassinés cette nuit. On a retrouvé le corps d'Adélaïde dans une ruelle, tuée d'un coup de poignard en plein cœur. N'est-ce pas hautement symbolique ? Quant à Jankélévitch, selon les témoins de la scène, il a également été poignardé et il est tombé dans la Seine avec un de ses assaillants. Celui-ci est ressorti de l'eau et s'est enfui, mais aucune trace de notre cher policier.

Alix frissonna de la tête aux pieds. Elle était abasourdie.

— Vous leur avez envoyé des tueurs ?

— Grands dieux, non ! Ce n'est pas mon genre. Mais quelqu'un l'a fait. Quelqu'un qui tient à vous, semble-t-il. Mais quelqu'un qui ne pourra jamais venir jusqu'à vous, hélas.

Alix ne savait que penser. Néanmoins, elle se sentait partiellement soulagée : la France était débarrassée de ce monstre qu'était Jankélévitch et elle n'allait pas le pleurer.

Mais qui avait commandité cela, si ce n'était pas Armand ? Surtout que le Furet, c'était une chose, mais Adélaïde...

— Si vous parlez de Louis, il serait incapable d'une telle félonie, dit-elle finalement.

— Vous ne connaissez pas mon frère aussi bien que vous le pensez.

— Et vous encore moins.

Armand pinça les lèvres, puis reprit, les mains croisées dans le dos.

— Je ne suis pas venu parler de mon frère. Mais maintenant que certains obstacles ont été, pour ainsi dire, balayés, je puis faire en sorte que vous sortiez d'ici vivante.

— J'en sortirai vivante, répliqua Alix. Et ce ne sera pas grâce à vous. Ce ne sera pas non plus pour retrouver la liberté, mais pour être conduite à l'échafaud. Et par votre faute ! Si vous n'aviez pas dénoncé et fait arrêter Louis, nous n'en serions pas là !

— Allez-vous cesser avec Louis ! hurla soudain Armand. Et écoutez-moi, ajouta-t-il plus doucement. Je vous conjure de m'écouter.

Elle ne répondit rien, serra les dents et ferma les yeux. Un flot de mots tous plus désagréables les uns que les autres lui montait aux lèvres, mais il ne les franchit pas. Rouvrant les yeux, elle constata qu'Armand se détendait en voyant qu'elle ne disait plus rien. Le danger s'éloignait... Elle remarqua soudain son haleine avinée. C'était la première fois qu'il s'enivrait de cette façon, du moins, à sa connaissance. Que lui arrivait-il ?

— Écoutez-moi, reprit-il âprement. Je vais dire au juge que vous avez changé d'avis. Que je vous ai fait parler, que vous allez me conduire à la cachette du Lys Pourpre. Que, grâce à vous, on me laissera passer, moi et mes hommes. Et que nous prendrons ainsi l'ennemi public numéro 1. En échange, je lui demanderai votre tête et il me l'accordera.

— Je ne ferai jamais une telle chose, et vous le savez, répondit Alix posément.

— Je le sais, mais pas le juge. Il me croira. Et cela nous donnera le temps de quitter la ville et de trouver refuge à l'étranger. Vous aurez la vie sauve. Vous pourrez sauver votre enfant.

L'offre était tentante. Alix sentit qu'elle faiblissait.

— Que voulez-vous, en contrepartie ? demanda-t-elle.

— Par tous les saints du Paradis, vous voilà enfin raisonnable ! s'exclama Armand avec un sourire. Ce que je veux, vous le savez déjà. Soyez mienne. Soyez mienne et je vous sauve.

— Dans ce cas, vous connaissez aussi déjà ma réponse.

Armand eut un geste d'exaspération :

— Bon Dieu ! Mais comment pouvez-vous être aussi obstinée et aussi stupide ?

— Préféreriez-vous que je ruse et que je vous mente ? objecta Alix avec hargne. Je pourrais vous dire oui, partir avec vous, puis m'échapper dès que possible et aller retrouver Louis. Mais il se trouve que j'ai la faiblesse d'être franche et honnête. Je croyais que c'était une vertu, c'est ainsi qu'on m'a élevée, dans une certaine idée de l'honneur. Visiblement, tout cela est périmé aujourd'hui, et ça n'est plus que de la stupidité, comme vous dites. Tant pis. Je mourrai stupide, alors, mais je mourrai digne et avec la conscience en paix.

— Si telle est votre volonté...

On sentait l'amertume d'Armand dans le ton qu'il avait employé pour prononcer ces quelques mots. Mais il s'inclina, lui fit le baisemain et se dirigea vers la porte. Au dernier moment, il se retourna.

— Si j'étais vous, dit-il alors, je prendrais tout de même garde à ce que mes actions ne portent pas préjudice à ma famille. Ce sont des choses auxquelles Louis et vous ne réfléchissez jamais, apparemment. Mais même si votre mère n'est pas encore à Paris, il se pourrait qu'elle y soit amenée, encadrée de soldats, pour être interrogée à son tour sur ses liens avec le Lys Pourpre.

— Arrêtez avec vos menaces. Ma mère est en sûreté, probablement à l'étranger à ce jour.

Un sourire cynique se dessina sur les lèvres d'Armand.

— Non, ma chère. Son astucieuse cachette dans la montagne a été découverte, lorsque votre intendant est allé lui apporter des victuailles. Adélaïde l'a fait espionner, une nouvelle fois, et s'est chargée d'avertir qui de droit. La marquise a été ramenée au château de la Chaussée. Elle n'est pas passée en Italie. Et si elle n'a pas encore été accusée de traîtrise, c'est simplement parce que j'ai passé cette tentative de fuite sous silence.

Il fit une pause avant de conclure :

— Néanmoins, elle n'est plus en aussi totale sécurité que vous le pensiez, comme vous le voyez. Certains brûlent de la mêler à l'affaire du Lys Pourpre...

Alix vacilla, le cœur au bord des lèvres. Le dégoût la submergeait. Non ! C'était impossible ! Armand ne pouvait pas faire ça, il n'oserait pas !

— Vous ne ferez pas ça, balbutia-t-elle.

— Moi, non, reprit Armand posément. Mais Jankélévitch en avait l'idée, et d'autres se chargeront bientôt de reprendre ses œuvres. Il vaudrait mieux profiter du fait que la place est encore vacante et du léger désordre que cela procure dans les rangs de la police pour accepter ma proposition et vous évader.

Alix se redressa, avec un regain de courage et d'énergie.

— Quand la police songera à ma mère, celle-ci sera en sécurité. Adélaïde n'est plus là pour la faire espionner et alerter les autorités. Je pense qu'en ce moment même, on se charge d'elle.

— Mais vous, Alix ! Vous serez morte demain.

Il y avait quelque chose de pressant dans la voix d'Armand, comme s'il s'inquiétait réellement pour elle.

— Quelle importance ? ironisa-t-elle pourtant. On m'a récemment fait la remarque que j'avais perdu la tête depuis longtemps. Depuis que j'avais rencontré votre frère.

Elle savait qu'elle n'aurait pas dû dire cela, mais elle n'avait pas pu s'en empêcher.

— Quel trait d'esprit ! fit Armand avec lassitude.

Il toqua à la porte ; dans l'instant, on la lui ouvrit.

— Attendez !

Au dernier moment, Alix tendit la main à Armand.

— Je voulais tout de même vous remercier de ne pas avoir témoigné contre moi. Je ne sais pour quelle raison, avouable ou non, vous l'avez fait, mais je vous en remercie. Même si vous abstenir n'a finalement rien changé.

— Vous étiez perdue d'avance. Témoigner contre vous n'aurait rien changé non plus. On n'avait pas besoin de moi pour vous accabler.

— Votre frère disait que vous étiez bon. Qu'il fallait vous faire confiance, que vous feriez vos preuves si on vous laissait la liberté. Je tenais aussi à ce que vous le sachiez avant que plus personne ne soit là pour vous le dire, car après ma mort, je crains que les choses ne soient totalement changées.

Armand tressaillit brièvement, mais ne dit rien. Il pinça les lèvres, parut hésiter, puis il s'inclina de nouveau et sortit. La porte se referma, les verrous claquèrent. Restée seule, Alix glissa le long du mur et s'accroupit. Elle frissonnait de tout son être. Elle avait beau s'être montrée forte et courageuse, elle ne résistait plus, maintenant, au flot d'angoisse qui montait en elle. Demain… Demain, tout serait fini. Et elle avait refusé l'aide de la dernière personne qui eût pu la sauver, sans doute.

Épilogue

Nouveau départ

Le lendemain, quand on vint la chercher pour l'emmener à la guillotine, Armand était là, encore. Elle se redressa, ses mains tremblantes serrées le long de son corps, et avança posément. Elle ne leur donnerait pas le plaisir de courber l'échine. Elle ne leur montrerait pas sa terreur. Elle ne supplierait pas, elle ne s'effondrerait pas, elle ne pleurerait pas. Elle resterait digne.

Qu'ils aillent tous au diable, ces tueurs de femmes et d'enfants !

Elle passa devant Armand et le considéra longuement. Puis, alors qu'on la poussait pour avancer, elle lui murmura :

— Je vous absous, Armand ; il ne sera pas dit que je partirai la haine au cœur. La passion vous a aveuglé, la jalousie aussi, et je peux le comprendre et le pardonner. Mais je crains que Louis ne le fasse pas. Vous devrez toujours regarder par-dessus votre épaule... Je vous plains.

— Ma chère, vous ignorez de quoi je suis capable. Je peux me défendre contre Louis. Et regardez-le, votre bien-aimé : il vous a abandonnée à votre triste sort. Vous aviez peut-être raison, finalement, au cours des audiences. Peut-être qu'il s'est servi de vous, en effet.

Le cœur d'Alix se crispa douloureusement. Si Sylvain n'était pas venu, c'était certainement parce qu'il n'avait pas pu. Il était peut-être blessé quelque part, mourant... Déjà mort, peut-être même. Et elle n'en savait rien. Comment l'aurait-elle pu ? Si Sylvain n'était pas tombé directement au combat, mais des suites d'une blessure, par exemple, personne à part les gens de son entourage n'était au courant.

Si tu es mort, mon amour, au moins nous nous rejoindrons dans l'au-delà...

Ce fut à cet instant précis que le monde bascula dans le chaos. Alors qu'elle s'attendait à sortir, accompagnée jusqu'à sa fin par un homme qui l'aimait mais qu'elle méprisait, elle s'aperçut soudain qu'il était bousculé. Des hommes surgirent autour d'elle. On se jeta sur elle. Il y eut des cris. Un de ses gardiens la tira par le bras pour l'entraîner à l'intérieur de la prison, mais il fut assommé par les assaillants qui s'emparèrent d'elle et prirent la fuite en la chargeant sur l'épaule pour la transporter comme un vulgaire paquet de linge sale. En se redressant, Alix vit Armand qui gisait sur le sol, inconscient... ou peut-être mort.

⁂

Alix vécut les heures qui suivirent son évasion inattendue dans le brouillard le plus total. Elle ne reprit véritablement ses esprits que quelques jours plus tard, sur le bateau où elle avait été conduite pour retrouver Sylvain, son bien-aimé Sylvain, en route vers une nouvelle vie.

Ce matin-là, installée dans la cabine du capitaine – la cabine de son époux, capitaine corsaire comme il l'avait affirmé depuis le début –, allongée contre lui, elle caressait du bout des doigts la peau chaude du torse de son époux, suivant les lignes fermes de ses muscles, et savourait son bonheur tout neuf, après une nuit d'étreintes passionnées. Les événements s'étaient succédé à une telle vitesse qu'ils n'avaient pas encore pris le temps d'en discuter. Il était temps de pallier ce manque.

Délivrée à la dernière seconde par les hommes du Lys Pourpre, comme elle l'avait compris plus tard, Alix avait été conduite à l'abri, près d'Orléans, avant d'être transférée à Annecy où elle avait retrouvé sa mère, Bradroc, Marianne et Vladimir… ainsi que Sylvain. Les chevaux – Flamme, Éclair et même Drago – et son fidèle chien-loup, tout guilleret, se trouvaient là aussi.

Au grand soulagement d'Alix, Sylvain confirma son désir de partir. Plus que jamais, il souhaitait quitter définitivement la France, et même l'Europe : la vie sous le masque du Lys Pourpre était devenue trop risquée pour lui et il ne voulait plus mettre l'existence d'Alix en danger. De plus, il allait devenir père et désirait que son enfant le connût. Il aspirait à l'élever et à lui transmettre les valeurs qu'il estimait importantes, aux côtés de sa bien-aimée.

En compagnie de leurs proches, Alix et Sylvain s'étaient alors enfuis à travers le massif des Alpes pour enfin rejoindre l'Italie. Le voyage avait été épuisant malgré l'aide précieuse des chevaux, et, déjà rompue par tout ce qu'elle avait vécu les jours précédents, Alix n'en avait rien vu passer. Marianne et Bradroc étaient demeurés quelques heures avec eux, avant de retourner à la Chaussée où ils aspiraient à retourner, l'une pour retrouver Jacques, l'autre pour accomplir son devoir et veiller sur le domaine du marquis, en mémoire de son ancien maître, aux côtés de la fidèle Faustine.

Durant ce temps, Alix avait longuement discuté avec sa mère de ce qu'elles allaient faire. La marquise ne se sentait pas la force de partir aux Amériques, pour un voyage de plusieurs semaines en bateau et une destination plus ou moins aventureuse. Cela, c'était le domaine de sa fille, non le sien. Aussi avait-elle décidé de rejoindre Anne de Renéville dans sa retraite, laquelle avait toujours assuré, par courrier, que la femme et la fille de son cousin seraient toujours les bienvenues chez elle. La séparation serait difficile, mais la marquise savait aussi qu'il était temps pour sa fille de vivre sa vie, aux côtés de l'homme qu'elle aimait.

Les deux femmes avaient préparé avec soin la façon dont la Chaussée d'Arville serait gérée en leur absence, et Alix avait rédigé des documents qu'elle avait ensuite remis à son amie d'enfance, en lui disant de les garder précieusement et de les lire plus tard, que cela assurerait son avenir.

Pendant ces mêmes heures, Sylvain avait donné des ordres à Vladimir pour, lui aussi, mettre ses affaires en ordre et confier son réseau à un nouveau chef. Le Lys Pourpre devait poursuivre son œuvre et le réseau devait donc survivre sans Sylvain. Quelqu'un devait simplement reprendre le rôle, et l'aîné des Saint-Clair n'avait trouvé personne de mieux qualifié que son cadet, Armand lui-même.

Quand Alix l'avait appris, elle avait été trop abasourdie pour réagir. Et puis, il était temps de se séparer des amis de toujours, de laisser Marianne, Bradroc et Vladimir repartir de l'autre côté de la frontière. Épuisée, Alix n'avait pas discuté, se promettant d'en reparler avec son mari quand le temps serait venu. Elle voulait comprendre.

Elle et Sylvain avaient ensuite conduit Mme de la Chaussée d'Arville chez cousine Anne. Rassurée sur le sort de sa mère, Alix avait alors enfin pu ouvrir un autre chapitre de sa vie. Sylvain l'avait emmenée vers le port de Gênes où ils étaient montés sur un de ses bateaux, emportant avec eux leurs trois chevaux et Minuit, et avaient mis les voiles immédiatement. Entraînée dans la cabine du capitaine, Alix avait dormi pratiquement une journée entière, avant de retrouver pleinement son époux au creux du lit, bercée par une houle tranquille. L'air sentait la mer, le sel et l'iode, une odeur que la jeune fille découvrait avec ravissement. C'était aussi vivifiant que l'air de ses montagnes, et après toutes ces journées dans l'atmosphère méphitique de la prison, c'était un pur délice. Même le chien, couché au pied de la couchette comme il en avait déjà l'habitude à la Chaussée d'Arville, paraissait apprécier cette atmosphère.

Maintenant, Alix écoutait Sylvain lui expliquer que si son évasion avait réussi, c'était grâce à Armand. C'était lui qui avait contacté Sylvain, l'avait averti et avait proposé de l'aider. C'était lui qui avait fait entrer les hommes du réseau dans la prison, pour pouvoir l'enlever à la dernière minute, le matin de son exécution.

— Mais comment se fait-il qu'Armand ait finalement agi ainsi ? demanda Alix, blottie dans les bras de son époux. Un tel revirement me paraît inexplicable.

— Je t'avais dit qu'on pouvait compter sur lui.

— Je ne comprends toujours pas… fit la jeune femme en secouant la tête. Alors, au dernier moment, il aurait renié toutes ses convictions pour moi et mis en péril son avenir pour me sauver ? Et même toi, il ne t'a pas trahi, à la dernière seconde, alors qu'il t'avait fait arrêter et qu'il était fou de rage après ton évasion.

— Il est incapable de me trahir. C'est mon frère.

— Il a bien procédé à ton arrestation ! protesta Alix.

— C'est différent, temporisa Sylvain. Il faisait ce qui devait l'être. Il jouait son rôle.

— Son rôle ?

Interloquée, Alix se redressa et plongea son regard dans celui de Sylvain.

— Oui, répondit-il avec un faible sourire. C'est une histoire compliquée…

— Je suis tout ouïe.

Sylvain prit le temps avant de répondre, comme s'il cherchait à rassembler ses idées.

— Vladimir m'a dit que tu ne comprenais pas que je n'aie pas eu de plan de rechange, lorsque je me suis fait arrêter. Tu me l'as toi-même répété, d'ailleurs. J'en avais un, néanmoins, mais je ne pouvais pas en parler.

Il fit une pause avant de reprendre :

— Depuis le début, Armand et moi travaillons main dans la main.

Alix avait les oreilles qui bourdonnaient. Le cœur battant, elle écouta les révélations de son mari qui continuait :

— Même rivaux, nous avons toujours été proches et notre père n'a jamais pu détruire ce lien entre nous. Enfant, je protégeais Armand des autres, je lui apprenais à se battre. Peu à peu, il a pris son indépendance, et après mon départ – ma disparition – il est devenu un homme en peu de temps. La première fois que je suis revenu dans les Alpes, lors du bal donné chez mes parents, je l'ai mis dans la confidence. Je lui ai expliqué que j'étais devenu le Lys Pourpre, que j'avais tout un réseau sous mon commandement… et que ce soir-là, je devais prendre en charge la famille Valone pour leur permettre de fuir. Il m'a aidé à m'introduire discrètement dans la demeure familiale pour pouvoir prendre contact avec les Valone et les faire partir en exil, en sécurité.

Abasourdie, Alix revivait en pensée la fameuse soirée, la façon dont Armand s'était emporté contre le Loup, dont il avait fait semblant de ne pas savoir qui c'était…

— Depuis ce jour-là, nous avons toujours œuvré ensemble. Armand me renseignait et m'aidait par tous les moyens possibles, me fournissant matériel et munitions que je lui réglais dûment, avec le fruit de la contrebande. Te rappelles-tu nos retrouvailles, après le bal ? Lorsque j'avais faim et que tu m'as soigné, sur le chemin qui longeait les terres de ton père ? J'étais revenu sur les indications d'Armand, pour punir un homme qui s'était fait passer pour moi et avait entraîné à sa perte un jeune marié et son épouse. Et ce n'est là qu'un exemple parmi tant d'autres. Mais Armand n'était jamais à visage découvert ; il avait un complice à Arville, le père de Jacques, le fiancé de ton amie Marianne.

— Le meunier ?

— Lui-même. À eux deux, ils ont fait un sacré boulot !

Sylvain sourit et Alix vit à quel point il était fier de son frère.

— Armand a été remarquable, et pourtant, son rôle n'était pas facile. Il devait continuer à passer pour un effacé, voire un lâche, un homme qui se désintéressait de tout ce qui n'était pas lui. Puis, sur ma requête, il a commencé à infiltrer les rangs révolutionnaires. Nous avions besoin d'en savoir plus sur nos ennemis, d'autant que nous commencions à nous douter qu'il y avait un traître dans nos propres rangs. Les attaques contre le Lys Pourpre étaient de plus en plus ciblées, de plus en plus proches… J'ai bien failli ne pas m'en sortir.

Alix posa une main apaisante sur le bras de Sylvain, l'encourageant à poursuivre.

— Cela n'a vraiment pas été évident pour Armand et ça lui a demandé de nombreux sacrifices, comme le début d'estime que notre père lui portait enfin. Mais dans un sens, le fait que ça ne se soit jamais bien passé entre eux deux l'a aidé à s'éloigner et à faire comme s'il tournait définitivement le dos aux valeurs de sa famille. Sa colère l'a rendu plus fort. Et il a réussi sa mission au-delà de toutes nos espérances. Il a démasqué les espions et les traîtres.

— Alors… il faisait semblant, pendant tout ce temps ? Et ses discours enflammés sur la Révolution ! Il n'a donc jamais cru en la République ?

— Je soupçonne que si, en fin de compte, admit Sylvain. Les idéaux de la Révolution le touchaient et même s'il en condamnait les excès, il était prêt à beaucoup de choses pour voir naître le monde plus juste dont il rêvait, pour lui, pour moi aussi, et pour les autres en général. Un monde où les gens n'auraient pas été déterminés par leur naissance et ils auraient été libres d'être qui ils voulaient, comme ils le voulaient. Il a des côtés très idéalistes.

Sylvain lâcha un petit soupir avant de reprendre :

— Cela a dû être une terrible lutte intérieure en lui. Mais il a toujours su où était son devoir et la sauvegarde des innocents et de sa famille est toujours restée sa priorité. Il a tenu son rôle jusqu'au bout, sans faillir. Il fera un très bon nouveau chef de réseau. Le réseau du Lys Pourpre est en de bonnes mains.

Alix approuva de la tête, émue malgré elle.

— Mais… s'inquiéta-t-elle soudain, ne va-t-il pas être poursuivi, suite à mon évasion ?

— Non. Nous avons fait retomber la responsabilité de ton évasion et de la mienne sur l'incompétence de Jankélévitch, lequel a payé le prix de ses crimes, Dieu ait son âme. Armand est passé pour un otage, une victime d'une machination mise en place par le réseau du Lys Pourpre au nez et à la barbe de Jankélévitch. Voilà pourquoi Armand a été molesté au cours de ton évasion, il devait être crédible. Crois-moi, il sait y faire, il s'en tirera sans dommage. Et il continuera son double jeu. Il sera d'ailleurs beaucoup mieux placé que moi en tant que chef, pour poursuivre notre œuvre.

— Il est vrai que c'est un comédien incroyable, admit Alix avec chaleur. Sa surprise, le jour de ton arrestation…

— Elle n'était pas feinte, fit Sylvain en riant malgré lui. Je l'ai pris de court, ce jour-là, étant moi-même pris de court par le danger imminent qui te menaçait. Mais j'ai toujours su que je pouvais compter sur lui pour me faire évader à la dernière minute, avant mon exécution, sinon avant mon procès.

— Voilà pourquoi tu ne voulais pas quitter la prison ! remarqua Alix, une nuance de reproche dans la voix.

— Oui, reconnut son époux, mais je ne pouvais pas t'en parler. Je ne devais compromettre la position d'Armand en aucune façon. Et si tu n'avais pas tellement insisté, je serais resté.

— Oui, et tu serais mort d'une infection de ta blessure ! répondit la jeune femme en lui donnant une tape sur le bras.

— J'avoue que c'est ta remarque à ce sujet qui m'a décidé à partir. Je me suis dit que si Armand pouvait me faire sortir de prison, il pouvait finalement en faire autant pour toi… Je regrette juste de t'avoir laissée vivre tout cela dans la peur. Tu as dû connaître le désespoir. J'espère que tu me pardonneras un jour…

Elle le fit taire d'un baiser.

— Il n'y a rien à pardonner. Tu as fait ce qu'il fallait… et Armand aussi, concéda-t-elle. Tu sais bien mieux garder les secrets que moi, et c'est une excellente chose. Moi, en revanche, je nous ai souvent mis dans le pétrin en partageant quelques confidences avec Marianne ou ma mère. Je ne pensais pas à mal, pourtant...

— Tu as fait selon ton cœur. Et nous sommes tous sains et saufs, c'est le principal.

Alix hocha la tête gravement. Il y avait encore quelque chose qui la chiffonnait, mais elle ne savait comment l'aborder.

— Je... commença-t-elle en hésitant. Il...

Armand lui avait demandé d'être sa maîtresse, lorsqu'elle était en prison. Et il était sérieux. La jeune femme était persuadée qu'il aurait été enchanté de la soustraire à son frère. Pourtant, fallait-il vraiment qu'elle en parlât à Sylvain ? Après tout, les choses allaient bien entre les deux fils Saint-Clair. Ce n'était pas à elle de les dresser l'un contre l'autre.

De toute façon, elle risquait de ne pas revoir Armand de sitôt ; il valait sans doute mieux laisser tout cela dans l'ombre, jusqu'à l'oubli.

— Quoi ? demanda Sylvain, voyant qu'elle ne disait plus rien.

— Non, rien... répondit-elle avec un sourire. Je suis juste... éberluée. J'ai bien mal jugé ton frère.

— Je te l'avais dit.

— Pardonne-moi. J'aurais dû te faire confiance et te croire lorsque tu m'assurais qu'il n'était pas celui que je pensais.

Elle se serra contre son mari.

— Je sais qu'il t'a fait une proposition malhonnête, murmura alors Sylvain contre son oreille. J'espère que tu ne lui en garderas pas rancune. C'était... un coup de folie passagère.

— Tu es au courant ? demanda-t-elle, le cœur battant.

Et dire qu'elle n'avait pas voulu en parler, de crainte de semer la zizanie !

— Il me l'a avoué juste après, lorsque nous mettions au point ton évasion, avant de me demander de lui pardonner.

Ce que j'ai fait. Il est fou amoureux de toi, je te l'ai dit. C'est sa seule excuse, mais elle est valable. Quand je t'ai rencontrée, au début, je ne pensais pas que tu en viendrais à fréquenter si souvent ma famille. Je ne pensais pas qu'on t'amènerait presque à l'autel avec Armand. C'est au bal, chez mes parents, que j'ai commencé à comprendre et que je me suis dit que tu pourrais bien être la seule chose capable de nous séparer, mon frère et moi. Et j'ai eu peur. J'ai eu peur pour lui et moi. Et j'ai eu peur de te perdre. Je me suis demandé si tu allais céder. Si tu allais accepter cette union. Je me suis mal comporté à cause de ça, je le regrette.

— Pas moi ! fit Alix en riant. Ton côté « mauvais garçon » me fascinait, même si je te jugeais en même temps comme un parfait goujat.

— Armand et moi avons lutté pour toi. Nous nous sommes disputés, sans que tu le saches. J'ai su bien avant toi qu'il allait te demander de l'épouser. Mais cela n'a jamais affecté le reste de notre relation.

— J'en suis soulagée. J'aurais été navrée d'avoir été la cause d'une rupture entre vous.

Et Alix sourit, entoura le cou de son époux de ses bras, l'embrassa et s'abandonna tout entière à son bonheur. Maintenant, elle allait pouvoir faire des projets pour cet enfant qui grandissait en elle. Elle allait pouvoir rêver à l'avenir qui l'attendait, à cette plantation de canne à sucre et de coton que Sylvain voulait mettre sur pied en Louisiane, avec l'argent qu'il avait mis de côté. Pour eux deux, une nouvelle ère s'ouvrait, loin de cette Europe à feu et à sang qu'ils avaient quittée sans regrets. Mais plus tard…

Pour le moment, elle voulait juste savourer la présence de Sylvain, le contact de sa peau sur la sienne et la chaleur de ses baisers ; éprouver dans sa chair la réalité et la puissance de l'amour qui les avait liés dès le début et leur avait permis de surmonter tant d'épreuves. Pour tout le reste, ils avaient désormais la vie devant eux.

Notes

Paroles de la chanson « La rirette »

Jeanneton prend sa faucille,
La rirette, la rirette,
Jeanneton prend sa faucille
Pour aller couper le jonc (bis)

En chemin elle rencontre,
La rirette, la rirette,
En chemin elle rencontre
Quatre jeunes et beaux garçons (bis)

Le premier, un peu timide,
La rirette, la rirette,
Le premier, un peu timide,
Lui caressa le menton (bis)

Le deuxième, un peu moins sage,
La rirette, la rirette,
Le deuxième, un peu moins sage,
La coucha sur le gazon (bis)

Le troisième, encore moins sage,
La rirette, la rirette,
Le troisième, encore moins sage,
Lui souleva le jupon (bis)

Ce que fit le quatrième,
La rirette, la rirette,
Ce que fit le quatrième
N'est pas dit dans la chanson (bis)

Mais pour le savoir, mesdames,
La rirette, la rirette,
Mais pour le savoir, mesdames,
Allez donc couper le jonc (bis)

La morale de cette histoire,
La rirette, la rirette,
La morale de cette histoire,
C'est qu'les hommes sont des cochons (bis)

La morale de cette morale,
La rirette, la rirette,
La morale de cette morale,
C'est qu'les femmes aiment les cochons (bis)

⁂

Paroles de « La Complainte de Mandrin »

Nous étions vingt ou trente
Brigands dans une bande,
Tous habillés de blanc,
À la mode des…
Vous m'entendez ?
Tous habillés de blanc
À la mode des marchands.

La première volerie
Que je fis dans ma vie
C'est d'avoir goupillé,
La bourse d'un…
Vous m'entendez ?
C'est d'avoir goupillé
La bourse d'un curé.

J'entrai dedans sa chambre
Mon Dieu, qu'elle était grande !
J'y trouvai mille écus,
Je mis la main…
Vous m'entendez ?
J'y trouvai mille écus,
Je mis la main dessus.

J'entrai dedans une autre,
Mon Dieu, qu'elle était haute !
De robes et de manteaux
J'en chargeai trois…
Vous m'entendez ?
De robes et de manteaux,
J'en chargeai trois chariots.

Je les portai pour vendre
À la foire en Hollande.
J'les vendis bon marché,
Ils n'm'avaient rien…
Vous m'entendez ?
J'les vendis bon marché,
Ils n'm'avaient rien coûté.

Ces Messieurs de Grenoble,
Avec leurs longues robes
Et leurs bonnets carrés,
M'eurent bientôt…

Vous m'entendez ?
Et leurs bonnets carrés
M'eurent bientôt jugé.

Ils m'ont jugé à pendre,
Ah ! c'est dur à entendre !
À pendre et étrangler
Sur la place du…
Vous m'entendez ?
À pendre et étrangler
Sur la place du Marché.

Monté sur la potence,
Je regardai la France,
J'y vis mes compagnons,
À l'ombre d'un…
Vous m'entendez ?
J'y vis mes compagnons,
À l'ombre d'un buisson.

Compagnons de misère,
Allez dire à ma mère,
Qu'elle ne me reverra plus,
Je suis un enfant…
Vous m'entendez ?
Qu'elle ne me reverra plus,
Je suis un enfant perdu !

⁂

Paroles de la chanson « Trois jeunes tambours »

Trois jeunes tambours s'en revenaient de guerre (bis)
Et ri et ran, ranpataplan.
S'en revenaient de guerre

Le plus jeune a dans sa bouche une rose (bis)
Et ri et ran, ran pa ta plan
Dans sa bouche une rose

La fille du roi était à sa fenêtre (bis)
Et ri et ran, ranpataplan
Était à sa fenêtre

Joli tambour, donne-moi donc ta rose (bis)
Et ri et ran, ranpataplan
Donne-moi donc ta rose

Fille du roi, donnez-moi votre cœur (bis)
Et ri et ran, ranpataplan
Donnez-moi votre cœur

Joli tambour, demande-le à mon père (bis)
Et ri et ran, ranpataplan
Demande-le à mon père

Sire le roi, donnez-moi votre fille (bis)
Et ri et ran, ranpataplan
Donnez-moi votre fille

Joli tambour, tu n'es pas assez riche (bis)
Et ri et ran, ranpataplan
Tu n'es pas assez riche

J'ai trois vaisseaux dessus la mer jolie (bis)
Et ri et ran, ranpataplan
Dessus la mer jolie

L'un chargé d'or, l'autre de pierreries (bis)
Et ri et ran, ranpataplan
L'autre de pierreries

Et le troisième pour promener ma mie (bis)
Et ri et ran, ranpataplan
Pour promener ma mie

Joli tambour, dis-moi quel est ton père (bis)
Et ri et ran, ranpataplan
Dis-moi quel est ton père

Sire le roi, c'est le roi d'Angleterre (bis)
Et ri et ran, ranpataplan
C'est le roi d'Angleterre

Et ma mère est la reine de Hongrie (bis)
Et ri et ran, ranpataplan
La reine de Hongrie

Joli tambour, je te donne ma fille (bis)
Et ri et ran, ranpataplan
Je te donne ma fille

Sire le roi, je vous en remercie (bis)
Et ri et ran, ranpataplan
Je vous en remercie

Dans mon pays, 'y en a de plus jolies (bis)
Et ri et ran, ranpataplan
'Y en a de plus jolies

⁂

Table

DEUXIÈME PARTIE

Composition
FACOMPO

Achevé d'imprimer en Espagne
par CPI
le 25 février 2015.

Dépôt légal : février 2015.
EAN 9782290088418
OTP L21EDDN000589N001

ÉDITIONS J'AI LU
87, quai Panhard-et-Levassor, 75013 Paris

Diffusion France et étranger : Flammarion